王水照 編

歷代文話

第七册

復旦大學出版社

藻川堂譚藝

〔清〕鄧繹 撰

《藻川堂譚藝》一卷

清　鄧繹　撰

鄧繹，生卒年不詳，字保之，一字辛眉，湖南武岡人。世有清望，好學有大志，喜交才俊。家富於財，曾資助王闓運學於名師，爲忘年交。通練時事，同治初輔左宗棠督師閩浙，獻議有功，擢浙江知府，未赴而歸。博覽篇籍，貫通古今，張之洞移節兩湖時以師友相待。年六十七而卒於里第。著有《藻川堂全集》。

《譚藝》即見於《藻川堂全集》，分四篇，各取首二字爲名，依次爲《比興篇》、《唐虞篇》、《日月篇》、《三代篇》。此書以隨筆札記形式談詩論文，可綜合爲三方面的觀點：其一，在文、道關係上，主張二者「相爲用而不可離」，反對「以藝爲藝，不以藝爲道」和「棄藝而存道」兩種偏頗；其二，從創作角度説，作者承襲前人主「氣」論，由唐宋上溯孟子「浩然之氣」、孔子「辭達」，崇尚「有意而言之，意盡而詘然以止」的自然風格，在繼承與創新上主張「我」與「古人」不可偏廢；其三，在作家修養方面，作者主張博學兼通，反對門户之見，强調學、識兼備，謂「學非識不精，識非學不明」。

此書有清光緒十四年（一八八八）刊本，今即據以録入。

（聶安福）

藻川堂譚藝·比興篇

清 鄧繹 撰

比興之義不明，而倫常之道幾失，其關於天下後世者非細故也。《關雎》、《鵲巢》，興之美者；《雄狐》、《鶉奔》，興之惡者。然曷嘗斥君於禽，而待之不以人理哉！古之人將進言於尊者，猶必呼執事而語之，不敢造次徑情而直行己意，蓋其共也。若之何？其以禽比也。將詠人而先託興他物，猶薦拱璧之先以駟馬，薦琬琰而先以白茅，慎之至者，而情乃藉以曲達耳，若之何？類比興而一之也。嚴威儼恪之意勝，温柔敦厚之風微，宋明末造，諸臣所以視其君如寇讎而咄嗟無忌也乎！

絲竹之音輕清上浮而縹緲附氣，非得金石之奇重堅栗而清越以長者爲之終始其條理，則大樂之同和者不易成也。《國風》、《小雅》之纏綿往復，其絲竹之清以輕歟？《大雅》、《商頌》之發揚鏗鍧，其金石之重以成歟？東漢魏晉六朝初唐之詩，輕纖綺靡，類多風人之遺，使無西京爲之始，無杜陵爲之終，則條理不備而詩教不成矣。運會遷流，彼蒼實默司其符契，而文章亦與之爲盛衰有如是者。彼沾沾求之於風骨詞采而自以爲能得之者，陋矣夫！

揚雄曰：「能觀千賦則曉賦。」賦者，古詩之流也。雖然，誦《詩三百》，孔子猶以爲多，此義非漢唐文人之所知矣。風、雅、頌、賦、比、興爲六義，興、觀、羣、怨、忠、孝爲六情，達政、專對爲二事，鳥獸草木之名爲四物。爲格致知言之學而先求乎是，雖《三百篇》固爲多矣，況又有一言蔽之者乎！「詩人之辭正而葩，詩人之賦麗以則。」夫辭賦何獨不然哉？

《嘉魚》「樛木」之句本諸《周南》，《出車》「春日」之辭本諸《豳什》。風者，雅之源也。《小雅》諸詩，情韻不匱，與《國風》同。漢魏六朝諸詩，佳者譬如朱弦疏越，一唱三歎，窈然有風雅之遺音焉，正不獨《離騷》之嗣音未遠也。

《大雅》諸詩，昌皇雄博，與《商頌》畧同，而其文采亦比於《商頌》。《小雅》諸詩，悱惻纏綿，與《國風》畧同，而其辭章亦比於《國風》。《左》《國》之文，流而爲《戰策》，仲連、無忌之雄直，上薄丘明；戰國之文，旁衍爲《莊》《騷》，莊辛、宋玉之逸羣，導源《風》《雅》。方以類聚，物以羣分，智者知其貌異而心同也，可以鼓吹百家，金聲而玉振之也已。

莊周曰：「風之過河也有損焉，日之過河也有損焉。請止風與日，相與守河，而河以爲未始其攖也，恃源而往者也。」蘇軾賦曰：「逝者如斯，而未嘗往也；盈虚者如彼，而卒莫消長也。」本《魯論》之精義而參以《南華》之達觀，所以爲辭章之杰歟。

唐、宋兩朝，韓、柳、歐、蘇數人能言文章肯綮，上掩陸機、劉勰其他文人。至明代，王、李輩已

不能道其本末，或心知其失而恥諱不言，爲盜聲飾外計耳。下士倀倀，莫知適從，無得於言，又安論學。斯文頹下以迄於今，而淪胥者幾徧海内。祆士一倡，而無識如徐光啓者靡然從之。此無他故，道氣俱淪，中無真宰，徒修飾形貌，若土木偶人而當草木之兵，其僵仆不旋踵矣。不能親師友勤問學以尚友古人，而求道之明、氣之盛，必不可得之數也。譬如爲山未成一簣，掘井九仞而不及泉，其在有志者之勉以赴之而勿留餘力也乎？

雅有小大，不以事名，不以樂名，乃論文章之體要耳。《小雅》之體甚類乎《風》，其文辭亦多取於《風》，觀於《杕杜》、《出車》、《采薇》、《嘉魚》諸詩畧可見也。《大雅》之源出於《尚書》，樸茂沉毅尤類《商頌》，觀於《大明》、《長發》諸什而可知矣。《風》小《頌》大，近《風》爲《小雅》，近《頌》爲《大雅》，則各從其類也。

《采薇》所以勞下，《東山》之使民犯難也；《天保》所以報上，《七月》之躋堂稱觥也。温柔敦厚，《三百篇》之詩教存焉，施於六義無弗同者。風雅源流，幾可以貫而一之矣。

司馬遷稱巖穴立名之士，即《春秋》表微之心；司馬遷稱倜儻非常之人，即《魯論》表異之旨。

司馬遷爲《孔子世家贊》，即本《魯論》齊景、伯夷無稱有稱之旨以爲論斷，所以能高挹羣言而不朽於千古。鄭樵區區以才學之不足爲史遷病，抑未知史遷之淵識鴻議皆學於六經、《論語》、《孟子》七篇之書，其得之者宏深，恢之者浩博，而其才足以負之，其詞足以振之，非若樵之汲汲於

記問考證，與俗儒下士較一日之短長而不自知其夸且陋者也。宋玉曰：「鵷鶵已翔乎寥廓，而羅者猶視乎藪澤。」其馬遷、鄭樵之謂也夫！

東坡論文嘗云：「有意而言，意盡而止。」又曰「行乎其所不得不行」，即其所謂「有意而言」者也。「止乎其所不得不止」，即其所謂「意盡而止」者也。其曰「地湧泉原」，即孟子「盈科有本」之說。其曰「淨洗面目」，即孔子「繪事後素」之言。西漢文章，自司馬遷以來多淵源於《魯論》、《孟子》，亦猶蘇、李、曹、陶、李、杜之爲詩皆出於《詩三百篇》、《離騷》，仁聖賢人發憤之所爲作也。

韓昌黎爲學論文步趨孟子，其次則力追司馬子長，觀其《贈孟東野序》及《獲麟解》諸雜説可見，而其平生論説獨推相如、揚雄而略遷《史》，亦猶蔡邕之枕秘《論衡》、蘇洵之藏弆《國策》耳。蘇氏嘗論韓文「如長江大河，渾灝流轉，魚黿蛟龍，萬怪惶惑，而掩蔽抑遏，不使自見」。古今好奇之士往往秘其所有，不欲使人知之，而聞弦賞音者間世一遇，知藝之神通於道也。文章之妙有隱有秀，秀者易見，而隱者難知。讀漢魏以來古書而盡知其文外之重旨也，雖與之探賾索隱、鉤深致遠於《周易》《春秋》之書，亦何不可之有哉。

孟子志於道德，其所願學者惟孔子，若不知有顔淵，是以能與顔淵並駕而傳性與天道之學。司馬遷志於文章，其所願學者亦惟孔子，若不知有丘明，是以能與丘明齊驅而傳屬辭比事

之學。

《易》基始以乾坤，而錯綜陰陽以盡卦爻之變；《魯論》以師説開宗，而雜記羣弟子之言以盡事理之變；《書》始唐虞，以明天道人事之樞機，而繼之以誓命征討、臣下規拂之辭以達古今之變；《詩》始六義，舉其宏綱，而備采師田祭享諸大政事，强識博聞以究當世之變；禮儀三百昭其大數，而益之以威儀三千以極紛紜酬酢之變。是故著書有體要而其用無窮，繁然後能簡，雜然後能一也。其源出於陰陽奇耦以有文章，而顯之於言語，道之於問學。孔子之贊《易》曰：「言天下之至賾而不可惡，言天下之至動而不可亂。」變化神明之妙，非大聖若孔子，孰能察而知之也哉！而近代之言著述者乃規規於體例，局局於方類，其不足與言經子之宏奧也明矣。

韓昌黎有杜之骨而無其韻，李玉溪有杜之巧而無其雅，白香山有杜之真而無其大，李昌谷有杜之怪而無其學，元遺山有杜之氣而無其才，吴梅村有杜之俊而無其雄，其他具體者已鮮矣，而皆自負爲能學杜。才難之嘆更在詞章，漢魏淵源於斯遂邈，然樂心之往來於天地者未嘗絶也。申梟盟論文云：「明人有名篇無名集。」推其説以言詩，則大復、空同之爲詩有可以節取者。杜陵論詩尊四傑而取齊梁，虚以受人，大成之所由以集也。琴瑟鼓鐘皆能以備八音之一，聞《南薰》之一操而尚想重華焉可也。金聲玉振而條理其始終，兼巧力聖智之能事，古與今曾有幾

人乎？

淵明知晉室之將微，悠爾而去，不仕異代，蓋有合於卷舒之道者，故特於《桃花源記》寓意焉。身爲陶桓公後，與子房異世同符，其高蹈乃類於采芝之四皓。彼特假束帶見督郵之不可忍而去，不爲五斗米折腰，一時之託詞耳。君子之所爲，衆人固不識也。

周之衰也，孔子先人自宋之魯，其後有達人，而文章與之俱，故《魯頌》之浩瀚雄傑亞於《商頌》。齊、魯道近，周公、太公之才德相若也，《齊風》之辭或與《豳風》、《小雅》相出入焉，吴季札所稱泱泱大風而可以表東海者也。故知「齊變至魯」之説，然後可與言樂詩之心矣。

杜甫《行經昭陵》詩首二語非深於經術者不能知也。「舊俗疲庸主」，則舉魏晉以來南北朝諸君之粃政而一言以蔽之，以爲非貞觀君臣同心致治，不能易庸主極疲之舊俗而咸與維新也。「羣雄問獨夫」，則又舉竇、王、蕭、李諸僭霸之國與荒虐之阿麽而皆定其功罪。鎔鑄隋史，典則如經，非詩聖其能措一筆乎？

顧亭林、李二曲皆古之狷者，故其學術不同而性情相若，欵門相視，歡若一人焉。黄梨洲、王船山，其天下之狂者乎，二人者，趨向不同而皆有邁往出羣之氣焉。梨洲、船山，學術之狂者也；朝宗、冰叔，則文章之狂者也，皆天下所莫能及。雖然，學術可以兼文章，文章不能兼學術，梨洲、船山之品量所以軋侯、魏而上之也乎？

《齊風》之輕捷儇利、走而不守也，由於多用「兮」字。而《楚辭》之沉鬱哀豔、悱惻纏綿也，其多用「兮」字又甚於《齊》，而辭氣之不同，何也？　蓋齊邇泰岱，多山林，而有簫管之音焉。楚邇江湖，多藪澤，而有琴瑟之音焉。簫管之音清，琴瑟之音沉，則各從其類也。由是觀之，文章之妙，協氣天人，與萬物爲消長，豈待聞弦顧曲而後能得《詩》、《騷》之至情也哉？

《魯論》記言之文，紆徐委折，髣髴聖度。其論斷神妙已爲《孟子》、《史記》開山。而丘明左氏受業孔門，親承聖訓，其辭委婉尤近顏、閔、端木，綽有三代遺風，非馬遷一流習於先秦西漢之雄直奇肆者所可等量而齊觀也。

元承宋緒，典學未湮，人士之髦彦者初誦蘇子瞻文，使充美自得，而後習周、程書，既嚮於道矣，然後道問學於朱氏。若樹焉，枝幹隆而華實遂，雖桃李可使儕於松柏，視章剽句竊、飾貌而虚中者相萬也。是以許、吳之學樸峻而清剛，姚、虞之文端簡而嚴重，百年之間，規模畧具。後有作者，猶將數之以繼武前哲焉。明代詞人多若毛羽，而終鮮大成，其能者推歸氏有光，規規然學步於唐宋人之後，其中丘壑亦易盡矣。初習之難化也，若斯乎甚哉！　問學之不可無基柢也，此梨洲之所以慨也。

六朝人學秦漢之文章而不得者也，而唐宋人亦學之，雖不及秦漢，而顧優於六朝，其爲之魁雄，六七人而止，是何其難也！　豈非以其才歟？　元人規規方領矩步，殆庶幾之矣。明人之善學

唐宋，乃所以可學秦漢也，然視六七人者瞠乎若不可及。噫，才難矣！而又狃於習，困於時，而不專於學，色厲内荏之徒有求爲元之牧庵、道園而不可得者，觀黄梨洲、錢牧齋之慷慨而稱數者可涕也，而尚何秦漢人之可學乎？此于鱗、元美之所以走僵而不免心折於熙甫也。立乎道、咸、同、光之世而欲趨步王、李之所爲，其亦每況愈下而已矣。然舍是而規規於桐城數子，遂足以抗熙甫而追遺山乎？亦未然也。賦絶異之天才如魏叔子，而早置俗學，以專致於三代兩漢之書，期之以真積力久，不規規於文章，而文章之成可以出乎其類而拔乎其萃矣。斯人斯言，庶幾千載而一遇之，豈皮相於驪黄之外、學步於邯鄲之後者所可同年而語也哉！

黄梨洲論文云：「唐以前句短，唐以後句長；唐以前字華，唐以後字質；唐以前如高山深谷，唐以後如平原曠野。故自唐以後爲一大變。」而不知唐以前文句長者莫如司馬遷、賈誼，而《國策》亦有之也，唐以前文字質者莫如《易》之《十翼》、《魯論》及曾、思、孟子之書，而其文皆如平原曠野之寬舒可容與，不若高山深谷之堆阜突怒而幽奥深邃也。《春秋内傳》，左氏之文章，藏深山大谷之奇崛於平原曠野之中，莊周《南華》，寓平原曠野之紆徐於深山大谷之内，開闔變化，其神無方，此可得貌求而皮相也耶？梨洲論文不若鳳洲、于鱗諸人專於規橅字句，按腔合拍，效優孟之所爲，是固能賞心於牝牡驪黄之外者，在於明季國初可推傑出，獨其所論短長、華質、高平、深曠之同異專以唐之前後爲斷，則未免管窺之陋耳。

莊、荀之徒失之辯，其文之盛者亦在辯。善辯者其氣盛，如波潮之上下江海，惟韓愈氏知之，吾未見規規於法律、斤斤於仿象者之能盛其氣以自達而達萬物之情狀也。泰山之雲，朝起而旦徧於天下，彼豈自知其所以然耶？龍處於淵而乘氣以飛騰，動於天倪而爲神物，天下皆神之。百工之專巧者動於一而不貳，國工之學於其師也，心運於自然，蹈乎大方，故犖然出乎衆工之表。吳道子、韓幹之爲丹青也，文與可之爲竹也，兔起鶻落，如見其所欲畫者，而疾起以赴之。張旭之草書，情炎於中，勃然不釋。是皆技之雄者，一故也。使道子輩一心爲技，又一心馳逐乎古人之造物者，則必不能馳騁變化而造於神妙，其所傳者特規矩而已。道子輩囿於一技，若幹、旭尤未免氣矜，未能恬然於得喪之際也，而其專已若此，與近世之局局於古人後塵而以優孟爲叔敖者判天壤矣。歸熙甫爲文以雅潔自喜，傲然視王、李若不足，然根柢未敢望古人也。近世姚姬傳慕之，而奇氣不足自振發，其引海峯爲重者意有在也，而時人反抑海峯於姬傳下，是真目論皮相者耳。漢章帝謂竇融舍崔駰而取班固，猶葉公之好龍，吾亦謂桐城之刻鵠不若易堂之神駿也，志古者將何從乎？

莊周言老而不似老，故其文章獨有千古。班、范之徒效《史記》，故不及《史記》。司馬遷不效丘明《內外傳》而志在孔子之《春秋》、屈原之《離騷》，故其文章亦獨有千古。此皆不似而似者也，其不似者文，而似者道也。孰能似之？筆似之，筆孰能似之？氣似之。氣者，道之流行，而爲

文字之苞幹者也。莊周、馬遷皆游於《易》之環中者也，莊周知《易》者也，馬遷不知《易》而知變《易》，其猶孟子之闇合羲經乎。孟子以道合，馬遷以文合，其相去也一間而已。

「歲寒然後知松柏之後凋」，此孔子厄於陳、蔡而爲是言，與「匪兕匪虎」之歌同一慨當以慷也。而莊周獨記之，周之書言孔、顔之德爲近似，且於羣弟子之論説詳矣，信乎其學之出於田子方也。其於儒道經旨或抑之，或揚之，洸洋恣肆，狂者之態歟。學者之不知周，由不能知其「重言十七」之意耳。彼其託於重以自重也，猶其寓與卮也，而悞以爲真，可乎？知此意於百世之下者司馬遷也，故其爲文章亦能獨有千古而脱然畦町之外。韓退之氏之文，非無雄直古勁之氣也，而睨視周、遷之所爲，則痕墨稍重而露矣。虎之所以異於龍者，以虎之文采可見而龍之鱗鬣不可見也，夫安得知言忘言者而與之言天下之至言也哉？

韓退之曰：「軻之卒不得其傳焉。」又謂：「莊周之學出於子夏。」又曰：「學焉而各得其性之所近，源遠而末益分。」其識不在司馬遷下，宜文章之雄視千古也。學非識不精，識非學不明，天事半，人事亦半也，希賢之俊可不勉歟？

丘明曉於國事，孟子曉於道性，莊周曉於儒辯，史遷曉於九流，賈誼曉於奇略，故此數人者皆能以文章雄天下，以其身與於立言之選而光衣乎萬世。欲得文章之高下，必自求曉人而與之言。始圖書六藝者，造自皇王三代，天下之所同，有天下不能知而曉人獨知之，則是曉人之所獨也。

知曉人之所獨曉者，而精意以詣之至於極，其慧將達於天，與三辰相經緯，而獨不可緯羣龍之所經也乎。

千里馬不常有於天下。天下之有千里馬也，非王良、造父則不能擾馴驅駕之於崑崙萬國之外，其天勝而人御隨之。左、莊、馬、賈之雄豪於文章，千里一息，天馬也，世不常有。而韓、歐、蘇氏從而效之，不能以千里，然得其半則五百里馬耳，食之而鳴也，牧之而肥也，左右之而具宜也，翦之拂之，閑之逐之，千里而再駕，則健兒不能以易視。降而至於王、李、歸、姚，髣髴學步，則曹霸、韓幹之畫馬也，其佳者可以動詩人之諷詠，生屏幛之光輝，而不能當一乘之用，吾恐幽、并、燕、趙之豪傑數過之而不暇顧也。陽明、荆川、冰叔、朝宗之文章，吾有取焉，譬之於馬，不能五百里，然蹄耳森然，與縑素之丹青迴異，一旬十駕而千里可至也，豈若壁間之龍、堂上之楓點綴於寒空烟露之間以娱賓客之耳目而已哉！文章藝事，參於鬼神，相文有道，去似求真，廓而肆之，經國不朽，贊於王聖，究極造化，非直簡策記言之小用而已也。勿謂麟角昭華之希，而屬饜於海貝，則秀穎而瑰異者終不爲他人所有，雖有西域賈胡自謂善相寶藏者，必不能睨而奪之矣。得失千古之林，而寸心遥爲之燭者，以吾智珠之獨得耳，後生來者其辨茲哉！

孟子之言曰：「充實而有光輝之謂大。」此孟子之所得也。莊周之自贊曰：「其充實不可以已。」此莊周之所得也。其爲言也，道與氣相摩而融，意與文相組而華，故能以久大於天地。雖

然，孟子之言明白正大若日月，端重古質若彝鼎，而莊周之爲言則曼衍支離，時雜以游戲詼詭不羈之辭以自暢其隱趣，此所以同於充實岸異而不同於述聖化世也。周可謂放言之狂士，而同於古狂之肆者矣。

三代以下之僞誠往往動愚夫愚婦而使之泫然流涕，況於三代以上之真誠乎。唐太宗、宋藝祖用此術以柔天下者也，忠厚之及人蓋數百年焉，《詩》《書》之力歟？其術之卑猥者，優孟以之動楚王，而叔敖封寢丘矣。王、李、歸、姚之學步邯鄲，而傾側羣耳也，又奚足怪也哉？

李空同曰：「周以文弊，宜忠與質以矯之。」序《戰國策》言之矣。然陸士衡嘗述焉，古今人見同乎。繹少壯日文章，議論往往同於古人，論荀彧同杜牧之，論張良致四皓同俞長城，論賢賢易色同陳，亦韓祖范，近論周文弊宜用商質，又與士衡、空同合，乃知古人博覽多在學成之後，太早則有妨於知思也。識生於才，才同古人，論著終不可廢，勿以他人我先而自怵其鋭志也。譬如神仙大丹，須采藥自煉，豈以藥物飛煉之術偶同而置九還於不講乎？

尚友古人，斯言發自孟子。仰視屋梁，千秋自命，古之狂者歟？而作爲詩歌古文辭，或且著録爲書，與古人酬酢笑語於千載以上，斯亦尚友古人之遠心宏意渺指也，而可廢乎？《詩》云：「我思古人，實獲我心。」可以處憂患貧賤、寬閒寂寞之鄉而蘧然自得矣。

以富貴之積餘而爲施濟者，其施濟必廣；以道德之積餘而爲文章者，其文章必傳。文章之

生於道德也，不出於有意，亦不出於無意，而若出於有無之間。其恃源而往也，若黄河之伏流，一曲千里而以海爲歸；若濟水之伏流，三藏三見而絶河以達。其至柔動剛而不可以禦也，蓋以天爲源而流於充積盛大之氣，故若是其神也。《易》曰：「神也者，妙萬物而爲言者也。」其斯之謂也歟？

詁考之細，辨正異同如數毛髮，數之甚繁，所得甚微，蓋大儒之所不屑措意也。閒散之夫，優游卒歲，無意至道，又無精思異才以究天人之奥旨、發帝王之大畧，詹詹小言，聊可忘憂耳，斯《漢》、《史》之所稱豎儒者乎。

莊周文章之不及老聃者在於動多而静少、體大而用小，而言文章者則必輕聃而侈周。《易》曰：「其君之袂不如其娣之袂良。」聃、周之謂歟？司馬《史記》可謂雄博，然以較《左氏春秋》則無其深遠緜密之意，而宏麗亦有所不及焉。其故何歟？蓋《左氏春秋》多言三代之禮樂，述孔子之文章，而司馬遷書則未免於戰國先秦縱横恣睢之習。此則時代人才之升降有異，固不獨在文章，而文章亦未嘗不出於是。風俗與化移易，而文章之與風化移易也，同出於天，因乎人，非知彰知微者蓋莫能察而悉之也。司馬遷書是非往往謬於聖人，而《左氏春秋》之是非頗謬於聖人者亦有之矣，此孔子之所以奔軼絶塵而左氏瞠乎若後也。然則文言之至者，其莫如《易大傳》、《魯論》之書乎？而《大學》、《中庸》兩篇亦皆孔子之言，而七十子記之耳，今觀其文章言語之妙，誦之有

盡，繹之不窮，驟而如淺，復而彌深，蓋所謂神明通變、潔靜精微者也。誦孔子之文章者，如覩乾坤端倪而沐浴於陰陽冲和之至德焉，其氣質將爲之漸化矣，言語云乎哉！

覺人之性者使之恥於爲惡，閑人之情者使之憚於爲惡，達人之才者使之敏於爲善，養人之氣者使之果於爲善。其志定，其知明，其欲止，其生遂，其命全，故民日遷善遠罪而不自知，家給人足而不忍自棄也。禮樂之移人也遠矣！夫王者之爲天下必以禮樂，其原本得於天，而達諸斯人者爲平易而近也。行禮樂而以聲詩先之，其入人情至深而初漸靡於不覺，其起化在於家人婦子之微而造於郊關四隣之遠，動於舞蹈謳吟之節而感於天地鬼神之幽，是以先王貴尚之也。《易》曰：「變而通之以盡利，鼓之舞之以盡神。」其聲詩禮樂之動靜方圓而流行不息者歟。

歐陽永叔曰：「道勝者文不難而自至。」斯言得文之本，所以步趨昌黎，而其氣沛然，其本卓然。蓋因文見道者，端木、卜氏之學，温故而知新也；道勝於文者，曾、思、孟子之學，知言而養氣也。歐公可謂取法乎上矣。

羅有高云：揚雄之學見許於程子，以爲非漢儒所可及，考之《程氏遺書》可見。則昌黎而外，尊信子雲者不獨司馬君實暨曾子固而已，紫陽排斥之辭在宋時自爲創論。至於子瞻力詆荀卿，而僞爲堯桀之辭以重其過，則又甚矣。大抵文人立論務在新奇，而道學家言則欲躋後儒於先民之上，雖定論若諸葛孔明亦必毀短之，未嘗論其世、原其心以爲興微繼絶、濟世安民者仲宏奬之

道也。後生可畏，刻覈相繩，於是温柔敦厚之意愈微，而責賢誅心之意愈盛矣。此與兩晉清譚之扇揚浮薄者情雖異而失畧同也。天道平陂，無往不復，漢宋、陸朱之辯所由喧豗互擊，終莫能辨黑白而定一尊也乎。

爲漢詁之學者，論皆新奇而可喜，辭必己出而不剽，此其所長也。温故知新，孔注以尋繹文翰爲説，殆所謂識其小者乎，揚雄謂「雕蟲小技，壯夫不爲」，然猶賢於無所用心者。訓詁之學雖涉微瑣，然有功經典較勝辭章，第辭章之中有關經學而敷陳治道者亦不爲少，苟得其門階而深造於堂室以通儒業，易若拾遺，是在好學者深思辨明、沉潛往復而自得之於神明之府爾。

向戌弭兵，自以爲功，而子罕箴之，載在《春秋》，誠爲石論。莊周曰：「偃兵者，造兵之本也。」斯言簡切，上侔老聃，下括孫武。周書以超詣勝，而一言切用，同於菽帛，亦經國者之所不能廢也。

《詩》三百篇及《周易》以有韻之文傳，而《論語》、《内傳》諸書以文從字順傳，至於《尚書》百篇，以文辭之古奥佚而不存者過半矣，是古人爲學避難就易與今人畧同。孔門著書漸趨平易，殆欲廣其傳乎，而其辭則柔。甚矣！儒之爲言柔也！徽柔懿恭，美秀而文，儒之度也。孟子生於戰國之世，而其文踔厲風發，有雄剛之氣焉，其可謂善變者乎。《易》曰：「大人虎變，其文炳也。」七篇其有焉。

章學誠謂後世文章之體備於戰國，而不知六藝爲文章之淵府也，可謂闇矣。戰國之文，六藝之肆餘耳。史學幾亡於戰國，文辭之麗不逮於春秋遠矣，惟屈宋騷賦之辭尚留《風》、《雅》緒餘，荀卿能賦，又楚人之墜緒也。舍本而言末，陋乎哉！

漢高傳而吕戚、閎孺與之俱傳，諸人非能自傳者。然則非史筆之能傳漢高也，特漢高之能自傳耳。雖然，六國不亡，秦不亂，漢高終身一亭長，將爲鄙朴庸人而不辭，尚何傳之與有？然則非漢高之能自傳也，天傳之耳。史遷著書有藏山傳人之言，與夫峴山沉碑之輩，皆妄想也。人固不可甘無名，亦不可以幸有名。不可朽者人，而使之不朽者天也。能其所可能，而以其不可能者待之天而無妄有所冀覬焉，斯爲知命信道之君子耳。

漢高詔書曰：「賢士大夫有能從吾游者，吾能尊顯之。」斯言闇合經旨，《詩》云：「爾公爾侯，逸豫無期。」招賢之什也。

「荆及衡陽爲荆州」，夏史之書簡而質。「波漢之陽，亘九嶷爲長沙」，漢史之書奇而肆，所謂師其意不師其辭也。或素或青，夏造殷因，文章何獨不然？青出於藍而勝於藍，冰生於水而寒於水，文章之所以不朽於千古也。

阮氏論文貴華而賤質，是不知有《尚書》；貴簡而賤繁，是不知有《内傳》；貴偶而賤奇，貴有韻而賤無韻，是知有《詩》、《易》而已，不知有四子書也；貴短句而賤長句，是知有六經而已，不知

有《戰國策》、《史記》、莊、韓諸子之書也。且抑知是數端之遞變皆天爲之而非盡人爲之歟？三代盛時皆蝌蚪文字而用漆書簡牘，其勢作字不能甚多，國無游民，士非學校不養，有以耕築屠釣資其生者。至於春秋而漸變矣，貴士尚游，日日以盛，而孔子以大聖爲倡，天下靡然從事文學，其勢文字不得不繁，孔子曰「耕也餒，學也祿」，由此故也。至於戰國、秦、漢而游士愈多，文字亦日趨於簡易，蝌蚪之書則變而爲大小篆、隸書矣，漆書簡牘則變而爲恬筆倫紙矣，易偶爲奇、簡爲繁、有韻爲無韻、短句爲長句，乃天道人事之不得不然者耳。阮氏乃持目睫之見窺山海之宏大，其陋不亦甚乎？

《内傳》曰：「子爲彼欒氏，則亦子之勇也。」《國策》曰：「單有是善，而王嘉其善，單之善亦王之善已。」意相師而辭則費，《内傳》所以爲文之聖歟？《内傳》之呂相絶秦，其辭峭而厲，似《韓非》者也。《國策》之燕王遺樂，其旨婉而風，近《魯論》者也。謂文章之能事必與時代爲升降，從風會爲變遷，豈可語於知言者哉？蓋當論其時與事耳。立言無定體，則存乎其人也，氣聲味色各有五焉以成其變化，感於五情而爲文章，其精靈之所結聚，往往與天地高下、陰陽慘舒相呼應於元化之表，蓋莫知其所以然也。非好學深思而心知其意者，孰能辨析毫芒而深窺其奥窔也乎？

李白詩：「地繞錦江成渭水，天迴玉壘作長安。」自是奇句，然王勃、沈、宋輩並優爲之，不若

杜甫詩云「錦江春色來天地，玉壘浮雲變古今」意象高遠，若峩眉之有積雪，唐代詩人莫能及也。乃知古今文章奇絶處只换意不换字也。然亦有换字不换意者，蟬蜕爲蜩，花落成子，在學者神而明之耳。

《偕老》詩云：「子之不淑，云如之何。」明斥之，不如隱風之之切也。杜甫詩：「宫中行樂秘，少有外人知。」而商隱易之曰：「武皇内傳分明在，莫道人間總不知。」正言之不如反喻之之婉也。衛詩之奇在不斥之斥，甫詩之妙在不言之言。知此者，不獨可與言詩，而亦可與言《春秋三傳》之隱也已。

司馬遷述《孔子世家》曰：「可謂至聖矣。」本孟子之言也。爲孟、荀合傳，意獨以孟子爲主，淵識宏議，兼包漢唐宋人而有餘，然用意深藴，立言涵蓄，非若唐宋諸賢之發露也。續《春秋》而爲良史，綜六藝而爲通儒，豈非百氏之指南、九流之津逮也歟？

夢與門人李備聰論治道，以爲州縣者，治亂之樞筦也，粤寇之禍亂天下由州縣始，督撫釀之而政府蒙之耳。慎斯三者，雖百世治安可也。政令如風雷之動萬物而不知其所以然，則天下翕然從之。然非沉機深畧者不足以語。是故史學爲要，而經術者，史學之原本也。博喻旁引，反覆萬餘言，至雞鳴乃寤。始知漢詩「疇昔之夜，夢爭王室」，誠有是理。聖尼讀《唐棣》而曰：「未思有以也夫。」

「納於大麓」，漢儒訓「麓」爲「録」，是也。合上文觀之，足以見重華之德至而可以禪天位矣。後儒訓爲「山麓」，則與上文了不相貫。且以聖人試聖人，不試之以萬幾之繁，而顧出於兒戲以駭俗乎，是桐葉封弟之類，柳宗元之所不取也，而謂聖人爲之乎？後儒挾陋管窺，必取茅容遇雨之事以相比例，不知容特中人之質美未學者，不可以例聖人也。且林宗亦偶遇而識之耳，豈可試人於雷雨倉皇之際而自矜藻鑒也乎？由是觀之，漢詁未可忽也。

晚唐詩人若皮、陸輩，或於無意之際而融釋真詮，或於幽微之中而探索妙理，譬如暗螢孤照，木鶴清唳，翛然自遠於塵壒之外，斯亦狂狷之流亞也，憐才好德者亟宜引而進之。優柔經術，涵泳道德，則升堂而入室者必有其人焉。由是以推初、盛、中唐可知也，由是以推漢、魏、六朝亦可知也。韓退之似知此意者，故引島、郊、叉、湜輩而與相周旋。惜乎退之之學猶不足以窺六藝之深也，故其教人自爲者止是耳。杜陵氏，深於詩者也，於是有「不薄今人」之句，其識量差足以涵蓋羣賢，雖賢如退之，亦自以爲不及也。史臣謂唐之世儒林大衰，意若歸咎於辭章者，不知唐儒之不衰者獨有詩僅存耳。彼以辭章自畫，執一藝以成名者，陋也，因其自畫而畫之，遂别之於六藝之外，以爲無與於聖人之道者，亦陋也。無好德憐才之意而非薄古人者，其於今人亦可知矣。墨守語録，沉浸章句，而齗齗焉與馬、鄭爭席，使承學經義之士蒙蒙如坐雲霧之中而不知古今之大者，其陋過於唐賢遠也。立賢無方，帝王所貴；有教無類，明睿所師。孔子之門廣納四科，而

身通六藝者各極其選，其規模信可謂宏遠矣。端木、游、張、曾點、丘明之屬，識議閎遠，涵蓋高深，比於顔氏之若無若虚、毋施毋伐，亦殆庶幾焉耳矣。使七十子而生於今之世也，其激揚風流而宏獎後進也，當何如乎？豈若後儒末學褊狹爲衷、專己守殘而不容一物也乎？

《國策》雖有縱横一世之氣，然非盡劍拔弩張也，其紆徐深藴、曲而達、肆而隱，往往有《詩》、《騷》之餘風，故能上續左氏之《春秋》而下啓子長之《史記》，如《莊辛》、《觸讋》、《樂毅》、《燕王》諸篇畧可見也。又其兵謀之譎、説辭之巧，亦與《春秋》爲近。論其世之人物，則魏文侯、田子方皆師子夏，莊周、荀卿傳子夏、子弓之學，孟氏傳子思之學，稷下諸儒尤稱極盛。六經之書、三代之史，非遭秦政之虐，固完然不亡也。孟子往來齊、梁，亦猶孔子棲遲魯、衛，正以其多君子而好文學耳。西漢之得爲西漢，子長之得爲子長，《史記》之得爲《史記》，皆於《國策》、《孟》、《荀》、《莊》、《韓》諸書重有賴焉，而可不識其源流之所在哉！

《魯論》：「孰先傳焉？孰後倦焉？」「後倦」當是「後傳」之誤。後儒膠柱古文而鑿爲之解，則不識經意矣。闕疑之義謂何，亦徒見其拘陋而已。

《詩》首「四始」而後及於「六義」，《春秋》先「五始」而後及於其旨數千，漢儒説經之有次第者，蓋其慎也。

陸機《五等諸侯論》雖駢體而長於縱控，氣勢雄放，有班固遺風，亦可謂辭人之傑矣。南朝諸

人不能及也。唐代駢文衆矣，惟陸贄論事諸篇往復抑揚而浩氣不竭，蓋猶以理與風骨兼勝者，前絜士衡而後開蘇軾。後儒以有唐孟子推之，以其湛浸經術而動合仁義故也。辭章之不可無本原也如此。

天下之山必曲於野，天下之阜必曲於原，天下之水必曲於陸，天下之溪必曲於澤。文章之得山勢者，其曲也必峻；得阜勢者，其曲也必紆；得水勢者，其曲也必夷；得溪勢者，其曲也必幽。然而不若鉅野、平原、大陸、廣澤之宏肆而深衍也，此之所有不如彼之無所不有也。野原陸澤者，布帛菽粟、草木貨材之所取資，足以包山阜水溪之利而有餘矣；六藝經典者，皇帝王伯之所服習，足以包百家衆流之長而有餘矣。天下之至庸至易至簡，而可以馳騁天下之至奇至繁至險。彼奇繁而險者可以爲變化矣，未至於神明也。神明之所動靜出入，惟庸易而簡者足以藴之，而皆順乎自然之勢。此山阜水溪之所以能盡其變化而爲造物者之枝葉肆餘與其蘿蔓也。《易》曰：「地勢坤。」斯言足以狀造化之情，而亦足以究文章之妙也已。

杜甫詩《湯東靈湫》，其辭曲而隱；《詠懷》、《北征》，其辭切而直，其措之咸有體要矣。曲而隱者近乎《風》，切而直者近乎《雅》，有詳畧微顯之意焉，甫可謂深於古詩之義也已。曲而隱者亦婉而哀，切而直者亦危而厲，其晦也或章之，其肆也或含之，是乃《周易》憂患之情、《春秋》謹嚴之意也，所以包周身之防而妙陰陽之用也。故深於《風》、《雅》之詩而不悖於先王之訓者可與

言《易》矣，善乎哉少陵之志《易》也！ 其辭曰：「斯文憂患餘，聖哲垂象繫。」其有味乎言之也哉！

明鏡得花而與影爲二，琉璃得日而與影爲三，江湖之波得月而千百其影。 或動於天，或動於物，其動於物猶動於天也，蓋偶失之，偶得之。 文章之妙必有待於所感，所感而悲則悲，樂則樂，清濁、高下、疾徐必與之肖。 其動於外者天也，其根於内者亦天也。 知本者明，得源者清，學道而後文章者，與之終身而不厭焉。 默然無營而待物之至者，其感也神。 道之至者不可以書言喻也，而其喻者已至矣，則亦有至焉者矣，斯之謂文化。

杜詩有道，吟觀杜詩者亦有道。 雄奇博大者，其表之明； 沉鬱頓挫者，其裏之曲； 揮霍瀏亮者，其神之動； 盤紆迴薄者，其趣之幽。 知此者，不惟可與言杜詩，而亦可與言《風》、《雅》、《離騷》之妙也已。

甯戚《飯牛歌》曰：「大臣在汝側，吾將與汝適楚國。」朱家所以免季布也，有秦漢捭闔之風焉。 桓公用之而不疑，管仲容之而不忌，齊國之君臣如是，欲無興，得乎？

《詩》云：「觱沸檻泉，維其深矣。 心之憂矣，寧自今矣。」言觱然而沸之泉汛濫而不可止，惟其源深而流遠耳，人之憂深思遠也，其猶是檻泉乎？ 曹孟德詩曰：「明明如月，何時可掇。 憂從中來，不可斷絶。」其去風人之旨未遠也。 孔子論成人而有取於臧武仲之智，使幸聞道孔門而文

之以禮樂，其智慮豈出冉求下哉！惜乎孟德之才畧文藻有足過人而與莽、卓同列，信乎禮樂之教宜與詩相經緯，興於詩者必立於禮、成於樂，而後可以勉爲成人也。魏晉以來，才人若孟德者衆矣，聞孔門之風，其知所以自策也乎。

「文莫吾猶人」，「莫」乃「章」字之誤。所謂文章者，乃儀文繁縟之類，非指六藝之文辭也。文辭之至者，與天地相經緯焉，而表裏於道德，四教之所先也。孔子謂「斯文在天」，而引爲己任者在此耳，豈以猶人自貶而導人以重道輕文之失也乎？

喻養生於解牛，喻讀書於斲輪，可謂神乎技而進乎道矣。然以野人爭席爲忘機，是不知有過化存神之妙也。豈知二五而不知十歟？抑見智見仁之過而過猶不及也歟？

唐太宗踵隋科舉之失，不知其陋，而大言曰：「天下英雄入吾彀中。」宋、明承之而又加陋焉。天下本無英雄也，納其半英雄者於彀中，皆困折其才智，而天下遂無英雄，中國之積弱自此始矣。繼漢承周，述孟宗孔，明《春秋》之旨而通王伯之畧，可以造就英雄而充其智勇也，可以範圍英雄而化其桀驁也，可以開拓英雄而廓其規模也，可以誘進英雄而增其德器也，可以激發英雄而消其頽惰也。中國由是而可强，三代由是而可復，兆庶由是而可化，禮樂由是而可興，則四夷失其鋭，藩臣失其驕，豪俠失其武，文吏失其詐，勇夫失其横，辯士失其口，小儒失其僞，權家失其計，而爭奮其智能學術以爲朝廷用，以爲學校輔，而天下之人才有不可勝用之勢矣，何必納之彀率、束諸

繩墨，規規拘拘，抑首裹足於文法功令而貶損其德慧術智爲哉！

孟子曰：「決汝、漢，排淮、泗，而注之江。」排者，抑之擠之使之分，非使之合。合則納之，非排之矣。後儒不詁經意，遂疑孟子疏於地理，謬哉！汝、漢，上游也，決之使達，而凡汝、漢之旁水皆隨汝、漢以注於江可知也。淮、泗，下游也，排之使遠，而凡淮、泗之旁水皆别淮、泗而注於江可知也。一字之精義不可闕忽如此，孔門所以兼識小歟。

漢儒之失在於文致六經而附會之説繁，毗於柔者也；宋儒之失在於武斷六經而鑿空之論起，毗於剛者也。

謝安，風流宰相也，平生絲竹陶寫，故聞詠詩而流涕，其詩曰：「爲君既不易，爲臣良獨難。」他人誦之亦凡語耳，入乎知樂者之心而悲不自勝者，何也？以曹孟德之雄才得志於亂世，而其《短歌行》曰：「憂從中來，不可斷絶。」古之傷心人誠别有懷抱耶！曾氏封侯貴重，而憂讒畏譏過於布衣之士，能知樂意故也，觀於謝、曹之凱歡而慷慨者可知矣。漢高之《大風》、《鴻鵠》，孝武之《秋風》「蘭菊」，悲歡翕忽，衰盛無端。帝王之英雄者也，猶且若斯，而況於將相之遲暮感激者乎？

「萬斛泉源，隨地湧出」，其文心之盛乎？「因方成珪，遇圓成璧」，其文心之巧乎？二者皆出於自然，故神於藝者近乎道。先道而後藝者，三代盛時常有之，至孔門愈推而大之矣。由藝而至道，則漢唐以來皆是也。儒林、文苑分道馳而其淵源未始不出於洙泗也，足以知孔門之宏廣

矣。孔子言《詩》兼識大小，端木氏知之，教文游藝則弟子記之，蓋習聞於師説者也。《三易》、《禮》、《樂》、《詩》、《書》之文字皆備於文、武、周公矣，孔子必推而衍之以宏其道，且必使之貫於一，惟恐學者離而二之，所以杜支離之弊也。以藝爲藝，不以藝爲道，末流之弊蓋不可深言矣，矯枉者遂欲離而二之，且去藝而存道，不知二者之相爲用而不可離也，甚者至引儒而趨釋矣，不愈謬乎？

史遷稱青雲之士即孔門所謂達人也，史遷稱好學深思者即孔門所謂人師也，史遷稱倜儻非常人即孔門所謂狂者也。初漢通儒見聞未廣，而學識特精，有過於東漢諸儒之鑽研考訂汲汲不皇者。彼以形索而此以神遇也。孟子不信書而荀卿法後王，孟子意逆志而荀卿貫誦數，大小儒之別在此矣。東方朔誦四十四萬言，而著《客難》則曰：「自得之則敏且廣。」其言有合於孟子，左右逢原。仲舒尊聞行，知高明光大之説。是西漢學者猶窺見六藝之淵源，其傳人亦不鮮矣。東漢儒者訓《堯典》至二十四萬言，而通敏如朔者幾人哉？後儒觀此可以知所從事也已。

禮喻民色，樂導民聲，不獨吉凶賓嘉然也。於軍亦有之矣，旌旗以威目，鉦鼓以威耳。禮樂之意也，所以勸戒將士之情而使之出於一也，猶隄防之以制水矣，然其終也，必有勞還凱歌之禮樂以悦三軍之情焉。張而不弛，文武不能也。軍禮至嚴毅，致殺伐，然且以陽先陰，樂倡禮也，況其他哉！《詩》之有《風》、《雅》、《頌》、賦、比、興也，人心自然之禮樂與天地中和之氣相應而爲節宣。先王因人情之至而教之以《詩》，且取以爲六藝之首，而傳之以爲六義焉，其旨信深遠矣，可

以經百世而無弊者也。孔門《魯論》於孔子言《詩》之旨必再三記之以垂成人小子之訓者，此意也，而末流儒者治《詩》之義乃鹵莽而無序，失温柔之意，開攻擊之漸，禮日勝而樂日微矣。曾氏有感於是，其言曰：「性理之説日密，庸人鲰生喜謗畏諛，於世所稱豪傑長者哆口奮舌，攻擊慘毒，而於權要深險之小人則緘口而不敢一風其短。」曾氏能知樂者也，故其言與道真冥合。凡今人之好毁而疾名者，皆詩教之失使然也，昌黎《原毁》未嘗及此。唐之詩教雖衰，未若宋明以來之甚也，其繩墨君子人猶不至於苛切，則曾氏性理説密之言信矣。蓋藉庸人鲰生以攻擊之利器者，其風習自兩宋而深也。宋元詩之衰陋可知矣。教失樂崩，往而不反也，而詞曲纖新仄豔之流連靡靡者伊胡底矣！乾坤，其《易》之緼耶？禮樂，其《詩》之緼耶？乾坤，其《易》之門耶？禮樂，其《詩》之門耶？移風易俗，莫善於《詩》，《詩》興而禮樂可興矣。興《詩》非博文不可也，局局於章句語録，而不博觀古今載籍，自漢唐而津逮於三代以求六藝之指歸也，雖欲無爲陋儒，不可得已。

日合月而爲璧，風遇水而成波，斗旋天而紀歲，木得春而揚華，道司意而章文，皆出於自然而不可擬議者也。知其出於自然者而静以觀之，則萬物可化道，貫而爲一矣。因源得流，而俯察乎品類之細微、運世之悠久，則凡今由古、夷嚮華、臣得君、婦耦夫、聲從形、武輔文、物隨人、小事大，形色變化，陰陽神明，百千萬億而不可擬橅者，皆自然之所爲也。自然生元化，元化生天地，

自天地而達之人者爲顯爲晦，爲巨爲細，殽列森布，如斯其盛大也，斯之謂文章而已矣。語言文字固不足以盡道，而不離乎道者，亦不離乎語言文字而自得之。知其説者之於六藝也，其猶冰釋理解，而悠然遇於物象之表也乎。

有我而無古人者，其文雖樸而不雅；有古人而無我者，其文雖巧而不真。

修道之謂教，名教亦道也，王公不得而加之，天人之爵異也；攸好德之謂福，聞譽亦福也，富貴不得而齊之，久暫之勢殊也。羲、黄以降，天闡斯文，三代之聖賢傳諸詠歌，著於載籍，然若伯夷、泰伯、箕、比、微子之倫猶名逸而不彰，史文之闕也久矣。孔子於删訂《詩》、《書》之外，特表而出之以勸來者，《春秋》表微甄善之意於是焉著，知《魯論》，然後知《春秋》也。左丘明、司馬遷繼之，而後三代、秦、漢以來，孤臣孽子之忠孝與夫處士之廉節慕義而抱異懷奇者，咸得登諸簡篇，播於歌詠，而與天壤同敝，則皆不富以異之，片言有以歆動而感激之耳。左丘繼述之功，固非公、穀、啖、趙者流所能測識。而馬遷首伯夷於列傳，驥尾青雲之喻，俛仰低徊，實有以默契《魯論》、麟經於千載以上，與私淑聞知者同科，豈徒論世而尚友古人若孟子之所云者哉！故必神明於左、馬立言之心，然後可以上窺乎《魯論》、《春秋》之旨。

司馬遷爲《史記》，所取材者七八種書而已，而其爲《五帝本紀贊》則曰：「非好學深思，心知其意，殆難爲淺見寡聞道也。」蓋遷之自負者，才識耳。問學者，衆人之所同；才識者，通儒之所

獨。而鄭樵區區以學不足爲遷病，不亦陋乎？使遷而從事於匡、張、孔、馬之學，則亦章句小儒而已，安能並驅丘明而成千載之絶業也？雖然，以遷之才識猶必出於好學深思，然後可以問津六藝而生變化於規矩，况才識不逮遷什佰者乎？然遷之所謂學、思者，蓋自孔子所傳温故知新之道，而非末流所習章句訓詁之徒也。後之學者有志通儒而欲爲《春秋》經世之業者，可弗以遷書爲先路之導而以遷言爲之筦鑰也夫？

物之生也，初氣恒勝於末氣，羲必勝堯，黄必勝禹，舜勝文，孔勝孟，初終之異也。西漢之初，經始萌芽，而賈、董繼出，東漢訓詁之儒者莫能及焉。後儒爲章句之學，師馬、服而遺賈、董，宜其屈矣。鄭康成始學於馬而能自樹立，稱爲通儒。昭烈嘗從陳元方、鄭康成游，而備聞治道語，其所得，其猶在董生之次乎？而宏略濟時差不及賈，惟以清德重望名於當世，爲時人之所敬禮耳。孔子所以嘆才難乎。

藻川堂譚藝·唐虞篇

唐虞君相，首詠「明哉」，下逮風詩，長言永嘆，蓋《文言》、《魯論》、《内傳》之所權輿也。詩爲樂心，文宣樂旨，其抑揚抗墜，高下疾徐，上通於天籟，旁達於八音者，實緣人心之至樂而生。知人心之至樂，結響含情有出於玉振金聲、條理始終之外者，而天地無聲之樂可以神遇獨得之於千載而下矣。自然者，天地之心而萬物之化也。羲、農、堯、舜之政因乎自然，三代而後則汲汲於典章法度而已。六經、四子之文出於自然，漢唐而後則斤斤於規矩準繩而已。道可尚而不可名，尚道者先得吾心自然之天而希天之自然，政事文章由之以生者也。《易》其萬物之原，而斯文之所自出乎。

《雅》之初變而有《小弁》，再變而有《離騷》。詩生於情，情生於怨，怨生於忠孝，非孔子不能删而存之，非孟子不能辨而明之。司馬遷竊取其意以贊《離騷》曰：「雖與日月爭光可也。」觀於《伯夷》、《屈原列傳》而知遷之志矣。知遷之志，則必知《春秋》之志，然後知遷之果爲良史也。噫，知言，豈易事哉？

伊尹之清剛，實兼有伯夷之風骨，而伯夷之峻隘，則不如伊尹之宏通。諸葛孔明似伊尹者也，仁以爲己任，既宏且毅，而又以天下爲己任。唐杜甫氏觀其遺像則頌之曰：「肅然清高。」論其治功則稱之曰：「伯仲伊、吕。」通識知言，深契儒術，豈伯玉、太白諸人之所敢望乎？

時中之聖自宓犧至於孔子，僅四人焉，虞舜、周文皆先孔子而得時中之妙者也。唐堯，聖之和者也，而能傳「精一執中」之學，有薦舜於天之功，故孔子以則天稱之。巢父、許由清而未聖，獨史遷稱之以例伯夷耳。畸狷之行，其流爲沮溺、楚狂、莊周、魯仲連，而後世多效爲之，列於載記，特貴其難而已。黄帝以來，湯、武、周公其皆聖之任者乎。孔子之道神明不測，可以任，可以和，可以清，其中也以時，七十子未之能逮也，而孟子獨願學焉。宋儒稱孟子非聖人而學已至於聖，非虚言也。老聃氏述上古之遺言，其旨多表裏於《易》，立乎濁世而獨爲清高之行，而其道上下天地，開物成務，可以任，亦可以和，故孔子以「猶龍」稱之。而其言有曰「知希我貴」，曰「以正治國，以奇用兵」，曰「曲則直，枉則全」，曰「欲取姑與」，曰「國家昏亂有忠臣」，曰「禮者，忠信之薄而亂之首」，曰「聖人不死，大盗不止」，皆與六經、四子之書判然若不相合，其實貌異心同者也，而於伊、吕經世之畧爲尤近焉。然其辭氣之間傷於過激，好爲驚人之語以警世而覺愚，遂爲形名縱横諸家之所附託。儒者或從而譏短之，宏識若司馬遷特以冠諸九流之首而目之曰「道家」，則其實固不可掩也。夫以黄帝、湯、武、伊尹、夷、惠之聖而不得蹈乎時中，乃退處乎清任與和之列，獨老

聃也歟哉！老聃之傳爲楊朱，猶荀卿之有李斯耳。孟子排斥楊、墨而獨不及聃，蓋疑於孔子「猶龍」之一歎也。老、孟之書皆不言《易》，而《三易》之全體大用無不畢具於中。此其所以殊塗同歸而守約施博也乎。

中之圜，太極也。其中之一畫則乾象也，三畫連中，王道之盛也。止戈爲武，文德之成也。義從我，求之内也。仁從人，推於外也。小篆之文造原蝌蚪，倉頡之字禀承軒轅。訓詁文字之通德類情，其初實淵源於羲畫而皆有精義入神之道焉，所以能經緯乾坤，啓億萬年華夏之文治而作人興化於無窮也乎。

羲之《蘭亭序》排斥南華，乃適墮入南華窠臼中；高、顧之書排斥陽明，乃適墮入陽明窠臼中。先入者爲主也。

《中庸》曰：「率性之謂道。」孟子曰：「夫志，氣之帥也。」以道率性而天定，以志帥氣而人定，天人咸和，中極乃建。然後性循其經，氣循其軌，將率率循之義，所由一以貫之，引而申之也。張横渠曰：「天地之帥吾其性。」其意猶思、孟也，而其辭若猶有所未達者。蓋横渠之學由强探力索而來，與揚雄之覃思研精等耳，其諸剛健篤實而未能輝光日新者乎。

《西洲曲》導源於《青青河畔草》，五言之清麗者。其纏綿往復之意得之《國風》、《離騷》者爲多。平子《四愁》化以七言，思約韻短。初唐王子安輩衍爲長篇，杜陵《洗兵馬》效之，更作雄句。

王介甫極推之，何仲默製《明月篇序》不以王意爲然。彼謂詞旨温惻爲正變風人之遺，雖不足以議杜，而於太白規則風人之意則固能知之矣。明賢復古，倡自青田，大復和之，同爲婉秀，白雪、漁洋殆不能及也。

王子安勝温飛卿處不止尋丈，正由去《風》、《騷》之情韻近耳。庾、鮑輩皆知此意者，集大成如杜甫氏每以屈、宋、齊、梁並稱而不敢循流俗嗤詆之論，良以此也。太白好稱古風，不珍綺麗，其實乃入六朝範圍。少陵獨以庾、鮑方之，非目皮相士者所能喻也。時人見效初唐體者輒抑之爲卑弱，未識溪澗，焉知江河？樂心遂亡，由斯故耳。

黄河之有龍門，長江之有巫峽，會衆水而束之，然後放而達諸九河、九江以入於海。此乾坤闔闢之樞機，日月晦明之節候，以視世運升沉、遷流變化，其道一而已矣。唐、虞、三代之政教，約束古今，爲之樞極，然後放之漢、唐、宋、明而無不安瀾順軌。古今辭章之奇，至者每同斯境，惟智者能觀其通焉。

「行乎其所不得不行，止乎其所不得不止」，斯境非獨文章有之，凡天下人事之往復萬變而不可度思者皆是也。故凡爲文章之闔闢奇縱而樹立宏遠者，必達於道，然後能不朽焉。

咸丘蒙之説《詩》，即家令之所以語太公者。秦漢之間，經術未明，而雋不疑引《春秋》以斷大事，其謬有不可勝言者，皆家令之類也。然漢之君臣不以二説爲非而加之爵賞，終漢之世人才爲

多，而經術亦賴以章顯，得《魯論》「赦小過，舉賢才」與重華隱惡揚善之意。魏晉以來，斯風日替，政教彌衰。孔孟之言，人人誦習，訓詁雖明，而士心彌近於巧僞谿刻，欲經術之風行四方，未可得也。

《邶風·柏舟》之篇，楚《離騷》之所自出也。《魏風·山樞》之什，《十九首》之所濫觴也。「樂酒今夕，君子維宴。」《小雅》之慨當以慷也，漢樂府之《來日大難》效之，曹孟德之《對酒當歌》又效之。「上言長相思，下言久離別。」《十九首》之纏綿悱惻也，漢蔡邕之《青青河畔草》效之，唐李白之《漢水雙魚》又效之。文章氣脈，古今恒不相遠，屢變而不離其宗。告往知來，舉一隅而三反者之可與言詩也，正不獨孔門爲然矣。

文章之妙，貌異而心同者上也。或取古人之辭而變其意，或取古人之意而變其辭，次也。明人擬古，辭意俱同，雕龍不成，遂至畫虎，宜其爲鍾、譚之所竊笑歟。

杜子美論詩云：「前輩飛騰入，餘波綺麗爲。」文章諸家，上者飛騰，次猶綺麗。魏詩曰：「高文一何綺，小儒安足爲。」建安以來所謂高文者，綺而已矣，其能飛騰者絶少。「采乏風骨，則雉竄文囿。」美哉劉生之善喻也！李太白《古風》云：「自從建安來，靡麗不足珍。」卓識高議，先少陵而霞舉，豈不偉哉！又嘗爲古詩云：「蓬萊文章建安骨，中間小謝又清發。俱懷逸興壯思飛，欲上青天攬日月。」於建安稱其骨，而嘉小謝之清發，道其能爲驚人句也，與子美論詩合符一揆。自

茲以降，流風滔滔，不復有飛騰而入者，蓋由采乏風骨，少得於六藝淵源而求之於機杼。甚者乃擬議形似而爲之，其卑弱不可道矣。自二子之學識才氣而仰泝《風》、《騷》之淵源，以躋於「六義」、「四始」之鴻軌，其必求諸逸興壯思、飛騰直上然後可哉。

少陵爲詩，凌雲健筆，氣橫九州，初不屑爲縹緲附俗之辭，而輒稱道齊梁不置，亦有時爲新句，側媚輕纖而不損風骨。太白、龍標諸人不能及也。商隱視杜，體小才劣而思致幽刻，時或蹈其藩籬，與元、白之輕俗不侔矣。遺山起於數百載後，獨能高揭其風，懷抱絶偉，神契不凡，非偶然耳。何、李刻意求工，誠爲貌似，然未免以刻鵠貽譏。鳳洲、于鱗、漁洋諸子，或獵其詞采，肖其音聲，偏趣孤韻，才力益非何、李敵矣。聞弦賞音，鑒貌辨色，而得諸牝牡驪黄之外者，伊何人哉！伊何人哉！

孔門文學特傳四科，則後世治經譚藝之學出其中矣。經有本有末，有意有辭，得其末而遺其本者下也，玩其辭而知其意者上也。皇古之世，由史而經；兩漢之朝，先經後史。司馬遷氏才大思深，羽儀麟筆，卓然知經意者也。陶靖節之詩，言情體物，神契《風》、《騷》，雅量高致，亦與《考槃》、《衡門》之詩人不異。杜子美氏集漢魏六朝諸詩之大成而上溯《風》、《騷》、《雅》、《頌》，其音鏗鍧有若金石，而裨益名教者爲多，是宜特躋兩廡，鼓舞羣才，庶幾有合於循循善誘之方與乎六藝傳經、四科廣化之意，而宏大如山海，不測如陰陽，變通若四時，神明若天帝耳。後儒戔戔，既

屏諸賢者於儒林以外，而於戴聖、何休之疵吝偏蔽輒以其沾沾訓詁而尊信之，不敢致疑，多見其莫知擇善，而卒爲硜硜之小人也。

西漢有經術而鮮經師，鄭康成氏集兩漢訓詁之大成者也，至魏晉六朝而經學幾廢。東漢有變風而無變雅，杜子美氏集漢、唐聲歌之大成者也，至五代、宋、元而詩教幾淪。再實之木，其根必傷，極盛之難繼也，豈獨聖人爲然也哉！

太史遷諸傳贊有曰「余觀《春秋》、《國語》」、「余讀《牒記》」、「太史公讀《秦記》」、「余讀孟子書」、「余讀商君《開塞》、《耕戰》書」、「余讀《離騷》、《天問》、《哀郢》」、「余讀孔子書」、「吾讀管氏《牧民》、《山高》、《乘馬》、《輕重》、《九府》及《晏子春秋》」，是其博覽羣書之證。然惟《尚書》、《論語》則篤信之，而《禹本紀》、《山海經》所有怪物則不敢言。百家言黄帝，其軼見於他説，竊取孔子删《詩》、《書》之意而裁之作《五帝本紀》，其辭雅馴，縉紳先生之所可稱道也。其指在於好學深思，心知其意而已。而淺見寡聞者固疑而駭之矣。孟子曰：「盡信書則不如無書。」又曰：「以意逆志，是爲得之。」遷之言有與之合者，此其所以爲通儒歟。

羲之、安石，領袖王、謝。情之所鍾，正在此輩耶。中年哀樂之感，纏綿悱惻於心，嘯歌傷懷，宣導湮鬱，江左風流宰相惟有謝安，夫豈妄哉！而羲之託意寄情，惟在《蘭亭》一序，哀樂情至，豈緊異人。所以經世綜物，與人同其樂憂，而視先憂後樂之賢，符契千載。近代湖外之有

曾、胡，摯於情者也，經綸中興，追躅謝、范。而若羲之儔，高舉塵外，賞音寥寥，庶幾遇之於泉石之外耳。

傳經不貴專門而務通貫衆説，修史不尚衆治而務網羅見聞。稽諸古籍，既以善擇爲先；驗諸當時，尤以傳信爲主。太史遷書既本《國策》、《世本》諸舊聞矣，而孟嘗君則必徵之於過薛，信陵君則必徵諸大梁之墟，於禹疏九河則必徵之於長城亭障。賤耳貴目，雖古事猶然。其管、晏、趙盾之事，畧舊所傳，增益新説。穰苴、孫武，不論其兵法而論其行事。項羽則聞之周生，衛青則聞之蘇建，荊軻則聞諸公孫季功，韓信則聞之淮陰人，言田叔則曰「余與仁善」，《韓安國傳》則曰「余與壺遂定律術，觀韓長孺之義」，《李廣傳》則曰「余觀李將軍」，《游俠傳》則曰「吾觀郭解」，《酈生傳》則曰「平原君之子與予善，是以得具論之」。語文章則變化從心，徵信行則實事求是。班固以來，茲風閴焉。蓋直以爲官書，而非己之書也。道不通於古今，善不同於天下，去聖人之意益遠矣，况於隋唐以降。合衆論之紛紜，參帝王之筆削，築室道謀，動虞文網，彼此盾矛，不敢究詰者乎。此沮誦之所以失塗，而靈均之所以當軸也。

以詩爲文者始於《文言》之釋《易》，而六朝之駢儷繼之。以文爲詩者始於屈原之《離騷》，而杜、韓之詩歌繼之。辭章之變化隨世代因，而古今不能限隔，惟睿智而希聖者能觀其通，衆人則束縛於繩墨之不暇耳。

杜子美《曉發公安》詩意自羲之《蘭亭序》來，而幽異蒼深，俄成別調。《蘭亭》，春氣；而《公安》，秋氣也。文章能事與造化侔，奚論有韻與無韻耶？

《雅》、《頌》賦體，排比鋪張，蓋《春秋》屬辭比事之祖，《内傳》、《國語》之所淵源，而實《尚書》之委流也，故其文章古質高奇，往往與典謨相亞次。孔子因魯史舊文筆削以爲《春秋》，與晉《乘》楚《檮杌》異，其義在於褒貶當世，以懲以勸，與《風》、《雅》之美刺揚扢畧同。「詩言志，歌永言。」而孔子嘗曰：「志在《春秋》。」史遷生孔子後三百年而知《春秋》之志，志《春秋》之事以爲通史，卓乎不朽盛業，獨惓惓於《國風》、《小雅》、《離騷》之辭，其言曰：「推此志也，雖與日月爭光可也。」韓愈之論文章曰：「水盛，而物之大小畢浮；氣盛，則言之短長與聲之高下皆宜。」其言文章之氣先於骨幹詞采，似矣，而不推原於帥氣之志，則猶未爲知本者也。《春秋》、《離騷》之視《風》、《雅》皆貌異而心同。以有韻藻葩之文言之，則《離騷》爲尤近《風》、《雅》。而聖賢之言《詩》、《騷》、《春秋》者，皆推本於志。此自唐虞《尚書》以來，文學有淵源，辭章有氣脈，相與交貫融注而終不可朽絶者，即《大易》之「修辭立誠」、孔子所謂「斯文未喪」者是也。誠然後言有物，不誠則無物。誠者，志之本而心之所之也，如好好色，如惡惡臭，可謂誠矣。將欲端志帥氣，必先立乎其大者，是以君子務格物以曲致其知，而明明德以及天下，自《詩》三百篇之「思無邪」始。孔子之所雅言與其設教而刪訂六藝也，蓋莫不以《風》、《雅》爲先，所以樂學者之性情而和其心志，將以爲成有德、

道中和而致太平之基始耳。於其變而能反之正，則無所不正矣。孟子曰：「經正則庶民興，庶民興斯無邪慝。」蓋合《詩》、《禮》、《春秋》之志而一言以蔽之者也。秦漢以來，師儒道喪，學者莫明六藝會通之旨，分離乖隔，不合不公，而訓詁章句專門名家之業乃延蔓於天下後世。北宋諸儒導源《大易》，專趨簡徑，既非中人可幾，不知而爲之者或遂流爲禪定。晦翁矯其流弊，明道問學之功歸趣仍不越乎章句，孔門言《詩》之旨由是遂微，而孔子作《春秋》之志遂不復章明於世。宋、明以來，號爲儒者即不知有經權互用之妙，事君者徑情直行而不可與羣怨，則人倫之道苦而性情之德乖矣。有志於身通六藝而經綸八區者，其必曉達於《詩》與《春秋》之義，然後行哉。

《風》、《雅》詠人而以物喻之，杜陵詠物而以人喻之，其神明於六義而變化從心，終不踰乎規矩之外，所以爲詩聖歟。

《詩》云：「薈兮蔚兮，南山朝隮。婉兮變兮，季女斯饑。」俯仰低徊，神秀獨絶，不減山榛、隰苓之詠。杜詩：「山寒青兕叫，江晚白鷗饑。」詞旨娟秀，寓意深遠，能化《風》爲律者也，每一吟誦，覺《三百篇》之沉麗猶在人間。

杜陵《可嘆》一詩效史公列傳體，表王季友李勉也，以友引勉，如《蕭何傳》之稱鄂君、《韓信傳》之稱蕭何、《陳平傳》之稱魏無知也，似附傳亦似合傳，蓋神明於規矩之外者。而述季友才德，

乃先寫其妻之棄夫，頗類朱買臣事。觀過知仁，叙次莫測，不顧時俗駭怪，千載以來惟史公可與齊驅，詩人之中殆未有匹。然賞音亦寥寥矣，少陵嘗爲詩自詠云：「百年歌自苦，未見有知音。」諒哉！

《詩》云：「巧笑倩兮。」《禮》曰：「辭欲巧。」三代之時，賢士大夫辭命雍容，折衝尊俎，曷嘗不以巧爲貴乎？《魯論》曰：「辭達而已矣。」達能兼巧，巧不能兼達，故君子尚達。《易》曰：「修辭立其誠。」言而無誠，是爲巧言，「巧言如簧」，詩人之所刺也。誠立於中而辭達於外，巧力並至，如善射者之志於鵠。然施諸壇坫，用之邦國，感人心而天下和平，此經術之英華，六藝之歸趣，非七十子不能知之者也。故必有碩人之莊姜而後可以語於巧笑素絢，有端木之詞令而後可以語於瓊瑶韞沽矣。史遷於李陵、杜甫於房琯，皆力救而身殉之，其用情於知己深摯如是，是以能爲文章，與金石齊壽，與日月爭光。觀過知仁，於斯信矣。

縱即大中之奇而建皇極，橫即乾坤之耦而生萬象。羲、黄相嬗，始爲卦爻，字畫以盡天地之理而成天下之文。其體博而用神，思精而道費，不待探賾索隱，鉤深致遠，而陰陽不測之妙已粲陳於吾前，開宇宙而功萬世者，可謂至矣。鄒孟氏生於縱横之世，爲縱横之言，蓋有見於天苞地符之本，述四聖之微言，因奇耦而知陰陽之化、剛柔之情、仁義之德，觀六爻之動而知三極之道，由盡心知性知天事天立命之理而合乎窮理盡性至命之道，與盡己性人性物性、贊化育、參天地之

變通神明，左右逢原而無入不自得者，又可以縱橫少之也乎。

杜陵《示宗武》詩云：「十五男兒志，三千弟子行。曾參與游夏，達者得升堂。」殊有道氣。蓋深於六藝，其言有物，視淵明《責子》、退之《訓子》諸詩獨爲醇雅，故知不道問學不可以爲詩人，不通經術不可以成韻語也。

《尚書》、《雅》、《頌》，同出一原，其古質簡奥均，而有韻無韻異，古詩之流出於太史，詎不信耶？質之先於文也久矣，於大樂之八音爲木，於《大易》之四德爲貞。後儒不窺道原，不見本末，反謂李斯碑版，韓愈古詩實始變古文之辭而爲韻語，或乃疵杜甫詩不可合樂，以傖楚爲譏，於無詔伶人事謝絲管之説，亦若懵乎其未有聞也。何其謬哉！

百家之學權輿於史，六藝之學造端於《詩》，王聖之所先也，治亂之所原也。偉哉杜少陵之爲詩史乎！老聃曰：「以正治國，以奇用兵。」今觀少陵之詩，明於治體，長於兵畧，有魏徵、張九齡之直，李泌、郭子儀之智，而惓惓憂國每飯不忘之心又若有過於諸公者。許身稷契，豈虚言哉？而宋祁爲《唐史》反謂其「高而不切」，文人相輕，乃至是耶！宋祁自顧其才堪爲少陵執鞭否也？近代王氏史論亦輕賈誼、陸贄，以爲不如齊黄。其意乃在於詆詘蘇軾，亦可謂懵而不知其善者矣。漢唐以來，文人知治體而通兵畧者代有其人，唐之韓愈、宋之歐陽修、明之劉基、宋濂皆其人也。孔門文學、政事列於四科，具有深意，後儒豈識之耶？議者又謂少陵脱畧

疏放，無經世綜物之才，亦非通論。漢季龐統、蔣琬爲州縣，廢職事，昭烈至收之於獄，獨司馬徽知統，比之卧龍，諸葛亮薦琬共贊王業，皆如所言。天下士可以一眚廢耶？近代胡益陽强歲以前官評稍絀任司道將兵，亦無功，而爲中興名臣稱首，曾湘鄉愧歎自責不知人之甚也。宋祁鄙論，耳食者奉之如經。杜甫爲詩，厚愛今古，不名一善，兼包衆長，合於休休有容之大臣，蓋不自用而能用人者。北宋以來責人如恐不及，始於宋祁，其流斯甚，漢唐諸賢能免於後儒之掊擊者鮮矣，獨甫也乎哉！

隋唐駢儷整練之文，其源出於六朝。六朝駢文已具體矣，其藻麗矜鍊則西漢鄒、枚、王、馬之委流也。鄒、枚之文導源戰國荀卿。諸子能爲賦言，鋪張陸離，本乎楚《騷》。楚《騷》之原則《國風》、《小雅》也。《詩》有六義，而賦體敷陳至多，比興差少，《大小雅》之所以異於《風》也。其源則出於《尚書》而同掌於太史，有韻無韻，異流同源，而皆與《禮》、《樂》相表裏。《禮》、《樂》之始，與天地俱生，而導源於《易象》。《易象》者，經史之緣起，斯文之苞幹也。西京賈、董奇正之文多出於《禮記》、《孟》、《荀》、《傳》、《語》、《國策》，其始亦導源於《尚書》惇史，而司馬遷繼之以恢史，體大而能精。劉向而後，嗣響寥寥。歐陽繼起，風骨俊邁，往往過於六朝駢組之文，而與伯玉、少陵諸詩人爭勝於唐宋之際。此天地之文章始於奇耦，寄於聲音文字，成於自然，而與世道爲升降，與人材爲盛衰者。有明以來，時藝朋興，斯道不墜僅如絲縷，於劉、高、何、李、歸、王、侯、魏輩皆

當擷而取之，以續廣陵之餘響，存正始之遺音，蓋難能而可貴，至矣。

文生於氣，氣生於義，義生於意，意生於神，神生於天。故善吾天，乃所以善吾文也。心猶光也，辭猶景也，光圓則景明，心慧則辭炳。故達於心，乃所以達於辭也。

司馬遷爲本紀、列傳，而其末綴以贊。司馬相如爲《封禪頌》，而前後繫以辭。文章變態，信無所不可也。然遷爲文雄直頓挫，以風骨勝相如；相如之文沉博絶麗，特以詞采敵遷。東京班、揚與西漢之鄒、枚、王褒皆可與相如頡頏，而遷之文章千載無匹，况其作史，經世之才與學識，《左》、《國》、《戰策》而外亦未有與之儷儔者，雖韓、歐、蘇軾之爲文章，亦第能步其後塵而已。獨屈原之爲《騷》，嗣《詩三百篇》而起，莊周論道駘蕩駿逸，時若游龍仙禽，飛雲海瀾，未易方物，而杜甫之古、近詩究古今之變態，是三者皆各極其勝而未可優劣，若江河岱華之互相長雄耳。甫詩曰：「文章千古事，得失寸心知。作者皆殊列，聲名豈浪垂。」又曰：「妙喻筌蹏棄，高宜百萬層。白頭遺憾在，青竹幾人登。」知言也哉！

「俄頃辨尊親，指揮存顧託。」表元振也。「微爾人盡非，於今國猶活。」表玄禮也。史議宏深，上準麟筆，可以勸功維世，楚騷漢詩之所未有，宗元所謂制作如經者歟？宋、明以來，惟寇準、韓琦、于謙輩雄姿傑濟，悦安社稷，乃不爲諸儒所稱道，肆筆如侯方域者反從而疵毁之，此神州之所以蹶顛而風雅之所以遂息乎？

韓非之書險勁刻深，與其操術大類，蓋所謂言爲心聲者。李斯甚害其能，而爲秦制頌銘諸碑版，險勁大類韓非，蓋其操術用心同也。流溼就燥，類聚羣分，物理有之，文辭亦然，不論有韻與無韻也。知此，則於周秦以上、漢魏以來文章得失異同洞如觀日，而於知言知人之學亦可以涣然冰釋而油然意怡也夫。

文章之有頓挫沉鬱，猶天道之有陰陽開闔也。頓所以爲行也，挫所以爲勝也，沉所以爲升也，鬱所以爲明也。陰節不盡，陽節不興，貞下起元，萬象之門。

「衣霑不足惜，但使願無違。」不醉無歸之旨也。「人生歡會豈有極，無使霜露霑人衣。」好樂無荒之意也。

司馬相如家居徒立四壁，揚雄産直不過十金，而皆爲天下名俊。左思詩曰：「寂寂揚子宅，門無卿相輿。悠悠百歲後，英名擅八區。」自遷、固以來，辭章道長，宿學愛才，弘獎每無間於今古，而杜甫、韓愈氏更揚其波，是以承學之士文辭斐然，殊絶於後。自宋以來，經義試士，鴻辭遂希。建炎而後，專取閩浙纖靡之辭，浮薄之士才識卑下，遠不逮於北宋盛時，而章句語録乃充塞於館塾，初學下士茫然失塗，奉朱、蘇爲正鵠，而冀辭章之沉博絶麗，爭曜采於丹青，蓋亦難矣，況欲發六藝之英華而進訊孔、顔之塗轍也乎？明永樂以後所詣尤卑，見亭林、梨洲兩先生集。

桓寬《鹽鐵論序》抑揚褒貶，切而不誣，杍柚自然，猶有馬遷遺響，然易贊辭爲序體，變動不

居，蓋深於文辭者。歐陽修文章婉弱，不逮馬遷之雄奇，然正可與桓寬輩行耳。

路温舒《尚德緩刑書》沉鬱悱惻，神似史遷，是能熟讀《報任安書》者。然温舒乃對君之辭，婉摯得體，不如史遷之激昂，蓋剛柔之用異也。觀其所學長於《春秋左氏内傳》，亦史遷之所淵源者。西漢文章藻麗者衆，大都源出相如而兼鄒、枚之勝，其辭義高古、氣雄識倬而通古今者則出於賈誼、史遷説經之文。《爾雅》深厚，則仲舒、毛、宏輩實開其緒。蓋自高文以降，百年培溉，遠有淵源，其世去文、周、孔、孟猶近，而先王至聖之澤長也。東漢諸儒詁經益繁，而辭章之盛遠不能逮，識者知其將流爲六代矣。

「于湯有光」，史臣之夸辭也，言武王伐紂之烈視湯爲尤有光輝耳。「我武維揚」數語直媲諸《商頌》而無慙，金石之音不同細響，殺伐用張，復何減如火烈烈耶！此其所以爲有光也。而疊句用韻已開《大風》、《柏梁》之始。周漢文章，淵流未遠，宜其跨越六代而非唐、宋之所能比肩也乎。

辭盛而義衰，義衰而氣與之俱衰，猶草木之枝葉繁蕪而本根將蹶也。法變而道存，道存而經與之俱存，猶稻粱之枝葉剪棄而本實獨全也。君子於是知天意矣。《易》曰：「無平不陂，無往不復。」其斯之謂也乎？

杜陵《諸將》詩兼《雅》詩、《傳》、《史》之長，其議論足以組織時事，其學識足以上下古今，而能

化古爲律，寓文於詩，振采於風，樹義於骨，詠之爲樂心，行之爲訏謨，存之爲信史，真千秋無兩之作。《秋興》八詩託響至高，含情尤遠，而以語於體大思精、包羅宏富，則不如《諸將》詩遠矣。蓋《秋興》導源於《風》、《騷》，而《諸將》則兼有《大小雅》之能事，治平天下者之所資以爲宏畧也，豈不偉乎？

或謂杜陵《八哀》思與《史記》爭衡，葉石林又謂「漢魏長篇無過十韻，不以叙事傾倒爲工」，至欲芟去其半，是未知杜陵才大思精，直追《雅》、《頌》，且不能以《國風》、騷賦限其所長，更何論漢魏也！且《書》、《詩》、《春秋内傳》、《語》、《策》之作，其源悉出太史，惟以有韻無韻爲異，而《尚書》已有《賡歌》之什，古《泰誓》間有韻文，周、孔之爲《大易象傳》亦未嘗不作韻語。六經遞嬗，奇耦相生，譬如蕚跗重銜，松柏承茂，文章盛而天巧自臻，有不可度思者。杜甫詩曰：「詩盡人間興。」又曰：「詩應有神助。」非獨興到之言，蓋意識與才氣俱赴，有獨見其誠然者耳，而何可以體韻爲限也乎？且王息詩亡，《春秋》繼作，此中神妙，惟孟子獨知之。司馬遷抑揚咏歎，以史爲詩；杜甫氏沉鬱頓挫，以詩爲史，皆所謂鎔經入範，與古爲新，貌異而心同者。石林何足以知之也。

西漢文章，如司馬遷、賈誼輩皆以氣骨識畧勝，而淵源於《書》、《傳》、《孟》、《策》，辭之雄肆者也；如董仲舒、劉向輩皆以經術理義勝，而淵源於《論》、《禮》、卜、荀，辭之醇懿者也；如司馬相

如、乘、朔輩皆以麗采葩韻勝，而淵源於《詩》、《騷》、賦、版，辭之煒譎者也。周秦辭學之緒，至於西漢盛極而衰，以逮東京，説經之儒延蔓弗絶，辭賦綺麗，若班、傅、張、蔡之流先後炳絢。樂府歌辭之盛延於魏晉，未嘗替衰，皆相如輩之所濫觴也，而遷、誼、舒、向之風遂無有驤躍而追跡者，何哉？詞采易工而風骨難立，浮華既炫而本實將微，天道、人事皆有相因而至者也。以學術言之，則顔、曾、端、孟之緒，承之者不過賈、董數人，而卜、荀訓詁之學延於今而轉盛。德言文學之相經緯，而與經世宰物之謨猷相參以開物成務者，其盛其衰，亦畧可覩矣。韓愈氏生六朝以後，偉志英風與杜甫之爲詩畧相匹敵，其文章之浩瀚遒健，直追遷、誼，而藻麗詞采，則亦不讓揚雄，其言理義，造經術，則又略與舒、向頡頏於千載之上，兼三流之長而一之，斯亦奇矣！自唐以來，學者望如山斗，而愈之所推自以爲不及者則尤在於相如、揚雄。古儒宿之不敢欺天下後世也蓋如是，其真樸醇至也，故其爲大醇小疵之説皆斟酌而出之，非汎爲大言者比。至紫陽出，乃始詆訶而排抑之，然元晦之豪氣蓋世，亦欲奄有漢唐諸人之長，不讓昌黎而直追孟子，顧其器稍狷狹，氣猶矜隆，識議亦微趨固小而已，爲兩宋諸儒之絶無僅有者矣。後儒雖知推重，然深得紫陽之心者亦無幾人，獨相與講論其章句語録耳。學識不能與之並驅，而徒隨聲訶詆漢唐，固紫陽之所不取也。

「述而不作，信而好古，竊比於我老彭。」杜甫之爲詩也近之。「集大成也者，金聲而玉振之

也。金聲也者，始條理也；玉振之也者，終條理也。」杜甫之爲詩也似之。「其志嘐嘐然，曰古之人，古之人。」李白之爲詩也近之。「人知之亦囂囂，人不知亦囂囂。」李白之爲詩也似之。李白得詩之清，王維得詩之和，陳子昂得詩之任，杜甫得詩之時，四子者皆聖於詩，然而杜甫遠矣。

漢盛莫如史，唐盛莫如詩。司馬遷出而後《詩》、《書》、《春秋》之道復存於史，杜甫出而後《書》、《禮》、《春秋》之道復存於詩，非章句儒者所及知也。國初諸儒博考經詁，足救陸、王空疏之弊，其致用猶博，其練識猶精。乾、嘉以來訓詁密而鴻儒希，並文苑詞章亦不逮前代，不賢識小，非虛言矣。

纖事瑣物入經則文，俗諺童謠入經則雅，所謂造物化工者非耶？馬遷之《史》、杜甫之詩頗能肖象鎔裁，有造化在手之意，秦、漢而還，亦未見有能追儷之者。

神心不可畫，而面目可以畫傳，因面目而得其神心可也；魚鳥不易求，而筌蹄可以求得，因筌蹄以取其魚鳥可也。文章之事，筆參造化，而可以發道德之英華，智者因六藝之文章而考求羣聖人之道德以導合先路，則端木之告往知來、顏氏之聞一知十、七十子之一隅三反，可以漸而推矣，此格物致知之能事，學知困，知之所以盡心，雖人一己百、人十己千而不遑暇息者也。子思子之示知行至於近智、近仁、近勇，而繼之以五事，實與曾子之言知止慮得而格物以致其知者相爲表裏。學者乃不知思誠誠明之學同於誠意致知，且不能通孔子「未思何遠」、「欲仁仁至」之同出

一原，不大負孔門苦心誘導、不憚重言之大德也乎？孔子曰：「假年學《易》，可無大過。」而讀《易》至於韋編三絶，作《大象》、《大傳》以經緯天人。由是觀之，孔子之所學者蓋羲學也。考訂文獻則造端於唐虞，免於無徵不信之失，而萬世之爲天下者有所折中。黄帝、堯、舜垂衣裳而天下治，蓋取諸乾坤，羲學之肇開文治，惟斯爲大。孟子言稱堯舜不言《易》，而《易》存羲學之尾閭也。荀卿以降，章句盛而《易》道微，六藝之大義微言幾乎其息，蓋循末而忘其本矣。司馬遷謂孔子删《書》斷自唐虞，而不言學道自唐虞始，其爲本紀必推原於五帝，而以道家長九流之先，才學識之宏通上下天人而睥睨今古，賈、董之所不能望也，而况於諸儒乎？東漢之學訓詁爲精，六代之儒詞章爲美，至唐杜甫氏而後集《詩》《騷》之大成，其詩曰：「斯文憂患餘，聖哲垂彖繫。」蓋亦能洞見六藝之本原，與李白之「希聖如有立，絶筆於獲麟」同一懷抱。自斯而降垂三百年，而後周、邵兩賢興於盛宋，發陳摶之圖學，濬《三易》之淵流。伊川説《易》不兼象數，未揭本原，其宏通若不逮紫陽者。孟子而後二千餘載，知羲學之微旨、洞然於本末大小之故、言天下之至賾至動而範圍曲成者，希闊寂寥，殆如麟鳳。此所以啓釋氏之洪瀾，胥天下而歸於心學。其言静智妙圓，體自空寂，實竊取《大傳》之微言以成其教外别傳之宗旨，而世儒莫知，反求周、邵以上窺孔、孟之薪傳，安得爲真知格致者乎？

觀水有術，必觀其瀾。文章者，斯道之波瀾也。因瀾而泝其源，斯可與觀水矣；因文而博其

學，斯可與言道矣。

「詩有別趣而不關理，詩有別才而不關學。」斯言未可謂盡非也。觀於屈《騷》之煒燁譎誑、莊周之汪洋恣肆，而知變《風》、《雅》之支流，其波瀾之所激推固必有至於此極者矣。彼司馬相如之勸百諷一，鄒陽、枚乘之隱諫庾詞，專以采麗求勝而不反求諸根本者，實皆導流《莊》、《騷》而爲變《風》、《雅》之盡態者也。六朝才人規規擬古，未嘗窺制作之本原，獨劉勰知而言之，亦莫能馳騁百家而變化於規矩之外。杜甫氏出，然後直追《風》、《雅》正變而宏其體，奄有漢魏六朝而肆其詞，又裁之以精識，約之以正義，而隱與諸經相表裏。人之所謂別趣別才者，亦嘗龍見鳥瀾而露其萬古雲霄之一爪鱗、一羽毛也，觀其自爲詩曰：「即看屈宋宜方駕，恐與齊梁作後塵。」則其寸心千古、慘澹經營者絶非沈、宋、高、岑之所能擬議也，而其虚受廣納、思集衆長之宏量，亦豈後賢之所可攀躋而髣髴者乎？

詩盛於周而孔子始出，曲盛於元而諸夏始衰，樂心之關於天地也宏矣！

司馬遷曰：「百家言黄帝，其文不雅馴，縉紳先生難言之。」孔子爲《易大傳》述自羲、農，而曰：「黄帝、堯、舜垂衣裳而天下治，蓋取諸乾坤。」其言至簡雅，倬乎聖筆，光於日月，足以鎔裁六經、陶冶萬彙，雖《尚書》、麟史有不逮焉。諸儒蠡測管窺，豈能量天地之高哉！

尚論文章而發「大雅」「吾衰」之嘆，歸咎於揚、馬之頽波，取裁於建安之風骨，其學識真不在

少陵以下也，況濟之以清新俊逸之才乎？「李杜文章，光燄萬丈」，信昌黎之非阿好矣。刀劍自空中格鬭，雷霆由地底飛騰，非神力不能到。管、韓、孫、列之學，譬於藝林書府中斬將潰圍而出，芒寒燄直，堅鋭無前。其爲書也，聚諸奇怪以爲文章，宜其出於六經、羣史、四子書之外，羣樹高幟；又如島海諸國，縱橫豨突，出没龍堂，乘中夏積衰而騁其機智，是亦天之所開而不可盡廢者也。仁智之辟，順天道以存之，九流百家咸得列於四庫，文武道盛庶幾平視漢唐，而有以大斯文之羽翼也。夫漢人之詩尚澹遠，其原自《國風》出，其綺麗而紆徐也，原亦出於正《風》、變《風》。魏晉六朝之似漢詩也，其皆出於風人之支流者乎？唐人之詩尚卓犖，其原自《雅》詩出，其鋪張而揚厲也，原亦出於《小雅》《大雅》。宋、元、明、清之似唐詩也，其皆出於雅人之墜緒者乎？言體則《風》文而《雅》質，言韻則《風》輕而《雅》沉，言氣則《風》柔而《雅》剛，言辭則《風》虚而《雅》實，言序則《風》前而《雅》後。此皆天地自然之樂假人聲爲節宣，而導之以《尚書》，輔之以《周禮》，繼之以《春秋》，原之以《三易》，經世宙、和民人、享郊廟、行邦國者也。其原既開，其流斯暢，騷、賦、五言、樂府、長短歌行之作於前，至於六朝而駢儷備矣；五七言律、長律，五、七言古風、絶句之作於後，至於元、明，南北曲、院本而又備矣。律吕之節雖僅存於歌伶，而《風》、《雅》之遺未嘗絶於林苑，徵天意，求人事，其皆與羲、軒而上文字聲音之學相乎應於古今，往復窮通而終不可息也歟。

孔子之作《春秋》也，師《尚書》之簡至，續《風》詩之褒貶，存文武之憲章，兼《周禮》之典裁，模《周易》之神化，鼓大樂之聲明，截桓文之事録，臣丘明之屬比，甄南、董之直筆，包游、夏之傳注，光天範地而爲文章，準義繩堯以示規矩，故名教與水火同功，立言與日月相敝。《内外傳》精於記事，考見得失，親承聖訓，足緯麟經；公羊、穀梁子淵源游、夏，猶失半而得半也。啖、趙創説而「三傳」之學遂微，紫陽繼興而《孟子》之旨又晦，學者惑於介甫《新義》，束書不觀，遂無有議後儒之謬而上探尼聖之心者矣。詞章之學莫盛六朝，「如何百世下，六籍無一親」，陶淵明猶且爲是言也，而況於元、明以降八比盛行之天下也乎？

韓宣子適魯而後見《易象》與《魯春秋》，則當世諸侯之不得有《易象》也可知。雖魯之有《易象》，亦由周公之繫《易》而班自王朝者可知也。《河圖》與天球並陳東序而爲世大寶，與《易象》之藏於天府同，後儒不知斯義，遂指《河圖》爲謬妄，而不信《周易》、《魯論》，其亦惑矣！當漢武帝時，諸侯王求史記而不與，蓋猶師周道之深嚴，故能太阿獨攬而天下强治，與秦始之焚書自愚者異矣。唐宋以來，斯文丕振，以迄於元、明，太祖知其不可復秘也，而用時文八比爲制科以繩墨天下，爲之者益束書不觀，雖有强大久存之效，其流或至於迂固空疏而易敗天下事，蓋導源於介甫諸儒，至末流而不思其反也，曷取孔門「博學於文」之訓而深究其所以然哉？

莊周書曰：「山林歟，皋壤歟，使我忻忻然而樂歟。樂未畢也，哀又繼之。」王羲之《蘭亭序》

曰：「方其忻於所遇，快然自足，曾不知老之將至。及其所之既倦，情隨思遷，感慨係之矣。」青藍冰水，妙合自然，而杜甫又約之爲詩曰：「既飽歡娱亦蕭瑟。」鎔裁周、晉文辭而爲韻語，曹、陶時或有之，盛唐諸家所不如也。

《韓詩外傳》，其爲訓詁也疏矣，然猶有斷章取義之意焉。其體則沿於《孝經》，是乃孔門治《詩》之正則也，觀於羣弟子之記聖言與左氏之爲《春秋内傳》多引《詩》斷章之言則可知矣。孔門賢者，身通六藝至於七十二人之衆，而六藝雅言之序皆以《詩》爲首，則於《詩》之六義宜無有不治者。然聞聖師論士優劣與乎誦《詩》之旨，皆以達政、專對爲先，宜無不敬修德業而兼政事、言語、文學之長者矣，惟其能斷章取義也，然後登高賦《詩》，出可以爲邦國之光爾。東漢以來《毛傳》孤行，而《鄭箋》繼述，韓嬰之學於是亡矣。魏晉而降，鴻儒愈希，蓋詩教之廢闕，而人皆以章句視之，則各率其意以爲詩而流宕忘歸者衆也。觀唐貞觀之盛，孔穎達奉詔爲《疏》，專主毛、鄭，其爲章句之學尤章著矣。其後五百餘年，紫陽説《詩》乃破學士拘攣之習，兼取韓嬰。然未明言《外傳》斷章爲孔門傳經之大要，則猶未免於康成故步。而僅採摭韓嬰《詩序》之餘以佐毛亨之所不及，其相去能幾何哉！孔門説《詩》之緒所以絶如斷流，而徒墨守諸經之章句與性理之微言。凡儒士之天資稍降顔、閔而可收言語、政事、文學之長者，皆將自屏於門牆，而誘掖勸進之權微，彼此藩籬之習固矣。樂心既渺而禮勝愈離，至於前明以降，君臣相夷，士氣囂沸，猶矯然以氣節相

高，宋儒講學之風幾由是而遂息。弊所從來，皆不能學《詩》之患也，非東漢章句諸儒抱闕守殘、專明師説之咎而誰咎哉？

一代文辭之極盛，必待其時君之鼓舞與國運之昌皇，然後炳蔚當時，垂光萬世。成周鎬、洛之盛承文、武後，有旦相之制作，先孔子而總匯六經，其功邁臯、益、伊、説而上，此萬世相臣之創局也。獨孔子以東山退老之大夫起任斯文之任，知我罪我，皆所弗恤，而獨恃彼蒼之出入監臨與羣弟子之疏附禦侮，四科之人才彙進，與五臣十亂無殊，游、夏之徒所以特紀二章，如東日西月之遥相注射，而非章句小儒之所可管窺者也。周公吐哺握髮，天下歸心，其所接者不過三千人耳。而孔門受業自七十子而外，景從者不啻有臣三千之數，而六經特筆上溯羲、黄，中述唐、虞，下憲文、武，非惟堯、舜之所不及，雖周公亦莫之及也。天道虧盈，秦燹大肆，不遠而復。漢道遐昌，在孝文以降，則有賈、董、司馬遷數通儒以開其先，辭章之盛睥睨百代。有唐貞觀、開元之際，才傑並茂，李、杜爲魁。宋道盛於真、仁，而歐、蘇、曾氏和若笙磬。明代草昧，僅有宋、劉，成、弘極盛，而楊、李倡之，以有前後七子之秀。國朝康、乾之世，鴻博兩舉，文苑波流上續國初遺老之緒。此皆光嶽氣完，天人交泰，遠勝魏晉六朝偏霸綺麗之餘波，故能與説經明義諸老耆儒分道絶塵，而追四科文學之選。使無此數君者壽考作人，登庸髦彦，安能致多士之濟濟，繼美成周而爭光耀於雲漢哉？

樂詩之低昂俯仰於人心而不能自已，亦猶元氣之出入於雲天海淵而不能自已，此所以讀《詩》者如無《春秋》，而聞《韶》樂者至於忘味也。知斯意者，其可與共游於《雅》、《頌》、《風》、《騷》、漢詩、樂府之林而怡然自得也乎。

「實命不猶」，詠於《小星》，「天實爲之」，詠於《北門》，義命自安也；「悠悠蒼天」，詠於《黍離》，「我從事獨賢」，詠於《北山》，怨而不怒也。《風》詩之風人者至矣！《車鄰》、《山樞》二什，其言畧同，皆有行樂及時之意，而國勢之安危强弱，天壤懸殊，亦在其能用人與否耳。通斯意也，然後可與誦漢詩《十九首》及唐李白諸詩而無流連忘反之失也夫。

元首之歌載於虞史，有頌有規，六義之權輿也。《虞箴》、《祈招》，雅有淵源。史體最宏，多所囊括。通史明詩，斯可以從政、專對，貫穿百家而達於天人之故，不獨登高能賦稱爲博物君子而已。

《氓》詩箋云：「士有百行，功過相掩。」非獨經生之言，殆深於名教者，與《尚書》、《春秋》之旨合矣。宋、明諸儒責人無難，苛詆偏於賢俊，而此義遂亡。《春秋》一經所由罕道於儒者，而兼通六藝者愈無其人也，有安於章句固陋之學而已矣，其爲人心世道憂也不亦甚乎？

「訏謨定命，遠猷辰告」八字，非才兼師相若伊、傅、周、召者不能知，其在兩漢則惟子房、孔明庶幾之耳。古人以定國是爲難，而命之既定，則天人咸和，國是有不足定者，雖有遠猷而不以時

告，則止或尼之，賈生所以見讒於絳、灌也。是二言者，謝安石常吟咏之，風流宰相，自應經術宏深，豈江左夷吾所敢望哉？

「長風送高浪，明月照積雪。」唐人詩固各自有異境，其胸次往往不凡。時人以爲導源漢魏，而不知其氣象高遠實濫觴於《雅》詩，有以渾涵光芒、陶冶物類、歌詠情性而自得之。其爲理也，豈直奴僕命騷乎哉？出乎興觀羣怨之外，與至人之樂山樂水同，游泳乎天機而極鳶魚飛躍之趣。故必知聖人不言之意而後可以言詩，契聖人靜觀之心而後可以觀物也。

《大雅》諸詩多昌明博大之音，與《周》、《召南》正《風》相表裏者也，而《三頌》亦如之。《小雅》諸詩多沉鬱頓挫之氣，與十五國變《風》相表裏者也，而《離騷》亦近之。杜少陵之爲詩，合商周楚漢之四盛而爲五，遂奄有乎魏晉六朝，兼大小正變之諸體而成辭，又淹貫乎《春秋》、「三史」，可不謂之羽衛六藝而包淪百家者乎？

李、杜之詩同出於《風》，太白天才俊逸，雖足上掩鮑、庾，然其風調之卑弱者往往同於變《風》陳、檜之篇，而高不敢望《二南》盛軌，蓋於「樂而不淫，哀而不傷」之義闕矣，故其學仙飲酒諸詩貌似《離騷》而神理不屬。杜詩則兼包《雅》、《頌》，出入正、變《風》詩，無所不有，葩而能正，麗而能則，故能探正則之心，忠愛纏綿。與《騷》相比，其所以深裨詩教而能升孔子之堂者，尤在於神明《春秋》之意，蓋史遷後一人而已。

「生不逢堯與舜禪」，寧戚之兀傲而感諷齊桓也。「唐虞世遠，吾將何歸」，四皓之深潛而不臣秦帝也。用世之英雄，其文如虎豹而不隱；避世之賢俊，其威如鸞鳳而不衰。伊、呂、由、光之外復有此等人物，天不愛道，其信然乎？

有諸儒之訓詁，有聖人之訓詁。止戈爲武、反正爲乏、皿虫爲蠱、三女爲粲之類，此諸儒之訓詁，而爲聖人之僮豎者也。元爲善長、亨爲嘉會、利爲義和、貞爲事幹之類，此聖人之訓詁，而爲諸儒之歸墟者也。

《詩三百篇》之用「兮」，猶調琴之有泛音，輕清上浮而圓轉無已。然正《風》之「兮」少而變《風》之「兮」多，至於《離騷》則尤多矣。世降風微，無往不復，漢京之盛，所由必變爲五言歟？

辭多意少，文麗用寡，司馬長卿之流也。自漢至唐，滔滔者偏於天下矣。

《史記》之才亞於六經，馬遷之學亞於孟子，爲其差有得於神明規矩之意也。韓退之所謂大醇小疵者，司馬遷足以當之。然退之於漢儒推揚雄以配荀，而不及遷《史》，殆亦惑於班固之浮説歟？否則疑《史》爲記事之書，不若雄之《法言》上擬《論語》耳。孔子曰：「我欲託諸空言，不如見諸行事之深切著明也。」於是乎作《春秋》。遷爲通史，廓麟經之體而大之，足以睥睨古今，囊括百代，荀卿之所不敢望也，而況於揚雄耶？

「送行勿泣血，僕射如父兄。」《出車》、《東山》之旨也。「悮失將帥意，不如親故恩。」「陟岵」、

「陟屺」之心也。

《南有嘉魚》之詩曰：「南有樛木，甘瓠纍之。君子有酒，嘉賓式燕綏之。」仿《周南·樛木》之詩而作者也。六朝擬古諸詩濫觴於此，有以知《風》、《雅》之同原，古今之一貫矣。

「鳴鶴在陰，其子和之。」慈孝之相感也有如是夫！「鴛鴦在梁，戢其左翼。」和敬之相成也有如是夫！

藻川堂譚藝·日月篇

日月五緯，不妬列星之爭其光；《五經》煌煌，奄有羣史百家衆流之所長；載籍紛綸，徧九州而其道愈明。自漢以來，廣求遺書，弘之以《七略》、四庫，未有敢效秦人之一炬者也。諸儒門户，專己守殘，安知天道之大與斯文之宏通也哉？

昔之論史臣者曰：「嫺詞賦者乏史裁，善記問者短筆札，工捃拾者罕定識，嚴綜核者少持平。」而歷代之求史才者往往出於四家，未有深明大體，沉幾足以通古今之變、宏抱足以緯天地之文者也。而又有八難以限之：一曰考據無信史。二曰裁制鮮精識。三曰核實異見聞。四曰聚訟罕定論。五曰門户有阿私。六曰官寮畏牽制。七曰當時多忌諱。八曰程限迫時日。此則唐宋以來指爲通患。鑒識若知幾，才氣若韓愈，然且辟史職而不爲，見於《上蕭至忠》之啓、《答柳宗元》之書。後之學者援爲科律，至於劉昫以下等諸自鄶，無譏元好問欲修《金史》而終已不成。經國大業，不朽盛事，六經以外，惟史體爲尤宏，亦自揣其才之弗克堪耳。其他成於館殿，並爲官書，一國三公，動虞牽制，欲望如歐陽之專《五代史》不可得矣。東漢而後，鴻儒不出，文獻日衰，

訓詁章句之士箝口結舌，不敢自與文章，而託於性命道德之空譚以自文其淺陋。後之爲史職者不求諸儒林之經師而專取於文苑之華士，所謂沮誦失塗，靈均當軸者也。浮文勝質，自古已然，而實録直筆之糾違皆不可以復得，况欲求《春秋》微婉之義也乎？

《小弁》之詩曰：「何辜於天，我罪伊何？」斯言也，其即「舜往於田，號泣於旻天」之意歟，故孟子許之以爲仁，又申之曰：「舜其大孝矣，五十而慕。」孟子之詁經也，精義入神，故能於《詩》、《書》之道一以貫之，而得孔子删存微意於不言之表，誠可謂聞而知之者矣。知孟子則知《離騷》，而兼通太史日月爭光之義。非好學深思而心知其意者，其何足以語是也？夫《易》曰：「幹父之蠱，意承考也。」知斯意者，其可與通古今之變而神化宜民也乎。夏禹之傳賢，湯、武之征伐，意承堯、舜者也；伊、周之拂君，共和之擅國，意承文、武者也。孔子之作《春秋》，意承周公；孟子之著七篇，意承孔子。貌不同而心同，非知道者，莫能爲也。司馬遷之爲《史記》通貫百王，折中六藝，雖未醇至，抑猶足以伯仲丘明而次亞鄒嶧也歟？師其意也，非師其辭也。揚雄、王通不足以語是矣。後之學者襲貌而已，不能意承，故相以文亂法，儒以詁亂經，而聖人之經義就湮如滎澤之化爲黄河、雲夢之土爲安陸也。雖欲辨之，其孰從而辨之？時俗汶汶，既無精義入神之功，又無致曲有誠之勇，安能形著動變以至於化，定静安慮而幾於得，深造居資而左右逢原也哉？

問在此而答在彼，答於此而悟於彼，問學之至通也，曾點、端木子能之，言游、卜子夏而外，知此者蓋鮮矣。言在此而意在彼，事在此而文在彼，辭章之至通也，丘明、司馬遷能之，韓愈、歐陽修之徒〔而外〕，知此者蓋鮮矣。

陸機《文賦》云：「來不可遏，去不可止。」東坡所云「行乎其所不得不行，止乎其所不得不止」也。又云：「思風發於胸臆，言泉流於脣齒。」東坡所云「如萬斛泉源，隨地涌出」者也。不惟東坡，雖彦和之《文心雕龍》亦多胎息於陸。古稱中郎枕秘，深畏人知。漢魏以來，一文之傳殊不易，而後儒每忽視之，其終於固陋也宜哉。

漢唐以來，著述文辭，章句訓詁，迭爲盛衰久矣，而孔門之所識大者每藏於著述文章，其所謂識小者每藏於章句訓詁，是在好古知言者之精思而善擇之也。逐逐於一代之習尚流風而奔命於衆射之的者，好名爭勝之念爲之耳。歲月不居，至道無聞，人師益友皆將交臂而失之矣，可勝惜乎！

元儒承宋，知性理、章句、政事、文辭之互有短長而欲兼集其益，故先習東坡之論，次讀紫陽之書，雖未能濟美衆賢，而模範有存焉者。國朝以來，謂元儒之學過於明人，雖明人如黄、顧之高識者，其言亦云然也。明人先入之言，大率講章語録與八股文耳，潔樸如震川、英辨如陽明猶不免於疏陋，况他人也哉？

樂之發於人聲者爲詩，樂之宣於人心者亦爲詩。唐、虞三代以來千有餘歲，而詩教之淵源僅存於《三百篇》，孔門弟子之所得者獨多於春秋名卿大夫，非賴聖師爲之指授，誠不能以及此。然曾、端、南、卜、子思而外，知其意者亦鮮矣。「以意逆志，是爲得之。」非孟子不能爲是言也。春秋以降至於戰國，百餘年間，承《三百篇》之緒餘者獨有屈氏《離騷》，其言爲聖人之所必取。司馬遷獨能好學深思，而心知其意，遷之言曰：「《國風》好色而不淫，《小雅》怨誹而不亂。若《離騷》者，可謂兼之矣。」非淵源深逮於游、夏者，不能知此言之善也。後儒不察遷書有功經術，輒從而詆訾之，故列屈、宋爲一流而皆斥爲浮薄。夸辨如鄭樵輩，至以才學之不足爲遷病。末學操觚之士惑於後儒之說，束羣史不復觀，而見聞益陋矣。良史若左、馬氏皆達於政事，曉鬯六藝，有古輶軒、國史之風，而尤長於《詩》、《書》與《禮》。學者輕厭舊聞，搜殘舉碎以爲該博，馳騁末流而遠迹於大雅。乾、嘉以降，諸稱儒者汎濫博聞，迷其津涯，歧其塗徑，蓋不可勝數也。道術微散，而政事、文章之經緯世宙者亦與之而俱衰，蓋求如明之劉、何、唐、歸、黄、顧諸儒林、文苑之比，而皆不可得矣，後來之彦欲何所依歸以循好古之津梁而振衰起廢也哉！

「《詩》、《書》、《禮》藝，皆雅言也。」《易》義深遠而《春秋》晚作，故《魯論》無得而稱焉。孔子之所謂雅言者，至於戰國幾亡矣，而孟子獨知之。又百餘年，漢廷諸儒獨有賈誼，而司馬遷亦知之，其爲《五帝本紀贊》曰：「百家言黄帝，其文不雅馴，縉紳先生不道。」斯言得孔子删《詩》、《書》之

意矣。《詩》、《書》所存皆雅言也，《詩》云：「君子之馬，既閑且馳。」雅馴之謂也。孔子曰：「驥不稱力，稱德。」馬惟雅馴之故。司馬遷曰：「顔淵雖篤學，附驥尾而行益顯。」遷稱良史爲通史，其書之得附六藝而傳也，猶附驥也，然豈不以雅馴之故歟？

杜少陵爲《渼陂行》，肖漢《秋風辭》出之而推大其波瀾，兼包楚騷、魏賦之奇譎鏗麗，而世鮮知其淵源之所在，則又取「樂極情哀」二言以結之，明示以點畫龍之有睛而不嫌其襲，金針度人，孰如少陵之有心者。即《秋興》八詩「紫閣峰陰」一篇，「佳人」、「仙侶」足括《渼陂行》，而意象仍不離漢辭，神技化工，所以自負於采筆之曾干氣象也。雖然，「百年歌自苦，未見有知音。」少陵已自言之矣。成連之師、子期之友、後世之揚雲，其難逢者如一耳審音乎？

鵬遇風而飛，鯨得水而奮，蓋各從其類也。古今善爲文章者莫不淵源載籍，取多用宏，非是不能扶摇萬里而上下波瀾也。若夫龍興雲從，不假風水，天下稱神焉。文章之憑依道德者，不乞靈於載籍，莊生是以有筌蹄糟粕之言乎。自明以來，爲文章者始不能本乎氣，所以然者讀書過少而不能知言以養之，則截然判氣與言而二之耳。或先格而後氣，或先法而後氣，或先辭而後氣，或先韻而後氣，皆失其本也已。

木之元氣在根荄，其骨則幹也，至於柯喬上竦，雲露垂繁，當春秋風之盛作而其聲始大聞於遠。文章亦然，氣生骨，骨亦生氣，詞采既繁而後聲韻從之。爲文辭而先求之於聲韻，陋矣。然

猶愈於貌似者也，被優孟之衣冠而摇頭作歌，雖有聲韻，例之伶倫、師曠，吾知其必不逮焉，况可歷重華、周成之庭而與「復旦」、「卷阿」同皋、夔之歌詠也哉？

《風》、《雅》之辭，其相襲者不一而足。辭同則意同，而義同者可知也。三代文章歸趨簡易，其見於有韻之文如此，則其無韻者可知矣。當春秋時，公卿大夫無不賦詩見意，而未嘗以露才揚己爲能，蓋夏商淳質之風流猶有存者。然運會之無平不陂，固非辰僑、倚相諸人能限之，亦非吉甫、山甫諸人能盡之也。六藝既成，而楚、漢、魏、晉以來諸詩人雕鏤造化，鍊石彌天，有月異而歲不同者，其端緒自楚《騷》開之，而相如、遷、誼諸人則又有以揚其波、助其瀾矣，然非大畜於六藝之淵源而兼通子史者不能若是之汩騰飛動也。六藝之成，亦古今至變之樞機，而有以爲王伯升降、中外混淪之砥柱也，質文繁簡之異又烏可以軒輊於其間哉？

先秦以下經術漸明，然章句之學盛則詞章衰，東漢、兩宋是也。詞章之學盛則章句衰，西漢、魏、晉、隋、唐是也。二者相爲往復，一文質之代興而已。八股制藝既興，兩者俱爲之絀，士大夫束書不觀，而惟語録之譚，天下無復知有經學，並無復知有史學也。明季諸儒始發憤於考證、訓詁，調和漢、宋之間，未幾而分門樹幟者如故，仍不出於樸、華二者之徒，風趨下而世愈漓矣。然欲探原六藝，反本而繁茂其枝條，則必折中諸儒之説而各取其所長，二者固不可偏廢也。博聞致知之事爲學問所造端，救時先務無切於是者矣。

學至於夷、惠，聖人也，然猶有隘與不恭之失，天下之爲儒者可以懼矣。雖隘與不恭若夷、惠，而猶不失爲聖人，天下豪傑之士可以奮矣。孟子之言奇而至者也，司馬遷爲通史，稱名不朽之義實取原於《魯論》、《春秋》，然猶有取於獨行任俠、奇材劍客之流以激揚豪傑，蓋有見乎三代以後人才之難而傷其湮没無聞於後世耳。「觀過知仁，各於其黨。」夫文章何獨不然也哉？

因文字以立言，不膠者卓；假文字以立名，執一鮮通六經。孔、孟之書，言心，言性，言才，言情，言志，言氣，言静，言敬，言中，言一，其辭簡而意融，每有圓神方智之妙。後儒齗齗辨論，分文析字，繁言碎辭，而大道遂隱。晚近以來經術廢，朋徒散，師道不易言矣，學者悦心研慮而求諸古聖人之書，慎思明辨之力又曷可以少歟？

唐人專經，莫如啖、趙氏之説《春秋》者。韓愈氏之文章衰起八代，而授《魯論》於李翱，多新説焉。陸贄氏言王道，師孟子者也。杜甫氏之爲詩，集楚《騷》、漢、魏詩人之大成而奄有六朝之勝，探原《三百》，大而化之。此數賢者皆能樹幟於兩漢通儒經師之表，蓋宋儒之先聲也。孫明復、石守道之經術師啖、趙，程、朱之經術行誼師韓、陸，而杜甫氏之詩則未有能起而與之抗行者。以先河後海之義言之，漢不可抑，唐獨可抑乎？學者能盡心於有唐數儒之書而開闢其奥窔，然後能篤信漢、宋諸儒之學而不爲隨聲浮慕之空言，庶幾有得於六經孔、顔之書而肩任開繼之責也夫。

自孔、孟以來，言經學者如大匠之作宫室，其規模大小不同，而堂階門户各有定制，繩尺井然，不可亂也，雖千尋之名材，必落其繁枝，去其觡節，乃適於用。故一書之成，於天道幽微難顯之妙必有所遺，蓋理勢之居然者矣。自兩漢數通儒外，無不是丹非素，苦相牴牾，則其所見者陋也。然堅守師承，範圍後學，亦自有不得已之情焉。孟子七篇，獨舉其大者遠者，不若後儒之纖悉必論也。六藝之書，體大用宏，然其賾隱而深遠者咸統貫於《大易》，大都舉一隅而論之，以待後賢之探索鉤致，旁搜而互發，觸類而引伸，此聖道之宏也。後儒不察其意，奉一先生之説，墨守而不能通，蓋於天人古今之際茫昧甚矣。

馬遷通史公百代以立言，故其爲本紀、世家、傳贊皆稱「太史公」，以明世掌史官之義，非歸美於其父談也。其書既成，而自序於後，然後推本先世以明繼述其親之本志，而淵源付授、平生遺訓無不記焉，文章之有體要如此。蓋其體制恢嚴，創自胸臆，與編年之《春秋》、類記之《國語》、《國策》分道絶塵，而其起訖衺延，包吞富有，疑有大海風迴、紫瀾萬重之興象。世人不知深意，輒謂紀傳諸贊皆推於其父談之所爲，則自序之言爲贅矣。

元、明文章以宋爲原，故不能抗衡漢、唐，而視宋亦不逮遠甚。前明文章尤不若元人之淳實，蓋科舉之學亂之也。國朝辭學又不逮明，其源近自震川，桐城止耳，故縱横若侯、魏、姜氏已足雄視一代。然侯、魏皆勝國之遺，而棃洲、亭林、船山三君子亦皆前代之佚民也，是三君者不獨以辭

學名，而經術之氣盎然簡編，又非侯、魏、姜氏之所得並。船山持史論雖偏宕，然廉悍遒鬱，樹骨森然，是其不可朽者，而博大兼諸子之長，其淵源所及不自宋元明而止也。學者有志千載，其必卓犖鳳觀，大畜於六經、子、史之文章，沉浸融釋，久積而盛出之，然後可哉。

英氣害事，雖亞聖如孟子不能免於後儒之口筆，而況左丘明、司馬遷、莊周、杜甫之流哉？然數人者終不朽於千古，《詩》云：「誠不以富，亦祇以異。」異者，其心也，非其貌也。曾點曰：「異乎三子者之撰。」而孔子喟然與之。浩然剛大以直之氣，其至者塞乎天地之間，而其次者爲古文章，亦能爭光日月而參列不朽。惟韓、歐瑰異之才，望光氣、測景響而知之。蓋成龍虎，騰五采而炳焉蔚焉者也，雖欲勿異，焉得而勿異乎？然非其才之大得天授，嘗奉教於君子，大畜於天人九流百家之書而充實不可以已者，不能發之若泉涌雲蒸，與泰山、黄河爭衢海之走集，望洋而浩然，輕天下而渺然也。立言難，知言亦不易。若韓公之負材魁岸，苦心覃研，畢力數十年，然後及見左、馬之卓爾在前，若雲龍之上下其光氣，步驟閑馳，而思與之並焉。然遇奔軼絶塵者時而藡雲御風，入神出天，則又瞠乎若後，而不逮參於前者之遠矣。况於元、明以降，辭學榛蕪，道真塗塞，學者之材力聞見皆不能逮古人，而徒以制舉經生之業爲先入之言者，豈能測其津涯，窺其藩籬也哉？若夫周、漢、唐、宋時代之相去也猶近，問學之塗未相度越，而才氣之高下、學識之强弱已有不可齊年而語者矣。孟子曰：「聖譬則巧也，智譬則力也。猶射於百步之外也，其至，爾力

也，其中，非爾力也。」獨不可取之以喻文章，而上下古今卓犖鳳觀於二千餘年之際也哉？《國策》之文疏秀似《内傳》，遒峭似《國語》，沉鬱激昂爲遷史開山，而俊爽則過於左、馬，然所以不及兩家文章者，左、馬氏皆兼隱秀，《國策》則有秀而已，不能隱也，其本原在經術不足而無禮樂以將之，乃知孔子答子路成人之説，固可通其妙於文章也。遷《史》視《内傳》，蘊藉醇雅若不及焉，而規模宏肆、氣識高深，則疑有過之者，又其淵源多出於六經、《論語》、《孟子》而兼集二千餘載學士大夫之所長，故其自負不在游、夏、丘明以下，而有直接麟經之志也乎。

有周文王之經緯斯文，則必有尼山之經緯六藝。有漢高祖之混一郡縣，則必有史遷之混一古今。其道德之高下懸殊，而規模宏肆，與乎得天之厚，誠有以度越尋常者。天地之道往復平陂，窮變通久，見於言語文字之神化，屈伸昭回，旋斡於億萬斯年之遠，若雲龍之上下於天海，光景動摇，莫可儀測，而相應常如桴鼓山鐘之不爽毫髮焉。惟封建郡縣絶續之交，實爲古今之統會樞管，自羲、農、黄帝、堯、舜、三代，天苞地符，帝諦王往，磅礴鬱積之久大雄深，然後集大成之至聖出於其間，見知聞知迭相禪授，故經史之文昌，則百王之道一，而有以風起乎豪杰青雲之士。是以秦、漢以來，巨才之擬經者每爲諸儒所顯斥；而班、范以來，諸史臣之文蔚而材敏者，亦未嘗敢與史遷抗行。此天下之公論，非一二人之所得私也。天不喪文，亦不愛道，而百川之望洋向若者自回旋其面目，與朝宗之河伯退處於南紀北條之後而自知津涯。千古斯文，心通得失。聖垂

《彖》《繫》，妙喻筌蹄。杜甫氏，洵知言也哉。

皇古之初，萬物冥然，皆自無而造有，故謂天爲造物。皇古之聖人乃倣天地之造物而造物焉，文字其首也。自羲、黄以來，文字之學日新月盛，然皆相衍以滋，相禪以傳，相嬗以生，如木實之委地而方苞方體耳。知文字則知萬物，而造化之妙可以旁推。故天下之有道盛於有氣，而氣莫盛於皇古之初、天地之始判也。至於羲、黄，而有道之盛極矣，法象文章是以興於其世，其後則遞衍之而互禪之而交嬗之而已矣。知此者，其知《屯》、《蒙》之次《乾》、《坤》於義最大，而且知孔子之言大衍爲《大傳》，想像形容，瞻前忽後，一如顔子博文約禮之心，見羲、農、黄帝、堯、舜之卓爾在前，而竭才欲從，至於忘食忘憂，而不知老之將至也乎。

有《三百篇》、《離騷》之氣脈，然後可以爲真漢魏詩；有真漢魏詩之氣脈，然後可以爲六朝初盛唐人之詩。有六經、四子之淵源，然後能爲兩漢之沉博奇肆。淵源乎兩漢，然後可以包舉唐宋，奄有元明而極古文辭之美盛。未有不勤自樹立、積久無倦而可以躋古人之堂奥者，未有不隆其本根、樹骨於經史羣子而能茂遂其枝葉者。

宋、元、明之有書院，所以救學校之敝也。至於近代專以爲攻舉業之地，而學校之荒陋不可言矣。阮氏之爲詁經精舍，又所以救書院浮華之敝，然止能得記問考據識小者流，而或無與於天下之大。河北致用精舍又所以救詁經識小之流弊，而以羲、文、周、孔之道鼓舞髦士，爲天下倡，

然治法必待治人，斯言千古不易。進德修業，亦視乎宏道之碩人而已。天民名世之選，曠百世而或未能見焉，得見豪傑者斯可矣。或謂有聖尼，然後有七十子，若夫豪傑之士，雖無文王猶興，孔子所以思狂簡也。黄河之大長百川而朝宗于海，固必有爲之濫觴者。有心救時之君子，其可以刻繩豪俊而令斯世斯文滔滔日下，同趨於亡宋殘元之極敝而冥不知歸也乎！

孔子生三代後，道集大成，孜孜考訂，然且嘆杞宋文獻之衰而不足徵信也。至於戰國，諸侯惡周室之制而皆去其籍，浮慕儒術而實疏之，於是《國策》縱横之學興焉，處士横議，與楊、墨功利之途並起而不能止。董氏仲舒雖有罷黜百家，專尊聖學之言，然非漢武之所能任也。西漢諸臣，其言語文章大都淵源《國策》，上薄丘明，視六朝、唐、宋尤宏肆，而儷之以《楚辭》之奇偉麗都，骨采森茂，波譎雲詭則有餘，堂陣正旂則不足，而簡質幹國之才亦往往出於其間，頗過東漢。至於建武以來，而經生業盛，不賢之識小者開門授徒，訓詁名家，然未有能平揖賈、馬而與董、劉並驅者也。魏、晉以降，益之浮華。迄於隋、唐而詩賦試士，風靡波頽，故韓退之氏起於中唐，而望者倚如山斗，以開朱紫陽氏大海迴風之瀾，合訓詁、文章、道藝而一之。然校其實力，則亦未能驅駕漢唐千有餘歲之儒林而排軋其上也，於是陸、王諸人又以其刊落文字、歸趨禪悦者託於聖人之學，樹幟奪敵而迴易天下之視聽。然聖人之道具存於六經、四子書，而聽仁智過不及者之挹注飲流，終莫能熒惑掩遏，則與天道日月同旋斡於皇古末流，而未之有改也，豪傑特立之士其亦可以

慨然而興也夫！

「屬辭比事，《春秋》之教也。」班固稱馬遷善叙事理，辨而不華，質而不俚。蓋遷之所爲，即古良史之學，深識如老聃，雅馴如史佚，博覽如倚相，裁鑒如丘明，自揚雄、劉向以來未有能絶塵並驅者。然《春秋》之名與史同類，而魯史獨擅其稱，蓋孔子挈綱而丘明治目，此古人簡策之義也，後儒乃别取孔子所書爲經，於是有《春秋三傳》之同異，豈知其源流之本出於一哉？宋、明以來，經旨愈晦，蓋由王介甫之作俑於前，而史學益爲之榛莽。蓋經爲策，史爲簡，策其母而簡其子也，未有子衰而母能獨盛者。羣言淆亂，爲日久矣，今之學者舍其細而治其大，舉其本而該其末，如孟子道《五經》之意，而於《三傳》之鑿然不謬者皆有取焉而不廢其所長。折中於《詩》、《書》、《魯論》，以救時行道爲心，化人我異同之迹，若古大儒之所云論通古今而有裨於當世，庶幾經史道昌而人材皆有可用之實也乎。

《宋史》言劉忠肅每戒子弟曰：「士當以器識爲先。一自命爲文人，無足觀矣。」顧亭林一讀此言便絶應酬文字，將以養其器識。然劉氏此言實本唐臣裴行儉之論王、楊、盧、駱者。劉固有得於史，而顧之有得於史也亦與劉同，而又兼有得於宋儒之學者也。亭林《與人論學書》以「行己有耻，博學於文」爲終身鵠的，以救當時浮薄空疏之弊，非無得於《論語》者也，第步趨於游、夏，由階陛以升堂，而未能入於顔、閔之室耳。其持論稍偏，蒿庵已砭其失，宜亭林之視爲畏友而有卓

然經師之目也夫。

孔子曰：「《詩》可以興。」孟子曰：「雖無文王猶興。」《漢廣》，德廣所及也，江漢之民有聞文王之風而興者矣。百世之下聞《漢廣》之詩而興者，獨非豪傑之士也乎？興於《詩》，猶興於《風》也。興於《二南》之風而去其積洿之俗者，猶興於文王也。止乎禮義，先王之澤而三代之直道存焉。《風》所以始《詩》，《二南》所以始《風》也。孔、孟之言，其同條而共貫者歟？孟子曰：「聞伯夷之風者，頑夫廉，懦夫有立志。聞柳下惠之風者，鄙夫寬，薄夫敦。」聞清和之風猶且若是，況詩樂之感人深而又出於鎬京哲王之雅化者哉！孔子曰：「文王既没，文不在茲乎。」自孔子以來，豪傑之士興於六藝者衆矣，斯文之所化也。興於孔子者，猶其興於文王也。執孟子之言而矛盾《魯論》，名爲張楚而實卑之，陳弘緒其人乎？不得爲心知其意者矣。好學而深思者，蓋曠世之一人也，而可以旦暮求之也夫？

顧亭林曰：「昔之説《易》者，無慮數十百家。如僕之孤陋，而所見及寫録唐宋人之書亦有十數家。」黄梨洲曰：「以予之固陋，所見傳注《詩》、《書》、《春秋》皆數十家。《三禮》頗少，《儀禮》、《周禮》十餘家，《禮記》自衛湜以外亦十餘家。《周易》百餘家，可謂多矣。」觀黄、顧之所言，則梨洲覽誦之該博有過於亭林者矣，而《日知録》之精約，則若有過於梨洲之所爲者，而二先生同爲明季國初文獻之宗，則天下公論如是。閻百詩曰：「梨洲、亭林兩先生皆所謂上下三千年，縱横一

萬里者。」知言之士豈徒以記誦之多寡而定古人之優劣也夫？

唐、宋之論文也，以浩氣流轉爲先；明人之論文也，以至情孤露爲本。蓋明文之視唐、宋，猶晚唐詩之視盛、中，菁華將竭而風韻猶存，故梨洲《文案》之所取以偏趣孤韻爲先，猶伯敬論詩之旨耳。所以然者，明人竭心制藝，晚以餘力而希古作者之爲。其取材之藪，生氣之源，皆不如唐宋人遠甚，况兩漢乎？然曹、檜之詩未嘗不與齊、秦同列，絜短甄長，斯亦可矣。雖有姬姜，無棄蕉萃，慎無與輕薄古人者言文哉。

黄梨洲論明文曰：「以一章一體論之，則有明未嘗無韓、杜、歐、蘇、牧庵、道園之文。若成就以名一家，則如韓、杜、歐、蘇、遺山、牧庵、道園之家，有明固未嘗有其一人也。」與申梟盟「有名篇無名集」之語絶相似。其故何也？以予論之，明以前人讀書猶重根柢，無以摹擬剽竊古人之文辭而聲動天下者，而明代則有之，且公然以摹擬剽竊號召天下，非此則聲弗馳、名弗尚也。震川之文矯此弊也，而慕震川之文者又從而摹擬剽竊焉，而天下皆黄茅白葦矣。「何必讀書然後爲學？」斯言之弊又不在政事，而在辭章。於是學士大夫以其八股先入之言改頭换面，强充作者，貽誤後賢，而滔滔日下之洪波遂迄於今而不能復止。顧、黄、侯、魏之文章錚錚佼佼，蓋侯、魏皆早棄舉業，天才過人，而顧、黄皆勝國遺老，博學深思，故其所得有過人者。其他則沉錮已深，將滌除故習之不暇耳，而暇言其深哉？語學樂者必三年不近琴瑟，此過高之論，非今人所能行也。

第多讀古經史書，精擇其善者，而求碩師，就有道焉以正之，朋類切磋，漸靡以歲月，而無逐逐於旦夕之名譽，則問學可成，而辭章之雅晰奇盛亦必有甚遠於流俗者矣。

東坡志賈生之學，精鋭不能逮之，而常有超然自遠與抑然和粹之言焉，蓋兼得於莊周、陸贄之書，故然耳，且於宣室之對、《鵩賦》之辭，思過半矣。賈生學識足以知死生鬼神之變，而不能超然遠引，亦猶韓非著《説難》而無以自脱耳。知及之，仁不能守之，雖得之，必失之，殆近於慧而不定者。心注於事，而事爲心障，由不識心之體大而内濬，其神明以幾於過化也，然於《離騷》、變《雅》之義最爲近之，司馬遷氏引與屈原同傳，蓋深得聖尼删《詩》之精意者也。先王以情恕物，而絶不以己律人。是以感人心而天下和平，詩教之可以興者，賢智爲多而不必皆聖人之事。此意固難爲俗人道也。《禮》曰：「人情之所不能已者，聖人勿禁。」故《小弁》、《離騷》之怨與賈生流涕自傷之情非有二也。百世之下，可以興起凡民，次於夷、惠。當東漢之始，而以命世大儒歸之，豈過也哉？

漢、唐、宋人論文，其最高者皆本於氣，而以孟氏爲之淵源，推而上之即至聖「辭達」之説也。黄梨洲集《明文案》，獨以至情爲主，其説本於《詩序》，亦孔門之微言。辭輯辭懌，非主情而言者歟？氣本剛而用柔，情本中而達和，其大原出於天地，而配之以日月。先王以是盛禮樂、政事、文章，而參天地之化育者也。言語、文學所以特列孔門之二科，而與德行、政事相經緯也乎。

梨洲曰：「有明之文莫盛國初，再盛於嘉靖，三盛於崇禎。國初之盛，當大亂之後，士皆無意於科名，埋身讀書，而光芒卒不可掩。」予謂吾清之開國也，文學最盛，皆明之遺獻有以啓之。此畧同於洪武者也。乾、嘉之際，光岳氣完，說經尤衆，然較其實用與元氣之淋漓，殊不能及國初之半。今之學者，可不俛焉？日有孳孳以抗心希古爲翊聖之人文，而兼裕佐時之幾畧以整頓乾坤也哉！

讀顧亭林文而知明季吏途之貪，讀陳石莊文而知明季軍政之蠱，讀彭躬庵文而知明季仕風之僞，讀黃梨洲文而知明季學術之衰。有一於此，皆足以蹈其國，況兼是四者而加以其君之昏愎淫刑，不畏天命，權閹盜賊內外交訌者乎？明之速亡，非不幸矣。

夫以顧亭林之博雅好學，而閻百詩糾其失至十餘條，王于一復與論難文章而深中其所短，學豈有盡藏哉？顏子以多問寡，不惟虛受象、咸，亦深知斯文奧廣，非聞一知十所能盡耳。彼由知解入者猶且如此，況發道德之淵微乎？宜其仰鑽瞻忽，見卓爾之在前而欲罷不能、欲從末由也已。

文成心遠，人至天隨。有韻之言，若《風》、《雅》爲六藝之始，居博文之先。其變動不居，神明無我，足以包《三易》、《三禮》、《尚書》、《春秋》之深厚悠長，而與樂相輔以文天下。於以啓漢、魏、晉、唐之聲歌而存諸夏之元氣，非《詩》，無以爲也。通乎樂、《詩》精微之故，發情洋溢而範圍天地之化，節適萬物之和，至矣哉！何古非今，何天非人，雖其淺者近者猶將具高深廣博之用焉。不

出户庭，而其中之所自得者沖然遠矣，曾子所以長歌《商頌》之篇而聲滿天地也歟。

由太始而爲太虛，由太虛而爲太素，絪緼化融，浩乎其不可測也，必有所以爲天地日月星辰山川者，而天地人物之文乃其象與迹耳。所以爲天地人物之文者，氣也；所以爲氣者，神也；所以爲神者，道也。道不可以名言，而其可以名言者，未嘗不在乎卦畫文字。睿聖者深思乎此而自得之，可以通天人而一萬有，其不可名言者，未嘗不格致而知之也。《詩》云：「上天之載，無聲無臭。」《易》曰：「神也者，妙萬物而爲言者也。」其斯之謂也歟？

有韻文章至於杜甫已極古今之變態，而獨不爲四言詩者，以《三百篇》之在前也。然其爲古、近體五百餘首，已能奄有六義之長，而尤深於變《風》、變《雅》，又能推正雅之體而弘之。然且不敢自謂上承《詩》、《騷》，而欲竊比於宋玉、齊、梁之列，惟以不爲四言一體，特異於王維、李白諸人，微示依漢承周之正軌，可謂謙謙君子、落落不羣者矣。若夫無韻文章，則自孟子以還未有能包舉衆長而空絶前後者，何哉？六藝之本皆原於《易》。廣大不可名，惟《易》象能象天地，兼奇耦，孔子又爲《文言》以象之。儷體韻文蓋權輿於是矣。《書》、《禮》、《春秋》逮於《四書》羣弟子之所記，類多無韻之言，枝葉扶疏，不啻十倍於《詩三百篇》也。此天地自然之氣化陽倡陰而勝之，三代且然，而况於先秦、兩漢以來波譎雲詭之天下也？故論有韻之文，則可以杜甫諸詩直接《三百篇》之遺響，論無韻之文，則自秦漢以來諸子諸儒分門别户之説皆宜兼收並畜，多取宏用，而精

擇其所長，不宜狃一先生之言，而不能通變與汎濫於衆説而不知所適從也。《詩》云：「汎汎揚舟，載沉載浮。」又云：「翹翹錯薪，言刈其楚。」其斯之謂也歟？

寶應王懋竑白田曰：「大江南北，風土不同，士習亦異。大抵江以南多輕清雅麗之材，率以聲氣相高，前後相承，源流弗絶。江以北則淳直愨固，有湛深刻苦之思，而靜默自守，不以聲氣相通。」此言得其畧矣。其實則江南東西亦自有剛柔浮沉之逕庭者，推之於吴、楚、閩、蜀可知，又推之於淮河之南、北，雍、豫、青、冀文學德行之儒皆可知也。當天下一統、九州同文之世，光岳之氣甚完，而人自爲學不可齊壹如此，况於世衰道微，江河邁往，有持故言理者出而亂之，其究伊胡底也。無善治，則道不在上，無真儒，則道不在下，而平陂倚伏之天道終無已時，斯文不可得而喪也。賢者識其大者，不賢者識其小者，莫不有文、武之道焉。端木氏之宏論高言，洵足以提挈顔、曾而拓開名世矣，譚經術者輔弱扶微而兼包乎小大，言治道者風行海納而博達乎古今，則世亦豈有可遺之才與守殘之學也夫？

《古詩十九首》，枚乘十居其八，是乘獨爲漢詩大宗，過於相如遠矣，不徒《七發》賦潮辭鋒飈舉而已。江淹、謝莊之爲賦清麗，言情有變《風》詩人之意。賦爲古詩之流，信矣。梁、陳諸賦邊幅狹隘，辭意新纖，爲隋、唐進士設科濫觴之始，而三代之學術文章遂爲之大變矣。古人登高能賦，豈此之謂也耶？俯仰身世，排比時事，悼述國家廢興之由，遠爲詩史先導，僅有庾信《哀江

南》篇可爲《離騷》後勁，而隋、唐以降，亦無聞嗣響焉。貢諛導奢始自司馬相如，觀其所爲詞賦，大率《封禪頌》之類耳，而言詞賦者推爲大宗，故揚雄又效之而愈趨浮侈。然其體制宏茂，步趨先秦，非六朝以來諸詞賦之可比也。班固《兩京》頗矯相如、揚雄之失，非僅曲終奏雅而已，取以爲漢賦弁冕焉。左思視之，如畫虎矣。李白、杜甫之爲詩也，混涵光芒，雄視六代，而皆不得與於進士之科。唐賦之所以不競也，與劉蕡之對策而下第者同矣。北宋以來，制策大科如蕡絶鮮，況敢望鼂、董、公孫也！而詞賦之靡靡浮華有過隋、唐之世。進士決科之變而爲經義也，亦理勢之互相推移而有莫爲莫致者耶。

《魯論》之於《尚書》、《春秋》，《孟子》七篇之於《魯論》，賈生、司馬子長文之於《左傳》、《戰國策》，孔明《出師表》之於《伊訓》、《説命》，《離騷》、《古詩十九首》之於《詩三百篇》，杜甫《哀江頭》、《贈郭英乂》諸詩之於《哀江南賦》，歐陽修文章之於《史記》、韓愈，子思《中庸》、周惇頤《通書》《太極圖説》之於《易》，皆以神似不以形似。誠能知此，則可以究極古今之變態而反求其真也。

《雅》、《頌》所詠多明堂、清廟之詞，變《風》所歌多雲霓、月露之句，惟睿思湛學者能紬繹而觀其會通，然後可以上下古今，而知楚、漢、魏、晉、宋、唐諸騷人詞人淵流沆瀣之所在，且於有唐詩史之澄涵萬有、雄視百代者篤好無疑，而不嫌其類於九流之雜家，與六朝初唐之樂府新聲靡靡導

末俗而長頹風也。以是義而求諸無韻之文，則左丘之《内外傳》、先秦戰國之策論、司馬遷之通史，其不可廢於古今也明矣。後儒一隅之見欲取此廢彼，安疑聖人之書，欲删孔子已删之《詩》而曲爲之辭說，充其流弊，豈獨固如高叟而不可與言《詩》也夫？

《虞書》曰：「詩言志。」孔子之言詩曰：「在心爲志，發言爲詩。」孔子之言禮曰：「志之所至，詩亦至焉。詩之所至，禮亦至焉。禮至，而樂哀從之。」由斯以言，六藝之大咸在於《詩》而已。天地之大也，萬物之賾也，與人以相生、相養、相感而悦者，惟氣爲至。而志者，氣之英華也，故志得而氣盛，志正而氣定。司馬遷之語《離騷》曰：「推此志也，雖與日月爭光可也。」讀孔子之書而心知其意者，遷歟？韓愈以氣盛論文，次亞馬遷，而言詩之旨乃不若遷，故其爲有韻文傷於勁疾，質勝文者也，有秦氏碑銘之意矣。抑其爲無韻之文不若遷之變化，而雄古差彷佛焉，其有得於氣者哉。夫以遷、愈之才皆不達《易》，其所造詣亦僅至《詩》、《書》而止耳，問學之道，寧有窮乎？

溥博淵泉而時出之，其充實不可以已。道之盛，文之光也。文章如萬斛泉源，隨地涌出，人知其行乎所不得不行耳，抑知其出於深造自得而左右逢原者乎？「充實之謂美，充實而有光輝之謂大。」固非獨爲文章言之也，而文章之博取於道以爲之淵泉者，亦何嘗不先求其充實、必使之左右逢原而至於不可以已者乎？故孔門之施教，必以博學於文爲先，而門人之記四科，亦必終

之以文學也。

《魯論・微子》一篇表三仁以爲後世大臣遭變之式，表接輿、沮、溺諸人以爲後世山林隱淪往而不反之式，表伯夷諸逸民以爲後世四皓、黄憲、陳實諸人道高身退屈於下僚之式，表樂師摯諸人以爲後世大隱金門不夷不惠之式，表周公、魯公、八士諸人以爲後世黼黻治平立德立功之式，此皆馬遷世家、列傳之所由濫觴也。遷可謂善讀《魯論》矣，而於《微子》、《伯夷》兩章獨取裁焉以爲傳贊之體，又丘明《内外傳》之所不如也。孔子於逸民首伯夷，他日又論夷、齊景公以發名教之旨，而引詩以贊之，至於孟子又列之爲清聖而以爲百世之師矣。馬遷作世家而不遺微子，作列傳而首稱伯夷，謂其學識之不如游、夏也，可乎？論漢儒者軒諸董生之上，雖以肆醇小疵許之，可也。

《尚書》至簡質也，而文王之著《爻辭》已見文字之順從，商周之爲《雅》、《頌》，已極文章之能事，蓋天之所開而人不能閼也。六藝大成之初，磅礴鬱積，千有餘歲，天地之苞符，河洛之精蘊，大闡無遺。而孔子乃獨承其盛，其所得者自然而已。自《魯論》以至七篇，充實光輝，大而能化。而七十子之記微言與左氏之爲《春秋内外傳》縱横相輔，如雲漢之在天，其辭繁而達，其道費而隱，皆包六藝以成章，然未有不文從字順而與人以易知易從者也。漢、唐、宋、元光岳氣完，文學道德諸儒紛紜騰躍，而不能出晚周之範圍，良以孔子之道範圍天地而不過也。而明之學者顧求

工拙於形貌尺寸之際，甚且判唐、宋而二之，遂謂宋以前文皆出於簡切高奇，謂唐以後文皆出於平易繁密。宜其局於近小，末由上下千古而觀其會通也夫。

左丘《内傳》擬議《春秋》論斷，賢不肖必託於君子之言。《戰國策》樂毅曰：「嘗奉教於君子。」古之人不敢自是而學有淵源也如是夫，故其言曰：「以先王之明觀臣之所學。」藹然見儒者之氣象焉。葛亮《出師表》詞氣雍容有近之者，其生平之所得不可誣也。司馬遷《史記》之書準丘明，而又作爲論贊以效丘明之論斷也有以夫，其託於太史之言，猶丘明之稱君子耳。昔者聖尼稱董狐以爲古良史，遷之用意，其在於斯也夫。《易》曰：「謙謙君子。」司馬遷之謂也。說者謂太史公爲其父談，遷既未嘗自言，於古亦未聞有此例也，諸儒安得而知之？

史雖創於黃帝，因之以有文字，其詳固不可得聞也。記言兼事之有史莫尚於《書》，故稱《尚書》焉爾。若夫《樂》與《春秋》，則亦必神明於《易》與《詩》、《禮》，然後可與言聖尼正《樂》作《春秋》之意也。近世儒者或未嘗求端於史而遽欲緯龍之所經，其於本末、終始、先後之間茫然無所置力，授之以政不達，使於四方而不能專對。雖與之徵文考獻，學於古訓，而識亦不逮於通儒，欲格物而知至也得乎？不學古而能有獲者，罕矣，不習當代之文獻與治天下之大要而求通知義、孔諸聖人微言大義於四千餘載之前，此亦不可得之數也。孔子曰：「知進退存亡而不失其正者，其惟聖人乎？」子夏曰：「有始有卒者，其惟聖人乎？」知此然後可以得知止致知之要，由

孔門記禮之説而上達乎羲經、六藝可以一塗貫也，而且可以一言蔽之矣。孔子曰：「文不在兹乎。」《易》曰：「觀乎天文以察時變，觀乎人文以化成天下。」此《賁》之時義所以爲大，歷萬世而不可終窮也。

正、變臚於《風》、《雅》，以史爲詩；簡策著於《春秋》，以詩爲史。此經術之玄通造化，貌異心同，非無可無不可之聖人，莫能會六藝之淵源、囊括古今而融裁之盡善者也。變《雅》造端共和，由王入伯，固爲《春秋》之所濫觴。變《風》、《魯頌》盡載齊、魯、衛諸詩，其事義與文章亦皆與《春秋》相經緯。後儒若司馬遷心知其意，志續麟經之絶筆，而神契乎《風》、《雅》、《離騷》，兼知十稱六義之微言，初不屑屑於漢廷諸儒章句識小之學，賈生而外一人而已。唐之杜甫又能以史爲詩，睥睨古今而與馬遷相望於千載之上。然二賢者皆以小疵累其大醇，爲諸儒之所短。世無尼山鄒嶧，孰能變化不拘，列諸聞一知二、告往知來之選，爲言語文學諸高才特開希聖立言之途逕而騁六轡於康莊也乎？

李白樂府《蜀道難》一篇祖宋玉《楚辭·招魂》，而能變化其迹，其義則取諸變風《式微》。白平生論詩尤尚四言，非徒託迹於漢魏者，然非有得於漢魏四言諸詩，亦不能問津於《三百五篇》而盡知其微意之所在也。他日白又爲《上皇西巡歌》曰：「地繞錦江成渭水，天迴玉壘作長安。」望乘輿之返正，幸國步之中興，而諷切闇奸神器者，示王命之有歸，與杜甫《河北諸將入朝》諸詩辭

不同而意旨相若，以絜《蜀道難》篇，一明一晦，陰陽闔闢，變化無端。文章能事原本經術，非小儒之所能喻，雖欲效顰，安可得耶？抑譎諫主文，怨誹不亂，惟李與杜兼集《風》、《雅》、《楚辭》之長，貌若離而神合。有唐之世儒林大衰，賴此數賢稍稍振奮，視《平淮》碑、雅諸作徒取貌似者殊遥庭焉。昌黎折節兩人，但能知其光燄萬丈耳。太史遷曰：「非好學深思，心知其意，殆難爲淺見寡聞者道也。」誠哉是言乎。

《楚辭》者，漢賦之淵源也。《國風》者，漢詩之淵源也。《國風》一派，枚乘諸人承之，而以澹遠爲宗。《楚辭》一派，相如諸人傚之，而以哀麗爲本。漢詩不亡於齊、梁，有魏、晉人以振之也，孟德、子建之雄逸，淵明、玄暉之高雅，豈易及哉？詩至唐而愈盛，有集大成之杜氏以恢之也。《楚辭》之學亡於衰漢，而嗣音者無其人焉，六朝名下士惟知痛飲讀《離騷》耳，此漢賦之所以微歟。杜子美論詩之旨曰：「即看屈宋宜方駕，恐與齊梁作後塵。」蓋合《國風》、《楚辭》之學而言之者也。漢賦支流化爲駢儷，邯鄲學步，直可等諸自鄶之無譏，而萌蘖僅存，乃在蘭成《哀江南》之一賦，睠懷家國身世之際，悲豔不減《楚辭》而上契淵源於變《雅》，貌離神合，青出於藍，漢代《楚辭》之學於是爲不亡矣，而能兼識變《雅》風人之微旨，其杜氏之所濫觴乎？子美集中如《送郭英乂》及《北征》、《哀江頭》諸詩，俯仰身世，有江湖魏闕之思焉。以史爲詩，功用彌盛，波瀾老成，其源蓋出於庾氏而上泝《風》、《雅》、《離騷》，縱横變化，集兩漢詩賦之大成而爲歸墟，爲大壑，兼枚、

馬之能事，而非皮相者所能知也，故其《詠懷古跡》詩曰：「搖落深知宋玉悲，風流儒雅亦吾師。」又曰：「庾信平生最蕭瑟，暮年詩賦動江關。」隱然述漢人詩賦之學而以蘭成爲《風》、《雅》詞賦之尾閭。後之覽者觸類深思而求其分合盛衰之故，則有韻之文章自漢京詩賦、楚國《離騷》而反諸衰周之季，藝文經術，博究深微，託志忠雅，吟詠性情而達於古今之世變，國史通儒之學殆庶幾乎。而藝林文苑之流僅規規於辭貌而稱大復、崆峒之復古，不已陋與！

《史記》論斷多爲疑辭，非專取文章婀娜之態也，鑒於左丘臆斷之失而加謙抑焉。若無若虛，信乎非好學深思、心知其意者不能以及是也，可以無後儒武斷之失矣。

枚乘《七發》頗擬《楚辭・招魂》而稍參以變化，遂欲突過宋玉而驂駕屈原之雄奇。文章境界，有才思者任自拓之，若非造物所能限也。楚辭家學盛於漢武之世，蓋其君實倡爲之，惟乘逸氣過人，頗能追躡楚《騷》而兼長漢賦，不獨以《古詩十九首》先鳴於蘇、李之儔也。相如爲賦，雖有浩汧飄舉之奇，而五言古詩未聞嗣響《三百》，而爲《封禪頌》導諛長驕，實先《劇秦美新》而作，其於人倫夫婦之際且有愧於《白頭吟》多矣，安可以漢武「生不同時」之歎而遽軒之枚乘以上乎？

《楚辭・招魂》、《大招》諸篇猶能洞知幽明死生之故，合於六經之言享祀鬼神者，辭雖藻麗而義則幽通，斯固屈氏之支流也。魏詩曰：「高文一何綺，小儒安足爲。」杜詩曰：「前輩飛騰入，餘

波綺麗焉。」晚周詩亡而楚辭繼作，遂開漢人詩賦之先，司馬史遷其知之矣，故謂《騷》兼《風》、《雅》，而又合屈、賈爲列傳焉。賈生《鵩賦》洞微達幽，而能對前席之深問，漢文自以爲弗如也。魏、晉之朝，經術廢壞，崇獎浮華，阮瞻之流始論無鬼，已爲宋代張、程濫觴，紫陽亦有取於其說，雖意存矯枉，而郊社禘嘗之義已爲之晦而不明矣。元、明末季，君天下者陽崇儒術，而内惑於仙釋之流，蓋未能深探經術大原，而惝怳於後儒之歧說，又安能篤信聖人之教而以先王之道爲必可行也？彼述二氣之良能而以洋洋在上之神祇等諸空虛冥漠，而與子孫之血氣絶不相屬，適以導民之薄視其親，增末俗嫚神之慾而堅其爲惡之志耳，而使《詩》、《書》、《楚辭》相承風義漸就鬱湮，專述王弼、阮瞻之餘論。後儒持門户者相與牴牾，不能曲從其說，而語録章句之學亦因之而式微，豈非矯枉而失其正者爲之厲階也與？《周易》不可爲典要乃所以爲典要，孔子無可無不可乃所以爲可。孟子不續六經，而善續六經者無如孟子；《離騷》不似《三百篇》，而神似《三百篇》者莫如《離騷》。「神而明之，存乎其人。」此之謂也。楚辭之學盛於漢，而真知《離騷》者亦無幾人，故揚雄有《反騷》之辭，至於王通而有續經之作，彼豈非漢、隋所謂魁壘巨儒者乎？彼謂《騷》之可以反，而不知《騷》之志在乎《詩》，知經之可以續，而不知善續經者不續經，猶善《易》者不言《易》也，又安可語之以變動不居而神明於立言之道如私淑聞知之孟子也夫？

韓、歐之卓犖，程、朱之軌範，黄、顧之騰翥，皆有大振頹風、教人自爲之意，而其有所偏主者

同也。韓、歐之所偏主者在文章，程、朱之所偏主者在性理，黃、顧之所偏主者在經世。惟其有偏主也，故其所兼及者未能宏達以臻於變化，而無以相君也。歸、方之婉約不敢望韓、歐，薛、胡之端慤不敢望程、朱，惠、戴之精詳不敢望黃、顧，其規模陋而根本弱，起於晚近，爲中流之一壺，故其從之者鮮而爲功於當世者薄也。才難一嘆，匪今斯今，雖當光岳氣完，猶且頹波日下。古今人若是其不相及也，而可以盡斥兩漢之通儒與德行、政事、言語之才，各能推其意，而行聖人之道、濟烝民之窮者直等諸百家衆流，無關聖學之例也與。

藻川堂譚藝・三代篇

三代之時俱有太史，其所職掌者察天文，記時政，蓋合占候、紀載之事以一人司之。漢時太史公掌天官，不治民，而紬史記金匱石室之書，其意與三代尤近，故談、遷父子嗣爲其職而成經國大業焉。至宣帝時，以其官爲令，行太史公文書，其修撰之職以他官領之，於是太史一書唯司占候。唐代始置翰林諸官待詔者，職尤冗雜，不專文翰。宋、明以來始榮其選，以爲儲相之地，置史館於其中，附談、遷太史之稱而不知占候之事，然亦未嘗知史學之爲何事也。以文翰之冗官而内躋卿貳，外望督撫，典司文枋，揚厲聲華過於唐、宋，而去周、漢設官修史之意殊遼遠矣。徐健庵論明代翰林之卓犖可數者蓋不能多，而以四布衣爲之最，皆不由甲科入者也，視明初四先生之欻起烟蘿者相頡頏矣。國朝鴻博入史館者亦有四布衣焉與相先後。國家隆盛，光岳氣完之際，郊藪麟鳳時露光采於闕廷，非晚近之所恒有。班孟堅録《鹽鐵》、《平準》，稱賢良文學之言而羞丞相、御史兩府之士，健庵蓋與之同意也。淵源顧氏，豈虚也乎？

《楚辭・大招》高步遠想，有易濁世、尚三王之心焉，非徒曲終奏雅而已。萃六義於一篇之

中，哀麗而不失其正則，與孟子之勉君致王者合焉，即《禮》、《樂》、《詩》、《書》之所陳與名教之樂可知可行也已。紫陽頗稱其醇古深靖，蓋亦不能没其實也。是非宋玉、景差之所能效爲之，其必原之自作以諷其君者乎？太白謂五言、七言爲靡而心折於四言，蓋能通《風》、《雅》、《楚辭》之意而與史遷合者。後之詞人第能推其樂府長句，以爲源出於鮑照耳，豈能知其詣極之深乃有過於枚、馬者哉！

司馬遷之稱《離騷》曰：「其志潔，故其稱物芳。」柳宗元又曰：「參之《離騷》以致其幽，參之太史以著其潔。」以潔言文，規摹似稍狹矣。然史遷之所言者志也，本《尚書》「詩言志」與子夏序《詩》「在心爲志」之旨，深探騷人之隱而顯發其秀，一言以蔽之而有餘，惟深於《詩》，故深於史也。《離騷》之志與日月爭光者在乎潔，史遷言爲丹青而不朽於千載者亦在乎潔，孔子不得中行必與狂狷，以其潔也，在陳思歸，擇斐然成章之狂狷而裁之者，欲其潔也。史遷生周公、孔子之後爲五千年之通史，志在續獲麟之《春秋》，敢爲所難而不疑者，蓋自負其潔。《詩》云：「他人有心，予忖度之。」宗元以潔論遷，蓋亦忖度其心而得之者，非偶然也。

司馬遷列孔子於世家以明德之後有達人也，宗廟享之，子孫保之，二千年來媲美虞舜，遷之言不獨傳古，而又信於今矣。《春秋》書孔子卒，以《春秋》者，孔子之所作也，且以賢於堯舜、道光萬世之至人而終不見書也，可乎？安石之譏遷，蘇洵之譏子貢，皆不達而强爲之辭者。北宋以

來，安議古人如斯類者衆矣。好奇尚新，不稽古義而習非勝是也，經術焉得而不衰乎？

魏文帝以火性酷烈，無含生之氣，疑世所傳火浣布爲不然，著之《典論》，刊石太學廟門。及齊王芳時，西域來獻此布，詔大將軍太尉臨試以示百僚，遂刊滅此論。與阮瞻之論無鬼，其失一也。魏、晉之朝，經術中廢，清譚乃興，人以淺陋文其固滯，已爲宋、明諸儒濫觴矣。夫以歐陽修之文而不信《易大傳》，以司馬光之賢而詆毁《孟子》，非固之爲害歟？玉茗生曰：「以爲理之所必無，安知情之所必有。」斯清言而妙天下者，非曹、阮之所及知，亦非馬、歐之所能測也。

天之行氣也無涯，而其行道也若有涯。其無涯也在氣，於四時之不忒見之；其有涯也以道，於斯文之積衰見之。卦畫之變而爲文字聲韻，又變而爲六藝、羣子史之文章，其盛也。六藝、羣子史之變而爲訓詁章句詞賦，訓詁章句詞賦之變而爲《三經新義》、帖括之學，《經義》、帖括之變而爲八股、試帖文字，其衰也。此豪傑賢智之所輕，而億萬烝髦之所喁喁以欲引領而望，僥幸而得進其身也。天且如之何哉！天不愛道而有時乎愛道，雖知道者猶莫能知彼蒼愛道之意而直以爲無知，况其人之大遠於道者哉？

日月之明，江海之清，珠玉之瑩，山岳之英，其不朽於天地，惟在乎潔，故史遷、柳宗元以潔論《騷》、《史》。惟天下之至白爲能潔，凡采不足以勝之。古人以潔靜精微言《易》也有以夫，《易》者，《詩》、《書》、九流百家之所從出也，其原大矣，潔而能大，然後爲至。前明以來之言潔者蓋差

異於是也。

法人見之謂之法，功人見之謂之功，政事之所以不競於古也。策人見之謂之策，辭人見之謂之辭，文章之所以不競於古也。

傳記事而經乃斷之，故其言特簡。經，策書也；傳，簡牘也。史遷志學麟書，而以贊模經，緯之以傳，晦藏其用，變化其體，班、范以來蓋未有能知之者也。《魯論》「才難」一章以《虞書》周史之言先經起義，而舉孔論爲折中，蓋前傳而後乃經也。史遷之作紀、傳本之以爲前傳後贊，陰以論斷模經，其源出於《論語》，猶管仲作内政而寄軍令、項梁主辦喪事陰以兵法部勒子弟，而人不之知也。民稱夷、齊，「殷有三仁」之先叙後斷與論才難無異，即孟子之語齊人亦此例也。唐之韓、柳爲《橐駝》、《梓人》、《王承福》諸傳，用孟子語齊人之例耳，借人立論，意不在其人也，莊周寓言亦猶是耳。韓、柳之模孟、莊易知，史遷之兼模《春秋》、《論語》難知，蓋神合而貌離之者也。鄭樵輕遷才學不足，陋矣！且如樵者，曷嘗好學深思而心知其意耶？

禮勝則離，其流至於無禮；樂勝則流，其終至於無樂。陳、隋之文章，志蕩辭淫，其初以樂勝者也。晚明之奏疏，數君詬臣，其初以禮勝者也。

司馬水鏡、龐德公諸賢不能爲卧龍，亦不屑爲崔、孟、二荀之汲汲求仕。斯蓋天民之亞匹也，而不爲後儒之所稱道。至於孔明之贊伐巴蜀、文若之先事阿瞞，則又侈口吹求而少所推挹。好

毁之習導源於唐，而積重所趨莫甚於有宋、前明之世，斯蓋少陵、昌黎之所憤嘆激，爲詩歌文字而有泯滅身名、蚍蜉撼樹之譏斥也。

揚雄之學過於劉歆，荀彧之德愈於范增，善善不從其長而一概譏貶，杜牧、蘇軾之所以僅爲文人而與馬光殊轍也。《前漢書》以揚雄、劉向並論，《後漢書》以孔融、荀彧同科。雄之學頗勝於向，彧之事亦倍難於融，班、范權衡其間而兼采天下後世之公論，其識度誠有以加人者，稱爲良史，有由然與。

清才次雄，雄才次聖。杜少陵氏，詩人之有聖才者也，馳騁《風》、《騷》，摩盪漢魏，詩歌之功用莫宏焉，可以超漢詁四家，爲葩經之功臣矣。而宋元以來僅以詞人視甫，而莫知其功用之宏，宜乎六藝首《詩》之旨終不明於後世也與。揚雄曰：「使孔門而用賦，則賈誼升堂，相如入室。」於是悔雕蟲小技焉。後儒始輕詞賦之用小矣，由雄言之未晳故也。賦雖古詩之流，然不可與《風》、《雅》同論，若杜陵之弘闡詩教，又豈可與賈誼、相如之賦同日而論者乎？

尊聖人之道而狹之，不如兼集衆長、羽翼聖學之爲大也。有漢諸賢專推賈、馬，諸儒以爲名世，識雖過人，而取之之途專以言語文學，其隘甚矣，宜後儒之起而與爭也。韓退之又盡掃羣儒而專以荀、揚次孟子之大醇，則其言愈隘，而啓後儒以奪幟易幟之機矣。然愈之推荀，則本史遷合傳之説而不能知遷之意，至於盛推揚雄，排棄賈、馬，則仍習於詞章初化與唐士之餘波而不自

覺者耳。後儒排賢希聖，每進愈上，而不知其每況愈下，皆步昌黎之後塵而稍變其轍迹者也，曷足怪與！

舜好問而好察邇言，是以居深山之中聞一善言、見一善行，若決江河，沛然莫之能禦。孔子與人歌而善，必使反之而後和之。聖人之不遺人小善也，雖一言一歌之異猶拳拳焉，況其大者遠者乎？漢魏以來，文章之士作爲詩歌以相贈答，殆即與人歌而和之之類歟？而徒以月露風雲流連光景，非宏益樂羣之謂矣。

孟子七篇得《春秋》之繩墨謹嚴，而兼《南華》之洸洋恣肆，故能奄有《内傳》、《國策》之縱横短長，而辯足以窮萬乘，詞足以折百家，其源蓋出於《二雅》、《國風》而神明通變於《三易》，如蛟龍之得雲而踊躍奮迅於天海荒遐之區，而不予人以窺測之迹也。

矻矻章句，孳孳訓詁，如舉綱者有目而無綱，其不可得禽也明矣。專致良知而不博其聞見之知，如舉綱者有綱而無目，其不可得魚也與一目之羅雀者同耳。曾子曰：「物有本末，事有終始。」子夏曰：「有始有卒者，其惟聖人乎！」在知所先後而已矣。

孔子之書述而不作，雖南人有言皆取之，蓋見道不見人也。後儒角立門户，苦相牴牾，見人而不見道。孟子稱老子之言曰：「其進鋭者其退速。」《文子》引老子曰：「人生而靜，天之性也。感於物而動，性之欲也。」漢儒取之以入《禮經》。「澹泊明志，寧靜致遠。」出於《淮南子》，而諸葛

孔明稱之。陸敬輿奏議百篇，稱爲唐之孟子，而其啓君之辭曰：「清靜無欲，慈儉不貪。」漢、唐鴻儒皆不强立門户，故爲所誘接者每多奇才異能，而其最者或爲天民名世，與萊、説、散、鬲抗衡焉。宋、明之朝，人持高論，而考其功烈措置，卑弱可羞，其爲文章亦每降愈下。然其門户阻深，不與人以易測，世主世儒震且惑焉，久而暴露厭棄者或等之於芻狗，乃並其所長而皆掩之，可惜也！古末流滔滔，毁宋、明諸儒之門户，仍不出於章句經師之窠臼，所謂「楚固失之，秦亦未爲得」者，今相尋如一轍而已也，豈不謬與？

放誕風流不始六朝，其源伏於西漢，觀司馬遷記相如、卓氏之事則可知也。推原其始，蓋濫觴於晚周變《風》，而浮輕華艷猶未如是之甚。古君子女（女）士之餘思流韻，宜其存於《小雅》而爲《大雅》之肆餘與。唐山不作，文姬代興，傳於《列女》者既有慙於彤管之書，建安以後爲士夫者扇揚浮華，其文辭亦趨於輕纖綺靡，然後知《二南》首《關（睢）〔雎〕》之義，必以窈窕淑女爲君子之好逑，其補助乾坤，斡旋元化者爲不淺也。

不得中行而與之，則必降格以求狂狷，蓋思人才之難得也。聖尼三代之季猶且云然，况於漢唐以降天下有乏材之患者乎？馬遷網羅百代，創爲世家、列傳，類分人物高下，不以一格律人，其識量有高於宋明諸儒者，得聖尼「與進無類」與《春秋》「善善從長」、《禮經》「休休有容，愛憎知善惡」之宏旨者也。陶潛詩曰：「規規亦何愚，兀傲差若穎。」晉人云：「雖非周才，偏亮可貴。」斯

言洵有味也。

李白論詩以七言爲靡，而謂五言不如四言，蓋志在於《三百篇》者也。語其神骨，《風》、《騷》爲近，《蜀道難》一篇雖不若《梁父吟》之龍跳虎卧，亦其詩之至佳者矣，一篇之中三復其語，甚危乎，明皇之幸蜀而幾亡天下也！有周人詠黍離、屈平悲楚懷之意，司馬遷所云「一篇之中三致意」者，於《蜀道難》見之矣。然非心知其意而能意逆之者，殆難爲俗人道也，杜甫所以致嘆於碧海掣鯨之無偶，而有心知得失之言與。甫詩又曰：「百年歌自苦，未見有知音。」

司馬遷好學深思，心知其意，誠善讀六經、《論語》、《孟子》諸書，兼集百家衆流，若谷王之納萬川也。所可爲遷惜者，學雖多而猶未極其博，問雖勤而猶未極其審，思雖精而猶未極其慎，辨雖勇而猶未極其明，行雖修而猶未極其篤，然視二中四下之樂克則已度越之，視告往知來之端木則亦庶幾之矣，使得游孔子之門，親受業而師事之，豈遽出游、夏、丘明後哉？蓋彬彬文學之選也。

孔門四科，包「三不朽」於其内，德行即立德之事，政事即立功之事，言語文學即立言之事。聖尼纂修六藝，道集大成，兼「三不朽」之能事爲萬世師，而尤以立言爲重，孟子之門是以稱顔、冉爲善言也。七十子皆身通六藝，而必著其所專長以開萬世斯文之宏軌，各以其才之所獨至羽翼斯文，如文王之有疏附，先後奔走，禦侮壽考，作人配天，章倬雲漢而與古爲新也，豈不

倬與？

韓退之曰：「仁義之人，其言藹如也。」歐陽永叔《送徐無黨南歸序》先道德而後辭章，皆近於知本者，非判道與文而二之者也。紫陽乃深譏韓、歐之裂道與文，蓋持門户之見而以勝心爲主耳。不然，夫豈不知孔門四科皆可羽翼斯文之統，必排宰、端、游、夏於顔、冉諸賢之外而以爲無與於聖人之道乎？宜其流爲語録章句、白葦黄茆，同於棘子成之尚質少文，若虎鞹犬羊之混然無别。此端木氏之所深譏而後儒曾不知悟也，抑獨何與？

「誠不以富，亦祇以異。」孔子斷章言《詩》以論人，蓋即《春秋》名教之微旨也。後儒乃取之以論文，自司馬遷始，其曰「倜儻非常之人稱焉」，則猶《魯論》「異之」云耳。而韓愈氏祖述之曰：「若皆與世浮沉、不自樹立，雖不爲當時所怪，亦必無後世之榮也。」《與人書》曰：「天地之濱，大江之濆，有怪物焉。其爲物也，蓋非常鱗凡介之品彙匹儔也。」則又兼人與言，而著之以自負其瑰異，宋、明以來詞人效之。或言人物文章皆不悖於孔子名教之旨，必若後儒之規規繩墨，而以異爲諱也，亦惡知孔子著論，貴中行、鮮中庸，而引《詩》以軒輊賢不肖，尚處士、賤王公，乃司馬遷之所本，以爲通史本紀、世家、列傳者也，而曾異之爲諱也否耶？

阮氏雲臺尊訓詁，爲校勘記而抑古文辭諸家，貴耦賤奇，偏舉《易·文言》之耦韻以爲之説，視棃洲之以長短繁簡强分唐以前、後之文辭尤爲固陋，而舉世不悟其非，故嘉、道以來文辭之能

自樹立者鮮矣。《易》者，道之原，文之始也。一陰一陽而不可測者，道之神也。神無方而《易》無體，奇耦特數與形變之迹而已，末也。執其末，遺其本，不賢者之所識小矣。文辭之叶聲韻，孔子之爲《文言》，特以便學人之記誦，非探其本而爲之者也。立言千代之後，而欲發古人之所不敢言，其可以輕心掉之也乎？

袁、趙誤於江浙之習，江浙亦誤於袁、趙之習，而誤於趙者猶鮮，誤於袁者獨多，蓋沿於南朝脂粉之習，其所從來久矣。由是以思陽明、梨洲、亭林一輩同生江浙之地而能抗衡先哲，學周公、仲尼之道，前明以來北方之學者未能或之先也，斯豈非振古之豪傑而爲輕薄文人之所折服者與？

司馬遷、韓愈經緯古今，論道德之文章皆有豪氣未除。若陳元龍據百尺之樓而俯視羣品，後儒譏孟子爲英氣害事，其不滿於遷、愈而深貶之，無足怪者。不知韓愈文章善學史遷，遷之學識才力亦次亞於孟子，而七篇之書又皆遷、愈淵源之所在也。鳳凰麒麟，翔遊丘藪，非聖王則不能致，至於高山深林，龍虎變見，則庸人、孺子皆知駭而嘆之。當戰國時楊、墨功利塞塗，堯、孔之道不明於天下，使無好辯之孟子盛氣與辭而折之，則聖賢相傳見知聞知之緒，不且如蘭蕙芬芳掩抑於荆榛蕭艾而終無賞音之遇哉？又使以亞聖名世之才，而效鄙樸庸儒爲章句語録之學，就令徒黨蔓延，師承滿天下，何異狐烏茆葦，一望皆同？當兩漢、隋、唐之時，其學必已湮廢，尚安能列

學官、置博士與於博文之學而爲馬遷、韓愈所服膺而稱道也？末俗隨聲，寡聞淺見，甘循後儒固陋之轍迹，蹈於馬遷、韓愈之所譏斥而不自知，此與耳食而塗説者殆無以異，又安能知孟子所謂浩然之氣塞乎天地之間而剛大以直者，即後儒之所指爲英氣害事者乎？

《風》、《雅》、《離騷》、左丘《内外傳》之學相爲表裏者也。左丘《内外傳》之書，《春秋》之羽翼也；《國風》、《小雅》，《春秋》之濫觴也。宋之儒者無得於左丘、屈原之詞，是以無得於《風》、《雅》與《春秋》而襲韓愈之餘論，乃並司馬遷而排詆之。夫史遷深於經而知其合者也，不知其合必無得於六藝、《論語》、《孟子》之書而不能爲通史矣。孟子之才可以爲通史而不暇爲者，以方述聞知之道繼孔子也，七篇之書充光大化，兼《詩》、《騷》、左丘氏之學而通之，乃史遷之所淵源者。後儒專言性理而未嘗博通於六藝，其言《詩》、《春秋》者皆與先儒别異，狹聖人之道而小之，故後儒之説勝，則漢、唐先賢之説皆爲之晦且絀，猶適大都而先斷其津梁也。如是而欲望聖人之堂室而入之不可得矣，豈直訓詁考據之擇不能精而語之不詳也哉？

蛇似龍以其類，蛟似龍以其貌，魚似龍以其鱗，虎似龍以其威，鳳似龍以其瑞。霸次王，儒次聖，豪次賢，郡縣次封建，史次經，文次道，猶是物也。天首四大，無不包焉。司馬遷得是意，上下古今而爲通史，萃九等人物於本紀、世家、列傳之中，無有譏其駁者，奇才也。韓愈爲文章，體不若是，恢而高古奇怪，有太行、王屋之偉觀，混涵光芒，如魚黿蛟龍蔽遏於長河大江而不使自露，

亞馬遷焉，猶亞聖之匹將聖也。言文章必規故步而求之，去古彌遠，猶自以爲相及，蓋優孟叔敖、虎賁中郎之類耳，曷足貴乎？

《詩》云：「威儀棣棣，不可選也。」蓋自反之辭耳，豈露才揚己之謂乎？通斯意以讀《離騷》，可以無後儒之苛論矣。「何辜於天，我罪伊何。」《小弁》所以爲怨慕也。爲人子止於孝，爲人臣止於敬，其道一而已矣。「父母之不我愛，於我何哉！」亦自反之辭耳。千載而下得重華之心者，其鄒孟氏也與？

文章之道宏矣，遠矣，而語其本則有四焉：本乎道則必尊德性，本乎辭則必善言語，本乎才則必立政事，本乎經則必大文學。由本達末，以畧其英華。所兼亦有四焉：道兼器，器兼數，而九流百家之論著可擇而取也；辭兼氣，氣兼韻，而儒林文苑之粹菁可博而采也；才兼識，識兼力，而棟臣功人之策畧可集而益也；經兼子，子兼史，而《詩》、《書》、六藝之支流可囊而括也。不此之求，而規規自局於故步，坐失歲月，其視文章僅爲小技，求步方、姚之後塵而不可得也，惜矣！豈知天與靈明本不能限其所至，又有仁聖賢人爲我導先路而驅策其進，若之何自阻而不前也？古之人所以重失其時而切切於師友，期自廣其津塗，而爲之師友者亦循循善誘，切偲觀摩而皆不能自已也與。

史遷《律書》言兵之偃而於漢文帝尤加詳，蓋當其時刑幾措而不用，有勝殘去殺之心焉，又未

可與景同論也，得《春秋》特筆表微與《風》、《雅》陳古刺今之意矣。後儒疑王允謗書之説，其知遷者亦僅稱其善叙事理，辨而不華，質而不俚，而淺者僅誦其文章，等諸左氏浮夸之列，此史學之所以微與。

自北宋以來，人不讀書而習安石之經義，故文章蕪陋，而非毁古人者得其志焉。識者多云歐陽《五代史》筆力委靡，不足窺司馬遷藩籬，而譽之者或以爲過於《史記》。故自南宋以來，言名世聞知者徑以宋儒當之而祧千有餘年之人物，習非勝是，其所從來非一朝一夕之故矣。

曾湘鄉爲《聖哲畫像記》，雜舉三十三人，於文取柳、姚，於詩取蘇、黄，於禮取秦氏，説經取王氏，皆卑無高論。其所得雖未至而不昧其淵源，亦後學之所宜效也。推斯心以尚友，其可以無後儒矜己淩人、蓋前軒後之失也夫。

曾湘鄉謂李太白、柳子厚、黄山谷在聖門爲言語之科，許叔重、姚姬傳在聖門爲文學之科，斯又卑無高論之甚者。然藉此以誘進髦俊，如先拱璧以駟馬，藉琬琰以白茅，非惟無害，而亦有宏益矣。七十子外門人三千，各從其類，雖狂簡成章之次者亦可裁也。仲尼吾黨，南郭獻譏，何嘗窺見宗廟百官之美富哉？

歐陽永叔《五代史·十國世家序》頗善學《史記》，而不知者妄以爲似韓。韓、歐同出於《史記》而人不能辨，觀序足以知之。東坡文章往往出入韓、歐，而王介甫讀《表忠碑》以爲甚似《史

記》，固知言者也。善師古人者必師其所自出，猶治病者舍標而治其本，醫子而培其母，如益肺則先補脾之類。斯道推於政事教化，可以易俗移風，使天下回心而向道，又不獨善其文辭而已。

爲精義之學者，每獲一義如獲一珠；爲訓詁之學者，每獲一義如獲一魚。萬魚不如一珠，珠貴而魚賤易得也。知珠魚貴賤之别者可與言孔門識大之學，好學而希賢希聖，深思而作睿作聖也已。

后土之爲山岳也，岧嶤崔嵬，真樸之至更成雄奇，史遷、少陵時有斯境，與南華、青蓮殊趣也。

兩漢之世專以大儒歸揚雄，經術盛而人知有《易》也。魏晉以來始以辭人視雄。至於盛唐遂以揚、馬並稱，「賦料揚雄敵，詩看子建親。」「斯文崔魏徒，以我似班揚。」「悠然想揚馬，繼起名硉兀。」杜少陵亦云然矣。獨韓退之以荀、揚大醇追配孟子爲起衰之特筆，然其論古文章仍以司馬相如、揚雄爲一流，不能無狃於前人之説也。「雕蟲小技，壯夫不爲」，揚雄之所悔也，而後人乃津津樂道之，習非之勝是也久矣。「少悦孫、吴，晚逃佛、老，勇撤皋、比，一變至道。」晦翁是言能諒横渠之心，而後儒乃不能取雄之長而覆其短，遂使退之孤説晦如晨星。獨濂溪有取於希天之言，而學道篤實如司馬氏光作《潛虛》擬《太玄》，而爲之言曰：「安知後世復無揚子雲乎？」則雄之自

立者在《玄》可知也已。

孔子敏而好古，而其平居論説不盡用《詩》、《書》訓詁，其門弟子問答之詞亦鮮及焉。蓋務志其遠且大者，「多識鳥獸草木之名」僅見於教小子學《詩》，則兼大小而識之者也。禮樂從先進，遠述唐虞而近乃憲章文武，先其大體後其繁文，故平居論説，其文辭取便當世學者可久傳於後，雖《易大傳》、《春秋》皆然。此可知其平易近人也，孔子豈不能擬《尚書》、《雅》、《頌》者哉？兩漢以來，講學撰述之家咸遵楷式，以爲當然，儒林、文苑，並立百代，爭光曜於日星，然皆未嘗專專用三代之訓詁，斯亦「允執其中」之一道施於文字者也。

孔子謂子夏曰：「女爲君子儒，無爲小人儒。」其後儒分爲八，果有子夏氏之賤儒章句，流傳數千年而不息，尼山蓋豫燭其幾矣。子游宅心宏遠，似勝夏而優於張，聖師道宏，末之貶也，乃其後亦有子游氏之賤儒出焉。故後之儒者往往以游、夏並稱，以其皆出於文學也。漢、魏、唐、宋專以文學爲儒者多不勝紀，咸統於儒林藝林，於是史臣又增爲文苑之目。彼不出於夏則出於游，要之皆孔門文學之緒餘，源遠末分而波瀾益肆，或濫觴古詩之流而爲詞賦，或淵源於書史傳策而爲論辯策畧之文章，大抵多華而少實也。於是矯之者又專言德行而簡棄問學，其言鄙樸同於虎豹之鞹，是豈可謂彬彬文質之君子哉？孔子之門未聞有是，當春秋、戰國時，公卿辭命，處士著書，大率文章炳然，曲成義理，亦未聞有是也。斯文未喪，允執其中，必折中六藝之言，卓然有立，然

後可以爲君子儒而楷式於天下後世，豈狃於一偏之説若溪澗支流之壅遏抑塞而不能自達於滄海也夫？

怪僻晦澀，膚庸浮淺，皆足以爲文章之害，孔門所以尚修辭也。而害莫甚於俗，俗便不可醫也。俗生於鄙，人知之；俗生於陋，人不知。故又當先去其陋。去陋之道必多讀古書，精擇詳語，非得師友而虚心事之不可也。去古逾遠，多歧亡羊，良師友亦不易得矣，韓、歐所以有師古聖賢之説，必待豪傑有志特立不回之君子，然後能自得其師於千載以下也乎。

國史者，文章之總匯，後世無良史，故文章日以卑下。史才既鮮少，又無專職，言文章者未嘗學於史而知其淵源得失之所在也，雖有嘉言碩德、駿功佚事而不得良史，則湮没無傳而待文人之自傳。文章之道既以卑下，其書不信而行不遠，故諸家之書日積至於充棟塞塗，而其實反不逮古人之什一。文學已衰，承其流者鑒裁愈陋，真僞雜糅，新故相仍，狃其積習而不知反，遷流所極，害豈獨在文章而已也乎？

周之《雅》、《頌》多以理勝，亦或以韻勝，而《商頌》獨以氣勝，故曾子曳履歌《商頌》而聲若出金石也。秦最無道，而李斯爲始皇作刻石之辭，亦頗遒古有雄直之氣。兩漢以來，爲有韻之文而能雄深雅健者多取法乎商、秦之間，若唐山夫人《安世房中歌》、曹孟德諸樂府往往軼出《大風》、《秋風》歌辭之上，類不能多見也。唐之杜、韓氏分道絶塵，爲古文辭、詩，鏗鍧若鐘鼓，震盪如波

濤，淵泉多出漢魏，而氣脈上接乎商、秦，知言者蓋往往能辨之矣。

司馬遷《滑稽列傳》曰：「天道恢恢，豈不大哉！談言微中，亦可以解紛。」是乃《史記》羅列百家、囊括萬古以爲紀傳之意歟。而託於滑稽以發之，遠類於牧皮蒙莊，而近同於東方曼倩，故冠以孔子「六藝一治」之言，其興寄之所存固已遠矣。兩漢以來，諸子之以文章名世者所由皆莫能及，而有望羊向若之嗟也與。

文章之生於道德，猶木本之有花葉，然絢爛之極歸於平淡，花葉之盛還生果實，文章之茂還爲道德，是以孔門施教，博文約禮，循環無窮。兩漢通儒至於唐、宋能知此者不過數人而已。紫陽立論，合道德、文章而一之，而譏韓、歐氏之判道裂文爲非是。其言似矣，然知文章之本在道德，而不知文章之還爲道德，故謂孔子以斯文自任爲謙不敢當之辭，而於孔門並列四科之意，猶未能深探其所以然也。凡兩宋之稱大儒者皆以語録章句爲傳經之要旨，而疑左丘、屈原氏爲浮華之聞人，抑未識道德、文章之相爲本末如根葉花實之循環不窮耳。

馬遷實録繼南、董以垂名，古之遺直也歟哉！杜甫歌辭緣《風》、《雅》而成義，古之遺直也歟哉！後世文學英才得聞史詩之教，二子之力也。雖然，儒，其流也；國，其源也。漢文帝不除誹謗之律，唐太宗不受盡言之諫，雖百遷、甫，安能立其子孫之朝而奮其直筆以嗣《詩》、《春秋》之遺響也歟？漢之史藏於金匱、石室，人不得而見之者也。唐之詩播於管絃，形於歌咏，人皆得而聞

之者也。唐法之寬大有容，軼於先漢遠矣，則太宗之遺澤在人，豈徒怨女三千、死囚八百爲詞人之所稱頌而已也乎？

司馬遷謂「百家言黃帝，其文不雅馴」，而稱老子爲深遠。其擇言也雅而能精，惟其深於六藝之學也，故能兼宗黃老之所長而無末流索隱好奇之失也歟。語其所學，超軼荀、揚，而學者徒以文辭求之，抑亦淺矣！

唐人之學博而雜，豪俠有氣之士多出於其間，磊落奇偉，猶有西漢之遺風。而見諸文辭者有陳子昂、李白、杜甫、韓愈、柳宗元之屬，堪與誼、遷、相如、揚雄輩相馳騁以下上。抑俠、儒不相並而盛者也，故史稱唐之世儒林大衰。而詩歌之道主乎風者也，風盛則氣雄，氣雄則骨立，骨立則聲遠，聲遠則辭蔚，辭蔚則采鮮。故唐之詩歌自杜甫而外，奮一藝以成名者多至不可勝紀。文深謹審、斷斷若法吏，不如兩宋以來諸老宿儒，而其才氣固大可用，雖用之以漸復西漢無難焉者，以六藝之緒存而《騷》、《詩》之遺響未墜也。

國朝文學之道大患乃在於小，導源在經學即理學之一言。而其學於經者無非舍其大而識其小也，廢義理之大學而窮故訓之小學，所治愈精，其技愈粗，所治愈密，其用愈疏，經學陋而文章亦衰矣。桐城望溪至於姬傳有起廢振衰之意，而困於才力之寡弱。有韻之文以漁洋爲正宗，而才力之寡弱又與望溪同疾，若施、朱之斤斤繩墨，固視漁洋爲不逮矣。梅村亦以巧勝，自以華麗

爲愧，而未近自然。文章千古，得失寸心。此事固難爲俗人道也。梨洲之學殿於晚明，識力固居亭林之上，而淺陋者或疑其雜，亦未知其用意之所存耳。近日曾湘鄉始爲雜家之學，固九流之卑，無高論者哉。然其規模較宏，氣象較遠，故施於事業者爲有用，足以次比漢、唐豪材之恢廓自信而勇於救弊扶衰。《靜女》之三章，取彤管焉可也。

江表浮薄之風盛於袁氏，其論詩也猶知借亭林、梨洲以爲重。夫黄、顧之於詩非專家矣，然其學有淵源，支流亦盛，非乾、嘉以來辭人學人之所敢望也。江表詞章之學浸淫至今，推袁者衆，又敢望黄、顧之餘風也乎？故訓之家搜殘舉碎，固袁氏之所不屑而指爲糟粕者也，而逐響者咸效爲之，宜爲詩、古文辭者之靡靡日衰而舉歸於桐城之末習也。

文章之不朽千古者，起伏頓挫，蜿蜒如龍，其風骨顧視皆清高，而養氣之深沉雄博，非徒月鍛季鍊、修飾語言而已也。至於前明以來，真氣内漓，清骨外損，乃貌爲起伏頓挫之文，如優孟之摇頭而歌，不堪識者之一笑也。歸、汪、方、姚之流求諸規矩法度之内而氣不能奇，由其中之所畜者淺也。《易象》曰：「君子多識前言往行以畜其德。」孔子曰：「有德者必有言。」真學人之箴石也夫。

班固作《劉向傳贊》曰：「仲尼稱：『才難，不其然歟！』自孔子後，綴文之士衆矣，惟孟軻、孫況、董仲舒、司馬遷、劉向、揚雄，此數公者皆博物洽聞，通達古今，其言有補於世。傳曰『聖人不

出，其間必有命世者焉』，豈近是乎？劉氏《洪範論》發明《大傳》，著天人之應；《七畧》剖判藝文，綜百家之緒；《三統曆譜》考步日月五星之度。有意其推本之也。」兩漢名人，諸道德巨儒必兼著述文辭，皆本孔門四科人材與顏、閔善言德行之意，非漫然者也。古之稱大儒者必曰不屑章句之學，重博物洽聞者必曰通達古今，其言有補於世，蓋本孔門「温故知新，可爲人師」、「誦《詩》達政事、能專對」之義。自孔門以後，則推孟子爲命世通儒之首。西漢文章所以爲百世冠冕，而持是説以例韓、歐，亦有合焉者也。班固之論史遷蓋嘗摘瑕，如退處士進奸雄之類，而又軒之與孟、荀次比，不以所失掩所長，異於唐、宋諸儒之憎而忘善。徒執毀遷之説，而於其激揚青雲者則諱之而不欲稱，與妒賢嫉能者無别也。兩漢通儒之目，由魏晉氏以至於今，爲經師所排抑淹没久矣，孔門之途由是益狹。内心之儒務言德行，抑或未能通達古今而兼集衆人之長，文章若韓、歐氏，亦排擯之，使不得與於六藝斯文之學，士之髦秀而多文者，非考索於語録章句，則不得爲聖人之徒，所以卒啓顧氏亭林經學、理學之辯而驅康、乾以後之人才一歸於訓詁識小，其説遂與程、朱、陸、王代興於滔滔末流之際，而風俗人才皆爲之一變矣，豈不惜與？

賈誼《治安策》入《漢書》者皆甚精異，古儒用心獨至，遠勝今人。又史有專家，父子兄弟繼成其業，討論之功亦已多矣，孔門删定之緒，其猶未亡於先漢乎？唐之世，《漢書》、《文選》皆有專家之學，且以《漢書》次亞羣經，其時讀書猶知求實，未敢淩躐前賢，故劉知幾、韓愈諸人皆能精覈

史學。或放意爲文章，縱横謹嚴，醇雅以肆，至於晚季流風猶存，劉昫《唐書》所以勝於宋本，歐陽修氏且得藉手以成《五代史》，文見稱遒潔。近代作史不專一人，鑒裁既惝，功力亦薄，諸儒白首疲力詁經，而於史學之崇閎深嚴者獨裒裒而未敢措意，安能識貫古今而入於彬彬君子之選也與？

退之實學子長也，而陽浮稱者乃在子雲；伯安實學横渠也，而陽浮稱者乃在子静。其深自覆匿如此，殆即老泉藏弆《國策》之意。悠悠千年，解人難索，受英雄之欺而不自覺者代相尋也。文學之緒所以歧之又歧而至於本末皆殫也乎！

有意而言，意盡而止，文以意爲主者也，非如有韻之文須得絃外之音、嚼餘之味。東坡以意言义，可謂善矣，而用此道爲詩，故求趣而反失真趣，誦者爲之索然。信乎人各有能有不能也。且以無韻文論之，東坡長於策論，短於碑傳，能秀而不能隱。司馬遷策論之文不逮賈誼遠甚，至爲《史記》，乃能獨絶千古，其秀者標致於塵外，其隱者含妙於毫端，餘味與餘韻俱流矣。使移其筆爲詩，必當與唐之杜甫並驅於千載之上，曹、李諸人不能及也。

志乎道亦志乎文，其文成，足以輔道而行遠，此修辭立誠之效也；志乎道而得之文，不期至而至，所謂有德有言者也；有意而言之，意盡而詘然以止，不以刻雕藻繪揣摩炫其能，所謂辭達而已矣。是三者皆斷然必傳於世，聖賢之文也。志乎道而得其偏，因以自暢其言，所謂持之有故

又成理者也；志在於文，取以釣聲譽而不能無剽竊附會，所謂出入有無曲成義理者也。二者皆見譏於君子。或以奇衺害道，或以巧僞亂真，而其文章皆久傳於世，非其文章之果可傳也，由好者之多而習非勝是託於「不以人廢言」之言而姑存之耳，言可以無擇乎？《大畜》曰：「君子以多識前言往行以畜其德。」《魯論》曰：「多聞，擇其善者而從之。」此之謂也。

孟、荀之純駁互異，而其書得相次比，亦猶孔、老同時，著書雖有純有駁，而皆可以傳諸千古，若日月圓缺之相代於天，江河濁清之並流於地，不如是無以知天地之廣深，文章之變化耳。史遷之所見高於韓愈，韓愈之所得優於後儒。儒術屢變，而門户愈多，議論亦愈刻，似精而實觕，似高而實隘，其勢不趨於閻、惠、戴、王之繚繞委瑣不止。彼以文章論史遷者徒知其疏宕有奇氣耳，又豈知其淵泉六藝而致極宏通之趣也乎？

唐宋以來，兼長詩、古文辭者，其詩每不若古文詞之盛，韓、柳、歐、蘇皆其人也。韓、蘇雄直之氣一往無餘，而其中之包藴淺矣。柳、歐之詩清而不深，歐能以文爲詩而嗣子長之逸響。物莫能兩大，其斯之謂也乎？李、杜、王、孟之不能於文也，其心思有所專注耳。兼之者，其子建、淵明乎？然亦不能備諸體也。文章與賦兼勝者惟班、揚，班稱良史而上掩於司馬，揚號通儒，故韓愈儷之以荀卿，抑將以自況也。然二人爲詩不能及蘇、李與枚、叔，兼才之難乃若是乎？

唐虞三代之有史學，備於《尚書》，商周以來詩教大備，《詩》亦史也。《風》《雅》正、變，紀事載

言，詳於《尚書》，太史輶軒之所採也。王道浹矣，人事備矣，吟咏情性，達於政事而懷思舊俗，然後稱爲良史，豈獨登高能賦、才美過人矣乎？故孔子謂誦《詩三百》可以達於政事，專對四方，此其義也。《離騷》之悱惻哀怨同於《國風》、《小雅》，而記事勸懲之道無聞，故孟子謂《詩》亡然後《春秋》作，而不及於《離騷》也。孔子作《春秋》，振宏綱，撮機要，簡質與《尚書》同，而用史臣之文與事斷裁以義，司馬遷頗竊效之，其功用至爲宏博。兩漢以來，詩教雖存，去古彌遠，杜甫而外，言詩者多出於訓詁章句，求治道者不得歷代本朝之文獻，不能會通古今而知其大體與用人行政之經權，故史爲重而詩爲輕，與孔門之所記異也。經師之學盛，則通儒之學希，即有知詩之深如杜甫比者，雜以詼嘲不經之辭，人乃輕其所學，不得與小儒釋經者同列孔子之門，蓋如狂簡成章而無聖師化裁者之過也。世無孔子，不當在弟子之列，韓愈氏亦云然矣。說者謂唐之世儒林大衰，諸名臣負才任氣，裁割而成，如杜甫、韓愈者皆不幸而生於其世，然猶少漢、宋經師之陋習，故其所就亦稍異於俗儒，然能鑒審明辨而達之於王聖之途者亦既鮮矣。窮原竟委，拔滯宣幽，豈不賴於知人論世之君子也乎？

《商書》簡潔而明肅，其詩奮發而嚴厲，三代之政莫强焉。孔子作《春秋》，老聃言道德，商人之意也。《春秋》之成以殿六藝，其猶大冬畜春、大貞肇元乎？百世之下仰其中和而莫知神明之用，其道宏也。申、韓原道德之意而流於慘覈，夫獨非商人之肆餘歟？孔子道名刑，孟子明政

刑，皆善皋陶執法之吏，而後世不病其苛察，蓋以禮樂仁義爲之本而藏用於六藝者深也。漢之儒若賈誼、葛亮皆能通伊、吕之術與鄒魯不言之意，而同商周哲王張弛之道，是豈董、鄭諸儒所能測量淺深也與？

道盛言立，如孟子其言皆成文章，猶有以趣勝者，况先漢之通儒也哉。趣勝則韻勝，韻勝則風勝，其源出於《詩三百篇》之有《國風》，而風出於造化之神妙，其原之自天，雖仁聖賢人、國史之道問學者莫知其所以然，與童子天人同爾。後儒之爲文章，理勝則趣減，趣減則爲木石之聲而非椅桐梓漆與泗濱之浮磬也，久且化爲語録講章，而猶自以爲聖人之道本如是。收虎犬之鞹藏諸篋笥，與文變之炳蔚者較而不㦗然慚者，此必非人情也。後儒尊六經、《論語》、《孟子》言，不敢道其非，至於著述之體則歧而爲二：樸者絶華，質者入俚，與西漢之通儒異。彼以爲異於漢，然後同於周而類於孔子、孟子乎？噫，固矣！

《韓非子》曰：「孔子之後，儒分爲八。」太史遷所以次儒於道家而譏其寡要少功歟。尋遷所指必非以孔、孟當九流之儒可知也。孟子以「言近指遠」爲善言，「守約施博」爲善道，豈寡要少功者可同日而語乎？班固乃譏其先黄老而後六經，何其謬哉！甚矣讀書之不易也！史遷爲《五帝紀贊》曰：「非好學深思，難爲淺見寡聞道。」其逆知後儒之鹵莽好譏訶古人而不能審問慎思明辨也與？

韓愈不敢爲史而猶勉爲實録。實録者，史乘之權輿也，雖無直筆，不敢效馬遷之所爲，然猶能以意褒貶人主，如《順宗實録》中叙陸贄事則云：「德宗在位久，益自攬持機柄，親治細事，失君人大體，宰相益不得行其職事。」如此等類，遷之法固未嘗盡亡也。兩宋以來外寬内忌，史臣固不可爲，而實録之所録多非其實，後之人乃取野史與私家著述以爲載言之本，而是非益多盾矛。夫曰實録，即揚雄《法言》所以稱遷史者也，其爲之者當顧名而思踐其實，縱不及漢，猶當法唐，此史家之準繩，《春秋》之餘肄也。天下無通儒，則國家無良史，其文學言語不足以當孔門四科之極選也。雖當其選如游、夏，然且不傳筆削之深意，但粗聞其梗概，識其大體而已，況限之以當世之文法而惴惴然惟恐其失足者乎？宜退之一輩不敢自任以史臣之事，而有利紙筆爲私書感憤而自嘲之説也。

太史遷作《屈原列傳》，煙波縹緲，矯如游龍，贊《離騷》其幽韻而潔即似《離騷》，文之聖者也。杜甫《詠懷古跡》及《秋興》諸詩乃貌異而心與之同者，庾信《哀江南賦》不足言矣。蒯通讀樂毅《報燕惠王書》未嘗不爲之流涕，此亦千秋之解人也。李白詩曰：「古之傷心人，於此腸斷續。」所以締神交於杜甫而與之齊名，且使甫爲之傾倒，而終身心折於李也歟。

莊周所謂「天門開」，即《魯論》「日月至焉」之説也；莊周所云「心齋坐忘」，即「三月不違仁」之説也；所云「奔軼絶塵，瞠乎若後」，即「如立卓爾，欲從末由」之説也；「行年五十而知非，行年

六十而六十化」，即「欲寡其過而未能」之説也；輪扁斲輪之險即「勿忘勿助長」、「能與人規矩，不能使人巧」之説也。其他微言妙旨，合於六藝者已多矣。若夫提挈六藝之綱領，亟見稱於紫陽，蓋亦不能没其善也，豈非琴張、曾皙以還八儒之所僅見者與？

賈誼、司馬遷無科舉之累，故應加於鼂、董、公孫。是説出於蘇軾，名言也。國初魏禧文章獨步天下，其人無科舉之累者也，而淵源不逮於賈、馬遠甚，由其所學僅以蘇洵爲之淵源，故其詣力止於是耳。然在國朝諸文人中最爲有奇氣，非獨得諸天授，亦由遠於科舉之累，所謂養而無害者，非歟？汪、姜以來，惟桐城劉大櫆頗負奇氣，有輪囷離奇之觀，未盡斬削，故方、姚皆引以爲重。蓋方、姚之所短，乃大櫆之所長也。近世文人不敢效魏禧、大櫆，由其中無奇氣而漸靡於科舉文字之日久矣，故斤斤慕方、姚惟謹，而功力亦鮮能及之，視黄氏宗羲所云效歐、曾之一二折而胸中無大卷軸者蓋每況愈下也。孔門言文必兼學，晚近髦士乃舍學而言文，其所謂學者非學，而所謂文者非文也，有相隨波靡而已矣，豈不惜歟？

「子在川上曰：逝者如斯夫，不舍晝夜。」孟子曰：「原泉混混，不舍晝夜，盈科而後進，放乎四海，有本者如是。」又曰：「取之左右逢其原。」孔子之言意在乎道，孟子述孔子之意而言，則意在乎學矣。蘇軾師意不師辭，曰：「逝者如斯而未嘗往也，盈虚者如彼而卒莫消長也。」其孔子之説乎？又曰：「文章如萬斛泉源，隨地涌出。」其孟子之説乎？

天下之善士思友天下之善士，然不可以必得也，幸而得之，河山千里，音問阻修，求兩美之合也難矣。惟尚論古人而友之，無不可以必得者。萃古仁聖賢人而友之，視得天下英才而教育之，其樂易覯而其願易償也。韓、歐所以推廣孟子之説而又以古聖賢爲尚師，且有合於「歸而求之有餘師」之説也歟。

《樂記》曰：「朱弦疏越，一唱三嘆，有遺音者矣。」詩人之風與古樂相爲表裏者也。《離騷》，古詩之流，是以一篇之中三致其意。《離騷》之思潔以幽，《國風》之思正而綺，《詩》、《騷》不亡，樂心不可得而息也。兩漢之古詩、樂府爲三代以來僅存之元氣也有故，蓋高、武二君詩歌皆楚風之遺，而武帝君臣尤尚《離騷》之學，樂府諸篇纏綿婀娜。「言之不足故長言之，長言之不足故嗟嘆之，嗟嘆之不足故永歌之，永歌之不足，故不知足之蹈之、手之舞之。」《詩序》固云然，而《離騷》亦無以異焉者也。初唐王勃承六朝之遺響，長言往復，貌異《風》、《騷》而神韻猶有與之同者，説者乃謂杜甫之詩致兼《雅》、《頌》，而風人之義或缺，不知其詩固多出於變《風》者，節雖短而其韻則長，未可徒求諸形似也。古之能相馬者所以必得之於牝牡驪黄以外，而異於葉公之好龍也哉。

《魯論》稱「誦《詩三百》」者一、「《詩三百》」者一，而不及他書，則《詩》之文章比六藝爲至多。公羊高謂《春秋》文成數萬，其旨數千，蓋後修之《春秋》也。漢儒稱《尚書》百篇，非孔子之説，其

存者僅二十九篇耳，而《太誓》猶不可信。故孟子謂「盡信書不如無書」也。《禮記》多孔門之遺言，擇其善者而信之可也。《魯論》、《孟子》之書可信者信其道也，達辭達政者爲通儒，舍是爲陋儒，孔門之言六藝者如是。國朝名人謂經學即理學，其言似也，而論通古今、言有補當世者亦無幾人。杜甫詩曰：「曾參與游夏，達者便升堂。」其殆可與言《詩》而通六藝之微旨也已。

論文連珠

〔清〕唐才常 撰

《論文連珠》一卷

清　唐才常　撰

唐才常（一八六七—一九〇〇）字黻丞，后改佛塵，瀏陽（今屬湖南）人。少與譚嗣同齊名，稱「瀏陽二生」。積極參與維新變法，戊戌失敗後，仍於一九〇〇年在漢口組織起義，不幸遇難。有《唐才常集》。傳見《清史稿》卷四六四。

連珠是文體之一，其特點是辭麗言約，多駢偶而用韵，不指説事情，借比喻見意。唐氏《論文連珠》十首，自詩騷至明季，中歷兩漢、魏晉、南北朝、隋唐、兩宋、金元諸代，以形象比喻、起興手法，品評歷朝代表作家，論其爲文得失與典型風格，頗具系統性。行文優美暢達，繁簡得當。

本文原載《大陸》第三年第二號，亦見《民權素》第六集。上海廣益書局《古今文藝叢書》第一輯、中華書局《唐才常集》均收。本書據《古今文藝叢書》本（一九一三年刊）録入。

（趙冬梅）

論文連珠

清　唐才常　撰

蓋聞清角奏而風雨至，琴之感以末；銅山傾而洛鐘應，機之發蓋神。聲者，天地之自然；氣者，造化之樞紐。是以託纏綿於尺素，《風》、《雅》傳正變之音；發忠孝爲文章，屈、賈乃精誠之冠。

蓋聞玉生於山，雕之則華縟；冰出於水，鑿之則紛綸。惟不雕者完其太璞，惟不鑿者順其天真。是以西漢雄深，卓然典謨之制；東京藻儷，漸傷風骨之庳。

蓋聞龍門之桐高矗，百尺無枝；陽春之曲既奏，千人皆廢。是以言爲心聲，文因人重。故右軍灑脱，遠軼諸王之藩籬；淵明高潔，蕭然三代之巢、許。

蓋聞聆簫韶之樂，則唯恐其卧；聽鄭、衛之音，則久而忘疲。何則？以博溺心，以文藏質；容悦以偶俗，雖雅而傷煩。是以晉、魏文人，浸有作法於涼之弊；齊、梁綺靡，適等自鄶以下之譏。

蓋聞固陰沍寒，靈暉覲而朝釋；宵小媒孽，乾綱奮而形藏。是以宗渾厚而屈浮華，燕、許振

皇唐之業；砥狂瀾而綿墜緒，昌黎起八代之衰。

蓋聞木槿敷榮，雖華不久；浮萍逐浪，雖美無根。何則？文扶質而垂條，理探本而立幹。是以桓譚論文，陋虛談於華葉；南豐搦管，必根柢乎六經。

蓋聞模範天地，乃至人之絶特；步趨般、倕，實大匠之繩尺。是以廬陵體勢，軼仲塗、（魯師）〔師魯〕而上；眉山師法，在腐遷、盲左之間。

蓋聞坂踰九折，鳥道終而馬力奮；塗登太行，徑路絶而風雲通。鬱烈出於委灰，繁會生於絶絃。是以鑿險縋幽，鬼怖柳州之巧；懸崖峻壑，天牖半山之窮。

蓋聞以古爲鏡，神屢照而不疲；如金在鎔，工雖微而待鍊。江、河本其同源，涇、渭區而未遠。是以元代諸賢，多濂、洛、關、閩之遺緒；□□□□〔其中缺字，《民權素》作「風格近繭」〕，非六朝、五季之淫哇。

蓋聞皋鼓遠揚，空其中者厲其外；碔砆□目，瑕其質者惡其真〔《民權素》作「空其中者厚其外；碔砆悦目，瑕其質者惡其真」〕。是以時藝斯興，蟄於虺毒；羣經要恉，塵以蟫函。故七子倡復古之論，終慚優孟衣冠；太僕殿有明之局，未獲西京面目。

四家纂文叙録彙編

〔清〕胡念修　撰

《四家纂文叙録彙編》四卷《附録》一卷

清　胡念修　撰

胡念修字右階，號果盦，建德（今屬浙江）人。盛開運《跋》稱其爲「太守」，則曾任地方長官。輯刊《刻鵠齋叢書》，收入胡氏自編《問湘樓駢文初稿》等。

是書彙集四種文章選集之叙録，又加附録三種，大旨依《易傳》「變則通」之義，謂駢散代興，而實專主駢體。所收諸家述作，在清代皆極有影響，櫝因珠貴，不爲無益。

書成於光緒二十五年（一八九九），有當年刻鵠齋刊本，並收入《刻鵠齋叢書》。今即據光緒刻鵠齋刊本録入。

（朱　剛）

聿自象天形地，垂奇耦以成章；佩實銜華，假文辭以鳴世。書契之用，敻哉尚矣。而乃《丘》、《索》、《典》、《墳》之册，難讀高文；黄、農、顓、嚳之言，不傳師説。《風后》、《力牧》，半多僞託之書；《連山》、《歸藏》，已乏足徵之學。雖有達人，後世勿述，微言就絶，能毋感焉？至若經道緯器，探《詩》《書》六籍之源；騰户躍門，組周秦百家之采。闇開天禄，更生創爲校讐；簿定《中經》，仲洽衍其流别。當塗則墨妙《典論》，臨川則詞宗集林，文明之運，作者代興，千百年間，於斯爲盛。惟我聖朝，名賢蔚起，仰翼八代，俯躒三唐，啟傳授之舊聞，辨詞章之家法，擇言尤雅，談藝鈎玄，略舉其人，可得而論焉。夫兩京以往，奇正出於神功，音節發於天籟，經師句讀，初無叶韻之條，學士鍊研，寧有相沿之例？故惜抱古文之纂，不廢《秋興》、《蕪城》之篇，養一駢體之鈔，兼採《過秦》、《至言》之製，可謂梁太子之同調，劉舍人之知音矣。至如賦爲古詩之流，居六義之一，乃文學之駢枝，亦事物之外傳，蘭陵諸作，實惟權輿之雄，大業鉅公，猶稱尾閭之勁，茗柯斷代而選，其卓識不可摩也。自元和以逮崇禎，能文之士藉口於《語》、《策》、《史》、《漢》之書，溺志於韓、柳、歐、蘇之集，左駢右散，畛域綦嚴，不善學者或以膠柱見譏，或以畫虎取辱，進退維谷，徒自苦耳。國朝力起厥衰，名家專稿，充棟盈車，於是全椒前驅，肇八家之選，南城結軌，訂正宗之編，然求其美備，則復莊《類苑》，後來居上焉。若夫出桐城之派，而登龍門之堂，扶迦陵之輪，而入康樂之室，等百世之作者，而能會衆流之歸，破萬卷之異書，而不掘臨渴之井，此孟塗《論駢體

書》所以獨有千古也。蒙從事丁籖，備歷辛苦，講肄虎觀，既記問之自慚，涉獵兔園，更網羅之無具，修名未立，何敢言文？識字不多，豈能學《選》？顧前輩一生孤詣，獨闡宗風，吾黨十年讀書，應思舊德，則以是編，爲中人上達之資，後進先路之導，未始不足藉循矩矱，略助聰明。蔡陳留之博學，猶祕仲任《論衡》；劉荆南之奇才，曾借孝標《類苑》。竊援斯義，欲附知言，傳之其人，則吾豈敢？時在光緒屠維大淵獻孟春之月，建德胡念修果盦氏序。

跋

建德胡右階太守，工詞章之學，上探奥窔，獨有心得，每爲開運言駢散一貫之道，輒斷斷不休。嘗手集姚姬傳、張臯文、李申耆、姚梅伯諸先生選文之叙，而附以劉孟涂先生《論駢體書》爲一册，有就太守學詞章者，必舉此示之。及去歲於太守齋中見此册，後又增附屠敬山太史《叙録》一篇，因力勸太守梓之，以餉初學，可免手指口畫之勞。亟請，未之許也。一日歸，竊舉昔所假録者，增録屠《叙》，更附以太守《國朝駢體文家小傳自叙》。是叙也，有太守平日論文之説在焉；開運之録是叙也，蓋欲以省學者之手胝與太守之口沫也。録既成，强付梓人，太守無如何也。光緒二十五年正月姻愚弟餘杭盛開運謹跋。

四家纂文叙録彙編總目

四家纂文叙録彙編卷一

清　胡念修　撰

姚姬傳《古文辭類纂·叙録》

鼐少聞古文法於伯父薑塢先生及同鄉劉才甫先生，少究其義，未之深學也。其後游宦數十年，益不得暇，獨以幼所聞者寘之胸臆而已。乾隆四十年，以疾請歸，伯父前卒，不得見矣。劉先生年八十，猶善談説，見則必論古文。後又二年，余來揚州，少年或從問古文法。夫文無所謂古今也，惟其當而已。得其當，則六經至于今日，其爲道也一；知其所以當，則于古雖遠，而於今取法，如衣食之不可釋；不知其所以當，而敝棄于時，則存一家之言以資來者，容有俟焉。于是以所聞習者，編次論説，爲《古文辭類纂》。其類十三，曰論辨類、序跋類、奏議類、書説類、贈序類、詔令類、傳狀類、碑誌類、雜記類、箴銘類、頌贊類、辭賦類、哀祭類，一類内而爲用不同者，别之爲上、下編云。

論辨類者，蓋原於古之諸子，各以所學著書詔後世。孔、孟之道與文至矣，自老、莊以降，道

有是非，文有工拙。今悉以子家不録，録自賈生始。蓋退之著論，取于六經、《孟子》，子厚取于《韓非》、賈生，明允雜以蘇、張之流，子瞻兼及於《莊子》。學之至善者，神合焉；善而不至者，貌存焉。惜乎子厚之才，可以爲其至，而不及至者，年爲之也。

序跋類者，昔前聖作《易》，孔子爲作《繫辭》、《説卦》、《文言》、《序卦》、《雜卦》之《傳》，以推論本原，廣大其義；《詩》《書》皆有序，而《儀禮》篇後有記，皆儒者所爲；其餘諸子，或自序其意，或弟子作之，《莊子・天下篇》、《荀子》末篇，皆是也。余撰次古文辭，不載史傳，以不可勝録也，惟載太史公、歐陽永叔表志序論數首，序之最工者也。向、歆奏校書，各有序，世不盡傳，傳者或僞，今存子政《戰國策序》一篇著其概。其後目録之序，子固獨優已。

奏議類者，蓋唐虞三代聖賢陳説其君之辭，《尚書》具之矣。周衰，列國臣子爲國謀者，誼忠而辭美，皆本謨、誥之遺，學者多誦之。其載《春秋》内外《傳》者不録，録自戰國以下。漢以來有表、奏、疏、議、上書、封事之異名，其實一類。惟對策，雖亦臣下告君之辭，而其體少别，故寘之下編。兩蘇應制舉時所進時務策，又以附對策之後。

書説類者，昔周公之告召公，有《君奭》之篇，春秋之世，列國士大夫或面相告語，或爲書相遺，其義一也。戰國説士，説其時主，當委質爲臣，則入之奏議，其已去國，或説異國之君，則入此編。

贈序類者，老子曰：「君子贈人以言。」顔淵、子路之相違，則以言相贈處；梁王觴諸侯於范臺，魯君擇言而進，所以致敬愛、陳忠告之誼也。唐初贈人始以「序」名，作者亦衆，至于昌黎，乃得古人之意，其文冠絶前後作者。蘇明允之考名序，故蘇氏諱「序」，或曰「引」，或曰「説」，今悉依其體，編之于此。

詔令類者，原於《尚書》之誓、誥。周之衰也，文誥猶存，昭王制，肅强侯，所以悦人心而勝於三軍之衆，猶有賴焉。秦最無道，而辭則偉。漢至文、景，意與辭俱美矣，後世無以逮之。光武以降，人主雖有善意，而辭氣何其衰薄也。檄、令皆諭下之辭，韓退之《鱷魚文》，檄令類也，故悉附之。

傳狀類者，雖原於史氏，而義不同。劉先生云：「古之爲達官、名人傳者，史官職之；文士作傳，凡爲圬者、種樹之流而已。其人既稍顯，即不當爲之傳，爲之行狀上史氏而已。」余謂先生之言是也。雖然，古之國史立傳，不甚拘品位，所紀事猶詳。又實録書人臣卒，必撮序其平生賢否。今實録不紀臣下之事，史館凡仕非賜謚及死事者不得爲傳，乾隆四十年定一品官乃賜謚，然則史之傳者亦無幾矣。余録古傳狀之文，並紀兹義，使後之文士得擇之。昌黎《毛穎傳》，嬉戲之文，其體傳也，故亦附焉。

碑誌類者，其體本于《詩》歌頌功德，其用施于金石。周之時，有石鼓刻文；秦刻石于巡狩所經過；漢人作碑文，又加以序。序之體，蓋秦刻《琅邪》具之矣。茅順甫譏韓文公碑序異史遷，此

非知言。金石之文自與史家異體，如文公作文，豈必以效司馬氏爲工耶？誌者，識也，或立石墓上，或埋之壙中，古人皆曰「誌」。爲之銘者，所以識之之辭也。然恐人觀之不詳，故又爲序。世或以石立墓上曰碑，曰表，埋乃曰誌，及分誌、銘二之，獨呼前序曰誌者，皆失其義。蓋自歐陽公不能辨矣。墓誌文録者尤多，今别爲下編。

雜記類者，亦碑文之屬。碑主于稱頌功德，記則所紀大小事殊，取義各異，故有作序與銘詩全用碑文體者，又有爲紀事而不以刻石者。柳子厚紀事小文，或謂之序，然實記之類也。

箴銘類者，三代以來有其體矣，聖賢所以自戒警之義，其辭尤質，而意尤深。若張子作《西銘》，豈獨其意之美耶？其文固未易幾也。

贊頌類者，亦《詩·頌》之流，而不必施之金石者也。

辭賦類者，《風》《雅》之變體也，楚人最工爲之，蓋非獨屈子而已。余嘗謂《漁父》及楚人以弋説襄王，宋玉對王問遺行，皆設辭無事，實皆辭賦類耳。太史公、劉子政不辨，而以事載之，蓋非是。辭賦固當有韻，然古人亦有無韻者，以義在託諷，亦謂之賦耳。漢世校書，有《辭賦略》，其所列者甚當。昭明太子《文選》分體碎雜，其立名多可笑者，後之編集者或不知其陋而仍之。余今編辭賦，一以漢《略》爲法。古文不取六朝人，惡其靡也；獨辭賦則晉宋人猶有古人韻格存焉，惟齊梁以下則辭益俳而氣益卑，故不録耳。

哀祭類者，《詩》有《頌》，《風》有《黄鳥》、《二子乘舟》，皆其原也。楚人之辭至工，後世惟退之、介甫而已。

凡文之體類十三，而所以爲文者八，曰：神、理、氣、味、格、律、聲、色。神、理、氣、味者，文之精也；格、律、聲、色者，文之粗也。然苟舍其粗，則精者亦胡以寓焉？學者之於古人，必始而遇其粗，中而遇其精，終則御其精者而遺其粗者。文士之效法古人，莫善于退之，盡變古人之形貌，雖有摹擬，不可得而尋其迹也。其他雖工于學古，而跡不能忘，揚子雲、柳子厚于斯蓋尤甚焉。以其形貌之過于似古人也，而遽擯之，謂不足與于文章之事，則過矣；然遂謂非學者之一病，則不可也。

四家纂文叙録彙編卷二

張臯文《七十家賦鈔·叙録》

凡賦七十家，二百六篇，通人碩士，先代所傳，奇辭奥旨，備於此矣。其離章斷句，闕佚不屬者，與其文不稱辭者，皆不與是。論曰：賦烏乎統？曰：統乎志。志烏乎歸？曰：歸乎正。夫民有感於心，有慨乎事，有達於性，有鬱於情，故有不得已者，而假於言。言，象也，象必有所寓，其在物之變化：天之漻漻，地之嚣嚣，日出月入，一幽一昭；山川之崔蜀杳伏，畏佳林木，振硪谿谷；風雲霧霿，霆震寒暑，雨則爲雪，霜則爲露，生殺之代新而嬗故；鳥獸與魚，草木之華，蟲走螘趨，陵變谷易，震動薄蝕；人事老少，生死傾植，禮樂戰鬭，號令之紀，悲愁勞苦。忠臣、孝子、羈士、寡婦愉佚愕駭，有動於中，久而不去，然後形而爲言。於是錯綜其辭，回牾其理，鏗鎗其音，以求理其志。其在六經則爲《詩》，《詩》之義六，曰風、曰賦、曰比、曰興、曰雅、曰頌。六者之體主於一而用其五，故《風》有雅、頌焉，《七月》是也；《雅》有頌焉，有風焉，《烝民》、《崧高》是也。

周澤衰，禮樂缺，《詩》終三百，文學之統熄，古聖人之美言、規矩之奥趣鬱而不發，則有趙人荀卿、楚人屈原，引辭表旨，譬物連類，述三王之道以譏切當世，振塵滓之澤，發芳香之鬯，不謀同稱，竝名爲賦。故知賦者，詩之體也。其後藻麗之士，祖述憲章，厥製益繁。然其能之者爲之，愉暢輸寫，盡其物，和其志，變而不失其宗；其淫宕佚放者爲之，則流遁忘返，壞亂而不可紀。

譎而不觚，盡而不彀，肆而不衍，比物而不醜，其志潔，其物芳，其道杳冥而有常，此屈平之爲也，與《風》《雅》爲節，涣乎若翔風之運輕椴，灑乎若玄泉之出乎蓬萊而注渤澥。及其徒宋玉、景差爲之，其質也華然，其文也縱而後反，雖然，其與物椎拍，宛轉泠汰，其義轂轢於物，芴芴乎古之徒也。

剛志決理，輐斷以爲紀，内而不汙，表而不著，則荀卿之爲也。其原出於《禮經》，樸而飾，不斷而節。及孔臧、司馬遷爲之，章約句制，奡不可理，其辭深而旨文，確乎其不頗者也。

其趣不兩，其於物無甥，若枝葉之坿其根本，則賈誼之爲也。其原出於屈平，斷以正誼，不由其曼，其氣則引費而不可執。

循有樞，執有廬，頡滑而不可居，開決㝠突而與萬物都，其終也芴莫，而神明爲之槖，則司馬相如之爲也，其原出於宋玉。楊雄恢之，脇入竅出，緣督以及節，其超軼絶塵而莫之控也，其波駭石咢，而没乎其無垠也。張衡盱盱，塊若有餘，上與造物爲友，而下不遺埃壒，雖然，其神也充，其精也恭。及王延壽、張融爲之，傑格拮撥，鉤孑菆牾，而俶佹可覩，其於宗也，無蜕也。

平敞通洞，博厚而中，大而無瓠，孫而無弧，指事類情，必偶其徒，則班固之爲也。其原出於相如，而要之使夷，昌之使明。及左思爲之，博而不沈，贍而不華，連犿焉而不可止。

言無端厓，傲倪以爲質，以天下爲郛廓，入其中者眩震而謬悠之，則阮籍之爲也。其原出於莊周。雖然，其辭也悲，其韻也迫，憂患之辭也。

塗澤律切，菳蔌紛悦，則曹植之爲也。其端自宋玉，而枿其角，摧其牙，離其本而抑其末。浮華之學者相與尸之，率以變古。〔曹植則可謂才士矣，〕據《茗柯文初編》補，《七十家賦鈔・叙目》亦無此句。搰搰乎改繩墨、易規矩，則佞之徒也。

不搰於同，不獨於異，其來也首首，其往也曳曳，動静與適，而不爲固植，則陸機、潘岳之爲也。其原出於張衡、曹植，矯矯乎震時之儁也。

以情爲裏，以物爲襮，鑱雕雲風，削琢支鄂，其懷永而不可忘也，坌乎其氣，煊乎其華，則謝莊、鮑昭之爲也，江淹爲最賢。其原出於屈平《九歌》，其掩抑沈怨，泠泠輕輕，其縱脱浮宕而歸大常。鮑昭、江淹，其體則非也，其意則是也。

逐物而不返，駘蕩而駁舛，俗者之囿，而古是抗，其言滑滑而不背於塗奥，則庾信之爲也。其規步蒦騄，則楊雄、班固之所引銜而控轡，惜乎拘於時而不能騁。然而其志達，其思哀，其體之變則窮矣。後之作者，概乎其末之或聞也。

四家纂文叙録彙編卷三

李申耆《駢體文鈔·叙録》

右著録若干首，皆廟堂之製，奏進之篇，垂諸典章，播諸金石者也。夫拜颺殿陛，敷頌功德，同體對越，表裏《詩》《書》，義必嚴以閎，氣必厚以愉，然後緯以精微之思，奮以瑰爍之辭，故高而不槬，華而不縟，雄而不矜，逶迤而不靡。馬、班已降，知者蓋希，或猥瑣鋪叙以爲平通，或詰屈彫瑑以爲奇麗，朴即不文，華即無實，未有能振之者也。至於詔令章奏，固亦無取儷詞，而古人爲之，未嘗不沈詳整靜，茂美淵懿。訓詞深厚，實見于斯，豈得以唐宋末流澆薄浮庛兼病其本哉？故亦略存大凡，使源流可知耳。

右著録若干篇，指事述意之作也，或縝密而端慤，或豪侈而詄盪。蓋指事欲其曲以盡，述意欲其深以婉，澤以比興，則詞不迫切，資以故籍，故言爲典章也。韓非、淮南，已導先路，王符、應劭，其流孔長，立言之士，時有取焉。然枝葉已繁，或披其本，以仲宣之覃精，而子桓病其體弱，亦

學者之通患也。碑誌之文本與史殊體，中郎之作，質其有文，可爲後法，故録之尤備焉。

右著録若干篇，多緣情託興之作。戰國詼諧，辨譎者流，實肇厥端。其言小，其旨淺，其趣博，往往託思於言表，潛神于旨裏，引情于趣外，是故小而能微，淺而能永，博而能檢。就其徧者，亦潤理内苞，秀采外溢，不徒以縷繪爲工、遒峭取致而已。後之作者乃以爲游戲，佻側洸盪，忘其所歸，遂成俳優，病尤甚焉。尺牘之美，非關造作，妍媸雅鄭，每肖其人。齊梁啟事短篇，藻麗間見，既非具體，無關效法，十而存一，概可知也。

少讀《文選》，頗知步趨齊梁，後蒙恩入庶常，臺閣之製例用駢體，而不能致工，因益搜輯古人遺篇，用資時習，區其鉅細，分爲三編，序而論之。曰：天地之道，陰陽而已，奇偶也，方圓也，皆是也。陰陽相並俱生，故奇偶不能相離，方圓必相爲用。道奇而物偶，氣奇而形偶，神奇而識偶。孔子曰：「道有變動，故曰爻；爻有等，故曰物；物相雜，故曰文。」又曰：「分陰分陽，迭用柔剛。」故《易》六位而成章，相雜而迭用，文章之用，其盡於此乎？六經之文，班班具存，自秦迄隋，其體遞變，而「文」無異名。自唐以來，始有「古文」之目，而目六朝之文爲駢儷，而爲其學者，亦自以爲與古文殊路。既歧奇與偶爲二，而於偶之中，又歧六朝與唐與宋爲三。夫苟第較其字句，獵其影響而已，則豈徒二焉、三焉而已？以爲萬有不同可也。夫氣有厚薄，天爲之也；學有純駁，人爲之也；體格有遷變，人與天參焉者也；義理無殊途，天與人合焉者也。得其厚薄、純雜之

故，則于其體格之變，可以知世焉，於其義理之無殊，可以知文焉。文之體，至六代而其變盡矣。沿其流，極而泝之，以至乎其源，則其所出者一也。吾甚惜夫歧奇偶而二之者之毗於陰陽也，毗陽則躁剽，毗陰則沈膇，理所必至也，於相雜迭用之旨，均無當也。

四家纂文叙録彙編卷四

姚梅伯《駢文類苑·叙録》

其曰「古文喪真，反遜駢體；駢體脱俗，即是古文」者，曾燠氏之言也；其曰「以多爲貴，雙辭非駢拇，沿飾得奇，偶語非重臺」者，吴鼒氏之言也；其曰「人受天地之中，資五气之和，一言之中，莫不律吕和，宫徵宣，而不自知，或右韓、柳而左徐、庾，殆非通論」，則又吴育氏之言也。三君之爲文，椎輪太素，鐫鏶上哲，其所論如此，非執偏臆爲支辨者。然余又有説焉。袪袂之整，變於襞積之衺，羹酒之淳，壞於麴醖之雜，尚獺祭者昧真，工狐飾者靡氣，與之矩不知規，與之繩直不知弦股，致斥於有道也亦宜。秦、漢以還，其淑俶見表於記府，以之暉兩儀、藻六籍者，庸有是乎？是以李兆洛氏作，慨然於斯體不講，取自秦迄隋，勒爲《駢體文鈔》一書，去其蕪冗，裁其靡曼，於是沈膇之弊與躁剽並揭，而南車之指得準。逮自唐、宋，江河勢下，軌轍四歧，太古（虞）縣，廣陵同慨，幾幾乎有崖粉索絶之懼焉。懿我

〔虞〕據《復莊駢儷文榷》卷六及《皇朝駢文類苑》校改。下同。

聖朝，景喬綿祥，人文薈起，揚葩振秀，辭理相宣，姸澮各當，有不止（靡）〔摩〕卯金之壘，闢典午之障者。吁，何瑰盛哉！於是《八家四六》、《駢體正宗》諸選，抗衡千祀，鼓吹一時，鵠立逵通，藉存騷雅。然舉偏而操約，游演者或未饜於心。抑璪火之綺，未與山龍並章，璿碧之琗，不偕珉琬同藉，亦憾事也。燓謬不自揣，博遴而類隷之，始國初，及近代，得百數十家，復承李氏之例，略變通之，爲類者一十有五，而彭兆蓀氏所云「矯俳俗，式浮靡，攬翮剔毛，具存微恉」者，非敢恃能，尚不睽其誼焉。夫井鼃之目，安能覽辰緯之大？磨螘之行，安能窮亥步之廓？有阻於閧、閡於見者，尤望游學博揚之君子援綴而益之，以匡鄙之不逮云。

《書·説命》曰：「其代予言。」詞臣奉令撰文之權輿也。厥後六辭、八柄，《周官》備詳；漢嚴選任，别體惟四；晉重專掌，統之省郎；唐、宋之制，弘文有館，視草有臺。牘削蘇、李，鉛守嚴、陸，所貴簡質不略，鋪張不華，深厚其辭，凝謐其度，風采騰於天下，慤信昭於後世，居職能稱，唯其艱哉。我朝至治右文，淵、雲輩出，鏗鏘金石，遠邁古聲，舉風生輝，宣達綸綍，何美茂而藹吉與。爰釐體制，用示程式，揚榷之士庶無懵焉。恭録典册制誥文類第一。

上肇匡、劉，下逮燕、許，體純懿而槩宏大，揚鉅典而潤史宬，淵淵乎典謨雅頌之遺則也。我朝治一軌倫，禮典樂核，列聖文武，遠駕漢、唐。一時金閨、玉堂珥彤執素之髦儁，相與鋪宏藻，信景鑠，蒐字岐陽之鼓，選格琅玡之碑，氣轡龍虎，芒燭霄漢，光敷聖善，罔有輕軒。其或衍濫於文，

鼇戾於響，詎所以俎豆乎清廟，鐘簴乎明堂？若夫被袓伏隅，闚測天載，振啁哳之蒲蜡，效雍喈之歸昌，又可已而不已者乎？録頌颺奏進文類第二。

劉彦和之言曰：「陳政言事，奏之異條，讓爵謝恩，表之别體，啓之大略也。」而舒布其言謂之書，布之簡牘，取象乎史，貴在明决而已。上之函告乎堂陛，其次訐陳乎公府，其次資晝於友朋。肆而膚，詳而冗，激而憤，紆而鈍，謙而恧縮，傲而倨陵，明達而勦，辨博而遌，斷制而歧，是之謂九蔽。然而内酌所施，外權所受，持箬以相鵠，縣筳以審樅，浴暘在池，始揭其障。否則踰分以爲僭，越謀以爲妄，伺短以爲挾，獻可以爲矜，往復商榷以爲瀆，是之爲五難。祛九蔽，懲五難，然後有愜乎斯體。或復曲致隱悱，闓導中權，别以類从，兹無羼述。録書啓類第三。

言有序曰序，叙而抒其緒也。紆徐不迫，次第有經，檃括而中乎言旨也。例肇於《易》，義擴於《詩》，子政《戰國》綜其纂述，逸少《蘭亭》泛及游覽，叔重、善長之賅洽，子長、孟堅之疏通，抑其著焉。後之學人，綴屬既成，就問通才，藉以品藻，或誦古有獲，排決〔骫〕骳之辭，俾如鑑離垢，如鈎刮芒，故著録所播，端必有序。流變既濫，嫉者寓訢，阿者罄諛，未可爲訓。至其踐勝領契，因時哀娱，祖帳在衢，貽以金錯，亦假斯體，宣結而達深，導竅持綱，迺云卓佹。傾芰浮曼，繹其緒餘，遂衍爲題辭、書後及跋與引之目，然其揆一也，故附隸之。録序類第四。

隋唐以前，文罕以記名，曲臺名篇，非邇制也。自昌黎、子厚拓其逵，永叔、子瞻擴其宇，荃衡

競佩，流馨始繁，往遘昔從，亦賴存繫。姚鼐氏之言曰：「雜記亦碑文之屬，碑主頌功德，記則所紀大小事殊，取義各異。河東紀事，或謂之序，然實記之類。」厥論韙矣。蒙以爲，今之記皆序之餘，立名雖殊，辭義鮮別，例以河東，名序亦允，標簡既分，姑从其類。飲澹於穆，斲峭於幽，擷澤於清，取邃於遠，韵不弦滯，泠然空山之琴，旨以咀出，泊然太羹之鼎，斯爲制之善已。録記類第五。

「優游彬鬱」，陸機言頌也；「辭簡誼正」，李充言贊也；「昭德紀功」，蔡邕言銘也。闡潛輝，垂明鑒，罔有廢於作者。必其長言永歎，渢乎得三百篇之音，然後善。次焉者，於《嶧山》、《之罘》鑿其奧，於景純、彦伯飫其醇，於參軍、開府摩其峻，謝琢於纖瑣，屏績於侈華，達旨於明通，鍊息於渾厚，亦其選也。然操觚之子，以語約而易成，出之多流易，膂膢盈俎，皆官廚之饌餘，升降在堂，惟衣冠之優孟，(恭)〔茶〕而不振，弛而不遒，衍而不精，抑又下焉。勢之爲體，著於子玉《草書勢》，及伯喈、巨山之作，亦銘贊類也，近鮮繼之者，張氏之辭，猶碩果乎？録雜頌贊銘類第六。

扶風《人表》，列序九等，知幾《史通》，綜緯古今，論史之軌也。不越理而横斷，反義而取通，若賈生、叔皮、元昔、令升、孝標之儔，其庶幾焉。龍門三長，筆牘斯善，於論亦爾，難語小儒。志切尚友，盱衡千古，潛光熸之鼎，幽慝燭之犀，讞鞫平反，沈枉爲白，質鈇寸銛，肺肝可誅。至於闕覽墮編，摩挲故物，其人之品概以貢，彼世之儀憲具存，等昭辨於檄傳，詎無補於龜鑑？或復礧砢在胸，巫咸莫招，大王之廟憤而雪涕，通天之臺激而進辭，筑音蒼涼，箏音繁悽，循其節而誦之，

亦足以滌宿酲，銷積懑，則又文之通而參變，正而寓譎者。録論古文類第七。

在昔骨鯁訓典表楊賜之文，瓌麗金寶壯慈恩之製，褒美備則崇飾莫加。夫惟體明鬵彝，誼通史乘，柢之以《句嶁》、《宛委》、《金匱》、《石室》之玄閟，潤之以《大室》、《少室》、《峿臺》、《鬱林》、《禪國山》之昭章，肸蠁鉤鈐，演衍藐古，而又樹筆若枋卓，匡心以矩衡，斯觀可揭於通衢，色無媿於受者，故雞卵瓦屑，譙國美其譚，捆帛輦金，秘書昂其直。僅若懷鉛守几，解弄柔翰，蒙昧於例，昒滅於體裁，而欲刊石圖徽，使芳烈令聞垂之永永，譬諸持尺寸之梗栝，勉爲桀臺穹閣之構，吾知其未可也。録碑記類第八。

封墓之文，自中郎以上罕著於簡策，魯閹里之《石槨》、陳都門之《佳城》，辭近讖謡，未足徵信。逮乎齊、梁、周、魏之世，王、沈、温、庾鑣轡並馳，或病枝離，或傷華縟，猶難語於該而要、雅而澤之旨，矧其下也。唐賢既興，首推昌黎，朱弦更張，古韻未泯，厥若《清河郡公》、《殿中少監》、《庫部郎中》諸作，氣範而矩，度脩而飭，嚌袁滿來之胾，掇范史雲之葩，具體而微，源可導已。否或宗李華之整肅，師桓彝之辨裁，庶有當於尺碣埋幽、穹石表衢之製。録墓碑誌銘文類第九。

昔者魯莊墜車，不罪御臣，柳下之妻，能知夫子，累其行迹爲之謚，其誄之始與？然而辭瑰如揚雄，猶譏其穢，才儁如曹植，或病其輕，則作之之難也。蓋述哀之作，摧惻非難，婉愨爲難，取

徑益工，迺益乖於正。則信乎選言以録行，榮始而哀終，得其旨，然後稱其制。哀辭又誄之餘也，施於童殤夭折者爲宜。臨淄侯之子，致痛於劉楨，任子咸之女，受惜於潘岳，其前軌焉。祭文者，古弔文之一體也，水火兵疠，並以弔言，傷亡悼逝，始專言祭。束皙搴巨卿之旌，李充窺中散之室，意理鬱而宣，情思迫而悒，則又其先導焉。録哀誄祭文類第十。

旨哉劉勰之言，曰「受命於《詩》人而拓宇於楚《騷》者」謂之賦，言乎鋪張揚文，體物寫意也。賈誼升堂，相如入室，辭誼並茂，華實兼修，蔑可訾已。若太沖致歎於士衡，遐叔見賞於穎士，希逸讓美於南平，旨有寓其勸規，情或深其寄託。陳、隋以降，佻靡浮麗，漸開側塗。唐律繼作，厥防遂潰，而賦迺亡矣。然吳興《文粹》之所録，如李白、盧肇、蘇頲、杜甫、歐陽詹之徒，其猶棘林之蘅芷，苕穎而翹秀者乎？兹承厥例，以繫古音。故凡竊貌紳裳，胡盧館閣之體，乞靈脂粉，絮昵房闈之辭，汰焉而不存，寧受譏於罣漏也。録賦類第十一。

寓言八九，肇祖《莊》、《列》。緣其膚，達其湊，實性命之鍼石，學問之鞭箠。故能荒遠而經，微而曲中，沈鑿而不誣。自滑稽好辯之士意爲師承，於是有《客難》、《解嘲》、《賓戲》、《達旨》、《釋誨》、《抵疑》之作。流覽泛及，亦可以代發聾之鐸、警寤之鐘，指喻以爲言，其又風人遺則乎？蹊徑既辟，作之者多，鄙而瑣，費而支，儇巧而谿刻，入諸史則可，烏乎登大雅之林也？故體之淳于、東方、班、揚之心，而運以蘇、張、鄒衍、公孫龍之舌，雖非典則，亦子家之緒餘，別而存焉，奚爲

無補於才識。録釋難文類第十二。

函尺素，抒遠懷，擬諸專陳事理之作，體差别焉。張奂與陰氏書曰：「篤念既密，文章粲爛，奉讀周旋，紙弊墨渝，愈不離於手。」允若兹，奚其非文之至也？湛之、彦倫之作，多佚而不傳。其傳者，明遠《寄妹》之牋、宏讓《報友》之簡、文通《論隱》之作、休文《陳情》之辭，紆宕以爲怨，綢密以爲致，搏抑以爲情。山川秋高，如聞雁聲，風雨夢迴，淒其雞唱，其言愁也如訴，其引感也易深。用是楷模，未改塗轍，迺精采擷，嗣彼雅音。流芬在楮，若佩湘蘭之騷，盟水未寒，彌竺岑苔之誼。録箋牘類第十三。

慨自薄俗好諛，諛辭通作，《兔園》之册，互相鈔胥，達官皆謝、韋，俗儒皆劉、闞，市傭皆黄、綺，邨婦皆郝、陶，抑復孝友皆萊、姜，仁厚皆郭、邴，世習虚誕，文字夸浮，莫斯甚焉。通人才士，耨粟石田，其誰能免於斯役？積軸日富，亦自喜噓蜃成閣，居然七寶之觀，以錦薦飾駑駘，可以充天廐之駿，肋不忍棄，備登於集。斯體既盛，必欲埽如穢，薙如蕕，又吁乎過矣。造格瑰卓，不囿恒範，或宗法史傳，文與人符，亦非無善構也。遴附數篇，以供羣饜。録壽文類第十四。

蕭統之選詩，以「雜擬」隸其末，姚鉉所録文，以「古文」括其餘，不類而類，亦一例已。葺述既竟，采掇其零瑣，類之曰「雜體文」，即以宗法二家之例。或波瀾訇磕而豪偉，或鄂跗蜷結而妍菾，肆而有閑，達莊辨命之旨，諷而近雅，責璧彈蕉之遺。吸其秀采，可以澤枯，酌其雋液，亦足以悦

性。遞若七、辭、連珠、露布、擬騷、傳、疏、引之屬，篇什寥寥，均歸其例。合之云雜，分之則純。譬諸胖鱐既嘗，佐之以葱醢，鐘鼓載攷，奏之以絲管，雖非上饌與至聲，而不登腥腐之庖，不引《巴里》之曲，取爲繩尺，誰曰未宜？ 録雜體文類第十五。

四家纂文叙録彙編附録卷五

劉孟塗《論駢體書》

由唐及宋，駢儷之文變體已極，而古法寖微。國朝作者起而振之，因骨理而加膚澤，易紅紫而爲朱藍，窮波討源，以雅代鄭，意云善矣，法云正矣。然襲末流者既不歸準衡，追古製者亦多滯形貌，八珍列而味爽，五官具而神離，良由胎息尚薄，藻飾徒工，情旨未深，意興不飛之所致也。

夫道炳而有文章，辭立而生奇偶，爰自周末，以迄漢初，《風》降爲《騷》，經變成史，建安古詩，實四始之耳孫，左、馬雄文，乃諸家之心祖，於是枚乘抽其緒，鄒陽列其綺，相如騁其轡，子雲助其波，氣則孤行，辭多比合，發古情於腴色，附壯采於清標，駢體肇基，已兆其盛。東京宏麗，漸騁珠璣，南朝輕豔，兼富花月，家珍匹錦，人寶寸金，奮録鍠以競聲，積雲霞而織色，因妍逞媚，嘘香爲芳，名流各盡其長，偶體於焉大備。而情致悱惻，使人一往逾深者，莫如魏文帝之雜篇；氣體肅穆，使人三復靡厭者，莫如范蔚宗之史論；馳騁風議，士衡之意氣激揚；敷切情實，孝標之辭旨

雋妙；至於宏文雅裁，精理密意，美包衆有，華耀九光，則劉彦和之《文心雕龍》，殆觀止矣。夫魁傑之才，從事於此者，亦不乏人，大約宗法止於永嘉，取裁專於《文選》，假晉宋而厲氣，借齊梁以修容，下不敢濫於三唐，上不能越夫六代，如是而已。

若夫文境所及，實非《選》理能拘，求其絶軌，尚有可言。昔劉勰《辨騷》有云：「名儒辭賦，莫不擬其儀表。」是知辭者，依《騷》以命意者也；賦者，託《騷》以爲體者也。後人知賦體之必宜宗《騷》，而文辭則置《騷》不論，惑矣。夫辭豈有别於古今，體亦無分於疏整，必爲西漢之彦，能工效正則之辭，東晉以還，不敢乞靈均之佩，無是理也。故良工哲匠，宜取實於楚材，落葉滄波，多問源於湘水，含愁鬱志爲哀怨之宗，耀豔深華開明麗之始。夫騷人情深，猶能有資於散體，豈芳草性僻，不欲助美於駢文？蓋經有未窺，抑知者猶寡，宋大夫之悲秋氣，孤懸此心，屈左徒之怨靈修，遂成絶詣。故欲招恨《九歌》，徵遊四海，通辭帝子，修問夫人，造境於幽遐，攬色於古秀，煙雨致其綿渺，雲旗示以陸離，隱深意於山阿，寄遥情於木末，則《離騷》不能忽焉。

三代既往，百家競興，抉義豈皆淵深，造辭類多精奥。引喻奇古，老氏首發其端；鉤理玄微，蒙莊曲盡其變；禦寇之旨譎誕，乘虚破空；關尹之論瑰奇，鏤塵吹影；夷吾以峭鍊制勝；不韋以淹麗爲工；荀卿質而文；韓非悍而澤。並皆祖述邃初，雕琢羣象，語大則釣巨鼇之首，稱細則截秋蟬之翼，索深則没波於歸墟之谷，窮高則抱露於中天之臺。摇衣得風，難鼓動物；以盆爲

沼，易欺游魚。陽春雖温，未見芽不土之木；造化至巧，安能卵無雄之雌？冬蓮、春菊格於時，心棗、肝榆應乎化，物有定分，言無端涯。故欲激盪靈淵，汪洋奥府，闡圓道方德之藴，想柔心弱骨之儔，招清都之化人，求絳宫之蓝女，氣馭鳳鶴，力席蛟鯨，使尺簡之中可以反山移海，寸管之末可以起雷造冰，則周秦諸子所當效焉。

文奇而理典，言古而意新，河伯山精驅川岳於隻句，聖男智女束乾坤爲兩人，破嶮成夷，憑虚搆實，匪金能富，不翼而飛，出明入幽，似大《易》之取象，含風吐雅，本上古之繇詞，則焦氏《易林》最宜法焉。

内含平壤，外爲深淵，縱斧儒關，鑿石義路，鍊六經而成彩，繪八幽而有形，則《太玄》、《法言》皆有取焉。放懷四維，縱步六合，宓妃可妾，雷公能臣，上與鴻荒爲徒，遠尋沈冥之黨，自晦其素，任土蟻之誚青虯，平視彼蒼，見壤虫之警黄鵠，言道恍惚，振彩飛揚，則《淮南鴻烈》亟宜習焉。

至若羅珍列異，耀神炫靈，緑文不足名其奇，白阜難以盡其狀，甘華甘果之芳，天縱以味，膏稻膏黍之種，土溢自生，枝頭日月，分照數國，山中鳥鼠，聯爲一家，則《山海經》之博麗，未可後焉。

刻畫纖細，模範高深，被朱紫於煙嵐，施丹黄於丘壑，鱗甲難潛其影，飛走莫遁其形，寫迹侈張，鏤景工妙，林巒何幸，得斯人之一言，山水有靈，驚知己於千古，則《水經注》之體物，不可

少焉。

奇抱别開，靈衣在御，内篇言修鍊之旨，外篇寄邁往之才，沈麗獨步，有飛仙之氣逸，博聞多識，藥空談之腹貧，抗靈規於雲衢，讓高懷於陸海，口茹八石，胸秘六奇，鸞羽已奮於重霄，龍章豈陳於晦夜，逝景難追，感飛矢之如電，温辭乍出，覺冰條之吐葩，則《抱朴子》之超逸，亦足多焉。

扶桑九枝，桂林八幹，服水玉者則有靈蜕之仙，頌火龍者則爲玗琪之樹，開明虎狀，稟金精以證崑墟，句芒鳥身，銜帝命以錫秦穆，爕如之貌能兼三形，子夜之尸分爲七體，烏酸有葉，黄藿吐華，不信歐絲之人，乃奪蠶職，安得沙棠之木，制爲龍舟，則郭璞《山經圖讚》之古逸，有可取焉。

杜伯乘火，流精上蒼，管輅論雨，下刺東井，吴有人言之鳥，魏記鬼目之菜，中土城制，既標女牆，高麗民居，别爲婿屋，木弓竹箭彰其利，羱羊端牛助其饒，離人入禽，東韓五十國之殊俗，架空走海，大秦二百里之飛橋，穴底之徑深及九梯，果下之馬高止三尺，交龍用之飾錦，六畜竟以名官，則裴氏《三國志注》之宏富，尚資採焉。

凡此皆筆耕之奥區，漁獵之淵藪，知能之囊橐，文藝之渠魁，儉學得之以拯其貧，高才得之以伸其慧。若既熟《選》學，又能擇善於斯，則煮海爲鹽，本扶輿之妙産，鍊雲生水，等大造之神工，

恢策府之殊觀，極斯道之能事，其於前修，庶幾能不囿矣。

雖然，猶未足以盡探本之功也。夫文辭一術，體雖百變，道本同源，經緯錯以成文，玄黄合而爲采，故駢之與散，並派而爭流，殊塗而合轍。千枝競秀，乃獨木之榮，九子異形，本一龍之産，故駢中無散，則氣壅而難疏，散中無駢，則辭孤而易瘠，兩者但可相成，不能偏廢。且夫烏生於東，兔没於西者，兩曜各用其光照也；狐不得南，豹無以北者，一水獨限其方域也。物之然否因乎地，言之等量判乎人。世儒執墟曲之見，騰埳井之波，宗散者鄙儷詞爲俳優，宗駢者以單行爲薄弱，是猶恩甲而仇乙，是夏而非冬也。夫駢散之分，非理有參差，實言殊濃淡，或爲繪繡之飾，或爲布帛之温，究其要歸，終無異致，推厥所自，俱出聖經。夫經語皆樸，惟《詩》、《易》獨華。《詩》之比物也雜，故辭婉而妍，《易》之造象也幽，故辭鷩而㸑，駢語之采色於是乎出。《尚書》嚴重而體勢本方，《周官》整齊而文法多比，《戴記》工累疊之語，《繫辭》開屬對之門，《爾雅》「釋天」以下，句皆珠連，《左氏》叙事之中，言多綺合，駢語之體製於是乎生。是則文有駢散，如樹之有枝幹，草之有花萼，初無彼此之別所可言者，一以理爲宗，一以辭爲主耳。夫理非不藉辭，辭亦未能外理，而偏勝之弊，遂至兩岐。始則土石同生，終乃冰炭相格，求其合而一之者，其唯通方之識，絶特之才乎？今欲問道康莊，伐材衡岱，鑽研乎三極，涵泳乎百氏，窮源而入天，逐流而至海，非深於羣經，括囊先典，則詞術亦不能造其至矣。

先生吐辭東觀，如河漢之決金隄，奏牘西垣，若金石之振雲陛，剖符章貢之閒，置身空同而上，窺情測貌，揖古人而進前，詭勢瓌聲，窮物態其恐後，而過推樗散，得附楩枏，謹以所知，就正通識，知先生必不孟浪其説，塵垢斯言也。

國朝常州駢體文録叙録

屠寄　敬山

昔揚雄論文，旨歸於麗則，蕭統著《選》，事出於沈思，誠以睢涣之水不濯衛文之衣，黄池之會無取越人之祼。孔子曰：「言之無文，行之不遠。」潤色之業，斷可知矣。自楚漢以降，騷賦代作，遺風餘烈，事極開皇，莫不圖寫丹青，神明律吕，被龍文於綈槧，發鳳音於珍柯，雖體勢殊詭，而情藻則一。有唐之始，漸趨重碓，昌黎起衰，特跂軌徹，歷宋元明，數且千祀，大抵客嘲賓戲，輒摹《管》、《孟》之流，封禪、河清，翻同齊魯之《論》，無異擢刳剡以游錦水，持畫墁而營建章，遒麗之辭，闕焉靡紀。我朝創曆，光啟文明，聖祖亶聰，尤重儒藝，康熙以來，累試舉鴻博，於是冠帶薦紳之倫，閶左解褐之士，咸吐洪輝於霄漢，采瓌寶於山淵。雅道既開，飈流益煽，乾隆、嘉慶之際，吾郡盛爲文章，穉存、伯淵齊金羈於前，彦聞、方立馳玉軑於後，皋文特善詞賦，申耆尤長碑銘，諸埘麗之者，亦各抽心呈貌，流芬散條，亹亹乎文有其質焉。於時海内屬翰之士，敦説其義，至乃指目陽湖，以爲宗派。自時厥後，清風盛藻嘗稍替矣，然猶騰蹇步躡，遐軌振逸，響盪餘波。至於咸

豐，干戈時動，弦誦蹔輟，衣冠散戎馬之足，縑帛割製縢蓋之用，華篇麗篆，存者什一，不及今哀集，將恐零落殆盡，後進英絶，益靡所觀放，甚可惜也。往者劉贊總鈔，擷英華於蜀國，虎臣推藝，撰《文粹》於吴都，譬之國有風詩，宜事甄采，匪敢阿私吾鄙，薄愛殊方。爰就親故，捃逸叢殘，其巍編巨帙，行世廣遠者，則更芟翦繁蕪，抉擿孔翠，凡四十三家，五百六十九首，都三十卷，《叙録》一卷，爲《國朝常州駢體文録》。

叙曰：具區之北，大江之南，是生竹箭，亦貢瑶金，曰「常」作州，率唐詹今，六代藻麗，炳蔚遺風。聖清闡耀，辯雕羣士，人握靈珠，家被文綺，裒采衆製，光我桑梓。

檢討誕逸，躬閲黍離，枯樹摇落，葛帔轗軻，過時晚達，裒立上科，英思泉發，縟旨星羅，末學刻鵠，并遭詆訶。録《湖海樓文》第一。

侍郎雝容，運休身顯，鶴響蘭皋，鳳騫紫漢，紛綸《羽獵》，錯采《封禪》，揄揚主德，臣子之願。録《思補齋文》第二。

維清四葉，婁推蒲轂，文恭善辭，徵君無禄，王生獻賦，自結主知，孫公宦達，亦際明時，廟堂之作，金石其詞。録《味經窩文》、《葉徵君文》、《試畯堂文》、《泰雲堂文》第三。

蹇蹇稺存，陳義靡譚，忠悟堯舜，遇熙逢比，誕節光朝，清標暵世，性別宮商，體範山水。録《卷施閣乙集文》第四、第五，《更生齋文》第六。

增基崛崗，積之俞隆，一簣靡覆，曷究曩功，抑抑幼懷，思禪雕龍，體微材弱，扶此文棟。録《齊雲山人文》第七。

子齡微出，煢單孰相，既裒疢疾，懼愆義方，克躬懋學，先業重光，膏馥是得，徒累冗長。録《淳則齋文》第八。

伯淵貞介，在勢不揉，勤擘上第，甘沈下曹，天才夙練，儒業中脩，少作雖悔，文采自遒，氣潤金石，律諧管籥，存此逸響，以振庸調。録《問字堂外集文》第九。

士安風痺，昇之攣痼，億孫貞疾，葆德存素，弭翼邱樊，敦心《風》《雅》，華不傷雕，樸不苦窳，唯子居文，變而彌古，率意言事，亦追遷、固。録《亦有生齋文》、《大雲山房文》第十。

份份皋文，經明行脩，亦習詞賦，揚、班之儔，鸞翮思舉，龍駕未悠，芳蘭遽折，神策不收。孔懷俊弟，祕穎妍遒，播殖清風，竝茂繁條。録《茗柯文》、《宛鄰文》第十一。

彦惟清立，承家軌憲，刻志領聞，研圖注篆，振奇之作，思澀言蹇。録《端虚勉一居文》第十二。

經師易得，人師實難，愔愔鳳臺，業廣志專，錯綜象緯，苞蘊儒玄，翰藻之美，張、蔡是憲，承生一體，訓詁斯傳。録《養一齋文》、《守丹文》第十三、第十四。

恂恂二陸，相師父子，外芼嬰交，内資侃母，文絜秋瀾，譽馥春芷，尊敝儒冠，幼溺書記。録《崇百藥齋文》、《雙白燕堂文》第十五。

蓉裳宗矩，王後盧前，遺柯賁蕚，再植乃妍，攄懷錦粲，落紙煙新。惟彼荔裳，位達無年，接華先穎，含穎未申。亦有顧子，共藝連娟。録《芙蓉山館文》、《桐華館文》、《辟疆園文》第十六、第十七。

娟娟之水，曲而善通，濯濯之莖，纖而自葱，罨罨醇甫，杼軸其工，靚妝靜飾，未羨豐容。録《尚絅堂文》第十八。

炳炳彦聞，厥體豹變，上規永明，下逮貞觀，口吐瓊言，手揮珠翰，麗而不淫，博而有典。元徵安雅，淳則無偭。録《萬善華室文》、《敬業述事之室文》第十九、第二十。

子詵朗達，弱冠有文，提挈令弟，騁鶩芳塵，人畏其筆，我放其論，善謔而虐，君子勿敦。録《移華館文》第二十一。

英英方立，冥心獨造，頫鏡川瀆，仰格纏晷，桑酈知疏，蓋髀謝繆，奇葩天麗，雕篆雲縟，含徐度庾，陵江轢鮑，體兼上材，年靳中壽。録《蘭石齋文》第二十二。

晉卿善學，酷似其舅，飛沫玄淵，捃華詞囿，哀聲含激，逸情隱秀，神駒服箱，踠足中道。録《齊物論齋文》第二十三。

保緒三長，是成晉略，蕪穢芟除，治亂表襮，斯才不易，未登著作，我懷伊人，銅官之麓。録《味雋齋文》第二十四。

犨帨枝莖，琱鐫月露，萋斐麟石，是宗鮑、謝。錢文多佚，汪字無聞，唯此碎錦，寶之斤斤。録《麟石文》、《申甫文》、《汪先生文》第二十五。

再生不稑，再醞必薄，北江瀲灩，挹注靡涸，荏荏小松，志正體弱。録《菰米山房文》第二十六。侃逸雲寬亮，處約能泰，雅俗文墨，今古備體。紫峰詩人，文亦淵美，既長叙贊，尤工銘誄。侃侃二賢，逸逸風氣。録《躉雲軒文》、《讀秋水齋文》第二十七。

衛生晚起，耆名凋謝，奮疊頹波，上參作者，不華不縟，實方實雅。仲求清到，心希高椝。録《楓南山館文》、《能懼思齋文》第二十八。

向注未出，子玄所攘，翩翩佛助，亦竊任昉，秋史能文，胡蹈斯病，和氏入秦，大弓歸魯，士貴斐然，立言有主。録《聽雲仙館文》第二十九。

子雲有言，「雕蟲小技」，刻意蕲功，亦職匪易。楊、蔣於文，治之未勤；夏纖而弱；何詭不純；管君哀逝，枝葉徒粉。録《汀鷺文》、《問奇堂文》、《南陔堂文》、《悔餘菴文》、《游養心齋文》第三十。

粤在光緒十有六年，歲宫攝提，壯月令辰，曾曾小子，受氏郿亭，宰夫知防，晉侯是賢，惟漢之末，則有景先，自我藝祖，於彼泗瀕，過江而南，爰宅武進，恭承庭誥，命涉詞淵，實賴前獻，問涂知津。遭時喪亂，放墜典型，捃摭殘佚，以貽後人。叙録第三十一。

國朝駢體文家小傳叙

胡念修　右階

《易》曰：「窮則變，變則通。」其文章之道乎？　夫文章視世運爲轉移，無奇耦之分也。溯自庖犧之世，下逮東周以前，《易》、《詩》、《尚書》、《周禮》、《爾雅》諸經尚存，古本《靈樞》、《握奇》、《山海》、《坤乾》等籍多屬僞書，外則歌謡斷章、謨訓殘句，以耳食之流傳，爲百家所援引，因辭辨代，恒有可徵。嗣是而春秋，而秦，而楚、漢之際，而兩漢，而魏，而晉，而宋，而齊，而梁、陳，而隋，而四唐，而梁、唐、晉、漢、周，而兩宋，而元，而明，而明季，略爲限其時代，凡二十有二變，其中大變凡三，小變凡十有九。大變者，秦也，魏也，唐也；小變者，其餘所限諸代是也。小變之中又存三例，有易代一變者，有一代數變者，有數代一變者。魏至晉，晉至宋，易代一變也；漢曰兩漢，唐曰四唐，一代數變也；梁、陳同歸，五代一轍，數代一變也。自奇而耦，自耦而奇，文體之變正未有極。何以見之？曰：於國朝見之。蓋國朝文學大昌，無體不具。學奇之文，其名有四，曰周秦，曰兩漢，曰唐，曰宋；學耦之文，其名亦四，曰漢魏，曰齊梁，曰唐，曰宋。由是觀之，前代之盛衰相因，殆所謂「窮則變」乎？　國朝之各體咸備，殆所謂「變則通」乎？

奇耦兩家，以涉古知名者，指不勝屈。顧年湮世遠，運典之用既歧，著想之境亦異，獵皮毛者氣息早乖，得神髓者局勢已易，雖有取法之名，實爲自成之學。至於桐城、陽湖之宗派，布帛於一

時，定盦、實齋之遺書，俎豆於今世，觀作者別開之面目，識文苑再變之樞機。且夫齊梁擅六朝之勝，文求新而體以卑，韓柳起八代之衰，體襲舊而文益弱，從未有壞文亂體，不奇不耦，著書則摹仿周秦，建策則附會姬、孔，搜雙聲疊韻之譜，竊類書以爲博聞，逞淫詞邪說之心，尊僞體以爲名論。實則未識子雲奇字之篇，已稱宣城驚人之句，未學鄭國美錦之製，已擬敬仲乘馬之書，作俑象人，抑何斯酷？變本加厲，咎有由歸。嗟乎！古之爲文者二，今之爲文者三，此非變之爲害，乃通之所誤也。

居今之世，而思化今之弊，非駢體，其誰與歸？蓋散行之文，筆貴奔放，立異矜奇，勢必至於横議。夫言爲心聲，其言既詭，其心術必不可問。若駢體，則繩以詞句，誘以研鍊，既取樸茂淵懿爲本，難作飛揚跋扈之言。不善學者，雖有繁冗之議，卑靡之累，於心術固無恙也。即甚而決防踰閾，亦不過如「烟霞萬古樓」而已。故曰：正人心，釐文體，必自崇尚駢儷始。

蒙從事此道，寒暑十餘易矣，訪求國朝駢體遺集，不下數十百種。精華所在，雖碎金亦可名家，滓渣難融，雖充棟亦多割愛，著録頻年，不覺逾尺。卷帙繁重，棃棗艱難，姑置巾箱，待諸好事。惟前賢嘔心鏤肝，卓然孤詣，任彼沈浮，是誰之過？今將順治以來作者，各系一傳，計得六卷，間抒管見，附論傳後。固知小兒學語，必嗤大方，然由前而言，有摩滅之憂，由後而言，有誣惑之懼，則區區愚妄之咎，或尚可以苟免也。

文章釋

〔清〕王兆芳 撰

《文章釋》一卷

清 王兆芳 撰

王兆芳，字漱馥，清末南通人。

此書作於光緒二十七年（一九〇一），曾呈俞樾，爲改正數條。其所謂「文章」，籠括一切文字，如注、疏、講義等，皆作文體，總一百四十三體。每一體，首考命名之意，本字義作引申；次述此體要法，言簡意賅；次追溯源起，多遠入邃古；末略舉流變，則有延及近世者。大旨明文章與學術之相因，綜爲修學、措事二綱。其追溯源起，大抵本嚴可均《全上古三代秦漢三國六朝文》，復稽考經子載籍，有所訂補，而時有好古不審之病。叙述流變，則似非所措意，偶遺大端。但作者窮鉤苦索，用功甚巨，斷其體用，出以簡明之辭，實爲文體學一種力作。

有光緒二十九年（一九〇三）刊本，今即依此本收録。其中遠古不經之内容，仍依嚴可均《全文》，將黄帝、西王母等當作者處理，斷章摘句亦以嚴氏擬目爲準，凡與嚴輯一致者，皆充篇章名加書名號。蓋嚴氏輯文及擬目，實爲作者所本爾。

（朱　剛）

文章釋

昔劉歆奏《七略》，班固删其要入《藝文志》，有儒家者流、道家者流、陰陽家者流、法家者流、名家者流、墨家者流、縱横家者流、雜家者流、農家者流、小説家者流。謂之曰「流」，明其有所原也，故自「儒家者流出于司徒之官」至「小説家者流出于稗官」，皆因流而究其原，推其所自出，詳哉言之矣。後之學者又推其例于文章，于是晉摯虞有《文章流别》之作，史稱其類聚區分，辭理愜當，爲世所重，而書已亡失，後人纂輯，未覩其全。近世存者，則有梁任昉《文章緣起》一卷，《四庫》著録焉，《提要》譏其「表」與「讓表」分爲二類，「騷」與「反騷」别立兩體，則其書殆出依託，非其舊矣。于是乎王子漱菽又有《文章釋》之作，備列文章一百四十有二體，而一一推其所始，蓋亦摯虞、任昉之遺意也。然其書則甚精審，無如《提要》所譏者。剞劂既成，寄以示余，乞爲之序。余受而讀之，竊歎其用力之勤，與其考古之詳而且當也。君與余素不相識，而數百里詒書相屬，所望于鄙人者綦厚，則凡意有未合者，亦不能不爲君陳之，以効古人「盍各」之義。孔子《春秋》絶筆「獲麟」，自此以下至「孔某卒」，皆弟子所續，續之一體宜託始于是，不得謂源出晉司馬彪《續漢

書》也；揚雄以經莫大于《易》，故作《太玄》，傳莫大于《論語》，故作《法言》，史篇莫善于《倉頡》，故作《訓纂》，箴莫善于《虞箴》，故作《州箴》，擬之一體宜託始于是，不得謂源出漢班固《擬連珠》也。至于七、九兩體，但云陽數，不鑿求其説，視明陳懋仁以爲源出《孟子》、《莊子》之七篇者，較爲有見。然竊嘗推其所出，以爲源于古之恒言。古人之詞，少則曰一，多則曰九，半則曰五，小半曰三，大半曰七。是以枚乘《七發》至七而止，屈原《九歌》至九而終，不然「七發」何以不六，「九歌」何以不八乎？若欲舉其實，則《管子》有《七臣七主》篇，可以釋「七」，而《大禹謨》「九歌」更可以釋「九」。率爾及之，以補尊説所未備，或亦喜鄙人之舉一而能反三乎？光緒二十有九年春三月曲園俞樾叙。

遺曲園先生書

近數十年間，學問淵府，僉推於德清耆儒碩彦，小子恒企仰矣。曩者，鄉之吳華韻先生令德清而歸，兆芳從之學，初聞大師之名，爾時財十餘歲耳。既而從定海黄先生游，昕夕親炙者十載，而太老師之學之德習聞頗悉，非唯讀曲園書而知之者也。亦嘗一應求志講舍之課，獲蒙訓誨，於今十四五年，感而弗忘。而末學求道，最重師承。古者師承之重，不獨漢、宋儒者爲然。宓子曰：「談語而不稱師，是反也。」孔門之重師承如此。前有隨武子納諫不忘其師。斯則古之士大

夫必慔慔於師承之統系，而聖道即由是而傳。周、孔之兼王、集成，其大者也。泰西人好獨剏，不守師承。中國守師承者或失之拘，必如周公兼三王，孔子集大成，乃爲善守師承者也。一貫三之謂王，通天地人之謂儒，儒與王同道，何事物不宜知耶？今者西術與我學爭，我若固守專家之師承，而儒道反不振。兆芳以爲：學通天地人，而攷道於古聖賢，諭道於事物，祖述不摇，引申不已，務使我儒道之大，足以括西術之長，而西術之長，不足抗我儒道之大，若是則亦善守師承者乎？踰冠以來，用私見著述，閱十餘年，成數種矣。《文章釋》一種既刊，似有裨文學之科，敢以質諸太老師，覬指厥疵，弁諸卷首，而非敢求虚譽也。外有數種，俟繕清藁，亦將呈質焉。

曲園先生復書

伏讀惠書，具紉眷注之厚，然推許過情，非衰朽所敢當也。大著拜讀一過，自是傳作。遵命製序，并獻所疑，聊副雅懷，極知無當。連日病腕，不能書，倩人寫奉，原紙附繳，并附小詩，以證非虚。手肅布復。

答曲園先生書

前蒙改正拙著，賜以叙言，及書牘、詩章，感佩無既。謹修改各條，誌明己過，并曰依改，以存

其原迹。爰獻其書，兩地存本，儻亦印證衷情歟？文章蹊徑，爲小道，而自天子至庶人，修學措事，無文不行，則《文章釋》似有便益。若傳於世，則兆芳受太老師之賜，永永不極。

曲園先生又復書

閣下辱手書，知著撰多福，幸甚。《文章釋》業已刊定，采及鄙説，具見虚心。惟題名「南通州」，竊又不能無説。「南通州」乃俗稱也，别於直隸之通州耳，國家疆索並無此名，但曰「通州」、「直隸州」而已。擬請於「南」字上加刻一「江」字，「江南通州」，可以别於直隸通州，而傳至後世，不致疑誤。未識高明以爲然否？弟自十一月中一病，未能復原，目眩頭昏，未足與言學問矣。去歲以年例有重宴之舉，刻有《惠耆録》，并附詩數首，敬呈一覽。

又答曲園先生書

春赴汴梁，蒙賜手示及《惠耆録》并附詩，閲時兩月，晚覩爲憾。老人情厚，教誨慇懃，銘感何極。而屢擾耄年之居諸，中心殊不能安處。「南通州」不見國家疆索，東晉建置之南徐州、南兖州，不容援以爲例，兆芳以習俗相沿，愧不加察。僅題「通州」，後世必有牽混；從俗題「南通州」，後世又無可攷見。今謹遵命加刻「江」字。以江水言，通州在其北；以疆索稱，「江南」，言通州屬

江南。題曰「江南通州」，以別直隸通州，誠可令後世無疑誤。其題名自兆芳之書始，將垂爲通州撰著家定例，則受我太老師之賜，非唯兆芳一人。擬録來諭刊入《文章釋》，以誌兆芳之過，以告後來之作者。去歲太老師有重宴之慶，歉未踵賀，今敬呈《讀〈惠耆録〉詩》二首，并《謝改正〈文章釋〉及叙言詩》一首，以貢忱款，猶乞誨正。貴恙想已全愈，多壽難老，精爽不衰，私禱莫釋。肅謹答復。

文章釋

清　王兆芳　撰

釋

釋者，解也，解釋文字也。主于因文解義，正名事物。源出《爾雅》之篇稱「釋某」，凡易檢者不注。流有漢劉熙《釋名》，唐陸德明《經典釋文》，及宋王應麟《通鑑地理通釋》。

解

解者，判也，判解書義也。主于釐析奧義，申明故訓。源出《禮記・經解》篇，流有漢孔安國《論語訓解》，鄭興、鄭衆《周官解詁》，賈逵《春秋内外傳解詁》，並輯。凡佚書有前儒輯本，多非一家，統注曰輯。何休《公羊解詁》，服虔《左傳解誼》，輯。魏何晏《論語集解》，及漢高誘《吕氏春秋訓解》，唐裴駰《史記集解》。

故

故者，本字作「詁」，詁訓古言也。主于訓解古言，傳述聖意。源出漢儒《三家詩故》，流有杜林《倉頡故》，並輯。宋戴侗《六書故》，我師儆季子《禮故》。

傳

傳者，駟遽也，轉也，傳也，轉傳經訓，若駟遽也。公羊子曰：「主人習其讀而問其傳。」主于轉移受授，依經傳訓。源出《禮經・喪服傳》、《春秋傳》，流有魏文侯《孝經傳》，漢申公《魯詩傳》，伏生《尚書大傳》，三書輯。毛公《詩故訓傳》。

微

微者，隱也，細也，經指精細者幽隱難顯，而釋之使明顯也。顔師古曰：「微謂釋其微指。」主于抉明經義，鉤隱宣精。源出《春秋左氏微》、《鐸氏微》、《張氏微》、《虞氏微傳》，《漢志》目。凡佚無見文，而但存其目者，僅注曰某書目。流有近儒魏源《書古微》、《詩古微》。

注

注者，俗作「註」，灌也，傳釋若水之灌注也。賈公彦曰：「注義于經下，如水之注物。」主于灌注經義，與傳同意。源出漢杜子春《周官注》，輯。流有馬、鄭諸經注，馬注輯。及漢唐人子史注。

箋

箋者，或作「牋」，表識書也。以訓詁爲表識，傳注之屬也。主于表揭義訓，傳意注例。源出漢鄭子《毛詩箋》，流有近儒萬斯大《禮記偶箋》，潘維城《論語古注集箋》，及徐文靖《竹書統箋》。

義

義者，本字作「誼」，宜也，理也，裁斷合宜之道理也。主于釋明古訓，循理得宜。源出《禮·祭義》《冠義》等篇，流有漢劉向《五經通義》，許慎《五經異義》，吴翟〔子〕元《周易義》，並輯。及漢應劭《風俗通義》。宋以來試場之經義、四書義，賢儒別其爲時文。

義疏

義疏者,「疏」一作「疋」,通也,分理也,分理注義而疏通之也。主于釋注通經,注之誤者獻疑而不駁。源出吳陸璣《毛詩草木鳥獸蟲魚疏》,流有梁皇侃《論語義疏》,唐、宋人《十三經義疏》,及宋吳仁傑《離騷草木疏》。

申義

申義者,「申」本字作「伸」,不屈也,舒伸也,舒伸舊義,使之不見屈也。主于引伸長義,徵信拒駁。源出魏爲鄭學者「申鄭駁王」,流有晉宣舒《申袁準從母論》,見《通典》九十二。凡佚篇有完文者,注曰見某書。段暢《〔重〕申杜元凱皇太子除服議》。見《通典》八十。

口訣義

口訣義者,「訣」與「決」通,法也,決也,以口言之法,明義決斷,義疏之支別也。主于循經順詞,斷義施法。源出唐史徵《周易口訣義》,流有宋胡瑗《洪範口義》。

講義

講義者，講，和解也，論習也，論習合義，若兩國和講也。主于按經論解，與口訣義相近。源出齊永明東宮與諸王《孝經講》，《隋志》目。齊文惠太子《傳》引。凡佚而有見文者，注曰某書引。流有宋陸佃《講義》，耿南仲《周易新講義》，史浩、林岊、戴谿諸《講義》。王應麟曰：「元豐間，陸農師在經筵，始進《講義》。自時厥後，上而經筵，下而學校，皆爲支流曼衍之辭。」其敝爲時文，雖名曰經義、四書義，實則非義，非講義。

衍義

衍義者，「衍」通作「演」，水流行也，引也，廣也，廣引經義，若水之流演也。主于引義延蔓，廣徵事類。源出宋真德秀《大學衍義》，流有明夏良勝《中庸衍義》。

説

説者，説釋也，兑也，述也，叙述談説，以言爲兑説也。《禮·學記》曰：「相説以解。」主于博尋指趣，心解口述。源出孔子《周易·説卦》，流有漢儒諸經説，《漢志》多目。《五經異義》與羣書引。韓嬰

《詩説》，后氏、安昌侯《孝經説》，並輯。及歷代多雜説、小説。

論

論者，議也，倫也，議論有倫也。劉熙曰：「有倫理也。」循理以論道，異乎史論者也。主于講論道義，酌理衷聖。源出《論語》，流有《荀子·禮論》《樂論》諸篇，漢儒《石渠論》、輯。《白虎論》，及《呂氏春秋》六《論》，漢桓寬《鹽鐵論》，王符《潛夫論》，《文選》、《文粹》列「論」。選文之書甚多，茲僅取《文選》、《古文苑》、《唐文粹》三種，文多雅，易購。

辨

辨者，通作「辯」，判別也，明辨，非爭辯也。揚子曰：「惟五經爲辯。」主于別是非，明異同，若別白黑。源出《禮辨名記》，輯。《楚辭》「伏羲《駕辯》」，注云「古曲名」，非後世辨體所本。流有《墨子·三辨》，漢陸賈《新語·辨惑》，吳韋昭《辨釋名》，輯。唐陸文通《春秋集傳辨疑》，宋賈昌朝《羣經音辨》，辨字同音異，辨字音清濁，辨彼此異音，辨字音疑混，辨字訓得失。及漢劉梁《辨和同論》，孔衍《上書辨〈家語〉宜記録》，《文粹》列「辯」。

駁

駁者，或借作「駮」，馬色不純也，儒說違經不純正，而以經折之也。主于㷉經正誤，驁以精純。源出漢鄭子《駁五經異義》，流有魏王肅《毛詩義駁》。並輯。

評

評者，平也，訂也，議也，校訂平議也。主于長短舊說，立議持平。源出晉孫毓《毛詩異同評》，流有陳邵《周禮異同評》，江熙《公穀二傳評》，並輯。及梁袁昂《書評》。見《太平御覽》七百四十八，《閣帖》五。

述

述者，循也，循乎古也。鄭子曰：「述者，述其古事。」主于循舊申言，不敢妄作。源出吳陸績《周易述》，流有隋劉炫《尚書、毛詩、春秋、孝經述義》，並輯。及魏邯鄲子叔《受命述》。

敘 後敘、引

敘者，通作「序」，次第也，端緒也，述也，述書篇之意，或古或今，或人或己，而次厥端緒也。一曰：抒也，抒洩其實，宣見之也。敘有目者，目後或稱「後敘」。又各文篇首，述其意爲敘，此亦謂之「引」。劉勰曰：「序以建言，首引情本。」又曰：「引者允辭。」主于述循端緒，明厥意指。

源出孔子《周易・序卦》、《書百篇序》，流有子夏《詩序》、漢鄭子《詩譜敘》、許慎《說文敘》，及孫子《算經敘》、《呂氏春秋・序意》、《淮南子》末篇《要略》、《文選》列「序」。《淮南》、許慎《敘》書其目後，爲後敘。《說文》小徐本作「後敘曰」，嚴可均從之，大徐本脫「後」字。依許《敘》，則《淮南》末篇，凡屬書者以下，爲後敘矣。又漢以來各文篇首敘甚多，隋釋智顗《唱法華經題讚引》。見《續高僧傳》。

題辭

題辭者，題額也，表識也，表識書意以爲辭，若額額之有垠鄂也。主于因書表象，記識明意。

源出《春秋說題辭》，轉。流有趙岐《孟子題辭》。

例

例者，比也，比類全書之科條也。主于校比凡要，條理始終。源出《春秋凡例》，流有漢潁容、晉杜預《春秋釋例》，潁書輯。魏王弼《周易略例》，及隋魏澹《魏史義例》。

音

音者，聲也，文字之聲讀也。主于紐弄反切，定聲正讀。源出魏孫炎知反語，爲《爾雅音》，輯。《釋文》載孔安國《尚書音》、鄭《諸經音》，駁云：「漢人不作音，後人所託。」流有六朝人多爲諸經音《釋文》引。及後儒多爲子史音。

右二十三體，源出經學。釋、解、注、箋、義、義疏、説、論、辨、評、述、叙、例、音十四體流及各學，餘亦可推。

春秋

春秋者，春，陽氣之始，草木初生，秋，陰氣之先，禾穀成熟，爲四時之二名也。史舉春秋以晐冬夏，編年月而記事也。管子曰：「春秋之記。」其不編年月者，亦以時記也。主于記載有次，因

時先後。源出《夏殷春秋》，（《史通》述《汲冢瑣語》目。）流有孔子《春秋》，（孔子使子夏等求周史記，得百二十國寶書，即墨子所云「百國春秋」也。作經主魯春秋，參以百國春秋，其名沿舊。）《桃左春秋》，（《韓非·〈内備〉〔備内〕》引。）漢陸賈《楚漢春秋》，（輯。）趙長君《吴越春秋》，晉習鑿齒《漢晉春秋》，孫盛《晉陽秋》，（二書輯。）及《晏子》、《吕氏》諸《春秋》。

記

記者，疏也，識也，條疏事實而記識也。主于疏識實事，不逞議論。源出《周史記》、《逸周書·史記》篇，流有漢司馬遷《史記》，蔡邕《車駕上原陵記》，（見《續漢·禮儀志上》注、袁宏《後漢紀》、《通典》五十二。）《文粹》列「記」，及《禮》經之《記》，《周官·攷工記》，二戴《禮記》。

志（書、意、典、録、説）

志者，通作「識」，或作「誌」，記也，記事迹也。劉知幾曰：「班、馬著史，别裁書、志。」蔡邕曰「意」，華嶠曰「典」，張勃曰「録」，何法盛曰「説」，名目雖異，體統不殊。主于記識前迹，與記相通。源出《周官》小史掌邦國之志、外史掌四方之志，（《前志》、《左傳》文六、襄二十五引。《周志》、《左傳》文二引。《軍志》、《左傳》僖二十八、宣十二引。）史佚之《志》，（《左傳》成四引。）流如劉説，晉陳壽《三國志》，宋鄭樵

《通志》，漢以來多地志。

録 實録

録者，金所刻籙篩也，領也，總領事物，書于竹篩，後世以紙代也。劉勰曰：「古史、《世本》，編以簡策，領其名數。」主于定例編記，領理繁雜。源出《周官》「職幣奠録」，流有計然《萬物録》，輯。漢劉向《別録》、輯。《諸子書録》，梁阮孝緒《七録》，輯。唐許嵩《建康實録》，歷代《實録》甚多，及宋儒語録。

譜 牒

譜者，籍録也，布也，普也，布事籍録，令周普也。劉熙曰：「布列見其事也。」劉勰曰：「事資周普。」亦謂之牒，牒借作「諜」，札也。譜諸牒札，猶云布事籍録也，後世以紙代竹木也。主于布列年世，先後普記。源出《五帝三代譜諜》，《史·三代世表、十二諸侯年表》、《漢志》目。流有漢揚子《家牒》，《藝文類聚》四十、《御覽》五百五十八引。後代世譜玉牒、士大夫族譜、賢儒年譜、諸名物之譜，及漢鄭子《詩譜》，後魏李槩《音譜》。輯。

表

表者，上衣也，標也，標格明顯，如木表與裘表也。桓譚曰：「太史公《三代世表》，旁行邪上，並效《周譜》。」主于標明綴識，與譜相因。源流如桓説。遷《史》之後，《漢書》、《新唐書》、宋、遼、金、元、明諸《史》立表，及近段若膺《六書音韻表》。

紀

紀者，絲别也，理也，記識也，記識事迹，若理别絲縷也。劉知幾曰：「紀之爲體，猶《春秋》之經，繫年月以成歲時，書君上以顯國統。」主于編年列事，分理條别。源出《禹本紀》，《史·大宛傳》引。流有《瞽史紀》，《晉語》四引。漢遷《史》十二本紀，班史以下皆曰「帝紀」，荀悦《漢紀》。

史傳

史傳，爲列傳。「傳」義見前。列，分解也，叙也。史以人事分叙，異乎釋經之傳也。司馬貞曰：「叙列人臣事迹，令可傳于後世。」主于叙事釐分，壹依史法。源出《穆天子傳》，流有漢遷《史》列傳，後史因之，唐韓退之《毛穎傳》。

别　傳

别傳者，别，分也，傳文分别于正傳之外，與之異處也。主于續事正傳，搜遺重録。源出漢《東方朔别傳》，《御覽》引。流有後世别傳甚多。

自　叙 自述

自叙，爲自傳，亦謂之自述，義並見前。自己叙述以作傳，兼陳書目，史傳之變，參以書叙者也。主于表身世，明著作，躬行記載。源出漢司馬相如《自叙》，流有遷《史·自叙》，班書《叙傳》，揚子、鄭子《自叙》，鄭《叙》，《孝經正義》，《唐會要》七十七、《文苑英華》七百六十六引。魏文《自叙》，晉杜預《自述》，《北堂書鈔》九十七引。梁江淹《自叙傳》。

史　論 論贊、某人曰、序、詮、評、議、述、譔、奏、史臣曰

史論，爲論贊。「論」義見前。「贊」一作「讚」，見也，明也。附論説于紀傳之後，其倫理明見，若贊者之引見也。劉知幾曰：「《春秋左氏傳》每有發論，假『君子』以稱之。二《傳》云『公羊子』、『穀梁子』，《史記》云『太史公』。既而班固曰『贊』，荀悦曰『論』，《東觀》曰『叙』，謝承曰『詮』，陳壽

曰『評』，王隱曰『議』，何法盛曰『述』，揚雄當作常璩。曰『譔』，劉昞曰『奏』，袁宏、裴子野自顯姓名，史官所撰通稱『史臣』。必取便于時者，則總歸論贊焉。」主于因事發議，評定得失。源流如劉説。范書別論爲贊，《文選》列「史論」。

攷

攷者，借作「考」，攷也，稽攷事物，若攷擊之也。主于破疑徵信，蒐佚備存。源出蜀譙周《古史攷》，輯。流有宋歐陽修《五代史》司天、職方二《攷》，馬端臨《文獻通攷》，魏了翁《古今攷》，及王應麟《詩攷》、《詩地理攷》、《漢制攷》。

續 紹

續者，連也，繼也。亦謂之紹，紹，繼續也。繼前書而與連屬也。主于繼連舊籍，循例增事。源出孔門續《春秋》至「孔某卒」，原稾「源出司馬彪《續漢書》」，依俞先生改。流有晉司馬彪《續漢書》，輯。梁劉昭《續漢志》，及劉宋鮑照《紹古辭》，唐林慎思《續孟子》。

右十三體，源出史學。春秋、記、録、譜、表、攷、續七體流及各學，志亦可推，續無專體。

略

略者，經略土地也，法也，約要也，得約要之法而經略之者也。主于簡舉經猷，概陳要法。源出《六韜·兵略》篇，流有秦黄石公《三略》，及漢劉歆《七略》，晉鄒堪《周易統略》，梁阮孝緒《文字集略》，三書輯。宋楊億《歷代銓政要略》。

訣

訣者，與「決」通，義見前，決斷之要法也。主于明決要道，探祕著法。源出《黄帝兵法要訣》，《隋志》目。《五行大義》引《黄帝兵訣》，《開元占經》十一引《黄帝用兵要訣》，《御覽》三百三十八、七百三十六引《黄帝出軍訣》。流有宋道士崔嘉（珍）〔彦〕《脈訣》，及《孝經鉤命決》，宋樓昉《崇古文訣》。

鑑

鑑者，鏡屬，取明水之鑑諸也，理明如鏡也。主于著明事理，爲後世鏡。源出漢荀悦《申鑑》，流有宋仁宗《洪範政鑑》，及司馬光《通鑑》，范祖禹《唐鑑》，吕祖謙《宋文鑑》，元李文仲《字鑑》。

題後 後叙、書後、讀某、跋

題後，爲後叙，亦謂之書後、題、叙，義並見前。書，著也，從篇卷之後題識書著而叙述也。亦謂之讀某，讀，誦書也，抽也，誦書抽義而叙于後也。亦謂之跋，跋，蹎跋也，前躐也，從後爲叙，若欲前躐也。讀書道心得，或記己身關涉本書之事也。主于就書寫志，語繫篇卷。後名異，從外引。源出《荀子》末篇「今爲説者」一章，流有晉王羲之《題衛夫人筆陳圖後》，《始皇本紀後》非班固親記，《索隱》言後人取附。唐韓退之《讀荀子》及《讀儀禮》諸篇、《張中丞傳後叙》，陸龜蒙《書李賀小傳後》，宋董逌《廣川書跋》，六朝以來亦題詩爲書後。

細草

細草者，「草」本字作「艸」，卉也。刱造之草藁，若生卉也，細微也。推算術而屬草藁，理析微細者也。主于依術演算，詳述精微。源出唐劉孝孫撰《張邱建〈算經〉細草》，流有宋秦九韶《數學九章草》，元李（治）〔冶〕《測圓海鏡草》，後世算家細草甚多。

原 原始

原者，本字作「𠫐」，一作「源」，水泉本也，尋思事物道理之本原也。亦謂之始，亦謂之原始。始，初也，推原厥初也。主于因流上溯，尋討本初。源出《淮南子·原道訓》，流有唐韓退之五《原》，皮日休、牛僧孺三《原》，依《文粹》。及梁任昉《文章始》，即《文章緣起》，隋、唐《志》作「始」。宋鄭汝諧《論語意原》，高承《事物紀原》，明徐炬《古今事物原始》。書甚弇陋，但取其名。

難

難者，蓋惡鳥也，相與爲讎仇，若疾惡鳥也，不易也，言説如與爲讎仇而使之不易安處也。主于辨理詰駁，樹敵投艱。源出《韓非子·難》篇，流有漢揚子《難蓋天八事》，及臨碩《周禮難》，輯。司馬相如《難蜀父老》，范升《奏難〈費氏易〉、〈左氏春秋〉立博士》，陳元《奏難范升》。

非 刺

非者，違也，譏也。亦謂之刺，違而譏刺也。主于違舊譏彈，不以爲爾。源出《墨子·非攻》《非樂》諸篇，流有《荀子·非相》《非十二子》，漢王充《論衡·刺孟》，宋劉章《刺〈刺孟〉》，佚。及漢

趙壹《非草書》，隋何妥《非七調議》，唐柳宗元《非國語》，宋劉章、江端禮、曾于乾、元虞槃《非〈非國語〉》。四家並佚。

右八體，源出諸子之學，流及各學。

反

反者，覆也，背也。主于違背舊文，欲使傾覆。源出漢揚子《反離騷》，流有魏王粲《反金人贊》，晉孫楚《反金人銘》，唐皮日休《反招魂》，明徐禎卿《反〈反騷〉賦》。

廣

廣者，大也，增習也。主于斥大舊文，增習承衍。源出漢揚子《廣離騷》，《漢·揚雄傳》目。流有蔡邕《廣連珠》。《御覽》四百五十九、八百十四引。

補

補者，完衣也，修也，修佚文不完者而完之也。主于完修舊文，彌縫其闕。源出晉夏侯湛《補周詩》，束晳《補亡詩》，流有唐皮日休《補九夏歌系文》，及白居易《補逸書》，宋熊方《補後漢書年

表》，陶岳《五代史補》，後儒經史子補注。

擬 效、學、法、倣、依、代

擬者，通作「儗」，度也，比也，揣度而比象也。或別原意而擬體，或體、意俱擬，或約擬體、意，或原文散佚而虛擬體、意。亦謂之效、學、法、倣、依、代。「效」一作「傚」，象也。「學」古作「斆」，後覺效先覺也。法，制也，效其制也。「倣」本字作「仿」，通作「放」，似也，效也。依，倚也。代，以異語相更易也。皆擬也。主于撰道比文，神明規矩。源出漢揚子，以經莫大于《易》，作《太玄》；傳莫大于《論語》，作《法言》；史篇莫善于《倉頡》，作《訓纂》；箴莫善于《虞箴》，作《州箴》。別原意而擬體。原稿「源出班固《擬連珠》」，依俞先生改。流有班固《擬連珠》，魏王粲《倣連珠》，晉傅玄《擬天問》、《書鈔》一百五十五、《初學記》四、《御覽》四及八引。《〔擬〕招魂》、《書鈔》一百三十二引。《〔擬〕四愁詩》、擬《金人銘》作《口銘》，劉宋謝靈運《擬魏太子鄴中集序》，袁淑《效曹子建白馬篇》，齊王融《法樂辭》、《代徐幹「自君之出矣」詩》，謝朓《擬風賦》，梁江淹《學苑園賦》，體意俱擬。又劉宋《華林聯句效柏梁體》，王僧達《和琅邪王依古詩》，江淹《讀劉僕射東山集學騷》，別原意而擬體。又謝靈運《擬鄴中集詩》，江淹《斆古雜體詩》，約擬體、意。又唐劉希仁《代荀卿與春申君書》，虛擬體、意。又後世有虛擬法，本無原文而因事爲擬。後世樂府用舊題，詩稱「古意」、「覽古」，皆屬擬。

右四體，源出雜學。補體流及各學，餘亦可推。四者皆無專體。

凡修學之文章四十有八體。申義、講義、辨、難四體兼措事。

教

教者，上所施，下所效也，誨也。古天子用教，漢以後惟王侯大臣稱教。主于施文訓誨，俾知法度。源出伏羲十言之教，見《六藝論》、《左傳》定四正義。鄭論輯。流有《神農之教》，《漢·食貨志》引。周《先王之教》，《周語中》引。及李悝《爲魏文侯作盡地力之教》，漢張敞《告絮舜教》，朱博《出教主簿》，孔融、蜀武侯多教文，《文選》列「教」。

訓

訓者，説教也，教道之文也。又詁説古言，亦爲訓也。主于説教道義，示以雅言。源出《大訓》、《書·顧命》目。《夏訓》，《左傳》襄四引。流有《商書·伊訓》，《孟子》、《漢志》、《堯典》疏引。祖乙作高宗之《訓》，《逸周書·度訓》《命訓》《常訓》，及漢蔡邕《女訓》，繁欽《川里先生訓》，後魏高允《酒訓》，北齊顔之推《家訓》，又《逸周書·時訓》，及漢淮南《周易道訓》，馬融《論語訓説》。二書輯。

典

典者，册在丌上，尊閣之也，常法也。主于重視尊册，著明常法。源出《五典》，《左傳》昭十二目。即《五帝書》，惟《堯典》存。流有《逸周書・程典》《寶典》《本典》，《周官・六典》，《唐六典》，《明會典》，《大清會典》，及屈到《祭典》，見《楚語上》。吴陸景《典語》，輯。隋杜臺卿《玉燭寶典》，黎氏《古逸叢書》本。唐杜佑《通典》。

法 制、憲、禁

法爲國制，古作「灋」，如水之平，觸不直者去之也，制也。制，裁斷也，裁斷用法也。《易》曰：「制而用之謂之法。」亦謂之憲。憲，敏也，法也，博識心敏以定法也。亦謂之禁。禁，忌也，止也，禁止所忌，以法防姦也。主于遏止邪枉，制以正道。源出《神農之法、《文子・上義》、《淮南・齊俗》引。之禁》，《羣書治要》、《六韜・虎韜》引。流有黄帝《李法》、《漢・胡建傳》引。《兵法》，《隋志》著目，《開元占經》八卷十一、二十一引。《顓頊之法》，《淮南・齊俗》、《御覽》七十引。《禹禁》，《逸周書・大聚》引。《周官》諸「法」、「憲」、「邦禁」，《禮・王制》《祭法》，《逸周書・劉法》《謚法》諸篇，楚《僕區法》、《左傳》昭七引。《茅門法》，見《韓非・外儲説右》。魏《大府之憲》，見《魏策》。及漢張衡《靈憲》，諸子《兵法》。

册

册者，古作「笧」，借作「策」，或作「筴」，符命也，諸侯進受于王者也，天子之命編簡作符册也。《詩》曰：「畏此簡書。」《聘禮》記曰：「百名以上書于策。」漢「帝命四書」、唐「王言七制」，皆一曰「册書」。今制立后、封王侯、上尊號諸事用「册」。主于視簡作命，首著「天子」之稱。古稱「王曰」，漢以後稱「皇帝曰」。漢篆書兩編，起年、月、日、「皇帝曰」，以命諸侯王、三公；隸書尺一木，賜以辠免。見胡廣《漢制度》、蔡邕《獨斷》。胡書輯。源出《大始天元册文》，《素問·天元紀大論》《五行運大論》引。流有《武王即位筴》，見《逸周書·克殷》、《史·周本紀》《齊世家》。周公《金縢册》，成王《命周公册》，襄王《策命晉文》，漢武《封三王策文》，《文選》、《文粹》列「册」。

命

命者，使令也，教也。主于使令諸侯，順天命以爲教。源出《堯典》帝「命」，流有《商書·説命》，《禮·文王世子》《學記》《緇衣》、《楚語上》、《書大傳》引。《周書》諸《命》，召公述王命《命大公》，靈王《賜齊靈公命》。秦改「命」爲「制」。

令

令者，發號也，教也，禁也，發號而教且禁也。古天子諸侯皆用令，秦改「令」爲「詔」，其後惟皇后、太子、王侯偁「令」。主于教善禁惡，號使畏服。源出《夏令》、《周語中》引。《明堂月朔令》，見《管子·輕重己》。流有伊尹作《四方獻令》，《禮·月令》，《逸周書·月令》，周《先王之令》，《周語中》引。列侯《令國中》，孔子《爲魯哀下救火令》，《韓非·内儲説上》引。及漢吴王濞《下令國中》，蕭何《令諸大夫》。

制

制者，義見前。胡廣曰：「帝者制度之命。」秦從王綰議改「命」爲「制」，漢「帝命四書」、唐「王言七制」，皆二曰「制書」，令制宣示百官曰「制」。主于裁制命詞，首以「制詔某臣」。源出秦皇帝「制」，流有漢文《增神祠制》，唐明皇《賜王希夷致仕制》，陸贄爲德宗作諸制。

詔

詔者，告也，告以事也。秦從王綰議改「令」爲「詔」，漢「帝命四書」，三曰「詔書」。《漢禮儀》

曰：「補制言曰詔。」應劭《漢官儀》引。應書輯。今制布告天下曰「詔」。主于詔告羣下，意同命令。源出文王《詔牧》、《詔太子發》，見《逸周書·大匡、文儆》。《召將詔》，見《六韜·龍韜》、《羣書治要》引《犬韜》。《周官》諸「詔王」者，不爲文體。流有秦漢以來詔文。

策問

策問者，「策」本字作「册」，義見前。著詞于策以諮問賢才也。主于詢言諮事，制詔試學。源出漢文《策賢良文學詔》，流有武帝《策賢良制》，晉陸機《爲武帝策秀才文》，《文選》列「策秀才文」。

諭

諭者，一作「喻」，告也，曉也，以事情告下，令明曉也。主于告曉意指，與詔、誥相通。源出漢高帝《入關告諭》，古諭不爲體。流有宣帝《諭意蕭望之》，及張騫《諭指烏孫》，王駿《諭指淮陽王欽》，王遵《喻牛邯書》，唐劉蛻《諭江陵耆老書》。

誥

誥者，古通作「告」，告也，覺也。劉熙曰：「上敕下曰告。」使覺悟知己意也。《易》曰：「后以

施命誥四方。」《周官》：大祝「作六辭以通上下、親疏、遠近」，三曰誥；士師「五戒」，二曰誥，用之于會同。秦廢誥，宋以贈封，今制昭垂訓行曰「誥」，贈封五品以上曰「誥命」。主于告示羣下，据事敕教。源出《商書·湯誥》，見《史·殷本紀》。《仲虺之誥》，《左傳》宣十二、襄十四、三十，《墨子·非命》，《荀子·堯問》，《吕氏春秋·驕恣》引。虺蓋奉王命誥，或据僞書，謂下以告上，非。流有《周書》諸《誥》，漢張衡作《東巡誥》，及晉夏侯湛《昆弟誥》，劉宋顔延之《庭誥》。

誓

誓者，約束也，謹也，束軍衆，使謹也。《毛詩傳》曰：「師旅能誓。」《周官》士師「五戒」，一曰誓，用之于軍旅。又不涉軍旅而束謹，亦爲誓也。主于約束身心，誠言示謹。源出《禹誓》，《墨子·兼愛下》引。流有《甘誓》，《湯誓》，《周書》諸《誓》，晉惠《韓誓》，句踐《誓衆》，及鮑叔《塞道誓》，漢郅惲《誓衆》，苻秦王猛《渭原誓》，又湯《與諸侯誓》，見《逸周書·殷祝》。周公《誓命》，《左傳》文十八引。及趙鞅《鐵誓》。

敕

敕者，借作「勑」，誡也，飭也，正也，正言警誡，使謹飭也。劉熙曰：「使自謹飭，不敢廢慢

也。」《易》曰：「君子以明罰敕法。」漢「帝命四書」，四曰「誡敕」；唐「王言七制」，四曰「發敕」，五曰「敕旨」，六曰「論事敕書」；今制申明職守曰「敕」，贈封五品以下曰「敕命」。主于正詞警惡，與戒相通。源出周穆《命郊父受敕憲》，《穆天子傳》目。「郊父」或作「鄧父」。流有漢高《手敕太子》，武帝《敕責楊僕》，及陳咸移敕郡長史，曹褒《原盜敕》。

戒 儆

戒者，與「誡」通，警也，敕也。其意曰「戒」，其言曰「誡」，渾語通也。亦謂之儆。儆，戒也。主于警敕人己，意嚴辭厲。源出黄帝《戒》，《意林》一、《路史·疏仡紀》引。流有《堯戒》，見《淮南·人間》。夏之《時儆》，《周語中》引。《逸周書·文儆》《武儆》《大戒》，晉元誡周顗，及季文子《戒子》，見《説苑·至公》。孫叔敖《戒子》，見《吕氏春秋·異寶》。漢劉向、鄭子《戒子》，馬援《誡兄子》，班昭《女誡》，蜀武侯《誡外生》，張嶷《戒費禕》，魏王昶、王肅，晉李秉《家誡》。

箴

箴者，與「鍼」通，縫綴衣者也，刺病者也，儆誡若綴衣與刺病也。主于攻疾補闕。其箴人，終于「敢告某」，而箴己不拘。源出《夏箴》，《逸周書·文傳》引。流有《商箴》，《周箴》，《吕氏春秋·名類》《謹

聽》引。衛武《耄箴》，及辛甲《虞箴》，漢揚子《州牧》《百官箴》，宋程子《視聽言動箴》，《文選》、《古文苑》、《文粹》列「箴」。

銘

銘者，名之題勒者也。《禮·祭統》曰：「銘者，自名也。」《月令》曰：「物勒工名。」劉勰曰：「觀器必也正名。」《毛詩傳》曰：「作器能銘。」《春秋傳》曰：「天子令德，諸侯言時計功，大夫稱伐。」蔡邕《銘論》詳徵之。主于勵德揚功，名正詞實。源出黄帝《巾几》、《金人》諸銘，《漢志》：《黄帝銘》六篇。《巾几銘》，《路史·疏仡紀》引。《金人銘》，見《太公金匱》、《説苑·敬慎》。流有湯《盤》，周《量銘》，及正考父、孔悝《鼎銘》，歷代器銘甚多，《文選》、《古文苑》、《文粹》列「銘」。

誄

誄者，通作「讄」，謚也，累也，累列行事以爲謚也。《毛詩傳》曰：「喪紀能誄。」《禮·曾子問》曰：「賤不誄貴，幼不誄長。」又曰：「諸侯相誄非禮也。」《周官》：大祝「作六辭」，六曰誄；大史讀誄。源出周初，流有魯哀《誄孔子》，漢揚子作《元后誄》，及柳下妻《誄惠》，漢杜篤作《吳漢誄》，《文選》、《古文苑》、《文粹》列「誄」。

哀册

哀册者，「册」義見前；哀，閔也，傷也，以閔傷之詞書于簡册也。摯虞曰：「今哀册，古誄之義。」主于叙功屬思，愛閔悲傷。源出周穆哀盛姬，内史執策，《穆天子傳》目。流有周景《追命衛襄》，見《左傳》昭七杜注，如今之哀策。魏文爲《武帝哀册》，《文章緣起》：李尤作《和帝哀册》，佚。明帝爲《甄皇后哀册》、《賜漢獻册文》，晉潘岳作《景獻皇后哀册》，《文選》、《文粹》列「哀册」。

哀辭

哀辭者，「哀」義見前，愛閔悲傷以屬辭也。摯虞曰：「誄之流也，率以施于童殤、夭折、不以壽終者。體以哀痛爲主，緣以歎息之辭。」主于列事垂情，悲慟惋歎。源出漢明命班固作《馬仲都哀辭》，流有魏曹植作《仲雍》及《金瓠》、《行女》諸《哀辭》。

頌

頌者，容也，六《詩》之一也。《詩序》曰：「美盛德之形容，以其成功告于神明者也。」主于形容王功，軼風、雅，而兼賦、比、興。源出有焱氏爲《頌》，見《莊子·天運》。流有三《頌》，祝（融）〔雍〕

《成王冠頌》，及漢董子《山川頌》，《文選》、《古文苑》、《文粹》列「頌」。摯虞曰：「若馬融《廣成》、《上林》之屬，純爲今賦之體，而謂之頌，失之遠矣。」

詩 歌、詠、吟

詩者，志也，之也，心所之而發于言，人所歌者也。亦謂之歌、詠。歌，詠也；詠，歌也。亦謂之吟。吟，呻也，猶歌詠也。荀爽曰：「詩者，古之歌章。」《漢志》曰：「誦其言，謂之詩；詠其聲，謂之歌。」《書》曰：「詩言志，歌永言，聲依永，律和聲。」主于叶五聲，備六義，温柔敦厚，心志無邪。源出伏義《駕辯》，《楚辭・大招》目。流有虞舜與皋陶、八伯諸歌，三百篇《詩》，漢《郊祀歌》三言詩，武帝《柏梁》七言詩，《文章緣起》：魏高貴鄉公作九言詩，佚。顏延之曰：「九言聲度闡誕，不協金石。」及古《竹彈歌》二言詩，見《吳越春秋》。漢韋孟四言詩，東方朔六言詩，《文選・蜀都賦》注引《漢書》載朔八言、七言上、下，佚。孔融六言詩，古十九首與蘇李五言詩，班固《詠史》，蜀武侯《梁父吟》，唐以來近體詩。梁簡文有《賦得橋》、《賦樂府得箜篌》諸詩，梁元有《賦得涉江采芙蓉》、《賦得竹》諸詩，命題異法，非刱詩體。而六朝已有五言絶句，唐律詩、排律詩與絶句皆分五、七言，世謂之近體，而詩人亦皆能爲古體。絶句亦曰「截句」。宋至今無刱體。

樂府

樂府者，府，文書藏也；樂，五聲八音總名也。樂歌之府藏，古樂章之遺也。其詩中聲律，别于後世不中聲律之詩也。主于歌合樂律，取法古詩。源出漢初《三侯章》爲樂府，見《史·樂書》。流有武帝立郊祀、房中樂府，及張衡《怨篇》、《同聲歌》二樂府，諸鐃、輓歌亦隸樂府，《文選》、《文粹》列「樂府」。

祝

祝者，祭主贊辭者也，祭神祈福之辭也。又不祭而祈神福，亦爲祝也。主于陳信立誠，不雜詛訓。源出伊耆氏《蜡祝》，鄭子、蔡邕指爲祝。流有祝雍《成王冠祝》，周人《請雨祝》、見《春秋·漢含孳》。《止雨祝》、《立社祝》，並見《御覽》七百三十六。漢桓《祠恭懷皇后祝文》，及《禮經·少牢》「祝嘏辭」、《士冠》「祝辭」，越文種《固陵》、《文臺》二《祝》，漢班固《涿邪山祝文》，又湯《綱祝》及華封、麥邱人祝。

禱 祈

禱亦謂之祈。禱，告事求福也，請也。祈，求福也，請禱也。祝之支别也。主于特事請福，詞

異常祭。源出湯《桑林禱》，流有周公《禱書》，魯僖《禱請山川辭》，蒯聵《戰禱》，劉宋武帝《祈晴文》，及荀偃《禱河辭》，漢匡衡《禱廟文》，見《韋玄成傳》。諒輔《禱山川辭》。

祠

祠者，品物少，多文辭也。得福而報神，祝之支別也。鄭子曰：「求福曰禱，得求曰祠。」賈公彦曰：「得福報賽曰祠。」主于感報神福，詞申而詳。源出舜之《祠田》，《文心雕龍》引。流有《詩·豐年》「秋冬報」、《良耜》「報社稷」，皆屬祠，及梁任孝恭《賽鍾山蔣帝文》。見《類聚》一百。

告神

告神者，「告」本字作「祰」，告祭也。祰神之文，祝之支別也。主于告事祭神，自引其過。源出《商書·帝告》，《書傳》引。流有《救日食告天文》，見《春秋·感精符》。漢光武《祭告天地文》，後世因之，蔡邕作《遷都告廟文》，魏明《告祠文帝廟文》，及匡衡《告毀廟文》，曹植《告咎文》。

詛

詛者詶俗作呪。也，沮也，詶神加殃沮事也。鄭子曰：「謂祝讀爲詶。之，使沮敗。」《詩》曰：「出

此三物，以詛爾斯。」《周官》詛祝掌盟詛。主于訓人辠惡，請神加禍。源出黄帝《祝讀爲訓。邪文》，《軒轅記》目。流有秦王《詛楚文》。

盟誓載辭、載書、要言

盟誓者，「誓」義見前；盟，國有疑，殺牲歃血以要信也。盟神而誓之也。《禮·曲禮》曰：「約信曰誓，涖牲曰盟。」《春秋傳》曰：「申之以盟誓。」亦謂之載辭、載書。載，乘也。盟誓載于册，若車之乘，其辭曰載辭；加牲上，曰載書也。亦謂之要言，要，身中也，約也，約束之盟言如要束也。又不盟而質神要信者，爲自誓也。主于要約取信，意達神明。源出黄帝與雷公割臂盟，見《靈樞·禁服》。流有武王使召公與微子共頭盟辭，使周公與膠鬲四内盟辭並見《吕氏春秋·（説）〔誠〕廉》。王子虎《王庭要言》，齊桓、晉文述王命爲葵丘、踐土《盟辭》，士匄、士弱爲盟亳、盟戲二《載書》，鄭桓《與商人盟誓》，漢高盟誓，吴蜀盟文，及臧昭伯《盟從者載書》，寗俞《宛濮盟辭》，漢臧洪《酸棗盟》，袁紹《漳河盟》，晉劉琨盟段匹磾諸文，又晉王羲之《墓前自誓》，祖逖《渡江誓》。

契券判書、傅別、莂

契券者，契，大約也；券，契也。刻書木札，分之曰券，合之曰契。後世以紙代也。亦謂之判書，判，分也，分判之券也。亦謂之傅別，「別」義見前，傅，相也，箸也，以約言傅箸文書，若取其輔相而分別爲券也。亦謂之莂，莂，別也。劉熙曰：「大書中央中破別之也。」《周官》：小宰「聽稱責以傅別」，「聽取予以書契」；質人「掌稽市之書券」，朝士「聽責以判書」。主于約信彼此，與符相似。源出黄帝命倉頡作書契，流有漢高《丹書鐵券》，婁敬爲漢《與匈奴分界作丹書鐵券》，《書鈔》一百四。唐陸贄爲德宗作二鐵券文，昭宗《賜錢武肅王鐵券》，及漢潁陽《井券》，晉石崇《奴券》，楊紹《買冢地莂》。

符

符者，信也，孚也，合竹及金玉爲信孚，後世以紙代也。馬援曰：「符印所以爲信也。」劉熙曰：「符者，孚也，徵召防僞，事資中孚。」《易》曰：「節而信之，故受之以中孚。」《周官》掌節、小行人用符節。主于符合情實，語示信從。源出黄帝合符釜山，西王母《授黄帝符》，見《御覽》七百三十六。流有漢高剖符作誓，文帝與郡國守相爲銅虎符、竹使符，及漢闕名《討羌符》，見《古刻叢鈔》。晉梁王

彤親黨與孫霖下符詰博士蔡充，齊邱巨源、梁江淹二《尚書符》，陳陸瓊下符討周迪、陳寶應二符。

約

約者，纏束也，以言爲纏束也。鄭子曰：「言語之約束。」盟誓、契券之變也。主于約束取信，定議嚴謹。源出蘇秦爲六國作《從約》，流有趙文惠《空雄約》，楚義帝與諸將約，及蘇代《約燕昭》，李牧《備邊約》，漢王褒《僮約》。

書

書者，著也，著文簡牘以通語也。主于著寫事情，擬同晤語。源出齊桓《與魯書》，流有燕惠《讓謝樂毅書》，秦昭襄《遺楚懷書》，及臧文仲《密遺魯公書》，見《列女傳》。子家《與趙盾書》，叔向《詒子産書》，子産《復叔向書》、《告士匄書》，鬼谷子《遺書責蘇、張》，見《類聚》三十六、《録異記》。燕丹《與麴武書》，麴武《報燕丹書》，《文選》、《文粹》列「書」。

版書

版書者，「版」或作「板」，判木也，古謂之方也，箸版爲貽書也。主于因事伸情，俾重手蹟。源

出漢明《書版》，見《東觀漢記》。流有袁紹託制《拜烏丸三王爲單于版文》，及朱穆《罶與冀州從事版書》，崔季珪《答曹公露版》，督郵闞名《保舉博士版狀》。

刻石 石銘、勒石

刻石爲石銘，亦謂之勒石。「銘」義見前；刻，鏤也；「勒」爲馬頭絡銜，亦刻也。或磨崖，或別立石刻，勒于山嶽、丘陵、澤陂，不成碑而銘紀事跡者也。《穆天子傳》曰：「銘跡于縣圃之上。」又曰：「紀丌古「其」字。跡于弇山之石。」主于紀名事跡，俾垂久遠。源出古封禪刻石，流有趙武靈《潘吾勒石》，秦昭襄《華山勒石》，並見《韓非・外儲說左》。《與夷人刻石爲盟要》，見《後漢・南蠻傳》、《華陽國志》。始皇諸刻石，漢武《泰山刻石》，及漢人墳、壇二石刻，叢崖、褒斜二石刻，《嵩嶽大室石闕銘》，蜀張飛《八濛石銘》，後魏鄭道昭、北齊鄭述祖諸石刻。

碑 表

碑者，豎石也。古宮、廟、庠序之庭碑以石，麗牲，識日景；封壙之豐碑以木，縣棺綍。漢以紀功德，一爲墓碑，豐碑之變也；一爲宮殿碑，一爲廟碑，庭碑之變也；一爲德政碑，廟碑、墓碑之變也。皆爲銘辭，所以代鐘鼎也。其顯之衢路者，亦謂之表。「表」義見前，以碑爲表識也。主

于銘紀功德，詳則記焉序焉。源出漢惠《四皓碑》，《文章緣起》、《玉海·藝文》目。《古陽翁伯碑》，後人追名，文亦非碑體。流及《三老袁君碑》，景君、張遷二表，《鄭固碑》，上有大孔，若貫紼者。《楊震神道碑銘》，又班固作《泗水亭碑》，又《華山廟碑》又《表》，裴岑《紀功碑》，蔡邕多碑文，歐、洪、趙、王諸書著録碑文。

碣

碣者，與「楬」通，特立之石，藉爲表楬也。石方曰碑，圓曰碣。趙岐曰：「可立一圓石于墓前。」洪适曰：「似闕非闕，似碑非碑。」隋唐之制，五品以上立碑，七品以上立碣。主于表揚功德，與碑相通。源出周宣石鼓爲石碣，劉寶楠曰：「碣形似鼓，遂誤名鼓。」流及漢《孔謙碣》、《江原長進德碣》，晉潘尼作《潘黄門碣》，《文選·王文憲集序》注引。《唐觀音寺碣》，歐、洪、趙、王諸書著録碣文。

右三十七體，源出君上之事。教、訓、典、法、令、諭、誥、誓、敕、戒、箴、銘、誄、哀辭、頌、詩、樂府、祝、禱、祠、告神、盟誓、契券、符、約、書、版書、刻石、碑、碣三十體流及臣下之事，詛亦可推。

上書（獻書）

上書者，上，高也，奏上也，奏上書而高進也。亦謂之獻書，獻，饋食進也，以書奏上若進饋也。主于進達情事，忠言獻替。源出祖朝《上晉獻書》，見《説苑·善説》。流有魏絳《授晉悼僕人書》，范蠡《辭句踐書》，蘇秦上秦、趙二王書，樂毅《獻書報燕王》，秦李斯上韓王、秦帝諸書，漢淮南王安《上書諫伐南越》，《文選》、《文粹》列「上書」。

章

章者，樂竟爲一章也，明也，書明顯若樂章之奏也。漢「上書四名」，一曰章。蔡邕曰：「章者需頭，稱『稽首上書、謝恩、陳事』，詣闕〔通〕（據《獨斷》補。）者也。」主于感謝陳請，言必明顯源。出漢初，流有董子《乞種麥、限田章》，郎顗《詣闕拜章》，蔡邕《戍邊》、《上壽》諸章，魏曹植《慶受禪》、《謝封陳王》諸章，劉宋謝莊《爲新安王拜司徒》、《謝兼司徒》諸章。

奏

奏者，上、進也，上書奏進，古「敷奏以言」之變也。李善曰：「奏以陳情、叙事。」漢「上書四

名」，二曰奏。蔡邕曰：「奏者亦需頭，其京師官但言『稽首』，下言『稽首以聞』，其中(者)〔有〕(據《獨斷》盧文弨校改。)所請，若辠法(効)〔劾〕(據《獨斷》改。)案，公府送御史臺，公卿校尉送謁者臺也。」唐門下省「下通上六書」，一曰奏鈔。漢魏或施諸王侯，後世專奏天子。主于通達國事，進言持正。源出漢初，原藁：「源出張蒼《奏淮南王辠》。」依俞先生改，劾、駁議條亦然。流有張蒼《奏淮南王辠》，魏相《條奏便宜》，董子《奏江都王求雨》，趙昭儀《奏上趙皇后賀正位》。

劾 彈

劾者，法有辠也。亦謂之彈。彈，行丸也，抨也，以法抨有辠，若行丸也。奏書之屬也。唐門下省「六書」，二曰奏彈。主于案舉臣辠，議從國法。源出漢初，流有陶青《劾奏鼂錯》，《漢書》「青翟」衍「翟」字。張敞《奏劾黄霸》，杜業《追劾翟方進》，晉王渾《奏彈虞濬》等，梁沈約《脩竹彈甘蕉文》，《文選》列「彈事」。

表

表者，義見前，貢獻、慶謝、薦請之等，表明情事，如裘表與木表也。李善曰：「言標箸事序，使之明白。」漢「上書四名」，三曰表。蔡邕曰：「表者，不需頭，左方下附曰『某官某甲上』。文多

用編兩行，文少以五行，詣尚書通者也。」唐門下省「下通上六書」，五曰表；尚書省「下達上六書」，一曰表。今制，慶賀皇上、皇太后曰表。主于明楬所陳，首以「臣某言」，終以「表聞」、「頓首」等語。源出漢初，流有李陵上《表》，魏相《采〈易〉陰陽、〈明堂〉、〈月令〉表》，劉歆《上〈山海經〉表》，馬援《上銅馬式表》，蔡邕多表書，《文選》、《文粹》列「表」。

議

議者，語也，謀也，謀事之語也。漢「上書四名」，四曰駁議。蔡邕曰：「其有疑事，公卿百官會議。其非駁議，不言『議異』。」唐門下省「六書」，四曰議。李充曰：「在朝辨政而議出，宜以遠大爲本。」主于援舊謀新，語中事理。源出黄帝時《明臺議》，《管子·桓公問》目。流有秦王綰《帝號》、《封建》二《議》，淳于越《封建議》，諸儒生《封禪議》，李斯《存韓》、《廢封建》諸《議》，漢蕭何《天子服議》，後世議文甚多，《文粹》列「議」。漢石渠、白虎經論亦曰議奏。

駁議

駁議者，「駁」義見前，立議求是，斥人議之不純也。李善曰：「推覆平論，有異事進之，曰駁。」漢上書四曰駁議。蔡邕曰：「若臺閣有所正處，而獨執異議者，曰駁議。駁議曰，『某官某甲

議以爲如是』，下言『臣愚戇議異』。」李充曰：「駁不以華藻爲先。」主于進言指誤，勝以純正。源出漢初，流有張蒼《駁公孫臣漢應土德議》，蕭望之《駁張敞入穀贖辠議》，許商《駁孫禁開篤馬河方略》，後世駁議甚多。

封事

封事者，封，諸侯爵土也，藏也，封藏言事之書，若限于封疆，不使易見其中之所有，書之有囊封者也。漢文集上書囊爲殿帷，蓋封事囊也。宣帝令吏民得奏封事，不關尚書。蔡邕曰：「凡章、表皆啓封，其言密事，得皂囊盛。」《漢官儀》無「盛」字。宋制立封事。主于陳事機密，冀君獨覽。源出漢初，流有魏相《薦張安世》、《奪霍氏權》二《封事》，張敞《爲霍氏上封事》，劉向、翼奉、京房、王嘉、蔡邕多封事。

疏

疏者，義見前，亦條録也。陳言而條析疏通，奏書之屬也。漢兼施于王侯，魏晉六朝專上王侯，後世專上天子。今制，陳事曰疏。主于陳事通徹，條理明序。源出漢韓信《上尊號疏》，流有賈誼、匡衡、劉向多疏文，王吉《上疏諫昌邑王》，《文粹》列「疏」。

狀

狀者，犬形也，形貌也，官民之事臧否之形狀也。《漢官篇》曰：「十有三牧，分部馳郡行國，督察在位，奏以言，録見囚徒，攷實侵冤，退不録職，孫星衍曰：當作「稱」。狀狀，進一奏事焉。」孫曰：當有譌。《解詁》曰：「課吏、長吏不稱職者，爲殿舉免之；其有治能者，爲最察，上尤異；州又狀州中吏民、茂才異等。」又曰：「歲盡，齎所狀納京師，名奏事。」唐門下省「六書」，六曰狀；尚書省「六書」，二曰狀。主于陳告善惡，表其形貌。源出漢初，流有闕名《置五經博士舉狀》，見《漢官儀》。張敞《條奏昌邑王居處狀》，趙充國《條上屯田便宜十二事狀》，孫權《白曹公狀》，隋劉炫《自狀》，唐陸贄、宋岳武穆多狀書，《文粹》列「狀」。

牋

牋者，本字作「箋」，借作「籤」，義見前。表識所言之情事，上天子與王侯、郡將也。劉勰曰：「郡將奏牋。」漢舉孝廉試牋奏。一曰「章奏」。唐尚書省「六書」，三曰牋。今制，慶賀皇后曰牋。主于表白情事，與表相近。源出漢趙皇后《奏成帝牋》，見《飛燕別傳》。流有臨邑侯劉復《牋》，《書鈔》一百三十四引。復，光武兄。馮衍《（與）〔詣〕鄧禹牋》，班固、崔駰《與竇憲》二牋，劉宋沈亮《修治石堨箋》，

《文選》列「牋」。

啓

啓者，本字作「启」，開也，詣也。開啓以事，明事之所至詣，上天子與王侯大臣，奏、表之變也。劉熙曰：「以告語官司所至詣也。」劉勰曰：「晉來盛啓，用兼表奏。陳政言事，既奏之異條；讓爵謝恩，亦表之別幹。」唐尚書省「六書」，四曰啓。今制，以上太子、諸王。主于就事開聞，要其所至。源出漢桓譚《啓事》，流有晉王導《請原羊聃啓》，李重《薦曹嘉啓》，《文選》列「啓」。

札牒

札牒者，札，牒也，牒，札也，簡牘之小者，版書之屬也。劉勰曰：「議政未定，故短牒咨謀。」唐尚書省「六書」，六曰牒；「王言七制」，七曰敕牒。主于小事通言，簡略明意。源出漢齊人公孫卿奏札書，流有薛宣《與陽湛手牒》，鍾離意《白周樹牒》，蜀蒲元《與武侯牒》，齊殷瀰《請以虎江屬南豫牒》，及宋高宗賜岳武穆諸札。

劄子

劄子者，劄，刺箸也，刺箸所言以代坐論者也。宋臣下可面奏，而用劄子免疏失；又事之不降敕者，尚書省、樞密院得旨行下，而付授用劄子，謂之堂劄，猶堂牒也；《宋史·職官志》《唐介傳》、《卻埽編》。君亦以御寶賜劄子。《宋史·吳及傳》。主于簡明捷速，擬面語而例口宣。源出宋范質具劄子，《宋史·范質傳》目。流有歐陽修、二程、岳武穆多劄子，寇準《堂劄》，《宋史·寇準、唐介傳》目。及寧宗《賜朱子手劄》。見《宋史·朱熹傳》。

奏策

奏策者，策，馬箠也，籌策也，謀也。謀若運籌，亦如運用箠策，而奏進之者也。主于籌算精謀，別中下而要其上。源出漢賈讓《奏治河三策》，流有隋文中子奏《太平十二策》，唐王忠嗣上《平戎十八策》，宋張齊賢獻《開寶十策》。

對問

對問者，對讎無方也，此猶《内則》所云「博學無方」。讎對君之所問也。主于因言讎答，不長其惡。

源出伊尹《對湯問》，見《吕氏春秋·先己》、《説苑·君道》《臣術》。流有《鬻子·對文、武、成王問》，宋玉《對楚王問》，漢董子《郊事》、《雨雹》諸《對》，後世對問甚多。

對狀

對狀者，「狀」義見前，以君所問之事，而言其形狀也。主于就事揆貌，陳説情形。源出漢終軍《奏對詔問徐偃狀》，流有侯應《對問罷邊備事狀》，郎顗、毛玠二《對狀》，晉荀勖《奏條牒諸律問列和意狀》。

對策

對策者，「策」本字作「册」，義見前。譬對君所問事之册書，非謂謀策也。顔師古曰：「對策者，顯問以政事、經義，令各對之而觀其文辭，定高下也。」主于視策詳説，殫洽見聞。源出漢鼂錯《對賢良文學策》，董子《對賢良策》，平津侯《對賢良策》、《對册書問治道》，杜欽《對賢良方正策》、《白虎殿對策》，唐劉蕡《對賢良方正能直言極諫策》。古亦有射策甲乙科，顔師古曰：「射策者，謂爲難問疑義，書之于策，量其大小，署爲甲乙之科，列而置之，不使彰顯。有欲射者，隨其所取得而釋之，以知優劣。」是射策異對策矣，其文罕傳。

告白

告者，牛觸人，角箸横木，所以告也。白也，白事若牛角之明告，異乎誥命也。亦謂之白。白，詞言之氣從鼻出，與口相助，口告事爲白也。主于語事通情，切實無妄。源出祖乙奔告高宗，（疑是「祖伊奔告商紂」之誤。）流有鄭《以從楚告晉》、《以（從）〔服〕晉告楚》，鄢肸《爲蒯聵告即位于周》，漢以後大臣多建白之言，《文章緣起》：「孔融主簿，作白事書。」佚。晉褚䂮《白刺史王沈》，及成王《告伯禽》，見《説苑·君道》。襄王《告難》，王子朝《告諸侯》，夫差、句踐皆《告大夫》，漢高《發使告諸侯》。

奏記

奏記者，義並見前。記亦志也，進事于王侯大臣而伸言厥志，奏書之支别也。劉勰曰：「後漢公府奏記，進己志也。」主于言事進志，與奏疏相類。源出漢丙吉《奏記霍光議立皇曾孫》，流有杜延年《奏記霍光爭侯史吴事》，鄭朋《奏記蕭望之》，李固《奏記梁商》，《文選》列「奏記」。

答難

答難者，「難」義見前，「答」本字作「畣」，對也，對答佗人之難問也。主于對人詰駁，申釋卓

見。源出漢東方朔《答驃騎難》，流有張敞《答兩府入穀贖辠難問》，蕭望之《對兩府難問入穀贖辠議》，班勇《對鐔顯難》、《對毛軫難》，又鄭子《答臨碩周禮難》，輯。晉蔡謨《答范寧難》。

璽書

璽書者，璽，印信也，印封書以取信也。各書多璽封，其無主名者，專曰璽書。衛敬仲曰：「秦以前，民皆以金玉爲印，龍虎紐，惟其所好。秦以來，天子獨以印稱璽，又獨以玉，羣臣莫敢用也。」《漢舊儀》與此微異，此依《獨斷》引。主于立文徵信，慎重莊言。源出《周官》職金楬璽，掌節、小行人、司市用璽節，流有季武子《璽書》及秦始皇《賜扶蘇璽書》，漢文《賜鼂錯璽書》，後世皇帝多璽書。

露布

露布者，露，潤澤覆慮物也，不覆慮爲暴顯也；布，枲織也，陳也，施也，陳施若枲織列經緯也。軍書顯露不封而施布之。承名于露布制書，漢帝制書赦贖露布州郡。露布奏書漢奏書或露布。也。漢末以露布文告軍事，六朝而來專以告捷，唐制門下省「六書」，三曰露布。主于顯陳戰事，首以「某臣某」而終以「奉聞」。源出漢賈洪爲馬超伐曹操作露布，《文章緣起》目。曹操《露布文》九卷，《隋

志》目。流有後魏釋僧懿《破魔》、《平心》二《露布文》，唐駱賓王《姚州破賊露布》，于公異《破朱泚露布》。

檄

檄者，二尺書也，激也，軍書所徵召而激動者也。一曰皦也，皦然明白也。魏武《奏事》曰：「若有急，即插以雞羽，謂之羽檄。」《後漢·光武紀》注引。主于揚激軍情，詞意急切。源出張儀《檄告楚相文》，流有漢司馬相如《喻巴蜀檄》，朱博《口占檄文》，王昌《移檄州郡》，任光《討王郎檄》，蜀吕凱《答雍闓檄》，及晉元《討石勒檄》，《文選》列「檄」。

移書

移書者，「移」本字作「迻」，遷徙也，手書遷移于人，或召或約，或責或勸，使之從也。主于徙達嚴詞，鼓動人意。源出王孫駱《移記公孫聖》，見《吳越春秋》。流有漢薛宣《責謝游》、《勞勉尹賞、薛恭》、《追署王立》三《移書》，劉歆《讓太常博士移書》，竇章《勸葛恭移書》，宗均《移記九江屬縣》，應劭《移書申約吏》，及梁簡文《答穰城永和移文》。

列辭

列辭者，「列」義見前，亦陳也，陳事于官，條敘之而使上聞也。劉勰曰：「陳列事情，昭然可見也。」主于特事陳敘，抉情明布。源出漢張磐《自列狀》，流有劉宋孫薩《詣郡列辭》免兄，釋道温《列言秣陵縣》上皇太后。

序

序者，本字作「敘」，義見前。讌會賦詩而敘之，又餞送有詩，以贈言爲敘也，詩序之變也。主于即事記述，寫以深情。源出晉王羲之《蘭亭詩序》，流有唐蘇晉《天子命宴序》，歐陽詹《讌東湖亭序》，賈曾《餞張尚書赴朔方序》，韓退之多送友序，《文粹》列「序」。

帖

帖者，帛書署也。服虔曰：「題賦曰帖。」帛書言事題署之變，後世以紙代也。主于題寫事指，明若表榻。源出漢崔瑗《雜帖》，流有蜀武侯《遠涉帖》，魏鍾繇《雜帖》，阮籍《搏赤猿帖》，晉王珉、王羲之多雜帖。

題　署 揭文、榜

題署者，「題」義見前，署，部署各有所网屬猶繫屬。也，書也，表也，亦題也。題額屬名，或門闕，或器物，書字爲表，文籍檢署之支别也。亦謂之揭文。揭，舉也，舉爲表楬也。題門亦謂之榜，「榜」一作「牓」，所以輔弓弩也，標榜也，標書擊目，蓋猶輔弓弩之榜也。主于表識文字，令可覩記。源出孔子《觀季札葬子題字》，孫星衍、嚴可均釋末字爲「葬」，唐宋人誤爲「墓」。流有孟嘗君《書門版》，漢蕭何題未央宫前殿額，見羊欣《筆陣圖》。魯王墓二石人題字，西嶽廟神道石闕題字，孝堂山郭巨石室題字，司馬相如《題市門》，翟公《署門》，劉宋鮑照《瓜步山楬文》，梁范述曾《牓郡門》，又漢褒一作哀。章、銅匱二檢署，曹操《題識送終衣奩》，及梁元《題劉孺手版詩》。

募　文

募文者，募，廣求也，招也，以文求衆而招之，題署之支别也。主于求所欲獲，招示賞予。源出商君《南門徙木》二募文，流有晉李特《改辛冉購募榜文》，北周韋孝寬《手題募格書背》。

謁文

謁文者，謁，白也，詣告也，請見也，詣見而以文白告也。劉熙曰：「書其姓名于上，以告所至詣者也。」主于白告大略，明所詣請。源出漢酈食其《踵軍門上謁文》，流有鄭衆《婚禮謁文》，張超《謁孔子文》。

饗辭

饗辭者，「饗」本字作「享」，獻也，祭獻鬼神之辭，而求其受享者也。主于寫忱告饗，當禮順情。源出《禮經·士虞、特牲、少牢》諸饗辭，流及漢帝《郊拜太一贊饗文》、《拜祝祠太乙贊饗文》、《祠上帝明堂贊饗文》。

弔文

弔文者，弔，問終也，問終以文辭也，又傷逝寓問終之意也。主于愍死問恤，哀慰交陳。源出《禮·檀弓》「大夫爲天王弔辭」，見《白虎通·崩薨篇》。流有漢賈誼《弔屈原文》，胡廣《弔夷齊文》，禰衡《弔張衡文》，晉束晳弔蕭孟恩、衛巨山二文，湛方生《弔鶴文》，及後魏文帝《弔比干墓文》，《文

選》列「弔文」。

祭　文

祭文者，祭，祀也，索也，祀索鬼神，以文盡索之，祝辭、饗辭之變也。劉勰曰：「中代祭文，兼讚言行。」祭而兼讚，蓋引神而作也。主于籲靈求飫，舉事陳情。源出《攷工記》祭侯辭，亦見《大戴禮》。流有漢杜篤《祭延鍾文》，《文章緣起》目。曹操《祀橋太尉文》，晉王沈《祭先考東郡君文》，庾亮《釋奠祭孔子文》，袁宏《祭牙文》，潘岳《爲諸婦祭庾新婦文》，陶潛《祭程氏妹》、《祭從弟敬遠》、《自祭》三文，梁徐悱妻劉氏《祭夫文》，《文選》列「祭文」。

行　狀

行狀者，「狀」義見前，行，步趨也，猶事也。行事而趨于正道，既死而親舊門人表其事狀，供誄謚也。初狀之于朝，後亦狀諸戚友。主于追敘行事，得其形貌。源出漢丞相倉曹傅胡幹作《楊元伯行狀》，《文章緣起》目。流有闕名《裴瑜行狀》，《後漢·史弼傳》注引。梁任昉、沈約多行狀，唐韓退之《董公行狀》，宋程伯子《彭公行狀》，程叔子《明道先生行狀》，朱子多行狀，《文選》列「行狀」。

墓志銘

墓志銘者，「志」、「銘」義並見前，墓，丘也，慕也。孝子所思慕之丘墓，以石志事銘功，而葬時埋之。豐碑與銘旌、器銘三者之變也。初但爲銘，後乃首志尾銘，而渾稱則志、銘通也。主于書名氏，敘爵里，述功績，意恐年久失墓，欲子孫可得兆域。源出處父《石棺銘》，見《史·秦本紀》。流有衛《沙丘石椁銘》，見《莊子·則陽》。漢《王史威長葬銘》，見《博物志》。杜鄴自作墓志，見《西京雜記》。晉《東海王越女冢石銘》，王獻之《保母志》，《劉韜墓志》，《王戎墓銘》，《封氏聞見記》引。劉宋謝莊《豫〔章〕長公主墓志銘》，見《類聚》十六。歐、洪、趙、王諸書著録墓志銘。

輓歌

輓歌者，「輓」通作「挽」，引車也，引喪車而謳歌也。摯虞曰：「因唱和而爲摧愴之聲，銜枚所以全哀。」莊子曰：「紼謳所生，必于斥苦。」主于情詞哀苦，克應力挽。源出公孫夏命歌《虞殯》，《左傳》哀十一目。流有漢田横門人挽歌《薤露》、《蒿里》二章，見《搜神記》。按宋玉《對楚王》已言《薤露》，非挽歌也，豈田横門人以擬古挽師歟？《文選》列「挽歌」。

贊

贊者，義見前，明人物之美惡，令其著見也。一曰：稱人之美曰贊。李充曰：「容象圖而讚立，宜使辭簡而義正。」蕭統曰：「圖象則贊興。」主于擬象事物，明見如圖。源出漢司馬相如《荆軻贊》，《文章緣起》目。流有《尚書省中古烈士畫贊》，蔡質《漢官典則儀式選用》，蔡書輯。《郡府聽事壁諸尹畫贊》，《漢官儀》。魏曹植《漢殿閣古人畫贊》，蜀楊戲《季漢輔臣贊》，晉郭璞《爾雅圖讚》、輯。《山海經圖贊》，北周庾信《聖帝名賢畫贊》，隋劉炫《自贊》，《文選》、《古文苑》、《文粹》列「贊」。

賦

賦者，斂也，鋪也，敷也，文之鋪陳敷布，若財之斂聚一處也。鄭子曰：「直鋪陳今之政教善惡。」劉熙曰：「敷布其義。」《毛詩傳》曰：「登高能賦。」班固曰：「《傳》曰：不歌而誦謂之賦。」又曰：「賦者，古詩之流也。」主于鋪敷事物，聯雅頌，寓風諷，而比興兼用。源出屈原《離騷》，荀子《禮》、《智》、《蠶》、《箴》諸《賦》，荀賦不承屈子。流有宋玉，漢馬、揚、班、張及武帝之賦。唐人賦尚駢偶，猶可也；宋人賦而散文，失六義，非詩之流矣。漢亦漸蹈淫靡，揚子曰：「詩人之賦麗以則，辭人之賦麗以淫。」

亂

亂者，治也，理也，治理篇義也。韋昭曰：「凡作篇章，篇義既成，撮其大要爲亂辭。」主于總理前義，治緒得理。源出正考父校《商頌》而輯《亂》，見《魯語》下。流有《楚辭》、漢魏賦文各篇末之亂。

辭

辭者，本字作「詞」，意内而言外也，嗣也。劉熙曰：「令撰善言相續嗣也。」《易》曰：「聖人之情見乎辭。」凡文皆有詞，其韻文無主名者專曰詞。主于言語嗣續，宣意流情。源出越人《離别相去辭》，見《吳越春秋》。流有《楚辭》，晉夏侯湛《征邁辭》，梁江淹《雜詞》及漢武《秋風辭》，《文選》列「辭」。

操

操者，持也，人所執持之志也，自顯志操之琴曲也。桓譚曰：「窮則獨善其身，而不失其操。」應劭曰：「言雖怨恨失意，猶守禮義，不懼不懾，樂道而不失其操者也。」主于抒寫志操，詞義堅凝。源出許由《箕山操》，流有伯奇《履霜操》，孔子《猗蘭》、《龜山》、《將歸》三操，伯牙《水仙操》，

沐犢子《雉朝飛操》，商陵牧子《別鶴操》及太王《岐山操》，文王《拘幽操》，周公《越裳操》。

引

引者，開弓也，導也，長也，歌曲之導引而長者，若引弓也。一曰：「引」與「歊」通，歊，興也，猶詩之興。主于開導憂思，長歎而不怨。源出楚樊姬《（烈）〔列〕女引》，流有魯《伯（妃）〔姬〕引》，魯（次）〔漆〕室《貞女引》，衛女《思歸引》，楚商梁《霹靂引》，樗里牧恭《走馬引》，樗里子高妻《箜篌引》，統號「九引」。漢以來樂府擬作者甚多。

曲行

曲者，屈，不直也，行也，屈折委曲而行其歌也。亦謂之行，「行」義見前，亦曲也，歌曲之行若步趨也。漢樂府曲有平、清、瑟三調，合以楚調，爲相和調。主于搆象寫聲，詰屈而能伸騰，趨而不徑。源出師曠《陽春白雪曲》，宋玉《笛賦》目。後人稱帝王樂歌爲曲，非本名，古樂歌亦與稱曲者異體。流有漢樂府琴、笛、鐃、輓等曲，《君子》、《長歌》諸行，班婕妤《怨歌行》，蔡邕《飲馬長城窟行》，曹操《短歌》、《秋胡》諸行，魏曹植，晉張華、陸機及魏文、梁武等多曲、行，唐以來詞曲不足道。陸游曰：「倚聲製詞，起于唐之季世。則其變愈薄，可勝歎哉。」

謡

謡者，省作「䚻」，徒歌也，詩歌之不合樂也。《爾雅》曰：「徒歌謂之謡。」《毛詩傳》曰：「曲合樂曰歌，徒歌曰謡。」主于有感徒歌，動得天趣。源出《余謡》、《大謡》、《中謡》、《小謡》、《尚書大傳》目。《康衢童謡》，流有丙之晨《童謡》，漢《邪徑謡》，見《五行志》。晉夏侯湛《寒苦謡》、《長夜謡》及周穆使宫樂爲《黄池謡》，西王母《白雲謡》。

謳

謳者，齊歌也。顔師古曰：「謂齊聲而歌。」或曰齊地之歌。此亦顔語，經、傳、子、史所云謳多不屬齊地。《漢志》「齊謳」亦與「蔡謳」並列，《御覽》引《古樂志》：齊謳、吴歈、楚艷。曹植言齊謳、楚舞，説皆後起。主于詞旨清淺，取便齊聲。源出宋國《城者》、《築者》二《謳》，流有魏曹植《甘露》、《時雨》、《嘉禾》、《木連理》、《白鵲》、《白鳩》六《謳》。

誦

誦者，諷也，不爲長言之歌而徒諷誦也。主于諷言美刺，詞近歌謡。源出晉人《惠公背賂

誦》、《改葬共世子誦》，流有《城濮誦》，鄭人《子産誦》，魯人《孔子》、《臧孫》諸誦，漢人《邴原誦》。《御覽》五百三十二。

七

七者，陽數之踰五者也。古恒言，半曰五，小半曰三，大半曰七。原藁但云陽數，依俞先生改。設客主，爲七章也。主于託物問答，諷諭歸道。源出《管子·七臣七主》篇，原藁：「源出枚乘《七發》。」依俞先生改。流有漢枚乘《七發》，其後演者甚多，《文選》列「七」。崔駰既作《七依》，而假非有先生之言曰：「孔子疾小言破道，斯文之族，豈不謂義不足而辯有餘者乎？賦者將以諷，吾恐其不免于勸也。」摯虞曰：「率有辭人，淫靡之尤矣。」

九

九者，老陽之數，踰七而多者也。古恒言，少曰一，多曰九。原藁但云老陽之數，依俞先生改。諷詞別章至九數也。主于假譬規諷，充義盡情。源出夏禹「九歌」，原藁：「源出屈原《九歌》、《九章》。」依俞先生改。流有《楚辭》屈原《九歌》至漢王逸《九思》等篇，魏曹植《九詠》，晉陸雲《九愍》。

設論

設論者，設，施陳也，假也，假客問而施陳言論也。主于假人立難，自陳己志。源出《韓非子・難勢》，流有漢東方朔《答客難》，揚子《解嘲》、《解難》，見《文紀》。後世演者甚多，《文選》列「設論」。

甲乙論議

甲乙論議者，甲乙，榦名也，假甲乙爲人，或設其事，或設其言，以爲論與議，多則逮丙丁以下也。主于辨語是非，道歸一是。源出漢董仲舒《春秋決事比》，佚。流有蜀費禕《甲乙論》，晉鄭沖、荀顗、荀勖、張華、蔡謨等《甲乙問議》，近嚴可均《甲乙議》。

連珠

連珠者，「連」本字作「聯」，耳聯于頰，絲聯不絶也，屬也，續也。諷戒之文，若絲之編珠，聯續相屬也。沈約曰：「辭句連續，互相發明，若珠之結排也。」主于排比聯屬，情詞圓潤。源出漢揚子《連珠》，《類聚》五十七，《御覽》四百六十八、九，《文選・晉紀總論》《五等論》注引。《北史・李先傳》：「魏帝召先讀韓子《連珠》二十二篇。」但《韓非》書無《連珠》名，亦與漢人連珠異體。流有班固《擬連珠》，魏王粲《倣連珠》，劉宋顏

延之《範連珠》，謝惠連《連珠》，齊王儉《暢連珠》及魏文、梁武、簡文《連珠》，《文選》列「連珠」。

回　文

回文者，「回」或作「迴」，轉也，文可回轉讀之也。傅咸曰：「反覆其文者，以示憂心輾轉也。」主于選字酌韻，環轉情思。源出曹植《回文鏡銘》，流有晉殷仲堪回文《酒》、《盤》二銘，傅咸《回文反覆詩》、温嶠《回文詩》今亡。蘇蕙《回文璇璣圖詩》，後魏釋達磨《回文真性頌》及梁武《回文硯銘》，簡文《回文紗扇銘》、《和湘東王後園回文詩》，宋桑世昌編《回文類聚》四卷。

離合詩

離合詩者，離爲離黄鳥，假借爲離别字，分别也；合，合口也，交合也。分離字形之半，而兩交潛併，合成本字，屬詞而爲詩也。主于按字生情，明分暗併。源出漢孔融《離合郡姓名字詩》，流有晉潘岳，劉宋何長瑜、謝惠連、謝靈運，齊王融，陳沈炯諸《離合詩》，宋蘇軾《離合硯蓋字》，及劉宋孝武、梁元《離合詩》。又鮑照有《謎字詩》説字形。又六朝人有《兩頭纖纖》、《五雜組》、《藁砧》等詩，有《數名》、《建除》、《六甲》、《十二屬》、《六府》、《四色》、《四氣》、《八音》、《八卦》、《州郡》、《縣里》、《姓氏》、《鳥獸藥草名》等詩，皆雜詩。《建除詩》取建、除、滿、平、定、執、破、危、成、收、開、閉十二字分冠聯首。

集句

集句者，集，羣鳥在木也，合也，集合古句若鳥集也。主于合聚古語，雜成篇章。源出晉傅咸集《孝經》、《論語》、《毛詩》、《周易》、《周官》、《左傳》諸詩，流有宋王安石多集句詩，近黄之雋《香屑集序》集唐人句。

右五十五體，源出臣下之事。札牒、劄子、告、璽書、檄、移書、題署、饗辭、弔文、賦、辭、操、曲、謠、連珠、回文、離合詩十七體流及君上之事，祭文、贊、亂、引、集句五體亦可推。

禮辭

禮辭者，禮人所履也，履行禮典而有文辭也。《聘禮記》曰：「辭多則史，少則不達。」主于典雅樸實，文質相劑。源出《禮經·覲禮》天子賜舍辭、侯氏諸辭，《聘禮》主人接賓、賓反命諸辭，《燕禮》請辭、對辭、致命辭，《射禮》命射辭，《士冠》醴辭、醮辭，《士昏》昏辭、醮辭、送女命辭，《既夕》赴辭，《特牲》、《少牢》筮辭，《投壺》命弟子辭，流有漢昭《冠辭》，漢《祭天》、《迎日》諸辭，魏王肅《納徵辭》，晉《娶何后六禮版文》，何琦《答文》，宋朱子《家禮》多禮辭。

聯句

聯句者，「聯」通作「連」，義見前，作詩不一人，共以句相聯屬也。主于衆才合韻，屬詞接聲。源出《衛風・式微》黎莊夫人與傅母同作，依《列女傳》。流有漢《柏梁聯句》，劉宋《華林聯句》，齊謝朓等《阻雪聯句》，後世聯句甚多。

右二體源流，通君上、臣下之事。

凡措事之文章九十有四體，訓、典、法、甲乙論議四體兼修學。

大凡文章一百四十有二體。

惟清光緒二十有七年，歲在重光赤奮若，夏五月辛巳望，十七日。門弟子請問文章之體，兆芳答曰：昔自倉頡造文字，是生文章，帝王載道，萃而爲經。文學之事，通經學道，儒與王同道，文與學相因也。夫子之文章，豈後世所謂詞章哉？「文」爲交爻錯雜有經緯之稱，《說文》曰：「文，錯畫也，象交文。」《易》曰：「物相雜謂之文。」《左傳》昭二十八年、《逸周書・謚法》並言「經緯天地曰文」。雜而不越，猶五色之成文不亂；《樂記》：「五色成文而不亂。」「章」本爲樂竟，《說文》：「章，樂竟爲一章，從音從十。」引申曰著明。文之合積而成，《呂氏春秋》：「大樂合而成章。」《詩・關雎章句疏》：「章者，積句所爲。」著明而完竟者，章也。文成章曰文理，《易》曰：「六畫而成章。」虞注：「章謂文理也。」經緯交錯，著明完竟，而始終條理，是謂文章。

書字成篇卷，徵之于學術，其全體普矣。由漢而來，文章寖别于學術，于是選文之籍，罕録講學之篇，若《文選》、《文館詞林》、阮氏所得四卷本，黎氏所得十四卷本，並得自日本。《古文苑》、《文苑英華》、《唐文粹》、《宋文鑑》、《文章正宗》、《元文類》、《明文海》，此類所編，可覩流變，然皆以羅衆品，勢不能羼入書卷，學者專以詞章計篇者爲文章，心偭學術矣。而述原委、論文體，摯虞《文章流别》輯。以下，其可取十餘家，僉就詞章計篇者屬意，未足爲通，又多以詞句論體，學者從是求之，治絲而棼，翻不遑學術。夫行文之通體，則有孔子曰：「辭達而已矣。」又引古志曰：「文以足言。」以茲爲宰，無浮辭，無俗言矣。孔惡慙、枝、游、屈，孟距詖、淫、邪、遁，以茲爲禁，遠異端矣。守聖訓而始終條理，經緯交錯，著明完竟，可御百體而不離宗，安取瑣論？然非治學術，不能也。而文章之異體，生從文字，文字之用多，故文章之體亦多，非選家所能括。要皆出于天然，猶生物之異體。不辨其異，宜畫龍而獸毛，畫虎而禽翼，不誠無物矣。本體百異，不可不辨，雖小品，可不爲而不可眘也。其軀骨有解釋、攷据、記敘、告語、諷賦、議論六體，象貌有散行、駢偶兩體，而以此隸百體，卒無以明學術。內學術于文章中，而綜厥大體，不外修學、措事二科。攷道、傳道爲修學，率道爲措事。知其措事，則知文章爲有用之具；知其措事之必由修學，則知文章爲載道之器。如是可與道文學。爰著《文章釋》一卷，列一百四十有二目。先釋名義，必宗本字本義，其取引申義者，必使與本義相顧，明立體之元意也；終釋源流，源取信于可攷，流

略舉以見例，明觀體之來路也；中釋體之所主，契名義，符源流，明布體之要法也。其不爲恒體者闕焉。綜爲修學、措事二綱，約揭經史諸家之學，君上、臣下之事，明文學相因之大體也。秋七月既望，十八日。三易藁矣，召門弟子而示之曰：勉爲文學，其入道哉。《易》曰：「修辭立其誠。」

門弟子如皋吴一鶴書，句容戴國源、通州邢啓才、吴保之、徐家模、陸錦芝、王鴻緒、王永圖校。

是書既成，呈質曲園俞先生，糾正數條，而其敘中祗舉續、擬、七、九四體之説，餘未之及，宜一一楬明之。然學者每苦檢校之勞，而傳書有駁，又不如純。爰依俞先生所糾正，改入本條，注明原藁之失，并曰「依俞先生改」，未敢襲取掠美，而可省檢校之勞，亦庶幾傳書之純而無駁歟。又書中闕判體，吾友顧澤軒爲道之。吾書之例，不爲恒體者闕，判乃恒體，屬臣下之事，宜入移書、列辭之間。而書刊，不能羼入全條，謹補于後。光緒癸卯夏兆芳跋。

判

判者，分也，決事而分別事理也。自古有決事，必有其辭，惟其簡質，故前古無見文，亦不名

判也；六朝決事曰判，唐試士有判，至于明代亦然。主于判斷事理，審辭平議。源出古決事之辭，流有唐崔融《對眈書穿牀判》、周彦之《對遺腹襲侯判》、闕名《對劉亨還墳判》。

合前數爲一百四十有三體。

春覺齋論文

林紓 撰

《春覺齋論文》

林紓 撰

林紓（一八五二——一九二四），字琴南，號畏廬、冷紅生，福建閩縣（今福州）人。光緒舉人，任教於京師大學堂。早年主張維新變法，晚年反對新文化運動甚力。擅詩、文、畫，於古文造詣尤深。與桐城派吴汝綸、馬其昶、姚永概交游甚密，爲桐城派之後期代表人物。曾依靠他人口述，用古文翻譯《巴黎茶花女遺事》，爲近代翻譯文學之先聲；繼又譯出歐美小説一百數十種，影響很大。著有《畏廬文集》、《續集》、《三集》等。傳見《清史稿》卷四八六。

此書原是著者在京師大學堂授課之講義，一九一三年六月起曾在《平報》上連載，未竟；一九一六年始由北京都門印書局出版。全書分爲述旨、流别論、應知八則、論文十六忌、用筆八則、用字四法六部分，爲林氏古文理論最具代表性著作。林氏自稱「吾非桐城弟子」（《慎宜軒文集序》），反對他人把他列入桐城一派（《方望溪選集序》）；然身處新舊文化激烈衝突之世，他不謀派而不免派入其中，其古文理論是桐城文論之精華與糟粕的繼承與發展，顯示出複雜矛盾之面貌。既强調文之根本在「發明義理」，此甚乃從曾國藩之「經濟」、姚鼐之「考據」退回到桐城始祖

方苞之初衷，故從本體論言，新意較少。但其藝術論則不爲桐城所拘，形成獨特體系。「應知八則」乃其精粹所在。從「意境」爲「文之母」即文之藝術核心出發，經「識度」，即「審擇至精」與「範圍不越」之素質修養爲基本保證，追求「氣勢」、「聲調」、「筋脈」、「風趣」、「情韻」等藝術要素，而達到於「神味」：「論文而及於神味，文之能事畢矣」，構成完整有序的藝術理論體系。「論文十六忌」則從反面加以助證。「用筆八則」、「用字四法」探究具體寫作技法，頗多著者沉潛多年之獨得之秘，其過苛過細處亦正是求精求深所造成。作爲桐城派之殿軍，林氏在本書中對傳統古文理論之總結，達到最高水平。

有一九一六年北京都門印書局本。一九二一年商務印書館再版（易名爲《畏盧論文》）。一九五九年人民文學出版社本。今據北京都門印書局本録入。

（王宜瑗）

目録

春覺齋論文

林紓　撰

一　述　旨

論文之言，猶詩話也。顧詩話采擷諸家名句，可以雜入交際談詼；若古文，非莊論莫可。且深於古文者，亦未嘗多作議論。昌黎精語，已盡於《答李翊》一書，其餘但間出數言，隱約其詞而已。此非昌黎之短於言説，特昌黎所趨之蹊逕，雖獨孤常州、裴晉公猶與異趣，況在其他？因之憤鬱不平，鄙時輩而不之語。故文愈高者，議論乃愈不可得聞。凡後之喋喋自命爲大師者，所論均未必皆中肯綮。

章實齋著《文史通義》，可云解得文中甘苦矣，然亦患主張太過，且往往自亂其例。其譏歸震川用五色筆評《史記》也甚，其辭曰：「若者爲全篇結構，若者爲逐段精采，若者爲意度波瀾，若者

爲精神氣魄，以例分類，便於拳服揣摩，號爲古文秘傳」云云，意實不以爲可。愚則謂震川之評《史記》，用聯圈處，其妙尚易見；（即原本丹硃筆。）若每句用三角形加於其旁者，（原本黄筆。）始爲震川之用心處，亦爲《史記》文法之宜研究處。且其連用三角形者，或提醒文之命脈，或點清文之筋節；至於單句之上用單三角形者，尤震川獨得之秘訣。余著《震川史記平點發明》，大要即標舉文中之頂筆，或遥醒文中之伏綫耳。震川深識文中三昧，評騭之本，安可厚非？至於《通義》中《匡謬》一門，痛斥問答體，然下文即有《答客問》三篇，亦正作問答體，何也？須知問答一體，古賦中咸用之，尤不若《鹽鐵論》之有偉力。實齋言：「問答之體，問者必淺，而答者必深。」然《鹽鐵論》中大夫之言，咸節節有條理，而文學所答，尤跨大夫之上，此亦不盡問淺而答深。惟理足者，言之始精，不能以深且是者自許，以淺且非者歸人也。

綜言之，凡能讀書者，均能論文。《論衡》及《抱朴子》與《文心雕龍》，爲最古論文之要言。今不能不縷析條分，加以闡説。至於能否中的，則鄙人學識短淺，恐不之逮，讀者當爲原諒。

二

王充之言曰：「論貴是而不務華，事尚然而不高合。」然書之極是而不華者，《論語》也。世惟聞人蘊天地古今之理，出言簡而當要，雖融會貫通，本於一是，而逐條皆有不可磨滅，不相複沓之

道存焉。《論衡》一書，蔡中郎儲爲談助，已開西晉清談之風。謂其節節皆是，語語不華，確耶？但以充書言之，有《福虚》、《禍虚》之目，其辯似確。其言福虚也，斥楚惠王吞蛭之謬；其言禍虚也，辨顔淵早夭、子路醢死之事，不關於陰騭：咸有至理，是矣。然何必復爲《紀妖》、《定鬼》二篇？妖鬼原不待辯，又多引事實以助其馳騁，則又近華矣。至於「尚然而不高合」一語，原爲特立之見，顧自以爲然而不合於理，則亦未足以樹義。平心而論，名爲文者，無所不華；名爲筆者，則當求其是。然不讀書明理，則又從何處而取是？蓋文者，運理之機軸；理者，儲文之材料。不先求文之工，而先積理，則亦未有不工者。

三

王充之言曰：「飾貌以彊類者失形，調辭以務似者生情。」「飾貌以彊類」，愚於論明七子之得失，已盡言矣。而於「調辭務似」之一語，不能不服史公、歐公及震川三家之能也。

《史記·外戚世家》記竇皇后弟竇廣國事：「文帝召見問之，具言其故，果是。又復問他何以爲驗，對曰：『姊去我西時，與我決於逆旅中，丐沐沐我，請食飯我，乃去。』於是竇皇后持之而泣，泣涕交横下。侍御左右皆伏地泣，助皇后悲哀。」嗚呼！史公之寫物情，摯矣。今試瞑目思竇姬在行時，迨將入代，而穉弟戀姊如母，依依旅燈明滅之中，囚首喪面。竇姬知此行定無可相見之

期，計一身與穉弟相聚一晷刻間，即當盡一晷刻手足之誼，不能不向從者丐沐而請食。下一「丐」字、「請」字，可見襍沓之中，車馬已駕，紛紛且行，竇廣國身隨其姊在行中，直一贅旒，不丐且不得沐，不請且不得食。沐已飯已，匆匆登車，亦不計弟之何屬。此在情事中特一毫末耳，而施之文中，覺竇皇后之深情，竇廣國身世之落漠，寥寥數語，而慘狀悲懷，已盡呈紙上。此即所謂「務似而生情」者也。且「似」字亦非貌似之謂，直當時曲有此情事，登之文字之中而肖耳。

下至歐公之《瀧岡阡表》、歸震川之《項脊軒記》，瑣瑣屑屑，均家常之語，乃至百讀不厭，斯亦奇矣。雖然，叙細碎之事，能使鎔成整片，則又大難。觀《瀧岡表》中語，時時用一「知」字，又時時用一「待」字。蓋歐公幼不見贈公，但述太夫人深信贈公，故累累用「知」字；既知贈公之必有後，故累累用「待」字。既用此二字爲之提綱挈領，則以下瑣瑣屑屑之處，皆有所消納，而不至散漫煩贅，令人生憎。震川力追歐公，得其法乳，故《項脊軒》一記，亦別開生面。然有「軒」字爲主人翁，則人事變遷，家道坎壈，皆歸入此軒，作覩物懷人寫法，與《瀧岡阡表》面目又大不同。《阡表》步步叙悲，悲盡，皆其得意處；《項脊軒記》亦步步叙悲，然名位去歐公遠甚，不能不生其蕭寥之感。綜之，皆各肖其情事。張惠言作其《先妣事略》，極意欲抒其悲懷，然寫情實不如震川之摯，此則自關其人之所造，未可强同也。

四

《抱朴子·鈞世篇》曰：「古書雖多，未必盡美，要當以爲學者之山淵，使屬筆者得采伐漁獵其中。」嗚呼！此即《北史·楊敷傳》所謂「研精不倦，多所通涉」，又《信都芳傳》「精專不已，又多所窺涉」，又《序傳》「凡所獵略，千有餘卷」者也。須知爲駢文者，不能不用漁獵；散文中一着古書成句，即方望溪所謂生入古人句法，爲大病痛，文體即欠嚴淨。散文用事，當如水中着鹽，但存鹽味，不見鹽質。由積理厚，凡所吐屬，皆節節依經而附聖。

《抱朴子》之言，子家之言。試觀《淮南》、《金樓》諸子，内篇多闡名理，而外篇即搬演事實，有書中所引之事實，爲人所不經見者，即《莊子》亦然。此非采伐漁獵之富，何由成書如是之博？果爲散文者盡如是言，則一篇中填砌臃腫，一展卷已足生憎，何能即而尋味？厲太鴻詩詞，均爲鄙人生平所服膺；唯其散文，則無篇不加考據，縱極精博，亦第便人尋索，如求饌於廚門，充腹即已，謂能使人久久留其餘味於胸中耶？

質言之，爲文者本宜多讀書，亦萬不能恃有多書，即可縱筆爲文。匠氏儲梧檟而不備斤削，則梧檟縱美，亦斷不能成器。采伐漁獵縱多，又奚爲者？

五

《辭義篇》曰：「屬筆之家，亦各有病。其深者，則患乎譬煩言冗，申誡廣喻，欲棄而惜，不覺成煩也；其淺者，則患乎妍而無據，證援不給，皮膚鮮澤，而骨鯁過弱也。」嗚呼！是言也，悉文中甘苦矣。前一弊，不善學老泉父子之文者當之；後一弊，不善學桐城之文者當之。

蘇家文字，喻其難達之情，圓其偏執之説，往往設喻以亂人觀聽。驟讀之，無不點首稱可，及詳按事理，則又多罅漏可疑處。然蘇氏之文，多光芒，有氣概，如少年武士，横槊盤馬，不戰已足屈人之兵。後人不足於理，而但求足於文，勢不能不抄故籍，因事設譬，一譬足矣，又復求多，於是枵響騰於紙上，滯氣漬於行間，則貪多之病也。凡無理與氣，而好作長篇者，往往墜入此阱。韓昌黎集中無史論，舍《原道》外，議論之文，多歸入贈序與書中，至長無過五六百字者。篇幅雖短，而氣勢騰躍，萬水迴環，千峯合抱，讀之較讀長篇文字爲久，即無煩譬冗言耳。

至所云「皮膚鮮澤，骨鯁過弱」，則襲舊套爲文，知文之門徑，知文之弊病，知文之步驟，知文之取舍，應有盡有，而終不名之爲能文，即徒知斤削之利，而無梧檟之材資之以成器。此則讀書不多，積理不厚之過也。夫桐城豈真有派？惜抱先生亦力追古學，得經史之腴，鎔裁以韓、歐之軌範，發言既清，析理復粹，自然成爲惜抱之文，非有意立派也。學者能溯源於古，多讀書，多閱

歷，範以聖賢之言，成爲堅確之論，韓、歐之法程自在，何必桐城？即桐城一派，亦豈能超乎韓、歐而獨立耶？錢虞山之告文太青曰：「當力追古學，勿流連於今學而不知反。」此言闢何、李也。後生小子，胡敢妄闢桐城！然論文不能不取法乎上。須知桐城之文不弱也，以柔筋脆骨者效之，則弱矣。向見吴摯甫先生案頭日置韓文一卷，時時讀之。以桐城人師桐城之大師，在理宜讀姚文，不宜取徑於韓。且曾文正亦力主桐城者，乃日抱韓文不去手。然則，治程、朱《語録》者，固不能不溯源於《論語》也。

六

《文心雕龍·徵聖第二》有曰：「正言所以立辯，體要所以成辭。」是言一本於《易》，一本於《書》。推而言之，則知此者，作文乃無死句，論文亦得神解。

何謂正言？本聖人之言，所以抗萬辯也。何謂體要？衷聖人之言，所以鑄偉辭也。然亦有難言者。文至於語録，成萬古正言之鵠，皆能一一施之文間耶？無論語録，即理學先儒之與書，語語靡不當。要觀朱考亭與陸象山、陳同甫諸先生書，無語不精，亦無語不要，而淺人恒苦其邃，豈朱、陸之言尚不衷於名理，而至索人之神志？紓曰：論道之書質，質則或絀於采；析理之言微，微則坐困於思。古之文章家，本盡備各體，不必各體中皆寓以理學之言。劉

緦之贊此篇，亦曰：「精理爲文，秀氣成采。」大率析理精，則言匪不正，因言之正，施以詞采，秀氣自生。

司馬文正不以文名於北宋，而亦無意於爲文，而文皆精貴近理，不必施采，而自琅琅可誦，亦不必恃口辯，而人自不能屈。韓昌黎作《諱辯》，靈警機變，時出雋語，然而人猶以爲矯激。非昌黎之辯窮也，時人以不舉進士爲李賀之孝，固人人自以爲正，昌黎之言雖正，而辯亦不立。若爲昌黎計者，可以不作此辯。果有所見於中，淘淅以先聖之理，詎無文字可爲？《孟子》一書，與門人辯論者十可五六，然皆切於時變，關乎正學。至勸人犯物議以就科名，吾知決非孟子之所忍出。

故作文須求好題目，有正言，亦易於立幹，易於傅色。真能古文者，固不輕易爲文也。

流別論

一

《文心雕龍·辯騷篇》曰：「酌奇而不失其真，翫華而不墜其實。」是言真知《騷》者也。枚、賈得其麗，馬、揚得其奇，此私淑者之徑造其室也。然其叙情怨，述離居，論山水，言節候，綜此四

者，披而讀之，瞑目遐想，良有不可自解者。

少時喜誦《九章》，謂怨悱不可申愬者，無如《惜誦》之文曰：「忠何罪而遇罰兮，亦非余心之所志。行不羣以顛越兮，又衆兆之所咍(呼來切)。紛逢尤以離謗兮，謇不可釋。情沈抑而不達兮，又蔽而莫之白。心鬱邑余侘傺兮，又莫察余之中情。固煩言而不可結詒兮，願陳志而無路。退靜默而莫余知兮，進呼號又莫吾聞。」其曰「莫之白」，曰「莫察」，曰「無路」，曰「莫吾聞」，積沓而下，不外一意，胡以讀之不覺其沓？由積愫莫伸，悲憤中沸，口不擇言而發，惟其無可伸愬故沓，惟沓乃愈見其衷情之真。若無病而呻，爲此絮絮者，便不是矣。

《涉江》之詞曰：「哀南夷之莫吾知兮，思余濟乎江、湘。乘鄂渚而反顧兮，〔款〕〔欸〕秋冬之緒風。步余馬兮山皋，邸余車兮方林。乘舲船余上沅兮，齊吳榜以擊汰。船容與而不進兮，淹迴水而疑滯。朝發枉渚兮，夕宿辰陽。苟余心其端直兮，雖僻遠之何傷？入溆浦余儃佪兮，迷不知吾所如。深林杳以冥冥兮，猨狖之所居。山峻高以蔽日兮，下幽晦而多雨。霰雪紛其無垠兮，雲霏霏而承宇。哀吾生之樂兮，幽獨處乎山中。吾不能變心而從俗兮，固將愁苦而終窮。」此一段，真所謂述離居，論山水，言節候，悉納於小小篇幅中矣。夫惟朝廷之莫己知，遂涉江而逝。然秋冬之風撲面，迴顧國都，已在蒼蒼莽莽之中。秋水漫天，楚江日暮，自枉渚至辰陽，初無托足之所，於是深林猨狖，雨雪淒迷，其中着一去國之孤臣，不特此身不可安頓，即此心亦寧有安頓之

處？又知國家衰敗，斷無容己之人，即一己亦不願變心而從俗。不待讀《涉江》全文，只此小小結構，靜中思之，在在咸足悲梗。

乃知《騷經》之文，非文也，有是心血，始有是至言。賈誼、劉向作《惜誓》、《九歎》，皆有所感，故聲悲而韻亦長。東方、嚴忌諸人習而步之，彌不及矣。後人引吭佯悲，極其摹仿，亦咸不能似，似者唯一柳柳州。柳州《解祟》、《懲咎》、《閔生》、《夢歸》、《囚山》諸賦，則直步《九章》；而《宥蝮蛇》、《斬曲几》、《憎王孫》，則又與《卜居》、《漁父》同工而異曲。惟屈原之忠憤，故發聲滿乎天地；惟柳州之自歎失身，故追懷哀咎，不可自已：而各成爲至文，即劉勰所謂真也，實也。不實不真，佳文又胡從出哉？

二

「賦者，鋪也。鋪采摛文，體物寫志也。」一立賦之體，一達賦之旨。爲旨無他，不本於諷諭，則出之爲無謂；爲體無他，不出於頌揚，則行之亦弗莊。然其發源之處，實沿《三百篇》而來。至《楚辭》出，局勢聲響，始洪大而激楚。故有以《騷》爲體者，亦有以對偶、排比爲體者，雖極于雕畫，苟不定以旨趣，均不足以傳播于藝林，馳騁于文圃。

彥和稱當時英傑，但有十家，（荀況、宋玉、枚乘、相如、賈誼、王褒、孟堅、平子、子雲、延壽也。）太沖諸人不與

焉。鄙意謂足與《兩都》抗席者，良爲平子之《兩京》。東漢自光武及和帝，均都洛陽，西都父老頗懷怨望，故孟堅作《兩都賦》，歸美東都，以建武爲發端，詳叙永平（明帝年號）制度之美，力與西都窮奢極侈之事相反，以堅和帝西遷之心。雖頌揚，實寓諷諫。平子之叙西京，尤侈靡無藝：首述離宫之妍華，次及太液之三山，又次及于水嬉獵獸，雜陳百戲，百戲不已，又叙其微行，及歌舞靡曼之態，縱恣極矣。一轉入東京，則全以典禮勝奢侈。孟、張二子，皆抑西而伸東，以二子均主居東者也。左思仍之，故《三都》之賦，力排吴、蜀，中間貫串全魏故實，語至堂皇。以魏都中原，晉武受禪即在于鄴，此亦班、張二子之旨。至于《子虚》、《上林》、《甘泉》、《羽獵》，或行以精悍之思，或出以雋冷之語，爲賦家之聖手，此美不勝美，議無可議者。《靈光》峭勁，爲力頗殫；《景福》條暢，承勝微緩；下及玄虚之賦海，景純之賦江，或以渾淪勝，或以徵實勝：要皆不易之才，非等斤斤于草區禽族、庶品雜類中，極雕鎪組織之工也。

齊、梁多小賦，固有是病，然麗詞雅義，亦不可盡没。至于子山《哀江南賦》，則不名爲賦，當視之爲亡國大夫之血淚。（以徐、庾二家另詳于《流别論》中，故不之論。）六朝以降，小品逾多。宋人以賦取士，破題竟有定格，如「蛇不難斬，君宜灼知」之類，幾成笑柄。先朝館賦，格律較嚴，然多以詩句命題，以水濟水，聲響皆劣。今日科舉一變，乃並此區區者亦絶響矣。

雖然，當此風雅銷沈之後，吾輩措大，無益于國，然能存此國粹，爲斯文一綫之延，則文章、經

濟，雖分二途，即守此一途，於世亦無所梗。是在好古之君子加之意耳。

三

頌者，「敷寫似賦，而不入華侈之區；敬慎如銘，而異乎規戒之域。」讚者，「約舉以盡情，昭灼以送文。」蓋頌之爲言，容也；讚之爲言，明也。

《商頌》、《魯頌》，用之以告神明，若《原田》、《裘韠》，一出諸野夫之口，一用爲刺譏之辭。至訓「頌」爲「誦」，此頌之變體也。三閭《橘頌》，則覃及細物，又爲寓懷之作，非頌之正體。於是子雲、孟堅，用之以美趙充國、竇融，已移以頌顯人，晉而上之頌天子矣。此頌之源流也。益讚禹，伊陟讚巫咸，劉勰謂之「颺言以明事，嗟歎以助辭」，此讚體之初立者也。遷、固二書，始託讚以爲褒貶，而郭景純註《雅》，雖植物亦有讚焉。景純之讚植物，由諸靈均之頌橘，均爲變體。

綜言之，頌讚之詞，非澤于子書，精于小學者，萬不能佳。二體均結言于四字之句，不能自鎮則近佻；不能自斂則近纖；纍句相同，不自變換，則近沓；前後隔閡，不相照應，則近蹇。過艱惡澀，過險惡怪，過深惡晦，過易惡俚。必運以散文之杼軸，就中變化，文既古雅，體不板滯。自非發源於葩經，則選詞不韻；賦色於子書，則取材不精。下字必嚴，譔言必巧，近之矣。

陸士衡爲《漢高祖功臣頌》，皇皇大觀也。然篇中如「拾代如遺，偃齊猶草」，「身與煙消，名與

風興」等句，此揚子雲所萬萬不爲者。觀子雲爲《趙充國頌》，無一語不經心，亦無一語傷于纖弱，則極意摹古，由其讀古書多，故發聲亦洪而肅，此不能以淺率求也。

韓昌黎之《元和聖德詩》，厥體如頌，其曰：「取之江中，枷脰械手。婦女纍纍，啼哭拜叩。求獻闕下，以告廟社。周示城市，咸使觀覩。解脱攣索，夾以砧斧。婉婉弱子，赤立傴僂，牽頭曳足，先斷腰膂。」讀之令人毛戴。子由以爲「李斯頌秦所不忍言，而退之自謂『無媿于《風》、《雅》』，何其陋也！」南軒曰：「蓋欲使藩鎮聞之，畏罪懼禍不敢叛。」愚誦南軒之言，不期失笑。魏博傳五世，至田弘正入朝，十年復亂，更四姓，傳十世，有州七。成德更二姓，傳五世，至王承元入朝；明年王庭湊反，傳六世，有州四。盧龍更三姓，傳五世，至劉總入朝；六月朱克融反，傳十二世，有州九。淄青傳五世而滅，有州十二。滄景傳三世，至程權入朝，十六年而李全略有之，至其子同捷而滅。宣武傳四世而滅，有州四。彰義傳三世而滅，有州三。澤潞傳三世而滅，有州五。叛逆至于數世，而魏博最久，此豈畏罪懼禍？鄙意終以昌黎之言爲失體。蓋昌黎藴忠憤之氣，心怒賊臣，目覩俘囚伏辜，振筆直書，不期傷雅，非復有意爲之。但觀《琴操》之温醇，即知昌黎非徒能爲此者也。

贊體不能過長，意長而語約，必務括本人之生平而已，與頌略異。

銘箴之大要，曰：「箴全禦過，故文資確切；銘兼褒讚，故體貴弘潤。」弘潤非圓滑之謂也。辭高而識遠，故弘；文簡而句澤，故潤。

四

臧武仲論銘曰：「天子令德，諸侯計功，大夫稱伐。」天子、諸侯所謂「令德」、「計功」者，晚近人文集中恒不多見。大抵無德可稱而亦稱之，神道也，阡表也，墓志也，累萬盈千，無論何家文集則皆有之，此昌黎所謂「諛墓」也。劉勰稱「蔡邕銘思，獨冠千古」，以《黄鉞》之銘爲「吐納《典》、《謨》」，《朱公叔之鼎斤》爲碑文之體，確矣。《黄鉞》之銘，爲橋公也，辭曰：「帝命將軍，秉茲黄鉞。威靈振耀，如火之烈。公之在位，羣狄斯柔。齊斧罔設，人土斯休。」用字極庸，而神骨極峻，賦色又極古澤。婁東雖録其文，未嘗加以圜贊，似目之易及。不知「斯柔」、「斯休」二語，閒閒着筆，已包括無數安邊之略，正以作家氣定神閒，不必爲張皇語耳。婁東競尚才氣，宜其簡略看過。且原序之末有云：「晊事三年，馬不帶鈌（《説文》：「刺也。」），弓不受彄（《説文》：「弓弩端弦所居也。」），是用鏤石假象，作茲鉦鉞軍鼓，陳之東堦，以昭公文武之勳焉。」此數語，用字選材，均簡古無尚，雖非《典》、《謨》，然決非魏、晉才人所及！至於以銘辭作碑文體，亦不止公叔一鼎，橋公之《東鼎》、《中鼎》、《西鼎》三銘，亦咸以碑文爲體。蓋一味求古，是中郎一病也。

班蘭台《封燕然山銘》，文至肅穆，序不以華藻爲敷陳，骨節鏘然，銘用《楚詞》體，實則非也。《楚詞》之聲悲，銘詞之聲沈；《楚詞》之聲抗，銘詞之聲啞。其詞曰：「鑠王師兮征荒裔，勉兇虐兮截海外，夐其邈兮亘地界。封神丘兮建隆嵑，熙帝載兮振萬世。」（《尚書》蔡《傳》：「熙，廣也。載，事也。」）吐屬不類蘭台。然蘭台深知銘體典重，一涉悲抗，便爲失體，故聲沈而韻啞。此訣早爲昌黎所得，爲人銘墓，往往用七字體，省去「兮」字，聲尤沈而啞。其爲朝散大夫尚書庫部郎中鄭君弘之墓銘曰：「再鳴以文進塗闢，佐三府治藹厥蹟（三府，謂鄭岳、江陵、襄府。）。郎官郡守愈著白，洞然渾樸絶瑕讁，甲子一終反玄宅。」此體尤難稱，不善用者，往往流入七古。七古在近體中，别爲古體，以不佻也，然一施之銘詞中，則立見其佻。法當于每句用頓筆，令拗，令蹇，令澀。雖兼此三者，而讀之仍能圓到，則昌黎之長技也。「再鳴以文」是一頓，謂由進士書判拔萃出身者。「進塗」之下用一「闢」字，此狡獪用法也。「佐三府治」又一頓，「藹厥蹟」句以「藹」字代「懋」字，至新顥。「郎官郡守愈」五字又一頓，其下始着「著白」二字，是文體，不是詩體。「洞然渾樸」四字作一小頓，「絶瑕讁」三字，即申明上四字意。以下「甲子一終」則順帶矣。句僅七字，爲地無多，屢屢用頓筆，則讀者之聲，不期沈而自沈，不期啞而自啞，此法尤宜留意。

箴者，攻疾防患，喻鍼石也。《夏箴》已亡，一見於《逸周書》。《商箴》則見於《吕氏春秋·名類篇》。《周箴》則見於《左氏傳》魏絳告晉侯之言。所足以留爲世範者，唯一《虞箴》。揚雄學古

至深，爲《九州牧箴》，語質義精，聲響高騫，未易學步。程子四箴，質而不華，又當別論。綜言之，陳義必高，選言必精，賦色必古，結響必騫，不必力摹古人，亦自能肖。曾文正間用長短句，亦不礙其體妙，在以散文之體，行於韻語中，能拗能轉，亦自有神解。

五

「誄者，累也。累其德行，旌之不朽也。」「碑者，埤也。上古帝皇，紀號封禪，樹石埤岳，故曰碑也。」

誄之最古者，凡兩見於《左傳》：一爲魯莊公之誄縣賁父，一爲魯哀公之誄孔子。顧縣賁父之誄，不詳于篇；而孔子之誄，則用長短句，不盡出于四言。柳妻之誄惠子亦然，文出《說苑》，紀文達以爲未必果出于柳妻。文達最雅博，雖斥其僞，然亦不得其確據。今讀其文，哀惻而多韻，今人之製哀辭者恒仿傚之，蓋誄之變體也。揚子雲誄元后文亦四言。然則，四言實通用之體。

劉勰盛推潘岳「巧於叙悲」。愚按《黄門集》所登哀誄之作，頗贍於他集。其誄武帝，文甚典重，讀「如何寢疾，背世登遐，遷幸梓宫，孤我邦家」四語，戀恩之情，溢言表矣。其誄楊荆州曰：「余以頑蔽，覆露重陰。仰追先考，執友之心；俯感知己，識達之深。承諱忉怛，涕淚霑襟。豈忘

載奔，憂病是沈。在疚不省，於亡不臨。舉聲增慟，哀有餘音。」自叙交誼，不期沈痛。凡誄體，入己之事實，當緣情而抒哀。陳思王之誄文帝，數語以外即自陳己事，斯失體矣。黄門以深情爲人述哀，自能動聽，且無此病。其誄馬敦（汧督）文，尤悲憤有餘音，且琢句奇麗。其叙馬生掘塹破氐之潛隧曰：「銛未見鋒，火以起焰。薰尸滿窟，掊穴以斂。」其述馬生瘐死曰：「慨慨馬生，琅琅高致。發憤囹圄，没而猶眠。」生氣凛然。其誄楊仲武曰：「痛矣楊子，與世長乖。朝濟洛川，夕次山隈。歸鳥頡頏，行雲徘徊。臨穴永訣，撫櫬盡哀。」則夾叙風物，觸目成悲，所謂叙悲之巧，或在此乎。要之，六朝有韻之文，自有不可漫滅處，不能以唐、宋大家之軌範繩之。六朝去古未遠，猶之故家中落，子弟未至于懸鶉糲食，與語富貴饗用之事，固能了了也。

至于碑志之文，竊以爲漢文肅，唐文贍，元文蔓，而昌黎之碑記文字，又當别論，不能就唐文中繩尺求之。劉勰高蔡中郎之才鋒，竊意亦以爲確。《郭有道碑》膾炙人口，由其氣韻至高，似鼎彝出于三代，不必極雕鎸之良，而古色斑斕，望之即知非晚近之物。陳太丘凡三碑：一爲歎功述行碑，中叙聞喜、太丘事，似遺愛碑也，次則廟碑，又次則墓碑。廟碑簡約，墓碑最着意，叙太丘生平，文渾穆雅健，使元、明人恣意摹仿，終形其傖。今但少舉碑中文字，如「清風暢于所漸」一語，高虙寧可及耶？劉勰又稱中郎《楊賜》之碑「骨鯁訓典」，然第一碑踵效《虞書》太似，至亦襲其句法，不足用爲法程。

大抵碑版文字，造語必純古，結響必堅騫，賦色必雅樸。往往宜長句者，必節爲短句，不多用虛字，則句句落紙，始見凝重。《平淮西碑》及《南海廟碑》，試取讀之，曾用十餘字爲一句否？

元人碑版文字最多，幾于叙入官中文字，則真不知古人裁制之謹慎處。元姚牧菴燧碑版文字，張養浩稱其「才驅氣駕，縱横開合，紀律惟意」，柳貫又稱其「雅奥深醇」。實則，以縱横之才氣入碑版文字，終患少温純古穆之氣。昌黎步步凝斂，正患此弊耳。至于《表忠觀碑》則别爲一體，亦爲古今傑作。

六

哀辭之哀，爲言依也。「悲實依心，故曰哀也。」「奢體爲文，則雖麗不哀。」「弔者，至也。」「言神至也。」「哀而有正，則無奪倫。」

《文章流别論》曰：「哀辭者，誄之流也。」然誄之爲體，選言録行，傳體而頌文，榮始而哀終，王侯將相皆可誄也，然未聞有以哀辭施之王侯將相者。故劉勰曰：「不在黄髮，必施夭昏。」建安中，文帝與淄侯各失稚子，命徐幹、劉楨各爲哀詞。潘岳集有金鹿、澤蘭哀辭。金鹿，岳之幼子；又爲任子咸妻作孤女澤蘭哀辭。由此觀之，哀辭之爲體，施之夭昏，決矣。

顧有不盡然者，歸震川爲明代文章宗匠，乃爲御史中丞李公作哀辭。李公以天子新建紫宫

及西苑、平台、神仙長年之殿，李公爲之連歲采運，大工迄成而卒。此花石綱之弊政，在理初不能以私情哀之，矧李位至中丞，年非夭札，乃不顧體裁而哀之，過矣。

《昌黎集》中，哀辭凡兩篇：一《哀獨孤申叔文》，無序；一爲《歐陽生哀詞》，哀歐陽詹也，其序曰：「父母老矣，捨朝夕之養以來京師，其心將以有得於是，而歸爲父母榮也。雖其父母之心亦皆然：詹在側，雖無離憂，其志不樂也；詹在京師，雖有離憂，其志樂也。若詹者，所謂以志養志者歟！」詞中既哀詹矣，又哀其父母，見詹之死，尚有父母悲梗於上，所以可哀也。《元豐類稿》有《王君俞哀詞》。王官殿中丞，然卒時年始二十六，子固之敍曰：「夫爲人如前之云，而不享於貴且壽，曾未少施其所學，又負其所承之心，是於衆人之情不能泯哀也。」正以君俞有老母在，且孝而不昌其年，此所以可哀也。則亦仍守前人之法律。至於辭中之哀惋與否，則子固、震川皆不長於韻語，去昌黎遠甚。他若方望溪之哀蔡夫人，則文過肅穆，辭尤無味，名爲哀詞，實不能哀，亦但存其名而已。

綜言之，哀詞者，既以情勝，尤以韻勝。韻非故作悠揚語也，情贍於中，發爲音吐，讀者不覺其緜亙有餘悲焉，斯則所謂韻也。

古人有哭斯弔，宋水鄭火，皆弔以行人。賈長沙首用《離騷》之體弔屈原；揚子雲亦摭取《離騷》之文反之，自岷山投諸江流，以弔屈原，名曰《反離騷》；蔡中郎亦然：蓋屈原之懷忠而死，不

得志於世者，往往託爲同心。猶之下第之人，必尋取下第之人，發舒其抑鬱之氣，故劉蕡之身，每爲失志者藉口，即此意也。若胡廣、阮瑀之弔伯夷，則一無所託，不過覓得好題目，表見其文采。即陸機之弔魏武，亦不盡有所激于中情，而成爲此種文字。蓋必循乎古義，有感而發，發而不失其性情之正，因憑弔一人，而抒吾懷抱，尤必事同遇同，方有肺腑中流露之佳文。不爾，則蔡確之弔郝甑山，蓋比宣仁太后於武氏，真是謾罵，非弔也。此尤不可不知。

七

《史傳篇》曰：「觀夫左氏綴事，附經間出，于文爲約，而氏族難明。及史遷各傳，人始區詳而易覽，述者宗焉。」此專言史傳之傳。實則，「傳」之爲言「轉」也，轉受經旨，以授于後。章實齋《文史通義》曰：「經禮二戴之記，各傳其說，附經而行，雖謂之傳可也。其後支分派别，至於近代，始以録人物者區爲之傳，叙事蹟者區爲之記。」又曰：「後世專門學衰，集體日盛。叙人述事，各有散篇。亦取傳記爲名，附于古人傳記專家之義。」蓋專指文人爲人作家傳，及寄記諷刺，諧謔遊戲，如《王承福》、《宋清》、《毛穎》之類是也。

實則，化編年爲列傳，成正史之傳體，其例實創自史遷。而劉彦和慮其「歲遠則同異難密，事積則起訖易疏，斯固總會之爲難也。或有同歸一事而數人分功，兩記則失于重複，偏舉則病于不

周，此又銓配之未易也」之數語者，可謂深明史體。邵泰衢《史記疑問》謂《功臣表》漢九年吕澤已死，而《留侯世家》漢十一年不應又有吕澤。葉榮甫曰：「《史》、《漢》並稱良史，乃其中有分一人爲二人，合二人爲一人者。如伯益、伯翳一人爾，（見《鄭語》及《後漢·地志》。）《史記》于《陳杞世家》之末乃云：『伯翳之後分爲秦。』又云：『垂、益、夔、龍，其後不知所分。』是以翳、益爲二人也。闞止、子我一人爾，（見《傳》哀六年杜預注及《史記·齊世家》賈逵注。）《史記》于《田氏完世家》乃云：『子我者，闞止之宗人。』又云：『田氏之徒追殺子我及闞止。』是又以一人爲二人。」諸如此類，仁和梁氏玉繩《史記質疑》中言之指不勝屈，即所謂同異難密者也。至於「同歸一事，則數人分功，兩記則失于重複，偏舉則病于不周」，愚按此着史公似有專長，能于複中見單，令眉目皎然，不至於淆亂。但以《樊、酈、滕、灌》四傳論之，四人悉從高帝，未嘗特將，爲功多同，史公頗患其溷，故于四傳中各異其書法以别之。如《樊噲傳》用「先登」二字以表異噲之功，如「常從沛公擊章邯軍濮陽，攻城先登」，「復從攻城陽，先登」，「擊破趙賁軍開封北，以卻敵，先登」，「攻宛陵，先登」，「東攻宛城，先登」，「從攻雍、斄城，先登」，「擊章平軍好時，攻城先登」，「破柏人，先登」，以四人中噲最勇敢，故以「先登」别此三人。《酈商傳》則每從征必領以官銜，如「以隴西都尉從擊項籍軍」，「以梁相國將從擊項羽」，「以將軍從擊荼」，「以右丞相别定上谷」，「以將軍爲大上皇衛」，「又以右丞相從高帝擊黥布」是也。夏侯嬰一生位竟太僕，則即以太僕爲全傳之眼目，如「賜嬰爵七大夫，以爲太僕，

從攻胡陵」,「臧荼反,嬰以太僕從擊荼」,「以太僕從擊代」,「以太僕從擊胡騎勾注北,大破之」,「以太僕擊胡騎平城南」,「嬰自上初起沛,常爲太僕,竟高祖,以太僕事孝惠帝」也。《灌嬰傳》則用「所將卒」三字以別灌嬰之功,如「擊項羽之將項冠于魯下,破之,所將卒斬右司馬騎將各一人」,「擊王武別將桓嬰白馬下,破之,所將卒斬都尉一人」,「將郎中騎兵東屬相國韓信,擊破齊軍於歷下,所將卒虜車騎將軍華母傷及將吏四十六人」,「追齊相田横至嬴、博,破其騎,所將卒斬騎將一人,生得騎將四人」,「破齊將軍田吸于千乘,所將卒斬吸」,「從擊項籍軍于陳下,破之,所將卒斬樓煩將二人」,「從擊韓信胡騎晉陽下,所將卒斬胡白題將一人」。由此觀之,四人皆從高帝,雖有分功之事,而序事能各判其人,此謂因事設權者也。

綜之,記事之作,務取簡明。凡局勢之前後,宜有部署,有前後錯叙,而眼目轉清;有平鋪直叙,而文勢反窒,則熟取《史》、《漢》讀之,自得製局之法。至于二十四史,浩如煙海,愚亦不能一一標其得失也。

八

「論者,倫也。倫理無爽,則聖意不墜。」此言稱《論語》者也。又曰:「説者,悦也。故言咨悦懌,過悦必僞。」此所以砭戰國之説士也。

然《論語》一書，出言爲經，宋儒語録，即權輿於此，（或謂語録出之南宗諸僧，實則非是。）非復後人所作之論體。論之爲體，包括彌廣：議政，議戰，議刑，可以抒己所見，陳其得失利病，雖名爲議，實論體也；釋經文，辨家法，争同異，雖名爲傳注之體，亦在在可出以議論；至於正史傳後，原有贊評之格，述贊非論，仍寓褒貶，既名爲評，亦正取其評論得失，仍論體也，不過名稱略異而已；且唐、宋人之贈序、送序中語，何者非論？特語稍斂抑；而文集、詩集之序，雖近記事，而一涉詩文利弊，議論復因而發；歐公至於記山水廳壁之文，亦在在加以憑弔，憑弔古昔，何能無言？有言即論。故曰：論之爲體廣也。

雖然，論者貴能破理。莊子之《齊物》、王充之《論衡》，析理微矣，仍子書之體。《吕氏春秋》之六論，亦各有篇目，不必專爲一事。惟賈誼之《過秦》、陸機之《辨亡》，則直有感而作矣。鄙意非所見之確，所藴之深，吐辭不能括衆義而歸醇，析理不能抑羣言而立幹，不如不作之爲愈。《昌黎集·顔子不貳過論》則應試之文，味同嚼蠟；《諍臣》一論，似朋友規諫之書，未嘗取已往之古人口誅而筆伐之。雖夏侯太初有《樂毅》、《張良》二論，荀仲豫集論亦數篇，鄙意樂毅、張良皆報仇人也，當時司馬氏已昌，曹氏屹屹，或有託而言，此未可定也。仲豫史家，既爲《漢紀》，中有所見，亦不能不秉筆而成論。若蘇家則好論古人，荆公間亦爲之，特不如蘇氏之多。蘇氏逞聰明，執偏見，遂開後人攻擊古人之竅竇。張婁東尚平允，至船山《通鑑》、《宋論》一出，古人體無完膚

矣。愚故云：非所見之確，所蘊之深，此等論不作可也。

劉勰曰：「凡説之樞要，必使時利而義貞，進有契於成務，退無阻於榮身。」此爲説士言也。近人闡明學理，亦曰學説。獨昌黎之《馬説》、子厚之《捕蛇者説》，則出以寓言，此説之變體也。學人訓《經》釋《雅》，亦皆有説，皆主發明至理而言，名曰經説。愚謂《馬説》之立義，固主於士之不遇而言，然收束語至含蓄。子厚《捕蛇者説》則發露無遺，讀之轉無意味矣。

九

詔策一門，「漢初定儀，命有四品：一曰策書，二曰制書，三曰詔書，四曰戒敕。敕戒州郡，詔誥百官，制施赦命，策封王侯。策者，簡也。制者，裁也。詔者，告也。敕者，正也。」自漢訖今，沿用勿改。

然以文體言之，漢詔最爲淵雅。《陔餘叢攷》稱漢詔多懼辭，斯則「敬天法祖，勤政愛民」之恒言。西漢固不必世皆令辟，然掌制有人，故詞況極臻美備，而漢文之詔爲尤動人。劉勰稱武帝「選言弘奧」，斥文帝之詔爲「浮新」，紀文達議之，當也。東漢明帝所降詔書，不及文帝精懇，然祖義褒德，雅善説辭，亦佳筆也。

魏文以篡竊之資，御位七年，其中詔書，首崇大聖，且不令奏事太后。后族之家，不當輔政之

任。辭義偉然。晉武席父祖之蔭，得位一如魏文，然素贍文采，詔敕所出雅正，當於政要。東晉明帝爲年未抵三十，而遺詔冲抑，江表爲之感慟。斯皆中書有人，故能發言動衆至此。至於六朝，則純以藻繢勝矣。齊文宣兇頑逾於桀、紂，而《禁止浮華》一詔，亦辯暢可人意。

有唐詔墨，高逾山丘，獨太宗爲美：凡屬大典，或出詞臣手筆，則駢四儷六，不無詞費；中如《節省山陵節度詔》、《答房玄齡解僕射詔》、《答皇太子承乾詔》、《責齊王祐詔》，似出御筆，其中或緯以深情，或震以武怒，咸真率無僞，斯皆詔敕中之極筆也。武后詔敕，中書本多名流，顧爲名不正，義乃無取。

宋人制誥，初無散行文字，而四六之中，往往流出趣語。東坡當制，黜吕吉甫，天下傳誦其文，不知當時風氣所趨，不如是亦不中於程式。建隆登極之赦詔曰：「當周邦草昧，從二帝以徂征；洎虞舜陟方，翊嗣君而纂位。但罄一心而事上，敢期百姓之與能。」《賜范鎮獎諭詔》曰：「散樂工於河海之上，往而不還；聘先生於齊、魯之間，有莫能致。」《隆裕太后告天下詔》曰：「歷年二百，人不知兵；傳序九君，世無失德。雖舉族有北轅之釁，而敷天同左袒之心。」又曰：「漢家之厄十世，宜光武之中興；獻公之子九人，惟重耳之尚在。」《建炎幸明州赦詔》曰：「雖眷我中原，漢祚必期於再復；而迫於强敵，商人幾至於五遷。」又曰：「惟八世祖宗之澤，豈汝能忘？顧一時社稷之憂，非予獲已。」《建炎復位赦詔》曰：「帝堯無黄屋之心，豈菲躬之敢議？漢高先馬

上之治，庶後效之可圖。」《紹興親征詔》曰：「赤地千里，謂殘暴而無傷；蒼天九重，以高明爲可侮。」《開祐改元詔》曰：「《大易》論變則通，通則久，莫如去故而取新；《春秋》謂正次王，王次春，尤重表年而首事。」凡茲隸事，皆精切而流轉。故以宋方唐，則唐之駢文郁不入纖，宋之駢文巧不傷雅。

樓攻媿《北行日録》：「金人之待使者，每有錫予，亦必加以詔書，然皆陳腐如書啓，不足言文。」明太祖起自兵間，子孫相沿，乃不究心文采，如嘉靖枉殺楊忠愍手敕，至用「這廝」二字，且「交鎮撫司好生打着」云云，真是傖荒説話，非詔書矣。

大抵策命之自有程式，唯詔誥一門，非鎔經鑄史，持以中正之心，出以誠摯之筆，萬不足以動天下。唐之興元、奉天，均陸宣公當制，詔書所至，雖驕將悍卒，皆爲流涕，孰謂官中文字不足以感人邪！

一〇

檄移之文，「必事昭而理辨，氣盛而辭斷」，二語盡之矣。按，「檄」之爲言「皦」也，「宣露於外，皦然明白也」。

自東漢訖於季漢，以隗囂之檄新莽、陳琳之檄豫州爲最。囂文簡括嚴厲，數莽逆天、逆地、逆

人三大罪，而所謂逆人之罪，狀莽之兇頑殘賊，讀之未有不動色者。至所謂炮烙醇醢之刑，則指燒殺陳良、終帶等二十七人，又以董忠謀叛，收忠宗族，以醇醢白刃毒藥叢棘并一坎而埋之也。文中匪語不精，亦匪狀弗肖，第未知當時出自何人手筆耳。陳琳本有兩檄：一代尚書令彧檄吴將校部曲；一則代袁紹檄豫州，其文最著於時，寓嚴切於暇豫之中，疏罪案以詳審之筆，自是文人極軌。兩兩相較，囂則湍瀨奔瀉，一往無留；琳則長川大河，挹注不盡也。鍾司徒檄蜀，桓司馬檄胡，鍾會雅而桓激。司徒文稱武侯曰孔明，稱姜維曰伯約而不名，以蜀爲漢裔，非開罪於魏之比。魏擁立不正，故能喻蜀以禍福，不能責蜀以大義，用筆頗擅去取之能。石勒荼毒中原，天人同憤，桓温斥曰「胡賊」，非嫚駡也。勒非蜀漢之比，故行文雖激，不害於正。吕相之絶秦，鄭人之拒晉，本無檄文之體，而言則似檄。蓋不斥人之罪案，不見己師之出于有名；不張己之兵威，莫望壯士之進而殺敵。且證以天時，審以人事，辨興亡之理，論强弱之勢，此檄文之要領也。

他若吴朝請均之《檄江神》，責問周穆王時沈璧，直是癡人説夢，文亦非佳。隋煬帝《遺陳尚書江總檄》，其開場語曰：「南北雖殊，風雲在望，載懷虚遲，寤寐爲勞。」直以尺牘爲檄文，其下亦多涉鋪張，檄文之體於是大壞。梁元帝《討侯景檄》，文采亦殊不弱，顧不救台城之困，但闃邵陵之墻，文不副實，已乖孝友。矧檄中文字，不言武帝之所以崩，簡文之所以困，羣臣僇辱，宫眷摧

殘，侯景兇鋒，直覆載之所不容，神人之所共憤，乃誇張武節，至云「鳴鼓聒天，摐金振地。朱旗夕建，如赤城之霞起；戈船夜動，若滄海之奔流」，皆出碎辭，都無誠語。元帝本無性情，宜此檄之不能流傳于後，如駱賓王之《討武曌》也。

劉勰之論檄曰：「植義颺辭，務在剛健。」愚謂本無義憤，何由能剛？不衷公道，奚得稱健？若隗囂、桓温、駱賓王三家之文，可云近矣。人品固不足言，而文字實衷彝憲。

「移者，易也，令往而民隨之。」司馬相如之《難蜀父老》，曉而喻博，有移檄之意。《漢書·楚元王傳》，劉歆有《移書太常博士》責讓之文。《晉書·成都王穎傳》，陸平原有《移百官文》，顧乃無傳。惟陳徐僕射陵爲護軍長史王質移文討賊華皎，又有《移齊》、《檄周》二文，皆恢張國力，無失文移之體。而膾炙人口者，則孔稚珪之《北山移文》爲最瑰邁奇古，巧不傷纖，謔不傷正，雖非文移之正體，而文已足傳。後來有司之文移，則出自吏胥之手，填以俚鄙之格式，愚則不知其爲何體矣。

二

「章者，明也。」「表者，標也。」又曰：「章以造闕，風矩應明；表以致禁，骨采宜耀。」因盛稱「左雄奏議，台閣爲式；胡廣章奏，『天下第一』。」按，《後漢書·左雄傳》：「自雄掌納言，多所匡

肅，每有章表奏議，台閣以爲故事。」《胡廣傳》：「遂舉孝廉。既到京師，試以章奏，安帝以廣爲天下第一。」按二傳所載，似左之奏議，特閣臣之格式；廣之章奏，亦中旨之褒揚：不必資爲後世法則。顧雄文亦有切直者，如以日食進諫云：「夫刑罪，人情之所甚惡；貴寵，人情之所甚欲。是以時俗爲忠者少，而習諛者多。故令人主數聞其美，稀知其過，迷而不悟，至于危亡。」廣文亦有簡當者，如順帝欲立皇后，有寵者四人，議欲探籌，以神定選。廣上疏曰：「竊見詔書，以立后事大，謙不自專，欲假之籌策，決疑靈神。篇籍所記，祖宗典故，未嘗有也。恃神任筮，既不必當賢；就值其人，猶非德選。夫岐嶷形于自然，俔天必有異表。（俔，譬喻也。）宜參良家，簡求有德，德同以年，年均以貌。」文頗明爽動目。至於文舉《荐禰》、孔明《出師》，琳、瑀、孔璋、陳思諸傑，體贍律調，辭清志顯，鄙人詳論諸家之文，已經叙述，不復更贅。

竊謂章表即今之奏議，古謂「章以謝恩，奏以按劾，表以陳情，議以執異」。今之體裁，唯仲賀謝恩，則仍用表式；其餘奏議，通曰「奏摺」。古之奏議取直，今之奏議取密。直者，任氣攄忠，以所言達其所蘊，凡德不聰，僉壬在側，亂萌政弊，一施匡正，一加彈劾，不能以格式拘，亦不必以忌諱避。至于密之爲言，則粉飾補救，俾無罅隙之謂，偶舉一事，上慮樞臣之斥駁，下防部議之作梗，故必再四詳慎，宜質言者則出以吞吐，故作商量，宜實行者則道其艱難，曲求體諒，語語加以騎牆，篇篇符乎部式，此安得有佳章表，如彥和所謂「雅義以扇其風，清文以馳其麗」者？

顧吾輩今日論文，非論事也。鄙意漢、魏、六朝以降，唐之章表，則切實取陸贄，典重取常衮；宋之章表，則雅趣横生，各擅其勝。能于此留意，必爲章表中之好手筆也。

二

「書者，舒也。舒布其言，陳之簡牘，取象於夬，貴在明決而已。」姚惜抱謂書之爲體，始於周公之告君奭，「於是列國士大夫，或面相告語，或爲書相遺，其義一也」。劉彦和分其類曰「書記」，姚惜抱則分其類曰「書説」。記，奏記也。漢公府用奏記，郡將用奏牋，今則牋記已屏不用，通行者但名「與書」。《左傳》：「晉侯不見鄭伯，以爲貳於楚也。鄭子家使執訊而與之書，以告趙宣子。」「與書」二字，始見於此。

然辭主駁詰，而必本之以禮衷；意屬争競，未嘗行之以激烈。春秋去古未遠，雖競尚詐術，而猶崇禮讓。吕相之絶秦，至無理矣，而聽者仍彬彬然。至於子産，則淹博中却含蒼質之氣，語語純實，此與書中亦上品也。

七雄游説之士多，詭麗輻輳，步步設爲機械，用以陷人。至於漢世，則辭氣紛紜縱恣，觀史遷之《報任安》，足以見矣。遷之爲史，語至深嚴，獨此書悲慨淋漓，蕩然不復防檢，極力爲李陵號冤，漫無諱忌。幸任安爲秘其書，遷死乃稍出，然讀之但生後人之悲憤，若見之當時，則又有媒孽

其短者矣。楊子幼(惲)之《報孫會宗》，意似湛於農畝，然過自標舉，所謂「酒酣耳熱，仰天擊缶，而呼嗚嗚」者，皆盛氣語。凡身世不與相類者，競摹其作，適足增其桔𢌿而已。揚子雲之《報劉歆》，則侈述作之事，措詞簡貴高厲，頗脱《法言》艱深之習，亦以劉歆績學，雄之報書不敢草草，故凌紙怪發，字字生稜。叔夜《絶交》，較楊子幼爲直率。蓋子幼功名中人，退而治田，尚挾怨望；嵇康山野之性，不嗜膴仕，故攄懷而出，語至雋妙。以上四書，皆人人傳誦者。讀者領其氣，味其趣，各就性之所近，當生悟境。

清初大老，崇尚樸學，則以與書一門，爲辨析學問之用，灑灑千言，多半攷訂爲多，文家沿用其體，凡意所不宣者，恒於與書中傾吐之。讀者幾以名輩與書一門，爲尋檢遺忘之具，較之漢、唐規律，頗有同異。

《昌黎集》中與書頗多，然多吞言咽理之作，有時文法同於贈序。蓋昌黎未遇時，亦一無聊不平之人，第不欲爲公然之嫚駡，故於與書時弄其狡獪之神通。其《答胡生書》，伸縮吐納，備極悲涼，若引吭高吟，至有餘味，而惜抱之《古文詞類篹》乃未收入。

大抵與書一定之體，果有所見，如先輩之析辨學問可也。至於指陳時政，抗論世局，或叙離悰，或抒積悃，所貴情摯而語馴，能駕馭控勒，不致奔逝，奮其逸足，則法程自在，會心者自能深造之也。

姚氏姬傳曰：「唐初贈人，始以序名，作者亦衆。至於昌黎，乃得古人之意，其文冠絶前後作者。」嗚呼！先生之知昌黎深矣。

一三

唐初雖傑出如陳子昂，然其《别中岳二三真人序》，則皆用駢儷之句，如「悠悠何往，白頭名利之交；咄咄誰嗟，玄運盛衰之感」，語至凡近。其餘則李白爲多。白《送陳郎將歸衡嶽序》，如「朝心不開，暮髮盡白。登高送遠，使人增愁」句，則狃於六朝積習。《金陵與諸賢送權十一序》，如「歲律寒色，天風枯聲。雲帆涉溪，冏若絶雪。舉目四顧，霜天崢嶸」，氣幹雖佳，仍落子山窠臼。《送張承祖之東都序》「金骨未變，玉顔以緇。何嘗不捫松傷心，撫鶴歎息」，雖名佳句，仍不可施之散文。夫文章至於子昂、太白，尚何可議？不過唐世一有昌黎，以吞言咽理之文，施之贈送序中，覺唐初諸賢，對之一皆無色。

韓集贈送之序，美不勝收。東坡稱《李愿歸盤谷序》爲第一，鄙意不敢謂然。李愿之人品，不慊於昌黎之心，不欲昌言而頌其美，故託愿之言以爲言，但能謂之狡獪，而所謂吞言咽理者未之見也。其最難著筆者，則莫如《送浮屠文暢師序》及《送廖道士序》。僧、道二氏，昌黎平日攻之不遺餘力，而臨别忽加以贈言，此又何理？若當面抹殺，復何必施以文章？若降心相從，又不免

自貶身分。試觀《文暢序》中，至面斥浮屠爲禽獸夷狄，而文暢愛之不以爲忤者，以闢軸轉捩妙也。意謂民之初生，固若禽獸夷狄焉，唯得聖人之仁義、禮樂、刑政，而堯、舜、禹、湯又歷歷相傳，自所以免爲禽獸。意且不遽説破，忽接入「今浮屠者，孰爲而孰傳之邪?」浮屠既不得聖人所傳，自然是箇禽獸矣，豈非當面罵煞? 而接處即由禽獸生義，用「今吾與文暢」五箇字提出禽獸羣中，同等爲人，此處是從禽獸中救出文暢矣。然又不肯引文暢爲同等，仍斥文暢爲不知聖人之仁義、禮樂、刑政，則文暢又岌岌鄰於禽獸，詞絶而意正。不知昌黎胸中藴何智珠，有此等絶大之神通?

至於《送廖道士序》，則把一座衡嶽舉在半天，幾幾壓落廖師頂上，忽又收回。自「五岳於中州」句，直至「千尋之名材，不能獨當也」句止，使廖師聽之色飛眉舞，謂此處定説到山人身上矣。「意必有魁奇、忠信、材德之民生其間」，廖師必又點首歎息，媿不敢當。忽然闖出「而吾又未見也」句，把廖師一天歡喜撇在霄漢。以下似無文章，乃用迷惑老、佛之教，又似所説者皆指廖師。至「未見」云云，直隱于佛、老而未見耳，不是全無其人，廖師似已死中得活。忽又有「若不在其身，必在其所與遊」，則並隱于佛、老中者亦都不屬廖師身上。廖師考語但得「氣專容寂，多藝善遊」八字，與道字都無關涉。一篇毫無意味之文，却説得淋漓盡致，廖師亦歡悦捧誦而去，大類乳媪之哄懷抱小兒，佳處令人忽啼忽笑。神品之文，當推此種。其餘歐、曾、臨川、三蘇亦各有佳

處，原當一一選采流別之中，以惜抱盛推昌黎，故但即昌黎之文少加説論。

一四

姚氏姬傳曰：「雜記類者，亦碑文之屬。碑主於稱頌功德；記則所紀大小事殊，取義各異。故有作序與銘詩全用碑文體者，又有爲記事而不爲刻石者。柳子厚記事小文，或謂之序，然實記之類。」按姚氏所言，蓋指柳子厚《陪永州崔使君遊讌南池序》及《序飲》、《序棋》也。然右軍之《蘭亭》、李白之《春夜宴桃李園》，雖序亦記，實不權輿于柳州。所謂「全用碑文體」者，則祠廟、廳壁、亭台之類；記事而不刻石，則山水遊記之類。然勘災、濬渠、築塘、修祠宇、紀亭台，當爲一類；記書畫、記古器物，又别爲一類；記山水又别爲一類；記瑣細奇駭之事，不能入正傳者，其名爲「書某事」，又别爲一類；學記則爲説理之文，不當歸入廳壁；至遊讌觴詠之事，又别爲一類：綜名爲「記」，而體例實非一。勘災、濬渠、築塘，語務嚴實，必舉有益于民生者，始矜重不流于佻。祠宇之記，或表彰神靈，及前賢之宦蹟隱德。亭台之記，或傷今悼古，或歸美主人之仁賢，務出以高情遠韻，勿走塵俗一路，始足傳之金石。書畫古器物之記，務尚攷訂，體近於跋尾。韓昌黎之《書記》專摹《考工》，後人仿效，雖語語皆肖，究同木偶。記古器物固須刻劃，必一一摹擬，又似鑿矣。記山水則子厚爲專家，昌黎不能及也。子厚之文，古麗奇峭，似六朝而實非六朝。由精于小

學，每下一字必有根據，體物既工，造語尤古，讀之令人如在鬱林、陽朔間，奇情異采，匪特不易學，而亦不能學。歐陽力變其體，俯仰夷猶，多作弔古歎逝語，亦自成一格。至於瑣細不入正傳者，如望溪《書逆旅小子》、袁子才《書馬僧》之類，則事近小説，不能歸入正傳，又非記事之體，則稱之曰「書」。學記一體，最不易爲，王臨川、曾子固極長此種，二人皆通經，根柢至厚，故言皆成理。若遊讌觴詠，或有唱和之什，則冠其首者爲「序」；否則，專記其事亦可。

綜之，體物工者，作記匪不工；中惟學記一種，非湛深于經學儒術者，不易至也。

一五

姚氏姬傳曰：「序跋類者，昔前賢作《易》，孔子爲作《繫辭》、《説卦》、《文言》、《序卦》、《雜卦》之傳，以推論本原，廣大其義。《詩》、《書》皆有序，而《儀禮》篇後有記，皆儒者所爲。其餘諸子或自序其意，或弟子作之，《莊子・天下篇》、《荀子》末篇皆是也。」愚按，序古書，序府縣志，序詩文集，序政書，序奏議、族譜、年譜，序人唱和之詩，則歸入「序」之一門；辨某子，讀某書，書某文後，及傳後論，題某人卷後，則歸入「跋」之一門。

數種中，書序最難工。人不能奄有衆長，以書求序者，各有專家之學。譬如長於經者，忽請以史學之序；長於史者，忽請以經學之序。門面之語，固足鋪叙成文，然語皆隔膜，不必直造本

人精微。故清朝考據家恒互相爲序。惟既名爲文家，又不能拒人之請，故宜平時窺涉博覽，運以精思，凡求序之書，尤必加以詳閲，果能得其精處，出數語中其要害，則求者亦必饜心而去。王介甫序經義甚精，曾子固爲目録之序至有條理，歐陽永叔則長於叙詩文集。此外政書、奏議一門，多官中文字，尤不易序，能者爲之，不能者謝去，不可强也。强爲渲染，適足爲己集之瘢垢，毋庸也。辨讀子史二種文字，最有工夫，非沈酣其中，洞其闗竅，則可不必作。以不闗痛癢之言，爲集中備數文字，近人往往有此病痛。

至於跋尾，亦分數種：金石之跋最難，必考據精實，方可下筆；其下如古書古畫，亦必考其收藏之家，詳其流派所出，又是一門學問。東坡、山谷之跋，則出以天趣，殊不在此例。

近代文家往往代人作壽序。「壽序」一體，於古無之。顧亭林深惡此種文字，《望溪集》中亦但有數篇，盛者唯有歸震川，然多短篇。蓋壽言與生傳及神道墓銘有别，大抵朋友交期，祝其長壽，或偶舉一二事，足以爲壽徵者，衍而成文而已。震川文中多本此意。乃時作無可搬演，則盡舉其人之身世出處，體似生傳，又似神道，必極長而止。故壽文一體，惜抱但録震川，歸入「贈序」一門，不入「序跋」。僕論贈送序中，遺卻此體，故補論於此。實則此等文字，酬應爲多，語之不必精切，徒增紛紜，苟可以已，即不必作。

綜言之，序貴精實，跋貴嚴潔，去其贅言，出以至理。要在平日沈酣於經史，折衷以聖賢之

言，則吐詞無不名貴也。

應知八則

意境

文章唯能立意，方能造境。境者，意中之境也。譬諸盛富極貴之家兒，起居動靜，衣着食飲，各有習慣，其意中決無所謂甕牖繩樞、啜菽飲水之思想。貧兒想慕富貴家饗用，容亦有之，而決不能道其所以然，即使虛構景象，到底不離寒乞。故意境當以高潔誠謹爲上着，凡學養深醇之人，思慮必屏卻一切膠轕渣滓，先無俗念填委胸次，吐屬安有鄙倍之語？須知不鄙倍于言，正由其不鄙倍于心。意者，心之所造；境者，又意之所造也。朱子曰：「國初文字，皆嚴重老成。其詞謹勅，有欲工不能之意，所以風俗渾厚。至歐公文字，好底便十分好，猶有甚拙底。」此即後文采而先意境之説也。

文字之謹嚴，不能僞託理學門面，便稱好文字。須先把靈府中淘滌乾淨，澤之以詩書，本之于仁義，深之以閱歷，馴習久久，則意境自然遠去俗氛，成獨造之理解。朱子又言：「作文字須是靠實，説得有條理。」可見唯有理解，始能靠實。理解何出？即出自詩書、仁義及世途之閱歷。

有此三者爲之立意，則境界焉有不佳者？

雖然，理而曰解，即庖丁解牛之解。游心于造化，故能不觸于肯綮，唯入手處須有審擇工夫。《容齋四筆》述坡公語，謂：「天下之事，散在經史中，不可徒使，必得一物以攝之，然後始爲己用。所謂一物者，意是也。」此語雖深實淺。不言析理於經史中，但言使事于經史中。顧能加以議論，則爲鎔裁；但取其事實，便成糟粕。且所謂攝之以意者，亦主驅駕而言，不爲探本之論。吳氏《林下偶談》：「爲文大概有三：主之以理，張之以氣，束之以法。」言「主」言「束」，是也；言「張」則非是。「主之以理」矣，則心靜神肅，氣胡自張？

故主理之説，實行文之所不能外。凡無意之文，即是無理。無意與理，文中安得有境界？譬諸畫家，欲狀一清風高節之人，則茅舍枳籬，在在咸有道氣，若加之以豚柵雞栖，便不成爲高人之居處。講意境者由此着想，安得流于凡下？

雖然，有意矯揉，欲自造一境，固亦可以名家，唯舍芻豢而饜螺蛤，究不是正宗文字。故鄭師山《與洪君實書》曰：「所假《皇甫集》，連日細看，大抵不愜人意。其言理叙次，都是着力鋪排，往往反傷工巧。」「工巧」二字，亦文中一種伎倆，惟云言理，以工巧行之，自然至于着力。

須知意境中有海闊天空氣象，有清風明月胸襟。須講究在未臨文之先，心胸朗徹，名理充備，偶一着想，文字自出正宗。不是每搆一文，立時即虛搆一境。蓋臨時之搆，局勢也。一篇有

一篇之局勢，意境即寓局勢之中。此亦無難分別，但觀立言之得體處，即本意境之純正。故《麗澤文說》倪正父曰：「文章以體製爲先。」試問若無意者，安能造境？不能造境，安有體製到恰好地位？方望溪《與孫以寧書》曰：「古之晰于文律者，所載之事，正與其人之規模相稱。」此何謂也？非意爲之經，還他恰好地位，求稱難矣。

綜言之，意境者，文之母也，一切奇正之格，皆出于是間。不講意境，是自塞其途，終身無進道之日矣。

識度

「識度」二字，本曾文正《古文四象》列入「太陰象」中，用意深微。然自淺率言之，則識者，審擇至精之謂；度者，範圍不越之謂。

凡作文，見不到處便不說，亦不能謂之無識。識者，見遠而晰其大凡，於至中正處立之論說，而事勢所極，咸莫能外。故文正以漢光武《賜竇融書》及武侯《出師表》列入「識度類」，即此意也。

葉水心曰：「爲文不關世故，雖工奚益？」須知：關世故決不在臨文時。有遠識，有閎度，雖閒閒出之，而世局已一瞭無餘。如陸宣公疏中語，不惟深中德宗之病，而後來恢復事，皆一一不

出料量之中，則識勝也。

然此猶言以文推事之識，若學文入手工夫，亦正須濟之以識。魏叔子曰：「學古人，必知古人之病，而力湔滌之。不然，吾自有其病，而又益以古人之病，則天下之病皆萃于吾之一身。」此語至爲切當。試問非沈酣於古，博涉諸家，定其去取，明明是古人病處，卻盡力摹仿，盡力追求，即有明眼者告之以病，亦不之信矣！故學前後七子者，幾于七子外無文字；學竟陵、公安者，幾于竟陵、公安外無文字。物蔽于近，性遷于習，豈惟文字爲然？

顧此猶言癖于所嗜，使知識昏瞀耳。所難者，似知非知，似解非解，此時正須一番鑪火工夫。方望溪序《儲禮執文稿》曰：「今之人，亦知理之有所宗矣，乃雜以先儒之陳言，而無所闡也；亦知辭之尚于古矣，乃所摹古人之形貌，而非其真也。」斯言韙哉！世有汗牛充棟之文，令人閱不終篇，即行舍置，正是無識度，規以無精神，所以不能行遠而傳後。

且「識度」二字，不特專爲論事而言。謝疊山曰：「作史評，須設吾以身生其人之時，居其人之位，遇其人之事，當如何處置，必有一段萬世不可磨滅之語。」此但指論事之識，不知叙事亦自有識。凡人於人不留意處大有過人之處，而爲之傳者恆忽略不道，或亦閒閒叙過，此便失文中一大關鍵。試觀《史記》中列傳，一入手便將全盤打算：有宜重言者，有宜簡言者，有宜繁言者，經所位置，靡不井井。此惟知得傳中人之利病，但前後提挈，出之以輕重，而其人生平，盡爲所攝，

無復遁隱之迹。此非有定識高識，烏能燭照而不遺？

明袁衷曰："「識難乎通融。」「通融」二字，若在常解，便作「詭隨」説。實則，通者，通于世故也；融者，不曾拘執也。一拘，便無宏遠之識；一執，便成委巷小家子之識。總之，欲察其識度，舍讀書明理外，無入手工夫。若泛濫雜家，取其巧思，醉其麗句，則與「識度」二字愈隔愈遠矣。

氣勢

文之雄健，全在氣勢。氣不王，則讀者固索然；勢不蓄，則讀之亦易盡。故深於文者，必斂氣而蓄勢。然二者皆須講究於未臨文之先，若下筆呻吟，於欲盡處力爲控勒，於宜伸處故作停留，不惟流爲矯僞，而且易致拗晦。蘇明允《上歐陽内翰書》稱昌黎之文「如長江大河，渾浩流轉，魚鱉蛟龍，萬怪惶惑，而抑遏蔽掩，不使自露」。此真知所謂氣勢，亦真知昌黎之文能斂氣而蓄勢者矣。

凡理足而神王，法精而明徹，一篇到手已全盤打算，空際具有結構矣。則宜吐宜茹，宜伸宜縮，於心了了，下筆自有主張。等一言也，煩言之不見爲多，省言之不見爲簡。所云「抑遏蔽掩」，是文成後讀者見其抑遏蔽掩，不是昌黎下筆時始思作此抑遏蔽掩，以狡獪駭衆也。魏伯子曰："「文章大勢，正如雲中山，雖未分明，而偏全正側，胚胎已具。作者保此意勢，經營出之，便與初情

相肖。」所謂「未分明」，即在搆思之先；所謂「偏全正側，胚胎已具」，即是鄙論空際垂成之結搆。試思匠氏畫宫於堵時，何曾有飛樓傑閣之觀？然飛傑之狀，實不能不出此堵。惟理足者神始王，法精者明始徹，文中雖未見氣勢，胸中已具有氣勢矣。

柳冕曰：「力不足者彊而爲，氣則竭。」是也。駑馬與騏驥共馳於康莊，其始亦微具奮迅之概，漸而衰，久則竭矣。雖然，即名爲騏驥者，亦不能專恃其逸足以奔放。須知但主奔放，亦不能指爲氣勢。北齊顔之推曰：「凡爲文章，猶人乘騏驥，雖有逸氣，當以（御）〔銜〕勒制之，勿使流亂軌躅，放意填坑岸也。」解得顔氏之語，即知斂氣蓄勢之妙用。譬諸作畫，遠山知映帶以雲物，按之與近山之脈不連；高山知極狀以崔巍，按之與岡巒之基無托；寫瀑不先寫高澗之泉，則下洩無根；不縈迴以溪澗之石筍，則細流不曲。此雖作畫之氣勢，亦可悟作文之氣勢。

至若張養浩稱姚瑞甫才驅氣勢，縱横開合，紀律唯意，如古勍將卒率市人而戰，鼓行六合，無敵不破，似亦善道氣勢者。不知此爲野戰之師，非節制之勍旅。王遵巖初師秦漢，亦取縱横。後乃知宗歐、曾，始斂才而就範。唐荆川初不謂然，尋亦歸仰其説。今姚瑞甫之《牧庵集》，碑誌以長爲度，美惡雜收，一往直趣，擇言弗精，謂之才士之文可也，至所謂斂氣而蓄勢，鄙意不敢謂然。

昌黎吞言咽理，昌黎之所謂氣勢，從淺率觀之，頗不易領會。若先取《孟子》「與許行論並耕」

章讀之，則知氣勢之所在矣。

聲　調

時文之弊，始講聲調，不知古文中亦不能無聲調。蓋天下之最足動人者，聲也。試問易水之送荆軻，聞變徵之聲，士何爲泣？及爲羽聲，士又何爲怒？本知荆軻之必死，一觸徵聲，自然生感；本惡暴秦無道，一觸羽聲，自然生怒耳。

故孔子言詩，「興、觀、羣、怨」，列之以四「可以」。所云「可以」者，能移人必至於是之謂也。《變風》、《變雅》之淒厲，鄙人每於不適意時，閉户讀之，家人雖不知詩中之意，然亦頗肅然爲之動容，則知行文之不宜無聲調也。今但以《邶》之《簡兮》一章言之，已極抑揚頓挫之妙。自「簡兮」至「在前上處」，此但叙伶官之教子弟也，忽接入「碩人俁俁」，《毛傳》：「碩人，大德也。俁俁，容貌大也。」以大德偉貌之人，乃徒使之在宗廟公庭而演舞，當時之用人可知。遂聲明之曰：「有力如虎，執轡如組。」《毛傳》：「組，織組也。武力如虎，可以禦亂御衆。有文章，言能治衆，動於近，成於遠也。」作如此寫法，高抬伶官身分至於極地。忽跌入「執籥」、「秉翟」之賤役，所得賞者不過一散，則敗興之事，令讀者索然。此時忽插入「山有榛，隰有苓」數句，高唱入雲，直有渾良夫叫天氣概。所云「西方美人」，則思周室之賢者；「彼美人兮」，即稱頌伶官。至「西方之人兮」，則謂此

伶官宜在王室爲輔，如何屈居賤役。此種聲調，不有從前三章遏抑而下，亦斷不能叫號如此之悲。觀杜牧《阿房宫賦》，把以上秦人之種種暴虐奢靡事填咽極滿，用「獨夫之心，日益驕固」作瑣筆，其下忽頂入「戍卒叫，函谷舉，楚人一炬，可憐焦土」四句，聲調雖不如「山隰榛苓」之激越，然亦善於爲悲壯之聲矣。

愚謂古來名家之作，無不講聲調者。但以《史記・聶政傳》言之。政姊聞政死時，以婦人哭愛弟，其悲涼固不待言。然試問從何入手？而曰：「其是吾弟歟！」「其」字一頓，「是吾弟」一頓，「歟」字是指實而不必立決之辭。繼之以「嗟乎」二字，實矣。「嚴仲子知吾弟」五字，直聲滿天地矣。呼嚴仲子者，姊弟同感嚴仲子也。「知吾弟」，吾弟斷不能不爲之死。但説一「知」字，便將聶政之死，全力吸入「知」字之内。故其下無他言，但書「立起如韓之市」。故善爲聲調者，用字不多，至復耐人吟諷。《漢書・趙皇后傳》：「宫讀書已，曰：『果也，欲姊弟擅天下。我兒，男也，額上有壯髮，類孝元皇帝。今兒安在？危殺之矣。奈何令長信得聞之！』」長信者，太后東朝也。宫呼長信，猶冀以祖母憐孫之意，能救此兒。孟堅下筆時，似爲曹宫呼冤，故不期聲調悲涼高抗至此。至吾丘遵之謂籍武，惡宫中御幸生子者輒死，亦曰：「奈何令長信得聞之！」此則怒極叫號之詞。同一句法，遵之聲音乃不如曹宫之切摯，然亦見老吏天良發見處。皆爲體物之工，故能至是。

韓昌黎《答李翊書》言：「氣盛，則言之長短、聲之高下皆宜。」張濂亭先生恒執「因聲求氣」之言用以誨人。實則，講聲調者，斷不能取古人之聲調揣摩而摹仿之，在乎情性厚，道理足，書味深，凡近忠孝文字，偶爾縱筆，自有一種高騫之聲調。試觀《離騷》中句句重複，而愈重複愈見其悲涼，正其性情之厚，所以至此。

筋脈

《皇矣》之詩曰：「度其鮮原。」《釋山》云：「小山別大山，鮮。」別者，「不相連也」。鄙意不相連者，正其脈連也。水之沮洳，行于地者，其來也必有源。山之緜亙，初若斷爲平地；然其起伏若賓主之朝揖，正所謂不連之連。故堪輿之家，恆別山脈之所自來，正不能以山之斷處，遽指爲脈斷也。行文之道，亦不能不重筋脈。

魏叔子之論文法，析而爲四：曰伏，曰應，曰斷，曰續。此語的是論古文，不是論時文。伏處不必即應，斷處亦不必即續，此要訣也。一篇之文，使人知阨要喫緊在於何處，當于起手時，在有意無意中，閒閒着他一筆，使人不覺。故大家之文，阨要喫緊處，人人知之，而閒閒伏筆處，或不之知，即應處不必緊隨伏處，續處不必緊隨斷處也。

唐順之《答茅鹿門書》論精神命脈骨髓，愚已發明之於前。須知「脈」之一字，按之始見，不按

之無見也。大家唯太史公文，筋脈最靈動，亦最緜遠。而能剖析太史公之微眇者，厥惟震川。但以《史記·大宛傳》言之。諸家皆將月支、烏孫諸國，別標以國名，自爲一傳；震川本則毗而爲一，讀之果成整片文字。此無他，震川蓋知史公此傳，純以脈勝，故合而爲一無礙也。脈者，周身無所不貫者也。《大宛傳》入手即曰：「大宛之跡，見自張騫。」以張騫爲總脈，則奉使諸國，遂可以聯貫而下。其文曰：「騫身所至者，大宛、大月氏、大夏、康居，而傳聞其旁大國王六，具爲天子言之曰……」有此一筆，則以下諸國，均出諸張騫口述，又何必別標而另傳？然張騫中道殞謝，而《大宛》全傳之脈似乎斷矣，至此忽疾接入「神馬當從西北來」，故其下云「天子好宛馬，使者相望於道」，則直舍去張騫，又以宛馬爲脈。其下則處處言馬，仍可將文勢蟬聯而下。

故王維楨曰：「史遷之文，或由本以之末，或操末以續顛，或繁條而簡言，或一傳而數事，或從中變，或自旁入，思餘語止，若此類正不可枚舉。」愚嘗戲續其後曰：能以不屬之情迹匯爲鉅篇，能以一貫之事蹟判爲數傳，能以迴光返照叙人之勳勞，能以牽合附會寫己之牢騷。似有無窮神靈赴其筆端，實則筋脈靈動，故伏應斷續，曲盡其妙。所謂不屬之情迹匯爲鉅篇者，《大宛傳》是也。一事而判爲數傳，則《魏其、武安、灌夫列傳》是也。竇、灌二人均死於田蚡之手，在理一傳足以了之，合則雅有精神，分則不能斬截。然史公於《魏其傳》末曰：「遂不用。用建陵侯衛綰爲丞相。」似斷非斷，然謂之斷可也。至《武安侯傳》末，宜以武安爲結矣，顧武安横恣事，全在《灌夫

傳》中，於是即《武安傳》末起灌夫，復縈帶到魏其，言：「惟灌將軍獨不失故。魏其日默默不得志，而獨厚遇灌將軍。」此又似斷矣，實又不斷。筋脈之妙，别有神解，始能作如此用法，真所謂「松際欲盡不盡雲」矣。《漢高本紀》，注重首在滎陽、成皋，其能滅項而興劉者，韓、越同功也。顧韓信之功，震耀耳目，此易辨也。其寫彭越處，每於軍事艱窘時插入「彭越將兵居梁地，往來苦楚，兵絶其糧食」，如是者再，俾讀者知韓、彭同功。着眼在此，是於迴光返照中虚寫彭越，即是實寫彭越。魏善伯《論文》嘗曰：「筋骨插穿處不落小家。」史公其足以當之矣。《史記・貨殖》、《遊俠》諸傳，皆有寄託，獨伯夷生平與史公大不相類，而史公亦假之以抒己之不平，則其用意爲尤奇。史公既下蠶室，自以砥行立名，防爲世人堙滅，因思伯夷之得名，由孔子也，故入手即稱孔子，此即所謂伏脈也。蓋不叙孔子，無由醒出伯夷。伯夷、顔淵雖不同軌，然均待孔子而彰。因顔淵之得坿驥尾，即隱傷己身之淪棄，無人爲之救護而表彰，於是高詠悲吟，遂無牽合坿會形迹矣。以上因論文之筋脈，遂略舉讀史之大略，實則史公之妙，詎止此哉？

風趣

凡文之有風趣者，不專主滑稽言也。以滑稽爲風趣，則東方曼倩之《答客難》、揚子雲之《解嘲》、班孟堅之《答賓戲》諸作，可以永奉爲文章圭臬矣。須知滑稽者，特設論之一體。風趣者，見

文字之天真，於極莊重之中，有時風趣間出。故劉彦和曰：「深乎風者，述情必顯。」譚格亦言：「文章止要有妙趣，不必責其何出。」然亦由見地高，精神完，於文字境界中綽然有餘，故能在不經意中涉筆成趣。

如《史記·竇皇后傳》叙與廣國兄弟相見時，哀痛迫切，忽着「侍御左右皆伏地泣，助皇后悲哀」。悲哀寧能助耶？然舍卻「助」字，又似無字可以替換。苟令竇皇后見之，思及「助」字之妙，亦且破涕爲笑。求風趣者，能從此處着眼，方得真相。《史記·滑稽》一傳，雖經褚先生補入六章，謂足遊心駭目，而讀者轉不以爲奇，由先以滑稽之文待之也。

《漢書》叙事，較《史記》稍見繁細，然其風趣之妙，悉本天然。今試舉數事。如《陳萬年傳》：萬年嘗病，召其子咸教戒於床下，「語至夜半，咸睡，頭觸屏風。萬年大怒，欲杖之，曰：『乃公教戒汝，汝反睡，不聽吾言，何也？』咸叩頭謝曰：『具曉所言，大要教咸諂耳。』」乍讀之，似萬年有義方之訓，咸爲不率之子，乃於「教」下着一「諂」字，吾思病榻中人亦將啞然失笑，矧在讀者。此蓋以一字成趣者也。《丙吉傳》：「吉馭吏耆酒數逋蕩，嘗從吉出，醉歐丞相車上。西曹主吏白欲斥之。吉曰：『以醉飽之失去士，使此人復何所容？西曹地忍之，此不過汙丞相車茵耳。』」閒閒説來，思之皆有意致。此等風趣，在於微渺間，非味之不能出也。《王尊傳》尊曰：「五官掾張輔，懷虎狼之心，貪汙不軌，一郡之錢，盡入輔家，然適足以葬矣。」不言「殺」而言「葬」。以上極暴輔

之罪狀，非大辟莫可者，卻復從容作結穴語曰「適足以葬矣」，使罪人寒心，復能使旁人解頤。此等詞令，求之唐以下，不能有也。是能於嚴冷中見風趣者，尤不易辨及。《蓋寬饒傳》：「許伯自酌曰：『蓋君後至。』寬饒曰：『無多酌我，我乃酒狂。』丞相魏侯笑曰：『次公醒而狂，何必酒也？』」此則箴規中之寓風趣者也。《朱博傳》：「文學儒吏時有奏記稱説云云，博見謂曰：『如太守漢吏奉三尺律令以從事耳。無奈生所言聖人道，何也？』」此則嘲謔中見風趣者也。《陳遵傳》：「宣帝微時與有故，相隨博奕，數負進。（進，勝也。帝博而勝，故遂有所負。）及宣帝即位，用遂，稍遷至太原太守。迺賜遂璽書曰：『制詔太原太守，官尊禄厚，可以償進矣。』」讀之令人絶倒。夫以皇帝之貴，戲以璽書與博徒索責，此作如何寫法，且能以簡語出之爲尤難；孟堅只閒閒寫來，若殊不覺其爲遊戲者，不期成爲奇語。講風趣者能從此處着意，不特不流儇佻，而且不涉猥褻。

《談藪》曰：「古人規模間架皆可學，唯妙處不可學。」愚謂風趣之妙尤不易學。陳思王稱揚馬「趣幽旨深」，此言志趣之趣，非風趣也。「風趣」二字，當因題而施，又當見諸無心者爲佳。若在在求有風趣，便走入輕儇一路，袁中郎一生坐此病耳。東坡詩文咸有風趣，而題跋尤佳。蓋大篇文字宜本莊重，雖東坡通才，亦當恪守規矩，小簡及題跋則不拘。特不能如班孟堅於史傳中作趣語，而又不礙於文體，此所以獨成爲孟堅也。

情韻

《玉篇》：「聲音和曰韻。」《正韻》：「風度也。」然必有性情，然後始有風度。脱性情暴烈嚴激，出語多含肅殺之氣，欲求其情韻之綿遠，難矣。譚格謂李于鱗「才高而不大，所乏者深情遠韻」。愚謂惟其資地高，記誦博，似行文非塗飾不爲工，非詰屈不爲古，俾讀者索然，則所謂情韻者又胡從出？須知情者發之於性，韻者流之於辭，然亦不能率焉揮灑，情韻遂見。

《丹鉛總録》謂歐陽文忠文「清音幽韻，如飄風急雨之驟至」。夫飄風急雨，豈能謂之韻？或且見歐公山水廳壁諸記，多懷古傷今之作，動作哀音，遂以飄風急雨目之，過矣。凡情之深者，流韻始遠，然必沈吟往復久之，始發爲文。若但企其風度之凝遠，情態之纏綿，指爲信筆而來，即成情韻，此寧知歐文哉？善乎！明顧元慶之言，曰：「歐陽文忠晚年常日竄定平生所爲文，用思甚苦。夫人胥氏止之曰：『何自苦如此？當畏先生嗔邪？』公笑曰：『不畏先生嗔，卻怕後生笑。』」觀此，則歐文之情韻，決非輕易措筆，明矣。

蓋述情欲其顯，顯當不鄰於率；流韻欲其遠，遠又不至於枵。有是情，即有是韻。體會之，知其懇摯處發乎心本，緜遠處純以自然，此才名爲真情韻。

獨孤常州爲《殿中侍御史文章集録序》曰：「文情動於中，而形於聲，文之微也。」夫聲即韻

也，又何以謂之「微」？言微，則語由中發，凡性情不正者，決亦不能有此正聲。故世之論文者恆以風神推六一，殆即服其情韻之美。顧不治性情，但執筆求六一髣髴，茅鹿門即坐此病。紀文達譏鹿門刻意摹六一，喜跌宕激射。所謂激射者，語所不盡，而眼光先到之謂。六一文中憑弔古人，隱刺今事，往往有之。然必再三苦慮，磨剔吐棄，始鑄此偉詞。若臨文時故爲含蓄吞咽，則已先失自然之致矣，何名情韻？

雖然，文之有情有韻者，寧一歐陽哉？《宋書·謝靈運傳》稱「相如巧爲形似之言，班固長於情理之説」。實則《漢書》中之情韻，雖偶然涉筆，亦斷非他史所及。孟堅喜用「矣」字，「矣」字之下恆蓄無窮之思，愚當於論用字中詳言之，今不復贅。但舉《貢禹》一傳言之。天子報禹曰：「朕以生有伯夷之廉、史魚之直，守經據古，不阿當世，孳孳於民俗之所寡，故親近生，幾參國政。今未得久聞生之奇論也，而云欲退，豈意有所恨與？將在位者與生殊乎？往者嘗令金敞語生，欲及生時禄生之子，既已論矣，今復云子少。夫以王命辨護，生家雖百子何以加？傳曰：『亡懷土，何必思故鄉？』生其强飯慎疾以自輔！」此雖制詔之詞，不出之班筆，然能采入其書，則孟堅之尚情韻，雖不必其自出，竟與其本書沆瀣實一氣也。觀此詔中語，宛轉温裕，若慰若勉，數行中迴環往復，挹之無盡。情韻何若，讀者當自知之。

總言之，欲使韻致動人，非本之真情，萬無能動之理。宋濂曰：「身之不修而欲修其詞，心之

不和而欲和其聲，是猶擊缶而求合乎宮商，折葦而冀同乎有虞之簫韶也。」

神味

論文而及於神味，文之能事畢矣。試問鄙人之學與識，能及此邪？學識既不相及，胡能徹其中邊，使聞者首肯吾言？然摭其所聞於古人者，轉以相告。謂鄙人言之不盡，可也。至稱述古人之言，固不敢謂畢盡其美，然以備讀者之采擇，亦未爲不可。

神者，精神貫徹處永無漫滅之謂；味者，事理精確處耐人咀嚼之謂。晉張茂先曰：「讀之者盡而有餘，久而更新。」宋呂本中曰：「東坡云：『意盡而言止者，天下之至言也。』然言止而意不盡，尤爲極至。」張、呂二公所言，知味之言也。使言盡意盡，掩卷之後，毫無餘思，奚名爲味？

《麗澤文說》曰：「藏鋒不露，讀之有滋味。」似「味」字卻在藏鋒之中，然則，臨文兜勒，故說一半，留其一半，在渺冥惝恍之中，令人摸索，直同猜謎，亦可名爲「味」乎？則但言藏鋒，亦不是知味之言。譚格謂「古人從裏面涵養而得，今人從外面掇拾而得」。「裏面涵養」者，是積萬事萬理，擷其精華，每成一篇，皆萬古不可磨滅之作，此陳繹曾所謂「精於事理之文，假筆札以著之者耳」。「辭約而旨豐，事近而喻遠」，（二語見《文心雕龍・宗經篇》。）斯云得矣。

然非易事也。韓昌黎《與李翊書》：「無望其速成，無誘於勢利。養其根而竢其實，加其膏而

希其光。根之茂者其實遂，膏之沃者其光燁。仁義之人，其言藹如也。」此數語得所以求神味之真相矣。然昌黎言雖如此，實未嘗一蹴即至。觀以下書辭，歷無數辛苦，始歸本乎仁義之途、詩書之源，乃克副乎前所言者。吾輩淺人，遽言神味，寧非輕率？

然則，治文者於此，終無望乎？而又不然。歐公曰：「大抵道勝，文不難而自至。」王臨川亦曰：「理解者，文不期工而自工。」曰「至」曰「工」，原非易事，然大要必衷諸道理。純從道理上講究，加以身體力行，自然增出閱歷。以道理之言，參以閱歷，不必章絺句飾，自有一種天然耐人尋味處。

《詩》曰：「辭之輯矣，民之洽矣；辭之懌矣，民之莫矣。」試思辭之入人微也，民何由洽，而又何由莫？能洽，能莫，則味更可知矣。王船山先生解此四字，真能補傳箋及疏所未及。船山曰：「『輯』云者，合集事理之終始，序次應違之本末，無有偏伸，無有偏屈，詳析而得其要歸也。如是，則物無不以類辨，事無不以緒成，而智愚賢不肖之情，皆沁入而相感，故曰『民之洽』也。『懌』云者，推於其心之所以然，極於其事之所必至，宛轉以赴其曲，開朗以啓其迷。雖錮蔽之已深，而善入其中則自悅；雖危言以相戒，而令其易改則自從。如是，君與臣不相抗，智與愚不相拒，意消氣靜，樂受以無疑，故曰『民之莫』也。如是者無他道焉，辭不以意興，意不以氣激，盡其心以達人之心，誠而已矣。」船山此言，蓋爲宣公之奏議及制誥發也。當時興元、奉天所下制勑，

雖驕將悍卒，讀者莫不流涕，則文辭動人之功，豈特言味？不過味者，不悖於道理，不佛於人情，言皆有用之言，又皆可行之實。船山先生釋「洽」也用一「沁」字，釋「莫」也用一「受」字。沁者何？沁入心脾也，非有味其言，胡能沁？受者何？受而服膺也，非有味其言，胡甘受？六經、《語》、《孟》之言，匪不有味，亦以融匯萬理萬事，衷之以道，故亙萬世不能輕易其一字。

宋濂曰：「明道謂之文，立教謂之文，輔世成俗謂之文。」三語盡文之能事矣，初未及神味。不知言神味者，論行文之止境也，至於明道、立教、輔世成俗，則道德發爲文章之作用，又非但言文法矣。

論文十六忌

忌直率

文字本貴雄直，亦貴直率，鄙言以直率爲忌，似易生人攻訐。不知鄙所謂「直」，蓋放而不蓄之謂；所謂「率」，蓋麄而無檢之謂。元遺山曰：「文章要有曲折，不可作直頭布袋。」吕東萊評晁無咎文「麄率」，似「直率」二字，前人已發其病。而初學入手，狃於前輩「陽剛」之説，一鼓作氣，極諸所有，盡情傾瀉而出。驟讀之似有氣勢，不知氣不内積，雜收糟粕，用爲家珍，拉雜牽扯，蟬聯

而下，外雖峥嶸，而内無主意，無主意便無剪裁，此即成直率之病。《麗澤文説》曰：「鼓氣以勢壯爲美，勢不可以不息，不息則流宕而忘反。」又曰：「不難於曲，而難於直。」此何謂也？息者，停蓄也。不深究昌黎之文者，亦謂氣蓋一世，然昌黎之氣直也，而用心則曲，關鎖埋伏處尤曲，即所謂「勢壯而能息」者。能息亦由於善養。馬之千里者，初上道時，與凡馬無異，一涉長途，而凡馬汗漬脈僨，神駿則行所無事。何者？氣壯而調良，嫻於步伐耳。

文到純時，亦何嘗不主雄直？難在曲而有直體。《麗澤文説》之所謂「不難於曲，而難於直」者，即曲中得直之謂。丘邦士曰：「曲之妙在必不可使直。」愚謂丘氏亦但知得一偏：求直於曲之中，可也；終曲而不求直，不可也。劉彦和曰：「結言端直，則文骨成焉。」可見言固貴直，惟文骨成後，則結言始成端直。若直率之直，安言文骨？又安知結言？吕東萊論文十九弊，一曰直。彦和之言，東萊詎不之知？此「直」字亦正指直率之直。袁子才論文，謂「天上有文曲星，無文直星」，比擬不倫。實則袁文之所謂曲，特作意繞轉其言，故爲層折，非真能曲者。凡能曲者，未有不具直體。以奔恣徑遂爲直，又萬萬非直。王洙《談録》：「文字既馳騁，亦要簡重。」此與《麗澤文説》所言「不宜流宕忘反」同意，即東萊《古文關鍵》中論文，亦病一「直」字。至朱子論文，謂黄魯直「一向求巧，反累正直」，此蓋從言語上説，不必從文體上説。朱子論文宗道，而魯直則

身爲文人，詩文皆着力，近於酸澀，故朱子及之。朱子亦斷非以直率爲正直者。此是論文章入手處，果能于命局製詞時在在經心，於讀古人文字時亦在在經心，又奚有此弊？

忌剽襲

凡學古而能變化者，非剽與襲也。「剽」之爲言「劫」也，「襲」之爲言「重」也。知古人之美處而不能學，則生入其句法，足之以己意，駭讀者之目以爲古，苟爲人覓得其主人翁，則幾疑全體之皆贋，此爲行文一大病痛。

王鏊《震澤長語》論爲文妙訣曰：「爲文必師古，讀之使人不知所師，善師古者也。韓師孟，今讀韓文，不見其爲孟也。歐學韓，亦不覺其爲韓。」愚按歐之學韓，神骨皆類，而風貌不類。但觀惟儼、秘演詩文集二序，推遠浮屠之意與韓同，能不爲險語，而風神自遠，則學韓真不類韓矣。韓之長，亦不止出於孟子，專以孟子繩韓，則碑版及有韻之文亦出之孟子乎？韓者集古人之大成，實不能定以一格。後人極力追古人而力求其肖，則萬萬不能不出於剽襲。剽襲即死法也，一落死法則不能生於吾言之外。何者？心醉古人之句法段法篇法，處處爲之拘攣耳。

陳同甫論作文之法曰：「經句不全兩，史句不全三。不用古人句，只用古人意。但用古人

語，不用古人句。能造古人所不到處。」愚謂當於平時用功沈潛，體認古人用心所在，凡義法、意境、魄力、神味，蓄積盤亙於胸中，一到行文，當有自家把握，臨時去取。昌黎之「迎而拒之，平心察之」，此便是不存成心去就古人。正恐不能肖，而且割愛爲難，不於句法中飣餖，卻於意思中飣餖矣。顧亭林曰：「倣《楚辭》者必不如《楚辭》，倣《七發》者必不如《七發》。蓋其意中先有一人在前，既恐失之，而其筆力復不能自遂。」此正道得剽襲之病痛。覺陳同甫所謂用意用語之類，識見均不如崑山之高。

魏叔子評古文七弊，第六節曰：「語可以不驚人，不可襲古聖賢之常言。」愚於此語亦殊不明白。聖賢語當曰「引」，不當曰「襲」。《左傳》中引《詩》，如「戰戰兢兢」之類，語至習見，何以不謂之襲？且有道理語亦不必驚人，自能令人家胸中點頭。綜之，叔子言不過謂不必引據通套之語，乃不知引《易》引《詩》一兩語作點綴，亦古文中常有之事，不能即謂之襲。朱子斥劉攽之《彭城集》，謂「工於摹倣《公羊》、《儀禮》」。《公羊》、《儀禮》何嘗不可學？必謂一字一句盡肖《公羊》、《儀禮》，又復成何趣味？或且才大學博，不期然而流露。然明汪道昆之刻意摹古，往往援古事以證今事。陳與郊之《隅園》、《蘋川》二集，力摹漢、魏，雖不敢厚非，而必奉爲圭臬，直令人走入贋體，似可不必。

愚生平不喜論文，蓋過於高遠，必至詆毀古人，過於主張，又足生人攻擊。雖然，爲文當肖自

己，不當求肖古人。有古人之志願問學，加以磨治，吐屬間不期古而自古。必分門別派，謂吾爲某家香火門人，步步剽襲，即到汪道昆、陳與郊地位，又何益者？

忌庸絮

「庸絮」二字，見寧都魏伯子論文書。庸者，凡猥之謂；絮者，拖沓之謂。須知歐、曾之文，心平氣和，有類於庸，實則非庸。斂其圭角，不使槎枒於外；蓄理在中，耐人尋味。蓋幾經烹鍊，幾經洗伐，始得此不可移易之言、不矜怪異之語。乍讀之似庸，味之既久，又覺其不如是說，便不成文理。知此，足悟庸中之非庸者矣。絮亦不止多言之謂。魏叔子曰：「着佳言佳事太多，如市肆之列雜物，非不炫目，正嫌其有市井氣耳。」觀《離騷》中拳拳於懷王，言之又言，不能招人厭倦者，情深而語悲。《九章》中無數疊床架屋語，讀者何曾斥其絮絮不休？蓋能庸能絮，不是壞字面。語衷於道，雖庸，正也；情綿於中，雖絮，密也。質言之，真庸絮者，由於不學理，不厚積，言之易盡，不能不取常用之言足成篇幅。蓋讀時不悟古文繞筆複筆之訣，以爲非至再補義，文理便不圓足。須知有法以駕馭之，則靈轉圓通，宜節處便節，宜繁處即繁。若不省用筆之法，故丁寧反覆，伸明己說，此未有不流於絮者。

唐柳冕《答衡州鄭使君論文書》曰：「力不足者，强而爲文則蹶，强而爲氣則竭，强而爲智則

拙。故言之彌多，去之彌遠。」觀此，足知善言者必不庸，知言者必不絮。歸震川斥王元美，以爲「唯妄故庸」。元美斷非庸者，然《四部稿》中過於淵博，殆即叔子所謂「著佳事佳語太多」之故耳。《麗澤文說》曰：「篇中不可有冗章，章中不可有冗句，句中不可有冗語。」三者均力袪庸絮之弊。然亦庸於製題，故有冗章；庸於琢句，故有冗句；庸於造語，故有冗語。愚亦學歸震川之語曰：唯庸故絮，惟絮益庸。但觀有道理之人說話，閒閒數語不爲簡，連篇累牘不爲煩，若使不善言者述之，便覺棘耳。魏伯子曰：「不識體要者，詞語極精而反膚庸。」愚按伯子此言，亦發揮未盡透徹。彼之精者，或傳聞得諸先輩，或詞義出於古書，淺人心知其佳，但無用筆之妙，道達不出，豈但不識體要，直是不曉文法。古人爲文，於精神專注處着眼，於隨筆順帶處亦着眼，故洗伐嚴淨，自無庸絮之病。若不講行文之法及文之意境，則先無去取之能，即有先輩之名言、古書之辭義，亦何從使之道達得出？

方望溪曰：「苟無其學，雖有材，不能驟而達也。」此「達」字是言達材之達。余亦曰：苟無其學，雖有名言，亦不能達而使晰也。故爲文者，知避庸絮，則當知學。

忌虛枵

汪鈍翁《與曹木欣第二書》論文字「必求聖賢之道，達於日用事爲，而根柢於修己治身」。鈍

翁之意，似文當求實，不當狃才氣之偏，逞聰明之臆，是也。然鈍翁之爲人，激烈好詈人，而文字頗沈實有道氣，無虚枵之病。當時稱國初三家：雪苑近剽，叔子近肆。極剽之流弊，必虚而無主；極肆之流弊，或枵而過張。或云：以「虚枵」加侯、魏二子，不無太過。然不善學二子者，往往身蹈此失，不必指定二子也。

東坡雄傑，輒出凡近，吾讀其《日喻》一篇，亦不無可疑處。入手以鐘籥喻日，語妙天下。及歸宿到言道處，宜有一番精實之言，乃曰「莫之求而自至」，則過於聰明，不必得道之綱要，大概類莊子所言「同乎無知，其德不離；同乎無欲，是謂素樸」者，非聖人之道也。朱子言坡文「雄健有餘，只下字亦有不貼實處」。不貼實，正其聰明過人，故有此失。後人不及東坡，一味以高言振俗，未有不出於虚枵者。子由晚年作《待月軒記》，説軒是人身，月是人性，亦聰明語。朱子謂「先下一箇人身，卻外面尋箇性來合湊」。又曰：「子由文不甚分曉。」夫子由豈不分曉者？朱子指其於道不分曉，非謂於文不分曉也。凡脚踏實地之人，爲文有過於樸質者，萬萬不至於虚枵。司馬君實文名不及東坡，然集中在在皆有實際語。惟靠實説，方有條理；一自作聰明，則文字駕空，極興會處均是虚詞，極高騫處皆成枵響。紀文達論宋陳止齋傅良文「多切於實用」，而汪應辰稱王梅溪文亦曰：「專尚理致，不爲浮虚。」

觀此，則欲去虚枵之病，必讀書明理，準以儒先之道，不得實際，不敢爲坿會之詞，亦不至

有浮誇之失。後人讀古文，於篇中索氣，於句外求響，舍道理而不之求。一至臨文，作止進退，長吟密詠，似皆有法律在焉，然無理以實其中，到喫緊處不得不糢糊，到收束處不得不敷衍：此直是古文之套耳，非真能古文者也。韓昌黎曰：「根之茂者其實遂，膏之沃者其光曄。」所謂茂根而沃膏者，正理據於中，故言之有物。若把定空套，自詡爲翻空而易奇，此則無理取鬧之謂矣。

故欲去虛枵之病，亦無他妙巧，根柢於經，參以前言往行，然後一一運以古文之法，雖不經意中亦復自成片段。

忌險怪

幼年聞古人「文以載道」之語，初不甚解。近十五年來，方知古文一道，非學不足以造其樊，非道不足以立其幹。

但觀歐、曾之文，平易極矣，有才之士，幾以爲一蹴而幾，乃窮老盡氣，恆不能得。何者？平易不由艱辛而出，則求平必弱，求易必率，弱與率類於平易，而實非平易。不由于學，則出之無本；不衷於道，則言之寡要。以無本寡要之文，胡能自立于世？

于是懷才者往往歧出其途，趨入險怪，以爲可以炫惑時輩之心目。明湯若士序孫鵬初《遂初

堂文集》曰：「間者文士好以神明自擅，忽其貌而不修，馳趣險仄，驅使裨雜，以是爲可傳。視其中，所謂反置而臆屬者，尚多有之，亂而靡幅，盡而寡蘊。」嗚呼！若士先生其真知文者矣。「反置臆屬」，即怪險之病根。以純正爲平衍，始求反其所爲，不根于經史，自然流于臆屬。天下造臆之文，其不出於險怪，鮮矣。

唐樊宗師撰《絳守居園池記》文，僻澀不可句讀，而好奇者多爲之注。李肇《國史補》稱唐時有王晟、劉忱二家，今並不傳。故元趙仁舉、吳師道、許謙補成此卷。字句既不師古，諸家即以意推測，究亦何益於後生？擴而充之，即皇甫持正之文，自以爲師法昌黎，其能力避樊宗師之險怪又幾何耶？東坡譏《宋景文集》「淵源皆有考，奇險或難句」，紀文達謂其指《新唐書》而言。鄙見《新唐書》力求簡縮，故措詞有時近於沈晦，實非險怪一流。其用字清古頗近《南北史》，唯氣局少促耳。東坡又論徐積之《節孝集》，謂「怪而放，如玉川子」。然積文依經立訓，雅近儒者。樊宗師、盧玉川則有意爲怪誕不經之言，良非徐、宋之用心，此亦不可不辨。

大抵有本之言必不險，有用之言必不怪。險怪一道，即孟子所謂「揠苗助長」之功，雖可震炫一時，萬萬不足耐人尋味。吕東萊論文字病痛：一曰深，二曰晦，三曰怪。柳子厚之《文章六説》，頗亦以文章辭句奇險爲病。然作者能知文章之所發生，尋源竟委，語不期精而自精，文不期當而自當，何必以險怪見長？其趨險走怪，皆情有所偏，學有所不至之病，非謂天下固有此派，

存之以備文章之一格者。宋濂病世士以訓詁艱深爲奇，斥之曰「技」，不許之曰「文」，且曰「未必能至」。夫深於訓詁，其文尚可尋繹，不必「反置而膽屬」，尚復爲識者所詬病，則一力求怪者，其道不益遠邪？

忌凡猥

愚前篇力闢險怪，似乎文章宜棄奇，與人爲同矣。古固有言曰：「文貴乎順合衆心，不違人意，百人讀之莫譴，千人聞之莫怪。」（見王充《論衡·書解篇》）嗚呼！果如此言，未有不即于凡猥者矣。

凡猥非險怪之對，亦不足以救險怪之失，弊乃適同于險怪。何以言之？凡者，狃于習而寡新意；猥者，淪于俗而多鄙言。曾子曰：「出辭氣，斯遠鄙倍矣。」「鄙倍」即凡猥之謂。士大夫談吐，一涉鄙倍，即不足以儕清流，矧文章爲嚴重之器，奈何出于凡猥？陳師道《後山詩話》稱詩文總訣「寧辟勿俗」。愚謂救俗何必辟？據理道以發言，自不至俗，若語出不根，雖辟亦未必能勝于俗。去俗本無他法，但有讀書，明理，宗道三者而已。讀書多，則聞見博，無委巷小家子之言；析理精，則立言得體，尤無飾智驚愚之語；至于以文明道，則位置適高，可以俯瞰萬有，「凡猥」二字不特無幾微之染，亦並不知有所謂凡猥者。邵青門曰：「敷衍者忌俗。」又曰：「諱世取悅其病

鄙。」愚謂：既曰「敷衍」，又何俗之忌？既云「鄙」矣，又何足諱世？此等病痛，於入手時即當掃除。而曾子所謂「須遠鄙倍」之言，尤足引爲文章之秘訣。故能文章者，必能擇言。

王珻《石和文集·文昌閣碑記》謂：「孔子不得帝君之教，天下將有悖心反道，肆然于日用倫常之際，而不復以天地日月爲可忌。」讀之令人欲笑。帝君何人？何以有教？何以能助孔子？倫常之事何關於日月？此庸俗之所躂，而有識之所鄙也。魏伯子作《感應篇序》，愚且笑其不應有此題目，況此等語，安可施之文字？昔主杭州東城講席，有門下士以其師某某之遺文進，第四篇即有《關帝廟酬神記》，中有「焚香上袍」一語。上袍者，以龍衮加木偶之身也。某某果知文者，又安得此凡賤之語？故立言一節，不可不慎。

然亦有化臭腐爲神奇者。《漢書》中凡至煩至屑至庸至俗者，均能一一澤以古色，使不墜于塵俗，然序事體也。方望溪《與孫以寧書》曰：「古之晰於文律者，所載之事，必與其人之規模相稱。」然亦就序事而言。序事者，本人有是煩屑庸俗之事，傳中有不能不具載者，斥棄轉不見工，不如悉登之，愈以見其筆妙。若立言，則萬萬當吐棄凡近，不能着以塵相。《文心雕龍·體性篇》曰：「精約者，覈字省句，剖析毫釐者也。」字句尚且剖析及於毫釐，則立幹之義更可知矣。

故文者，首尚嚴潔。嚴即屏拒凡猥之謂，潔即洗滌凡猥之謂。貴在作時加意，尤貴在讀時加意。

忌膚博

凡初閲文字，得一沈博絶麗之篇什，浩浩乎若傾筐倒篋而出，則未有不咋舌失色者。然當尋源竟委，觀其來脈，審其筋節，辨其骨幹，然後始賞其波瀾。蓋無來脈、筋節、骨幹，但覺處處填塞，所摭典故若蔽天而來，此不名爲「博」，但名爲「膚」，不足重也。《讀書鏡》曰：「綜博則澤鮮。」夫文字鮮榮，原易動目，然亦貴在立意。天下博麗典則之文，有如司馬相如之《封禪文》、揚子雲之《劇秦美新》、班孟堅之《典引》乎？細繹其段落，俯仰進退，承接安頓，在在都有眉目者，意内而言外也。

杜樊川《答莊充書》曰：「苟意不先立，止以文采詞句，繞前捧後，是言愈多而理愈亂，如入闤闠，紛然莫知其誰，暮散而已。」侯雪苑亦言「士多而將囂，號令散而無紀」，即是此意。以理論之，方正學親受業於宋學士之門，然鄙意正學之文，精到嚴潔，似有出藍之目。紀文達則取宋之醇，而斥正學「意氣太盛」。文達生平痛惡理學，故有是言。實則宋文亦微有貪多處。周煇《清波雜志》稱司馬之文能以多爲少，此非縮地之術，不過擇言至精而已。擇言既精，安有膚博之病？

膚博之病，如胖夫委頓，血肉消衂於内，而皮革尚寬廓，若牛之垂胡，此實亡而虚具其表耳。

故王充《論衡·書解篇》曰：「飾貌以彊類者失形。」失形者，亡實也。推其病源，即無精意以立其幹。幹不立，雖采摭繁富，形神總屬木强。孫穀祥《野老紀聞》曰：「善飲食者，殽蔌脯醢，酒茗果物，雖是食盡，須得其化，則清者爲脂膏，人只見肥美而已。若是不化，少間吐出，物物俱在。爲文亦然。化，則說出來都融作自家底，不然，記得雖多，說出來未免是替别人家說話了也。」此語最精。别人好處，采摭可也，必靠定人家言語，自己漫無主見，猶之集萬錢於膝下，不能覓繩以貫，使盡氣力，萬不能提挈得起，但覺左支右吾，間有說到處，一轉卻又不是，雖多亦奚以爲？

顧況《禮部員外郎陶氏集序》曰：「有體病而才贍者。」夫才贍矣，而體仍言病，則所謂贍者，亦塗飾於外，廓而無當，妍而不據，皮膚雖極鮮澤，骨幹終竟廻弱。廻弱即是病，雖具贍才，皆屬剽竊，毫無心得，此行文者不可不知。

譚格曰：「古人博收而約取。」「博」非壞字，惟能約取，始不疑其爲博，若舍内飾外，則皆謂之膚博。

忌輕儇

古文者，非每字每句，必傚古人之聲吻爲吐發者也。義理明于心，用文詞以潤澤之，令讀者

有一種嚴重森肅之氣，深按之又彌有意味，抑之不盡，而繹之無窮，斯名傳作。若刻意求悦庸俗之耳目，極力摹仿古人之聲調，自無道理以筦攝之，則口不擇言，雖自詡工巧，往往墜落輕儇一道，初不自知也。

朱子嘗謂：「吕伯恭是寬厚人，不知如何做得文字，卻似輕儇底人。」然東萊一生，於古文用功甚深，教人作文：「第一看大概主張。第二看文勢規模。第三看綱目關鍵：如何是主意首尾相應，如何是一篇鋪叙，如何是抑揚開合處。第四看警策句法：如何是一篇警策，如何是下字下句處，有力處，如何是起頭換頭佳處，如何是繳結有力處，如何是融化屈折剪裁有力處，如何是實體貼題目處。」就此而言，決無輕儇之病。矧東萊尤非輕儇之人，不知朱子何見而有是語？吾輩後生，不解先儒之言，闕之可也。若但言文字，則古文中決不宜墜落輕儇。

竟陵、公安一派，昔固有人議爲輕儇者。今讀其文，鍾伯敬涉於簡易者多，然能自圓其説，亦頗有首尾，唯時病流走，過目即逝，不復耐人尋繹，謂之輕可也，而弊尚不至儇。譚友夏劣於伯敬，而復極力摹古，追逐不至，乃時露醜態，則果輕而儇矣。今但舉其雜記一體言之。《遊玄嶽記》云：「晨起，往觀岩。岩在殿後，大石有餘丈，詭秘峭刻，有骨有膚，有色有態，有力有巧。（「力」、「巧」作如此用法，已謬。）高者上躍，壑以下至不可測，使鬼爲之勞矣。」上數語寫岩狀險峭，可也；足成「使鬼爲之勞矣」六字，又復成何句法？作者殆謂「鬼工所不到」意，然何事着力至此？其

《遊南嶽記》則全仿《封禪儀記》，中間三用「意不欲往遂不往」七字作複筆，甚凡猥無味。其云：「僧火于衲，客依于鑪」，矜情作態，欲奇而不能奇。而膠晦不可解處，如「香鑪、獅子、南台諸峯，皆莫能自立，鳥莫能自飛」。「峯莫能自立」，言其危也；「鳥莫能自飛」，又作何解？其《初遊烏龍潭記》曰：「白門遊多在水，磯之可遊者曰燕子，然而遠；湖之可遊曰莫愁，曰玄武，然而城外；河之可遊曰秦淮，然而朝夕至。」凡三用「然而」字，不過欲形潭之在城内耳，又何必張皇如許？且「然而」作如此用法，亦傖不可耐。其再遊烏龍潭遇雨，則時交七月，暑雨不時，天地晝晦，亦常有之事，《記》曰：「乃張燈行酒，稍敵風雨雷電之氣。忽一姬昏黑來赴，始知蒼茫歷亂，已盡爲潭所有，亦或即爲潭所生。而問之女郎來路，曰『不盡然』，不亦異乎？」蓋言潭中雨，潭外無雨。「爲潭所有」，「爲潭所生」，此復成何句法？其《繁川莊記》曰：「初入竹時，煙其步。」彌復可笑。柳州窮極山水之狀，無不備肖，肯一語張皇至是否？《譚友夏合集》爲明蘇州張澤刻本，每篇批語皆摹仿元春者，今論輕儇之病，故略及之。

至于公安，不特輕儇，直是院本中打諢。今但舉中郎一集言之。《記靈巖》云：「石上有西施履跡，余命小奚以袖拂之。奚皆徘徊色動，碧繶湘鉞，宛然石髮中，雖復鐵石肝，能不魂銷心死？色之于人甚矣哉！」嗚呼！遊記中乃有此等用意，則直可以香奩之體爲古文矣。《記百花洲》曰：「江進之問：『百花洲花盛開否？盍往觀之？』余曰：『無他物，惟有二三十糞艘，鱗次綺

錯，氤氳數里而已矣。』」此等語可以入文與否，不待識者而已辨之矣。《記荷花蕩》曰：「舟中麗人，皆時粧淡服，摩肩簇舄，汗透重紗如雨。」文體之狎媟，至於無可復加。集凡四記西湖，其第一記云：「大約如東阿王夢中初遇洛神時也。」輕儇之語，脱口即是。其記孤山曰：「孤山處士妻梅子鶴，是世間第一種便宜人。」「便宜人」三字亦可入文耶？其餘二袁，可以不問而知。要之，伯敬亦不無輕儇處，如《遊浮渡山記》曰：「步一石橋，橋跨一澗，澗石其底，三桃花粲如三婦。」此其可議者也。譚友夏極力摹古，力不足而墮於輕儇，猶可言也，若公安則恣肆不畏人，紀文達斥其「破律壞度」，此四字足以定其罪矣。

古人言「文以載道」，聞者以爲陳言，愚謂不爲文則已，若立志爲文，非積理積學，循習於法度，精純於語言，不可輕着一筆。蓋古文非可隨意揮灑者也，一染竟陵、公安之習，則終身不可湔滌矣。

忌偏執

偏，非特見也，蔽於近而無覩，故敢爲自信之言。執，非的解也，守一隅而弗遷，轉據爲堅確之説。此皆學問不純，私見過深，又用自矜炫，流弊往往至此。

章實齋非精于古文者也，然其論文曰：「古人之言，欲以喻世；而後人之言，欲以欺世。非

心安于欺世也，有所私而矜焉，不得不如是也。古人之言，欲以淑人；後人之言，欲以炫己。非古人不欲炫，而後人偏欲炫也，有所不足與不充焉，不得不如是也。」嗚呼！推勘末俗之病源，洞見癥結矣。

用詐可以倖利，用詐萬不足以得名。且「詐」字可僥倖于事中，萬不能僥倖于文中。文爲天下公器，謂能以一己私見，遂壅天下之目，杜天下之口邪？

古人性之偏執者，至王臨川極矣。然觀其文字，皆源本經術，雖不能見諸施行，然殊未敢顯悖古訓。（《字説》則不在此論。）後人學不及臨川，而又不根于經、史，據其銖寸之才氣，率意發議，以爲奇特。習俗或從而炫之，而稍明于理者，則決不稱可。汪伯玉好作大言，曰：「蜀人如蘇軾者，一字不通，當以劣等處之。」然《太函集》中文字，刻意摹古，往往不能自遂。鄙意伯玉才調，未必能及洪景盧之精博，景盧尚不能追蹤東坡，矧伯玉邪？據其一己之見，夷轢古人，古人不能起辨，亦何施而不可？

然以上所言，第言用偏執之見，凌詆古人者也。陳龍川聰明蓋世，至言侵倫常，則殊不可解。岳珂《桯史》：吕祖謙卒，亮爲文祭之，有「孝弟忠信，常不足以趨天下之變；而材術辨智，常不足以定天下之經。」朱子見之，大不契。亦由于才多，自信太果，轉以所言爲堅確之説。

國初大儒如王船山，雖無此等語病，然往往入古人於冤獄。余爲《船山史論後案》，爲之更正

者不下數十條。其尤奇者，罵人到快意處，倒將正史之文撇去，尋覓筆記中訛謬之言，力入古人之罪，如論光武之詔任延，尤爲可笑。延于光武朝拜武威太守，帝親見，戒曰：「善事長官，勿失名譽。」延對曰：「忠臣不私，私臣不忠。」此言見之本傳，見之《通鑑》，無可議也。船山忽用高峻《小史》作「忠臣不和，和臣不忠」。「和」字原可爲「私」字之訛筆。「忠臣不私」，本無可駁；若言「忠臣不和」，則留下無數罅隙，生人議論矣。諸如此類，一部《通鑑論》中，奇冤之氣觸天。古人謂「清議所冤，萬古無復反案」，其言深可尋味。

魏叔子曰：「作論有三『不必』，二『不可』。前人所已言，諸人所易知，摘拾小事無關係處：此三不必作也。巧文刻深，以攻前人之短，而不中要害；取奇出新，以翻昔人之案，而不切情實：此二不可作也。」解得此言，則臨文時自有一種雍和平易之氣，安得有所謂偏執者？王世貞《四部稿》稱南豐氏「飫而衍」，「飫」字大佳。凡食魚嚼骨，必防其鯁，「飫」字安得有鯁？然非理正文腴，亦萬不能當得此字真際。

忌狂謬

才士多狂，狂則近謬。弊在苦古人範圍之密、義法之嚴，知不能遁越而出，始縱情爲放言高論，以自矜衒。無識者往往爲其所動，以爲不落古人窠臼，是有志者之言，究竟足以留貽爲人師

法者。狂謬者勝耶？傳耶？或合範圍有義法者勝耶？傳耶？彼狂謬之人，必聰明絶等，筆墨之間有一種光氣，足以奪人，故能擅勝于一時。若才庸而志高，亦竊效而爲之，謬且加甚。

明萬曆十三年，禮科給事中張問達刻李贄之文，以呂不韋、李園爲「智謀」，以李斯爲「才力」，以馮道爲「史隱」，以卓文君爲「善擇嘉耦」，以秦始皇爲「千古一帝」，以孔子之是非爲「不足據」云云，此等語果未嘗經人道過，然實非奇語。凡能奇者，有一種顛撲不破之道理，以曲筆描畫而出，見以爲奇，實則至正。若反常道而敢出以兇逆之語，直是狂謬，不是能奇。

李卓吾之妖妄，人人知其謬妄，雖不必告誡，而行文亦無人肯學者。然僕所辨者，有論文之狂謬，有行文之狂謬，弊皆在于析理不精，故行文、論文皆詭于正也。毛西河之經術，有獨到之處，胡能厚非？然其論文，自歐、蘇以下俱不屑。不屑歐、蘇可也，乃狂號怒駡考亭之經説，則近市井無賴矣。又論夷、齊不得爲忠臣，但可爲義士。忠臣、義士作如此分析，殊不可解。究竟痛詆歐、曾者亦不自西河始也。祝枝山作《罪知録》，且歷詆韓、歐、蘇、曾六家之文，謂韓論「易而近儇，形蠢而情霸，其氣輕，其口誇，其發疏躁」；歐陽「如人畢生持喪，終身不披衮繡」；東坡「更作儇浮，的爲利口，譁獷之氣，肆溢舌表，使人奔迸狂顛不息」；曾、王「既脱衣裳，並除爪髮」，譬之「獸鬣腊骨」。至於老泉、潁濱、秦、黄、晁、張，則「尤不足齒數」。枝山之意，唯尊柳州。尊柳州未嘗非是，謂一柳州足掩此數家，且駕昌黎而上，直是粗心武斷語。凡此皆言論文謬也。

而行文之謬，有出人意料之外者。穆參軍修爲宋文開山鼻祖，一力宗昌黎、柳州，取徑之正，信古之篤，用心之精，實在柳開之上。一傳爲尹師魯，再傳爲歐陽修，可云盛矣。然《亳州魏武廟記》云：「惟帝之雄，使天濟其勇，尚延數年之位，豈强吳庸蜀之不平？」又述守臣之言：「吾臨此州，不能導爾小民心知所奉，是亦吾過」云云，此何語也？六朝相襲，非篡不王，區區一操，固不足責，然必如是尊崇，無乃失檢？《容齋三筆》論作文要檢點，歐陽修作《仁宗御書飛白記》文中稱「予」，又稱陸經之字，歐爲大師，稍不檢點，且譏之不遺餘力，又豈可施以狂謬耶？至于譚友夏作其父德甫墓志曰：「先人九歲孤，十八爲諸生，性挑達，與諸少年爲裘馬聲伎之樂。」其《求母氏五十文説》曰：「吾父四十七逝矣，使得半百之年而壽之，春猶得爲子。母今未亡人，何敢不喜懼並？」譚氏負重名，文字不檢點至此，斥之爲謬，寧謂過當？「挑達」是何語？安可加之先世？「未亡人」三字，述母之言，尚可恕也，徑曰「母今未亡人」，用一「今」字，直友夏代母作謙詞，其謬令人欲笑。此無他，恃有文字之虚名，以爲隨意發揮，均中榘則，由太快意，始成此謬。故古文非精心研練，積理積氣於平日，加以檢點于臨文之時，庶幾無此失也。

忌陳腐

文人因科名之故，以盛年無限之精力，沈酣於八股中。及宦成名立，始鋭意爲古文，摭拾古

人講學言道之餘瀋，大張其旗鼓曰：「文以載道。吾文直布帛菽粟，無取於淫麗之言、繁誣之說。」固恢恢而壯闊也。一取其文讀之，其述政事，則不離官文書氣；辨道學，則不離語録氣；著經説，則不離高頭講章氣；發吻詔人，則真德秀之《文章正宗》也，金履祥之《濂洛風雅》也。是二書者，紀文達謂其「但充插架，無人起而攻之，亦無人嗜而習之」，文達平日痛惡道學，此言尚爲平允。

蓋「文以載道」之説，蘇文忠恒述歐陽文忠語詔人矣。孫明復謂「文爲道之用」，張文潛謂「學文之端，急於明理」。愚按「道理」二字，實純備于爲文之先，斷不關係于臨文之下。若秉筆爲文，即思某者合理，某者中道，拘攣桎梏，不期趨入於陳腐矣。

八股先生教人，凡經、史中生澀字面，便不宜用。非經、史之字有干于功令，直衡文者相承以陳腐，非陳腐不能淪入其肝脾，轉轉相因，八股一道，遂成世之腐物。其甚者，又往往遷其爲八股之道入于古文，此盛氏《叢談》所謂「以易得之，以易出之」者也。「以易」者何？不必穿穴古今，但采取先儒口頭所常言，後生小子耳中所熟聞者，補輯成文，以爲得諸天然，出以清簡。故理學家言，最爲退老鄉宦著書之藍本，以不必用心，又據絶高地位也。究竟汗牛充棟，徒資覆瓿，可以不作。

顧亭林謂講學從語録入門者，多不善於修詞。方望溪謂宋五子講學口語，亦不宜入文。顧

氏尚實用，不爲應酬無益之文，實無意于修詞，而詞語簡峻堅卓，由所學醇也。望溪亦道學一流，然文字有關鍵，有精神，無朽懈之氣。此二氏之文，決不能謂之爲陳腐。

須知文律之嚴，萬不能以先儒口頭語，爲吾文之門面。袁子才譏程魚門，謂「有心爲有關係文字」。愚謂無關係之文字固不必作，謂文字一出，在在皆有關係，則人心世道語，觸指便來，陳陳相因，即窮老盡氣爲之，亦未必即爲天下之關係。平心而論，古文無不由道理而出，當先辨此道理是否陳腐。有道理本非陳非腐，一出冬烘手筆，即成陳腐者。亡友吳摯甫先生謂馬通伯：「說理之文，最不易作。」是說蓋本於曾文正。先輩深洞文中甘苦，知以文明道，大非易事。

唯醇故不陳，唯精故不腐。雖然，「精醇」二字，能於故紙中尋索之否？吾人平日熟讀經、史及儒先之書，須鎔化爲液，儲之胸中。臨文，以簡語制斷之，務協于事理，此便是道。然斷非剽襲僞託，始臻此詣。鄙人有志未逮，竊願與吾同學之良友，互相努力以赴之。

忌塗飾

劉祈稱文有六不宜，蓋謂散文「不宜用詩家句，不宜用律賦語」。正以詩家之語近纖，律賦之語多駢，施之散文，便近塗飾。夫才士之文，既不能出之平淡，尚有駢文一道，儘可驅駕。然而，才多者恒視散文若不足爲，一握筆伸紙，非徵引古昔，即竄獵艷詞，既無精意爲之根幹，卻成一不

駢不散之體，幾乎追迹漢京，實則非也。《論衡》曰：「飾貌以强類者失形。」貌固類矣，然非真形，即過于塗飾，而不求實際，故貌存而形失耳。天下名爲古文，何嘗無斑駁之古色？猶之精氣內壯，自爾顔貌鮮澤。若枯槁之形，卻施以朱鉛，斷不成其爲真色。魏伯子之論文曰：「用故事如一石一花，偶然安放而已，否則，窮人補衣，但貼一塊。」此語趣極。語不發諸心本，務以獵略爲長，外膏而中枯，貌豐而神朽，初見或振其華縟，迴環誦讀兩三過後，便索然無味。

嚮者某文士爲人作志銘，讀之鏘然，大有音節，而詞采亦佳麗。尋爲吾友高夢旦摘其剿襲之處，細加注脚，則一篇麗文，竟成一釋氏水田之衣，無一處不借取于他氏而爲緣飾者，此等文不作可也。

尤展成，四六家也，其《告陸靈長文》忽爲散行體，每到結穴處卻加以兩三聯四六，自爲創格。此焉可學？正由才多，無可展布，似不如是不成其爲文體者。等而上之，錢虞山爲國初文章大老，今試舉《周忠介公夫人六十壽序》言之。如「宋自元祐以後，乾坤宇宙，如在霧雺晦蒙之中，日出而陰雲不駁，雨止而轟雷猶殷」。又曰：「方禍之殷也，如驕陽盛夏之時，雷電發作，天地晦冥。俄而雲解雨息，天清日朗，支頤伏枕之餘，促數如小刼，依稀如昔夢，豈不快哉？」前後兩用雷雨爲喻，似極興會，而意平而沓，且渲染處亦極着力。《虞山集》中佳處固多，而好填艷治字面亦不少，昔人譏楊鐵崖文，斥其「剪紅刻翠以爲塗飾」，虞山不免此病。望溪至詆虞山文爲「穢」，然望

溪清靖純正，視虞山之好爲華絢，自出兩途。平心而論，虞山，華士之文也；望溪，學者之文也。無虞山之才，用竄獵爲恢富，通是借才于人，必有時而窮；爲望溪之文，非原本經術及儒先之書、八家之範圍，亦往往流于寒素。

綜之，古文之爲體，意内言外，且多言不如少言，少言不如精言。言求其精，非由學術之邃、閱歷之多，安能垂爲不朽？若徒事渲染，使讀者一過輒忘，或不終篇即生厭倦。故愚于此弊，頗極着意除之。葉水心曰：「譬如人家觴客，雖或金銀照座，然不免于俗。惟自家羅列者，即甆缶瓦杯，卻是自家物色。」此語正痛斥文之不宜華飾。然但陳「甆缶瓦杯」，又不能不瀕於寒瘦。故水心之言，亦圓得一半。果能學有本源，語有根柢，即稍列金銀，亦不是塗飾；偶陳甆瓦，亦不類清寒也。

忌繁碎

唐順之《稗編》稱《史記》：「其意深遠，則其言愈緩；其事繁碎，則其言愈簡。」此言事之繁碎，非言文之繁碎也。凡爲人作家傳，作志銘，既非世之有名將相，及乎儒宗碩學，子孫編輯事略，又非文人之筆，其叙述安得不流於繁碎？執筆者不加審擇，因其繁詞碎義，一一掇拾簡端，是吾文隨之而繁，隨之而碎矣。

宋濂論文有八害，一曰「碎害完」。完者，首尾有起訖，筍接有法度，叙述有去取，言詞有分寸，成爲整片文字，斯亦可以謂完矣。若貪多務得，即爲文體之累。魏叔子曰：「文可詳復，不可煩碎。」愚按，要言不遺漏者謂之詳，行文用繞筆者謂之復。詳而求明，方不傷煩；復而取神，亦不病碎。魏善伯稱大家文「細碎處有片段，險厄處有安頓」，所謂「片段」者，即宋學士所謂「完」也。

嘗論歸、方之文，立言頗正，文體亦不稍涉纖佻。然歸有《寒花葬志》，方有《逆旅小子》，謂之爲碎，亦無不可。惟《逆旅小子》尚用以警醒有司，而《寒花葬志》雖不作可也。二公皆學《史記》。以《史記》叙事之工，雖五蠱萬怪，皆能攝以清光，不特不見其煩碎，而且不覺其媟褻。今試舉《衡山王賜傳》言之。「王病，太子時稱病不侍。孝、王后、無采惡太子：『太子實不病，自言病，有喜色。』王大怒，欲廢太子，立其弟孝。（與太子同母。）王后知王決廢太子，又欲並廢孝。王后有侍者善舞，王幸之。王后欲令侍者與孝亂以汙之，欲並廢兄弟，而立其子廣代太子。太子爽知之，念后數惡己無已，時欲與亂以止其口。王后飲太子，前爲壽。因據王后股，求與王后卧。王后怒，以告王。王乃召欲縛而笞之。」以上數語，得無煩乎？不特煩也，而且媟褻而碎。荆川亟稱其簡，何也？余曰：筆妙也。所謂五蠱萬怪，一一攝以清光也。然不宜學。

自《史記》之例一開，而《漢書》學之乃加甚焉，《南北史》學之乃尤加甚焉。《漢書·江都王建

傳》：「建遊章台宫，令四女子乗小舩，建以足踏覆其舩，四人皆溺，二人死。後遊雷波，天大風，建使郎二人乗小舩入波中。舩覆，兩郎溺，攀舩，乍見乍没。建臨觀大笑，令皆死。宫人姬八子（師古曰：「八子，姬妾官名也。」）有過者，令羸立擊鼓；或置樹上，久者三十日乃得衣；或髡鉗，以鈆杵舂，不中程輒掠；或縱狼令齧殺之，建觀而大笑；或閉不食令餓死：凡殺不辜三十五人。建欲令人與獸交而生子，彊令宫人羸而四據，與羝羊及狗交，專爲淫虐。」若此者，蓋學史公而戾者也。故朱子譏《南北史》爲小説，則又學《漢書》而戾者也。吾輩既無馬、班之才，學此二氏之文，當學其醇正者。若如此類之煩碎媟褻，雖筆所能達，亦不宜輕涉。蓋古文之體極嚴，寧守範圍，勿矜才思，斯無此等流弊。

忌糅雜

糅雜者，雜佛氏之言也。僕前十年讀《指月録》及《五燈會元》，至今不解其義。以南宗聰明，匪淺識者所能到。一日偶翻《楞嚴》讀之，十日而盡，中心甚悦。適譯《洪罕女郎傳》，遂以《楞嚴》之旨，掇拾爲序言。頗自悔其雜，幸爲遊戲之作，不留稿也。

柳子厚文幾抗昌黎之席，然其《送文暢序》，則與昌黎大異。昌黎斥僧徒如禽獸，貶佛法爲夷狄。子厚則曰：「王城雄都，宜有大士。」又曰：「勤求秘寶，作禮大聖。」則禮僧徒爲大士，去禽獸

遠矣；尊佛氏爲大聖，去夷狄又遠矣。計《河東集》中碑版之文，曰《曹溪大鑒禪師碑》，曰《南嶽彌陀和尚碑》，曰《岳州聖安寺無姓和尚碑》，曰《龍安海禪師碑》、《南嶽雲峯和尚碑》及《塔銘》，曰《南嶽般和尚第二碑》，曰《南嶽大明和尚碑》，曰《衡山中院大律師塔銘》。即贈送之序，文暢以外，尚有方及師、巽上人、僧浩初、元暠師、琛上人、文郁師、玄舉、濬上人，不一而足。推崇象教，引用内典，其甚者謂「佛書往往與《易經》、《論語》合，且不與孔子異道」。其碑版文字摭天竺故典，更不待言。柳州負一時重名，人重其文，哀其遇，故亦無復論議之者。

而子瞻兄弟，尤坐此病。子由之《欒城集》，制誥以外，竟集佛偈至于數卷，則殊無謂矣。其餘若梁補闕、白文公、趙閒閒諸公，不及八家之盛，雖合儒釋爲一，其道亦不足以病世。近代如大雲山房，動及宗乘，只此一着，已遜桐城。

蓋文體之嚴淨，不特佛氏之書不宜入，即最古如《老子》、《莊子》，亦間能偶一及之，用爲大道之證，若專恃老、莊之理，又豈足以成文？

錢虞山《有學集》詩中，時時用内典，幾冒釋氏故實爲藝林之故實。文集中如《天台泐法師靈異記》，尤近淫蠱，如「或問于錢子曰：『慈目之事，子以爲信乎誣乎？』曰：信也。如來拳拳付託，唯此正法。正法衰熄，魔外盛行，未有甚于此時者也。當此時，闡揚台事，大明如來，一期教之扃鐍，譬則被昏夜以月燈，開盲人以眼目，諸佛菩薩共護念證明，誰得而非之」云云，虞山自矜

淹博，旁涉釋氏，故漫然爲此無復顧忌之語。試一體驗，直是頭陀説法，不是文士行文。究竟忠節如顏魯公尚有此病，何論虞山？

或云：「西山、白沙，俱不諱言佛。」不知西山非文家也。學派自學派，文派自文派。白沙之學，爲人集矢，已自不少。鄙人論文，不是論學，略之可也。

綜言之，取義于經，取材于史，多讀儒先之書，留心天下之事，文字所出，自有不可磨滅之光氣。何必深求桑門之學，用自矜炫其博？至于近年，自東瀛流播之新名詞，一涉文中，不特糅雜，直成妖異，凡治古文，切不可犯。

忌牽拘

何謂牽拘？牽於成見，拘於成法也。文之入手，不能無法；必終身束縛於成法之中，不自變化，縱使能成篇幅，然神木而形索，直是枯木朽株而已，不謂文也。譬諸由歐、曾入門，一步一趨，惟歐、曾是程，此於初學時可謂能自得師。乃久久而仍不變，勿論不能突過歐、曾，即能形似，使讀者疑若已見之成文，亦復成何趣味？

汪堯峯曰：「今之讀某文者，不曰祖廬陵，即曰禰震川。其未讀某文者，亦坿和云云。聞之爲文也，必求所從入；其既也，必求所從出。彼句剽字竊、尺寸以求工者，皆能入而不能出。某

嘗自評其文，蓋自盧陵入，不從盧陵出。」鈍翁之言，可謂精矣，然讀其文，又未必能踐其言。若盧陵者，實從昌黎入，不自昌黎出者也。堯峯者，從盧陵入，仍從盧陵出，而又不能盡肖盧陵者也。大凡能文者始能論文，而所作又往往遜其所論。學者但惟其言是師，不必責望其人可也。

即如堯峯所論「能入能出」，此大有見地。入者，師法也；出者，變化也。守一先生之言，宗一先生之教，固是信服之篤，然有師而無我，有古而無今，仍不能抉出文中之妙。

楊維楨曰：「處士吳萊以著述爲務，善論文，嘗云：『文如用兵，有正有奇。正者法度，奇者不爲法度所縛。』」鄙意「不爲法度所縛」，非軼法敗度之謂，能從法度中上下四旁轉移變化耳。處處變化，即處處有變化中之法度。黃溍稱吳萊《淵穎集》「嶄絶雄深，類秦、漢間人」，或有謂其溢量者。以意推之，吳立夫惟有雄深之氣，故有「不爲法度所縛」之言。吾輩須知，「變化」二字，不是專主放溢而言，蓋能以法度爲變化，不是一變化時即爲法度。若唐荆川之論文，得之矣。荆川之言曰：「就文章論之，雖其繩墨布置，奇正轉折，自有專門師法。至於一段精神命脈骨體，則非洗滌心源，獨立物表，具古今隻眼者，不足與此。」荆川所言，蓋求之於本源之地，得立言之旨。守法度，有高出法度外之眼光；循法度，有超出法度外之道力：所詣頗不易到。然能於此處着力，終始是法度中之文字，不是牽拘法度之文字矣。

元朱夏《答程伯大書》曰：「今之爲文者，至死不悟，且役役焉剽襲而綴輯之，則其氣固已薾

矣。」此言淺而易避。「剽襲綴輯」之不足爲文，人人知之；「至死不悟」，即是牽拘之大病痛。今欲除牽拘之見，只在多讀大家之文，虚其心求古文之關鍵，沈其心思古人之用意。堯峯之所謂「入」者，專一家之謂也；堯峯之所謂「出」者，融各家之謂也。能如此用心，不特不至牽拘，且能養此心至「活潑潑地」矣。

忌熟爛

吕東萊論作文法，舉文字之病十九，其第十四病曰「熟爛」。歸震川述之，不遺一字。竊意東萊之文非能過於震川也，然其推崇東萊，乃奉以爲師法。則知文字弊病之應除者，勿論古今，凡名爲能文者皆審之也。

且「熟」字非文之病，「爛」斯病矣。《後山詩話》引歐公語謂爲文有三多：多看，多做，多商量。若此者，正欲求熟耳。朱弁《曲洧舊聞》言黄魯直于相國寺得宋子京《唐史藁》一册，歸而熟讀之，自是文章日進。子京之文果否能益魯直，則不敢知。然朱氏非能文者也，其作此語，不過論作文者務歸於精熟而已。故「熟」、「爛」二字，亦須分别言之。

曾文正論文「貴圓」。顧非熟何能圓？鄙意當於古人法律中求圓，不當于俗人眼孔中求圓。于古人法律中求圓，則雖熟不爛；于俗人眼孔中求圓，便成熟爛。句句雖似渾成，究竟是「熟爛」

之熟，不是「圓熟」之熟。袁簡齋謂「措詞率易，類應酬尺牘」，此正指熟爛之真病痛。蓋入手時便淺率，古人用心處偏不用心，凡諧俗媚世之文，用心獨至。此等文字，已不期趣入熟爛一路。匪特意俗筆俗，即句法中亦好摭腐爛之語，如「一篇之中三致意焉」，「蓋異數也」，「其某某之事有如此」，「晏如也」等句，此皆俗不可耐之語，一犯筆端，令人呃逆不止。

質言之，反乎熟即爲生。行文生而不熟，字鉤句棘，亦難協律，似乎「熟」字初非行文之病。歐公曰：「爲文之法，唯在熟耳。變化之態，皆從熟處生也。」東坡曰：「凡文字，少時須令氣象崢嶸，采色絢爛，漸老漸熟，乃造平淡。」不知二公之語，蓋欲人于讀文時熟，則作文時亦熟。熟非緣古人之軌迹，一一步躡而從；在能循古人之軌迹，一一變化而出。譬如古人本如此說，吾則抽換之，挪移之，宜前者後，宜後者前，宜長者短，宜短者長，可以從心，成爲規矩。試問此等境界，非熟何能遽臻？此則歐公、坡公所謂熟，決非「熟爛」之熟。

夫行文而至於熟爛，本無可言。推其病源，終屬理路不清，用功不得根據，又寡閱歷，凡其所得，皆屬古人糟粕，雖鎔經鑄史，出許多偉麗之詞，然神朽骨濁，終不饜明人之眼，此正所謂「熟爛」也。

用筆八則

用起筆

文之用起筆，頗有數忌。如贈送序及山水廳壁諸記，忌用古人詩句起；碑版傳略，忌用議論起；論説雜著，忌引古作陳言及成句起。此淺而易喻者也。

若機軸之變換，尤當體認古人着手之處。試看大家文集，所能引人入勝者，正以不自相犯。譬甲篇是如此起法，乙篇即易其蹊徑；丙篇是如此起法，丁篇又別有其用心。猶之行兵，阻險以爲固，當知施之平陸，成何壁壘，不能泥據山之壘，用諸夷坦之地。西人之製機亦然：等一輪舶，然自鍋罏、車軸、車葉外，機器之形，匪有同者。不同非自相戾也，期于適用而已。蓋匠心運處，自有不同之同。故不善于文者，墨守老法，一篇既如此着筆，于是累篇皆同。分以示人，頗自見異，及鐫爲專集，一披覽即已索然。

昌黎作《平淮西碑》，起筆曰：「天以唐克肖其德。」幾于嘔出心肝，方成此語。後生若皆如此喫力，便趨奇走怪，入「太學體」矣。須知文之能奇，必爲情理中之所有，不過造語異于恒蹊，非背理而求奇，匿情而求奇也。呂東萊成《博議》，全篇之意，往往定于發端一二語，且皆精切于物理，

最利觀者之目。全體多半如此，久讀之亦殊寡味。總言之，領脈不宜過遠，遠則入題時煞費周章；着手不宜太突，突則轉旋處殊無餘地。用考據起，雖頭緒紛煩，須一眼注到本位，方有着落；用駕空起，雖寬泛無着，須旋轉趨到結穴，方能警醒。

以上均就論説、贈送序及雜著各體言也。若記山水、記廳壁、記器物、記人，既不能奇，毋寧用年月，或但記事與物之所緣起，較無弊病。至於傳略、銘誌、墓表、神道各碑，或叙譜系，或姓名，此一定之法。昌黎墓誌有偶然叙及交誼者，唯其有交誼，始爲之譔文，雖語涉家常，于體格亦不甚病。然總須嚴潔，譬諸身到名山，未到菁華薈萃處，已有一股秀氣先來撲人，人便知是作家語，不易抛卻。歐文語語平易，正其嚴潔，不可猝及。昔人見歐公《醉翁亭記》草，起手本有數行，後乃一筆抹卻，只以「環滁皆山也」五字了之，何等斬截！然但觀此五字，亦有何奇？似盡人皆能。不知洗伐到精粹處，轉歸平淡，淺人以平易爲平淡，便不是矣。

用伏筆

行文有伏筆，猶行軍之設覆。顧行軍設覆，敵苟知兵者，必巧避不犯我之覆中；若行文之伏筆，則備後來之必應者也。故用伏筆，須在人不着意處，又當知此不是贅筆才佳。《左傳》序無知事至興會，然無知爲雍廩所殺，乃不能就本文中叙補，卻在本文之先另提一筆曰：「初無知虐于

擁麾」，不倫不類，此可算得伏筆否？左氏文章之聖，固無施不可，吾輩學之，便矯强矣。

伏筆即伏脈，猝觀之實不見有形迹。故吕東萊論文，謂「有形者綱目，無形者血脈」。善于文者，一題到手，預將全篇謀過，一一審定其營壘陣法。等是一番言論，必先安頓埋伏，在要處下一關鍵，到發明時即可收爲根據。故明眼者須解得一箇「藏」字訣，欲注射彼處，先在此處着眼，以備接應。朱子論東坡文：「雖是宏闊瀾翻，成大片滚將去，他裏面自有法。今人不見裏面藏得法在，只學他一滚做將去。」朱子此論不是論伏筆，然説到「藏」字，即可語行文不能無伏筆，亦惟善伏者始得後來之顯豁。蓋一脈陰引而下，不必在在求顯，東雲出鱗，西雲露爪，使人捫捉，亦足見文心之幻。朱子又言：「文字不可太長，照管不到。」其實，詳得起伏之法，雖長亦何嘗不可照管？王臨川《上皇帝書》處處皆能照管。所以能照管者，正以未説到彼，而此間先已埋伏，到興會淋漓時回眸顧盼，則以上之伏脈皆見矣。汪堯峯《與陳靄公論文第二書》言：「後之作者，知字而不知句，知句而不知篇，于是有開而無闔，有呼而無應。」言「應」者何？即應其所伏也。

且伏筆苟使人知，亦不稱妙。無意閲過，當是閒筆，後經點眼，才知是有用者。武林九溪十八澗之水，何嘗一派現出溪光？偶經一處，駭爲明漪絶底，然實不知泉脈之所自來，及見細草纖綿中，根下伏流，静細無聲，方覺前溪實與此溪相續。可見用伏筆，是陽斷而陰聯，不是伏下此一處，便抛卻去經營彼處。悟到此法，則朱子所論「藏」字訣又得關合矣。綜之，文字有起即有伏，

能悟到起伏，則文之脈訣得矣。

用頓筆

凡讀大家之文，不但學其行氣，須學其行氣時有止息處。由之走長道者，惜馬力，惜僕力，惜自己之脚力，必少駐道左，進糗加秣，然後人馬之力皆復。文之用頓筆，即所以息養其行氣之力也。《麗澤文説》曰：「皷氣以勢壯爲美，勢不可以不息，不息則流宕而忘返。」即此謂也。

惟頓時不可作呆相，當示人以精力有餘，故作小小停蓄，非力疲而委頓于中道者比。若就淺説，不過有許多説不盡、闡不透處，不欲直捷宣洩，特爲此關鎖之筆，略爲安頓，以下再伸前説耳。不知文之神妙者，于頓筆之下，並不説明，而大意已包籠于一頓之中。如《漢書・丙吉傳》略謂：帝以郭穰夜到郡邸獄，亡輕重，一切皆殺之，而皇曾孫亦在内。吉相守至天明，不聽入。尋帝亦寤。班固于此處作一頓筆曰：「因赦天下郡邸獄，繫者獨賴吉得生，恩及四海矣。」試思吉一拒之恩，能及四海，則武帝殘殺之威，一夕即可以普及四海，固不斥帝而但稱吉。此等含蓄不盡之頓筆，淺人曾學得到否？就文勢而言，似頓筆；就文理而言，是結筆。大家文字，以小結作頓，往往有之，特不如班氏于小頓小結處能神光四射耳。魏善伯曰：「險厄處有安頓。」班《書》到此，必不敢斥帝爲無道，決不敢加以微詞，此亦可云險厄矣。顧能作如此安頓，所以成爲

大家。

歐文講神韻，亦于頓筆加倍留意。如《豐樂亭記》曰：「升高以望清流之關，欲求暉、鳳就擒之所，故老皆無在者，蓋天下之平久矣。」又曰：「百年之間，徒見山高而水清，欲問其事，而遺老盡矣。」或謂「故老無在」及「遺老盡矣」用筆似沓，不知前之思故老，專問南唐事也；後之問遺老，則兼綜南漢、吴、楚而言。本來作一層説即了，而歐公特爲夷猶頓挫之筆，乃愈見風神。故王元美作文三法，其第二條曰：「抑揚頓挫，長短節奏，各極其致，句法也。」唯能解班、歐二氏之句法，即可悟文家頓筆之法。

愚嘗告人，歐公此文，一意作兩層頓法，乃不知太史公能以一事作三層頓法。《史記·趙世家》：武靈王作胡服，語樓緩曰：「吾欲胡服。」既與肥義論定，乃書曰：「于是遂胡服。」及公子成服而朝，乃書曰：「于是始出胡服令也。」一胡服成三小結。實則樓緩最聰明，肥義次之，公子成最頑固，必俟首肯，乃敢發令。曰「欲」者，定謀也；曰「遂」者，自服也；曰「令」者，徧使國人服也。蓋建議就商于三大臣，則三處均用「胡服」作頓筆，頓處即是篇中之結。由之大陣包小陣，小陣中亦另有司令之人，即結束之謂。

總言之，頓處必須言外有意，筆外有神，才算活着，若言下截然，無甚意味，便成柴立，不是頓筆。

用頂筆

文有停頓處，其下即有頂接處，原是一脈牽連而下。八股之頂接，恒與停頓處緊緊相應，其實只是一意，略爲間斷，若自相問答之類。深於文者，決不爲此淺率。

頓處既含悠揚不盡之思，若頂處即聲明其意，則何必于頓處作爾許經營？故大家之文，每于頂接之先，必删除卻無數閒話，突然而起，似與上文毫不相涉，細按之，必如此接法。其中實蓄無數深意，亦屏無數枝詞，然而須講力量矣。謀篇時先自布置一切，宜後者反先，宜直者反曲。裁量某處喫緊，則故雍容其態爲小停頓，令讀者必索所以然于頂接之時。乃頂接處又故鬆緩其脈，不即警醒，卻于句中無意處閒閒點出，使讀者心領神會其所當然，又不能切指其所以然，則製局之妙也。今試舉韓文一篇言之。如《送齊皥下第序》：「衆之所同好焉，矯而黜之，乃公也；衆之所同惡焉，激而舉之，乃忠也。于是乎有違心之行，有佛志之言，有内媿之名。若然者，俗所謂良有司也。膚受之愬不行于君，巧言之誣不起于人矣。」此將皥之所以不得舉之故頓斷，歸罪有司，别無餘語。讀者將謂此下必叙齊皥遇合之蹇，大發牢騷，迴頭更將有司痛詈一遭，補足餘意。而昌黎頂此句之下，乃作三疊筆曰：「嗚呼！今之君天下者，不亦勞乎？爲有司者，不亦難乎？爲人嚮道者，不亦勤乎？」似一味爲有司解脱。既爲有司解脱，何必更爲齊皥

不平？不知昌黎之意，蓋惡當時俗尚錮蔽，以矯爲直，純是私心，有司沿俗成例，不足深責。前半之痛詆有司，罪案原定在有司身上，而實非昌黎文中之正意。故頂筆作紆徐寬緩之語，令人疑駭，正是昌黎善用頂筆之妙。及叙到「以己之不直，而謂人皆然」，「矯私」二字是積弊，當怪習尚，不能專怪有司，于是正意始明。此即不佞所謂「鬆緩其脈，不即警醒，却于句中無意處閒閒點出」者是也。

然非力量厚者決難至此。魏伯子曰：「本欲提起至天，因力量不足，便須塌地放倒。若只提至半空，神力氣格俱敗矣。」蓋以歌唱之道喻文，確爲切實之譬。脱無精意，又寡謀篇製局之能，昧停頓起伏之法，誤會不佞所言，頓處是此意，而頂處忽謬爲興會，説到别處去，然後極力兜轉，再來牽合，承接前半脈絡，此亦算得力量邪？直庸醫接骨之丹，雖重裹厚敷于折處，斷難復原。唯力量厚者，神定見遠，和盤打算，雖遠遠推開，而遥脈一絲，仍自迴旋牽引，恣我伸縮吐納。

總言之，用頂筆必須令人不測，此秘亦惟熟讀韓文，方能領會。

用插筆

事有在文中若不相涉者，然不補叙其事，則于傳中本事爲無根；若不斟酌位置，又類陳先代之寶器於席間，夾亡親之遺囑於詩卷，不惟不倫，而且無理。雖《通鑑》爲名手所編，然往往叙補

本人家世，多勉强攙入，猶目中着砂，令人難耐。《漢文正典》言叙事文有十一種：曰正叙，曰總叙，曰間叙，曰引叙，曰補叙，曰略叙，曰别叙，曰直叙，曰婉叙，曰意叙，曰平叙，而獨未言插叙。夫文體貴潔，原不應牽涉他事，然一事有一事之源頭，不能不溯遠因。過簡則鮮晰，過煩則病脃，過疾則苦突，須在有意無意間用插筆請出，旋又歸入正傳，此劉彦和所謂「理枝循幹」者也。《左傳》爲文家叙事祖庭，每到插叙處，輒用一「初」字領起。如宣公二年叙晉靈不君，以伏甲困趙盾，至提彌明鬥死，盾幾不出，忽得靈輒而免。然靈輒事與本事相隔至遠，只得用一「初」字補入靈輒前迹，則救盾始非無因。史家全循此例，用爲插補之法，而《史記》用之尤極自然。魏善伯曰「筋骨穿插處不落小家」，亦正言插筆之難耳。

顧左氏之長不惟此也，能于百忙中緊緊穿插，又緊緊叫應，使讀者驚其捷敏，而又不見針線之迹。如襄公二十三年晉欒氏之亂，述盈之入絳，因魏獻子也。隨手即插補盈佐莊子，莊爲獻父，故獻子私焉，遂因之也。以下趙氏、中行氏、知氏皆與盈有隙，而與范氏有連，入手必插補此三家，並帶「韓、趙方睦」，見得四氏和，欒氏之敗根已伏。然魏氏强宗也，故正文必歸重獻子。惟中間敗欒氏者實斐豹之力，若破空點出斐豹，不惟不易穿插，即用一「初」字亦無處安頓。左氏卻從欒氏力臣督戎帶起斐豹，則插筆遂不費力。中間雜叙宣子慄懼，使「婦人輦以如公」；范鞅急智，詐取魏舒，道遇欒樂，注矢不中：以瑣碎事鎔成整片。惟其善于穿插，故神閒氣定，初不着

力。而善學者厥惟史公。遷文或一傳而數事，或從中變，或自旁入。今試問一傳數事，如何安置？斷非衣冠列坐，蠢如木偶之陳，故知非穿插不爲功。所云「從中變，自旁入」，真道得穿插之妙。

且穿插非嵌坿之謂，亦非挖補之謂。不得間隙，不能嵌而附之；不覓竅竇，亦非挖而補之。法在叙到喫緊處，非插筆則眉目不清，故必補其所以致此之由；叙到紛煩處，非插筆則綱要不得，故必揭其所以必然之故。總之，須近自然，無嵌附填塞之弊，方爲佳筆。

用省筆

文之用省筆，非略也。一略，則應言而不言，令讀者索然無歡，雖竟其篇幅，終蓄不愜之願，讀過輒忘矣。省又非漏也。一漏，則不惟於本文中多寡要之言，尤于插叙處少神來之筆。有首尾宜相應者，漏則莫應；有眼目宜點清者，漏則弗清：本欲求簡，而局陣竟成斷折之勢，此大病也。且又非棄而不舉也。文之去冗删繁，孰則弗知？而往往犯此二病，則神識昏瞀，不能洞見文字之癥結，以爲不如是叙述，則讀者將不悉文中之究竟，膚説生庸，喋言成絮，弊在不知舉其簡要，而棄其駢枝耳。姜白石曰：「人所易言，我寡言之。」寡言者，正謂其能吐棄一切，歸于簡當耳。要非用筆加洗伐之力，臨文有審擇之功，名曰「能省」，直吾所謂棄而弗録，墜而不舉，何名

「能省」？

且又非疏而未檢也。歐公之文似平易近情，然每爲小簡，亦必屬稿，則其事已不視爲玩易，何至於疏？又何至于不檢？蓋能用省筆，已節縮無數枝詞，讀之似疏，及絜其全局觀之，又覺文之嚴潔處本應如是。欲言其疏，則于一兩字間早聲明已往之事，都有歸宿。如《史記·項羽本紀》：「楚左尹項伯者，項羽季父也，素善留侯張良。」用一「者」字，插入項伯，不見其突；用一「素」字，來救漢王，始爲有根。脱在此時插入項伯殺人，張良救之，因用此爲根，則百忙中已來不及，故留其事在下文聲明，此處特用省筆，使讀者並不駭其冒失。文之疏處，正其精神之貫徹處。

劉彦和曰：「精論要理，極略之體。」試問不精不要，又何能略？學者爲文欲求略，當先求精。惟蓄理足者，始有眼光；有眼光，始知棄取；知棄取，則儘我所爲，全局在握，省于此則留詳于彼，伏于前必待應于後。要之，詳處非難，省處難也。

曾南豐曰：「老泉之文，侈能使之約。」今觀《嘉祐集》中，佳文非多，然所謂反侈而成約者，固惟南豐能知之。不佞引伸其義曰：「侈」字不就文體言，當就作者言，在他手宜侈言之始盡，吾今約言之則不盡。且約言而能盡者，又不止主作者而言，在能使讀者不以吾之約言爲不盡，方稱能事。此尤當于篇法、句法、字法間講究，方足清人心目，非有他妙巧也。閻百詩曰：「惟簡可以救

冗。」亦是此意。

用繞筆

爲文不知用旋繞之筆，則文勢不曲。繞筆似複，實則非複。複者，重言以聲明之謂；繞筆則於本意中抉深一層，乍觀但覆述已過之言，乃不知實有抽换之筆，明明前半意旨，然已别開生面矣。

大凡長篇文字，行氣浩瀚，然每處必須結小團陣作一小頓，文氣方凝聚不散。若篇幅不長，地步偪仄，焉能數句便作一頓？若一氣瀉盡，亦患讀過即了。此非有移步换形之妙，即不能耐人尋味，猶之搆園亭者，數畝之地，而廊榭樹石，能位置錯迕，繚曲往復，若不知所窮，方稱善于營搆。

古惟昌黎最精此技，今略舉一二篇用爲標準，亦以見古人用心之曲折處。如《代張籍與李浙東書》，不過一瞽目之人向人求丐耳，文却將「盲」字作無數旋折：「盲目不盲心」是主腦，然處處傷悼「盲」字，却處處繞轉「心」字。如盲者「當廢于俗輩，不當廢于有道之人」，有道者，知心也，將「心」字一迴顧。又言浙水七州，均不盲者，然當問其賢，不當計其盲，知賢者，知心也，又將「心」字一迴顧。于是直説盲心無用，自己盲目不盲心之有用，又將「心」字一迴顧。果能賜坐問言，則目盲而心不盲，尚能吐其「心中平生所知見」，又將「心」字一迴顧。再言心果「不以衣食亂」，則所

言或勝于絲竹金石也；復言「誠不以畜妻子憂饑寒亂心」，則並盲目亦可以愈。時時自憾其盲，尤時時自明其心，一纖小題目，百轉迎環，似糾纏却有眉目，似拖沓却分淺深，神妙極矣。次則《答劉正夫書》，立一「異」字爲學文真訣。大概言文字可能，惟「異」字爲難能。漢人于文皆稱能，惟司馬相如、太史公、劉向、揚雄爲能異。此意亦平平耳。一轉入當時之所不謂異者，亦後來之所不足傳，將「異」字逆接上文，已見力量。以下更用譬喻之筆爲「異」字發明，歸到君子之于文，不異于是所云，不異正是求異。此處欲繞轉司馬相如、太史公、劉向、揚雄，却甚易易，然無曲折之筆，即近呆板。文妙在將後進爲文深探力取古人之異者一抑，見得「異」字萬不易到，「有司馬相如、太史公、劉向、揚雄之徒者出」，亦決不能舍去「異」字而求循常，將四子推入空際，作想像語，却暗中自占身分，又閒閒繞轉四子，都無牽强痕迹。此等繞筆，萬非元、明大家所及。其下復繞到「能」字，因「能」字又顧到能者決「不因循」，又顧到能「存于今者」，始名真能行文。若捲簾，步步倒捲而上，上文有一處點眼，下文即處處迴抱，文極緊嚴，又極歷落，無偪促態度，讀之能啓人無數心思。

用收筆

爲人重晚節，行文看結穴。文氣文勢，趨到結穴，往往敝懈。其敝也非有意，其懈也非無力，

以爲前路經營，費幾許大力，區區收束，不過令人知其終局而已，或已有爲敝懈之氣所中者。即讀者亦不甚注意，大抵注意多在中堅，於精神團結處擊節稱賞，過後尚有餘思，及看到末路，以爲事已前提，此特言其究竟，因而不復留意。

乃不知古人用心，正能于人不留意處偏自留意，故大家之文，於文之去路，不惟能發異光，而且長留餘味，其最擅長者無若《史記》。《史記》于收束之筆不名一格。如本文飽叙妄誕之事，及到結束必有悔悟之言，偏復掉轉，還他到底妄誕，却用一冷雋之筆閒閒點醒，如《封禪書》之收筆是也。有痛叙奸讒誤國，令讀者憤懣填胸，述到收局，人人必欲觀其伏誅，此似行文之定例，乃不叙進讒者之應伏其罪，偏叙聽讒者之悔用其言，不叙用讒者之以間成功，偏叙誅讒者以不忠垂誡，如《吴太伯世家》之收筆是也。有叙開國之勳臣、定霸之鉅子，功高不賞，幸免弓狗之禍，卻把其退隱之軼事盡情一述，竟似以國史爲其家傳，雖描摹瑣屑，愈見其人能全身而遠禍，寓其微旨，如《越王句踐世家》之收筆是也。有同等之隱事，同惡之陰謀，同時之敗露，是天然陪客，文中且不説明，直到結穴之處，大書特書彼人之罪狀，與本文兩不關涉，然句中用一「亦」字，見得同惡之人亦同抵於族，不加議論，其義見焉，如《春申君列傳》之收筆是也。有三傳聯爲一氣，事一而人三，則每傳不能不劃清界限，顧三人終局，必待第三傳之末始能分曉，而每傳中又宜有收筆，此應如何分界者？乃史公各于本傳之末，各用似了非了之筆，讀之雅有餘味，則《魏其、灌夫、武安列

傳》之收筆是也。三傳中惟武安得保首領以没，不就刑誅，故收束處用淮南王饋金事，上曰：「使武安侯在者，族矣。」餘味盎然。而《平津侯傳》末亦用此意。獨《荆軻列傳》終寫荆軻之勇，行刺之難，秦王之驚駭，廷臣之慌亂，五光十色，使讀者太息，以爲一刺一擲，秦王之不死，其間不能容髮，只能歸諸天意，而史公冷眼直看出荆軻劍術之疏，又不便將荆軻之勇抹殺，故于傳末用魯勾踐一言，閒閒迴顧篇首，說到荆軻若能虛心竟學，則亦不致失此好機會矣，似斷非斷，卻用敘事作結穴。此等收筆，直入神化。

以上專述《史記》，實則古來佳文，實不止《史記》，不過舉其明顯易知者言之。若能在在留心，則古作盡吾師也。

用字四法

换字法

大凡通行文字，可以用熟字，如碑版、傳略及有韻之文，勢不能不用古雅之字。所謂古雅者，非冷僻之謂。字爲人人所能識，爲義則殊；字爲人人所習用，安置頓異，此在讀古文時會心而已。

朱子《論文》謂舊見徐端立述石林言：「今世安得文章！只有個減字換字法。如言『湖州』，必須去『州』字，只稱『湖』字，此減字法也；不然則稱『霅上』，此換字法也。」余謂石林此言，直是對癡人説話，古文換字之法，豈謂此耶？譬如言「廣」者稱「博」，言「盡」者稱「既」耳。

《漢書》不惟能換字，而且能用熟字爲生澀之句，亦有于不經意中，以常用之字稍爲移易，乃愈見風神。如《張安世傳》：「何以知其不反水漿也。」反，覆也，用「覆」字便無味。《杜延年傳》：「延年竊重將軍失此名于天下也。」重猶難也，若易去「重」字，便須説「不願」二字矣。《郊祀志》：「臣望東北汾陰直有金玉氣。」師古曰：「直謂正當汾陰。」王念孫曰：「直猶特也，直、特古字通。」然直用「特」字，轉見率易。

楊慎《丹鉛總録》所論換字法，則謂古文多倒語，如「亂」之爲「治」，「擾」之爲「順」，「荒」之爲「定」，「臭」之爲「香」，「潰」之爲「遂」，「釁」之爲「祥」，「結」之爲「解」，皆美惡相對之字，而反其義以用之。（如「亂臣十人」，以「亂」訓「治」也。「安擾邦國」，以「擾」訓「順」也。「荒度土功」及「遂荒大東」，以「荒」訓「定」也。「胡臭亶時」，「其臭羶」，以「臭」訓「香」也。「是用不潰于成」，以「潰」訓「遂」也。「將以釁鐘」，以「釁」訓「祥」也。「親結其縭」，以「結」訓「解」也。）實則，此但云換字之一格。若換字盡作此等換法，將日覓反面之字作正面用法，轉足使讀者索解不得矣。

鄙見義古而字今，用之易解，而又難及，則須稍通小學，方審用法。今略舉一字兩義者數條

如下：如「賴」字之訓「善」，（《孟子》：「富歲子弟多賴。」）「踰」字之訓「遠」，（《投壺》：「毋踰言。」鄭注云：「踰言，遠談語也。」）「振」字之訓「棄」，（《左傳》：「振除大災。」杜註云：「振，棄也。」）「穀」字之訓「養」，（《甫田》：「以穀我士女。」鄭箋云：「穀，養也。」）「隱」字之訓「度」，（《文選・座右銘》：「隱心而後動。」李善引劉熙《孟子注》云：「隱，度也。」）「湊」字之訓「進」，（《玉篇》：「湊，競進也。」）「虞」字之訓「望」，（桓十一年：「且日虞四邑之至也。」杜注：「虞，度也。」）「苦」字之訓「急」，（《莊子・天道篇》：「斲輪徐則甘而不固，疾則苦而不入。」）「遁」字之訓「欺」也，（賈子《過秦論》：「姦僞並起，上下相遁。」注：「遁，欺。」）「乃」字之訓「往」，（《漢書・曹參傳》：「乃者我使諫君也。」師古曰：「乃者猶言曩者。」即往也。）「遂」字亦訓爲「往」，（《楚詞・天問》：「遂古之初。」王逸註云：「遂，往也。」）「斯」字之訓「離」，（《爾雅》：「斯，離也。」《陳風》：「斧以斯之。」毛傳云：「斯，折也。」折即離也。）「攻」字之訓「固」，（《小雅》：「我車既攻。」毛傳云：「攻，堅也。」）「旁」字之訓「溥」，（《月令》：「令有司大儺旁磔。」《說文》：「旁，溥也。」）「稽」字之訓「合」，（《呂刑》：「惟貌有稽。」鄭注云：「稽猶合也。」）「農」字之訓「勉」，（《洪範》：「農用八政。」《左傳》襄十三年：「君子尚能而讓其下，小人農力以事其上。」《管子・大臣篇》：「耕者用力不農，有罪無赦。」故知「農」之訓「勉」也。）「宗」字之訓「衆」，（《同人》六二：「同人於宗。」《楚詞・招魂》：「室家遂宗。」荀爽、王逸注云：「宗，衆也。」）「然」字之訓「成」，（《大戴禮・武王踐阼篇》云：「毋曰胡殘，其禍將然。」注「然，成也。」）「集」字亦訓爲「成」，（《小雅》：「我行既集。」鄭箋：「集猶成也。」）「載」字之訓「則」，（《鄘》：「載馳載驅。」鄭箋云：「載，則也。」）諸如此類，不可枚舉，然固無一字爲人所不識者。

不佞常語人，大家文每用一二常用之字，亦往往爲俗手百思不到，由其入古甚深，又精通于小學，故下字見其不凡。若小家子以冷僻字代去熟字，自以爲古，實則去古遠矣。

拼字法

古文之拼字，與填詞之拼字，法同而字異：詞眼纖艷，古文則雅練而莊嚴耳，其獨出心裁處，在能自加組織也。

詞中之拼字法，蓋用尋常經眼之字，一經拼集，便生異觀。如「花柳」者，常用字也，「昏暝」二字亦然；一拼爲「柳昏花暝」，則異矣。「玉香」者，常用字也，「嬌怨」二字亦然；一拼爲「玉嬌香怨」，則異矣。「煙雨」者，常用字也，「顰恨」二字亦然；一拼爲「恨煙顰雨」，則異矣。「蜂蝶」者，常用字也，「凄慘」二字亦然；一拼爲「蝶凄蜂慘」，則異矣。「綺羅」者，常用字也，「愁恨」二字亦然；一拼爲「愁羅恨綺」，則異矣。「紅紫」者，常用字也，「移換」二字亦然；一拼爲「移紅換紫」，則異矣。「紅翠」者，常用字也，「顰妬」二字亦然；一拼爲「翠顰紅妬」，則異矣。此法唯南宋人最爲著意。

至于古文中拼字，原不能一着纖佻，然用此拼法拼集莊雅之字，亦足生色。蓋拾取古人用過字眼，便嫌飣餖，故能文者恆自拼集，以避盜拾之嫌。古人文集浩如煙海，胡能一一檢出指示？

今略舉習見者數條。如《漢書·揚雄傳》之「勒崇垂鴻」，崇，高也；鴻，大也，師古注爲「勒崇名而垂鴻業」耳，「勒垂」、「鴻崇」皆拼集也。又「騁耆奔欲」，「耆」即「嗜」字，「嗜欲」人所常用，一拼以「奔騁」二字，立成異觀。次則《南史·梁本紀》之「昏制謬賦」，「昏謬」二字孰不知用？而用在「賦制」之上，則成弊政之爰書矣。《循吏傳》：「于是傾資掃蓄，猶有未供。」「資蓄」二字有何奇異？拼之以「傾掃」，則朝廷虐政，一望令人駭然。《隱逸傳》：「皆稟高下之性，不能擢志屈道。」「道」與「志」作如是拼法，尤雅馴可愛。《北史·高謙之傳》：「蔽上壅下，虧風損政。」「風政」者，風俗與政令也，拼以「虧損」二字，則可總括衰朝之大概。《陸俟傳》：「資忠履義，赴難如歸。」「忠義」之上，拼以「資履」二字，尤見古雅。唐呂温《房玄齡贊》「羽義翼忠」似即脱胎于此。唐文不惟韓、柳能自鑄詞及拼字，即諸家亦匪不能。皇甫湜《吉州廳壁記》之「民朋吏囂」及「彈豪糾黠」，權德輿《宗元先生文集序》之「齋神挫鏡」，鏡，明也，不過謂神齋而明挫耳，然拼法甚佳。呂温《李衛公贊》：「策勇駕智，長驅仁義。」「勇智」之上著以「駕策」二字，大有工夫。韋瓘《義井記》「撥腐曝淤」，拼字亦大類柳州。舒元輿《陶母墳版文》：「觸命觝教，磨失法用。」「觸觝」二字加在「命教」之上，詞至嚴毅。

諸如此類，不過就衆人所習見者指出，見古人用心之處。不知者以僕爲皷字嚼句，令人走入魔道，此等罪孽，僕所不任。蓋古文原有此種拼字之法，即韓、柳亦然。蓋局勢氣脈者，文之大段

也，絺章繪句，原屬小技，然亦不可不知。大處既已用心，此等末節，亦不能不垂意及之。

「矣」字用法

「矣」字，《説文》：「語已辭也。」柳宗元曰：「決辭也。」鄙意雖名「決辭」，言外須有沈吟惋惜之意，則用「矣」字方有餘味。

歐文多用此法，然亦不數見。若《漢書》則在在皆着意，句句見風神。其散見諸傳中，不能一一省記，唯《食貨》一傳屢用「矣」字，不加議論，令人覃思，言外皆有不足時政之意，深可尋繹。今亦略舉數條，曰：「今法律賤商人，商人已富貴矣；尊農夫，農夫已貧賤矣。」此結束上文農夫苦況，取貸商人，商人不耕而坐吸農夫之膏血，朝廷不能禁，用兩「已」字，足以兩「矣」字，生出無窮慨歎之意。讀者似認爲本文之頓筆，實則非是，用一「矣」字，即所以動朝廷恤農之心也。又曰：「故大賈畜家不得豪奪吾民矣。」（「畜」讀曰「蓄」。豪，謂輕侮之也。）此應上文輕重斂散之以時，則準平，民有所澹，故大賈畜家不得豪奪。用一「矣」字，是有期望如此之意。能復古，方有此等富農之作用，不是許他便能如此，作決辭也。又曰：「即位數年，嚴助、朱買臣等招徠東甌事，兩粵、江淮之間，蕭然煩費矣。」此「矣」字亦是慨歎之詞，言外譏不應以此二人無因而擾民，似救之已無及意。又曰：「於是見知之法生，而廢格沮，誹窮治之獄用矣。」（張晏曰：「吏見知不舉，劾爲故縱。官有所作，廢格

沮敗。誹謗則窮治之也。」）此追咎公孫弘以《春秋》之義繩下，取漢相張湯以峻文決理爲廷尉，故生出如是暴虐之政。「用」字是咎朝廷，「矣」字是惜朝廷不應如此，明爲決辭，而譏貶之意亦不十分深刻，却能令人思之生其悔心，措詞敏妙極矣。　又曰：「是時財匱，戰士頗不得禄矣。」此言昆明池成，賞大將軍及驃騎五十萬金，又軍馬死者十餘萬匹，轉漕車甲之費不與焉，則戰士之不能實受其禄，却在意中。言「戰士頗不得禄」者，寫戰士有怏怏不自聊意如繪。　又曰：「天下大氐無慮皆鑄金錢矣。」此言吏民以盜鑄死者數十萬人，其不發覺相殺者不可勝計，赦自出者百餘萬人，然亦不能半自出，屈指以計，似天下皆盜鑄之人矣，惜其盜多而刑濫也。（「氐」讀曰「抵」。抵，歸也。大歸，猶言大凡也。）又曰：「直指夏蘭之屬始出，而大農顔異誅矣。」此言犯法者衆，不能盡誅，故以直指分行郡國，與顔異之誅是兩事，然追源張湯用事，故持法深峻，而顔異以論白鹿皮幣忤湯意，湯以事誅之。雖兩事而發者實湯一人，故不妨合而並言之，譏其酷烈。　又曰：「百姓終莫分財助縣官，於是告緡錢縱矣。」此言以告緡之故，得民財物以億計。推原百姓不能如卜式以私錢助官，故因告緡而破其家。「縱」字有縱人劫奪意，下字極重，似説成民不分財助官，官自能奪之也。故下文曰：「而縣官以鹽鐵緡錢之故，用少饒矣。」「少饒」二字均説他劫奪民財而來，措詞冷刻。又曰：「入財者得補郎，郎選衰矣。」此譏用所忠之言，煅世家子弟富人鬬鷄走狗馬弋獵博戲罪狀，相引數千人爲株送徒，然決爲徒者入錢反得郎，郎選之衰由此矣。此「矣」字才爲決辭，然

亦悲慨出之，不傷直致。又曰：「兵所過縣，縣以爲訾給毋乏而已，不敢言輕賦法矣。」此言漢置初郡十七，新治無賦税，責賦則時時小反，漢發卒誅之，間歲萬餘人。故民悚於法，供吏之求，不敢言輕賦。澹澹二語，寫民間吞聲飲泣之狀如生，文真善于含蓄矣。以上數則皆有鍼線可尋，能沈潛體貼其用心所在，自能開其悟境。（按班《書》數用「矣」字，亦有采取《平準書》者，然稍有異同，故仍從班《書》。）

「也」字用法

凡文中用「也」字，有解釋義，有指實意。

《始古録》謂歐陽《醉翁亭記》用「也」字，東坡《酒經》用「也」字，王荆公《度支郎中蕭公墓銘》亦皆用「也」字，不知誰相師法，然皆出《孫武子》十三篇中。以上三項，僕皆見之，竊意古人用之則可，吾輩學之則立形其呆相。

凡善於文者，用虚字最不輕苟。俗手用「也」字，人恆以爲用作煞尾之字，聲明本意而已，未曾着意讀之，而史公諸傳，每用「也」字必有深意，然爲法不等。今稍舉其可以詮釋者，著之于篇。如《封禪書》稱高宗「有雉登鼎耳雊，武丁懼。祖己曰：『修德。』武丁從之，位以永寧。後五世，帝武乙慢神而震死。後三世，帝紂淫亂，武王代之。由此觀之，始未嘗不肅祇，後稍怠慢也。」此

「也」字應上慢淫之結局，爲武丁惋惜，至有餘味。又：「羣臣有言，見一老父牽狗，言『吾欲見巨公』，已忽不見。上即見大跡，未信，及羣臣有言老父，則大以爲仙人也。」此「也」字是譏詞。「則」字有冒失意，「大」字有急不暇察意，「以爲」二字有迷信意，用「也」字作煞，譏貶之意，不繹而明矣。又《越王句踐世家》：「故金至，謂其婦曰：『此朱公之金。有如病不宿誡，後復歸，勿動。』而朱公長男不知其意，以爲殊無短長也。」「以爲殊無短長」，輕衊莊生，已爲殺弟之張本。用一「也」字作煞，言外有譏誚其愚騃之意。至既封三錢之府，「朱公長男以爲赦，弟固當出也，重千金虛棄莊生，無所爲也。」兩用「也」字，足成上半愚騃之態度，即爲「殊無短長」句作注脚，描寫傖父之狀如繪。又《趙世家》：「王夢見處女鼓琴而歌詩曰：『美人熒熒兮，顏若苕之榮。命乎！命乎！曾無我嬴。』異日，王飲酒樂，數言所夢，想見其狀。吴廣聞之，因夫人而内其女娃嬴孟姚也。」「女」字一頓，「娃」字一頓，「嬴」字一頓，「孟姚」又一頓。署「嬴」，名也；署「女」，親也；署「娃」，少也；署「孟姚」，字也，其下稱「孟姚」，故必醒「孟姚」二字。用「也」字煞，是得意意，又是得計意；不然，文但曰「因夫人而納女孟姚」，有何不可，而必用此一「也」字？蓋吴廣此時聞夢，而女適名嬴，心花怒開，計此女一入，有無窮富貴福祉，來從其後。史公代其得意，加一「也」字，帶聲拖出，悠揚不盡之喜樂矣。又公子成「再拜稽首，乃賜胡服，明日服而朝。于是始出胡服令也。」此「也」字就公子成拜賜後，命令始立，雖是斷語，亦含幸辭。又《淮南衡山列傳》：「淮南王削地之後，其

爲反謀益甚。諸使道從長安來，爲妄妖言，言上無男，漢不治，即喜；即言漢廷治，有男，王怒，以爲妄言，非也。」驟觀之，「非也」二字近贅，但言「王怒，以爲妄言」足矣，何必續此「非也」兩字？不知「非」字正與「喜」字爲偶。「即喜」者，妄意之喜；「非」者，亦妄意之非。「王怒，以爲妄言」，此是對言者之詞；「非也」二字，是自慰之詞。「非」下着一「也」字，正是譏妄可笑耳。又《范雎蔡澤列傳》：「蔡澤聞之，往入秦也。」此與吳廣納女同一格調，然亦微有不同。同是冀幸之心，同有富貴之想，特有剛柔之别。「往」字是毅然氣概，「入秦也」三字是儘有把握意，故云與吳廣别也。又《荆軻列傳》：「賜夏無且黄金二百鎰，曰：『無且愛我，乃以藥囊提荆軻也。』」「乃以藥囊」，是言藥囊萬非敵劍之器用，而竟用而提之，「也」字是不料意，是眼見而信服意，故爲此決辭，于決中仍加意外之稱賞，味其語氣自見。「魯句踐已聞荆軻之刺秦王，私曰：『嗟乎！惜哉！其不講于刺劍之術也。甚矣！吾不知人也。曩者吾叱之，彼乃以我爲非人也。』」末「也」字不是當「耶」字用。「彼乃以我」是代荆軻設想鄙己之決辭，惟其不應決而決，所以可惜，此「也」字真有飄揚不盡之思。又《劉敬叔孫通傳》：「于是高帝曰：『吾乃今日知皇帝之貴也。』」此「也」字以英雄作傖父語氣，細味之可笑。

以上諸條，語極細碎，然留心古文者，斷不能將虚字略過。須知有用一語助之辭，足使全神靈活者，消息極微，讀者隅反可也。

韓柳文研究法

林紓　撰

《韓柳文研究法》

林紓　撰

馬其昶序此書云：林紓「於《史》、《漢》及唐宋大家文誦之數十年，説其義，玩其辭，醰醰乎其有味也」。對原作沉酣求索，如味醇酒，正是林氏論文每中肯綮之前提。是書不分卷，首列《韓文研究法》，次列《柳文研究法》，雖云「研究法」，實爲論析、評騭韓柳文之專著。林氏論韓文，贊其「能詳人之所略，又略人之所詳」。常人恒設之籬樊，學韓則障礙爲之空；常人流滑之口吻，學韓則結習爲之除」，認同李漢「摧陷廓清」、蘇洵「抑絶蔽掩，不使自露」之評，而對秦觀謂韓文取徑於莊、列、蘇秦、張儀，則予駁難。繼則逐一評論韓文名篇共六十七篇，於韓集雜著、書啓、序、祭文、碑誌等類均有所取。其論柳文，贊同劉禹錫「雄深雅健，似司馬子長」之見，而非難方苞對柳氏之「醜詆之詞」。然後逐一評論柳文名篇共七十二篇，於柳集雅詩歌曲、古賦、論、議辯等類皆多涉及。所論均稱精當，且每以韓、柳同類之文相比較，評判優劣，更品味各自特色，在整體評價上則不予軒輊，並爲古文大家。親切言説，娓娓動人，「傾囷竭廩，唯恐其言之不盡」（馬其昶序），爲學韓學柳者導示門徑。

有商務印書館一九一四年本，並多次重印。今即據以録入。

（王宜瑗）

韓柳文研究法序

今之治古文者稀矣！畏廬先生最推爲老宿，其傳譯稗官雜説徧天下，顧其所自爲者，則矜慎斂遏，一根諸性情，劬學不倦。其於《史》、《漢》及唐宋大家文誦之數十年，說其義，玩其辭，醰醰乎其有味也。往與余同客京師，一見相傾倒。別三年再晤，陵谷遷變矣，而先生之著書談文如故。一日出所謂《韓柳文研究法》見示，且屬識數言。世之小夫，有一得輒祕以自矜；而先生獨舉其平生辛苦以獲有者，傾囷竭廩，唯恐其言之不盡。後生得此，其知所津逮矣。雖然，此先生之所自得也，人不能以先生之得爲己之得，則仍誦讀如先生焉，久之而悠然有會，乃取先生之言證之。或反疑其不必言，然而不言則必不能久誦讀如先生決矣。故先生言之也，人之得不得，於先生何與？乃必傾囷竭廩，唯恐其言之不盡。嗚乎！同類之相感相成，其殆根於性情，亦有弗能自已者乎？桐城馬其昶序。

韓文研究法

林紓 撰

韓氏之文，不佞讀之，二十有五年。初誦李漢之言，謂「公之于文，摧陷廓清之功，比于武事，可謂雄偉不常者矣」。心疑其説之過。既而泛濫于雜家，不惟于義法有所未嫻，而且韓文之所不屑者，則煩絮而道之；韓文之所致意者，則簡略而過之。有時故作興會，而韓之布陣不如是也；有時謬爲拗曲，而韓之結搆不如是也。實則韓氏之能，能詳人之所略，又略人之所詳。常人恒設之籬樊，學韓則障礙爲之空；常人流滑之口吻，學韓則結習爲之除。漢所謂「摧陷廓清」者，或在是也。

蘇明允稱韓文能「抑絶蔽掩，不使自露」。不佞久乃覺之。蔽掩，昌黎之長技也，不善學者，往往因蔽而晦，累掩而澀，此弊不惟樊宗師，即皇甫持正亦恒蹈之。所難者，能於蔽掩中有淵然之光、蒼然之色，所以成爲昌黎耳。雖然，明允能識昌黎爲蔽掩，而明允之文固非蔽掩者也。吾思昌黎下筆之先，必唾棄無數不應言與言之似是而非者，則神志已空定如山嶽，然後隨其所出，移步換形，只在此山之中，而幽窈曲折，使入者迷惘，而按之實理，又在在具有主腦。用正眼藏，

施其神通以怖人，人又安從識者？

淮海文字，亦饒有風概，顧終不能成爲大家。其論韓文，謂「能鉤《莊》、《列》，挾蘇、張，摭遷、固，獵屈、宋，折之以孔氏」。其論去李漢遠矣。韓文之摭遷、固，容或有之；至「鉤《莊》、《列》，挾蘇、張」，可決其必無。昌黎學術極正，闢老矣，胡至乎鉤《莊》、《列》？且方以正道匡俗，又焉肯拾蘇、張之餘唾？淮海見其離奇變化，謬指爲《莊》、《列》；縱横引伸，謬指爲蘇、張。詎知昌黎信道篤，讀書多，析理精，行之以海涵地負之才，施之以英華穠郁之色，運之以神樞鬼藏之秘，淮海目爲所眩，妄引諸人以實之，又烏知昌黎哉！

讀昌黎五《原》篇，語至平易，然而能必傳者，有見道之能，復能以文述其所能者也。宋之道學家，如程、朱至矣，間有論道之文，習誦于學者之口者耶？亦以質過于文，深于文者，遂不目之以文，但目之以道。道可喻于心，不能常宣之于口，故無傳耳。昌黎於《原道》一篇，疏濬如導壅，發明如燭闇，理足于中，造語復衷之法律，俾學者循其塗軌而進，即可因文以見道。黄山谷曰：「文章必謹布置。」每見後學，多告以《原道》命意曲折，後以此槩求古人法度。如老杜《贈韋見素》詩，布置最得正體，如官府甲第，廳堂房室，各有定處，不可亂也。須知文之不亂，恃其有法，始不亂也。昌黎生平好弄神通，獨于五《原》篇，沈實樸老，使學者有塗軌可尋，故《原道》一篇，反覆伸明，必大暢其所蓄而後止。《原性》具萬古之特見，折衷于孟軻、荀卿、揚雄三子之論，獨標真藴，

其警快處，能使人首肯其說；其援引處，能使人堅信其說。《原毁》則道人情之所以然，曲曲皆中時俗之弊。公當日不見直于貞元之朝，時相爲趙憬、賈耽、盧邁，咸不以公爲能，意必有毁之者，故婉轉叙述毁之所以生，與見毁者之所以被禍之故，未嘗肆詈，而惡薄之人情，揭諸篇端，一無所漏。所贈序與書多不平語，而此篇獨沈吟反覆，心傷世道，遂不期成爲至文耳。《原人》括，《原鬼》止，均足以牖學者之識力。

昌黎雜著，自五《原》迄于諸篇，體制皆類子書，而不佞所最心折者，爲《對禹問》，爲《説馬》，爲《獲麟解》，爲《進學解》，爲《諱辯》，爲《伯夷頌》。

禹之傳子異于堯舜，故萬章一問，孟子委之於天，實則「天與賢，則與賢；天與子，則與子」一説，意正而語尚未得根據。公獨曰：「舜不能以傳禹，堯爲不知人；禹不能以傳子，舜爲不知人。」待人而傳，無論人也子也，惟賢而已。自有此語，立將公私畛域，一語打通。而又防禹後之有桀，天下實受其亂，則又爲之補義曰：「禹之後四百年，然後得桀；亦四百年，然後得湯與伊尹。湯與伊尹不可待而傳也。」不可待而傳，傳啓亦等諸傳賢，初無二致，于文字則至明豁，于道理又甚切實。迨結束又聲明孟子所以歸本于天之故，實則文字到此，已志滿意得，别無剩義可求矣。

《説馬》及《獲麟解》，皆韓子自方之辭也。《説馬》語壯，言外尚有希求；《解麟》詞悲，心中别

無餘望。兩篇均重在知字，篇幅雖短，而伸縮蓄洩，實具長篇之勢。《說馬》篇入手，伯樂與千里馬對舉成文，似千里馬已得倚賴，可以自酬其知；一跌落伯樂不常有，則一天歡喜，都淒然化爲冰冷。且說到「駢死槽櫪之間」，行文到此，幾無餘地可以轉旋矣。忽叫起「馬之千里者」五字，似從甚敗之中，挺出一生力之軍，怒騎犯陣，神威凛然。既而折入「不知其能」句，則仍是奴隸人作主，雖有才美，一無所用，興致仍復索然。至云：「安求其能千里也！」「安求」二字，猶有須斯生機，似主者尚有欲得千里馬之心，弊在不知而已。苟有道以御馬，則材尚可以盡，意尚可以通，若但抹煞一言曰「天下無馬」，則一朝握權，懷才者何能與抗？故結穴以歎息出之，以「真無」、「真不知」相質問，既不自失身分，復以冷雋語折服其人，使之生媿。文心之妙，千古殆無其匹。至於《獲麟》一解，格同而行文則微有不同。古有知馬之伯樂，無知麟之伯樂。且馬有羣，伯樂不過于羣中別爲千里之馬；麟無羣，可以不待別而知爲麟，至於不待別而知者而仍不知，則麟之遇蹇矣。此昌黎所由用以自方也。入手引《詩》、《書》、《春秋》傳記百家之書，皆知爲祥，用別于千里馬之徒賴一伯樂，似天下有普通共識之賢士，無可疑者。顧以「不畜于家，不恒有于天下」之故，凡賤眼中盼眄不到，其所宿知而素稔者，馬牛犬豕之屬，見得天下皆凡材，無殊特之彥。故雖有麟，而仍不知。行文至此，爲勢頗促，以下亦無餘語，作者忽從俗人眼中之知拈來，自己較量，謂汝所知者，我亦皆知；唯麟也，爲我之獨知，不能盼爾之知。爾之所謂不祥，正我私心之所謂祥，

亦《詩》、《書》、《春秋》之所謂祥。縱俗中指爲不祥，亦復何害？用「亦宜」二字，似爲收煞之筆。忽曰：「麟之出，必有聖人在乎位。」此聖人即屬知馬之伯樂，然伯樂與聖人皆不常有之人，而昌黎自命，則不亞麟與千里馬。千里馬不幸遇奴隸，麟不幸遇俗物，斥爲「不祥」，然出皆非時，故有千里之能，抹煞之曰「無馬」；有蓋代之祥，抹煞之曰「不祥」。語語牢騷，卻語語占身分，是昌黎長技。

《進學》一解，本于東方《客難》、揚雄《解嘲》，孫可之比諸玉川子《月蝕詩》，謬矣。《月蝕詩》既沈黑牽拗，讀之棘齒；《進學解》則所謂沈浸濃郁，含英咀華者，真是一篇漢人文字。李華有其氣，然微楞；蕭穎士有其韻，然微脆。昌黎所長在濃淡疏密，相間錯而成文，骨力仍是散文，以自得之神髓，略施丹鉛，風采遂焕然于外。大旨不外以己所能，借人口爲之發洩，爲之不平，極口肆詈，然後製爲答詞，引聖賢之不遇時爲解，説到極謙退處，愈顯得世道之乖，人情之妄，只有樂天安命而已。其驟也，若盲風澁雨；其夷也，若遠水平沙。文不過一問一答，而啼笑横生，莊諧間作，文心之狡獪，歎觀止矣！

《諱辯》一首，已見之《文章流别》，今不具論。唯《伯夷》一頌，大致與史公同工而異曲。史公傳伯夷，患己之無傳，故思及孔子表彰伯夷，傷知己之無人也；昌黎頌伯夷，信己之必傳，故語及豪傑不因毁譽而易操。曰：「今世之所謂士者，一凡人譽之，則自以爲有餘；一凡人沮之，則自

以爲不足。」見得伯夷不是凡人，敢爲人之不能爲，而名仍存于天壤。而已身自問，亦特立獨行者，千秋之名，及身已定，特借伯夷以發揮耳。蓋公不遇于貞元之朝，故有託而洩其憤。不知者謂爲專指伯夷而言，夫伯夷之名，孰則弗知，寧待頌者？讀昌黎文，當在在于此等處著眼，方知古人之文非無爲而作也。退之《釋言》篇，蓋取《國語》「驪姬使奄楚以環釋言」，謂以言自解釋也，昌黎用此釋讒者之言。然是時宰相爲鄭絪，爲李吉甫，二人非能貴退之者，亦非能禍退之者。退之此文，則敬慎茂密，意氣恬靜，無平昔崛强之氣。鄙見讒者設言，甚肖退之之自言，謂：「相國豈真知我！」宛類退之平日口吻。讀昌黎《與崔立之書》，謂「肯與斗筲者決得失于一夫之目而爲之憂樂」一語，則退之心中不必推服鄭絪，可想而知。顧讒者既有是言，置之不辯可也；既欲辯之，則不能不費周章。文叙左遷之先收用，同見之先賜坐，呈文之獨受知，以感恩之言，堅宰相之信己，不敢爲傲也。又言傲者必有所恃，而已親族鮮少，無扳聯之勢；不善交人，無相先相死之友；又無宿資蓄貨，以釣聲勢。純是一派俗語，冀宰相哀憐。蓋識鄭絪爲勢燄中人，不如是，不足以動之也。繼亦知讒者言工，肖己口吻，萬無可伸辯，則自信宰相之決不傾聽，用自慰藉。實則退之之文雖工，至此亦無可如何矣。累月之後，聞裴李亦中讒言，心乃愈懼。又不知讒者之用何道，辯亦無術，只有以譽鄭絪之言，進譽裴李，究竟中心積忿，故歸而痛斥讒人。復防怒讒而傷及三賢，于是復綜言三賢之決不聽讒，以自解釋。結束處，用空中樓閣，代宰相翰林商量己事，實

則此三人全非退之知己，方自營仕進之不暇，奚暇及此區區者？ 就文論文，極和婉有致，無中生有，微合于邦無道言孫之義。

《張中丞傳後叙》，蓋仿史公傳後論體，采遺事以補傳中所不足也。 如背誦《漢書》，記城中卒伍姓名，起旋，慰同斬者之涕泣，事近繁碎，然爲傳後補遺之體則可，引爲張巡傳中正事，則事更有大於此者。 李翰書正坐太繁，極爲歐陽文忠所譏。 然退之此文，歷落有致，夾叙夾議，歐陽公述王鐵槍事，殆脱胎于此。

《畫記》極生峭，却最易學。 如羅漢渡海，龍王請齋圖記，幾于無語不肖，顧依樣葫蘆，肖亦何益！本文初無他奇，奇在兩用「凡」字，一用「皆」字，實庸手所萬不能到。 入手叙人，其次叙馬，又次叙雜畜器物，若無所收束，直是一卷賬本，何名爲記？ 文合以上之人馬，最之曰：「凡人之事三十有二，爲人大小百二十有三，莫有同者焉。」夫人有事也，馬屬於人，尚有何事？ 乃以牽涉翹顧鳴寢諸態，爲馬之事，復最之曰：「凡馬之事二十有七，爲馬大小八十有三，而莫有同者焉。」文心之妙，能舉不相偶之事，對舉成偶，真匪夷所思。 惟人馬之外，尚有雜畜及兵仗之屬，此不可凡者也，乃總束之曰：「皆曲極其妙。」歸入畫工好處，即爲記中之結束。 學文者，當從此處著眼，方有把握。 若但學其字法句法，殊皮毛耳，胡曰善學？

凡不親其地、代人作記，爲事甚難。 王子安序多失實。 所謂西山，僕曾一見之，隱然一小山

耳，水落沙明。所謂長天一色者，亦屬目可盡。且沙上多蓋小屋，杉木積疊，商船攢聚，人聲囂雜，想滕王舊時之風景盡矣。然讀子安之文，未嘗不爲之神爽。當昌黎刺袁州時，王仲舒適觀察江南西道，即今之南昌，滕王閣本可立至。既爲王所屬作記，若寫江上風物，度不能超過子安，故僅以不至爲塞責：一曰「繫官於朝，（顧）〔願〕莫之遂」；再曰「便道取疾，以至海上，又不得過南昌」；三曰「吾州乃無一事可假而行者」。舍滕王閣外之風光，述觀察新來之政蹟，與修閣之緣起，力與王勃之序、王緒之賦相避，自是行文得法處。後此歐陽永叔爲史中輝記峴山亭，尹師魯爲燕公亦記峴山亭，蘇子美爲李然明記照水堂，蘇子瞻爲黎希聲記遠景樓，其辭雖異，大意略同。

退之《鄆州谿堂詩序》，長安薛氏有皇甫湜手帖云：「鄆塘特高古風，敵樹降旗，而作者之下，何人能及矣。」鄆塘者，即鄆州谿堂也。此文骨髓之重，風貌之古，名曰詩序，直是馬摠之德政碑。此爲元和十四年，平盧都知兵馬使殺節度李師道以降，青淄十二州皆平，户部楊侍郎於陵爲宣慰使，分其地爲三道。摠所統者，鄆、曹、濮也。堂作于幽鎮魏徐煽亂之後，鄆獨不反，遂封摠開國伯，摠爲堂於其居之西北隅，號曰谿堂。夫一堂之築，與時政一無關係，而退之獨從其大處著眼。首舉天平軍，示州之無叛人也；州人安公，明摠之能撫衆也；曰「成」曰「定」，曰「固」曰「靖」，則摠信之能措此州于磐石也。而又不已，更用幽鎮魏徐之同時而叛，以形鄆之截然中居；而鄆之舊治，復五十五年爲虜巢，而摠直安居以治之。逐層叙述，甚與堂無涉，不知能使此一方治平，即

可以爲堂娱樂之張本。歐公作《晝錦堂記》，入手即顧題；東坡作《喜雨亭記》，因「百姓得雨而吾亭適成」句，天然入題，讀者動色。退之則一不須此，只就題前叙揔忠概政績，其力量，皆可爲堂以娱賓饗士，通上下之志，而風度之凝遠，氣體之嚴重，聲調之激越，直可作碑版文字讀之。詩亦全用散文，驅駕之法，較《元和聖德詩》火色稍減，雖以荆公之拗折，學之亦不能至。宜多讀以領取其聲韻。

《諍臣論》甚切直，然能易爲與書，則善矣。

與書一體，漢人多求詳盡，如司馬遷之《報任少卿》、李陵之《答蘇武》是也。六朝人則簡貴，不多説話。前清考訂家則務極穿穴，幾于生平所知所能，盡于書中發洩，亦由與書體寬，匪不消納，儘可惟意所嚮。獨昌黎與人書，則因人而變其詞，有陳乞者，有抒憤罵世而吞咽者，有自明氣節者，有講道論德者，有解釋文字爲人導師者。一篇之成，必有一篇之結搆，未嘗有信手揮灑之文字。熟讀不已，可悟無數法門。

昌黎三上宰相書，極爲張子韶所譏。鄙見自戰國及漢初，上書言事者，或藉以進身，比比而是，不足深異。吾特惜昌黎之書陳義過高，非趙憬、賈耽、盧邁輩所及知，必駭笑爲迂濶而置之。蓋與常人言，當動之以利害，若以古義相責，良非時宰所及。昌黎第一書，屢引經義，行文微病繁瑣，惟云：「上之化下，得其道，則勸賞不必徧加乎天下，而天下從焉，因人之所欲爲，而遂推之之

謂也。」此直上聖之作用，謂趙憬、賈耽、盧邁能之邪？其後迴環往復，引伸勸賞不必徧加之義，望三人以相君之道，氣雖壯而言實紓，宜三子之更不入也。第二書則情切而勢迫矣，語雖沈痛，仍不能動者，以第一書不足搗入其心坎，則第二書直視爲佞哀詐泣之言。至第三書鬱怒之氣微泄言表，此更觸其忌，顧昌黎此時，亦只能作如此收煞，固不敢顯然觝觸，故留餘波，爲三宿出晝之戀耳。昌黎時方二十八歲，文字稍縱，不如晚年之凝斂，但觀解釋「菁菁者莪」詩義，至二百餘字之多，蓋可知矣。

昌黎懷才不遇，間有人叩以文章，則昌黎報書，其語必與仕進相關係。其《與孟東野書》，說到自己，著眼在一「樂」字；說到東野，著眼在一「悲」字。言無倡，所以無和；倡無和，所以獨行；身既獨行，則當世之是非，遂不爲一己之是非。且不說到「道」字，而抱道自高，不爲時賞，又胡能言樂？矧東野之行古道，當更不宜于今世。明明爲道悲，偏言爲東野悲，悲東野之道不行，即悲己之道不行，寄「道」字于東野身上，因東野而自悲，分外尤見親密。《答竇秀才書》，則公方于貞元十九年貶陽山令，滿懷牢騷，無處發洩，而竇公時適以此至縣請粟，告以身勤事左，辭重請約，見得凡能文抱道之人，至惴惴無以冀朝夕，似文與道均不祥之物。身既坐廢窮困，益之以罪，秀才來請，又奚爲者。一面說朝廷求賢，一面說當道皆良有司。然爵位之上用一「鈞」字，則朝廷之求賢可知，良有司之衡才又可知。褒詞與貶詞，分作兩橛用法，使讀書者，解悟其用意，此巧於

用扼字法也。《答尉遲生書》，與此同一機軸。通篇注重在「古之道不足以取信於今」一語，而「今」字尤重。今之賢公卿大夫，及今始進之賢士，彼此相得，必另有一種投合之氣味。上頭用「賢」字，下頭用「彼」字，試思：「彼其得之，必有以取之」，是好語否？趣生往問，正是阻其往問，故末二句發明，若「非仕之謂，則愈嘗學之矣」，公然將賢公卿一筆抹倒，此等冷嘲隱刺，是昌黎長技。《答崔立之書》，尤狠狠於吏部一試。公貞元八年第進士，至是三試吏部不售，詞意較前數書稍吐露。始斥賦詩策之不足憑準，繼又斥宏詞科之不足憑準，雖以屈、孟、二馬、揚雄之才，猶不免於落第，況屬己身。弊在同入蒙昧之中，與斗筲者競得失於一夫之目，此所以無倖。將有唐科舉之學，罵到一錢不值，其下亦實無可奈何。一障之乘，耕釣之事，特解嘲語，本意在作史，仍是欲以文章自見，吐其前此爲蒙昧所屈抑之氣，通篇無一語不是昌黎本色。《答胡生書》筆力備極伸縮，力量最大，奇巧百出，且吞咽無窮血淚於胸臆中，機杼都非唐宋大家所有。已論之要言中，玆不更贅。《答馮宿書》則憂讒畏譏之意，多於嫚罵，而時用淺深陪墊之筆。前半似引過，而又不自承過，復以人之不滿己，即用爲己過。如文中「雖無以獲罪于人，亦有以獲罪于人」者。本已推得乾淨，然又原所以得過之故，剋己自下，待不肖者尚不敢嫚，況在時尚。自問可告無罪，而猶不免於謗詈，到此真無可如何矣。語似温婉，按之，却至倔强。試問：前此有造廬未嘗與坐之人，今雖降心加禮，亦必有不足之色，且所謂時尚者，即不肖之尤，强與周旋，斷無一合。文之外象，是一篇

悔過之書，其實昌黎身分，不曾分毫貶損，仍是一副牢騷肚皮。諸如此類，能細心體驗，古人之用心自見。

昌黎《上留守鄭公啓》，袁子才曾襲以杖旗丁。鄙見昌黎本有執法之心，方杖留守之軍人，繼始以書伸辨。子才胸中本有一篇駢體之文，故笞旗丁，用以發洩其才藻。昌黎劈頭便言：「事大君子當以道」，已有千觔力量，攩他責備，不必爲段秀實之戴頭而來。其下受容受察，不復進謝，真伉爽好男子語。惟一味直率，又近脅制，因復爲和婉之詞，並疏軍人之罪狀。又言罪在軍人哮噬之非，不必留守軍法之弛，曲意爲鄭公迴護。及叙鄭公有追捕之舉，則復以大君子責望之，使之歸於正道。至此，神色又復毅然。結穴言，視去一官，不啻唾涕，「守官去官，惟今日指揮」，終始不屈，宜其後此能以正論折王庭湊也。此文最直最正，而進退作止，尤步步有法。

張籍兩書，實以道統期退之，故斥退之喜博塞，及爲交雜之説，且排佛老，亦不能著書若孟軻、揚雄，以垂世云云。公第一書中，「不知者以僕爲好辨」下數語，用筆伸縮，至可尋迹。辨是口説，因口説而化，或有其人；因口説而疑，頑且加倍：口説之不入，尚且如此，而冥冥萬年，欲賴此傳述之書，其可信其必從邪？此明不能著書之意，極爲明晰。於是再抉透一層，謂不著書，不是愛力，力所未至，有書亦不可恃。其待至五六十年者，謙詞也。文質樸中却極流轉。至張籍第二書，斥駁加厲，大意謂因説之不入，而止爲書，聖人之道將無傳，若待五六十年而有所爲，則

或有遺恨。此恐退之不及六十而死也。又言：揚雄輩咸自作書，欲待弟子之傳孟軻，必不可冀云云。此書頗難復，而昌黎之第二書，精神亦倍加於前書。首引《春秋》之成書，出自孔子身後，而道仍傳，則不必死後留有遺恨。今所以不即爲書者，梗於公卿相輔之信佛書，即早出，亦必招人毁詈，並有殺身之禍，苟不有弟子之相守而傳，亦萬無獨存之理。且成書易，傳亦不遠。果道可及身而行，亦無所爲書；身果不死，不惟道可行，而書亦且立就，不必戚戚也。論道之文，本易流於陳腐，看他磊落説來，堅定精確，辨駁處無激烈之詞，自信中含冲和之氣，語顯然以道統自命，骨重神寒，歐、曾不能及也。

昌黎論文書不多見，生平全力所在，盡在李翊一書。吕居仁亦盛稱此書，爲得文中養氣妙處。今味之，良信。自「無望速成，無誘勢利」起，至「其言藹如也」爲一段，是取法上，擇術端，到文字結胎後，生出意境，已成正宗文派，然而非易也。自「始者非三代兩漢之書不敢觀，非聖人之志不敢存」，至「戛戛乎其難哉」，又一段，此則論取材，論立志，論用心，論洗伐之功，漸漸入微，雖不見知於人，而用心仍不懈，於是火候至矣。自「識古書之正僞」，至「然後浩乎其沛然矣」，又一段，是大丹將成之候，虹光四射，而箇中逐一得微妙之訣法，隱隱體驗，無一不合丹經。於是放手爲之，無復鑪破丹飛之患矣。「吾又懼其雜也」，至「終吾身而已矣」，又一段，是七十從心所欲不踰矩工夫，行仁義，游《詩》、《書》，不是大言，是立言到此地位，自然力臻上流。道之無止境，猶文

之無止境，言終身，是昌黎不欺人之語。「氣，水也；言，浮物也」至「言之長短聲之高下皆宜」句，此一段，是另起，不是無迷途無絶源後工夫，教人領氣要訣，無妙於是。以下所言，昌黎信己文之成功；不能成功，後之必見知於人：皆平日口頭語，與論文無涉。至《與馮宿書》，亦非論文，仍是牢騷，小慚小好，大慚大好，說得酸甜自得，非論文之極處，莫得有是語也。古來苦心爲文之人，務極張皇幽渺。果一出而人人知之，則尋常不爲文者之眼光，皆能窺到天陝，而專心殫慮於古文者，亦何所貴？作者不蘄人之知，是真能古文者語。當日《平淮西》一碑，果有人知，亦不至易以段作矣！

愚嘗謂驗人文字之有意境與機軸，當先讀其贈送序。序不是論，卻句句是論。不惟造句宜斂，即製局亦宜變。贈送序，是昌黎絶技。歐、王二家，王得其骨，歐得其神，歸震川亦可謂能變化矣，然安能如昌黎之飛行絶迹邪？

昌黎集中銘誌最多，而贈送序次之，無篇不道及身世之感，然匪有同者。今擇其鍼線之可尋者，略爲詮解如左，不敢自謂其真能知昌黎者也。

《送孟東野序》最岸異，然可謂之格奇而調變，不能謂爲有道理之文。舉禹、咎陶、伊尹、周公、孔子、孟軻、荀卿與蟲鳥同聲，今人斷無此等文膽，而昌黎公然出之自在游行者，段落分得清楚，則人與物所據之界限，自然不紊。若不變其調，亦積疊如纍棋，未有不至於顛墜者。人但見

以「鳴」字驅駕全篇，不知中間只人物分疏而已。入手是説物，由物遂轉及人，由人而寓感於物。因思天不能鳴，亦假氣假物以鳴，猶之人耳，故由天復歸到人之本位。自「唐虞」句起，直至於「唐之有天下，陳子昂、蘇源明、元結、李白、杜甫、李觀皆以所能鳴」，作一停蓄，然後振起「存而在下者，孟郊東野始以其詩鳴」，似有千觔力量，用一語力支以上無數之陪客。讀者無不奪氣結舌，以爲得未曾有，不知亦少有弊病，猝讀之不能即覺，須知以上所鳴者，或以道，或以術，或以文，初未及詩。陳子昂諸人，正以詩鳴者也。此數人既以詩名，則説到東野，不應用一「始」字，雖昌黎狡獪，將陳子昂諸人所鳴者，抹去「詩」字，代以「能」字，是急救之法，終竟好奇者不能有圓足之道理。及思出「能」字，固費心血不少，然工夫則在用一「存」字，見得死者皆能詩之徒，而「存而在下者」，能詩只有一東野。「始」字對「在下」説，亦可敷衍得去。昌黎以後，學者孔多，均屬數見不鮮。學古人當取契神髓，不惟襲其風貌。如此等體，仿傚至難，置之不學可也。

《送許郢州序》，爲昌黎激射于頔之作，行文最妙。當許仲輿刺郢時，于頔方節制山南東道，郢於山南爲屬邑，頔歛民急，昌黎欲質直諫之，不能爲辭，故借送許之行，以微言感動于頔。夫歛急，而逼民爲盜，咎在觀察使；不急其賦，使民蘇息，惠在刺史。然説到刺史有惠，偏曰：「惠不可以獨厚。」是警醒于頔，勿爲淵敺魚意。歛不可以獨急，與惠不可以獨厚，似對舉成文，同爲譬詞，其實非是。刺史未到州，安得有惠？言惠者，望之之詞也。觀察好聚歛，安得不急？言不

急者，諷之之詞也。序末述及前書之意，得人而託云云。許仲輿本在于頔屬下，似前書亦可爲今日送行之引子，而昌黎乃用報書之言，用堅其説之必行。行文縈覆照應，覺木屑竹頭，皆爲切用之物。行文精處，真令人莫測。《送齊皞下第序》篇法、字法、筆法，如神龍變化，東雲出鱗，西雲露爪，不可方物。讀之不已，則心思一縷，亦將隨昌黎筆端旋繞曲折，造於幽眇之地矣。按齊皞爲宰相齊映弟，映兄弟六人，曰昭，曰旼，曰映，曰皞，曰照，曰昫。《登科記》，皞實於貞元十一年登第。此序當在貞元七年，齊映爲江西觀察使時，故云「出藩於南」，而皞亦適於是年下第。序中定局頗難，皞既非貧賤見抑於朝官，特有司引嫌黜免，與劉蕡諸人不同。若爲不平語，則措詞近於諂附宰相；若爲慰藉語，則又失昌黎平日憤時疾俗之口吻。故劈頭拈一「公」字立案，目下用一「可」字定案。視「舉黜之當否」，即是「可」；「不以親疏遠邇疑」，即是「公」。其下「可得詳而舉」、「可得明而去」，將兩「可」字點清，見得非公不可，此治之所以成古也。道衰，即是去古遠，此間應「私」字正面，與「公」字反對矣。然如此説來，又覺直致，文中將「舉仇舉子」凌空提起，作「公」字正面説話，即爲「私」字對面映發。於是有司學舉仇舉子之公而不成，反存不敢舉不敢去之心而成誤。有司自問黜齊皞，是公無私；而自昌黎眼中觀之，直是一團私心，初無公理。違心之行，佛志之言，内媿之名，種種流弊，仍稱曰良有司，直是俗之良有司，非古之良有司矣。又患「良」字説不透，抹不倒，底下足成二語，言訴不行，誣不起，可見是同流合污之良，非無擇親疏遠

邇之良，可謂極力罵煞。文至此，轉旋已無餘地，在勢宜急入齊皞所以下第之故，而忽作詠歎語，推闡源頭，謂諸人皆無過，過在一「私」字，惟其久私，所以成俗。斬釘截鐵，下一斷語曰：「以已之不直，而謂人皆然。」如此牢固之陋俗，萬無可救，只有知命不惑，用自排遣。明明是臨别贈言，落到齊生身上矣，而又掉轉古字，與起筆相關照，謂終不能復古，則生之下第，又何所恨耶？以下叙齊生語，均是知命不惑語。結穴三句，應上復古意，公無私意，知命不惑意。此文之常調，初無甚異，奇處在頓處有字外出力之能，起處有匪夷所思之筆，通篇關合照應，無一處疏懈，所以爲佳。

東坡稱唐無文章，惟昌黎《送李愿歸盤谷序》而已。實則文之妙處，在「愿之言曰」四字，一團傲貌不平之概，均出李愿口述，罵得痛快淋漓，與己一些無涉。在昌黎集中，稍近麤豪，然卻易入人眼，宜東坡之稱賞不置也。《送董邵南序》，其下或有「遊河北」三字。按《新唐書·藩鎮列傳序》曰：「安史亂天下，至肅宗大難略平，君臣皆幸安，故瓜分河北地，付授叛將。一寇死，一賊生，訖唐亡百餘年，卒不爲王土。」據此，則董生之游河北，非昌黎意矣。然昌黎之於董生，不惟有序，而且有詩，集中《嗟哉董生行》，極言其孝慈感召，至「雞哺乳狗，以翼來覆」云云，愛董生至矣。若乃以不得志之故，鬱鬱從賊。在理原不宜有序，然既有前詩之褒美，則贈序亦不能不加匡正。若對董生當面罵賊，則文章實無此體。觀其下筆稱一「古」字，若今之不然可知。疾入董生之不得

志，決能相合。相合者，從亂也，「勉乎哉」三字，是提醒意。「夫以子之不遇時」句，高高叫起「慕義强仁」之愛惜，是虛虛作陪。疾入燕趙之廣收亡命，是正意，然不坐實燕趙人之善作賊，望其能移易故俗，以就朝廷範圍。外面似褒詞，内中是危詞，以今證古，古既如是，今必加厲。說到此，詞鋒已露，漸漸示以貶詞，乃疾轉一筆，言以生之行卜之，閒閒掩過。復言「勉乎哉」，是勉其決不可從賊也。又患董生不明其意，將謂仗他此行感化燕趙澆俗，故憑空提出樂毅，決其必無其人，言念昔時，則並荆、高之徒皆少矣。姑勸其往，亦是虛語。試思屠狗之賤，且勸其歸朝，豈有董生之孝慈，轉背朝廷而從賊？樓臺倒影，於水光中反照，使之觸目歷歷；不必勸止，而勸止之意已明明指出，又不十分唐突，真詞林妙品也。

《送浮屠文暢師序》，直是當面指斥佛教爲夷狄禽獸，而文暢通文字，却不以爲忤者，此昌黎文字遏抑蔽掩之妙也。文中著眼在一「傳」字。傳者，傳道也。聖人之道有傳，而佛教亦未嘗無傳，然昌黎偏不以「傳」字許他，言外似謂有所傳之道，即是人；無所傳之道，即是夷狄禽獸。命意如此，行文實不如此。觀他文中提筆，言「民之初生，固若禽獸夷狄然」，是渾淪說話，不辨儒佛。言下分出聖人立教，於是禽獸夷狄與人始分形而立。說到浮屠，孰爲孰傳，此圖窮匕見，逼人甚矣。而頂筆却推開浮屠，但論禽獸。言禽獸不知道，故易罹害；人知道，故獲安居而粒食。此時仍引浮屠同爲人類，見得前此禽獸二字，不是罵他。顧所以異於禽獸者，能親聖人也。知其

所自，即是醒他，溯源於聖人。若不知所自，仍禽獸耳。斥他不知，又將「不知」二字解脱，不是其人之罪。累擒累縱，一毫不肯放鬆，然後明出正告之意，仍不失儒者身分，令人百讀不厭。

《送廖道士序》，原可不作，而昌黎志闢佛老，必時時於此等題目著意。此文製局甚險。似泰西機器，懸數千萬斤之巨椎於樑間，以鐵繩作轆轤，可以疾上疾下。置表於質上，驟下其椎，椎及表面玻璃而止，分毫無損也。文自「五岳於中州」起，至「千尋之名材，不能獨當也」止，二百餘言，作一氣下。想廖道士讀到「不能獨當」句，必謂已足以當之，此千萬斤之鐵椎，已近玻璃表面矣。「意必有」、「吾未見」六字，即輕輕將椎勒住，於表面無損分毫。然又防他埽興，即復兜住，言「無乃迷惑溺没於老佛之學而不出」，似於廖師身上，仍留一線生機。其下率性還他好處，説豈所謂「魁奇而迷溺」，又將巨椎收高，放下，弄得廖師笑啼間作。幾謂得儁即在言下，忽言廖師「善知人，若不在其身，必在其所與遊」。此一擲，真有萬里之遠，把以上醲至興會話頭，盡化作蜃樓海市，與廖師一毫無涉。此在事實上，則謂之騙人；而在文字中，當謂之幻境。昌黎一生忠骾，而爲文乃狡獪如是，令人莫測。

《送幽州李端公序》，是勸戒藩鎮歸朝，意無甚奇特，唯云：「國家失太平六十年矣。夫十日十二子相配，數窮六十，其將復平，平必自幽州始。」按天寶十四年，范陽節度使安禄山反。范陽，幽州也。其年歲在乙未，至元和九年甲午，數窮六十，一甲子終矣。此序元和四年二月以後爲

之，故云。審得如此用筆，凡難達之語，匪不達矣。

區册生平無考，或南海一不知名之士，昌黎適貶陽山，空谷足音，不能不獎許之。獎《詩》《書》仁義之説，又許之能遺外聲利，讀者不能不疑其濫予。寧知昌黎行文，固有分寸，未嘗爲逾量之言。但觀兩「若」字，便見文中大有活著。一曰：「若有志於其間也。」再曰：「若能遺外聲利，而不厭乎貧賤也。」若者，未定之詞，蓋身處烟瘴之區，與鳥言夷面之人爲伍，一見斯文，自然稱許過當。然仍節節有限制，此所以成爲大家之文。

《送高閑上人序》，昌黎略有偏心，非正論也。然昌黎惡釋氏，至並其技能亦在在加以貶抑。閑在宣宗時，曾召入，對御草聖，遂賜紫衣。閑嘗以霅川白紵書真草，爲世楷法。其人決非不能書，昌黎文主固内而遺外，似注意於書，即不應外慕浮屠之學。其上廣引多人，終以張旭，皆主心無兩用而言，轉到高閑，無旭之心，則亦不能有旭之藝。名爲論藝，其意仍主闢佛。觀「爲旭有道」以下六句，均是俗情，力與浮屠之法相反。一説浮屠之心，泊然無所起於世，尤淡然無所嗜，爲書必不能工。顧高閑本有書名，一時亦不能抹煞。許他「無象之然」，是勉强應付語。其下還他「善幻多技能，則吾不能知」，非不知也，不屑耳。此篇與《廖道士序》相較，語稍欠婉轉。然昌黎論書，尚詆羲之爲俗，似非知書中三昧者。其推重張旭，亦非重旭，重旭正所以輕閑耳。

《送楊少尹巨源序》，入手引二疏，用意特平平。即七十辭官，亦是恒事。庸手雖説得興會，

決難出色。文將二疏事，并入巨源身上，在空中摩盪，以楊侯去時，與二疏去時，兩兩比較，似無甚高下，却説到丞相愛惜，不絶其禄，又爲歌詩勸行，此事似爲二疏所無。大類管夫人畫竹石，叢竹在前，一石獨歷落而遠。此序事之前後際，部署大有工夫。末段述其還鄉以後，追想前塵。此祕，歸震川最爲得之。

《送李正字序》，通是家常語，而情文最緜麗，由機軸妙也。言李生父子與己之離合，而送李生歸湖南時，己身適在東都，與其父同官，又是客中送客，已大難著筆；無端又牽上局外之周君巢，安頓去留，更難措手。而文偏能於頭緒紛繁中，逐處還清，並不費力。入手言侍御好客，已伏下後來禄不足養意，所以李生不能不從事於外，以薪贍佐其父欵客。此是送李生之正意。顧中間牽涉一個周君巢，與本文無干，若云追想汴州之亂，迴思同難之人，用爲波瀾，文中固有此法，然引入甚易，撤去甚難。「惟愈與河南司録周君獨存，其外則李氏父子，相與爲四人」句，輕輕將周君納入李氏父子中，説話泯無痕迹。及敍「集處，得燕一觴相屬」，則周君亦不得不在座，故將周君與侍御同爲成德，作一頓，即由感歎侍御時，隨手還清周君。其下可以單序李生矣，又從李生説到己身，又從己身迴波，顧上周君及侍御，則周君、侍御，永永皆在陪客之位，並無一些侵占正文。收局單由侍御之聚館孤寒，禄養不贍，因敍李生所以不能留侍之故，入情入理。悲涼世局，俯仰身世，語語從性情中流出，至文也。

石洪、温造二序，人同事同，而行文製局，乃大不同。石洪本無可紀，著眼全在烏公。文末祝詞，恒患其爲藩鎮之禍，此昌黎託石生以示諷也。文至嚴重，句斟字酌，一字不肯苟下。《送温生序》，有石生爲媒介，著手稍易。但序烏公之多得士，與前作已稍别，不至相犯。説烏公攘奪其友，不能無介於懷。又言致私怨於盡取，極意寫己之不悦。然烏公見之，則大悦矣。此文字之狡獪動人處。文中自「居守河南尹」以下數行，筆筆活著，熟讀之，可悟文字之波瀾。

《送鄭尚書序》至岸異，句法無一處肯涉平易。首敍四府之謁帥，字長短不等，然皆聲聲應節，而情狀又歷歷如繪。自「隸府之州」起，至「則不幸往往有事」止，中間敍蠻夷盜賊、百色妖露，無語不奇，無句不重，古色斑斕，滿紙映發，是昌黎長技。大抵昌黎之文，遇平易之題，偏生出無數丘壑，隨步换形，引人入勝，又往往使人不測。若遇此等題，則極意講究句法字法，及氣勢與顔色而已，不再蓄縮吐茹矣。

《石鼎聯句詩序》，洪氏興祖謂爲退之自作，軒轅寓退之姓，彌明寓退之名，殊臆斷之説。按公集，有《與梓州盧郎中論薦侯喜狀》，而喜又爲公弟子，不應窮極醜詆如是。若云詩均退之自作，尤不應以劣句歸劉侯，以警句自承。且語語譏訕，勿論文佳足傳，但問劉侯見之，何以爲情？其寫道士白鬚黑面，長頸高髻，亦斷不能空中幻出此狀。意道士或有其人，《仙傳拾遺》補入彌明，雖祖述退之語，亦必别有所據。惟公然詆毁劉侯，退之決不出此。聞退之之死，亦服丹汞，雖

不可知，吾觀此文，似亦微中於道家之言。服其靈丹，其寫軒轅，弈弈有生氣，胡不以異端貶之？特抑劉侯二子以崇軒轅，此又何也？

祭文體，本以用韻者爲正格，若不駕馭以散文之法，終覺直致。昌黎《祭河南張員外文》，曲折詳盡，造語尤奇麗。員外名署，與公同爲御史；順宗朝，又俱徙江陵。同官復同患難，故言之歷歷，情致自生。按之前後際，仍寓提挈結束之法。入手敍同官，以直見譴。陽山、臨武，皆二公貶所。「以尹鼯猱」句，「尹」字是字法，甚之之詞也。陽山、臨武，路過湖南，其寫過江風物，與旅宿逢虎，狀極逼真。「洞庭漫汗，黏天無壁」，語尤雄警，「偕掾江陵」，是量移内地，又將洞庭一提。元和元年六月，公召爲國子博士，署仍掾江陵。文中言「相見京師」者，元和二年，署爲京兆府司録參軍也。其云「解手背面，遂十一年」者，言署守虔州，見惡於觀察；拜河南令，又不見悦於尹：所云「屢以正免，身伸事蹇」者也。用字造句，固是昌黎長技，然綜敍張署生平，及與己交際，伸縮繁簡，讀之井井然。繁處極意抒寫，簡處用縮筆，讀之不已，可悟韻語長篇之法。

《祭柳子厚文》，文簡而哀摯，文末敍及托孤，肝膈呈露，真能不負死友者，讀之使人氣厚。

昌黎《祭嫂氏鄭夫人文》，哀惋極矣，且述元兄命，爲嫂服期。期者，古之母服也。唐制，長年之嫂，遇提孩之叔，皎劵鞠養，情若所生，其死也，服小功。昌黎蓋因朝制而加厚焉。文不假雕飾，而備極沈痛，然尚能爲韻語。至《祭十二郎文》，至痛徹心，不能爲辭，則變調爲散體，皰述其

哀，只用家常語，節節追維，皆足痛哭。文作於貞元十九年，公又在不得意中，十二月，貶陽山之命下。以家難之劇，猝生於不得意之時，雖以昌黎聖手，亦萬不能處處作韵語，故直起直落。文中所謂「吾兄之盛德，而夭其嗣」，兄指韓會也。以下或敍事，或敍悲，錯錯雜雜，說來俱成文理，吾亦不能繩以文字之法，分爲段落，但覺一片哀音，聽之皆應節奏。《瀧岡阡表》於二百七十年後，固宜與之作配。然歐公自得意後述哀，不如昌黎在不得意中述哀尤爲懇摯；且二公通塞不同，故語亦稍別。

昌黎集中，墓銘最多。銘詞之古蹇，後人學之輒躓，蓋無其骨力華色，追逐而摹仿之，不惟音吐不類，亦不能遽蹴而止。故永叔銘詞，寧以温純之詞行之，未敢一語襲昌黎者，是永叔長處。今特取數篇略爲講解，俾稍知古人用心處，且足以增人見地。

《考功員外郎盧君墓銘》，乃有序而無銘。或易銘爲表，表固不銘者也，考異仍作銘。文中敍事，用筆甚奇。盧東美在大曆初，李栖筠辟爲從事，此唐初恒有之事，文曰：「既起從大夫，天下未知君者，惟奇大夫之取人也不常，必得人；其知君者，謂君之從人也非其常守，必得其從。」讀之可悟敍事之法。「奇大夫之取人」，是信大夫之不妄取，一旦竟取天下之所不知者，此爲非常舉動。決其必得天下之才，語意是褒大夫，却藏下盧君隱德足以動人處。「常守」二字，根上頭未出仕來，既未出仕，忽從李公，是必鑒別李公爲人之可從，必得其從者，信之果也，非其常守，惟知者

兩面始見其生平，外面是褒盧君，見得李公能爲盧君所從，則李公之明於知人可不須稱頌而見。兩三行中，具無對逼，互影而成。文盛稱李公，而盧君之德愈彰；盛稱盧君，而李公之識愈高。盡機杼矣。

《唐故江西觀察使韋公墓誌銘》，政績多可紀，則序言不能不詳。此文每録一事，必有小收束，學《史記》也。序文體近列傳，本人事實過繁，乞文者不願遺落，則一一須還他好處；苟無駕馭斬截之法，便近散漫平蕪。文自敍姓氏起，至「以甥孫從太師魯公真卿學，太師愛之」，作一頓。自「舉明經第」至「徵拜太子舍人，益有名」，作一頓。自「遷起居郎」至「遂號爲才臣」，作一頓。自「劉闢反」至「上以爲忠」，作一頓。自「一歲，拜洪州刺史」，至「其大如是，其細可略也」，作一頓。「卒有違令當死者」至「公能益明」，作一頓。情事雖繁雜，無甚偉節，然每段拉以煞句，則眉目井然。中間敍江西無瓦屋，教民陶瓦事，其文曰：「始教民爲瓦屋，取材於山，召陶工教人陶。聚材瓦於場，度其費，以爲估，不取贏利，凡取材瓦於官，業定而受其償。從令者，免其賦之半；逃未復者，官與爲之；貧不能者，畀之財，載食與漿，親往勸之。爲瓦屋萬三千七百，爲重屋四千七百，民無火憂，暑溼則乘其高。」以上所敍，皆瑣瑣屑屑者，然無句不古。材瓦，瓦之已成者也。度費爲估，是但取成瓦之費。官無所利，業定受償，是不預與瓦值。從令，是肯爲瓦屋之民，因而免賦。重屋，樓也，觀「乘高」二字，即知重屋之爲樓。若入庸手，便成一泥水匠之賬簿矣。故古於

文者，往往因難見巧，轉俗爲雅。

《襄陽郡王路公神道碑》，似北魏人手筆。

《烏氏廟碑》，爲重胤父承玼作也。重胤固有大功於唐，然廟爲父廟，若全敍重胤勳績，便失體裁。顧承玼特一裨將，無大功可紀，故入手仍寫重胤起家建節受封之大處，然後上溯發祥之祖，漸漸落到承玼。敗可〔罕〕〔突〕干，拒室韋，明他父子均以驍勇能戰，首尾相應，文極嚴潔。

《田弘正先廟碑銘》與烏氏同，不能專敍弘正之功，當歸功於其先代。視烏氏尤難著手，烏氏尚有承玼戰功可紀，田氏無之；又奉勅而作，與《平淮西碑》同重。入手述詔書：「惟弘正先祖父厥心靡不嚮帝室，訖不得施，乃以教付厥子。」此是朝廷旌功、推源及於先代意。而昌黎即引《駉》、《駜》、《泮》、《閟》之詩，爲魯僖能遵其祖伯禽之烈，故得聲此詩於廟，以假魯靈，據事引經，與詔書合旨，文極典重胔皇，使讀者肅然。蓋有唐藩鎮之跋扈，惟田弘正首奮忠節，爲昌黎至服膺之人。借不能揭表弘正之忠，用以罵詈不臣之藩服，故於銘詞中，略爲指斥，而詞亦純正典重，不參奇特之筆，選字既純，色尤古澤。

《劉統軍碑》，其體如誄。古誄序短，盡括其事實，爲有韻之文，正格也，碑文可不在此例。惟劉昌裔之死，公既爲銘墓，今又有碑，若將生平事重複更敍，雖大手筆亦不能工，故變調作爲韻語，與墓銘初不相犯。蔡中郎凡三爲《陳仲弓碑》，皆可誦，余但録其一碑，見《文章流別》中。此

文銘詞極長，異於他作，然實以散文體格施韻語，不事粧點，振筆直書，惟昌黎蓄有勁氣，故能如此，庸手實不易學。往讀蔣苕生《臨川夢傳奇》，以湯臨川奏星變疏草，折入曲文中，入破出破，音節至佳，此即昌黎以散文體施入韻語也。墓銘敍事，較《新唐書》爲簡，似不及此文。

曹成王臯有功於德宗之朝，是一篇重要文字。觀他行文至嚴整有法，未嘗走奇走怪，獨中間用「剜」字、《說文》：「削也。」「鞣」字、《說文》：「耎也。」《玉篇》：「乾革也。」「鞣」字是治生皮爲熟皮意，或音揉。「鏺」字、音潑。《說文》：「兩刃刀名，木柄，可以刈艸。」「掀」字、《廣韻》：「以手高舉。」《左傳》成十六年：「乃掀公以出于淖。」「撇」字、撇與擎同，匹蔑切，拂也。《說文》：「擎，別也。」一作擊，《考異》亦取擊義。「掇」字、《考異》無註，實音剟。《說文》：「拾取也。」「筴」字、筴即策字，昌黎不作如此用法，蓋作頰字音，箸也。又夾舉也。「跐」字、跐，蹋也。《莊子》：「跐黃泉而登大皇。」音紫。「䑙」字、他合切，大食也。《說文》：「歠也。」「牿」字，李賢曰：「牿，古酷切，即古攪字。」學揚子雲，微覺刺目。實則不用此等字，但言收黃梅、廣濟等州，豈無字可代？必作如此用法，不惟不奇，轉見喫力，爲全篇之累，讀者不可不知。

昌黎銘貞曜墓，序既拗折，銘亦岸異。韓孟平時聯句，均鏤肝鉥腎，故銘幽之文，亦不能不見稜角。或過涉平易，將爲東野所笑邪。

《平淮西碑》模範全出《尚書》，惟其具絶偉之氣力，又澤以極古之文詞，且身在兵間，聞見精確。開頭一語，非思之累時，亦不能有也。方鎮之禍，本胎自朝廷，無可避諱。「物衆地大，孼牙

其間」，此指安史之亂，肇自天寶以下，據有兵柄者，遂時時抗撓朝命，逐帥自立留後，至於不可爬梳。歷敍肅、代、順、德四世，所謂「以勤以容」者，「容」字，爲養寇之微詞，長亂之積弊。「睿聖文武皇帝」，憲宗也，一君臨天下，即斬李惠琳，誅劉闢，執李錡，平張茂昭，致田弘正，爲平蔡以前之聲勢。此時若直接入吴元濟，使氣促局狹，寡舒徐之致，中間插入皇帝之言，曰：「不可究武。」文勢小爲收束，以上之精神，亦爲一聚。以下乃敍蔡亂之緣起，朝議之沮慫，君相之詢謀，文仍醞釀不肯徑遂著筆。所謂「一二臣」者，裴度也，有此一語，則以下命將出師，始在在有把握。皇帝凡三命度，第一命，但令宣慰；第二命，非命相之辭，相之爲言助也，蓋度於元和十年，已同平章事矣；第三命，乃統六師，視諸將，爲殊特，文極鄭重。至敍戰功處，言比有功者，大功未成也，曰「丞相度至師」，於是平蔡，「辛巳，丞相度入蔡」，文法髣髴《左氏》。論功行賞，先及諸將，後乃大書曰「丞相度朝京師」，風度端凝，雖歐公不能逮也。碑文亦曲折盡致，李師道遣客刺裴度、武元衡事，乃於文中補敍，極爲得法。蓋前半方爲謨誥文字，若插敍刺客，轉覺不莊，但於韻語中渲染，瞥然而過，較近自然。文視《元和聖德敍》族誅劉闢事，稍平易，無火色，蓋唐文中有數之作。然羅隱《説石烈士》篇，似深許其怒推韓碑爲是，良不可解。段文昌文尤庸絮凡下，如「戈鋋雪照，駔駿雲屯；雙矛電激，孤劍飆馳」，句調自相複沓。試問昌黎肯作此語否？又曰：「道德不服，則兵以威之；文告不諭，則兵以靖之。」即紀李愬之功，亦但曰：「伸宗廟之宿憤，

致黎庶之乂安。」直是空衍，仍不如昌黎紀功之切實。竟舍彼取此，不知當時廷議，是何居心！而羅隱於晚唐中，頗英糾有筆才，何以亦不辯白，乃反褒美石孝忠？嗚呼！等是文人，其去義山遠矣。

《南海廟碑》古麗處，不惟李華不能及，即子厚亦當却步。文不過崇祀龍神，前刺史憚於渡海，孔公獨致敬盡禮而已，此等題目，不值如許張皇，然昌黎具有神力，遂成巨製。故東坡稱爲游戲斯文，談笑奇偉，真非虚語。文高揭祀典，鄭重王儀，及帝之祝册題目，似不小矣。且不説孔公，先言海常大風，刺史託疾，神不顧享，人蒙其害，激起孔公將事之敬。其下寫孔公渡海入廟致祭，光色皆古，幾於淩紙怪發，直逼漢京。行文至此，豪暢已極，然不稍述孔公宦蹟，則區區此舉直是演劇，登場下臺都無餘味。看他將孔公事極力搬演，雖平平無奇，然一經潤色，都不覺其可厭處，此亦立碑示後應有之體例。詩特備數之作，無可稱者，然文中選言琢句，真耐人尋味。

按《舊史》公傳云：「南人妄以柳宗元爲羅池神，而愈撰碑以實之。」於是《羅池廟碑》頗爲有識者詬病。然《新史》但書其事於《子厚傳》，一無褒貶之詞。鄙見盲左屢言神怪，不爲世尤者，左氏未嘗以道統自居，昌黎平日深貶佛老之事，而此碑忽言幽冥靈迹，不能不棘時眼。實則就文論文，佳處自在。此文幽峭頗近柳州，如「天幸惠仁侯，若不化服，我則非人」。此三語，純乎柳州

矣。柳州勍峭，每於短句見長技，用字爲人人意中所有，用意乃爲人人筆下所無。昌黎則長短皆宜，自「民業有經」起，「出相弟長，入相慈孝」，純用四言，積疊而下，文氣未嘗喘促。此亦昌黎平日所長，但觀《南海廟碑》自見。及敍到柳侯將死，死而爲神，閒閒出自遺囑，不爲驚駭之詞。神來用一「降」字，示夢用一「館」字，古雅已極，使讀者不敢斥爲齊諧，正以行文莊重也。李儀醉酒慢侮堂上，而得疾以死，此或適然之事，文與神牽涉處，在「即死」二字，似子厚真能降罰儀身，然只間敍而過，似是似非，不爲臆斷。若在俗手，必補出神之靈迹矣。顧少爲張皇，即乖文體。辭亦全摹子厚，子厚集中騷體直追宋玉，昌黎此辭似亦不弱。

《司徒兼侍中中書令贈太尉許國公神道碑銘》，此爲韓弘作也。敍事之典重莊麗，真所謂獨含日光，靜與天語者也。入手敍家世，常格也，著眼在「齊國太夫人之兄曰司徒玄佐」一語，以下敍弘少依舅氏，事業始由是以建。一曰「軍中皆目之」，再曰「士卒屬心」，三曰「汴軍連亂不定」，其中全寫汴事，却一目都注韓弘，故有「今見在人，莫如韓甥」一語，至此弘之位置始定。其下又言「悉有其舅司徒之兵與地」，作一大結束，是了却劉玄佐，專敍弘之勳業矣。「當此時」三字，提起汴中全局，入手敗吳少誠，斬判卒，斬李師古之假道，斥李師道之北掠，皆未嘗大出兵，專於辭語中見節概。其語李師古曰：「汝能越吾界而爲盜邪？有相待，無爲空言。」其謂李師道曰：「我不知利害，知奉詔行耳。若兵北過河，吾即東以兵取曹。」語簡而威棱見，氣壯而虜膽懾，不審

韓弘當日曾否如此説成而行，以昌黎之文筆，自宜有此莊嚴語。至吴元濟一役，按《新史》，弘不親屯，遣子公武領兵三千，屬光顔，陰爲逗撓計，以危國邀功。每諸將告捷，輒累日不怡。而此文則言「使子公武以兵萬三千人」，稍與《新史》不合。其下亦不顯敍公武之功，但言「會討蔡姦」云云，是昌黎諛墓之曲筆，然上半段之聲光，已無人能及矣。至於朝京納貢，册拜就藩，生死哀榮，皆碑中應有之例。文末復最其父子勳勞，作一總結，起訖皆有精神。銘詞在在尤寓用字之法，如「汴兵（王）〔五〕猘」，猘，狂犬也；「衆乃一愒」，愒，息也；「桑穀奮張」，「奮」字是暴長意；「爲帝督姦」，「督」字，是監察意；「雄唱雌和」是拼字法；「噸呻」、「睍眴」是代字法。此在讀時玩索，自有神會。

《殿中少監馬君墓誌》，空衍無可著筆，而昌黎文字乃燦爛作珠光照人，真令人莫測。繼祖，紈袴兒耳，所長處，「眉眼如畫，髮黑漆，肌肉玉雪可念」耳。此等狀態，凡長於富貴家襁褓中，誰則無之？然難在爲北平莊武王之孫，又難在遇王舊屬韓弇之弟，爲絶代能文之韓退之，此其所以傳也。自此體一創，後之文家爭摹仿而成金石之例，摭拾細碎，均可成篇，而皆不及退之者，凡此等體，皆可偶而不可常。既無事實，寧不作可也。

《南陽樊紹述墓誌銘》，歐公云：「退之與樊紹述作銘，便似樊文。」今讀之，果然。退之才大，無所不包，遇貞曜，則力與貞曜角詩；今銘紹述，若不爲紹述體，便自見拙。矧昌黎之奇，奇而能

正，不似紹述轉轉自入拗晦。陳石遺嘗言：「文字至元和，諸體皆備，不相沿襲。」余謂歐公《跋絳守居園池記》，固已言之矣。大抵文體之奇，有唐實自昌黎開之，紹述則奇而近澀。文中謂其「不襲蹈前人一言一句」，而歐公徑謂其學《盤庚》之書。歐公温醇，自然不喜紹述，然在元和羣賢競力之時，固宜有此獨豎一幟者。銘詞鷙悍拗折，氣力尤偉。「惟古於詞必己出」，是定案；「降而不能乃剽賊」，是揭舉文弊之源頭；「後皆指前公相襲」，是以積弊爲成例；「從漢迄今用一律」，言無指迷之人；「寥寥久哉莫覺屬」，承上句而言；「神徂聖伏道絶塞」，是總束上文。文字不能己出之故，乃使道統絶塞，忽頂起一句「既極乃通發紹述」，見得紹述之文，關於聖道不鮮。人見他是奇澀一路，而昌黎偏説他「文從字順各識職」，此句大有工夫。「文從字順」似人人能之；所難者「識職」。「職」字是用字能得其出處，能使其安宅。用此字便稱此字之職，非深小學識古文者何能至此？說文從字順，不是昌黎欺人，昌黎用字有來歷，故能道出「職」字。觀結句「有欲求之此其躅」，是教人識字，不是教人仿樊紹述也。

昌黎集中，銘墓之文，多於他文，其最奇者，無如《故太常博士李君墓誌銘》。中述博士服丹沙死，其下乃大發議論，極詆服食之弊，歷引工部尚書歸登殿中御史李虚中、刑部尚書李遜、遜弟刑部侍郎建、襄陽節度使工部尚書孟簡、東川節度御史大夫盧坦、金吾將軍李道古，皆以藥死，合李君之死，用爲世誡。吾乃不知李氏家人，何重於此文，乃瘞幽以詆其先人之醜。或且作而不

刊，爲集中備數文字，亦未可定。然而昌黎之死，亦以丹沙，聞易簀時，席上皆遺水銀，厥病與歸工部正同。故白香山《思舊》詩有「退之服流磺，一病竟不起」云云。則此文之作，適以自箴耶？或作後而仍不改邪？則不可知矣。

《毛穎傳》爲千古奇文，《舊史》譏之，而柳子厚則傾服，至於不可思議。文近《史記》，然終是昌黎真面，不曾片語依傍《史記》。前半直是一篇兔傳，至「獨取其髦」，始爲毛穎伏案。及敍到圍毛氏族，拔毫載穎，聚族束縛，此方爲傳之正文。則以上傳兔，特述穎之家世耳。得管城封而親寵用事，下至「累拜中書（公）〔令〕」止，均細疏其能，並其爵秩，與執燭者常侍，應以上「親寵」句。絳之陳，弘農之陶，會稽之褚，此爲傳中應有之人。冠免髮秃，敍穎末路應如此，惟「盡心」二字，妙極。傳後論追述毛穎身世，若有餘慨，則真肖史公矣。崔豹《古今注》：「蒙恬造筆，以柘木爲管，鹿毛爲柱，羊毛爲被。」不言兔毫，究竟公讀古書多，必有所本。就文論文，略之可也。

昌黎《送窮文》，送高辛氏窮子也，蓋源本於揚子雲《逐貧賦》。《逐貧賦》，揚子與貧，但一問一答；《送窮文》，則再問再答，文氣似厚，而所以描寫窮之真相，亦較揚文爲刻深，真神技也。揚之恨貧曰：「人皆文繡，余褐不完；人皆稻粱，我獨藜飧。貧無寶玩，何以接歡？宗室之燕，爲樂不槃。」語氣凡近，似小家子。而昌黎則定其罪狀曰五窮，言衣食燕樂處寡，敍憤時嫉俗處多。故晁無咎取公此文《續楚詞》中，似較揚子所言爲高亢。然揚賦結言：「長與汝居，終無厭

極。貧遂不去，與我遊息。」則安貧之言也。昌黎之「燒車與船，延之上座」，亦本此意。總之，文字不摹仿則已，一踐前人故步，雖具倚天拔地之才，終不能擺脱範圍，但能於辭句機軸，少爲變易而已。

嚮與及門高生，論《鱷魚文》最有工夫，在能用兩「況」字。「況潮嶺海之間，去京師萬里哉」，是爲鱷魚出脱，歸罪後王之棄地，故不敢責鱷魚之涵淹卵育。「況禹跡所揜，揚州之近地」，以牛女分野，潮陽亦屬揚州，且天子有命，刺史有責，其勢萬不足以容鱷魚。兩「況」字，一縱一收，却用得十分有力。篇中凡五提天子之命，頗極鄭重。然在當時讀之，自見其忠；自後人觀之，不免有獃氣。試問鱷魚一無知嗜殺之介蟲，豈知文章，又豈知有天子之命？且鱷非海中之物，半陸半水，在斐州恒居葦蕩之間，斷無能驅入海之理。後此陳文惠通判潮州，鳴鼓戮鱷於市，且爲文告之，歐公至引之于神道碑中，尤堪捧腹。吾鄉某先達，惡白鷺晚噪其庭樹，且日遺矢汙人，因陳檄樹間，驅之令去，而晚噪遺矢如故。天下以文章喻庶物，難哉！

昌黎《論佛骨》一表，爲天下之至文，直臣之正氣。入手，以憲宗畏死之故，引上古無數高年之天子，爲憲宗指迷。言耄耋之期，初非關於佛力。迨佛法既盛，自漢末迨梁，無永年之天子。梁武高壽，卒被横禍，則佛之効驗可知。一片皆爲流俗説話，力闢福禍之不關於佛氏，精透極矣。及歸到本朝，引高祖之議汰僧尼道士女冠，見武德九年四月詔。與憲宗初年，不許度人爲僧尼道士，

及創立寺觀事。上援祖訓,下徵詔書,以矛攻盾,幾偪到憲宗無可置對。此處却用婉轉之筆,言:「今縱未能即行,豈可恣之轉令盛也?」文氣一舒,亦稍爲憲宗迴護。此下始激起迎佛骨之非是,然專制之朝,不能直捷指出朝廷弊病,於是復大加迴護,謂「聖明若此」,斷不肯信,然天子動靜關於百姓瞻視,在皇帝不過徇人之心,而百姓則「愚冥易惑」,斥佛骨,却撇去佛骨,專爲政體上追尋利害,語語切摯。篇末斥佛爲夷狄,生時不過禮以藩屬,死後尤宜避其凶穢,駡得不值一錢。然後以禍祟之事,極力自任,尤爲得體。通篇礙目處,只「事佛漸謹,年代尤促」八字。而憲宗大怒,幾欲抵死,不有崔羣、裴度及戚里諸貴,昌黎危矣。及《潮州表》上,帝意少迴,猶曰:「韓愈大是愛我,我豈不知? 然愈爲人臣,不當言人主事佛,乃年促也。」嗚呼! 憲宗聰明,尚護前如此,則宜乎闇主之不易事也。

柳文研究法

劉夢得敍柳州文，謂「雄深雅健，似司馬子長」。此特舉其大要耳，其親切處，累見與書中，夢得蓋深知柳州者也。若《唐史·文藝列傳序》謂「韓愈倡之，柳宗元、李翺、皇甫湜和之，排逐百家，法度森嚴，抵轢晉魏，上軋漢周」云云。《唐文粹序》亦謂「韓吏部超卓羣流，獨高邃古，以二帝三王爲根本，以六經四教爲宗師，憑淩轥轢，首倡古文。於是柳子厚、李元賓、李翺、皇甫湜，又從而和之」。似柳州者，爲昌黎配饗之人，雖尊與韓並，初未有發明其文章之妙者。至方望溪，頗有醜詆之詞。不佞於友人馬通伯處，見望溪手定柳州讀本，往往有紅勒者，因歎人生嗜好之殊。如元微之之右杜而左李，而望溪亦正云：「柳州適可肩隨退之者也。」然少陵生前推服謫仙，不遺餘力；即昌黎之於柳州祭文、廟碑墓誌，咸無貶詞，當時昌黎目中，亦僅有一柳州，翺、湜輩均以弟子目之，未嘗屈居柳州於翺、湜之列。且柳州死於貶所，年僅四十七，凡諸所見均蠻荒僻處之事物，而能振拔於文壇，獨有千古，謂得非人傑哉？

夢得之《報柳州書》曰：「余吟而繹之，顧其詞甚約，而味淵然以長。氣爲幹，文爲支，跨躒古

今，鼓行乘空，附離不以鑿枘，咀嚼不有文字。端而曼，苦而腴，佶然以生，癯然以清。余之衡，誠懸於心，其揣也如是。」嗚呼！劉賓客果道得柳州真處矣。夫所謂「端而曼，苦而腴，佶然以生，癯然以清」，此四語，雖柳州自道，不能違心而他逸也。凡造語嚴重，往往神木而色朽；端而能曼，則風采流露矣。柳州畢命貶所，寄託之文，往往多苦語，而言外仍不掩其風流。才高而擇言精，味之轉於鬱伊之中，别饒雅趣，此殆夢得之所謂腴也。佶者，壯健之貌，壯健而有生氣，柳州本色也。癯然以清，則山水諸記，窮桂海之殊相，直前無古人，後無來者。昌黎偶記山水，亦不能與之追逐，古人避短推長，昌黎於此固讓柳州出一頭地矣。

柳州之學《騷》，當與宋玉抗席，幽思苦語，悠悠然若傍㿈花密箐而飛，每讀之，幾不知身在何境也。《石林詩話》謂：「柳州諸賦，更不蹈襲屈宋一句，似與昌黎皆在嚴忌、王褒以上。」真知言哉！賦學自詞苑窳敗，遂寡問津，然有韻之文，亦治文者不可不講。發源於屈宋，取範於柳州，斯得矣。

宋嚴有翼曾序柳文，苦其難讀，考證音釋，名曰《柳文切正》，此書惜不曾見。不佞恒謂柳州精於小學，熟於《文選》，用字稍新特，未嘗近纖；選材至恢富，未嘗近濫。麗而能古，博而能精。至吞言咽理，變化離合，固遜昌黎。然而生峭壁立，棱棱然使人生慄，亦斷不類於樊紹述之奇詭也。

《詩·大雅·江漢》篇，尹吉甫美宣王能興衰撥亂，命召公平淮夷也。次篇爲《常武》，則召穆公美宣王有常德，以立武事也。不惟美之，又引之以爲戒。子厚《平淮夷雅》亦二篇，一美丞相度，一美西平之子愬。《談藪》云：「論柳文者，皆以謂《封建論》，退之所無；《淮夷雅》，韓文亦不逮。」鄙見非不逮也，昌黎興高，描寫元和戰功，欲窮形盡相，遂不免近於慘酷。昌黎本意，原欲以寒竊據之膽，不知火色過濃，遂微乖乎正聲。柳州之作，力摹《大雅》，於顯敍戰功處，往往爲朝廷留其餘地，示不欲究武之意，得經意矣。《江漢》之詩曰：「匪安匪遊，淮夷來求。匪安匪舒，淮夷來鋪。」求者，求淮夷所據之境地。鋪者，欲微病以譬之。命意不過如此。以下又曰：「匪疚匪棘，王國來極。」竟言不以兵病害之，不以兵操切之，堂堂乎見王師之仁。其卒章曰：「矢其文德，洽此四國。」矢之爲言施也，布其經緯天地之文德，以和洽此天下四方之國，名爲南征，實不過旬宣之意。說得雍容和藹，此始名爲《大雅》。柳州之雅，正本此意。第一章「狡衆昏囂，其毒於酲」，數蔡人之罪也。第二章即曰：「師是蔡人，以宥以釐。」宥之釐之，則不忍艸薙而禽獮可知矣。其下寫天子御通化門，餞相度，則與《江漢》「圭瓚」、「秬鬯」同一隆禮。此命將出師，盛朝應有之儀節。至「公曰徐之，無恃頟頟。式和爾容，惟義之宅」。則立言尤爲得體。頟頟，勇悍之貌，勿恃勇悍，正患其浪殺人也。宅，居也，居義以對蔡人，方見得是王者之師。中間寫李愬之功曰：「蔡兇伊窘，悉起來聚，左擣其虛，靡愆厥慮。」擣虛者，擣蔡城也。愬用李祐之言，謂：「蔡之

精兵，皆在洄曲及四境拒守，守蔡皆羸卒。」愬用其言，遂擒元濟。「靡愆厥慮」，謂所謀中也。擒濟以後，不書殺戮，但曰：「曾是讙譊，化爲謳吟。」閒閒將一場大戰，以從容不迫之筆，總括全局。惟具此聰明，方能摹古。

《方城》之什則專紀愬功，不能不點染殺戮之事。其最嚴厲之語曰：「右翦左屠，聿禽其良。」曰：「是震是拔，大殲厥家。」禽良者，十二年二月，愬禽元濟捉生虞候丁士良也。所云「右翦左屠」，非屠城之謂，蓋指賊將（英）〔吳〕秀琳，以三千之衆爲賊左臂，官軍不敢近，有陳光洽爲之謀主。「屠翦」，正指此二人，惟得丁士良，此二人始獲耳。「震拔」，是大兵臨城之勢。「大殲厥家」，但指元濟一家而言，故下章即云：「乃諭乃止，蔡有厚喜，完其室家，仰父俯子。」又云：「蔡人歌矣，蔡風和矣。孰類蔡初，胡甗爾居。甗甗，不安貌，牛列切。式慕以康，爲愿有餘。是究是咨，皇德既舒。」恩勝於威，敍伐蔡，竟有周宣氣象。劉夢得《嘉話拾遺》言柳八駁《平淮西碑》云：「『左餐右粥』，何如《平淮夷雅》『仰父俯子』？」此特於字句推求，其實昌黎碑適是學《尚書》，子厚《雅》適是學《大雅》，兩臻極地。唯昌黎之《元和聖德詩》，較此爲遜耳。

紓少時讀《封禪文》、《洪範五行傳》、《劇秦美新》、《王命論》、班《典引》，苦其淵博難解，則盲讀以領其音節。迨長，頗能分其段落，省其用意，又怪其多頌揚語，且注意瑞應之事，文奇而意未嘗奇也。家貧，不能購書，三十以後，始得濟美堂柳集，讀之經歲，謂《貞符》一篇，實能超出馬、

劉、揚、班之樊，舍天事而言人事，得立言旨矣。入手即斥五家之文爲「淫巫瞽史」，不足揚顯功德，已醒出通篇主意。於本文之前，作一小引，不是本文之序，蓋文已宿搆，至永州後，因吳武陵一言，始行進呈耳。入手推源人種肇生之時，營巢衣革，救饑渴，分牝牡，於是遂解仇殺侵掠之事。自得有力者治之，然後社會成。主者更得聖人，然後國家立。「厥初罔匪極亂，而後稍可爲也」句，總束上文，由開闢而訖於中古。然後拈一「德」字，立通篇之幹，謂爲德始爲貞符，凡大電大虹，巨跡白狼，魚躍烏流，虺蛇天光，貶周黜漢，均妖幻以欺人，不足據爲受命之證。自漢魏兩晉，尤「尨亂鉤裂，厥符不貞」，將一切駁翻，不復置議。至此作一大頓，留下隋之大亂，「沸湧灼爛」，引起唐受天命之有據。自「大聖乃起」句以下，全述唐之元德，至「人之戴唐，永永無窮」，其中初不言符瑞，但言孝仁平寬，此即爲天子之貞符。其下點清數語，爲全文關鍵，則曰：「受命不於天，於其人；休符不於祥，於其仁。惟人之仁，匪祥於天；匪祥於天，茲惟貞符哉！未有喪仁而久者也，未有恃祥而壽者也。」此數語精理如鑄，果能闢馬、劉、揚、班之失矣。於是復言恃祥之害，妙在「鄭以龍衰，魯昭公十九年，鄭大水，龍鬭於時門之外洧淵。魯以麟弱，哀公十四年。白雉亡漢，漢平帝元始元年。黄犀死莽」。黄支國獻犀牛，王莽《班符命總説》曰：「肇命於新都，受瑞於黄支。」語極昭析。末用「極於邦治，敬於人事」作結，堂皇極矣。《宋景文筆録》：「柳子厚《貞符》、《禬説》，能模寫前人體式，然自有新意，可謂文矣。」言新意者，即歸本於德，以不符瑞爲報應，自是此文之本

旨。詩平易可誦。

屈原之爲《騷》及《九章》，蓋傷南夷之不吾知，於朝廷爲不知人，於己爲無罪，理直氣壯，傳以奇筆壯采，遂爲天地間不可漫滅之至文。重言之，不見其沓；昌言之，莫病其狂。後來學者，文既不逮，遇復不同，雖仿楚聲，讀之不可動人。惟賈長沙身世，庶幾近之，故悲亢之聲，引之彌長，亦正爲忠氣所激耳。柳州諸賦，摹楚聲，親騷體，爲唐文巨擘，顧得罪而出，但宜閉門思過之言，不能爲狺狺自訟之語，此最難著筆。讀集中《佩韋賦》，欲自進於中庸之門户階室，《覆與吕温書》。則此賦當作於貞元二十年以後，惡侃直而尚醇和，實有激而作。中間剛柔分段。首推尼父，能剛能柔；其下配以藺相如、游吉、曹翽，不倫不類，蓋舉是四人，指爲寬猛相濟，即是中庸正軌。斥剛之失，則項羽、朱雲、陳咸、洩冶也；斥柔之失，則子家、宋義、李斯、徐偃、桑弘也。引用紛雜，然音節甚高，賦色甚古，説理之文，却能以聲容動重，亦云難矣。

《解祟》、《懲咎》、《閔生》、《夢歸》、《囚山》五賦，題目甚似《涉江》、《懷沙》諸作。當日若去賦字，但以「解祟」等目標題，亦無不可。或且泥於《九章》、《九辯》，故例不能足成九篇，故以賦名，亦未可定。

《解祟賦》蓋取太玄赤舌燒城，吐水於瓶之義，謂以水滅火，雖有傾城之言，災無由生。前半極言流金鑠玉之害，及筮玄之後，濯熱以冷風，滌瑕以清源，祟遂不敢爲利。意極平衍，然造句之

奇麗，選聲之悲亢，直逼宋玉矣。

讀《懲咎》一賦，不期嗟歎，若柳州者，真不失爲改過之君子哉！《唐書》本傳載此賦曰：「宗元不得召内，憫悼，悔念往咎，作賦自儆。」蓋爲永州司馬時作也。入手「卑污閔世，前志爲尤」，已説出失身叔文之誤。然而初志斷不甘此，故頂起「始余學而觀古兮」一句，以下歸本於道。「謹守」，「率由」，「奉訏謨」，「徵策書」，自謂「炯然不惑」。「愚者果於自用」，則切責叔文之不慮不戒，均二人不淑所致。顧身已入黨，亦無可辯，因有「哀吾黨之不淑兮」一語，「黨」字，即聯己而言也。進退無歸，幾瀕鼎鑊，幸皇鑒明宥，尚得南遷，於是夜寤晝駭，懼罪無已，爲貶永州後作一大結束。「凌洞庭之洋洋兮，泝湘流之沄沄。飄風擊以揚波兮，舟摧抑而迴邅。日霾曀以昧幽兮，黝雲涌而上屯。暮屑窣以淫雨兮，窣，雨聲，蘇骨切。聽嗷嗷之哀猨。衆鳥萃而啾號兮，沸洲渚以連山。漂遥逐其詎止兮，逝莫屬余之形魂。攢巒奔以紆委兮，束洶涌之奔湍。畔尺進而尋退兮，盪洄汩乎淪漣。水平伏曰淪漣，水動也。汩音骨，又越筆切。際窮冬而止居兮，羈纍棼以縈纏。哀吾生之孔艱兮，循《凱風》之悲詩。罪通天而降酷兮，不殛死而生爲。」自「凌洞庭」句起，楚鄉風物，一一如畫。屈原《涉江》亦同此戚，然屈原不以罪行，而柳州實陷身奸黨，故屈原抵死不甘認過，而柳州則自承有通天之罪。等是遷客，正直與回曲自殊，而所以仍吐正聲者，則自信其能懲咎也。以下「滅身無後」、「進路劃絶」、「伏匿不果」、「拘攣轗軻」，一片哀音，聞者酸鼻。最後結以一語曰：「苟余齒之

有懲兮，蹈前烈而不頗。」此萬死中掙出生命之言。故晁太史取此賦於《續楚詞》，且爲之序曰：「宗元竄斥崎嶇蠻瘴間，堙厄感鬱，一寓於文，爲《離騷》數十篇。懲咎者，悔志也。其言曰：『苟余齒之有懲兮，蹈前烈而不頗。』後之君子，欲成人之美者，必讀而悲之。正以一息尚存，仍能自拔，歸於君子之林，此柳州之所以成豪傑也。」

《閔生》一賦，「慮吾生之莫保」也。賦中語。言「孟軻四十，乃始持心」，當是公四十以前作，在元和五六年之間，貶永州時也。入手以生逢險阨之故，「喪志逢尤」，則自承己過矣。因之「膏竭」、「魄離」，沈痛尤極。言既不信，冤何從白，只有幽默待盡而已。任他駑駘之騁，鼃黽之集，均無可奈何。此是得罪以後，聽人指摘，無可自辯處，故言厲吻之鴟，嘯羣至也，因是沈抑不舒，但有自愍。語雖尤人，仍是引過。至此作一小頓。湘水出零陵，北入江。零陵，永州也，故望見九嶷，思及重華之死，屈子之沈，古人之無過者尚如此，矧乃我耶？雖然，自原初心，萬非從逆之比，故接上「列往則以考己兮，指斗極以自陳」。自陳者，以心迹質九閶也。心既無他，竟爲遷客，登高嵒，瞻故邦，咸有戀闕之意。忽念到窮老淪放，亦惟有死鄰魑魅已耳。文勢到此，已無轉旋之地，然寸心未死也。仲尼四十不惑，孟子四十不動心，自問未到二子之年，終寡閱歷，故至「觸禍阽身」，斗然叫起「知徙善而革非兮，又何懼乎今之人！」此一語生氣滿紙，似把以上過失一洗而空，魄力壯健，筆亦特舉。以下考衡湘故迹，即是寫貶所風物。雄虺短狐，日來近人，一身孤

危，則生之可閔極矣，故曰：「慮吾生之莫保兮，忝代德之元醇。孰眇軀之敢愛兮，竊有計乎古先。」蓋百無所恃，可恃者德耳。德何在，在能蓋愆，故以「蓋愆」一語終焉，則生雖可閔，而氣尚壯烈也。

《夢歸》一賦，文乃奇絶。自起二語後，即入夢鄉，至「心回互以壅塞」止，皆夢中境界。説到「質舒解以自恣兮，息悒翳而愈微；欻騰踴而上浮兮，俄滉瀁之無依」，是初入夢時，肢體舒散，氣息安和，若身與枕席相親，沈沈無事。「欻」字，《説文》「有所吹起」也，此説夢魂，若御風而游。「滉瀁」者，深廣貌，魂入夢境，覺深廣不知所屆，悠悠然亦無憑依而立。描摹虛無，居然生出景象。「上茫茫而無星辰兮，下不見乎水陸」，是正面寫夢，雖奇非奇。頂處忽用一「鉥」字。鉥，導也，綦鍼也，不有此字，則誰導夢而歸，亦並非所謂夢神，但以「若有」二字了之，故曰：「若有鉥余以往路兮，馭儗儗音擬。以回復。」儗儗，相疑也，夢中辨路，決不清晰，故言「儗儗回復」，真一字不苟。自是以下，均夢中幻境，無非風雲霾雨之類，音節一本《九章》。至「忽崩騫上下兮，聊按行以自抑」，似糢糊近鄉井矣。故都之委墜，鄉閭之修直，原田之蕪穢，喬木之摧解，垣廬之不飾，不是真嚮夢中見出，是平日有此思想，遂歷歷若見諸夢中。脱敍到接見故舊，文酒歡洽，亦未嘗不可，顧騷中未嘗有此體，且惡占實。「欲周流而無所極」之「欲」字，「紛若喜而佁儗」之「喜」字，皆有制而莫遂意，確是夢欲回時狀態，故直接上「鐘鼓喤以戒旦兮，陶去幽而開寤」，則

遽然覺矣，然尚在惶忪之際，「罾罻蒙其復體兮，孰云桎梏之不固」。妙絶。罾罻，魚網也。魚網蒙體，是人醒時神魂未定，尚有麻木之意。不惟罾罻，且願桎梏。久而久之，知夢歸不可再得，故曰「余無蹈乎歸路」，只好義命自安，引夫子居九夷自慰，又引老聃之適戎，蒙莊之遠去，似不必以故園爲慕。然首丘正也，鳥獸喪匹，尚且過其故鄉鳴號，況乃人乎？三復茲夢，始還清命題本意。

《囚山賦》，晁無咎序曰：「自昔達人，有以朝市爲樊籠者矣，未聞以山林爲樊籠也。宗元謫南海久，厭山林不可得而出，懷朝市不可得而復。丘壑艸木之可愛者，皆陷穽也，故賦《囚山》。」通篇著眼在「陽不舒以擁隔兮，羣陰沍而爲曹」。沍，凅寒也，是陽慘陰舒之意。至摹寫山林仰伏離迾遮也。之態，是柳州所長，讀時自能會之。

《封建》一論，爲古今至文，直與《過秦》抗席。東坡《志林》謂昔之論封建者，曹元首、陸機、劉頌，及唐太宗時李百藥、顏師古，其後劉秩、杜佑、柳宗元。宗元之論出，而諸子之論廢，雖聖人復起，不能易也。范太史《唐鑑》，亦以公之論爲然。然程敦夫、黄唐均有攻駁之辭，實皆泥古不化，不足深辯。今就文論文，識見之倖特，文陣之前後提緊，彼此照應，不惟識高，文亦高也。入手言「封建非聖人意」，歸之於勢。聖人不欲違勢以戾民，故因勢而成封建，正是聖人圓通廣大處。腐儒見一「非」字，便以爲開罪聖人，抵死與爭，謬矣。立一「勢」字，既定全題之局，遂上溯有生之

初，與《貞符》篇同一命意。自「萬物皆生」起，至「然後天下會於一」，有天子始有諸侯，蓋不如是次第鎮攝，爭且不息。是言勢不可不封建，非聖人之意必欲封建，語至明顯。以下敍周之大勢，自春秋迄戰國，周之敗端，歷歷指出無遺，就勢提起秦制四海，運於掌握之内。稱秦之得，是虚頓，得者，能廢封建也，非右秦而左周也。故其下疾接入「不數載，而天下大壞」，是迴護上句意，亦是防人攻駁語。蓋封建固失，周之國祚長也；郡縣固得，而秦之國祚促也。「其有由矣」四字，專爲秦政之不善言，與封建事一無干涉，蓋脱去秦字，專比較封建與郡縣之得失。中間三用「叛」字：「有叛人，無叛吏」一段，是言秦失民心而召叛，非縣吏之失也；「有叛國，無叛郡」一段，是言漢縱宗子而驕功臣之失，非郡吏之失也；「有叛將，無叛州」一段，是言唐任藩鎮之失，非州吏之失也。何者？郡縣立，則權分，大吏雖總其成，一欲謀叛，不能立時聯絡郡縣吏之心，使之同惡。如宸濠之於明，耿精忠之於前清，竟有倔强不服之人，左掣其肘，即其明驗。讀文中斷語曰：「州縣之設，固不可革。」是決言封建之不可行，屹然山立。其下又將周之封建，秦之郡縣，兩兩比較：周時諸侯亂國多，理國寡，此失在封建之制，與政無涉；秦時郡縣酷刑苦役，似疑郡縣之不善，此失在政，不在郡縣之制。蓋郡縣之守宰，一得人，即行其理；諸侯世及，天子不得變其君，此所以爲難也。漢則封建郡縣兼行，然叛者多諸侯，而郡縣往往得循吏，邊庭往往得名將。設使漢室盡倚諸侯，則轉不收循吏名將之益。以上周秦與漢，分爲三段：周之封建，無一得也；秦之

郡縣，朝廷自失，不涉郡縣之失；至漢，則封建失而郡縣得。彰明顯著，成案嶄然，讀之爽目。此下設或兩者之難。一言：周延而秦促，即駁之曰：晉亦封建，何以有八王之亂，二姓陵替；唐不封建，垂二百祀。一言：殷周聖人，不革其制，似郡縣之議，大戾於聖。即駁之曰：湯仍夏故侯，因以黜夏，不能變也；周因殷故侯，因以勝殷，不能變也。此皆湯武之不得已，歸本上文「勢」字。夫因勢而不得不爾，則非夙本之公心可知。秦革周制，意似公矣，而其情亦私，此時忽下一斷語曰：「然而公天下之端自秦始。」言端者，秦開之，不必秦能守之也。推去「秦」字，但言郡縣勝於封建。結論清出「勢」字，以應篇首，此是定法。

柳州聰明，讀古書，能以理析之。如《六逆論》、《問守原議》、《翦桐封弟辯》，皆明澈醒人眼，造語極古，而析理又極明達，不著一閑話，於此見用意之精。

《六逆》中所謂「賤妨貴、遠間親、新間舊」三事，不佞始讀時，亦已疑之，顧未暇論也。柳州不惟不斥爲亂源，而且直據爲理本，使人不能不加意於此文。貴而愚，賤而聖且賢，此不可言「妨」；親而舊者愚，遠而新者聖且賢，此尤不可以言「妨」。以下引據，節節精當，用筆活跳，蓋有理之文始能縱横如意。若文無把柄，一力搬演，雖引用宏富，究無著也。

《守原》一議，論者謂柳州憫當時宦者之禍，故有此作，意不在指斥晉文。且晉文萬非齊桓之比，或且守原無人，宮中思索守者不得，偶見勃鞮在側，姑爲問之。一舉趙衰，恍然有悟，故立下

詔令。若勃鞮别舉宦者以對，則晉文亦決不之應。蓋齊桓因難出走，旋得鮑叔之力反國，又得管仲之力定霸，身處順境，故宦寺之言易入。晉文在外十九年，豈不知「謀及媟近」之有害？然而欲責此大義，則不能據此四字爲定案。柳州論失政之端，明斥晉文，實隱譏德宗之遷政於閹人，暢論流弊所及，於是景監、弘、石之禍，謂皆晉文兆之。此種法程，吕東萊幾奉爲祕訣，蘇東坡、王船山尤甚，然皆深文也。

「翦桐」一事，《史記·晉世家》有之，《説苑》亦然。鄙見不盡可據爲實録，即不辯亦可。辯中謂：以桐葉封婦寺，亦將舉而從，周公大聖，豈憒憒至此？柳州此語，特用爲文瀾耳。文中大要，在「王者之德，〔在〕行之何若。設未得其當，雖十易之不爲病；要於其當，不可使易也」數語，實深明大體之言。

《箕子》一碑，立義壯闊。「一曰：正蒙難，舊注：蒙，犯也。正蒙難者，以正犯難也。二曰：法授聖，三曰：化及民。」三項並列，就文讀之，似箕子生平實兼是三德。然尊爲帝師，封之朝鮮，特新朝重勝國遺老，國於海隅，於禮非爲隆厚，於正蒙難一節，不能並舉爲偶。而柳州之文，亦正重此正蒙難一層，謂箕子之辱於囚奴者，有所希望也，握要之言，在「周時未至，殷祀未殄，比干已死，微子已去，向使紂惡未稔而自斃，武庚念亂以圖存，國無其人，誰與興理？」能寫出箕子不得已之苦心，作無如何之屈節，方見得是正蒙難，方見得是箕子之明夷，辱於囚奴，實有待也。不惟史眼如

炬，而且知聖功深，是一篇醇正堅實、千古不磨之文字。頌中言「聖人之仁，道合隆污」，又言「非死非去，有懷故都」，正聲明文中正蒙難之故，欲俟脱難之後，使朝廷歸服於正也。嗚呼！箕子出奴，而能使朝鮮之民終不相盜，無門户之閉，婦人貞信不淫，辟其田，民飲食以籩豆爲可貴。獨至今日，百姓乃屈辱於日本鞭箠之下，永永爲奴，無自脱之日，然則聖人之蒙難，辱於奴，乃其所餘之黎民，亦終於奴邪？惟紂之暴，乃敢奴及箕子，而紂之收局何如？彼敢奴箕子之民，吾亦將拭目觀其收局矣！

孔子廟碑，古來恒有作者，然畫工之畫天也，天之混茫無極，將何處著筆。理學家自謂能知聖人，而多不能文章；文章家能爲恢富華瞻之言，而又不能真知孔子。昌黎自謂道統所係，而《處州孔子廟碑》，但記從祀圖壁諸賢，及用王儀釋奠而已。李北海《兗州曲阜縣宣聖廟碑銘》較堂皇莊重，然亦稍傷排比，但言褒貶善惡，未嘗闡發道源、表彰聖學也。子厚之《道州文宣王廟碑》，爲薛伯高作，且述伯高之言曰：「夫子稱門弟子顔回爲『庶幾』，其後從於陳蔡，亦各有號。言出一時，非盡其徒也。於後失厥所謂，妄異科第，坐〔祝〕〔祀〕十人以爲哲，豈夫子志哉！」似以開元八年，改顔子等十哲爲坐象，悉預配饗爲非，是故伯高祠孔子，僅配以顔氏。此説極爲宋子京所非，既咎伯高，且詬子厚。要之伯高實非知道之人，即李瓘之請易十哲爲坐象，亦特一時興到語，不必即有崇儒重道之意。子厚此文，或爲伯高請託，一向失檢，輕易轉述其語。然按其文

中敘述，亦未嘗稱伯高爲特見，今但就文論文，無暇更爲左右之説矣。此文嚴肅，彷彿《南海廟碑》，入手言祀事，因歎夫子之道，二帝三皇無以侔大也。遂以其「堂庭庳陋，椽棟毁墜」之故，乃易新構。以下述節用乘時，始克有成，寫州官貧薄之狀，然澤以高文，乃不見其寒儉。至於立廩周食，拓圃毓蔬，權子母求贏，以供祭典，語雖瑣碎，然用《周禮》、《國語》，尤不見其俗。「感道懷和」以下，敍伯高德政，是應有之筆。迨述伯高議論，不加溢美之詞，只閒閒敍過，蓋子厚之心，固知伯高之好奇，斷無於碑文中用斥駮語者。及文末言「惟夫子極於化初，冥於道先，羣儒咸稱，六籍具存。苟贊其道，若譽天地之大，褒日月之明，非愚則惑，不可犯也」。此數語，即不佞所謂天不可畫也。且「犯」之一字，細思之，亦似有理解。夫褒與譽，美詞也，用美詞尚稱之爲犯，然則伯高黜去十哲，單祀顏子，寧獨非犯？且爲人請託而成文，原不宜面指其短，但於空中射影，使之迴光反照。善於言者，固有此法也。文似摹仿《魯頌》，弈弈有光氣。

集中六七兩卷均和尚碑，不佞昧於禪理，不能盡解，故特闕而不論。

柳州《段太尉逸事狀》與昌黎《張中丞傳後敍》均洋洋有生氣，亦皆良史之才也。不佞甚惜柳州不爲史官，其寫忠義慷慨處，氣壯而語醇，力偉而光斂，可稱極筆。寫郭晞悍卒「日羣行丐取於市，不嗛，不足也，音慊。輒奮擊折人手足，推釜鬲甕盎，盈道上，鬲，音歷。盈字一本作「蔡」，與撒同，讀如蔡叔之蔡。《新史》改作「盈」。袒臂徐去，且撞殺孕婦人」。又「入市取酒，以刃刺酒翁，壞釀器，酒流溝中」

云云，皆極寫邠州客兵無賴狀態，力摹《漢書》。時白孝德方爲邠寧節度，「以王故，戚不敢言」，作一頓，於是接入「太尉自州以狀白府。」自州者，太尉時爲涇州刺史也。其告白公曰：「天子以生人付公理，公見人被暴害，因恬然，且大亂，若何？」又曰：「某爲涇州，涇與邠州皆隸關内道。甚適少事，今不忍人無寇暴死，以亂天子邊事。公誠以都虞侯命某者，能爲公已亂，使公之人不得害。」一往爲冤民言，既責近孝德之畏懦，因而表己之幹力，言激而忠，果而非躁，學《史》、《漢》而能成自然，非若侯雪苑之竄取《史記》句法，即謂爲能學《史記》也。及「太尉列卒取十七人，皆斷頭注槊上，植市門外」，直逼《漢書・酷吏傳》矣。工夫在用一「注」字、「植」字，光色燦然動目。一軍盡甲後，「太尉笑且入曰：『殺一老卒，何甲也！吾戴吾頭來矣。』」老卒者，太尉自謂身爲虞侯也。宋景文《新唐書》去一「吾」字，求簡而轉晦，無取也。太尉語極抗强，却極委婉，一則哂全軍之不武，一則示一身之有膽。太尉遺事，固自風流，然不有此等文章，亦描摹不能盡致。其責郭尚書語，侃直而簡貴。及造府謝過，邠州之事已畢，遂繞敘到涇州惠政矣。大將焦令諶，音忱。因旱而責穀於民。民飢，無以償，告太尉，太尉判辭甚巽。使人諭諶，諶怒，召農者，鋪其判辭於農背，大杖之。太尉竟爲農傅善藥，貨馬代償其穀。諶聞之，大媿。文言諶自恨死，誤。合兩事而言，公能殺郭晞之卒，詎不能面斥此悍將？不知徵營田之入，諶非有罪也，在禮宜巽，且宜感之以誠；驕卒之殺人，節度使宜問也，既問，則宜執法以治之，無憚貴要。段太尉大節，在笏擊朱

泚，此特其遺事，然先敍殺卒注頭，後敍賣馬償穀者，則兼仁勇言也，見得太尉神威凛然，百死無懼，而先乃愛民如慈母之將子。後先倒敍，似疾雷迅電，過後却見朗月當空，使觀者改容，是敍事妙處。

《國子司業陽城遺愛碣》，至難學，以序中用四言，厥體如銘，不過不用韻耳，而銘復四言，讀之疑複。韓柳多有此體。然亦易辨，銘有韻以限之，法宜循聲按節，平仄雖不盡調，然韻脚調也。序中用四字成句，則可以不調平仄。仄處累仄，讀之喑塞；平處累平，讀之鏗鏘。且一氣黏貫而下，可以數句作一句讀。銘則八字一頓，自有節奏，不能讀作一氣也。

《唐故衡州刺史東平吕公誄》，爲吕和叔作也。和叔謫衡州，竟藁葬於江陵之野，子厚悲其同貶，又道、衡二州，夾永州於其中，故云「哀聲交南北」也。温學《春秋》於陸質，學文章於梁肅，劉禹錫曾編次其文，所學頗有根柢。柳州言其文章「宜傳於百世，今之存者，非其極言，獨其詞耳；理行宜極於天下，今其聞者，非其所盡力，獨其跡耳」。所稱不無太過，然八司馬同貶之時，子厚欲以柳易播，氣誼振一時，詎眼見和叔藁葬，有不悲者？言藁葬者，薄葬耳，不必以土親膚，惟其悲之深，遂不覺其言之過。誄文纏緜往復，舉温生平，一一運以韻語，自「麟死魯郊」起至「堯舜是師」，居然以道統歸吕温，此文人溢美之辭也。顧不如是起，則「道不勝禍」一轉，爲無力。「春秋之元，儒者咸惑，君達其道，卓然孔直。聖人有心，由我而得」，此言温從陸質得《春秋》之學。「推

理惟工，舒文以翼」，則道及文章矣。「奮藻含章，決科聯中」，此言貞元十四年温中第事。「休問用張，署雠百氏」，官校書郎也。「錯綜逾光，超都諫列」，遷左拾遺也。「君登御史，贊命承事」，爲吐蕃弔祭使也。「來總征賦，甲茲郎吏」，遷户部員外郎也。「正郎司刑，邦憲爲貳」，竇羣爲御史中丞，請温爲知雜，故云「邦憲爲貳」也。「糺逖伊肅，謟諛具畏」，此言宰相李吉甫召醫人陳登入宿，温劾奏吉甫交通術士，庭訊無左驗，遂貶道州。以下均敍道、衡二州政蹟，唯其廉貞，故死無餘蓄。結穴處用「疑生所怪，怒起特殊。齒舌嗷嗷，雷運風驅。良辰不偶，卒與禍俱」，則憑弔生平，哀其末路也。文綿細中，却極伉爽，進止皆有法程，是極善爲韻語者。

凡銘幽之文，有大勳業者，序近名臣列傳；其次述德行者，近儒林；述文章者，近文苑；又次，則敍情款，敍悲。數種之中，惟敍情敍悲者，或足動人。以外三種，但求體例無失，敍述不漏而已。柳州集中，此種文字固不少。銘詞亦古宕，可以比肩昌黎。若一一加以評語，將不勝其繁，今試舉一二篇，見其製局之異者。如《故連州員外司馬淩君權厝誌》、《故襄陽丞趙君墓誌》是也。淩君於元和元年與子厚同貶，此誌子厚在永州時作。入手即書於未卒之先，預言死徵，切肝腎之脈，知其濇與代；忽歎息其將不臘而死，並惜所學不終立於世；又信命而論鬼，預言其葬所：此種製局，乃大奇。以下始敍官閥，及立朝風節，能處大事。末乃述其流貶，母亡弟喪，歸怨於報應之無憑，此子厚本色之文，必極於牢騷而止。銘詞用三言，咸能卓立紙上，唯中間未清出

三代，頗於體例不合耳。趙君之銘，則非銘趙君，直志其子之孝，造句怪特古鬱，製局尤奇。趙君渴葬，在貞元十八年，至元和十三年，其中間絶十七載之久，不封不樹，其子來章始壯，行哭求之於柳州，此又何可得也。來章哭之於野，凡十九日，秦誗音直廉切，或作利。爲卜其兆，至奇。鄙意兆詞或柳州代爲之製，兆出秦誗，詞則柳州耳。兆言必遇西人之有髯者，決得墓所，於是果遇曹信知狀，發之，見緋衣緅衾焉。文雖怪岸，然以此表來章之孝，而其事復在柳州，安可無子厚爲之潤色。銘詞神似昌黎，有是奇事，自有是奇文也。凡事之愈猥瑣者，行文須愈莊重，此《史》、《漢》之祕訣，韓柳可謂得之矣。

漁者之對智伯，設喻之文也，華色似漢京，氣勢似《南華》，詞鋒似《國策》。綜括大意，不過貪不知止，猶之螳螂捕蟬，黄雀在後耳，一二百言可盡，不值如許張皇，然既成爲繁衍之體，則不能不究其段落。入手自水灌晉陽生義，因是見此漁者，以下由小魚而希大魚，猶之滅范中行，因而圖趙，既得把握，可以迎刃而解。其間用字之斟酌，亦宜留意。如「今主大兹水」之「大」字，「以好臣之餌」之「好」字，「日收者百焉」之「收」字，「深怨而造謀」之「深」字，造字皆佳。文不過發爲兩大段，前半悉力喻魚，後半即以魚之貪而得死，喻智伯之貪而取敗。語語針對，即語語發明，勝處在兩用「徒手得焉」，能自圓其説。試思「(鯉)〔鮪〕之來也，從魴鯉數萬」，此何可盡得？惟其「環坻溆而不能出」，坻，水中高也，一曰小渚也。溆，水浦也。故得之。鯨之來也，能驅羣鮫，此何可得？惟其「北

饜於碣石，槁焉」，故得之。喻范中行之自敗，故爲智氏所有。然有難者，漁者之設喻，漁者之身，即智氏之身，若言進而不已而致敗，則漁者之身未嘗沈没，又何足以譬智氏？至此，忽推開不言，但言漁者之來，爲釣文王而來，以文王譬智氏，智氏焉有不當？以下遂可閒進以諷諭，惟不有此句作過渡，文勢將滯壅而不通。柳州聰明，能下此一語，即從死中求活，讀者亦不可不悟。結論言：「臣恐主爲大鯨，首解於邯鄲，鬣摧於安邑，胸披於上黨，尾斷於中山之外，而腸流於大陸，爲鱻薨二字見《周禮》。鱻音鮮，薨音槁。以充三家子孫之腹。」讀之，似無首肯設喻之切當，不知此特喻中之喻，非設喻之正意也。文之本意，以漁者之貪，對智伯之貪言，非以大鯨喻智伯也。至漁者得鯨後，忽慕文王，因而求見智伯，此爲文字脱卸之機關，蓋萬不能言漁者得鯨後，別有他慕，自窮於死地，即吾所謂死中求活法也。「主爲大鯨」句，是另起爐竈語，不過從喻魚意帶出耳。

《愚溪》之對，憤詞也，亦稍傷排比，較諸《愚溪詩序》，實遜其淡冶。文舉惡溪，舉弱水，舉濁涇，舉黑水，四者，皆出愚溪之下，表愚溪之品較勝於四者，此託夢神之言，以自方也。清美有功，力能濟人，表溪之能，亦即所以自表其能，在理無可愚之實。然一經柳子之好，則溪與柳合一，亦不能不成爲愚，此文字之樞紐。樞紐一握，下此遂易發議論矣。貪泉一喻，尤見水與人有關係處：人可因水而貪，則水亦可因人而愚。行文至此，真顛撲不破。下此言「遠王都三十餘里」，喻

淪謫也。「側僻迴隱，蒸鬱之與曹，螺蜂之與居」，喻所接皆鳥言夷面之人也。「騣騣以遊汝，闖闖以守汝」，闖，馬出門貌。喻僻處無歡也。正喻夾寫，不辨其是水是人。復言：汝不得顯者臨汝，獨見獲於至愚之遷客，當汝爲愚，似溪之運命應爾，至此，直將愚字坐實溪身矣。以上所言，尚嫌其不甚顯豁，復引起夢神一問，於是大放厥詞，極寫己身之因愚而得禍，却實向夢神愬説一番，有悔過意，有引罪意，則發其無盡之牢騷，洩其一腔之悲憤。楚聲滿紙，讀之肅然。

《天問》多泥當時舊説，語雖奇古，而設問之詞多可笑，如天有八柱、月死復生、天圓地方等等，皆新學未發明時語氣，可不必講。即其造語之工，亦不易學。

《晉問》者，仿枚乘《七發》體。《七發》所以隱諷老濞，於是仿者至衆，咸以「七」名。《晉問》亦七，不云七問者，避其名也。子厚晉人，重堯之故都，因武陵之問，悉以晉之名物對。一言山河之險固，雖規橅都京，好用奇字形容山水，然時時見造語之工，非專取隱僻之字，用銜淵博。如「攫秦搏齊」、「轟雷怒風」、「躋雲遁雨」皆奇句也。次言兵甲之堅利，然較諸描摹山川險阻，少欠展拓，亦不易形容。中間如「若雪山冰谷之積，觀者膽掉。徒吊切。目出寒液，淚也。當空發耀。英精互繞，晃蕩洞射。天氣盡白，日規爲小，鑠雲破霄，跕墜飛鳥」《釋文》：「跕跕，墜落也，都牒切。又它協切。」諸句，直逼漢魏賦手，與第一段亦銖兩相稱。又次言晉國名馬所産，以屈在晉地也，寫名馬較寫兵甲，易抒其雄放驚盪之氣。如「羣飲源槁，迴食野赭，浴川蹙浪，噴震播灑」，言馬之衆也。「喜者鵲厲，怒者人搏。

決然坌坌，蒲悶切。躍，千里相角。攫地跳梁，堅骨蘭筋。交頸互齧，鬥目相馴。聚溲更噓，昂首張斷」，寫馬之態也。較諸少陵、東坡詠馬諸作，似别開生面矣。又次言晉産名材，然木長於山，既采，則乘河流而下，寫木，不能不兼敍山川。不知者似於第一段微有複沓之筆，然敍山則言因山而伐木，敍水則言因勢而漂木，初不相混。尤妙者「揹危顛，芟繁柯，乘水潦之波，以入於河而流焉。盪突硉兀，硉兀，危石也。硉，郎兀切。轉騰冒没，類秦神驅石，以梁大海。用《三齊略記》神人鞭石事。抵曲麟蹙，匯流雷解。」「捽首軒尾，《説文》：「捽，持髮也，昨没切。」澒入重淵。」澒，大水濛澒也，胡動切。僕在南中，見采木者，乘溪漲而下，適肖此可狀。讀之，歎子厚體物之工也。又次言河魚之多，又次鹽之利，奇氣少殺，以魚鹽二事，難於著筆也。終敍文公霸業，言民之好義，而任力近矣。然仍歸本於王道，以儉讓爲宗，率堯之遺風，醒出用意所在，以文始以質終。

《答問》及《起廢答》皆解嘲語。《答問》之文，不及《進學解》之恢張；《起廢答》略趣，然罵世太酷。文語語皆柳州本色，惟狃於數見，故亦平易視之。

《天説》至奇，因韓氏之言，而與之伸辯也。柳氏斥韓氏爲激，實則韓氏尚謂天爲有知，不過有知而倒行其賞罰，似咎人不應鑿渾沌之竅，而施其智力，故天罰之也。柳氏之詞，則不激而近藐：藐天之無知，並謂不信其有賞罰。凡爲賞爲罰，均自人目中所見，而天一不之知。明似平韓氏之憤，慰韓氏之悲，乃不覺斥造化之漫無彰癉處，爲語更激。猶之人詆桀紂爲顛倒順逆，福惡

來而禍比干，此尚近情之言，甚者謂桀紂如毒蛇猛獸，一無所知，但能禍人，並無喜怒恩怨，語似寬縱，實則詆天彌甚。則謂之二氏皆激可也。文言元氣陰陽之壞，人由之生，此語不知據何理而言？妙在「繁而息之者，物之讎也」句，把人物合併而言。蟲者，物之讎；病者，人之讎；而人者，天之讎也。蟲與病，能戕人物，則人亦能戕天之物，故天之讎人，亦由人物之讎蟲病耳。讎天而求天之福，是大不然之數，故受罰滋大。以上所言，均主天之示罰言，然終不能言人之害，轉邀天之功，故言「吾意有能殘斯人，使日薄歲削」，是則有功於天者也，此是用虛寫之筆。總言之，韓氏眼中但見得善人不受福於天，故有此語。然此説不見之韓集，意者因柳之貶，爲此憤懣之詞，用以慰柳，柳因爲之進一解焉，隱言己身之禍與天無涉。天地之中有元氣，有陰陽，然元氣既謂之渾然，則一切不管：功焉而不知所以報，害焉而不知所以禍，其偶然得福，偶然得禍，萬不算是賞罰。謂爲賞罰者，謬也。二氏之説，於聖人畏天命説大歧，然行文奇詭，言人所未嘗言，自是韓柳鉤心鬬角之作。

《柳州集》託諷之文，可采者有五：曰《鶻説》，曰《捕蛇者説》，曰《説車贈楊誨之》，曰《謫龍説》，曰《羆説》。

《鶻説》主報施言，正意尚不吐露，中間神光湧見處，在「無位號爵禄之欲，里閭親戚朋友之愛」。著一「無」字，覺駡世之言，全不坐實，歸入「出乎鷇卵」句，人不如鳥，在有意無意間點清。

工夫又全在上句一個「器」字，言毛翮之物，原不爲仁義之器，然無欲，則爲此不算沽名；無愛財，行此不爲狥私。區區以用其力之故，遂愛其死，忘其飢，鶻之明理近道，乃出天然之鷇卵物，無其器而有其道，則明明爲人者媿死矣。駡到此處，以賤躐貴、以物淩人亦可止矣。然未痛快也，率性再舉梟鼠一比。二物陰而嘿，鶻則陽而厲，厲則近盜，然鶻之所爲弗盜，去陰賊者遠矣。仍是就鶻説鶻，不涉人事。末至毛翮不辭，但思奮乎太清，則憤世極矣。或言人有爲子厚所卵翼，而不知報，故斥爲鶻之不若，似亦有理。

《捕蛇者説》胎「苛政猛於虎」而來，命意非奇，然蓄勢甚奇。「當其租入」句，是通篇發端所在，見得賦役之酷，雖祖父皆死，猶冒爲之。然上文止言「歲賦其二」，未爲苛責之詞，而役此者實日與死近，此處若疾入賦之不善，或太息，或譏毀，文勢便太直率矣。文輕輕將「更役復賦」四字，鞭起蔣氏之言。且不説賦役與捕蛇之害，作兩兩比較，但言民生日蹙，至於死徙垂盡，縮脚用「吾以捕蛇獨存」爲句，屹如山立。然此特言大略，但就民之被害而言，尚未説到官吏所以病民之手段。「悍吏之來吾鄉」六字，寫得聲色俱厲，此處若將蛇之典實，拈采掩映，便立時墜落小樣，妙在「恂恂而起」，「弛然而卧」，竟託毒蛇爲護身之符，應上「當其租入」句，文字從容暇豫中，却形出朝廷之弊政、俗吏之殃民，不待點染而情景如畫。收處平平無奇。

《説車》近詞費，然造句峭勁，須學其用字練字法。

《謫龍説》重要在「非其類而狎其謫」句，想公在永州，必有爲人所侵辱者。文亦淺顯易讀。

《羆説》在「不善内而恃外」句，與《謫龍説》同，似信手拈來，得此句後，始足成全文者。

文士原不爲達官立傳，而子厚身爲黨人，爲謫官，想無中朝耆碩託之爲傳者，且又不領史職，以故集中率多寓言。凡善爲寓言者，只手寫本事，神注言外，及最後收束一語，始作畫龍之點睛，倏然神往，方稱佳筆。子厚之《宋清傳》、《郭橐駝傳》、《梓人傳》均發露無餘，似宋清、橐駝、梓人，皆論説之冒子，其後乃一一發明之，即爲此題之注脚。文固痛快淋漓，惜發露無餘，不如《蝜蝂》一傳之含蓄。

子厚擬騷，於諸賦中已見之矣，然自《乞巧》以下諸文，雖命意純駁不一，而楚聲古均，大非有唐諸人所及。

《乞巧文》意本解嘲，而體則祭祀；事屬兒女，而語則牢騷。且入手敍天孫嬪河鼓，悠謬之談，公然見之文中。此在詩家詞家，或能出以纖詞，施諸韻語，而文近祭祀，斷難如此著筆。文乃曰：「今聞天孫不樂其獨，得貞卜於玄龜，將蹈石梁，款天津，儷於神天，於漢之濱。」寫得欽嚴莊麗，一似織女牽牛七夕之會，確有其事者。於是從「乞巧」二字，舍去穿針瓜果事，描出巧言巧官諸醜態，借一「巧」字，痛駡一場，以小題目爲大文字。造語横空盤硬，不下昌黎。乞哀之第一段，特出「拙」字。「拙」字爲巧之反面，言乾坤之量，可以曲包，蟻蝸螺蚌之屬，皆蒙覆幬；臣爲物之

靈，進退唯辱，何也？此是發問之始。至「變情順勢，射利抵巇」，我憎之而彼乃反用以爲奇，此臣心執而不移之故，亦自知之。夫執即不巧，此是自咎無能之詞，此宜乞之第二段。次言此等之巧，臣奚不知顧一效之，則轉形瞋怒，似巧中别有工夫在内，所以宜乞。此宜乞之第三段。次則舉不巧之身，與巧夫比較得喪。其辭曰：「欣欣巧夫，徐入縱誕，毛羣掉尾，百怒一散。世途昏險，擬步如漆。左低右昂，鬭冒衝突。鬼神恐悸，聖智危慄。泯然直透，所至如一。是獨何工，縱横不恤？非天所假，彼智焉出？」此則坐實造化之相巧夫，而獨嗇其傳授於己，所以必乞。此又宜乞之第四段。以上言巧宦抱虚求進之工夫，描寫精透已極。以下斥巧言矣。「沓沓騫騫」，非善言者也。工夫在知喜怒，測憎憐，所以如意。臣之所以不如者，在「喑抑」、「莫宣」，無可歸怨，不能不歸怨於賦授。且口之所宣，與筆之所達者爲文，文亦言也。顧以抽黄對白之技能，使觀者舞悦，則已負高世之文，自然斥爲老醜，雖跪呈豪傑，徒見投棄，取辱至矣。此一段不是乞，是質問語，到底世之所謂巧者安在？天之賦人以巧者，亦何至美醜顛倒如此！付姿媚，易頑顔，鑿方心，規大圓，拔吶舌，納工言，一切陳請，皆以反面爲正面語，度天孫所萬辦不到者，偏吐此難題。經天孫示夢一勸戒，謂「汝惟知恥，諂貌淫詞，寧辱不貴，自適其宜」，醒出本意，似此説雖經天孫和解，究據勝著。雖近詞費，然擬騷不得不如此。

晁無咎曰：「《離騷》以虬龍鸞鳳託君子，以惡禽臭物指讒。王孫、尸蟲、蝮蛇，小人讒佞之類

也。其憎之也，其駡之也，投畀有北之意也。其宥之也，以遠小人，不惡而嚴之意也。」

《駡尸蟲文》洩露無味。

《憎王孫文》幽渺峭厲，能曲狀小物，皆盡其致。

《宥蝮蛇文》在三篇中爲第一，以不宜宥而宥，竟言出所以得宥之理，良爲仁者之言。入手述僮言，甚兇厲似犯人，死不治，一不宜宥；又善伺人，捷取巧噬，二不宜宥；不得人而齧草木，後人來觸死莖，猶得廢病，三不宜宥。文似無可翻身矣。妙在不問蝮蛇，先問蝮蛇得處。以下即可納入全身遠害之意，要在密居易庭，不淩奥而步闇，蝮雖毒，惡得害？雖然，此猶就人而言。若在蝮者，賦怪僻之形，含禍賊之氣，受之於天，非蝮之罪也。憐且不暇，何由加怒？純是一片仁恕之言。蓋子厚嘗世變深，知小人之毒，萬不能校，只合聽之而已，方有此作。凡慨世之言，慨深甚於詈酷也。辭仍序意，重説一過，不過有韻與無韻之别耳。

《哀溺文》與《蝜蝂傳》同一命意，然柳州每於一篇寓言之中，必有一句最有力量、最透闢者鎮之。文言永民善游，乃以腰千錢之故，不舍而溺。序之結尾，即曰：「得不有大貨之溺大氓者乎？」語極沈重，有關係。文中如「既浮頤而滅膂兮，不忍釋利而離尤。」「髮披鬤而舞瀾兮，魂倀倀而焉游。」寫溺狀如畫。

《招海賈文》踵《大招》而作。屈原將死，精神離散，防爲鬼物所窘，故大招其魂，言皆不如楚

國之樂。柳州此文，即變其義，謂胸利遠游，亦不如故鄉之樂，用諷世人，但居易切勿行險。文凡九段，前七段，一言海之神怪多，氛霧甚惡，易至迷惘。第二段言奔螭翔鵬天吳之屬，皆足害人。第三段言黑齒之巉巉，巉，士眼切。巉，魚蹇切。三角之駢列，鯪魚也。直將攫人以充饑。第四段敍弱水之險，負羽無力，觸之立沈。第五段言𡿺淪之泙八方，或因迴旋而易位，舟行且不自返。第六段言舟行殆而一跌，即沸入湯谷，爲日炙死。第七段言海若一怒，足生風雷，九垓且翻，況在一舟，此所以必當反也。至第八段，勸其易野而蹈，蹂乎厚土，則舍險而即安矣。第九段引膠鬲諸賢，專居陸之利，俾海勿行而就險。上七段，語其害；下二段，舉其利。文至明顯，句至奇崛。

子厚初志，託二王以進，意亦欲盡忠款於王室耳。二王既敗，悔憤交迫，往往取古人之懷忠貶死者，用以自方，因之多騷怨文字。萇弘事與子厚至不相類：周以范中行之難，殺萇弘媚晉；唐非封建之國，子厚又不因强國之劫脅而流貶，弔之無謂也。大抵以莊周所言：萇弘死，藏其血三年而化爲碧。子厚一腔熱血，自謂不後萇弘，因有此弔耳。文自「有周之羸」起，至「大夫之羞」，著意在「臣乘君則」一語，欲强宗周，故有成周之城。此一段敍萇弘之忠誠也。遂接入河渭之潰，非軀所抑；嵩高之陊，丈爾切。非手所排，以欲「明章人極」之故，卒就制於强國以死。於是忠讜去而畏忌生，寧病百而不肯伸一矣。此處忽大聲高唱，言挺寡校衆，聖人所難。唯欲援羸威

慠之故，遂致殺身。即城成周，豈爲夸功？彼彪子之言，故作解事，直舍道而從世，亦復何取。「指白日」、「版上帝」以下數句，極狀萇弘之懷忠而寃死。𤞑愬音紅，飛聲也。號辭，均屬無濟，但心泂形慄而已矣。「圖死而慮末兮，非大夫之操；陷瑕委厄兮，固衰世之道。」兩語反言也。下云「不可愈進」，正是萇弘之心。末以賢者樂得死所爲結，清出敬弔忠臣之正意。

《弔屈文》，賈誼爲之，揚雄亦爲之，子厚則又爲之。誼忠憤，自謂以忠見屏，故理直而悲詞；雄自謂儒者，責原不必沉身以表直；子厚之得罪，以所附非人，不能掏己所懷，如賈生之憤激，故文中但敍屈原之被讒懷忠而死，極力搬演，似無甚意味。以永邵二州，皆宜浮湘，似爲謫官應有文字耳。

《霹靂琴贊引》愈於贊引中之言曰：「琴莫良於桐；桐之良，莫良於生石上；石上之枯，又加良焉；火之餘，又加良焉。」五用「良」字，語有深淺，讀之不見其贅。子厚以累劫之身，殆以焚餘之桐自方，累用「良」字，是否身分語？

子厚《三戒》，東坡至爲契賞。然寓言之工，較集中寓言諸作爲冷雋，不作詳盡語，則諷喻亦不至漏洩其本意，使讀者無復餘味。《臨江之麋》喻恃寵之小人，所謂「羣犬垂涎，揚尾皆來」者，則妬寵者將進而掊之也。「日抱就犬」，則用大力劫脅，使嫉者毋動也。「忘己之麋，謂犬良我友」，譏小人之無檢，而不知備也。「時啖其舌」，則兇饞露矣。至外犬之共殺食，則主者之勢不

及，或欿衰而事去，平日積憤於人，至是挫而盡之，此小人收場之必至也。文不涉人，而但言麋，讀之灼然自了其用意之所在。

《永某氏之鼠》與前篇大同而小異。麋之恃寵，穉耳，如董賢之類，不過寵盛勢貴，尚不至於害人，然其道已足以取死；永之鼠，則分宜之鄢懋卿、趙文華耳。「倉廩庖廚，悉以恣鼠不問」，名爲寵之，是預授之以殺身之機倪。「鼠相告偕來某氏」，則小人之招其黨類。稱曰無禍，亦就小人眼中所見而言者。至「竊齧鬬暴，其聲萬狀」，則小人黨中之自鬨，因利而爭，勢所必至。迨「後人來居，鼠爲態如故」，曲繪小人之無識，禍至不知斂懼。假貓灌穴之事，遂了了在人意中。文用「彼以其飽食無禍爲可恒」句一束，「可恒」二字中含無盡慨歎，見得權臣當國，引用黨徒，迨一旦勢敗，則依草附木、恣爲豪暴者，匪不盡死。顧終以利故，一不之悟，此所以可哀也。

《黔之驢》喻全身以遠禍也。驢果安其爲驢，尚無死法；惟其妄怒而蹄，去死始近。孔北海、禰正平皆龐然大物也，乃不知曹操、黄祖之爲虎，怒而蹄之，既無異能，終至於斷喉盡肉而止。故君子身居亂世，終以不出其技爲佳。若徐穉、梅福、茅容者，可謂其真不爲驢者矣。

《劍門銘》紀度支副使劉闢之亂，旌神策軍使高崇文之功也。序文至嚴重宏麗，多以四字爲句。昌黎集中碑版之文，亦恒如此。其用四字爲句，非取其短悍也，敍事能縮繁爲簡，鱗比而下，則氣聚而不散，響徹而難桿，尤足澤以古雅之詞。惟時時復濟以長句，始不至於自促其步武，文

入手言「蜀都重險多貨，混同戎蠻，人龐俗剽，嗜爲寇亂」，意謂即無劉闢鼓盪其間，蜀亦不靖。直接入「皇帝元年八月，師喪衆暴」，此言韋皋卒，部曲叛也。自「妖孽扇行」起，至於「堅利鋒鏑，以拒大順」止，咸斥劉闢之叛。其下將起討罪之嚴公，却用「雷霆之誅莫己加」句，一蘇其氣，則以上所用之短句，便不迫促。「惟梁守臣禮部尚書嚴公」名礪。十字，寫得鄭重。以下敍王師之紀律，主將之仁信。「十一月，右師逾利州，左師出劍門」，寫破賊之狀，則曰：「大攘頑嚚，諭引劫脅，蟻潰鼠駭，險無以固。」敍崇文之功，則曰：「由公忠勇憤悱，授任堅明，謀猷弘長，用能啟闢險阨，夷爲大塗，衰沮害氣，對乎天意，致用休嘉。議功居首，增秩師長，進爲大藩，宅是南服」云云，語語皆含古穆之氣，讀之令人氣肅。銘詞亦激壯。

《鞭賈》一篇，子厚蓋借以諷空空於内者。賈技於朝，求過其分，而實不足賴。然命題既仄，而鞭之内空外澤，又至難寫。子厚偏於仄題中，能曲繪物狀，匪一不肖。不惟筆妙，亦體物工也。其狀鞭曰：「視其首，則拳蹙而不遂；視其握，則蹇仄而不植。其行水者，一去一來不相承。其節朽黑而無文，掐之滅爪，而不得其所窮。舉之翲然，若揮虚焉。」翲，飛也。紕招切。拳蹙不遂者，態可憎也；蹇仄不植者，品無取也；行水不相承者，儀不足也；節朽愚而無文者，傖也；掐之滅爪，而不得其所窮者，疏而無學也；翲然若揮虚者，神氣昏瞀、不足任以事也。一鞭之微，比虚名之士，乃窮形盡相，而無遁焉。然仍見取於富者，則黄澤耳。至爚以湯濯，「黄者梔見，澤者蠟

見」，然仍試之，必至於折爲五六，露其糞壤之心然後已，喻當路之任用小人，明明知其梔臘，然堅一己之私見，屏大衆之公論，用張其氣，無古無今恒如此也。通篇命意，原斥用人者之不善，然實惡無學而冒虚名者之矯作意，入手言：「市之鬻鞭者，人問之，其賈直五十，必曰五萬。復之以五十，則伏而笑。以五百，則小怒。五千，則大怒。而以五萬而後可。」寫抱虚求進處，歷歷如繪。至結穴，以「空空之内，糞壤之理，而責其大擊之效，惡有不用其折，而獲墜傷之患者乎？」理明詞達，全局都醒矣。

昌黎之文，雖裴度猶引以爲怪，矧在餘人。千秋知己，惟一柳州。故昌黎之哭柳州，尤情切而語摯。即如《毛穎》一傳，開古來未開之境界，較諸《餓鄉記》尤奇，則宜乎貪常嗜瑣者之笑也。昌黎每有佳製，柳州必有一篇與之抵敵，獨《毛穎傳》一體無之，故有《讀毛穎》之作。「俳」字是通篇之主人翁，以下節節，爲「俳」字開釋，引《詩》，引史書，均爲昌黎出脱，太羹玄酒外，嗜者尚有菖蒲、芰與羊棗之類，見得古文於道理之外，拘極而縱，殊無傷也。然使裴晉公讀之，則柳州亦將爲昌黎分謗矣。

西漢之文，柳州平日之所從事也。柳州處唐之中葉，舍昌黎外，莫與抗者。聲響侔乎《騷》，光色合乎漢京，故序其弟宗直《西漢文類》，言之特詳。文入手，將記事記言分劃，以《尚書》、《春秋》歸入記事類，而以《春秋後語》爲記言。又病其不協於道。西京文近古，而又畔散不屬，正以

記言與記事雜，不能各有列位而從其序。宗直以賦頌、詩歌、書奏、詔策、辯論之辭，歸入於文；以《尚書》、《戰國策》成敗興壞之説，歸之於事。所謂類者，當矣。以下始大發議論，謂殷周之前，其文簡而野；魏晉以降，則盪而靡；漢處其中，有賈、董、司馬遷、相如之徒作，《風》、《雅》益盛，敷施天下二百三十年間，其文充簡册也。收處稱貞元之文，比盛於漢，是文中應有之言。文至簡要，不爲泛博之論，起訖皆有法程。

《楊評事文集後序》仍分二類，以辭令褒貶，歸本於著述；以導揚諷諭，歸本於比興。著述則宜藏於簡册，比興則宜流爲謡誦，然皆偏勝獨得，未有兼者。兼者，乃盛推陳子昂，而文貞、曲江，猶其偏勝者也。文縱論至此，似乎楊評事之文，亦能兼是二者之長矣。顧但論其以文得名之故，疾入「不數年而夭」，故不能肩隨子昂，但有具體，兹其可惜者也。所以有追惜悼慕之言，不坐實，不過譽，言至得體。

贈序一門，昌黎極其變化，柳州不能逮也。集中贈送序，亦不及昌黎之多，語皆質實，無伸縮吞咽之能。唯《送薛存義之任序》，真樸有理解，甚肖近來所稱爲公僕者。其言曰：「凡吏於土者，若知其職乎？蓋民之役，非以役民而已也。凡民之食於土者，出其十一，傭乎吏，使司平於我也。今我受其直，怠其事者，天下皆然。豈惟怠之，又從而盗之。向使傭一夫於家，受若直，怠若事，又盗若貨器，則必甚怒而黜罰之矣。」文雖直起直落，無迴旋渟滀之工，但一段名言，實漢唐

宋明諸老所未能跂及者。柳州見解，可云「前無古人」。

凡紀勝之文，名迹之有數目者，部署最不易妥帖。八愚之詩，統之以愚溪，是溪上之所有者，均隸於是溪者也。以溪爲綱，以丘泉溝池諸物爲目，孰則弗知？所難者，能以歷落出之。愚丘、愚泉，即由愚溪帶出；溝池二物，則又自愚泉生也。丘也，泉也，溝也，池也，雖出人力，然但資遊涉，非燕魚之所，於是生出愚堂、愚亭，而愚島則又生自愚池之中。以愚辱焉，是總把上文一束。然冒冒失失把一切溪山辱之以愚，決不能無説以處此。遂極狀溪之不適於世用，用以自況，歸到此溪，不幸而遇愚人，則加以愚名，亦不爲無因。顧愚者，拙名也，萬非含垢納汙之比，故又稱「善鑒萬類」，則識力高也；「清瑩秀澈」，則立身潔也；「鏘鳴金石」，則文章麗則也。凡此皆溪之所長，而「愚」字又溪之所短。名爲愚之，實則非愚。茫然不違，昏然同歸，是莊列學問，不過世人目中，見爲愚耳。文極舒徐，無牢騷意態。

《序飲》短質悍勁，語語入古，且曲狀情事，匪微弗肖。蘭亭之集，紀流觴也，然右軍散朗，但略記其事而已。子厚則窮形盡相，必繪出物狀，以盡其所能。且愚溪之流觴，與蘭亭亦少異。蘭亭但流觴取飲，愚溪則兼有投籌之戲，過洑則籌洄，遇坻則籌止，失勢則籌沈，文連用三「而」字，省筆也。然此但敍令耳，籌入水中，頗不易狀。乃曰「旋眩」、「滑汩」、「舞躍」、「遲速」、「去住」，又助以觀者之勢，覺籌舞水中，人抃石上，兩兩均有生氣，直能頰上添毫矣。後段增入昔人飲酒，禮

檢與放達不同，不無少贅。然即歸入本位，覺點染處，尚不爲虛設。

柳州集中有序隱遁道儒釋一門，製詞命意，固有工者，然終不如昌黎之變化。且釋氏之文逾半，從略可也。

廳壁記，記官中事也。或紀設官之緣起，或摭官中之故實，或詳官署之改革，或載朝廷之律令。語必近莊，然不能參以文牘；詞必近典，然不能雜以駢儷。柳州《監祭使壁記》甚沈肅，稱題。《舊史·職官志》：「監察御史監祭祀，則閱牲牢，省器服。不敬，則劾祭官。」《新史·志》云：「監察御史，涖宴射，及大祠、中祠，視不如儀者以聞。」據此，則監祭之使彈劾，至有權力。然使禮官也，記使之廳壁，則不能不述禮敬事，因引《檀弓》起，以敬爲禮之本。以下始述使之職分，至「雖當齋戒，得以決罰」止，結清上文。「聖人之於祭祀」句起，發明所以致敬之故，不惟行禮，直寓教敬教愛勸善之意。分祀事爲三種，奉法守制，尊責成於祭使。以下列敍祭品、樂器、祝詞，「燔燎瘞埋」之事，嚴重如讀《禮經》一節，然結穴仍不脫一「敬」字。後幅敍領職之由，故必爲記，作禮官警覺之用，與文格合。

柳州記不惟此一篇，然以下格式，及文之義法，多不能出此範圍。

柳州之記池亭，其精妙處，不減於記山水也。

《潭州楊中丞作東池戴氏堂記》，美楊公，兼美戴氏，語易偏重，頗難著筆。導泉而成池者，楊

憑也；受池而爲堂者，戴簡也。稱戴簡之離世樂道，而語即出諸楊公之口，則楊戴道合。戴之能離世樂道，獨楊知之，始有此池之賜，則雖盛戴簡，楊公到底終有知人之明，萬萬不至於偏重，此是文之慧黠處。其下稍分離世樂道爲兩小段，均美戴氏，即提入一筆曰：「賢者之舉也，必以類。當弘農公之選，而專茲地之勝，豈易而得哉？」說得楊戴之合，雖二實一。神注戴簡，却不曾把楊憑抛荒，妙如連環鎖鈕，殊不易得。此下復將離世樂道例說，言戴氏行高文峻道懋，則離世之志，必將不果，復迴顧到楊公之得人，一處不曾放鬆，殊爲記中之極筆。

凡記亭台山水，有經巨人長德營搆題詠游涉之處，則後來爲之記者，殊易爲力。若公在永州，一荒昧不闢之區，必待糞除，其勝始出。是永州諸勝，均係諸公之一言，則非極力描摹，山容水態亦不易流傳於藝苑。集中諸文皆佳，而山水之記尤爲精絶。雖大同小異，然各有經營。韓公猶望而卻步，何論其他！

《永州韋使君新堂記》與《萬石亭》體同。入手言人功不勝天然之物，此亦尋常用意。然堂外山水，雖屬天然，特非人力芟行焚醴，奇勝亦不能出，此其所以異也。「逸其人，因其地，全其天」，寫得鄭重，似此山此水，有待韋公而闢者。頂筆用「永州實惟九疑之麓」八字，見得奇勝不少，顧環山爲城所掩。全石皆隱，美惡雜亂，似安排此一段工程，待韋公來治者。其下按入公之芟行焚醴，於是景物突出，又似專待堂成，爲之收束。「乃作棟宇，以爲觀游」句，清出堂成，於是堂外諸

景，皆歸納入此堂之内。「彌延野緑，遠混天碧」的是名句，而斯堂與斯景，竟合併在一處矣。以上均敍斯堂，此下則宜入韋公，顧政績未見，不過治此爲游觀，實無頌美之材料。「因土得勝」，「擇惡取美」，「蠲濁流清」，則無中生有，即以成堂，預卜韋公後來之政績，並欲用示後來，故不能不爲之記。枯窘題，能展拓如是，非大家莫能跂也。

萬石亭，亦恃崔公披攘而出，機杼與前篇同。一經求墟伐竹披奥，而萬石之狀皆露。「涣若奔雲」，至「疑若搏噬」止，悉窮石狀，顧有是萬石，不能據要而俯覽，則所謂萬石者，亦不能歷歷皆貢於眉睫之下。此處安頓一亭，大有工夫。觀文中「乃立游亭，以宅厥中，直亭之西，石若掖分」十六字，則據要爲亭，一覽而景物頓異矣。又觀「其上青壁斗絶，沈於淵源，莫究其極」，則此亭必當石壁之右。石勢自亭外下趨，及水而止，石根已不可見，此是自亭下矚之石狀。然不能不仰溯而求其峯極，乃峯勢非博，其上小山，必如螺髻，緜亘而作遠勢。故文言「合乎攢巒，與山無窮」，此種山甚類黄鶴山樵所寫者。文至此，截然而止，蓋亭立，而山之勝狀盡爲此亭所有，可以不更敍矣。其下言耋老來賀，取名萬石，爲古人適有萬石之名，用以爲證。歸入頌禱意，作收束，毫不著力。

《零陵復乳穴記》中有「連之人告盡者五載」，則乳穴當在連山郡，不在零陵。乳本未盡，以縣官之苛求，而始告盡。題之枯窘，本無可著筆。邦人之謡，決無此古雅，必爲公潤色；不惟潤色，

實製自公手。文無他長，專在用字造句。「徒吾役而不吾貨也」，「貨」字是代「酬」字；「是以病而給焉」，「病」字是代「苦」字；「先賴而後力」，「賴」字是代「利」字；「冰雪之所儲」，「儲」字是代「積」字；「豺虎之所廬」，「廬」字是代「窟」字。以上純用换字法。收處承上「祥」字，作翻騰，音節既古，筆尤狡譎。

《道州薛伯高毁鼻亭神記》中有州民之歌，子厚又作鎗手矣。歌曰：「我有耇老，公燠其肌；我有病癃，公起其羸。髫童之嚚，公實智之；鰥孤孔艱，公實遂之。孰尊惡德，遠矣自古；孰羨淫昏，俾我斯瞽。千歲之冥，公闢其户，我子洎孫，延世有慕。」試聞歌中音節，歌中氣味，及其顔色，是否柳州所爲。若果無所謂歌者，不作可也；矯作，轉不足以傳信。然文敍伯高之果毅，力毁淫（詞）〔祠〕，却寫得生氣勃然。

《永州龍興寺東丘記》奥曠並重，然自「屏以密竹，聯以曲梁」以下，專寫「奥」字，於「曠」字意特略。然而「奥」字可使之曠，曠者不能使奥，因緑縟幽蔭而成奥，則芟除又立見其曠。今防遊者「以邃爲病」，則後來之奥，萬不足恃，故記之，用戒後之披攘者。又盛狀「奥」字之美，似歌非歌，爲有韻之文，意在留奥，正以配曠，慎勿披勿攘。行文雅有殊致。

《永州龍興寺西軒記》則又主曠而不主奥。其曰：「户之外爲軒，臨羣木之杪，無所不矚焉」三語，氣象包羅，其下可以不贅餘語矣。收筆用佛氏之言，「可以轉惑見爲真智，即羣迷爲正覺，

捨大闓爲光明」，尤稱開軒之意。

《黄溪》一記，爲柳州集中第一得意之筆。雖合荆、關、董、巨四大家，不能描而肖也。入手摹《漢書·西南夷傳》，「永最善」、「黄溪最善」，簡括入古。其下寫石狀矣，其最奇麗動目者，則「略若剖大甕，側立千尺，溪水積焉」，則此石必高立，虚其腹若半瓠。所云「溪水積」者，石之下半，仰出溪底，溪水既平，遂漫此剖甕之下方。其云「黛蓄膏渟」者，水抵石而止，石上蒼緑之色，下映水中，故云「黛蓄」。所云「來若白虹」者，溪受天光，而白垂至石下。石之上半傴凹，故云剖甕。水勢雖來若白虹，抵石無去路，故云：「沈沈無聲。」魚之來會石下，非會也，乘漲而入破甕之内，不能更出耳。如此奇石，有其大者，則必有其小者；有其高方者，則必有其巉峭者。其下云：「石皆巍然臨峻流，若頦頷斷齶」頦，頤下也。斷，齒根肉也。者是也。其下考據黄神，清出溪之所以名黄者，是文中應有之意。

鈷鉧潭，非勝概也，但狀冉水之奔迅，工夫全在一「抵」字，以下水勢均從「抵」字生出。水勢南來，山石當水之去路，水不能直瀉，自轉而東流，故成爲屈折。「屈」字，即抵不過山石，因折而他逝耳。其所以盪擊之故，又在「顛委勢峻」四字。勢者，水勢也；委者，潭勢也。水至而下迸，注其全力，趨涯如矢，中深者爲水力所射。「涯」字似土石雜半，故土盡至石，著一「畢」字，即年久水齧石成深槽，至此不能更深，乃反而徐行也。其下買潭上田而觀水，語亦修潔。惟曲寫潭狀，

煞費無數力量，非柳州不復能道。

《鈷鉧潭記》，記水也；《鈷鉧潭西小丘記》，記石也。狀石易於狀水，神氣全在「嶔然相累而下者，若牛馬之飲於溪；其衝然角列而上者，若熊羆之登於山」。相累是下趨狀，角列是上挺狀。其下目謀、耳謀、神謀、心謀，四「謀」字以外虛成内徹，似有見道之意。其下復冀及貴游者之爭買，則名心到底不忘，仍與《愚溪詩序》同一口吻。

《小石潭記》則水石合寫，一種幽僻冷豔之狀，頗似浙西花隖之藕香橋。(珉)〔坻〕嶼嵁五男切。巖，非真有是物，特石自水底挺出，成此四狀。其上加以「清樹翠蔓，蒙絡摇綴，參差披拂」，是無人管領，艸木自爲生意。寫溪中魚「百許頭，空游若無所依」，不是寫魚，是寫日光。日光未下澈，魚在樹陰蔓條之下，如何能見？其「怡然不動，俶爾遠逝，往來翕忽」之狀，一經日光所澈，了然俱見。「澈」字，即照及潭底意，見底即似不能見水，所謂「空遊無依」者，皆潭水受日所致。一小小題目，至於窮形盡相，物無遁情，體物直到精微地步矣。「潭西南而望，斗折蛇行，明滅可見」，此中不必有路，特借之爲有餘不盡之思。至「竹樹環合，寂寥無人」，文有詩境，是柳州本色。

《袁家渴記》於水石容態之外，兼寫艸木。每一篇必有一篇中之主人翁，不能謂其漫記山水也。「舟行若窮，忽又無際」，此景又甚類浙之西溪。大抵南中溪流，多抱山。山趺入水，兩山夾之，則溪流狹；山趺一縮，則溪面即宏闊。初行若窮，舟未繞山而轉也；忽又無際，則轉處見溪

矣。大木楓柟，小艸蘭芷，在文中點綴，却亦易寫。妙在拈出一個「風」字，將草木收縮入。「風」字總寫，凡「紛紅駭緑，蓊葧香氣，衝濤旋瀨，退貯溪谷，摇颺葳蕤，與時推移」等句，均把水聲花氣樹響作一總束。又從其中渲染出奇光異采，尤覺動目。綜而言之，此等文字，須含一股靜氣，又須十分畫理，再著以一段詩情，方能成此傑構。

柳州山水近治可遊者記，質樸如昌黎《畫記》，似《水經注》。

《寄京兆許孟容書》詞語至哀痛，而段落又至分明，逐層皆有停頓，雖不如昌黎之穿插變幻，到喫緊處偏放鬆，及正面時轉逆寫，然亦自成爲柳州氣格。此無他，性情真，而文字亦無有不動人者。開端言：得罪五年，故舊大臣，無書見及，見得得京兆之書，自極寶貴。所難又在貧病瘴癘之鄉，此是推進一層寫法。愈推進，則京兆之書亦愈重矣。「宗元早歲，與負罪者親善」，是自承不應親近二王。然自問夙心初不爲惡，至於「羣言沸騰，鬼神交怒」，則皆「不知愚陋，不可力强」之故，所以有不測之辜。然咎由自取，不敢怨人。而所難防者攻己之短，皆當日有求不遂之人。彼填門排户，百不一得，怨讟詆訶，均由此輩而起，所以衆矢交集。此皆京兆眼見，故能曲諒己心，不惜一箋相投也。「幸獲寬貸」，是不敢觖望語。「迷不知恥」，是尚有希望意。以下三段，念嗣續，思營兆，懷敝廬，皆出自謫宦思歸之心緒。「自古賢人」一段，廣徵古來受誣得罪之人，又引鄭詹、鍾儀諸人，冀可得生，然微嫌詞費。其下言欲著書自見，亦復才力不足，亦不能復爲士

列，再希當世之用，見得上書之意，並無意外請託，但冀埽墓歸廬，得嗣而已。把上三段陳書之意，作一總結，切實在「興哀於無用之地，垂德於不報之所」二語，是通篇關鎖阨要之言。

《與楊京兆書》極長，中間只分兩大段：一論薦賢，一論文章，末仍求歸鄉閭立室家意，無甚意味。

《與韓愈論史官書》，詞意嚴切，文亦髣髴退之，此爲子厚與書類中之第一篇。退之《答劉秀才書》，言爲史者不有人禍，必有天刑。柳州則以爲退之身兼史職，既畏刑禍，則不宜領職。故劈頭說破，如「退之不宜一日在館下」。更舉一個「道」字，即緊對「榮」字說，說得史職非榮，所重在有道之褒貶。退之以道自任，乃畏刑禍而不爲，直說得無言可對矣。其下推進一層，言史官且懼禍，若爲御史中丞大夫，更當閉口不言。又推進一層，言宰相爲主生殺，更當不敢爲言。然則但榮其號，利其祿而已。「榮利」二字，實爲「道」字之反證。以下復將「道」字演說，皆有道者不畏刑禍之意，引孔子、周公、史佚，及作史諸人之不幸，然亦不盡由作史之得禍。綜言之，恃直恃道，則一無所恐，不惟斥駁退之，語中亦含推崇與慰勉二意。後幅將「恐」字遏下，言恐刑禍者非明人，而學如退之，議論之美如退之，生平秉直如退之，似必不懼，乃仍懼而不爲，則唐史將何望？抬高退之，不遺餘力，亦見得朋友相知之深，故責望如此。文逐層翻駁，正氣凛然。

柳州《與友人論爲文書》，與昌黎異。昌黎諸書，是論作文之艱苦，及回甘之滋味。柳州則但

敍文人之遇，及爲文之流弊而已。意蓋輕藐流輩之不知文，雖有獨得之祕，世亦莫知。故破題説一「難」字，不惟得之爲難，知亦愈難。其下遂分得與知之難，擘爲兩大段。其言得之難，意爲文者，不必無瑕累，求傳者不能無期望，然得名者寡，湮没者多，此其所以難也；其言知之難，則繫乎道之顯晦，談之辯訥，鑒之頗正，交之廣狹，似其中皆有運命存焉。彼揚雄、馬遷之文運昌榮，皆在身後，尤有文不傳於後祀，聲遂絶於天下，此則子厚自方，汲汲防其無名。防無名，即是文高而知寡耳。於是痛詈當世文家之流弊，奪朱亂雅，爲害已甚，又迴顧到得者之難。通篇大意，均未言作文之法，但切指弊病，實則能去弊病，則文體自趨於正。

《與李睦州論服氣書》其文神似《國策》。服氣之非宜，想吴武陵書中已極攻而深詆之，惜其書未附本文之後。文閒閒將愚溪柳下望見睦州顔色敍起，其曰：「貌加老而心少歡愉」七字，已將服氣之無驗，痛下一針。遂疾入吴武陵作書，斥駁列仙方士云云，却於武陵下加「輕健」兩字，見得武陵固未嘗服氣者也。其曰：「貌笑口順，而神不偕來。」此九字是描寫睦州負固不服狀態，和婉有意趣，令人讀之莞然。「陽德其言，陰黜其忠」，造語尤工妙。尤妙在不更斥言服氣之非，以吴武陵前曾有書，若再與辯駁，微嫌近贅。故將壽夭康寧疾病，一切撇盡，但切指睦州所據之丹經，決不可用。因自引少時學琴與學書，不得碩師之無效驗處，歷歷自承其慚。其言自慚者，代睦州慚也。又曰：「其所不可傳者，卒不能得。故雖窮日夜，弊歲紀，愈遠而不近。」則質言無

碩師之斷不可成，一力警醒睦州。言外之意，蓋謂即有碩師，而服氣一道，終屬妄誕，况睦州之所得書，不過在盧遵、李計二人家；而此二人者，又皆不能知服氣之術，但憑其所藏之書，寧可信耶？文已擂破後壁，無餘義矣，又恐睦州不信，於是廣引多人，若友，若客，若宗族，若姻婭，若子姓親昵，若臧獲僕妾，若將卒吏胥，錯錯雜雜，帶上一羣之人皆左袒，以明己之直諫，萬非虚語。可見服氣之不是，盡人皆不謂然；偶謂然者，或爲睦州之讎。讎之然其説，其意蓋不善於睦州耳。説得明白痛快，出語類策士之辯。收束處，復將以上數種人，與睦州之讎，兩兩提較：友則思存其道，客則思存其利，宗族姻婭則思存其戚，子姓親昵則思存其恩，臧獲僕妾則思存其主，將卒吏胥則思存其勢，獨讎睦州者，則思去其害。文似過演，然不如是不足以伸前半之意。後幅勸其極五味之適，致五藏之安，是文中本意。

唐時朝士居顯要者，多矯激而避嫌，於昌黎《送〔奇〕〔齊〕皡下第敍》中，已見之矣。柳州《賀王參元失火書》，正是此意。書意似怪特，然唯有唐之矯激，始有此怪特之書。失火有何可賀？賀在一火之後，可以蕩滌行賄冒進之名。書中始駭，中疑，終喜，分三段抒寫，似奇而實平，似恕而實憤。第三段寫公道難明，世人多嫌意，否塞令人愴喟無已。

柳州啓事及章表，在唐人制詔中，亦平平耳，故不録。

《祭呂衡州文》至沈痛，以子厚與之同貶，物傷其類故耳。一矢口，即咎天，其曰：「聰明正

直，行爲君子，天必速其死；道德仁義、志存生人，天必夭其身。吾固知蒼蒼之無信，漠漠之無神！於化光之殁，悲逾深而毒逾甚，故呼天以云云。」詞之激切，似非明者之言，蓋子厚《天説》中，已斥言天之無知。又因衡州之早死，乃益憤戾，遂至口不擇言。試問八司馬不附王叔文，天又將如之何？實則叔文與伾，到底爲有罪無罪，雖以子厚之善辯，而亦不敢言其無罪。因罪人而至於流貶以死，將怨人乎？抑怨天耶？鄙意文人多自負，又多護前，往往不自知己之短，似能文以占人間之勝地，即有小過，亦當爲己原諒，一經取戾，即大發牢騷，此通病也。子厚深信衡州之道德文章，似不應收局如是。就文論文，就其交情論交情，亦自成其氣幹。其曰：「道大藝備，斯爲全德。」期許衡州，不無太過，然不如此説成，則下文「官止刺一州，年不逾四十」，亦不見其沈痛。又言己聞道，咸賴化光，則朋友切磋之感，固應有此一副眼淚。「所慟者，志不得行，功不得施」，及「朋友凋喪，志業殆絶」語，此非專哭衡州之言，是子厚欲從流謫之後，洗宥前眚，恢復其初志意，託痛哭衡州之文，一傾吐之耳。至云「道息」、「志死」，似衡州之亡，而己之願力，亦與之俱亡，此所以宜哭也。末幅將衡州死後精靈，盪入空中摹繪，音長而韻哀，是謫宦傷逝之情懷，文人不平之騷怨。

子厚《祭弟宗直文》，不如昌黎《祭十二郎文》緜亘其哀音，然真摯處乃不之遜。「四房子姓，各爲單孑」，則宗直之死，於柳氏大有關係可知。宗直亡，而子厚又未有男子；宗直在客，子厚流

貶異鄉；骨肉相依爲命，而宗直又舍之而去：則單孑中，又獨存爲單孑。幾於心緒茫亂，不知所爲，但有呼天咎恨而已。至「知在永州，私有孕婦。吾專優衈，以俟其期。男爲小宗，女亦當愛。延子長大，必使有歸。撫育教視，使如己子。吾身未死，如汝存焉」。此數行中，無盡深情，無窮體衈，大意均根上文「四房子姓，各爲單孑」而來。外婦之子，亦允爲小宗，則柳氏之衰可知。至此幾於凡爲宗直所屬意者，皆形寶貴，語語從至情中流出，無一矯僞。末寫厝棺蕭寺之慘狀，臨棺痛哭之誓詞。不肖於亡弟炳耀之喪，曾至臺灣野寺中，撫其旅櫬而慟。白骨皚皚，不知誰氏之柩，棺破而骨見，即瀕弟棺之左右。此時真舍死以外，無善途。讀子厚文，迴思四十二年前事，不期老淚爲之涔涔然。

文微

林紓 撰

《文　微》

林紓　撰

林紓於一九一七年末至一九二〇年四月在北京組織古文講習會，其弟子朱羲胄（悟園）依據一九一九年之聽講筆記，整理而成此書。全書分爲十章，共二百八十條。前通則、明體、籀誦、造作、衡鑑五章，爲論文之大綱，涉及古文之一般理論、辨體、閱讀、寫作、評賞等問題；周秦文評、漢魏文評等後五章，則分别論析具體作家作品。其論文宗旨與《春覺齋論文》等一致，互爲表裏，可資參證。黄侃在書端《題辭》云：「自彦和已後，世非無談文之專書，而統紀不明，倫類不析，求如是書之籠圈條貫，蓋已稀矣。」對其理論性、系統性、條理性均評價極高。

此書成於林氏生前，林氏殁後始於一九二五年六月由陶子麟刊行。今即據以録入。

（王宜瑗）

序

潛江朱君悟園，以所記本師林畏廬先生論文之言署曰《文微》，將以餉世，趣余序其端。輒爲撮其大旨，而析之曰：兹編語文，其言千百，要可以一言蔽之，曰：有以立乎爲文之先而已。文之所當，先必有才焉，以裕乎其中；必有學焉，以餘乎其外。然才與學，二者之分數其用，不可以偏勝，尤不可此有而彼無，更不當各執所擅而互相非議。兹十篇所主，其前五篇所以明文事之綱領，其後五篇所以品文事之毛目。綱領所以範才，毛目所以廣學，溝合其要，足以上通劉舍人四十九篇之意，而會其神。今悟園不以自祕，欲廣其師説於當世，又審乎自來論文家之體别，而仿其雅裁。蓋自劉才甫《偶記》、姚薑塢《筆記》、吴仲倫《緒論》、劉融齋《藝概》，大都主乎一家之推驗，詔學者，使知所宜忌，其言或引而不發，或簡而戒支。兹編師之要其歸，按以諸先正之言，奄然若合符之復析。先生與余夙昔談藝，頗有一日之契洽，而小巫之誚，良用自恧，奚足以闚測兹事之閫奥？顧悟園殷殷雅意，不可虚也，用綴數語以復悟園。悟園苟持以質諸先生，得毋笑其蠡測而無當也耶？甲子夏六月羅田王葆心。

題　辭

方心佛示侃此書，時先生尚健存。何意殺青未竟，哲人已萎邪！自彦和已後，世非無談文之專書，而統紀不明，倫類不析，求如是書之籠圈條貫，蓋已稀矣。三統循環，救文以忠；忠之敝，小人以野。今之爲文，忠邪野邪，如彼泉流無淪胥以亡，世有達者，尚其知重是書哉！尚其知重是書哉！旃蒙赤奮若季春之月後學蘄春黄侃。

文微目次

文微

林紓　口授
朱羲胄　纂述

通則第一

文須有體裁，有眼光，有根柢。

文猶無均之詩，詩即有均之文。

自六經來，乃爲真文。

昌黎謂非聖人之志不敢存，凡自蘄躋古之立言者流，皆當如是。

文章爲性情之華。無論詩古文辭，皆須有性情。

無情萬無文。

性情端，斯出辭气重厚，自無握濁鄙賤之態。

文分綱目，全在命意立格。

古人爲文，喜于人不經意處而獨凝注精神。

文之高貴者，必其理饒而正。

文有道理曰切，有意境曰深，有气脈曰往復。

大凡文章須靜理遠神。理不説盡而有含蓄，謂之靜理。此唯歐陽永叔能之。

文章含蓄極難，須説透處而又不肯説透，要使話中有話。

文气要疏，而樞紐則必緊洽。

文之説理處，即喫緊處；使筆作調處，即疏處。

文章當使伏流在内，一綫到底，此甚緊要。

命脈之所在曰樞紐，文中有此，雖千波百折，必能自成條理。

文須回龍顧主。

文最要挺，即專説緊要之言，而删除閒語，且使斷脈與來脈相續。古來能此者，唯左氏、太史公、昌黎而已。

古文聲必希，味必淡。

文必醖釀而始有味。

文章真味，無問其生于聲，生于趣，要必能言人莫能道之言。

善文必平淡而能絜。

柳州《答韋中立書》「參之太史以著其絜」。絜即有綱領、就正軌之謂。

文章須從字裏討消息。

大家之文一字不苟。

文之難莫難于寄字。所謂寄者，即寓它事于題目本事之謂。

文必經緯分明，行陣整齊，然後乃能用縮筆。辭祇二三行，而使人尋玩不舍。

蓄筆即故留言外之意也。

文用省筆最難，須使讀者得以悟出某語云何。

文章要有襯筆。襯筆非以賓陪主也，乃寫高先卑，寫遠先近。卑近，即高遠之襯筆。

文章最要有複筆。然依樣畫葫蘆，則必重沓無謂。直當追逼入裏，使有淺深。

隨勢補寫，謂之帶筆。

複筆後宜用鎖，鎖後宜更用足，則其文乃不流失于散而气力充實。

文筆之最難者即内轉。内轉即潛氣之謂，凡省閒言空調，承接曲折，不按常法是也。此唯韓歐能之，莊生最擅勝場。羲胄聞諸師曰：「内轉不必用虚詞。」

歸納法爲文之要訣，可以提綱收目。羲胄按：此歸納與邏輯所云不同。

所謂變化者不僅在形貌，必其句法、格調、命意、謀篇皆有弗同。

凡文皆不能逃法度，猶美人不能逃五官。

論文時，口有古人；爲文時，心不必有古人：如此始不爲依傍。

凡三十有九條

明體第二

説理文字，最怕火色太濃而不自然。

論事文須蓬勃真摯，如陸宣公之气平心靜，賈生之不談閒話，皆其選也。

游記有二體：一爲柳州之寫山狀水，一爲盧陵之憑今弔古。

記之類文，賦色要古而肖，結響要高。

凡記之類文用字，須于古肅中透豔乃善，但求古豔則非。

記山水之文至難寫處，則布辭愈當簡凝。辭簡凝而又色濃調高象顯，斯爲美已。

紀傳須有把握，立定〔杜〕〔主〕意，全篇皆由此而發揮之。

作傳紀須閒適，使之紆徐爲妍。

敍事文以善人爲不易狀，因是正面文字；然惡人亦非易狀也，必使身口妙肖，乃見本領。

善爲傳者，必尋其人軼事以爲餘波。

大戰易寫，小戰難寫。少自任意，便流爲小説。

凡寄託體文，必眼光遠、手腕靈、主意定，然後不至誼賓奪主。且當借賓爲主，而使主還賓。

墓誌不能爲破空議論，銘須拼字。

墓銘猶述贊之索隱。

銘詞聲響須高亮幽沈。

陰陽亢隊，爲銘文不可少之妙境。

誄載死者功德，于交誼當略言之；祭文詳交誼及死者之家世，于其生平轉可略也。義胄按：賤不誄貴，幼不誄長，古人之常經也。

四言上气勢，而必以綫脈貫气。所謂勢者，則有留必縱、有停必頂也。

四言哀文與碑文有别：碑文上莊重，哀文則聲必悲狠，而用字須活動。

枚叔《七發》、子建《七啓》、景陽《七命》，昭明悉以「七」目之。其實即爲駢文，未可云賦。

凡二十條

籀誦第三

治文章之業，可弗厭避勢力，而極意諷籀古來大家諸制作。

古人之文多足匡性情而長道德。

讀古人書，使人气厚。

讀經可濬來源，讀史可廣識見，然後參以今世之閱歷而求其會通：如此爲文，則有根柢而不迂固。

不讀《史記》則气不舒，不讀《漢書》則語不雅，不讀《左傳》則不善調度驅駕。熟斯三者，文無不善。義胄按：《南》、《北史》用字奇雅，亦宜誦習。

古文之味皆自經來，然必自古文學起，漸次而讀經。經高妙而古文平淡，如此拾級以進，乃序順而可有功。

昌黎謂讀書先辨古之作者真僞，此最不易。吾以爲必先通覽諸家之書，更進而熟讀左、馬、班、韓之文，博涉其他載籍，然後歸求四氏精英之所在。如是，則無問誰何著述，到眼立可辨認。能自《史記》、《漢書》、《左傳》、《禮記》、《詩經》中求根柢，再以八家法度，學周秦及其他經文，乃有把握。

讀古人文章，必先察其義訓，然後繹尋其文法，始爲有序。

望文生義，宋學家之言，所謂以經解經者也。文家苟持此義以誦習古書，則亦可以自有把握。

由書求理，則書如蠶繭，讀之者貴細細抽繹之。

讀文先看體裁，次看起落，再次看其緊要處。

讀文可先誦贈序，因其體非論非記，而各有所蓄； 其造作也，皆空中樓閣，如輪舟之機輪雖同，而形貌各異。

學文須用夭看解剖，身入三法。

學文首當虚心刻意。

讀書不可先執成見，然當自有定見，無論古人文章爲陽剛爲陰柔，吾皆逐類而觀，各尋其美善之源頭，兼收並蓄，會通于心，然後以發爲文，亦必美善。

讀文須有心地眼光，知其主人翁所在，則一切皆易知已。

讀古之大文，必十分留心，始可悟入，不然則收效必適相反。

古人行文以筆，讀之者以眼。 筆到而眼隨，始能領悟其文境界。

讀文須知古人用心所在。

讀書最忌昝然不省古人用心。 古人爲文，斷未有肯如説平話，清楚盡露也。

善爲文者，真意全藏在内，而辭面敷衍，不欲人知。 是在讀者胸有把握，盡心尋索，不爲所愚焉耳。

讀古人書，必神與古會，猶之觀覽山水，必盡尋得其所以名勝之處，而一心皈依之。

讀古人文，當涵而泳之。泳如池沼澄碧，魚鳧上下，自在優游于中；涵如以巾承露，浸漬全幅使透。

讀文須細細咀嚼，方能識辨其中甘辛。

讀古人文，須前後打通注想，乃能識其樞紐。

讀古人文，須觀其取材用字。

讀好文章，須打碎觀之，然後自己臨文，乃能澈底明白而有主意。又須自其文之對面看去，譬執明鏡以臨幽洞，將無秘而不可發。《水滸》言宋江僞詐，皆假李逵之口道出，即對面文之例。

聰明邁倫者讀書，往往飄掠而過；庸拙又嗜執著，皆不足誦《離騷》。

必讀書多而又深明世故者，其誦《左傳》，乃能會悟其文佳勝。

讀左氏文章，眼光要定。又當看他組織、暗動、局面、調度、結束、用字、琢句。

讀《漢書》，當學其采色，學其造語之能潔。

欲作昌黎文章，須讀《法言》、柳文、《詩經・二雅》。

凡三十有三條

造作第四

作文時不可專摹古人，須使有個我在。

專于桐城派文揣摩其聲調，雖幾無病之境，而亦必無精气神味。

生入古人句法，謂之餖飣。

作文須有好題。震川有文無題；滌笙有題《昭忠祠記》類皆是。無文；太史公則文題俱有而兼善。

遇煩亂題，當沈神以調度之。

立言須有抉擇。

爲文須心有把握而明道理。既于道理透澈，然後施之文采，自爲世重。

爲文不專言道學，斯爲活著。

作文之道不過四字：「實迹真情」而已。無實迹者而有真情，真情涉空，醖醞之气，如香煙繚繞，則亦足以動人。

爲文必使文中有質，質中有文。文即手腕，質即性情。手腕所到，性情隨之，則文章自有可貴。

作長篇文章，須有三定曰：心定、眼定、手定。

爲文取材要高，用字要古，不可入新名詞，爲其有傷雅馴也。又可巧而不可輕佻，輕佻則流入公安一派，徒增人之厭惡。

爲文要立脈，使意常在筆先，即此便是經營。

工文之士，每于道理錯襍處，而唯閒閒寫去；如一喫力，便非佳構。

文章寫到極處，即須打挺脱空得。

爲文當有關有鎖，有首有尾，有伏有應。

善爲文者，必能處處假人之言，以爲其文點眼。

爲文譬技擊，然必其手腕靈活，然後乃見利落。

文于吃緊處，須從容説之。

以全滿精力注布于文，當喫緊處，則須省簡辭語，而使味不盡洩。

作記事文，才气要斂，詞語要真。

凡事之關要者，皆宜鋪陳於詞，而以其無關至要者爲文樞紐，此極調度善法。

事景愈難寫處，其敷文也愈簡純，此斷可以勝人。

大凡作文，須有若干枝筆寫。有能力人及聰明人，必使活潑踔厲，宛然若生。

四言之中如使二字爲虚詞，則用字可以活動而無所窘。如《詩·豳風》「我徂東山，慆慆不歸；我來自東，零雨其濛。我東曰歸，我心西悲。」其「我」、「東山」、「東」、「零雨」、「我心」、「西」皆名詞也，餘則虚詞。

凡二十有五條

衡鑑第五

論文須有大本領、大眼光。全謝山輩每好平議古人而無眼光，章實齋有眼光而已不能文。

近古諸評文家如楊慎菴、林西仲、金聖歎、孫執升、傅青主輩，其所言多不能搔著古人癢處，可參觀而不可信也。

明以來學者始敢論左氏之文。

細細論文，極有滋味，但須尋出古人如何用心。

不入文中，不能寀其内美；不立文外，不能窺其全體。

凡文須觀其遠脈喫緊處，須是團團結著，其文乃善。

文章要看結穴。古人文之善者，其妙處多在結穴，故往往能使通篇精神震動。

古人文章善處，明眼人亦盡道不出。

讀書若以古文之眼繩之，則真僞立分，美醜自形。

凡九條

周秦文評第六

五經之中，《易》太高妙，《書》極古茂，後世治碑文者，自當取則斯焉。《雅》、《頌》、《左氏傳》善開架，《禮記》饒滋味而腴美，其《儒行》等篇，皆言俠義。

《老子》之文縮而括，《莊子》之文縱而幽。

《莊子·内篇》言理，《外篇》文法甚善。

《離騷》之文，猶寡婦之善哭其夫。

諸家亶能寫景，而屈原則善述情。

凡人口舌莫能達者，屈原筆能曲達之。

《離騷》之文情哀艷，而气厚色古，且富曲折。

《離騷》辭藻覺極複疊，而其神意内轉，極有作用。

吾年三十許讀《離騷》，祗知領气取響；及今乃明其千回百轉之情、顛撲不破之理，脈絡清晰而萬萬弗平，所以覺其大難爲矣。

屈原《九歌》之文無不妙者，詞麗而色古，情長而調悲，若抽繭絲，綿延弗絶，而更極有章法。

屈子真志盡載《九章》。

《離騷》、《懷沙》之文，其辭義無甚差别，然語語皆自性情流露，有變化，有條理，精切異常。

屈子真能愛國者。

屈子《思美人》之文，純是空中樓閣，所謂幻想，其意甚呆，而心則忠厚極已。

諸家之文，開首皆疏散以留轉折之地；而《離騷》、《思美人》開口便説到極處。

《思美人》文導於單一之義，而乃演爲千回百轉，處處暗動。

《悲回風》之文，辭面使事設喻，不倫不類，而作者心有主意，故其精气凝固，有層次，又有貫穿。識之弗易，固其所也。義胄謹按：《悲回風》比體爲多。

屈子既被放逐，輕命如毛，何居之足卜！凡其所疑，匪弗自知，而必待決詹尹，豈其志真如是乎？特託此以吐不平，則君子小人自明。文首「吾寧款款悃悃」句，開口便見膽气。

《漁父》是託人口以自白其必死之疑，獨往獨來，所以千古。

《卜居》、《漁父》作法皆反客以爲主也，言「寧」，即述己心主張而故設疑問；言「將」，即以流俗小人之性行假爲答解。其行气極轉折，結響極高。

《左氏傳》如富人庖廚，甘肥淡蔬皆備，任人取食。

天下無問何種關鍵、何種體裁、何等風光、何若妙趣，左氏之文皆備之。

左氏未盲以前之文，皆順手寫下，故其景象極活躍；既盲以後所爲諸傳，皆校經意。

《左傳》前半，其美在沈笨，學之弗易也；自成公以後，則行文如流水，學之校前大易。

《左傳》與《國策》不同，以其世之風气各有殊也。春秋之世風气尚厚，而又古書多；洎及戰國，則寖澆散欲盡已。

英吉利國小説家哈葛特，自謂其筆之所至，能使讀者目光一一隨之。此亦盲左之所能也。

《左傳》爲有道之文，從不肯恣情濫罵。

《左傳》寫人品行，未嘗明判善惡，而使讀者各識其真，秋毫無隱。羲胄嘗聞諸師曰：「辨是非，有道理，不辨更有道理，極爲文家善法。」

左氏于人事緐亂時，往往敷詞特簡，而又每篇弗同，其式各逼其真。

左氏文之至善者，猶獅子之筋皮骨肉，各有作用，蓋無一閒筆也。其气充，其理密，而又善調度，故無閒筆。

左氏之文寂處則極寂，華麗處則極華麗，怪處極怪，奇處極奇，各有主意，篇篇不同。

左氏之文極巧妙處，皆有自然之趣。讀其文者，當看其如何部署，如何説法，與其本色風神步驟。

于瑣細事能寫得清清楚楚、歷歷落落，方成左筆。

左氏書亦編年體也，而眼光特鉅，且有大本領。每寫一事已，乃再及于其它，却能隨時埋根，使前後相照應。然又與紀事本末止將每事先後貫穿者不同。

《左氏・襄公二十一年》「晉逐欒盈傳」，其長處在接筍活動。范宣子是賓中之主，懷子是主中之賓。「士多歸之」句，文心不測；行文至「必祁大夫」，則又頭頭是道；「尤而效之」，乃宣子之尤，步步不離。

《左氏・襄公二十三年》「欒盈之亂傳」爲古今所無之妙文。本以魏舒爲主，而一閃輒過。其描神處最好，寫得手忙脚亂，然胸有定力。「其唯而可」四字，一輕一重。先豹後戎，是文之部署。

《左氏・襄公二十四年》「張骼輔躒致師傳」，聲味醇美，其「皆笑曰：『公孫之亟也』」句，猶雲根石色，霹空灑布，人不及知而山谷都落。○此文閒中有忙，忙中有閒。學者果能諦解，進讀《漢書》，必大徹悟。○《檀弓》二三行文，每能收束全篇，而且無字無味。此文極似。劉更生學之以作《新序》、《説苑》，終莫逮也。○史公之文有味者不過十篇，昌黎僅三五篇，歐陽公僅一二篇。班書《文三王》、《趙廣漢諸王列傳》頗亦有味，然僅富貴大雅而已。惟左氏有味之文在五十首以上，此篇尤爲仙山樓閣。吾生六十年後，始冞其妙。○昌黎爲文能使六方俱到，風雨不透，而仍

不能辨此文。

《左氏・襄公二十五年》「崔杼弑君傳」，若此類題，最忌褻絮，又忌張皇。左氏敘太史書事，于晏子仰歎以後補出，甚妙。

《左氏・襄公二十七年》「慶封攻崔杼傳」，其末「當國」二字，寓無量貶斥之義。

《左氏・襄公二十八年》「齊人尸崔杼傳」，入手即言崔氏之亂，的有追溯之意。中用「幅」字，極明顯又極婉轉，又奇而又平常。「武王有亂臣」三句蓋縮筆也。綜之此文用字，能自圓其說，設喻能捷疾發明，古今無復能此者。

《左氏・襄公三十年》「子產爲政傳」望得光，拉得攏，收得住，如《隆中對》。其云「子產是以惡其爲人也」，按而不斷，斷而不按。

《左氏・昭公四年》「穆子去叔孫氏傳」，主人爲穆子，而左氏寫得七顛八倒，又妙在將穆子寫得糊糊塗塗，極可笑極有趣。其對宣伯曰：「願之。」極好而又有味，蓋怒極之語也。「不告而歸」，趕緊醒出上意。「所宿」二字，恰接上文，真好。綜之此文，人物有大呆大姦大忠，而筆皆能婉曲瑣碎寫出，各肖其人，真如靈觀祖庭。

《左氏・昭公七年傳》芋尹無宇之對楚王，其爲寫景寫形之筆。

同年傳「鄭人相驚以伯有」，爲破空突來之筆。「相驚」二字，寫出彼此虛愕、輾轉盲從，個中

情景活活託著紙上。前半極筆寫鬼，後半寫得有聲有色。開首四句尤爲《史》、《漢》所不能及，工夫全在「相驚」、「至矣」、「皆走」諸字。子産適晉，景子問：「伯有猶能爲鬼乎？」而答曰：「能。」此「能」字奇極妙極。

《左氏·昭公十五年》「楚費無極害朝吳傳」，三「信」字與一「害」字相對，末述無極對楚王言，非無極不能有其工夫，然無左氏之筆，則亦未足以狀也。

《十六年》「韓宣子向鄭求環傳」，其工夫全在二「鄙」字，第一「鄙」是明明説出，第二「鄙」則無意道出。

漢魏文評第七

凡四十有五條

漢人之文，其關軸多不易見。

司馬長卿《封禪文》一气湧出，而頓挫舂容，絶不喫力。其體格境界，校班氏《典引》爲高。其善處要處，則在「逗折」二字。先言周，所謂逗；以次入漢，所謂折也。羲冑嘗聞之師曰：「自來封禪文以馬第伯《封禪儀記》爲最。其載景行气練字，無不善者。」

東方之《答客難》話皆倒説，本極無理而偏言之成理。通篇虚言假語，卻無一句非牢騷。其

緊要處在以一「時」字貫串到底，即爲全文眼目； 而其工夫則在「遺行」二字，能爲蓋過一切。 末言狗虎，皆寓刺罵時主之意。

文有設難一門，其第一佳製，當推子雲《解嘲》； 東方視之，猶有遜色。 子雲《解嘲》，行气甚包舉； 東方《客難》，則多趣而少气： 斯之謂後生能勝前人矣。

《解嘲》文能於重複中使不重複，每一轉折即自闢一境界。「當今」二字，如萬丈瀑布，突石而過； 又如巴東灩預堆，屹立江口，而急湍飄掠，勢不可當。 中間上世數提，往往鍼對漢世，故「爲可爲，于可爲之時」二句，即所謂「圖窮匕首見」也。 通篇剛中有柔，柔中有剛。

良史之才不在華麗，不在用心，而在不用心中之用心，此史公所以不及左氏者。 史公述李廣、衛青傳，寫其大戰，皆簡簡單單，而狀女子則無不極善，蓋以遜避盲左也。

《史記·陳涉傳》文字僅千餘，而六國之亂活見畢露，絶不詞費。 由其輿地形勢了然胸際，故寫出整肅有眉目。「篝火」「狐鳴」，語近小説，而非小説，由其用字慎重嚴絜。「念鬼」二字，是聞自卜者之口而已念于心，妙想天開，爲唐宋諸史所不及。「軍遂不戰」爲斷筆，「將軍田臧等相與謀」爲續筆。「陳涉王凡六月」以下，則傳之述贊。 傳前顔色爲最蒼疋。

《史記·淮陰侯傳》事多緒緐，大小不齊，而史公言之有序。 史公之文向皆有根，而唯此傳無之，又不載信之師其誰，似爲遺漏。 傳首「竟漂數十日」之「竟」字極耐尋繹，詞句亦有調度，而不

麻煩。「于是信孰視之」之「于是」，孰，熟正字。有酌摸無主意之神寄寓其中；「孰視」二字，伏下文。「滕公奇其言」以上，連用三「奇」字，皆妙極。言諸將喜，文之抑也；言信拜禮，文之抗也。「信謝」後能暗動，亦有調奪。「信乃解其縛束」至「休畢賀」，具濃淡間錯之法。「東鄉坐」三言又暗動。「于是信問廣武君」，是補筆，所謂交代清楚也。「若此將軍之所長」，歸到上文。「楚數使奇兵渡河」句，爲頂筆，甚歷落。「漢四年，遂皆降平」，《春秋》之筆也，其力千鈞。妙在以前廣武、蒯通、武涉之言，皆自信口伏其根，所以韓信爲此傳善題齊人蒯通傳説得透徹極矣，殆爲漢初最高文字。第一層已將利害言明，第二三層又申説之，則清白益加。「相君之面」數語，隱聳微諷，妙不可喻。「恐足下不能用」，是點清上文。「誠能聽臣之計」以下，仍折歸本位，説到最末，止言「願孰慮焉」，決不肯一口道出「背」字。信曰：「吾豈可以鄉利倍義。」倍即背也，倍、背，通假字。至是始由信口説出。「信謝曰：『吾將念之』」以後，不遽接以所念之心事，必俟蒯通再再逼詰，然後述出，則文章步驟故當如是。通復謂「決弗敢行者」五字，極有工夫。「韓信猶豫不忍倍漢」，再點「背」字。詔楚捕鍾離眛，及陳兵出入，皆爲殺信伏脈。眛「乃罵信」之上，當删去「信不聽矣」。信「羞與絳灌等列」，此言本可完結全文，而史公精力有餘，乃復敘噲，斯所謂字外出稜也。陳豨事恐爲當時誣謗，不必實有。漢高「見信死，且喜且憐」。喜是本意，「憐」字將信畢生之功輕輕了之。「高帝曰：『置之。』乃釋通。」是補筆。

《史記·萬石君傳》，「愛其恭謹」四字，即爲其文綱領。「以姊爲美人故也」句，所謂隨時交代。「萬石君以上大夫」句由國轉至家，略無痕迹，且使「恭敬」字有根據，此後句句不離「謹」字，絜之至者也。「以孝謹聞」句下，純爲推衍之筆，又爲鎖筆，百忙中而具閒態，文气瀰漫，體亦温沈。「以爲常」句是結束，以是二字有主意，爲是去作「最甚」二字，乃通篇眼目。「然猶如此」句，回顧萬石君之恭敬家教。

《史記》收筆極含蓄，而《刺客傳》末句點眼，全神皆動。

漢文如馬班之所爲者，其調度靡不盡善。

班孟堅之文，有如故家子弟而又多財，衣冠整齊，步調大方。

揚氏《劇秦美新》、班氏《典引》之類文辭，其弊皆在文勝于質。

相如、子雲、孟堅三家所爲賦，彼此不相上下。

桓譚《鹽鐵論》由設難而出。

蔡中郎文气味極長。

潘安仁巧於敘悲。

凡十有八條

唐宋元明清文評第八

唐宋以來文章，惟韓歐兩家爲善。韓善變化，歐陽内變而外平妥。

八家之文皆導源左氏。

韓歐猶佛家正法眼，三蘇爲神通。

文章法度之正，惟韓氏與歐陽。

李華、杜牧皆才子而文不斂。

蕭穎士、李太白之文，皆學六朝而病脆。子厚小學精，故造語堅，堅蓋由凝而出。

昌黎爲文喜及潮州，望溪喜及《南山集》，皆借人之不得意，觸發己之不得意也。

讀其他唐人之文，令人頭腦發悶；轉而讀昌黎文，則立爽然神清。

古今這隻筆，惟昌黎把持得住，故無物無景無情不可狀也。

昌黎精力過人，其于文也無所不能。

昌黎文如《史記》，心中要如何立說，筆辭都隨赴之，斷不肯絲毫放鬆其體物工夫，且最擅場。

昌黎文，行气妙能蓄縮。

讀昌黎《進學解》，要看它用字造句，無往而不聰明。中間「觝排攘斥」之類，即見其拼字工夫。總之，此文用字古，結響高，拼字稱，爲古來文家所罕及。

昌黎《鄆州谿堂詩序》「公亦樂衆之和，知人之悦，而侈天子之賜」，三抬筆入題，毫無痕迹，是法之最妙巧者。

退之《祭張員外文》，説得光怪陸離，其實無一事也。古香古色，彌望皆然，而又高下隨心，曲折如意，腕靈辭巧，所以千古獨高。「歲弊寒兇」、「雪虐風饕」類語見得用字工夫，所謂「文必己出」也。「洞庭漫汗」十六字，高古濃響雅深，皆極的，非六朝人所能。

昌黎《貞曜先生墓志銘》文短音長。《李元賓墓銘》淡冶，但爲變調。

裴度爲古文，淡淡漠漠，工夫但能輳輻，故于昌黎《平淮西碑》任人倒磨而無所顧卹，彼意蓋弗謂其文善也。段文昌易爲之，如犬吠然，而度曰「善」。此由唐人習尚與昌黎气味見解法度，各皆不同之故。

昌黎《送窮文》奇詭極已，莊重中而具詼諧，此更爲人所難能。讀斯文者，須省其顔色聲調都善，筆路活而气勢不板；又當看其波折，辨其主客。窮鬼爲主，自身爲客，是反主而爲客也。蓋鬼言即己言，故自夸而人弗覺。

昌黎碑銘，七言者，結響啞；四言散行者，結響高。

柳州之文，名貴處肖《文心雕龍》，而實非其類；奇崛處似《離騷》，而亦弗與同終：不知其何所自也。昌黎《南山詩》造詞造句盡奇而火气太重，柳亦無似。吾懷此疑歷年，既久，乃始知其來，原爲馬第伯《封禪儀記》。後此二三年，則見斯言已經昔人道過。

子厚爲文能峭而不能變。

柳州《西山》諸記，外寫山狀水景極肖，内寫生平極悲。

子厚記山水，色古響亮，爲千古獨步。

柳州永州《萬石亭記》，專寫石而不寫景，爲别一格調。

子厚《零陵郡復乳穴記》蓋學韓也。

柳州《遊黄谿記》「黄谿最善」以前學《史記·西南夷傳》。其「黛蓄膏渟，來若白虹」諸言拼出，雅極古極，無火气，無殊色，且不用力。末言「擇其深峭者潛焉」，不言隱而言潛，是代字法。

寫景拼字，最好以四字爲句，如柳州《始得西山宴游記》「縈青繚白」之類，甚可法也。

柳州《至小丘西小石潭記》用字寫景描神皆妙，見其心胸絜，意志高，手腕活。

柳州《袁家渴記》專寫草木，用《漢書·西南夷傳》而變化其法。

唐劉禹錫文顔色過纖，不如子厚之文雅古。

文章至歐陽永叔，匠心靈筆遂不可及。

歐陽文學昌黎之風韻、劉更生之調度，而參以《漢書》之步驟。

昌黎文能遏光，歐陽公弗能也。

歐陽文多伏流，不易窺察。

《石曼卿墓表》爲歐陽公生平最得意之作，妙在將「懷才不遇」四字打碎言之，令人不覺，有如卹儀畫龍，東雲出鱗，西雲露爪。

歐陽永叔《石曼卿墓表》其工夫在「打碎」二字，每段補出「才」字。

歐陽永叔《張子野墓志銘》開首但稱子野之字，以其名聞滿天下，人無不知也。不然，則涉于晦。「予雖不能銘」以下，全用摯筆，隨挈「舊恩哀」三字，開以後無數文機，而側重「哀」字，則文之深淺自見。「南走夷陵江漢」，是自指其貶時。「然後知世之賢豪不常聚」，一轉回清「舊恩」。「亦不可得」與上文「邈不可得」，用字一層緊一層。「嗚呼！可哀也已」，又回清「舊恩哀」三義，而未動聲色。「豈其中亦有不自得」，是用輕筆，極見芊緜之致。

歐陽永叔《峴山亭記》表面輕淡平易，而其意境實有千波萬疊。

學古人不必完全摹擬，須自善避其所不能。歐陽師法昌黎，神似而形不同，以能有所避也。半山神微肖於昌黎，而形貌亦類似，遂不免拖泥帶水。

茅順甫謂半山爲文應接不暇。其實不然，半山之長在善用提筆補筆。

折筆太小而多，則落纖碎之弊，此荆公所以爲荆公。但其《上高宗封事》皆大轉折，亦妙文也。

文有摶縮二訣，唯昌黎能之，荆公亦間能也。荆公《祭范潁州文》將潁州生平事略打碎，而以簡語出之，所謂摶也； 儘説大事，不涉閒話，所謂縮也。故其文包括得住，甚難作到。至《上（高）〔神〕宗萬言書》詞鋒疏廣，本不易縮，而能精心調度，善用其才，故摶縮亦好。

前人皆謂介甫《給事中孔公墓誌銘》爲其墓文中第一，説甚當也。其文提後又補，補後再提，步步照映，恰似鎖骨觀音。

荆公《王深父墓志銘》學韓最肖，但須看其脱卸法。《泰州海陵縣主簿許君墓志銘》，須看其譏笑法。工夫在不説平之夤緣，專駕空發議，「有所待」三字點眼，極圓極好。結穴「彼有所待而不悔」，又從對面寫來，倍見力量。

蘇老泉《木假山記》，入題以後，意態自在，有骨，有气魄，有步驟，在唐宋八大家文中，蓋少見者。

吾生平不嗜讀蘇東坡文，以其爲文往往不能極意經營。然善隨自救弊，則由東坡天才聰敏。無其天才者，不可學也。

曾子固爲文，能力學更生、江都、韓、柳而各有所獲。

子固之文，蓋合韓柳爲一。

子固《擬峴臺記》肖劉夢得，其气舒以達，雖少浮而確有停頓。

元文好野戰，以長言爲貴，唯虞伯生《道園文集》尚有可觀。明人如唐荆川、宋文憲、方正學、歸震川四家之文，皆可云古矣，而方文尤規矩。

有明前後七子，皆學漢魏而響枵色炎。

歸文有變化而不能大。

錢牧齋輩不足論，而嚴嵩爲文，頗亦嗜談道德，且間有一二奇構，真可恨也。

王船山學問好，聰明高，力量霸，而其文之轉折，往往太過火候。

文章折筆最難。王船山《讀通鑑論》著意求折，而徒自折其臂。此爲不善學折者。

歐陽文學韓而能淡永，故外枯中膏；桐城諸文學歐陽，而僅得其淡，故气息柔弱。

桐城之短在專學歸歐。

梅伯言作山水記，切學柳州而力量不足。

吳南屏學歐陽而未能肖。

凡五十有九條

雜評第九

說道理，《禮記》爲勝；窮變化，《左傳》爲勝；謹法度，韓歐之文爲勝。

漢以前文，鍼綫皆看不出。

周秦漢魏之文，其法律往往藏在浩瀚大气之中。

周秦兩漢之文，其曲折皆内轉，猶渾天儀，機關中藏，祇可意會。唐宋以來文字，筋骨都露，如銅人圖。西方言蠟人。

漢人之文，處處内轉，而以大气包舉，浩浩乎若黄河之水天上來也。故人每每覻之弗透，其與唐宋人文可以按法而索迹者，則萬萬不同。

文章正派爲左丘明、司馬遷二家；莊周、屈原之所著述，皆異流也。

左氏之文富，史遷之文大。

子長、退之皆守盲左家法而能變化，吾嘗戲謂其爲「左氏二肖子」。

文家而能因事設權者，唯司馬子長、韓退之而已。子長純史，退之則靡施不當。

寫人狀物須唯妙唯肖，各當其實，如畫肖相，靡真弗顯。千古能此者，惟左氏、司馬子長、班孟堅三家而已。昌黎《順宗實録》及其碑文皆盡善矣，而畏鬼不敢多説，故尚有未逮。

千古善學《左傳》者，止《史記》；悟得《史記》者，惟歸震川。震川能化散爲整，《史記》能化整爲散，如《魏其武安侯列傳》之類是。

婦女庸言庸行，不易描寫妙肖，惟經馬、班手筆，則無不極盡。其後歸震川，頗亦能之。

古來忠臣，如龍逢、比干皆無文章。賈誼亦忠臣，而又有文章，然太燥激，不若屈子之幽悽悱惻。

屈原以後作家，學其爲文者，于秦漢有淮南子、揚子雲、賈長沙三人，于唐有昌黎、柳州二氏，而子厚爲最肖，然弗能及也。

屈原之文，起筆無不突兀，《左傳》、韓文亦有之。《左氏·魯昭公七年傳》「鄭人相驚以伯有」、昌黎《平淮西碑》「天以唐克肖其德」之類，源頭皆自屈原而來。

潘安仁、柳州之文皆根于屈原，昌黎則本《法言》而歸于《孟子》。

《卜居》、《漁父》皆賦也，歐公《秋聲賦》、東坡之《赤壁賦》皆導源于斯焉。

漢無類書，文雖駢麗而不俳偶；晉宋猶近似；唐剏四六而甚莊重；宋四六始活動：皆《騷》之變體也。

六朝駢體文雅，唐文莊，宋文活。其所以活者，即自昌黎《送窮文》脱胎而出，故如生龍活虎，不可一世。

東方《客難》气厚鋒斂，往往罵到極痛快時，輒能善藏其鋒。漢文率如是也。若昌黎《進學解》，則尚嫌太露矣。

唐李太白、温飛卿之流，其牢騷也，必盡發露于文辭之間，而子雲《解嘲》則甘自認非是，如此而後，人之不是愈以昭著。

性情爲裏，辭華爲表。韓文、杜詩所以獨絶千古者，蓋由其性情端厚也。

論詩詞第十

凡二十有二條

雅有正變：正雅之文醇而無火气，變雅之文雖悲涼而火色太濃。此中消息極微，惟醰精於文學者能識之。

漢唐之詩多比體，本事本意皆不外見。逮宋以來，則上盡情奉出已。

李長吉所作比體諸詩，蓋學屈子《九章》也。

劉夢得驚才絶艷。

昌黎詩雄奇，東野詩怪峭静深，其《石淙》詩尤爲人所不及。東坡頗不謂然，梅宛陵學東野最肖。

東坡每誚東野詩「如食小魚」。

東坡詩以七古、律詩爲最，其擬古諸作有陶靖節之心。不必爲靖節之文，有其内不必有其外。義胄嘗聞之師曰：「五言律學王摩詰，五言古學杜少陵，七言律學蘇東坡，七言古學少陵、退之，而各有獲，則其詩必大。」

山谷之詩迫而澀。

聖俞詩之清麗者，如《秋日同希深昆仲游龍門香山》、《食河豚》二首；深遠者，如「花上有微陰，水邊無近思」之句；怪巧者，如《晚泊觀鬬雞》、《古意》、《打魚》、《寄謝師真》諸詩。

詞家惟姜石帚能結響啞，不善學則必流於澀滯；辛幼安結響能高，不善學必入於梠。

凡十條

《文微》終

右筆記十章，都二百八十條，皆吾于己未受自閩侯林先生。先生斯年垂七十，設教都下，蓋以扶翼文學。而當時公卿大夫士謁階執弟子禮者踰百人，莫不各有高遠之志，雍然肅然，疑入沂雩間已。獨義胄後至，每受講，靜神宷其詞指，縮括識之于策，歸更參稽篹述，統整要删，類析而部居之。自夏復春，遂卒厥功，名曰《文微》。共和九年四月先生輟講。悟園朱義胄識。

涵芬樓文談

吴曾祺　撰

《涵芬樓文談》

吴曾祺 撰

吴曾祺（一八五二——？），字翼亭，侯官（今福建福州）人。光緒末，寓居上海懌園，利用近旁商務印書館涵芬樓藏書，編成《涵芬樓古今文鈔》。曾任商務印書館編輯、福州圖書館館長。有《漪香山館文集》。

吴氏於一九一〇年自序中，既表示服膺《文心雕龍》之「極論文章之秘」，又深佩韓愈之「文體一變，而論文以氣爲主」，意欲追踵前賢，力探爲文之道，尤於「縱横馳騁之勢，精微要眇之思，演迤淡宕之觀，沉鬱頓拙之旨」，三致意焉。全書仿《文心雕龍》之例，分爲宗經、治史、讀子、誦騷直至設問、欣賞共四十篇，體系頗嚴，結構甚密。末附雜説三十五則。又附《文體芻言》一卷，依姚鼐《古文辭類纂》，分十三大類文體予以論析，子目達二百一十三類之多。吴氏論文，首舉文必宗經之説，雖沿承舊章，發明無多，然主張以子、史爲輔經之必要文籍，突出《史記》、前後《漢書》及老、莊、荀、揚等，不爲無見。推《騷》爲辭章學之淵源，而古文家於此亦有所得，尤具識見。論駢散二體，謂「古之爲文者，本無所謂駢散之分」，「大凡學駢體者，不可不知散體；學散體者，不可

不通駢體。二者不惟不相背，且互相爲用」，提倡古文而非斤斤於駢散之辨，視野頗廣。對文章作法、技巧，於辨體、修辭、運筆、設喻、徵故、省文等，更詳予探究。其强調修辭不妨「自我作古」，戛戛獨創；注重文采，嚴斥「理不勝詞」之類，允稱深知於文者。然因力主嚴辨文體，「凛然不可侵犯」，而認同前人對《醉翁亭記》、《岳陽樓記》等指責，不知「破體爲文」實乃文體自身演變之必然，未可厚非。

有商務印書館宣統三年（一九一一）本。今即據以録入。

（王宜瑗）

叙

昔劉彦和著《文心雕龍》一書，極論文章之祕，識者以爲知言。顧彦和生齊梁之世，其時駢儷盛行，故書中所述亦於是加詳焉。洎唐昌黎氏出，而文體一變，其論文以氣爲主，學者翕然宗之。而於其中縱横馳騁之勢，精微要眇之思，演迤淡宕之觀，沈鬱頓挫之旨，歷千餘年，從無有人焉起而發之者。間有一二能文之士，名言奥論，洞合玄契，而語焉不詳，深用嘆憾。余竊不自揆，嘗輯《涵芬樓古今文鈔》，又爲《文體芻言》一卷列諸卷首，中間一得之見，頗不爲海内通儒碩彦所譏，而書問往來，以作文之法來請者絡繹不絶，是亦不可無以答其勤也。暇日無事，因就生平所得筆之於編，自第一至第四十；其不及詳者，又入之雜説中，名曰《涵芬樓文談》。古人云：「非知之難，行之實難。」以余之拙，其偶然述作，大都薾然，無足觀者，其能逮所言者，十不能一二。然嘗論之，使趙括解去將印，蓄其一生心力，著一兵書，未必遂出孫吴下。世容有以此言爲然乎？余竊用自多矣。庚戌十月侯官吴曾祺翼亭叙於滬上懌園。

十三版聲明

本書初版在前清宣統三年，故「清」字均作「國朝」字樣，今應一律改爲「清」字，又「純廟」二字應改爲「清高宗」字樣，特此聲明。

涵芬樓文談目録

涵芬樓文談

吳曾祺　撰

宗經第一　二篇

學文之道，首先宗經。未有經學不明，而能擅文章之勝者。夫文之能事，務在積理；而理之精者，莫經爲最。蓋出自聖人所刪定，其微言大義，自遠出諸子百家之上。吾人生平持論，常得此爲據依，自無偏駁不純之弊。至其文詞之美，如鐘鼎彝器，古色爛然，任後人極力摹儗，亦終不可及。漢代作者如董仲舒、司馬遷、揚雄、劉向、班固之屬，大抵皆習於經生家言，非苟爲炳炳琅琅者比也。降及五代，經術既微，而文格亦日敝。唐興一百餘年，而昌黎韓氏出，一洗從前駢儷之習。其所作以氣爲主，後人尊之，爲一代大宗。然考其生平所得，亦於經爲多，其論《易》、《詩》、《春秋》、《左氏》諸作，一字不可移易。今之存者，猶有《論語筆解》一書。柳子厚與韓同起，隱然有晉楚競霸之勢，其《與韋中立書》云：「本之《書》以求其質，本之《詩》以求其恒，本之《禮》以求其宜，本之《春秋》以求其斷，本之《易》以求其動。」皆自道其平生得力之處。降及宋氏，如歐

陽氏、蘇氏父子兄弟、王氏、曾氏，其所爲經説，至今皆有存者，可考而知也。觀此數子，蓋未有離經而能自立者也。今之號爲能文者，以經爲人人共讀之書，不足以稱吾博洽之譽。於是搜取僻書，旁求逸典，以爲震世駭俗之具。見他人文中之引及經語者，則反以爲笑。是何異舍康莊而走狹徑，厭牢羞而索奇珍，適足以自貶其格已矣！有識者不取也。

或曰：「子言治經之要，允矣！然而國朝乾嘉之間，錢、戴、王、焦諸君子，連袂並起，號曰『漢學』。其治經之精，儼然欲駕馬、鄭而上，而其文章乃遠不及古，何哉？」曰：是不難知也。古人讀書之法，貴能得其大意，至於一名一物之疏，不害其爲明通之識。今諸君子於一切器數之遺，講求不遺餘力，其辨難之語，動至數千言。然去古既遠，固有萬不能定其所以然者，而曉曉不已。「彼亦一是非，此亦一是非」，徒費虚詞，無益實事，適使方寸之間蔽塞已甚，而迂疏拘執之患，亦即由此而生。夫心以涵而始靈，氣以斂而始盛。今膠擾若此，何暇與之言操觚搦管之事哉？百餘年來，求如顧亭林、朱竹垞輩，以經生而兼通文事者，寥寥不可多見。時則桐城姚姬傳出，始屏去考據之業不爲，而以古文倡示後進。直至今日，學者翕然宗之，遞相傳習，而桐城之學偏於天下。此豈其聰明才力，獨擅其至？抑其能審輕重，别大小，用力專而收效遠也？迨湘鄉曾文正公起，生平推挹姚氏不遺餘力，而於當日考據家，時復有微詞焉，原此意也。乃至今日學者，束書不觀，游談終日，而文之佳者，亦如景星卿雲，不可得而見，則且使説經諸子，反唇

於地下矣。

治史第二 三篇

文以積理爲主，是固然矣。然天下之理，不能憑虚而搆，必有所附麗而始見，則史學貴焉。上下數千年間，凡人才之盛衰，政治之得失，風俗之厚薄，國勢之强弱，未有此之不明，而可與於文章之事者也。然今之文人，固有治史甚精而不足以語文事者，蓋所學又有不同。或專考據故實，而斷斷於地名官制之不同；或喜講明義例，而兢兢於褒貶予奪之互異。二者皆竭一生之心力，而後各有獨得之處。然而爲此者，遂自詡爲能文，則吾固未之許也。其有一二詞華之士，專喜獵取浮文，廣求雋語。此乃鞶帨中物，而不足爲論文之大者。文之大者，自宜以識爲主，使胸次廓然，常有俯仰今古之概，每論一事，而識解固自不凡，一切迂庸腐陋之談，可以一掃而盡。蓋凡事可襲而爲，惟識不可强。合一世之士大夫，而與論農商之務，凡田野之夫、市井之人能縷縷言之者，或至於瞠目不能措一語，此則身不在其中，而識不足以及之也。吾甚恨乎一世自託於文人而史事之不明，乃與乎士大夫而談農商之事者，同類而共譏也。

讀史之餘，不能不以論古爲事。惟論古之法，要在取古人成迹，一一如身入其中，爲之反覆當日之事勢，然後可斷其是非得失之所在。今之論古者，往往持義過高，而責人以必不可行之

事，相與詆訶不已。律以持平之道，去之遠矣！如胡致堂撰《讀史管見》，數千年内，幾無完人。豈非刻覈太過？其弊有所必至。更有一二才辨之士，好以立異爲事，雖心知其不然，而姑取乎衆人所羣以爲然者，而故反之，以矜其見之獨。如漢之莽大夫、五代之長樂老，皆爲之曲意周旋，不遺餘力。是亦不可以已乎！尤可怪者，如明之邱瓊山、國朝之青浦某公，皆著書立説，號爲一代通人，而一則力推秦檜，一則盛譽嚴嵩。夫秦、嚴之惡，盡人皆知之，而爲是云云者，其心固以謂不如是不足以駭俗，而且蹈於附和之譏，而不暇思其事之不可以訓也。至於今之士大夫，憤國勢之弱，而爭言變法之利，其意未嘗不美，而必嘖嘖商鞅、王安石不已。夫二子者其立法更制，非必無補於富强之計，而一則殘酷不仁，一則剛愎自是，均不能無失。而今之尊之者，乃欲躋臯、夔、稷、契之列，此何理也？須知通人立論，一世且視以爲法，未可苟焉已也。

史之繁賾，不能盡讀，人人知之。故好古之士，亦第舉司馬氏之《史記》，班氏、范氏之前、後《漢書》，歐陽氏之《五代史》，當常在肄業之内，其餘則足以備考據而已。夫於《二十四史》中，僅僅讀此四書，似亦非至難之事。或才力更有不及，則於四書中，一書取其數十篇，或十餘篇，涵泳玩繹，神與古會，亦足以爲受益之地。乃今之坊本，往往於每篇之中，去其首尾，專留中間一段，謂爲精華在是。而讀者茫然，前不知其所承，後不得其所止，譬如混沌一物，而五官百體皆不具，更何從驗取其脉絡，審諦其筋節乎？少時讀經書，見有《左氏句解》一書，深惡爲村學究所爲，戒

人勿以寓目。近見人復移以讀史。此種因陋就簡之習，祇於省嗇日力而已。其稍通文理者，雖以史文入選，亦斷斷無此割裂翦截之事也。

讀子第三 二篇

子之爲書，大抵昔之通人碩士，各出其生平閲歷所得，自爲一家之言。其精語名言，時足以輔經訓之所不逮，而挹注不窮，蓋亦文章家之淵藪也。惟家數既繁，不能合而爲一；即以一家而論，其前後相蒙，彼此相襲，亦往往而是。善讀者，在以類相從，始能旁通曲證，以明其得失之所在。太史公《論六家要指》一篇，可取以爲讀子書之法。而自來讀子書者，恒中於多好之弊，使九流之目、《七略》之編，雜然前陳，而神志惛然，不知所適。此如山野之夫，一旦而適乎五都之市，祇有嘖嘖稱羨已耳。而於審其貴賤重輕、而别所取棄者，固未之及也。又古人著書，既有其宗旨所在；讀之者必首尾貫通，本末聯屬，然後讀一書方得一書之益。蓋子部之書，鑄語之工，鍊意之巧，固足以長益神明，發皇耳目，要其佳處不專在此。大抵行文之勝，在於濃淡相宜、疏密相間，每有不經意之處，反令人讀之不厭。今之讀子者則不然，祇知篇取一節，節取一句，擇其造語雋而陳義新者，即録而置之册子中，以供撏撦之用，而叩以一篇大意，茫然不能措一辭。至於臨文之頃，偶加徵引，便附於博極羣書之目，而不知天下之至陋者，莫是若也。由吾前者之説，讀一

書須參羣書之義，所以明派別之同；由吾後者之說，讀一書須畢全者之旨，所以究指歸之遠。二者說若相犯，而義則相成也。

四部之書，惟子書之踳駁爲最甚，大抵真者十之六七，而僞者十之二三。或全書盡出僞託，或真僞各半，且即使皆真，而言之紕繆者已不少矣。故作文之法，於引用子家，尤當慎之又慎。伏思子書雖多，其應讀者亦不過十餘種。平日於此十餘種中，擇吾性之所好，而反覆玩味，取其是者，剔其非者，則施之議論之間，自無放誕不羈之失。觀韓、柳二公於讀子書多有所辨明，則知非苟焉循誦而已。蓋讀經者如餐稻粱黍稷，其性平和，故嘗有益於身體；讀子則如調劑方藥以療百病，時能活人者，亦時能害人。今人好以博洽自居，於其說之不安者，輒曰：「吾於某書中見之。」而不知其所援據者之非也。觀古之能文者，如馬、班諸子，其文中引用子書者亦絶少。偶爾有之，亦不過老、莊、荀、揚、管、晏、申、韓諸家而已。彼豈不能徧讀諸書？蓋亦以别裁之道，不可以已也。

誦騷第四 二篇

爲詞章之學者，溯其淵源所自，莫古於騷。騷者出於《風》、《雅》之遺，而抑揚反覆以盡其變，其體製遂與詩不同。自屈平始作《離騷》，其徒宋玉、景差之屬，相率爲之。後則賈誼、東方朔、嚴

忌、王褒諸子，皆衍其旨趣，遞有述作。大抵皆文人學士，蹉跎不遇，以寫其抑鬱無聊之思，而卒歸於忠愛之旨。以其始於楚人，故統謂之《楚辭》。其獨至之詣，一本於幽。幽者，非闇然無華之謂，斂其光氣，而納之沈鬱頓挫之中。劉彦和稱爲「金相玉式，豔溢錙毫」，即謂此也。自後代賦家，間用是體，而推而廣之，如哀死之文、禮神之作，莫不以此爲大宗，而其奇怪譎詭之談，支離曼衍，不可究詰，又爲小説家之濫觴矣。唐宋以來作者，惟韓、柳二家於此實有所得，此外則金之元遺山，亦可稱爲入室弟子，餘人莫之敢望也。凡不善學此者，其失在於風骨不騫，情韻易竭，而徒襲乎一二楚音，即强而名之曰「騷體」，此真所謂老成不存而虎賁入座者矣。

或謂騷人之作，詞賦家所宜問津，若爲散體文者，似可無事乎此。不知古之爲文者，本無所謂駢散之分；自魏晉以後，偶語盛行；迄於梁陳，文體日敝。於是唐昌黎氏出，始倡爲古文，純以行氣爲主，以救從前靡曼之失，所謂文起八代之衰者，此也。然二者究不可偏廢。學者擇其性之所近，而從事焉，未嘗不可。舉一而棄之，則謬矣。大凡學駢體者，不可不知散體；學散體者，不可不通駢體。二者不惟不相背，且互相爲用。況古人集中，於無韻之文，居十之六七；於有韻之文，亦居十之二三。苟徒知議論叙事之爲古文，而不知銘誄頌贊箴銘之屬皆爲古文，是三者已去其一矣，尚得謂之能文之士乎哉？今有人於蕭《選》一書，全未寓目，則其爲文，色不澤而枯，字不雅而俗，其去古也遠矣，而猶號於人曰：「吾之文固以氣勝！」其孰信之？故人當少時，不獨

《楚辭》當讀，必取秦漢之文數十篇，朝夕諷誦，使吾之神明意象，日與之習，久而自化，則雖率意之作，而氣味固自不同。昔明之李、何倡言秦漢，而薄唐宋以下之文不讀，誠爲過當。然使反其道而爲之，專讀唐宋以下之文，而置秦漢文於不問，是猶爲人孫子敬其祖父，而於高曾以上，曾無水源木本之思，可乎不可乎？

研許第五 二篇

自《周禮》教國子以六書，象形、會意、諧聲、指事、轉注、假借。文字之學始備。《爾雅》一書附於羣經之後，言詁訓者祖焉。後人指爲專門之業，命曰「小學」。漢世通人，如司馬相如、揚雄諸人，皆著有專書。至後漢時，汝長許氏始合諸作而集其大成。其書言製字之意甚備。以小篆爲宗，而附古籀之文於下，全書凡十四卷，分爲五百四十部，後世字書之體，率導源於此。自唐以上不顯，宋初南唐徐氏兄弟始各有纂述，比入國朝，而段、王、朱、桂諸家推闡不遺餘力，凡好古之士，亦多有能言之者。顧其書義法嚴密，兼以流傳既久，譌誤亦多，非可以淺嘗而得。惟講古文者，苟未嘗一踐其藩，則於用字之法，毫無所得，一切隨人所作，附影應聲，亦是一生之憾。《說文》之外，如《方言》、《廣雅》、《玉篇》、《釋名》諸書，皆宜以次涉獵，於其字異而義同、字同而義異者，尤宜留意。果能一一疏通而證明之，則於行文之頃，亦可以取用而不窮矣。昔人有言：「讀書宜先識

字。」余以謂作文宜先識字。有通人出，當不以此言爲河漢也。

余勸人作文以識字爲急，是固然矣。然亦有人多識僻字，而反以爲累者，由用之不得其道故也。蓋文章境界無窮，其脱去陳因之法，亦甚多端。今人或自見其才力之不逮，而思以僻澀之語勝人，而無知者亦易爲所震。不知此乃文之惡障，非可語於知道者也。昔韓文公爲一代文宗，學者稱爲泰山北斗，然於《曹成王碑》中間數語，稍涉詭異，識者已不無微辭。至宋人宋子京，亦雅以文采自負，然與歐陽文忠並修唐史，往往以僻字更易舊文。文忠病之，而不敢言，乃書「宵寐匪禎，扎闥洪庥」八字以戲之。宋不知其戲己，因問：「此二語出何書？當作何解？」歐言：「此即公撰《唐書》法也。『宵寐匪禎』者，謂夜夢不祥也。『扎闥洪庥』者，謂闔宅安吉也。」宋不覺大笑。今之好用僻字者，何以異此？又凡用字必師古訓，此是一定之法，然又有古人所用字義而今不可行者，如反訓之例，以亂爲治，以落爲始，以臭爲香，以潰爲成，此類甚夥，使吾人亦效而爲之，幾於不成文理。更如「而如」「丕不」「由猶」「則即」等字，古人或隨手用之，無所分別，吾人作文，祇可依其本義，不可依附前人，而動有所藉口也。

辨體第六 二篇

作文之法，首在辨體。人之一身，目主視而耳主聽，手職持而足職行，數者不能相假，惟文亦

然。固有精語名言,而不足以爲吾文重者,體㪣故也。陸士衡作《文賦》,歷舉詩、賦、碑、(誌)〔誄〕、箴、銘、頌、論、奏、説諸體。梁任昉作《文章緣起》,所舉比陸氏爲詳。劉彦和《文心雕龍》自二卷至五卷皆論文體,約二十篇。先民矩矱,畢具於斯。至明代賀〔復〕徵著《文章辨體》,一本吴訥之舊而擴充之,分類比前人爲較詳,煌煌乎藝苑之鉅觀,而謂之精當不易,則未也。歷參從前選本,自昭明《文選》而下,如《唐文粹》、《文苑英華》、《宋文鑑》、《金文雅》、《元文類》、《明文典》諸書,皆主分體,而離合之間,均不無可議。至國朝桐城姚惜抱先生,始約之爲十三類:曰論辨,曰序跋,曰奏議,曰書説,曰贈序,曰詔令,曰傳狀,曰碑誌,曰雜記,曰箴銘,曰頌贊,曰辭賦,曰哀祭。湘鄉曾文正公著《經史百家文鈔》,因姚氏之舊,雖稍有變易,而大致不殊。於是論文體者,莫不以此爲圭臬。然姚氏之書,第舉其綱,而未詳其目。余不自揆,始著《涵芬樓古今文鈔》凡百卷,於各類之中,各加以子目,或數種,或十餘種,或數十種。雖附麗之法,不敢謂毫無疑義,而其所遺者,固已少矣。大凡辨體之要,於最先者,第識其所由來;於稍後者,當知其所由變。故有名異而實則同,名同而實則異;或古有而今無,或古無而今有:一一爲之考其源流,追其派别,則於數千年間體製之殊,亦可以思過半矣。

文體既分,則行文之得失,自當依體爲斷,每體各有一定格律,凛然不可侵犯。記有友人選賦學,評語多云:「似記者」、「似箴者」、「似贊者」、「似頌者」,余謂不如「似賦」爲妙,正以文各有

體故也。明人方(一)〔以〕智著《文章薪火》引秦少游謂「《岳陽樓記》用傳體」，尹師魯謂「《岳陽樓記》用賦體」，然細思之，尚未有大謬。至魏冰叔論蘇老泉《上田樞密書》，開口便云：「天之所以予我者，豈偶然哉？」竟是作論，古來書札中不見有此。此却不易之論，雖老泉復起，不能爲之辭也。余則謂杜牧之之《阿房宫賦》、蘇東坡之《黠鼠賦》，通體全不似賦，直姑以賦名之耳。此與姚惜抱所論韓昌黎《伯夷頌》並非頌體，亦何以異？在古人興之所到，隨意涉筆，固自無妨；吾輩尤而效之，而反以古人爲藉口，殊可不必。

闢派第七

古來文人，必有其生平得力之處，後因境候既成，遂能變化從心，而不見規摹之迹。要其字裏行間，出於無心流露者，時時有之。如韓文公之得力太史公，柳子厚之得力屈《騷》，歐陽永叔之得力昌黎，蘇明允之得力《孟子》，東坡之得力《莊子》，曾子固之得力劉更生。然此數子者，各自成一家言，非如爲人子孫者，自述其先人勳閥以自大也，固未嘗有派之名。至明李夢陽倡爲漢魏之學，謂唐宋以下之文爲不足讀。王、何之徒從而和之，海内之士靡然向風。獨歸震川伏處閭巷之内，謹守歐曾義法，起而與之抗，於是雖無派之名，而有派之迹。迨國朝姚惜抱出，用其師劉才甫之説，始崇奉震川而上溯歐曾，爲入室弟子。學者翕然宗之，衣鉢相承，遞相流衍，儼然爲文

中家法，以惜抱爲桐城人，號爲桐城派。其時有錢魯思者，曾從惜抱之師劉才甫問業，每以其師説稱於陽湖惲子居、武進張皋言。二人並善其言，遂盡去其生平聲韻考訂之學而從事焉，於是陽湖之古文特盛，號爲陽湖派。自乾嘉以來爲古文者，入之桐城者，十之七八；入之陽湖者，十之二三。苟不入此二派者，便不得與於壇坫之列。竊謂文章爲天下公器，古來名篇鉅製，開卷具在，不妨人人各隨所得而去。至其淺深厚薄，自有公論。不宜私立派名，反示天下以不廣。昔宋人作《江西詩派圖》，識者譏其多事。竊謂詩派可廢，文派亦可廢也。

明法第八

體既定矣，然後可以言法。法者，如規矩繩尺，工師所藉以集事者也。無法，則雖有般輸之能，無所用其巧。大抵文章一道，其妙處不可以教人；可以教人者，惟法而已。法之可言者，有伏有應，有提有頓，有擒有縱，有伸有縮；或離之以寄諸空，或合之以徵諸實；或入焉以求其深，或出焉以期其顯；或飄然而來而前不必有所因，或詘然而止而後不必有所宿；或博以取之而不厭其繁，或約而求之而不嫌其簡；或舉一篇作意而點明於發端之數語，或合通體大旨而結穴於最後之一言。大抵論事之文，有案語、斷語、證語、難語諸法，所以反覆伸辨，以求立説之安；叙事之文，有追叙、補叙、類叙、插叙諸法，所以布置合宜，以見用神之暇。此其大較

也。總而言之，法之所在，守其常，不可不知其變；明其一，不可不會其通。昔人論作文如行雲流水，雲水之爲物，至無定也，則又何法之可言？惟於無法之中，未常不有法在；用法之處，反不見其有法存。嗚呼！此乃所謂神而明之，存乎其人，可與知者言，而不可與不知者道也。余每見宋人吕祖謙之《古文關鍵》、國朝人林雲銘之《古文析義》，凡一字一句，評隲不遺餘力，然使人師其所言，直拘攣蹀躞，苦不得舒，何暇盡吾意之所至乎？無他，此知有法而不知用法之過也。

養氣第九 二篇

昔賢論文，莫不以氣爲主。曹子桓謂：「氣之清濁有體，不可勉强而致。」韓文公謂：「氣盛，則言之短長與聲之高下皆宜。」柳子厚謂：「未敢昏氣出之，懼其雜也；未敢矜氣作之，懼其驕也。」李習之謂：「義深意遠，理辨氣厚，則辭盛而文昌。」李文饒謂：「氣不可以不息，不息則流蕩而忘返。」此數君子者，皆深於文也，而其言之相似如此。吾則謂用氣如用力，有十分者，祇可用到八九分，須在在留其有餘，則可以旋轉而不竭。譬如人雖有萬夫之勇，苟終日跳踉不已，則必至於一敗而不振。至於養氣之道，其中固有本焉，未可以强而致也。夫人任舉一事，苟未身歷其中，則雖有善辨之口，亦有時而窮，於是支吾遮飾，終不足以俟攻者之至，而神以多備而疲，心以

逆億而怯，氣之得以自伸者罕矣。惟夫一一能知其所以然，從容肆應，無不如志，而應對之間，如無事然，此固常處於必勝之勢，而尚何足撓吾氣之有？是故本之所在，如水之有源，山之有脉，其忽見忽伏，忽斷忽連，氣實使之，固有莫知其然而然者矣。嗚呼！此即子輿氏之言「其爲氣也，配義與道，無是餒也」。使道義常足於中，而天下猶有足餒吾氣者，未之見也。

吾言氣之必有所輔而行，不可僞爲而得，此誠探原之論。然凡人性質所近，亦有天焉而不能相强。知其不能相强，而取資於學，以補其所不逮，則善用其所長，而不見困於所短。大凡氣有陰陽二者之分，有如異雲驟起，儵忽變化者，此天地之陽氣也，氣之屬剛者也；有如游絲裊空，輕盈摇曳者，此天地之陰氣也，氣之屬柔者也。陽氣之文，其才力充盛，足以淩蓋一世。其失也，如武夫得志，遇事作色，其患在粗；陰氣之文，其氣度舂容，足以包羅萬有。其失也，如病夫對客，輟息待續，其患在弱。韓氏之文，得天地之陽氣者也，凡抒寫所至，往往能自出意義，以達乎境界之變。不善學之，則襲其皮毛，而有生吞活剥之譏。歐陽氏之文，得天地之陰氣也，其生平所歷，往往能各見性情，不背於風格之正。不善學者，則習其腔套，而有依響附聲之誚。此一節，湘鄉曾氏亦略言之，但惜其未盡耳。今之人無不瓣香韓歐，而能逃乎粗與弱之外者，吾見亦罕矣。

儲才第十 二篇

語曰：「長袖善舞，多財善賈。」此儲才之説也。是故丹青不具，雖善畫者不能爲采；醯醢不陳，雖善調者不能爲味。今進一無所知之人，而責以文事，何以異此？夫儲才之法，可蓄之於平日，而不能取之於臨時。嘗見浮薄子弟，懶不讀書，枵然無有。一旦振翰操紙，旁皇四顧，神志蕭索。及至文成之後，非枯寂無聊，即罅漏百出。韓文公所謂作文不可無學，職是故也。或疑居今之世，考據之書，汗牛充棟，用心尋檢，纖悉畢具，何病於貧？不知類書之設，所以供能文之士，偶然探討，以備遺忘。若專恃乎此，譬如飢餓之夫，日仰食於鄰家，鮮不僨矣。況夫書者，衆人所同，而用之之法，則一人所獨。善用之，則木屑竹頭可供緩急之備；不善用之，則天吳紫鳳無救顛倒之譏。大抵鑒別主於識見，驅使恃乎筆力，翦裁賴乎意匠，變化本乎性靈：四者相須，缺一不可者也。昔者唐人李延祚手注《昭明文選》一書，號爲賅洽，而文不工，時人比之「書簏」。宋劉貢父每譏歐陽永叔，謂其不讀書。今者，貢父之文具在，其不及歐陽遠甚，此亦足知其所重矣。然使寒儉之輩，欲援此爲藉口，則又不量之甚者也。

是故文之至者，問學不可不勤，見聞不可不廣，而至於字裏行間，却不專以繁徵博引爲此中之長技。自古能文之士，固有力破萬卷、博極羣書，而下筆之時，乃不見有一字，此乃融化痕迹而

納之於神味之中，爲文家之上乘。昔之論詩者，以羌無故實爲貴，即文何獨不然？蓋作文之道，與數典異。數典之長，惟恐其不詳盡，苟一有不及，即不免譾陋之譏。行文者，惟有所棄，而後能有所取；所取愈廣，則其所棄亦愈多。故精華既集，則糟粕自除；臭腐能蠲，則神奇益顯。若論諸體之中，惟有考據一門，不得不以援引舊聞爲事；然其一篇佳處，亦全在斷制數語。古人所謂讀書得間者，此類是也。若不能尋間而入，則其所讀之書，皆死書耳。國朝齊次風先生，生平最精地理之學，言論恒出衆人意表，然其所引用者，不過《禹貢》、《周禮》、《史記》、《漢書》，固人人所共讀者，非有獨得祕本，而博綜若是。此亦可以識讀書之法矣。

命意第十一　二篇

昔劉彦和著《附會》一篇，云：「何謂附會？謂總文理，統首尾，定與奪，合涯際，彌綸一篇，使雜而不越者也。」名曰「附會」，即今之命意是已。作文之法，辭句未成，而意已立；既立之後，於是乎始，於是乎終，於是乎前，於是乎後，百變而不離其宗。如賈生作《過秦論》，只重「仁義不施」四字；柳子厚作《梓人傳》，祇言「體要」二字；韓文公作《平淮西碑》，祇主一「斷」字；蘇長公作《司馬温公神道碑》，祇用「誠一」二字：雖其一篇之中，波瀾起伏，變化不窮，而大意總不出乎此。夫意祇一言可盡，而必多爲之辭者，蓋獨幹不能成林，獨緒不能成帛，獨木不能成屋，獨腋不

能成裘。五色比而後成章，五聲合而後成樂，五味調而後成和，五官具而後成人，意必須文而宣者，道亦如此，獨是天下之理，百出不窮，謂吾之意一定，而天下遂無有能易之者，此亦非臨文者所敢任也。惟意之所主在此，忽然舍吾之所獨者，而從乎衆之所同，此則萬不可行之事。是故凡人作事，不可護前；而惟行文，不可不護前，如臨敵然，兵不出則已，軍入敵境，則祇有進戰之一法。今之行文者，不知此理，不能首尾堅持一説，於是不失之游移，即失之淩雜。不可之甚者也。更有一種之文，於末後數語，凡論人之惡者，必爲之恕辭；凡論人之善者，必爲之貶辭，名曰「補筆」，此皆無謂之至。

命意之法，凡一題到手，必先明其注重之處。譬之連山千里，必有主峯；匯水百川，必有正派。由此著想，則陳義能見其大，而不至常落邊際。而其餘所兼及者，不過枝葉鱗爪，而一篇所著力者，不在乎此。此爲講命意者之第一義。惟是此訣既得，而其受蔽者，又有二端。大凡言人人之所能言者，其理必正，而其失也易入於迂；言人人之所不能言者，其説必奇，而其失也易流於詭。迂者必庸，詭者必誕，二者皆足爲文之累。是故語録之書，非不正也，而迂則有之；説部之書，非不奇也，而誕或不免。夫迂者必狃於舊，詭者必騖於新，二者交譏，而均不能無弊。以吾所見，無舊也，無新也，惟視乎吾心之所寄焉已。夫風雲月露之形，草木蟲魚之狀，雖以李杜之能詩，不能不賦及此，而人無有從而厭之者，正以吾心之所寄不同，則景可隨時而變。是故景一而

已，今日之所見，視前日之所見已判然矣；此人之所見，較彼人之所見又判然矣。如此則無新之非舊，無舊之非新，而境界之日出不窮者，常足以供吾挹注之用。苟能使胸次豁然，則信口而出，隨手而成，而自不落尋常科臼之內。反是，而欲求之形迹之間，則所得皆土苴，所見皆芻狗，欲求構造之工，去之遠矣！

修辭第十二　二篇

孔子有言：「辭達而已矣。」夫達正未易言也。吾心不能知其所以然，必不能達；吾心能知其所以然，而入吾文者，不能如吾心之所欲出，猶之不能達也：是皆不善脩辭之過也。脩辭之道，在質而不枯，華而不縟；深而不晦，淺而不俗；輕而不浮，重而不滯；巧而不纖，拙而不鈍；博而不雜，簡而不陋；奇而不詭，正而不腐：此其大較也。昔人論爲古文者，不可入時文帖括語，不可入小説俳諢語，不可入漢人箋注語，不可入宋儒學案語，四者皆脩辭者之所宜知，不可不懸爲戒律。抑余更有一説於此，聽者易以爲妄，而余獨深信不疑。大抵脩辭之法，取之古人者十之七八，不取之古人者十之二三，蓋徵求故實，考取典章，不能不以古人爲師。而至爭一字之奇，競一句之巧，苦思冥索，不妨有自我作古之意。若謂「古人所無者，便不宜爲今人所有」，試問：今人取之古人，古人所取者爲誰？若謂「吾學不逮古人，此事非所敢議」，不知學古文者，即所以

學爲古人也，雖當仁不讓可也。歷觀唐宋以來，造語之工，惟昌黎氏爲最，正以其善用生語故也。後之解此者希矣。

或問：今人作文，往往因好讀外國語言文字，取其譯本，以供採掇，謂之新名辭。惡之者，屏爲鉤輈格磔，不無過甚之詞；愛之者，奉爲文物聲明，亦屬一偏之嗜。究竟當如何？余曰：此不難知也，但問其所用何如耳。假如論彼國之官制地名、民風物理，斷不能以吾中國之文言代之，所謂名從主人是也。正如談佛經者，不能不明如來之梵語；說道書者，不能不用元始之讚辭。乃若吾自讀三古之書，講六經之旨，則故訓具存，文章甚美，更何用借材異邦，以自亂其例乎？又況翻譯之書，易滋歧誤，固有聆其音則是，核其義則非，毫釐千里，在所不免。作文者可已則已，似不必以好異之心，譏人以不習也。

切響第十三 二篇

劉彦和《文心雕龍·聲律》一篇，備言吃文之患，言音韻不調，如人之口吃也。蓋其時駢偶盛行，故文章家無不留意於此。迨其後散體既興，自非治詞賦者，即已置之不講。不知音聲一道，其疾徐高下、抑揚抗墜之分，不獨有韻之文有之，即無韻之文亦有之，特寄之有韻之文者，其得失易見；寄之無韻之文者，其得失難知。近湘鄉曾文正公，深喜桐城姚惜抱之文，而思救其懦緩之

失，故論文每以音響爲主，即此意也。今試取古人之文讀之，有噌吰鏜鞳者，有細微要眇者；有急絃促管者，有緩節安歌者。大約言樂者多和，叙哀者善咽；施之廟堂之上，則有廣大之旨；叙及男女之私，則多靡曼之節。此其自然而然，雖作者亦有不自知者乎。今學者誠欲留意於此，既不可如度曲填詞，按譜而得，惟有取漢魏之文之佳者數十篇，讀之不厭，使吾之口與古人之口，無一不相應，久亦與之俱化矣。人但知《文選》一書爲講駢文者不可不讀，余則謂講散文者亦不可不讀，蓋以求音韻之諧者，莫此爲近。夫昔之論詩者，動曰「詩籟」。詩既有籟，文獨無籟乎？近有問學文之法於余，余告之曰：「今欲學古文，譬如閩粤之人欲學京中人語，自非日與之居，不可得也。古文者猶之京中人語也，吾不能爲是語，而方竊竊焉求其應對之工，恐雖有蘇張之口，亦將囁嚅而不敢出也已。」

惟夫聲律之用，相沿不廢，故古人之文，其出於有韻，往往有不期而合者。羣經中如《詩》不待言矣，如《易》，如《書》，如《左傳》，亦多有韻，其見於近人著述中所舉者，不一而足。即如四子書中，子思、孟子之書皆散文，而《中庸》曰：「大哉，聖人之道！洋洋乎發育萬物，峻極於天，優優大哉！禮儀三百，威儀三千。」《七篇》曰：「今也不然，師行而糧食，飢者弗食，勞者弗息，睊睊胥讒，民乃作慝。方命虐民，飲食若流，流連慌亡，爲諸侯憂。」至如諸子之書，亦多有韻者。今試舉《老》、《莊》而言。《老子》：「玄牝之門，是謂天地根，綿綿若存，用之不勤。」《莊子》：「巧者勞

而智者憂，無能者無所求，飽食而遨遊，汎若不繫之舟。」子思、孟子、老子、莊子斷非有意於用韻者也，而讀其所作，謂非用韻而不可也。蓋衝口而出，自爲宫商，此即《樂記》所謂「聲者，由人心生者也」。後人不知此妙，謂惟頌贊箴銘之屬須用韻，其餘則否，不知其出於無心者，無處無之。至於古人之書，亦有有意於用韻者，如荀子《成相篇》、史游《急就篇》之類，此則不必學也。

鍊字第十四 二篇

昔之譏不善作文者，曰：「知字而不知句，知句而不知篇。」此言謀篇之難也。余則謂欲知篇，必先知句；欲知句，必先知字。蓋鍊字之難，固有一日可以千言，而一字之未安，思之累日而不可得者矣；而及其遇之也，則又全不費力，如取之懷中而付之者，雖善文者不能言其所以然。故古人作文，總以虚心善改爲貴，所謂「一字師」者是也。昔宋范希文作《嚴先生祠堂記》，其末歌詞云：「雲山蒼蒼，江水泱泱，先生之德，山高水長。」文成以示李泰伯，泰伯請改「德」字爲「風」字，希文凝坐頷首，殆欲下拜。由今思之，「風」字實勝「德」字遠甚，而當日竟思不及，何也？然亦有改古而謬者，如宋子京脩《唐書》，改韓昌黎《進學解》「招諸生立館下」，改「招」字爲「召」字，「障百川而東之」，改「障」字爲「停」字，此則點金成鐵，不如原文多矣。子京一生好奇，宜有此笑柄也。至如好用險字，而流爲奇詭僻澀之弊，如宋人所譏「天地軋，萬物茁」者。此種惡習，予於

《研許》下論之詳矣，皆學者所當戒也。大抵胸有積軸，則觸手拈來，自然古雅；若有意爲之，臨時尋檢而得者，則痕迹不化，其爲全體之累多矣。反不如純任自然者，不失爲一篇清暢文字。至如《文選》中諸作，多云「其山則某某，其水則某某，其木則某某，其草則某某，其鳥則某某，其獸則某某」，皆累至數十言，而並無謬巧處，衹令人以拖沓取厭，此雖出自古人，正不必步其後塵也。

鍊字之法，其以靜字作動字用者，如「春風風人，夏雨雨人」之類，人人知之；其當留意於虛字者，尤不可不知也。昔柳子厚論孟子善用助字，其《復杜温夫書》云：「予讀『百里奚』一章，其所用助字，開闔變化，令人之意飛動。」子厚所指，蓋在「可謂智乎？可謂不智乎？不可謂不智也」及「不賢而能之乎？而謂賢者爲之乎」數句。人謂蘇老泉善讀《孟子》，予謂子厚所論尤精。至昔人相傳歐陽永叔作《相州晝錦堂記》，起二句本作「仕宦至將相，富貴歸故鄉」。文成，已付遞矣，乃累騎追還，加兩「而」字。由今思之，苟無此兩「而」字，尚成何句法？古人作文不輕易如此。此可悟鍊虛字之法。最可異者，村學究一流，其批閱文字，每將句中虛字塗去一二，以爲簡老，致文之神味全失，真爲不值一笑。果如所見，則歐公之所加，誠爲多事矣。

運筆第十五 三篇

古人文筆異稱，故曰：「沈長於文，任長於筆。」後人因之，謂主於修詞者爲文，主於達意者爲筆，文筆並重。然必先有筆而後有文，文而無筆，則雖有華章麗句，而運掉不靈，如土木偶人，被以丹青，而卒乏生氣。運筆之法，喜馳騁者，則以縱橫變化、極其所至爲工；尚高潔者，則以嶄削嚴重、約而不支爲貴。二者各有所長，亦各有所短。喜馳騁者，往往力之所至，一瀉無餘，而不復有渟泓含蓄之趣，其失也粗；尚高潔者，每爲法之所縛，跬步不失，而多拘攣蹀躞之態，其失也澀。善用筆者，或縱之數千言而不厭其詳，或約之數十言而不見其簡。詳之至而使人不見其有可删，簡之至而使人不見有可益，斯爲妙矣。惟用功之始，使其能收，必先使其能縱。故不如先讀東坡議論文字，數玩其屈伸擒縱之法，則毫楮之間，常自汩汩不竭。然後徐而進之以澹宕之神、雋永之味，自能瘦而不枯，清而不薄，所謂「絢爛之極，歸於平淡」者，此之謂也。大抵少年文字，須看其才力如何，偶有支詞累句，却不爲病。若通體穩貼，而讀者覺其奄奄無生氣，此如垂死之人，雖有盧扁在側，不能爲之醫也。

吾教人作文之法，以善縱筆力爲主，是固然矣。然筆之何以能縱，亦復不易。前後重沓，煩聒不已；首尾乖戾，歧牾百出：此皆不善縱筆之過。善縱筆者，必先講明篇法。篇法之妙，如置

陣然，雖有百萬之師，而中堅所集，不過數千人，其餘則去中軍或數里，或十餘里，任吾指揮，無不如意。不善用兵者，置於一處，不戢而囂，故往往一敗而不救。行文之法，雖盈編累牘，而其注意所在，恒不過數十百言，餘則皆從旁敲擊之法。此則地位既寬，便可控御如意，更以餘力删其繁字冗句，仍不爽其嚴潔本體。不善爲文者，數行之外，而已竭盡無餘藴，以下雖復極力敷衍，終不濟事。其有用間架之法，如韓昌黎之《爭臣論》、柳子厚之《封建論》、曾子固之《唐論》。此體較爲易學，亦實爲展步之秘訣。然此惟於論體用之，若施之叙事之作，便爲不合。

吾言縱筆之法詳矣，然能縱而不能斂，亦非爲文之至。班孟堅譏傅（式）〔武〕仲「作文下筆，不能自休」，陸士衡所云「固無取乎冗長」，此正言不善斂之過。唐孫樵《書何易于》，自言此文始千言，今之存者，不及六百餘言。宋時錢惟演守西都，起雙桂樓，建臨園驛，命歐陽脩與尹洙作記。歐凡千餘言，尹只五百餘字，歐服其簡古。又歐陽作《醉翁亭記》，起處叙列東南西北諸山，凡數百言，後均删去，祇用「環滁皆山也」一語。此均論用簡之妙。今之爲文者，不知此妙，凡一題到手，於題中應有之義，惟恐其不周至，補苴掇拾，使無遺失。此等之患，惟碑志之文爲最甚。故一人之身，叙列生平，盈篇累簡，猶覺未盡。雖以東坡之工爲散文，有所不免。觀其爲張文定公作墓誌銘，有答其子厚之一書，云：「書其大事，略小節，已有六千餘字。」則東坡非不自知其不節，特以文筆所近，又牽於時俗所好，不得不已，然不謂之拙而不可也。使知一字之褒，榮於華

衮，又安用此以多爲貴者乎？又宋人好作萬言書，刺刺不休，讀未及半，已惛然欲睡，雖如秦始皇之衡石量書，亦恐不給。是明爲引君於善，而實以困之也。以上所論兩種之文，所用不同，而皆有戾於行文矜貴之善，不必以古人所有而强學之也。

仿古第十六 二篇

文章之體，往往古有是作，而後人則仿而爲之，雖通人不以爲病。其濫觴所自，始於揚子雲作《太玄》擬《易》，作《法言》擬《論語》。他如枚乘變賦體爲《七發》，後則有曹子建之《七啓》、張孟陽之《七命》，自是爲之者益衆，好事者合爲《七林》一書。東方朔始作《答客難》，揚子雲因之作《解嘲》，班孟堅因之作《答賓戲》，唐韓昌黎又因之作《進學解》。司馬相如作《封禪書》，揚子雲因之作《劇秦美新》，班孟堅因之作《典引》，唐柳子厚因之作《晉問》，此皆章章可見者也。又如陸士衡作《辨亡論》，全學賈生《過秦論》。杜牧之作《阿房宫賦》，全學楊敬之《華山賦》。乃若王子安作《滕王閣序》，其「落霞與孤鶩齊飛，秋水共長天一色」，當日稱爲名句，相與膾炙人口，然實脱胎於庾子山《華林園馬射賦》「落花與芝蓋齊飛，楊柳共青旗一色」。劉夢得著《㦝舟篇》云「越子膝行吴君忽，晉宣尸居魏臣怠，白公屬劍子西哂，李園養士春申易」，俱效班《書》語。然此不過小小摹其句法而已，最不可解者，枚乘《上吴王書》「夫以一縷之任，繫千鈞之重」至

「難以復出」，凡七十餘字，乃全用《孔叢子》語。乘一代作者，決不如此。或者《孔叢子》係僞書，人取乘語以入之，亦未可定。此則莫能明矣。洪容齋謂唐之王摩詰、宋之黄魯直二人皆工詩，而其集中多竊前人所作。試考之，亦足知其説之不謬矣。此劉彦和所謂「寶玉大弓，終非其有」者也。

文人好事，往往有擬古之作，見於詩集者較多，見於文集者特少，今約略言之。如李少卿《答蘇武書》、諸葛孔明《後出師表》，皆後人贋作，人以其文之工，而不忍廢，然徑謂之擬作可也。此皆本無其文而擬之者，亦有本有其文而擬之者，如東坡擬《歸去來辭》，世稱爲工，其餘不可勝數也。大凡擬體之工，比各體爲更難。各體之作，凡命意措詞，皆以我作主，至於筆力所趨，亦可各出其所長。至擬體，則一切出之古人，古人所謂非者，吾不得以爲是也；古人所謂是者，吾不得以爲非也。即其氣體所近，亦必以所擬之人爲斷，一有不似，雖有佳語，無所用之。其狀比之優伶之演劇，一無以異。行文本樂事，何爲自尋拘苦如此！雖一生不作可也。近來人人爭非議制舉文字，然制舉文字所以可厭，通體描摹昔人口氣，亦其一端也。欲出一言，忽然而爲尼山大聖，忽然而爲顔、曾、思、孟諸賢，又忽然而爲告子、陳相，下至王驩、陽虎之屬，直謂以文爲戲則可，於此求工，果何爲哉！擬體之作，得無類是？

核實第十七

昔左太沖序《三都賦》，譏司馬長卿賦《上林》，忽及「盧橘」；揚子雲賦《甘泉》，動稱「玉樹」；班孟堅賦《西都》，乃有「比目」；張平子賦《西京》，妄引「海若」。以謂皆無其物，而姑爲夸誕以欺世者，此皆不求核實之過。然此種語施之詞賦，尚無大謬，觀劉彦和《夸飾》一篇，徵引甚衆，庶足爲諸子解嘲。以吾所見古人記事之作，其任意下筆，不必廣徵故實，往往有之。如賈生《過秦論》，言始皇「吞二周而亡諸侯」，按秦昭襄王十四年滅西周；其後七年，莊襄王滅東周；又四年，始皇方即位。是二周之滅，乃始皇之曾祖與父事，屬之始皇，誤矣。陸士衡《漢功臣頌》有「侯公伏軾，皇媪來歸」語，按高祖母已前卒，歸者獨太公耳。蘇東坡作《二疏圖贊》云：「孝宣中興，以法馭下，殺韓、蓋、楊，蓋三良臣。先生憐之，振袂脱屣，使知區區，不足驕士。」試以其時考之，元康三年，二疏去位，後二年，蓋寬饒誅；又三年，韓延壽誅；又三年，楊惲誅。是二疏之去，三人固無恙也。此與其所作《刑賞忠厚之至論》，用皋陶事之想當然者何異？均不得謂之小小疵累。是知考據家一種堆垜文字，固爲通人才士所不屑爲，然於下筆之時，留心檢點，使無歧誤之失，是亦不可以已也。

稱量第十八

聖人自言譽必有試，而於《春秋》名大夫，或許其清，或許其忠，而不許其仁，其稱人之善，必稱量而出之也如此。吾輩縱不能事事追媲聖人，亦不可不存此意。若信手而來，毫無限制，則使受者至踧踖不安，誠非君子愛人以德之道也。此弊於文體中，惟碑志爲甚。蓋往往徇人子孫之請而爲之，其勢不得不爾。然苟采其生平一二佳言善行，而於其不滿人意者，則略而不書，亦庶幾去直道不甚遠。吾嘗讀白香山《秦中吟・立碑篇》云：「銘勛悉太公，頌德皆仲尼。」知古之有心人，已有同茲浩嘆者。至於碑志之外，書札次之。柳子厚集中有《復杜温夫書》，曰：「三辱生書，皆逾千言，抵吾必曰『周孔』。周孔安可當也？語人必於其倫。生來柳州，見一刺史，即周孔之；今而去我，道連而謁於潮，又得二周孔；去之京師，京師文人爲文詞立聲名以十數，又宜得周孔千百。何吾生胸中擾擾焉多周孔哉！」子厚此書，可謂痛快之極。然使好諛者處此，夢寐間且不勝愉快矣，何暇發此等議論哉！至於漢魏六朝人文中，更有一種習用語，如稱人之介必曰「由、夷」，稱人之智必曰「良、平」，稱人之孝必曰「曾、閔」，稱人之忠必曰「龍、比」，稱人之辨必曰「蘇、張」，稱人之勇必曰「賁、育」，稱人之貴必曰「金、張」，稱人之富必曰「陶、猗」，此等語數見不鮮，在今日已成芻狗，不如不用爲妙。

設喻第十九

古人作文，最工設喻，蓋意所不能明者，設爲他語以明之也。其最古者，如《易》之《爻辭》、《詩》之比體，皆是也。降而如《國語》、《戰國策》諸書，以及諸子百家之作，其流益廣，又變而爲諧隱之詞，近於小説家之窠臼矣。有全篇祇説一事，全係喻意，而正意祇在言外者；有正喻夾寫，而前後自爲照應者；其最妙者，一篇之中，作喻意者凡十餘則，自成篇法，如枚、鄒二子《上吳王書》及鄒陽《獄中上書》是也。韓文公《送石洪序》及《盛山詩序》，皆連設數喻，文體如連山疊嶂，使人賞玩不盡。蓋韓公之文，善以大氣包舉，雖頭緒紛拏，自不見有淩雜堆垛之迹，此境極不易到。大凡韓公自喜才力，往往好以狡獪示人，觀其所作《南山詩》，即是此法。自宋以後，惟東坡之文，亦多作喻體，蓋東坡生平好讀《莊子》，《莊子》之書，託之寓意者十之八九。嘗謂設喻之失，凡有數端：一曰泛而不切，好取華辭，無關實義是也；二曰滯而不化，膠於實迹，反味大意是也；三曰熟而不鮮，襲取舊聞，不得新義是也；四曰俗而不韻，雜用里言，有傷大雅是也。明此四端，則於設喻之道，思過半矣。劉彦和所謂「物雖胡越，合則肝膽」，可謂善言設喻之用也已。

徵故第二十

凡説理之文，恐不足徵信於人，於是必取古事以實之。自漢魏以至六朝，率以矜鍊爲貴，往往有一節之中，連引十餘事，或一句爲一事，或二三句爲一事，皆以類相從，層見疊出。蓋其時偶儷之體盛行，故操觚家亦喜講翦鎔對仗之法。至唐昌黎公出，而文體一變，縱筆所至，一氣卷舒，故徵故之法，間有全録舊文，而不必以襞績從事。然韓公之文，於此處却極有節制。如《進學解》云：「孟軻好辨，孔道以明，轍環天下，卒老於行。荀卿守正，大論是宏，逃讒於楚，廢死蘭陵。」《諱辨》云：「周公不二諱，孔子不諱嫌名。及康王釗之孫，實爲昭王；曾參父名晳，曾子不諱昔。」皆言簡意賅，不贅一字。夫必如此作法，然後氣盛勢厚，而可免於單文孤證之譏。至東坡作文，往往窮其才力所至，其引用史傳，必詳録本末，有一事而至數十字者，如《勤上人詩集序》引翟公罷廷尉、賓客反覆事，《晁君成詩集序》引李郃漢中以星知二使者事，《上富丞相書》引左史倚相論衛武公事，《答李琮書》引李固論發兵討交趾事，《與朱鄂州書》引王濬活巴人生子事，《蓋公堂記》引曹參治齊事，《滕縣公堂記》引徐公事，《温公碑》引慕容紹宗、李勣事，《密州通判題名記》引羊叔子、鄒湛事是也。然東坡爲之，自屬一時意興所到。而後人欲引以爲法，恐終不免冗繁不節之譏。凡遇此等處，自當以漢魏作者爲師。至如江文通《別賦》云「韓國趙都，吴宫燕市」，總以八

言，括彼四事，此因其人人皆知，故有此語，非可常以爲例也。

省文第二十一

文章之道，最忌重複，故於上文所有者，輒以一二語結之，此是省文之法。如《公羊傳》叙郤克跛，孫良夫眇，季孫行父秃，下云：「齊使跛者迎跛者，眇者迎眇者，秃者迎秃者。」唐人劉子玄讀此文，謂宜省去「跛者」以下句，但云：「各以其類迎。」此其所見未嘗不是。予謂如《孟子》「寡人之於國也」一節，上叙「河内凶」云云，以下但云「河東凶亦然」；「齊人有一妻一妾」章，上叙早起施從良人之所之云云，以下對妾之語，但云「今若此」：此皆可爲省文之法。然亦有以不省文爲妙者。如《孟子》「今王鼓樂於此，百姓聞王鐘鼓之聲，管籥之音」，「今王田獵於此，百姓聞王車馬之音，見羽旄之美」，與下節無以異。《檀弓》載衛司寇惠子之喪云「子辱與彌牟之弟游，又辱臨其喪，又辱爲之服」，句凡三見。《史記·魯仲連傳》，秦圍趙，魯仲連見平原君曰：「事將奈何？」君曰：「勝也何敢言事！魏客辛垣衍令趙帝秦，今其人在是，勝也何敢言事！」仲連曰：「吾始以君爲天下之賢公子，吾今然後知君非天下之賢公子也。」又如：「視居此圍城之中者，皆有求於平原君者也。今觀先生之玉貌，非有求於平原君者也。」其文重沓，却自成爲千古絶妙文字。乃知文章一道，本無定質，視人之用之者何如耳。執一以求之，未有能通者也。

適機第二十二

行文有機，機之來如木之生春，水之赴壑，皆有自然而然之妙。固有一題到手，經營累日，而不得一字者，機未至也。此時且不必遽著思想，姑取平日所喜文字，讀之數十徧，胸中便有勃然不可遏抑之候，然後將所作之題，反覆研求，以期乘間而入。迨夫機之既至，援筆伸紙，頃刻之間，數千言可以立就。惟當信手疾書，雖明知有疵字累句，不妨置之不問，以俟將來改易。若稍加斟酌，便足以阻吾汩汩其來之勢。須知此境一失，以後雖復急起直追，而字裏行間，不免諸多痕迹。昔人所云「文章本天成，妙手偶得之」者，機爲之也。然又必方寸之間，空靈四照，故能機來而與之應，此則劉彦和謂「陶鈞文思，貴在靈靜」。蓋不靈不靜，則如一物横亘於中，而理之在外者，無自而入；意之在内者，無自而出。關鍵不通，皆足爲機之害。每見今人作文，神氣沮喪，情緒不屬，而姑以成篇爲事，搔頭抓耳，塵垢滿爪，久而得一語，又久而得一語，枝枝節節，脈絡不通。縱使格律極諧，采色兼備，而形質塊然，生意已盡，尚何文之可言？然彦和之説，又以「秉心養術，無務苦慮；金章司契，不必勞情」，則是作文之祕，可付之機之自爲，而在我毫無所與。此則近於佛家之參禪理，道家之養元神，使人無可著力處，而古人所謂「思之思之，鬼神通之」者，當不如是，恐一偏之言，未可以爲定論也。

存疑第二十三 二篇

文中凡遇有神仙鬼怪之事，總以删去不用爲是。其有不得已而及之者，不必加以斷語，此存疑之法也。蓋遂信以爲有者，固屬癡人；而必辨以爲無者，亦屬多事。余最愛太史公《伯夷列傳》曰：「堯讓天下於許由，許由不受，恥之逃隱。及夏之時，有卞隨、務光者。」此何以稱焉？既疑其無是事，而下云：「余登箕山，其上蓋有許由冢云。」又疑其有是人。又云：「孔子序列古之仁聖賢人，如吴太伯、伯夷之倫詳矣。以予所云，由、光義至高，其文辭不少概見，何哉？」是終不敢斷其有無。此其語意神明變化，令人不可捉摹，誠極筆墨之妙。至三國時，夏侯泰初作《東方朔畫贊》云：「談者又以先生嘘吸沖和，吐故納新，蟬蜕龍變，棄俗登仙，神交造化，靈爲星辰。此又奇怪惝怳，不可備論者也。」亦用太史公序許由之法，特語意不及耳。乃若韓文公作《羅池廟碑》，乃云：「廟成，大祭，過客李儀嫚侮堂上，扶出廟門即死。」鬼神即能禍人，亦不應神速如是。是不過適逢其會，而巫祝之徒，倡此語以示靈異，而敬柳侯者，相與和之，不謀同辭。竊謂柳侯功德在人，廟食其土，並不爲僭，正不必藉此事爲重，而文公乃載其事於碑，殊爲不省。然至作《子厚墓誌銘》，則第言其在州政績，而此事削而不書，似亦具有深意。此有如紀曉嵐論郭景純注《山海經》，備言周穆王會西王母事，至注《爾雅》，則西王母祗西方一國。蓋《山海經》

特小説之濫觴，而《爾雅》乃六經之總匯。書既不同，注亦宜別。文章有體，未可以一概論也。又如韓文公驅鰐一事，今世所傳，而皇甫特正撰公《墓志銘》及《神道碑》，皆一字不及，此亦可見持擇之法。

推此而言，凡論史之文，俱不可不存闕所不知之意。古人往矣，其事或曖昧難明，而我乃欲據一二傳述之詞，指爲定讞，是亦輕信之過也。略舉數端，以當談笑，如晉元帝母夏侯氏通於小吏牛金，生元帝；宋少帝入元封瀛國公，後學佛於西番，號合尊太師，生子未踰日，明宗乞以爲子，是爲元順帝；唐明皇、宋太祖俱不得令終；明建文君遜國而去，後復入宫號天下大師；韓信之子，蕭相國爲匿之趙佗所，後爲韋姓；駱賓王佐徐敬業舉兵，既敗之後，遁而爲僧；唐之黄巢，明之李自成，皆傳其未死。至於歷代既久，遠而無徵，尤易臆造。如唐堯幽囚，虞舜野死，王季弑父，衛武殺兄，伊尹見殺，周公奔楚之類，此皆尊爲聖人，而人敢於誣衊若此。此其始皆出於小説家言，而作文者又中於好奇之過，動加援引，遂使古人蒙詬千載，豈非憾事？獨不思文以載道爲尊，凡所説者，將以則古稱先，垂示後禩，豈可取此荒誕無稽之談塵穢筆墨！必若酒半茶餘，藉消長日，則如秋風過耳，旋即遺忘可矣。而反視爲兔園之佳本，獺祭之良材，其亦不思之過也。

詳載第二十四

碑碣之文，將舉其人之始終本末，昭示於世，故自姓名而外，凡邑里世系仕履及生卒年月，無所不載。蓋以歷年既久，親舊澌亡，而片石所留，自足資以徵信。至於墓銘墓志，納諸土中，將以備將來陵谷變遷，見者足知爲誰氏之墓，不至與冥漠公爲伍。乃所閲古人文字，咸但書祖某父某，子某孫某；其甚者，則並其人之名亦不書，但云諱某；至於生卒年日，則但云以某年某月生，某年某月卒，此則儼然一憑虚公子，烏有先生，雖不作可也。推原其故，蓋由執筆之人，於稿中不及登載，其後匆匆入集，又不及補列，故有此失。然觀歷來石刻存者，往往如是，則似此説又不必然也。夫文本足以存人，今一切不書，則何存人之有？然此猶酬應之文，故簡略不免。至文人自述家世，宜無不詳備。而余嘗讀歐陽永叔《瀧崗阡表》，但稱皇考崇公，並其曾祖皇祖俱不載其名，竊意當是别有記載，故表中云「乃列其世譜，並刻於碑」。然何如並詳之文中，使人人共見之爲愈也。至近人汪容甫作其母行略，乃並其姓失之，此則錯謬之大者，非僅小小漏落而已。又如東漢諸銘，載人之先世，多衹書官。如淳于長《夏承碑》云：「東萊府君之孫，大尉掾之中子，右中郎將之弟。」《李翊碑》云：「牂柯太守曾孫，謁者孫，從事君元子。」此與書「祖某父某」一例，俱不可爲法。

寓諷第二十五

文有意之所屬，而其人其事不欲明言之者，於是爲隱約之詞，使其立意全在文字之外。或主於規，或主於刺，所主不一，而其體則同。始於《詩》之三百篇，至屈宋之作，而其法益暢。漢人文字，尚多此種境界。如鄒、枚《上吳王書》，泛論秦胡時勢，而不及七國事。班彪《王命論》，祇言高祖之興，而不及光武事。皆向空立論，而使讀之不覺恍然有悟，爲得寓諷之妙。若劉更生之《列女傳》、張茂先之《女史箴》，皆因感慨時事而作，皆諷體也。至蘇老泉之《辨姦論》，爲王介甫而作，其抉摘不遺餘力，固自託於先見之明，然鋒鋩太露，有似使酒嫚罵之習，故雖子瞻見之，亦以爲太甚；即以文論，亦乏從容醞釀之趣，近於有才而無養者。然子瞻作《六一居士文集序》，末云：「自歐陽没十餘年，士始爲新學，以佛老之似，亂周孔之真，識者憂之。」則譏毁介甫，比之乃父爲更甚。蓋心所不然，不覺隨意吐出。此陳孔璋所謂「箭在弦上，不得不發也」。然均不失爲古文義法。至後人又演爲游戲之作，如宋人所爲《夏二子傳》，刺秦會之；明人所爲《中山狼傳》，刺李空同，則竟轉入小説家言，風斯下矣。

入理第二十六 二篇

文有陳義不失，而不足以存者，由於理之所在，能言其然，而不能言其所以然。假如言爲子當孝，爲臣當忠，男以不盜爲賢，女以不淫爲美，此於義曷嘗有失？然其惡趣，至不可耐。此無他，無所以然之理以貫乎其中故也。大凡一題到手，必有一種門面語在其筆端，日從此門面語中千思萬想，總無好境界。昌黎所謂「陳言務去」，即此是也。善爲文者，於人人之所能言者，一筆勾除，而冥然長想，或遲之累日而不得其隙，一旦乘間而入，便可以揮灑自如，而窮吾才力之所至。一篇中能得此種文字百餘言，便足以雄視一世。其餘只是枝葉點綴，歸入閒筆。惟其中落想之高，亦非索諸題外，祇是人能言其第一層，吾必透過第二層，如此便爲制勝之具。每見近人作文，識見本不甚高，而又不肯限於度量之内，則必爲之顛倒是非、變亂黑白，自以爲吾之所言，爲人人所不能言。此適自躋於亂道之尤，反不若平平無奇者尚不離乎規矩繩尺之内。譬之在人，雖無奇節偉行，但能自附於鄉黨自好之流，要爲聖人之所不棄。更有一種之文，自知根柢淺薄，而欲取勝於言詞之末，鉤章棘句，使人螫口不可卒讀，而淺學之士，亦間爲所欺，而不足以當有識之一笑。此昔人所謂艱深文固陋者，不必學也。

吾謂文之至者，入理必深，此説固不可易。然天下又有一種之文，理無可憑，而偏能以强詞

取勝。此則譬如健訟之人，牽引比附以自直，而聽者易爲所熒。今試舉一二言之。如《左傳》中「晉侯使呂相絶秦」一篇，「王子朝告諸侯」一篇，其詞采之美，令人百讀不厭。試問其執理以爭者，所據安在？則竟不可得也。然此二篇，猶是謬爲假託之言，而取其似是者以自張其軍勢。至如李斯《上二世論督責書》，則隨意妄言，冒天下之不韙而不恤。自古及今，奏御之文，初未有如是之放誕者。然其文爲人所不敢作，亦爲人所不能作，雖不謂之佳文而不可也，是尚可以理律之者哉？又如諸子之文，其詞義偏宕者，不可勝數，而數千年流傳不廢。今試以《莊》、《列》之文與程朱之語，雜然前陳，則喜讀《莊》、《列》者十之八九，而喜讀程朱者十無二三。此又可爲理不勝詞之明證矣。吾謂詞理俱勝者，文之上也；詞勝而理不及者，次也；理勝而詞不及者，又其次也。學者不能爲其上，亦當爲其次。達心而懦之人，其不足與於此事也必矣。

切情第二十七　二篇

古人云：「文生情，情生文。」蓋天下固有一種之文，非情至者不能作，而深於情者，則往往不求工而自工。此則又存乎才學識之外，而爲天下之至文也。司馬子長爲文之聖，而人所欲讀者，不過《屈原》、《伯夷》、《貨殖》、《游俠》諸傳，蓋有感而言，遂不覺音節爲之一變。諸葛孔明之《出師表》、李令伯之《陳情表》，雖庸人讀之，猶爲感動。然二公固非深於文者，即此二篇，亦不見其

有慘澹經營之迹，應手而成，遂爲千古絶作。至於唐之柳柳州，宋之歐陽子，俱一代通人。然柳州之文，獨有致許楊二京兆書，感懷身世，聲調淒楚；歐陽子之文，獨有石曼卿、蘇子美、梅聖俞墓誌銘數篇，述及生平朋友之喪，及乎存亡離合之感，不覺聲泪俱下：二子皆深於情者也。惟此等文，斷不能無因而出。故非身入其境，即作亦必不工。譬如處於變時雍之世，而忽作《黍離》、《麥秀》之歌；在惠采亮疇之班，而偶爲香草美人之詠：則非病風喪心者，斷不至此。故凡文可以代作擬作，惟此等文不可以代作擬作。縱使聲口俱肖，亦與佞哀何異？蓋嘉容在戚，固屬非宜；而無病而呻，亦甚無謂。每見有少年意得之人，而忽有愁苦之音，見於詞旨之末，則識者憂其不祥，而其語往往而驗。此亦足以驗無因而作之不可矣。

或曰：「情有七，哀居一焉。如子之言，豈愁苦之中有文，懽娱之中無文乎？」曰非也。此所謂從其多而言者也。大凡文之至者，境以奇險峭拔爲勝，音以激切悽戾爲工。譬之言山者，峯巒聳拔，壁立千仞，而委迤緜亘者，無足言也；言水者，湍流激射，一瀉千里，而瀠洄蕩漾者，無可言也。蓋必如此而後使人驚歎駭絶，心魄俱震。彼夫臺閣之文，春容大雅，淵然金石，以之歌詠太平，自見洋洋盈耳，然試與之究世故之險巇，狀人情之變幻，則有不及喻者矣。獨有逐臣羈客、勞人思婦，心思所極，窮無復之，而閱歷既久，智力漸生，無所發洩，一切託之於文章，離怪惝怳，神與之通，往往非人力所能至。故自古文之傳者，如左丘明、韓非、屈原、司馬遷之徒，大都皆遭逢

世變，艱苦憔悴，以終其身。其富貴福澤，從容壽考，而能與文士爭一日之長者，蓋不多見也。非其聰明智力有所不逮，勢使然也。抑又有說焉。大凡造物之於人，其視千秋不朽之業，與視王侯卿相，殆有過之無不及者。而二者之中，豐於此者必嗇於彼，其不足、有餘之數，蓋嘗相劑焉，而不能兼而有之者也。故古語云：「文人少達而多窮。」人而不爲文人則已，既已爲之，而於窮達之際，又不能釋然者，抑獨何歟？

涉趣第二十八

人之築室，有堂廡以迎賓客，有房闥以備寢處，有庖廚以供飲食，有倉庫以資蓋藏。四者之外，則必有隙地數十弓，攬水石之勝，羅花竹之美，樓臺足以登臨，亭館足以憩息。惟文亦然。夫泥金檢玉之書，鏤版鐫碑之作，體制嚴重，苟一語稍涉纖佻，便不足以稱清明廣大之旨。蓋以莊諧之用殊，雅鄭之音别也。至於友朋通問之詞，書畫題識之語，談言微中，足以解頤，固亦通人韻士之所不廢者乎。其佳者，索解不入常談，取材善用成語，觸緒而生，隨機而應，挹注不窮，而仍不失爲大雅吐屬。其有儕於優伶之誹諢，尖刺之虐謔，詞不雅馴，墜入惡趣，風斯下矣。凡欲學此種文字，須取徑於《莊》、《列》之書，此外則如劉義慶之《世説》，不可不讀。其魏晉間人文集，亦宜恣意涉獵，蓋所謂善談名理者，莫此爲近。唐以來已不多見，自宋以後便成絶響，雖復蘇黄數

君子，跌蕩風流，時有佳語，然比之揮麈清談，終覺氣味稍別。大約作此等文者，一不容有道學氣，二不容有富貴氣，三不容有村俗氣，四不容有市井氣。凡此四端，同爲戒律。若能由此求之，則所謂玉屑清言，亦庶幾乎近之矣。

因習第二十九

黄梨洲云：「所謂文者，寫其心之明者也。」然則心之所不明者，固非作文者所宜有也。嘗謂百工衆技之人，惜其中無一文士，否則使圬者而言塗塈之事，必遠勝於韓退之；使梓人而言營造之功，必遠勝於柳子厚矣。不特此也，大凡臺閣之人，必不工作山林語；老健之人，必不工作疾病語；太平之人，必不工作離亂語；家食之人，必不工作羈旅語。非不能作，蓋摹擬而來，終乏一種親切有味之旨。昔人謂齊梁之人迷漫於聲色之中，故詞賦所傳，一字一句，均足以感均頑艷。又人嘗恨劉伯倫一生祇有《酒德頌》一篇爲人所傳誦，此外並無一字。余謂伯倫縱有他文字，亦斷不如《酒德頌》之工。無他，以非其所習故耳。然則習可僞乎？曰可。貪林之人，而開口喜説廉介；詐僞之人，而出言樂道忠誠；亡國之君，何嘗不知非桀紂；敗家之子，何嘗不能誚朱均。蓋理之麗諸虚者，可以規倣而得；物之徵諸實者，不能憑臆而談。二者不可一概論也。吾人每作一字，期於内信諸己，外信諸人，苟非心之所明者，即不必强作解人，謹謝不敏可也。每

見古今人所刻文集，雖身在田間，並未一聞朝政，亦必撰《兵制》、《財政》一二篇，以示負才不遇之意。而拾取陳因，於時勢全無所得，適足以章其陋而已。聖人惡不知而作，此類是也。

寫景第三十

文章之體，以言情説理爲大宗，此外又有寫景之法。寫景之妙，非身歷其境者不能言。每有作者神摹意會，偶然得一二佳語，而讀者漠然不知，直至親與之接，然後嗟嘆以爲不可及。此種境界，得之遊記者爲最多。余嘗乘舟赴泰寧，日行萬灘中，巨石森列，不知路所從出。及舟人捩柁前行，忽曠然别有天地，始大悟柳子厚《袁家渴記》「舟行若窮，忽又無際」二語，爲絶妙寫法。然少時嘗讀之數十徧，竟不喻其妙。惟此種文字，亦並非鎚幽鑿險而得，不過目之所遇，偶然拈出，遂爲千古至文。而自來文家之窮於詞者，又往往遁入設喻之訣。然設喻當求其似，不似則爲虚語。更有一種正面不能寫者，用旁面寫之，譬如欲寫水，先寫石；欲寫山，先寫樓是也。大抵寫實景易，寫虚景難；寫近景易，寫遠景難，所謂著迹易無行地難。今之作文者，意無所會，而意中先有一段籠統語，若者是寫山林，若者是寫城市，若者是寫臺閣，千篇一律，閱之欲唾，此等文不如不作爲得。古人謂摩詰「詩中有畫，畫中有詩」，有能以畫意爲文，則亦詩中之摩詰也。

狀物第三十一

宋人於説理之文，大都以言心言性爲大宗，不知凡物莫不有理。不知其理，則任舉一物以告人而託之文字者，易至糢糊惝怳而不得其真。古之善狀物者，首推《周官·考工記》一篇。每舉一物，而人之未及見者，不啻口眎手摹而心知其意，而用字之古雅，可爲後來詞學家之祖。此書雖不出周公之手，然必漢世之通人，決無疑議。他如《内則》之善言食品，《投壺》之詳載藝事，亦庶幾焉。後之能仿而爲者，不可多見。惟韓文公《畫記》一篇，學者推之，以爲從《考工記》脱出。以余所覽今人文集，絶少此種題目。豈匿其短而不之作耶？若明人歸有光之《石記》，其末段作形況之詞。蓋自知力所不及，而欲以偏師取勝。惟魏學洢之《核舟記》最爲工絶，次則國朝人薛福成之《觀巴黎油畫記》，亦畧得其大意。大抵近世讀書之子，於昔人製字之法，多不甚留意。故欲狀一物，雖能知其所以，輒下筆而窘於詞；而於俗人所用之字，又甚惡其不典而不可以入文。故竊以謂學人平日宜常講求倉雅之書，參之物情物態，互相比儗，以得其脗合之妙，則於屬文之頃，亦可以日出而不窮矣。

傳神第三十二

余著《涵芬樓文談》，既得《寫景》、《狀物》二篇，而其事與此相類而得之爲尤難者，則有傳神之法。蓋寫景、狀物二者，猶麗於有，而傳神則幾遁於無。於無中求有，此其所以難也。夫人之一身，五官百體，其相去不甚遠，而至於一言一動，則百人而無一相類者，神爲之也。苟一入吾文，不能盡得其肖，則一篇之精采全失。能者固無是也。以予所誦《史記·項羽本紀》，至「鴻門」一節，寫樊噲忠義激發、旁若無人之概；「垓下」一節，寫項王英雄失路、嘆咤無聊之悲，不啻身立其旁而見之者。次則《前漢書·趙皇后傳》，叙「埋死兒」一節，寫庸主溺情枕席、割愛忍詢之狀，與趙婕妤驕妬無忌，其聲情意態，直逼到十二分。此二篇誠爲千古絶作。自唐以下，如韓文公之《張中丞傳後序》，寫「南霽雲使於賀蘭進明」一節，一腔忠憤之氣，千載如生。自此以外，蓋亦不可多得。大抵傳神之作，不專以翰墨爲工，須極意體會，取古今可歌可泣之事，一一若親入其中而試之者。譬如聞忠孝被禍，則涕泗爲之横流；聞奸雄得志，則頭髮爲之上指：凡七情之用，無不皆然，則涉於不似者少矣。昔年閱近人小説，載有優伶名噪一時，登壇演劇，見者咸以爲真。或問其術，曰：「吾身在場中，不自知其爲男子。故爲貞女，雖偶然談笑，而不失莊重之容；爲淫女，雖故意矜持，而時露冶蕩之態；爲富貴家女，則不假修飾，而衣履之間自具華美之氣；爲貧

賤家女，雖極意梳掠，而行動之頃不免羞澀之形。」嗚呼！能得此意而爲文，則於傳神一道，固人人在我箇中矣！

稱謂第三十三 三篇

凡官制地名，古今沿革不一，爲文者皆須用今語，不可以好古自亂其例。如書札往來，偶爾借用，尚無不可，至如傳狀碑志，所以傳信後世，便一字不可移易。若使今無此官，又無此地，而鎸諸金石，恐將來見之，將不知爲何代之人，豈不大謬？昔范文正公嘗爲人作墓銘，以示尹師魯。師魯曰：「公文名重一時，後世所取信，不可不慎。今謂轉運使爲部刺史，知州爲太守，現無其官，後必疑之。」文正憮然曰：「幸以示子，不然幾失之。」此妄稱官名之失也。又碑志之文，祇宜載其所居邑里，而近人作文，稱李必曰「隴西」，稱柳必曰「河東」，稱崔必曰「清河」，稱王必曰「琅邪」，遥遥華胄，無當事實。又南北朝時，土宇分裂，故多置僑郡，如南揚、南荆之屬。及天下一統，此名即已不用，而唐文猶有仍之者。此妄稱地名之失也。余因憶乾隆中有彭姓者，自著家譜，署曰《大彭世譜》。以其書進呈，純廟見之大怒。因搜其家，得有悖逆字跡，卒置於法。又紀曉嵐先生方負一代重名，有故人子以所著蘇州府志進謁，署曰《姑蘇志》。紀一見却之，其人頗不悦，謂「公未見此書，何以知其不合？」公言「其名如此，其書可知。」蓋以姑蘇乃臺名也，以此名

志，至爲無謂。姑舉此二事，以爲好古者戒。

古人所作行狀，稱其以上祖父，皆作死者之詞，此其例昉於列傳。惟列傳出自史臣之手，行狀則多其子孫爲之，於是所列曾祖、祖，悉以生者爲主，後來相承，習爲故事。而見諸百家文字，每有因此事齗齗不休者，各執所見，莫衷一是。其從死者之稱，見於穆員、白樂天所作，近人沈果堂主之；其從生者之稱，見於韓昌黎、歐陽永叔所作，近人陸朗夫主之。竊謂行狀之作，不必出於其子，或以孫而狀其祖，或以曾孫而狀其曾祖者，則世代既遠，使讀者易惑。且有以外孫而狀其外祖者，然則宜何如稱？似不如從死者之稱，爲適於用。不得以韓歐大家，謂爲所見之愈於穆白也。

凡自稱之文，主於謙下爲義。凡古今通用者，可得而言，或曰愚，或曰蒙，或曰僕，或曰走，或曰不才，或曰不佞，或曰不肖，在憂中或稱不孝，或曰鄙人，或曰賤子，大抵視所施之尊卑而爲之詞。至所自作之文，則以稱名爲大宗，或稱曰余。昔洪容齋《五筆》論歐陽文忠文好稱「余」，因譏其《仁宗御書飛白記》、《登真觀御書閣記》屢稱「予」，爲不合敬上之道，不如東坡爲王誨亦作此記，其語云：「故太子少傅安蘭王公諱舉正，臣不及見其人。」其稱較爲得體。余謂歐公此記，乃與其友朋相問答之辭，非對𣪍可比，稱「余」亦未爲失，不得以《朋黨論》爲例。至觀作《瀧岡阡表》，則一一皆稱名。容齋之譏，亦大近泥。惟是稱名，則爲用較便。觀《昌黎集》中文字，則大半

皆稱名矣。使歐公亦如此，則何至爲容齋所論。作文似當以韓公爲法。

含蓄第三十四

文有不肯一説而盡，而詘然輒止，使人自得其意於語言之外者，則以含蓄爲妙。然語盡於此，而意見於彼。凡使人思索而不得者，非善含蓄者也；使人不待思索而即得者，亦非善含蓄者也。如《左傳》紀宋華耦來聘，自言君之先臣督，得罪於宋殤公，而左氏譏之曰：「魯人以爲敏。」言魯鈍之人皆以爲敏，則其不敏可知。說本《史通》。紀鞌之戰，辟司徒之妻對齊頃公語曰：「君免乎？」曰：「免矣。」曰：「鋭司徒免乎？」曰：「免矣。」曰：「苟君與吾父免矣，可若何？」此三字，蓋欲問辟司徒而不敢也。此二處極見含蓄之妙。後則惟太史公亦善用此筆。《史記·封禪書》歷言封禪之事，而收處祇云：「此其效可覩矣。」明言其種種無益，語意全然不露，而尖刺已極。昔人謂爲謗書，誠不誣也。此其用筆之妙，豈復淺人可到？劉彦和所謂「餘味曲包」，正指此類。欲工此者，大抵所作文字，從正面少，從旁面多；寫實處少，寫虛處多；或道古而今自見，或語後而前益彰；或付諸毁譽之口，而此中已寓微詞；或明其功罪之分，而到底未加斷語。此如善寫人者，不寫人而寫影；善繪水者，不繪水而繪聲。微乎微乎，其精思冥想，可以意會，不可以言傳。此惟漢魏之文間有此境界，自唐宋以下，蓋亦不多得矣。

互異第三十五

主意既定，則一篇中語皆由此而生，所謂理以立幹，而詞以結繁者，此之謂也。乃文人之患，每有興之所到，而不暇顧其本旨者。昔劉彦和譏崔瑗作《汝陽王哀詞》，有「駕雲乘龍」語，爲「仙而不哀」，即是此意。今按沈休文《宋書·謝靈運傳》稱：「子建函京，仲宣灞岸，音律調韻，取高前式。」末又云：「張蔡曹王，曾無先覺。」前後毁譽互異，殊不可解。又江文通《恨賦》，俱以恨人言恨事，而中間數句云：「左對孺人，右顧稚子，脱略公卿，跌宕文史。」則極寫山林之樂，與恨字大不近矣。此方廷珪語。又如韓昌黎《送孟東野序》云：「凡物不得其平則鳴。」此明指東野懷才不遇而遁爲詩人，而其下乃云：「伊尹鳴商，周公鳴周。」此二人行道濟時，功在天壤，尚何不平之有？此章學誠語。大抵文人縱筆所至，此種不經意處，在所不免，而不害其全體之佳。猶憶少日授徒里中，爲童子講劉夢得《陋室銘》，至「可以調素琴，閲金經，無絲竹之亂耳，無案牘之勞形」，童子請曰：「琴獨非絲類乎？」余爲解之曰：「此言無他樂以間之，獨有琴在。譬如《孟子》言：『夫貉，五穀不生，惟黍生之。』黍亦在五穀之内。古人之文，不可以詞害意。」童子乃服。然今思之，此等語終與前所述者相類。俗語於此等處，謂之矛盾，言以子之矛，攻子之盾，以其自違戾也。

從今第三十六 二篇

文不可不求古，而有不可不遵今者，此又不可不知也。大抵奏御之文，一代有一代格式。是故爲漢魏之文，不得用周秦格式；爲唐宋之文，不得用漢魏格式。嘗讀東坡《表忠觀碑》，一時稱爲絶作，王介甫至爲之俯首。然通篇作趙抃奏事語，而開口便云「臣抃言」，此語似屬不合。蓋宋人奏牘之體，從無專稱名者，則趙公原奏必不如是可知。而末云「制曰可」，亦全不類宋時批答之語。蓋東坡仿漢魏人表疏體爲之，意在力求古雅，而未悟其於近體不合。至國朝汪堯峯撰《睢州湯烈婦旌門頌》，入手便列巡按御史奏報，首曰「臣粹然言」，末云「臣謹昧死以聞」，均用蘇氏之法。試問今時奏報之文，有此語否？使人知爲贋作，猶之可也；使數百年後，人爭言當時有此體，豈不大謬？竊謂爲人作傳狀碑志，或必須以公牘入文者，不妨摘其中要語，使有事實可稽足矣。若必録其全篇，則仍之既以不典爲疑，而改之又以失真爲病，二者交譏，其足以爲吾文之累則一也。

文有叙述事要，而必出於他人口吻者，則不得不力求其肖。若一一務從典雅，則牴牾必多，劉子玄所謂「怯書今語，勇效昔言」是也。然此惟太史公最爲絶技，他人莫之及。觀《高祖本紀》對臣下語，屢曰「乃公」，又曰「而公」，使後人見之，想見嫚罵人語氣。令當日悉改爲「朕」字，以符

詔諭之體，豈不喬皇典重？然而語氣全失。至《陳涉本紀》云：「夥頤！涉之爲王沈沈者！」儼然是一村俗人語。「佳哉！漆城蕩蕩，寇來不得上！」儼然是一滑稽人語。而當日並不以鄙俚爲病。至若「寧馨」、「阿堵」之類，史臣皆登而録之，存其真也。近人趙甌北，嘗譏宋濂修《元史》，多用當時應對之語，無所更易，致鹵莽不可讀。竊謂元以蒙古入主中國，其國語存者，正賴史家記載之文。若一一易之，後世又何從考究？以此知作文之道，貴於文質相參。因質而廢文，與因文而廢質，有一於此，均不足以爲文之至也。

割愛第三十七

行文之道，有疏有密，二者相須而不可偏廢。譬如一室之中，左列圖書，右陳鍾鼎，一切坐卧之處，無所不有，然中間必留少許隙地，以供散步。若填門溢户，皮置皆滿，則欲爲一日之居而不可得。惟文亦然。一篇之中，凡經營慘澹者，率不過一二百言，其餘則若不經意而爲之者，謂之閒筆。然使無此一種閒筆，則所謂慘澹經營者，亦大爲減色矣。大抵能文之士，有時病於佳語太多，層見疊出，使人應接不暇，然其文氣必不舒，文心必不活，以至於累墜而不舉。以陸士衡之才，而識者猶以患多爲誚；寧都魏冰叔論姜西溟之文，亦以好意太多，不能捨割爲病，正爲此也。故夫一篇之中，凡濃圈密布者，祇能容十分之三四，若至於五六，便不成文。以此知貪多務得，未

有能善其事者。故行文有二患：有不足之患，有有餘之患。不足之患，當開濬其心思，而充拓其才力，以免於枯寂無聊之譏；有餘之患，當限制以範圍，而約束以法度，以去其泛濫不節之失。古人云：「要言不煩。」嗚呼！能知不煩之爲美，庶可與論文格矣。

屬對第三十八

自散體之作，别於駢儷爲名，於是談古文者，以不講屬對爲自立風格。然平心而論，二者如陰陽畸耦，不可偏廢。自六經以外，以至諸子百家，於數百字中，全作散語，不著一偶句者，蓋不可多得。此無他，文以氣爲主，而氣之所趨，苟一洩無餘，而其後必易竭，故其中必間以偶句，以稍止其汪洋恣肆之勢，而文之地步乃寬綽有餘。此亦文家之祕訣，而從來無有人焉嘗舉以告人者也。惟屬對之法，與駢儷不同。駢儷之句法，或力求工整，或務在諧叶。漢魏以前，尚不甚拘，自齊梁以降，日嚴一日，其作法與詩賦相近。若散文之對法，自以參錯不齊爲妙。凡字之多少，句之長短，皆所不禁。且駢語則多兩句爲偶，或四句爲偶，散體則均無不可。韓文公爲一代文宗，實首變燕許之格，然其文中間用偶語者，亦往往而是，而運用之法，亦在在以金針度人。蓋此中機括，全由音節而生。駢文有駢文音節，則有駢文對法；散文有散文音節，故有散文對法。使取二者互易而用之，則數句之後，已不復可讀矣。惟陸宣公之奏議，間於不駢不散之

間，善以偶語寓單行者，實爲自闢畦町，而爲宋四六之濫觴。此視人筆性之所近，而不必强爲學步。此外更有遥對之法，如蘇東坡作《秦始皇扶蘇論》，上半篇結句云：「吾故表而出之，以戒後世人主如始皇、漢宣者。」下半篇結句云：「吾故表而出之，以戒後世人主之果於殺者。」此在制舉文中，儼然二大比，亦一對法也。或謂東坡此作，實與《孟子》「逄蒙學射」一章相近，斯言得之。

設問第三十九

古人欲有所作，恐己意不伸，則設爲賓主問答之辭，先爲難端，然後徐出己意。有一之不已，至於再三者，其體皆歸於詘賓而伸主，此其通用之例。其始蓋昉諸周秦諸子，其後能文之士，仿而爲之。其入之賦者，則有《東、西都》、《東、西京》、《三都》、《子虛》、《上林》之屬；入之論者，則有《非有先生》、《四子講德》之屬；在《楚辭》中，則屈原之《卜居》、《漁父》，宋玉之《對楚王問》是也；其見諸雜體文中，如枚乘之《七發》，及以後之效其體者，又如東方曼倩之《答客難》，揚雄之《解嘲》，班孟堅之《答賓戲》諸篇。然此體既前人屢見，襲而爲之，亦屬重複可厭。故自唐宋以後，間有效顰，而率不爲人所傳誦。如韓昌黎之《進學解》，柳子厚之《晉問》，頗爲彼善於此，而均非其本集中文之至者。惟論議之文，中間遇文勢窮處，間入一二段，亦足以爲展局之法。故古今

承用不廢，雖名家之文，亦往往遇之。然不必强立主名，如某某公子、某某先生之類，以其近於矜心作意而爲之者。至於宋以來之學案，則有置問語於前，列答辭於後，得數十條，或百餘條，而因成一編者，此則不在作文之例，而其意固未始不相符也。

欣賞第四十

文章一道，其生平得力處，大都可爲知者言，不可爲不知者道也。韓文公《與馮宿書》謂：「稱意者，人以爲怪；下筆令人慚，則人以爲好。然則世俗之愛惡，其不足爲吾文輕重固也。」今之爲文者，見一人譽之，則沾沾然喜；見一人毁之，則竊竊然憂。此惟揣摩求合之不暇，何足與言自立之計哉！古之通人，其得名多在數百年以後。揚子雲著《太玄》，同時有覆瓿之譏。韓文公能起八代之衰，然而閱唐及宋，一旦遇歐陽子，始顯於世。歸熙甫爲歐曾嫡派，方姚二老翕然宗之，然當日氣燄聲譽，固遠出王李之下。自來有志之士，其不屑爲一日之爭亦已明矣。今夫制舉之文，將以卜一身之知遇，苟不得志於有司，則吾文爲棄物。此其講求程式，摹倣風氣，乃其職也。今吾與人所爭者爲何如事，顧可以輕心操之，躁心出之。玉之寶者，其光必藏；劍之良者，其鋒必斂，理勢然也。苟作文者而有汲汲人知之心，則其品格必卑，理趣必淺，氣味必醨，風骨必弱。此無他，外愈有餘，而中愈不足故也。嗟呼！積瘁之士，一生苦心焦思，而其收效不得及身

而見，而或效或不效，又有命存焉，不可得而强，宜人之不肯爲也。然而自古及今，遥遥相望，是亦在乎吾身自命而已。

雜說　共三十五則

凡引書之語，必明其所出，如某曰某云之類，此通例也。而古人却不拘於此，如《論語》「不恒其德」，「或承之羞」，不指爲《易》語。「不忮不求，何用不臧」，「誠不以富，亦祇以異」，不指爲《詩》語。「允執厥中」之述堯言，「有罪不敢赦」之述湯語，皆不言見在何處。至於古人文中，或云「古有之曰」，或云「語有之曰」，或云「傳有之曰」，與此一例。乃若第稱「故曰」，則不必皆引人語，或自出己意爲之，與《左傳》中每有論斷，必稱「君子曰」三字，意正相倣。

文中引用他人語，無分古今，均無不可，乃有自引己語者。《容齋筆記》引東坡爲文潞公作《德威堂銘》云：「元祐之初，起公以平章軍國重事。期年，乃求去。詔曰：『西伯善養老，而太公自至；魯穆公無人乎子思之側，則長者去之。公自爲謀則善矣，獨不爲朝廷惜乎？』又曰：『唐太宗以干戈之事，尚能起李靖於既老；而穆宗、文宗晏安之際，不能用裴度於未病。治亂之數，於斯可見。』公讀詔聳然，不敢言去。」此二詔即坡所作也。

古人用經，不必盡主本義。如班彪《王命論》末云：「福祚流於子孫，天禄其永終矣。」與《論

語》「四海困窮，天禄永終」意異。范蔚宗《後漢書・皇后紀序》云：「昔宣王晏朝，《關雎》作刺。」與《詩序》「《關雎》爲序夫人之德」意異。朱考亭《與人書》曰：「廣青衿之疑問。」與自作《子衿詩説》指爲「淫奔之詩」意異。然不過諸説之偶有不同，隨意用之，附於漢儒各從師説之義。至如陸士衡作《辨亡論》，稱長沙桓王之功曰「挾天子以令諸侯」，此一句乃諸葛公斥曹孟德語，責其跋扈之罪，非美事也，而士衡用之，且與下句「肅天步而清舊物」，語意不類。又如謝希逸作《敬皇后誄》，用讚述聖善語，以人子而稱其母，明係祖《凱風》之章，果爾則詞意之間，疵謬甚矣。

作史之法，有曰美惡不嫌同辭，余謂作文亦然。如「中庸」二字，程明道申以「不偏不易」，爲入聖之詣；而賈誼《過秦論》云「材能不及中庸」，則以中庸作中才解，《過秦論》中「向使胡亥有庸主之行」，《過秦論》下「子嬰有庸主之才」，皆言中才之主。《後漢書・胡廣傳》「天下中庸有胡公」，則以中庸作模稜兩可人解，與《禮經》命名之旨，大相違戾矣。「蕩蕩」二字，爲廣大之貌，故《論語》曰：「蕩蕩乎，民無能名焉。」而干令升《晉紀總論》云：「又況惠帝以蕩蕩之德臨之哉。」則指一蠢然無知之人，此殆用反語以相譏刺歟？「因循」二字，爲優柔不斷之人下一砭鍼，而魏鄭公作《九成宫醴泉銘》云：「事貴因循，何必改作？」則以「因」爲與「創」對文，「因循」乃率由舊章之義，且施之奏御之作，而當時並不以爲詬病。「客氣」二字，乃謝人致敬之語，而《左傳》有曰「盡客氣也」，則謂其辭色加人、彊很不遜之狀。「佞」有「才」義，故自稱曰「不佞」以示謙，如「不才」、「不敏」之類，

而《論語》有「佞人」、「佞口」之語，則以佞爲利口之譏。以上所引，皆義之極相反者，而可以通用如此。

《後漢書·光武紀》云：「三七之際火爲王。」又李康《辨命論》引河洛之文云：「以文命者，七九而衰；以武興者，六八而謀。」所稱「三七」、「七九」、「六八」，乃出自讖緯之書，從來多作隱語，不足爲異。而古人文中相承，言相者必稱「二八」，言將者必稱「四七」。二八爲十六，指虞廷十六相也。四七爲二十八，指光武二十八將也。又云：「上咸五，下登三。」五指五帝，三指三皇也。又曰：「五帝可六，三皇可四。」此等句法，竟似算博士口吻，非文體也。及昌黎作《送窮文》云：「子之朋儔，非四非六。在十去五，滿七除二。」蓋指下「五窮」而言。此係游戲之作，自無不可。若施之堂堂正正之文，想韓公亦必不作是語矣。

文中間用「刑于」、「友于」、「貽厥」、「宴爾」、「爰立」、「殆庶」、「盍各」等字，皆爲歇後之詞。若以文義求之，不詞甚矣。後人以其習用，俱不之察。又以《詩》有「日居月諸」句，遂以「居諸」二字代「日月」用，此由詞賦之家欲叶四聲，故有此語。然居諸乃語助辭，於日月字全無意義，而竟以易之，此何理也！

凡引用古人，間有以類相及者，如皋、夔、稷、契，則各舉其名；顏、曾、冉、閔，則各舉其姓。乃有一名一姓，錯舉成文者。如馬融《長笛賦》曰「彭胥」，謂彭咸、伍子胥也。潘岳《夏侯常侍誄》

曰「閔參」，謂閔子騫、曾參也。江淹《别賦》曰「嚴樂」，謂嚴安、徐樂也。更有於稱號二字中，錯舉上下一字者。如班固《兩都賦》曰「春陵」，謂春申君、信陵君也。陶詩曰「夷叔」，謂伯夷、叔齊也。此在今人用之，俱爲不合矣。

古人有以名字分麗兩句，視之竟似兩人者。如張衡《思玄賦》曰：「穆負天以悦牛兮，竪亂叔而幽主。」謂穆叔、竪牛也。沈約《宋書·恩倖傳論》曰：「胡廣累世農夫，伯始致位宰相；黄憲牛醫之子，叔度名動京師。」伯始，廣字；叔度，憲字也。此等句法，詩中亦有之。如謝靈運詩：「雖學相如達，不同長卿慢。」「宣尼悲獲麟，西狩涕孔丘。」蘇軾作《獨樂園詩》，亦學是語曰：「兒童識君實，走卒知司馬。」本前人所有，故不以杜撰爲嫌也。

凡用人名，有二名而用其一者，如晉重、衛武見於《左傳》是已。至班孟堅《幽通賦》稱重黎曰「重」，稱王莽字巨君曰「巨」。嵇叔夜《琴賦》稱王昭君曰「王昭」，晉之師曠字子野曰「晉野」。潘安仁《馬汧督誄》稱齊萬年曰「齊萬」。《唐書·韓擒虎傳》因避國諱，改爲「韓禽」。故唐李太白亦本此法，《送汪倫節詩》稱之曰「汪倫」。古今相承如此，然究不可爲訓。又如陸士衡詩稱世祖武皇帝曰「世武」，潘安仁詩稱梁王爲征西將軍曰「梁征」，更爲不成句法。乃若以東方朔爲「方朔」，司馬長卿、司馬遷爲「馬卿」、「馬遷」，諸葛亮爲「葛亮」，減去複姓一字，此則猶爲近理者矣。

文有二字對舉爲詞，而今人用之全不覺者。如「契闊」者，離合之情也，一説離，一説合。「憂

虞」者，悲喜之詞也，一説悲，一説喜。「朅來」者，去來之謂也，一説去，一説來。「淹數」者，遲速之意也，一説遲，一説速。正與「軒輊」、「依違」、「然疑」、「可否」一例。

顧亭林《日知録》云：「古人用字之法，有以二字作一字用者，如『不可』爲『叵』，『奈何』爲『那』，『何不』爲『盍』之類，人人知之。更有單用一字而作二字用者，如《左傳》『若愛重傷，則如勿傷，愛其二毛，則如服焉。』孫良夫曰：『若知不能，則如勿出。』蔡朝吳曰：『二三子若能死亡，則如違之，以待所濟；若求安定，則如與之，以待所欲。』皆以『如』作『不如』用。《周書》『弗慎厥德，雖悔可追』，言不可追也。『敢辱高位，以速官謗』，言不敢也。《孟子》『言褐寬博吾不惴焉』，言豈不惴也。皆以一字作二字用。」按語助之字，本無意義，隨人語意之緩急，而吾爲之詞，故有長言短言之别。長言之，則一字者皆爲二字；短言之，則二字者皆爲一字。是文字聲音語言，本合而爲一，而非有數事也。

《禮》言「臨文不諱」，若吾人自作文字，不能不避諱。古人自諱國諱之外，尚有避其家諱者。如司馬子長《與任少卿書》云：「同子驂乘，袁絲變色。」同子者，宦人趙談。子長父名談，故改之。《史記》「張孟同」，即《戰國策》之「張孟談」，與此一例。晉人尤重諱，故王右軍父名正，法帖中多改正月爲一月。至宋時蘇家父子兄弟，以其先有名「序」者，凡序皆作引，如《送石昌言引》是也。或以「敍」字代之。余謂避諱誠美事，然使人人皆然，必至錯雜歧誤，不可辨識，此亦古人不宜

學處。

「《周禮·考工記》『天下大獸五：脂者、膏者、臝者、羽者、鱗者』，是禽可以名獸。《後漢書》華佗語吴普曰：『吾有一術，名曰「五禽之戲」：一曰虎，二曰鹿，三曰熊，四曰猿，五曰鳥。』是獸可以名禽。」此語見《焦氏筆乘》。余謂古人於「禽獸」二字，可以通稱。如《曲禮》「鸚䳇能言，不離飛鳥；猩猩能言，不離禽獸。」使後人爲之，必將曰「不離走獸」，以與上「飛鳥」對文。然此等句法，究不可學。

古人語妙，有出於無意中者。如「枕石漱流」，常語也；忽誤爲「漱石枕流」，遂爲一時佳話。而文人鍊句之法，亦有如此者。如江文通《恨賦》「孤臣危涕，孽子墜心。」心宜言危，涕宜言墜。《别賦》「心折骨驚」，心宜言驚，骨宜言折。於此亦見顛倒之妙。

作史之法，其篇後自述己意者，始於《左傳》用「君子曰」。以後或作「太史公曰」，或作「史臣曰」，或作「論曰」，或作「贊曰」，或作「評曰」，皆異名同詞。文家則用「亂曰」，用「誶曰」，用「訊曰」，用「嘆曰」，用「重曰」，亦同此例。

作文不必好用古字，然或古字全然不知，亦無以爲讀古文之法。故學者須明漢讀，如某讀若某者，言此字與彼字音同也；某讀爲某者，言此字與彼字義同也。蓋古人字少，多以假借爲之，注家申而明之，故有此語。若一一於其本義求之，則字之不可通者多矣。讀漢魏以上文，皆須得

此意。

碑志之文，謂有位者曰公，皆爲施之尊者之詞。然考《史記·鼂錯傳》，錯父稱錯曰「公」，是以父而稱子也。《後漢書·孝獻帝紀》，帝呼郗慮爲「郗公」，是以君而稱臣也。大抵古人稱謂之詞，本無定說。其有與此相反，而可爲比例者，如「爾」、「汝」乃賤者之稱，而周公之告太王、王季、文王，乃曰「爾之與我」，「爾不與我」，固不以爲賤也。後世乃有一定格律，萬不能相假矣。《晉書》載胡〔母〕〔毋〕輔之，其子字之曰「彥國」，以爲一時放誕之失。然考《離騷》「朕皇考曰伯庸」，則以子而字父也。《中庸》仲尼「祖述堯舜」，是以孫而字祖也。

干支之字，古人以之紀日，不以紀歲。紀歲者，則以閼逢至昭陽，凡十名，如日之有干也；自攝提格至赤奮若，凡十二名，如日之有支也。自秦漢時，作文者皆不以干支紀歲。《楚辭》：「攝提貞於孟陬兮，惟庚寅吾以降。」攝提言歲，孟陬言月，庚寅言日。賈生《鵩鳥賦》：「單閼之歲兮，四月孟夏。庚子日施兮，鵩集予舍。」單閼言歲，孟夏言月，庚子言日。自魏晉以後，則概用干支紀歲，不復作是語。相承既久，亦有一二强而學古者，反爲多事矣。

李令伯《陳情表》：「且臣少事僞朝，歷職郎署。」令伯方爲晉臣，故語云爾。然晉之與蜀，本亦三國之一，何必加蜀以僞字乎？按《金史·張天綱傳》：「天綱被執於宋，宋人於供狀中，必欲書金主爲虜主。天綱不可，但書故主而已。」其人勝李遠矣。

陸士衡《辨亡論》作於入晉以後，故稱晉爲王師，或爲大邦，而忽有「彊寇敗績宵遁」一語。語意不同如是，殊不可解。

凡稱本朝，則加一「皇」字，如「皇漢」、「皇唐」、「皇宋」、「皇元」、「皇明」之類，或以「大」易之。其稱前朝，則改爲「有」，如「有唐」、「有宋」、「有元」、「有明」是也。此稱亦久，如「有虞」、「有商」、「有夏」、「有周」，經傳中屢見。

語録中有一種語助辭，不可以入古文。雙字如「不成」、「這箇」、「那箇」、「這般」、「那般」、「裏許」、「恁地」、「恁麽」、「者麽」、「什麽」、「兀底」、「怎生」、「能箇」、「索性」之類，單字如「者」、「殺」、「底」之類。詩詞有一種助辭，不可以入古文，雙字如「耐可」、「真箇」、「至竟」、「究竟」、「畢竟」、「怎教」、「儘教」、「那教」、「無那」、「那堪」、「儘著」、「隔是」之類，單字如「兒」、「管」、「真」、「纔」、「很」、「緣」之類。公牘中有一種語助辭，不可以入古文，雙字如「等因」、「須至」、「立即」、「遵即」、「照得」、「前來」之類，單字如「著」、「該」、「仰」之類。

自唐以上，無以年號減去一字而兩者並稱。宋以後文字簡易，故有「熙豐」、「政宣」、「乾寧」之語。明人因之，稱「洪永」、「成弘」、「正嘉」、「慶曆」者，凡屢見。國朝則稱「康乾」、「嘉道」、「道咸」、「同光」，用之既久，亦爲常見。然律以漢人文法，則此爲不詞矣。

誌銘之作，將以取信於後，故不宜出於子孫之手，令人議其不實。今考子爲父銘，見宋安成

太守傅君銘；子爲父誌，見北齊朱岱林誌。是古人竟有行之者。至今人爲先德作行狀，不敢書死者之名，則以填諱託之他人。此事始於唐徐浩碑。

黄梨州論「作文不可倒却架子。爲二氏作文，須如堂上之人，分别臧否」。余謂既爲此輩作文，而必持吾教與之一一較量，亦屬多事。吾獨愛歐陽公爲祕演、惟儼作文集序，祇淡淡説到平日交情，而於彼教一語不及，最爲得法。若復演説本論中語，豈不令人生厭？

自六經而外，至於百家諸子，往往多用諺語，而其語類多善喻人情，甚趣而韻，偶然用之，使文章爲之生色。自魏晉以後，便不復見。使今人爲文，而羼入里巷之談，便俗不可耐，令人噴飯矣。

凡作文不可不認定主人翁，然亦有以客爲主者。如蘇老泉論三國，却專論劉項；陳同甫論李靖，却專論諸葛孔明。此文體之變也。

洪容齋《五筆》記外姻孫鼎臣每致書，必題其後曰「某節」，或曰「某節前幾日」、「後幾日」。容齋之父文惠公常笑之曰：「看孫鼎臣書，須常置曆日於座上。」余見今人作書，亦有與之相類者，何不徑書某月某日，豈不省便？此等處無可見長，還以從俗爲是。

今人信中好用「主臣」二字。按主臣乃惶恐之義，須用之尊者，方爲得體。若自敵以下而有此語，便爲不合。

書牘之體，如稱「閣下」、「閤下」、「足下」、「台右」、「座右」，各隨親疏貴賤爲之，其意蓋言不敢以詞徑達而已。惟今之作書者，多云「某某記室」。夫記室之設，乃書記之官，自非王公大人，不能有此。用之士庶之家，殊爲不審。至有稱「某某執事」，執事乃司事之人，上下可以通用，比之記室，較無語病。

經典用字，有顛倒以成文者。如「室家」爲「家室」，「衣裳」爲「裳衣」，「縱衡」爲「衡縱」，「黍稷」爲「稷黍」，「琴瑟」爲「瑟琴」，「鐘鼓」爲「鼓鐘」，「上下」爲「下上」，「牛羊」爲「羊牛」，「豈樂」爲「樂豈」，「偃息」爲「息偃」，「子孫」爲「孫子」，「邦家」爲「家邦」，「鼎鼐」爲「鼐鼎」，皆見於《詩》。「犬鷄」見《左傳》，「四三年」見《書》，《祭義》、《孟子》均有「禄爵」字。大抵對待之字，均可互易用之。

游戲之語，雖亦有所本，不可以入典重文字。如稱許曰「言午」，見《三國志・魏文帝紀注》。稱張曰「弓長」，見《宋書・王景文傳注》。稱楊曰「木易」，見《隋書・宗室傳》。稱裴曰「非衣」，見《唐書・裴度傳》。稱李曰「木子」，見《宣室志》。按此等語，實始於「止戈爲武」、「皿蟲爲蠱」之類，其來亦舊。

文有述人之口語而失其真，而執筆之人全不覺者。如《左傳》「陳桓公方有寵於王」，係石碏語。是時桓公尚存。《韓詩外傳》：「我武王之子，成王之弟。」係周公謂伯禽語。周公之薨，在成

王之前。《史記・田世家》齊人語之曰：「嫗乎采芑，歸乎田成子。」是時成子固在也。此皆古人疏忽處。

作文不可不避俗，然亦有看似俗字，而實有所本者。如「什物」見《後漢書・宣秉傳》，「什器」見《鮑昱傳》，「上司」見《楊震傳》，「司官」見《陳寔傳》，「底裏」見《竇融傳》，「細弱」見《杜林傳》，「文書」見《鮑昱傳》，「人事」見《章和八王》及《黄琬傳》，「小便」見《張湛傳》及《絶交書》，「公館」見《禮・曾子問》，「乾没」見《史記・張湯傳》，「加一」見《左傳》「陳氏三量皆登一焉」杜《注》，「兒戲」見《史記・絳侯世家》，「把戲」見《元史・百官志》，「無數」見《詩》「萬億及秭」疏，「門風」見《世説新語》，「當家」見《史記・始皇紀》，「雨衣」見《左傳》「陳成子衣製杖戈」杜《注》，「烏龜」見韓愈《月蝕歌》，「生活」見《史記・日者傳》，「獻醜」見《後漢書・郭皇后紀註》，「見錢」見《漢書・王嘉傳》，「財主」見《周禮・朝士注》，「留心」見《史記・蒙恬傳》，「中意」見《漢書・江充傳》，「樂得」見《禮・樂記》，「生氣」見《晉語》，「何苦」見《史記・黥布傳》，「孟浪」見《莊子・齊物論》，「不通」見《論衡・别通篇》，「整頓」見《張耳陳餘傳》，「多謝」見《漢書・趙廣漢傳》，「多事」見《家語》，「生事」見《公羊傳》，「能幹」見《後漢書・循吏傳》，「容易」見《漢書・東方朔傳》，「行李」見《左傳》，「欺負」見《史記・高祖紀》。以上凡數十條，皆從《通俗篇》中摘出，雖不必皆常用之語，要亦作文者所宜知也。

文體芻言

總目

論辨類第一

「論」之名奚自昉哉？古之聖賢與人相問答之辭，人因籍而記之，以垂訓萬世，如齊魯《論語》是也，而非今之論體也。其已所自作之書，如諸子百家之屬，實與著論無異。漢人多以「論」名書，如《論衡》、《鹽鐵論》、《潛夫論》、《中論》之類，皆用斯例。今篇首所列，有彭祖《攝生養性論》一篇，其真僞不可知。賈生之《過秦論》三篇，世之學爲論者祖焉。「辨」之義，主於反覆詰難，務達其初意而止，與論大同而小異。後代經生家言，多用此體，其最古者，如《楚辭》中之《九辨》，而非今所謂辨也。論、辨二者，蓋爲言語之通稱，而因爲説理之文之別體。序論辨類第一，爲目二十四：曰論，曰設論，曰續論，曰廣論，曰駮，曰難，曰辨，曰義，曰議，曰説，曰策，曰程文，曰解，曰釋，曰考，曰原，曰對問，曰書，曰喻，曰言，曰語，曰旨，曰訣，其餘爲附録。

論一　凡史家之體，於志傳之後，著論一篇，《文選》採之，別爲史論。今以古今論史之作甚多，故併入論中，不復别出。又古人奏議之文，多云「論某事」，「論某人」。名爲論，實則疏劄類也，今皆入奏議類。古人集中亦有本屬論體，而不以論名者，今以名爲論者，入之論上；不名爲論者，入之論下。以下疏策之屬仿此。

設論二　戰國之世，宋玉作《對楚王問》一篇，以抒其遭時不遇之感，其後東方曼倩、揚子雲、

班孟堅之徒，皆仿而爲之，《文選》因收此三篇，以其皆設爲問答之詞，命之曰「設論」。惟宋玉之作，別爲「對問」類。今併而爲一，而益以屈平《卜居》、《漁父》，東方曼倩《非有先生論》，王子淵《四子講德論》，取其體之相近故也。其唐宋以下如此體者，各以類附焉。

續論三　取古人所作，中有未盡之意，引而申之，故名曰「續」，如昔人《續孟子》、《續離騷》之例。

廣論四　與續略同。謂之廣者，即古人《廣雅》、《廣方言》之例。廣議附。

駁五　奏議中有駁議一體，蓋漢時嘗設爲專官，主封駁之事。茲之駁者，取古人所作，意不謂然者，從而反之，亦駁議之意。或竟謂之反，如《反離騷》、《反招魂》之類，意均相似。

難六　難亦駁之類，蓋皆以己意不同於人者相往復也。東方朔有《答客難》一篇，今入設論類；司馬相如有《難蜀父老》一篇，今入詔令類。

辨七　辨與論同，而其體出較後。如陸士衡之《辨亡論》，劉孝標之《辨命論》，皆辨也，而不以辨名篇。蓋自六朝以上，爲此體者絶少，故《文選》中曾不一及。《九辨》非此體。唐宋以後有之，韓柳集中凡屢見。

義八　《戴記》有《冠義》、《昏義》等篇，是漢時常有此稱，後世或謂之本義，或謂之正義。大抵説經之書，其用以名文者，謂之講義，或但謂之義。自宋以上無所見，至明之世，又以制舉之

文，如《四書義》、《五經義》之屬當之，非其故矣。

議九　古之議者，不過採取衆言，不必有文字也。以議名文，似遠在論之後。今之所採者，以三國爲始。所謂議之體在論後，專指論議而言。若奏議，則秦漢已有之矣。凡私家所作，則入之此，其用以奏御者不與。

說十　劉彦和《文心雕龍》著《論説》一篇，引伊尹論味、太公辨釣及燭武紓鄭、端木存魯。此近於戰國遊士之言，非説體也。説之始興，蓋出於子家之緒餘，故自漢以來，著述家所作雜説，出於寓言者十嘗八九。蓋皆有志之士憫時疾俗，及傷己之不遇，不欲正言，而託物以寄意，此其義也。後人推波助瀾，用演之爲小説部，儼然於文中别出窠臼矣。

策十一　本論事之作，而用之奏對者爲多，故宜列之奏議中。今取各家所私作及試之有司者，列之於此。

程文十二　體與義相近，宋之中葉始有之，謂之程文，蓋以示學者爲程式也。

解十三　《戴記》有《經解》一篇，後人詁經之詞，多謂之解。然其實不專爲解經設也，觀子家之文或以解名篇可見。揚子雲有《解嘲》一篇，與此體異，今入之設論中。

釋十四　其稱昉於《爾雅》。劉熙之《釋名》，即效《爾雅》而作。以作法與解經相合，故經生家多有此體。

考十五　考者，主於臚舉故實，以詳核爲上，其用與解釋相輔，而體稍不同。漢唐以前此等文尚少，宋以後多見。

原十六　原者，溯其始之謂也。古無此體，韓退之始作《五原》，後人因倣而爲之。本作「原某」，或作「某原」，義同。

對問十七　奏議類有對問一體，皆對君之辭，與策相似。今取朋友師弟之間相與問答者，别爲此體。《文苑英華》謂之「問答」，義同。宋玉《對楚王問》一篇，入之設論中，説見上。

書十八　本著述家言，子之屬也，與奏議、書牘兩門各不相涉。

喻十九　文之有喻，猶詩中之比體也。諸子之書，此類實繁，而以喻名篇者，古無所見，唐以後間有之。又東坡《日喻》一篇，以係贈人而作，故入之贈序類。

言二十　凡見諸文字者，皆謂之言。故詩則以五言、七言爲體，而見之奏章者，則謂之「上言」；託之著述者，或曰「寓言」，或曰「巵言」，皆其例也。以言名篇，六朝偶有之，唐以後始相率爲之矣。

語二十一　古人著書多以語爲名，《論語》之外，如《國語》、《家語》之類，而文體之中無此稱，唐宋以來偶見之。

旨二十二　旨者指也，謂其意之所屬也。任彦昇《文章緣起》有此一體，引崔駰《達旨》一篇。

後世以王言稱旨，而著述家罕有稱之者，唐人偶一爲之。

訣二十三　凡藝事之微，必有其竅要所在，能者因揭其旨以告人，而命之曰訣。道釋二家，多用此語，如《真訣》、《仙訣》之類。文章家亦藉以名篇，古有之，今則無是作矣。

附録二十四　文有可決其爲某類，而無子目可入者，則統謂之附録。以下仿此。

序跋類第二

古人每有所作，必述其用意所在，以冠一篇之首。如《尚書》每篇之首數語，乃史臣之述其緣起，即序也。或讀者爲之，則如《詩・關雎》之有序，或云「出自子夏」，其確否不可知，要其由來固已久矣。至史家之體，序文實繁。跋，亦序類也，其出比序爲後，其作法亦稍近。惟序有前序、後序，跋則施之卷末而已，故取足後之義爲名。而金石一家，傳此者甚夥，有彙成一書者，蓋考證之學，於此體爲宜。敘序跋類第二，爲目十七：曰序，曰後序，曰序録，曰序略，曰表序，曰跋，曰引，曰書後，曰題後，曰題詞，曰讀，曰評，曰述，曰例言，曰疏，曰譜，其餘爲附録。

序一　序類凡三種：以之送人者，則入之贈序類；以之記事者，則入之雜記類；惟以弁諸詩文之首者，則入此類。蓋將以述作者之意，非熟讀深思而得其旨者，不能作也。後世之著述家，或乞聞人爲之，以取重當世，雖左太沖尚且不免，餘蓋不足道矣。

後序二　卷端已有序，更以所作附於其後，故有後序之稱。前後各自爲篇，或出自兩人，或出自一人，均無不可。

序録三　西漢時劉子政在天禄閣審定圖籍，每上一書，則爲之縷述作者之大意，及其得失之所在，名曰《序録》，後人因效而爲之。其體與序小異而大同。

序略四　西漢時劉子政之子歆繼父任，彙羣書而綜爲《七略》。略之云者，蓋撮舉大凡之義。後世因之，爰有序略之體。然自漢以後，作者亦不多見，惟鄭漁仲作《通典》，尚沿此稱。

表序五　司馬氏改左氏編年之體爲「本紀」、「世家」、「列傳」，而世次之先後、制度之沿革，恐其散而無考，因爲之「表」，以後史氏多因之。表必有序，即所録者是也。

跋六　此體蓋始於宋之中葉，歐陽永叔集中有跋尾數十篇，蘇黄之徒，相繼爲之。前此未之見也。

引七　引爲詩歌之一名，取引音赴節之義。觀石崇有《思歸引序》一篇，則引之不與序爲類明矣。後人則改爲序之别名。姚氏謂蘇氏父子兄弟，其先有名「序」者，故改序爲引，避其家諱，亦以其用同故歟。班孟堅有《典引》一篇，此引之最古者，而其體與序不同，今入之符命類。

書後八　班孟堅有《記秦始皇後》一篇，意書後之體，當權輿於此。至韓柳集中屢見，後人亦多仿爲之，其體與跋相似。

題後九　題後即書後也。謂之題者，取審諦之義，義見《釋名》。

題詞十　題詞之體，多以韻語爲之，亦有隨意書數十字者，乃變體也，與題後略相似。

讀十一　古人讀書，偶有所得，則書於簡之後，因名曰讀，備遺忘也。而能者爲之，便有詞采可觀，故可傳者亦多。唐以後有之，前此無所見。

評十二　評者，平也，所以平其義也。史家於紀傳之後，加以斷語，曰論，曰贊，陳氏《三國志》則謂之評，即是此體。唐以後文章家始有此稱。

述十三　述與序相似。謂之述者，取述而不作之義，故今人著書，或以「述義」、「述聞」名篇，即此意也。今專取發明作書之旨者，則列於此。其紀雜事者，則入之雜記類。

例言十四　古之讀書者，必先明其例，故晉人杜元凱有《左傳釋例》一書，而其序中亦言發凡以言例。然而文章之家，傳此體者絶不可見，何也？今存者大半近人所作。

疏十五　疏之爲體，於奏御之外，爲經生家言，則注解有疏；爲佛氏家言，則焚修有疏。此所謂疏，又與二者不同。蓋募資以集事，先述其意以告人也，故於序爲近。

譜十六　著作之家，有所謂譜録之學，本博雅之士，取所見聞，裒而集之，劉彦和所謂「譜者普也，事資周普」是也。然自鄭康成《詩譜》之屬，皆勒爲成書。今擇其大意具於一篇中者，入之序跋類。

奏議類第三

此爲臣告君之詞，《尚書》此類文甚多，《左傳》及《國語》、《國策》亦皆有之。惟古人語質，並不設奏疏諸名稱，後世體製日增，蓋亦不勝其繁矣。今所列者，必正君臣之分，於義始稱。其有所告在先而後乃爲之臣，與既爲之臣旋去之者，則所陳仍入之書牘内，不與此爲類，以示區别。其用之私家者，亦不在此例。敘奏議類第三，爲目二十八：曰奏，曰議，曰駁議，曰謚議，曰册文，曰疏，曰上書，曰上言，曰章，曰書，曰表，曰賀表，曰謝表，曰降表，曰遺表，曰策，曰摺，曰劄子，曰啓，曰牋，曰對，曰封事，曰彈文，曰講義，曰狀，曰謨，曰露布，其餘爲附録。

奏一　奏，進也，取進御之意，詳《尚書》「敷奏以言」之義，本以達之天子爲言，然後世之稱奏事，稱奏記，稱奏書，亦有不盡達之天子者。今各視其所用爲斷，自秦已有之，而文不可見，漢世始多用之。

議二　録自秦以後，至後人刻集，或謂之奏議，或謂之疏議，蓋名異而實未嘗不同。今特依當日所稱，隨類附入。說已見之論辨類。

駁議三　理之是非，不能以一人之言爲定，於是有駁。駁之云者，去其不當以歸於當也，主

於反覆詰難、曲盡事理爲要。漢世始立駮議之法，唐以來中書之官，兼以主封駮爲職。

謚議四　古人於易名之典，頗重其事。每大臣没，則使朝臣聚議。事本屬之中書，故所傳作者，亦仕於此者爲多。其士大夫之家，間爲私謚者，亦偶有謚議，今附録於此。

册文五　國家遇上徽號大典則用之。然或其文出之天子者，則入之詔令類；其爲臣下之詞，則入之此類。

疏六　取疏通之義，注經者謂之疏，論事者亦謂之疏，其義一也。漢以來始有之。至於陶元亮與子書，亦謂之疏，不在此例。有陳事之作，明係疏體者，而古人集中，並不謂之疏，宋一代文字如此種爲最多。今以稱疏者列爲疏上，不稱疏者列爲疏下。

上書七　凡致之尊長者，皆有此稱，今惟取進御者入之。始於戰國，盛於漢，自元明以後不復見。

上言八　自漢以來，凡表文之體，其首必曰「臣某言」，此即上言之義。亦有以「上言」二字自爲體者，猶之上書也。亦有謂之上辭，如吴韋曜《獄中上辭》是也。自宋以後不復見。

章九　漢世奏上之文有四品：一曰章，二曰奏，三曰表，四曰議。章表二者，皆取發明事理爲義。後漢察舉必試章奏，蓋重其事也。漢魏人多有此作，唐以後無之。

書十　即上書也，或但謂之書，故别爲一類。凡上之與下者，入之詔令類；下之奉上者，入

之奏議類；其臣民相與往來，則入之書牘類。

表十一　表者，明也，義與章同。漢初始具此體。或曰秦始皇時已有之，然文不可見。其可見者，自東漢以後。其初與奏同爲言事之作，自唐宋以下，於賀表、謝表之外，惟以進書用者爲多。

賀表十二　凡國家有大慶典，臣子獻文爲賀，則用此體，多以駢儷爲之。昉於六朝，唐宋以下多用之。

謝表十三　皆謝恩之語，純以駢儷爲之，與賀表同。晉以後間有之，宋人之通籍者，凡文集中多有此體，其體亦視古爲少變矣。

降表十四　皆勢屈力窮，爲乞憐之語。於五代之世得三四篇，其餘多不傳。

遺表十五　自漢唐以來，凡大臣薨逝，多有遺表。其上者，或及國家大政，平日所言之不盡者，託於尸諫之義；下者，則但云受恩深重，圖報來世而已；其有爲子弟乞恩者，則愈下矣。

策十六　策，簡也，書其所言於簡，故以策爲名。多係應試之作，故謂之試策。董江都《天人三策》，其最古者。唐宋以後，傳者實多。更有明爲對策之文，而不謂之策者，蓋多平日爲之，以備應試之用。觀《白香山文集》中，已有此作。今以名爲策者入之策上，不名爲策者入之策下。

摺十七　摺，疊也，書所言於紙而疊之，取其便於上進也，故謂之摺。向無此稱，至今遂爲奏

牘中之一體。

劄子十八　或謂之奏劄，或謂之劄文，或但謂之劄，其義一也，取條奏之意。今讀書之法，或作劄記，義亦與此相似。宋以來始有此稱。編中不列劄記，以其條分件系，無與文章之體。

啓十九　漢避景帝之諱，故此體不見，魏晉以後盛行。其首則曰「臣某啓」，末則曰「臣某謹啓」，大略相似。其始尚或用以奏御，唐以下，則第施之尊貴而已。今擇非奏御之作，入之書牘類。

牋二十　魏晉時多此體，然上之太子諸王而已，不以施之奏御也。今於元文中得數篇，竟與賀表同用，非古義也。

對二十一　《禮》「史進象笏，書思對命」，對之義古矣。宋玉之《對楚王問》，蓋設爲問答之詞，如《卜居》、《漁父》之屬，非其類也。自漢以來，其體始立。惟《文心雕龍》有《議對》一篇，即以策問當之。然策多應試所作，與尋常奏對又有不同，今特於策之外別爲一體。

封事二十二　古者上書，皆以囊封，故謂之封事，唐人詩所謂「明朝有封事」是也。漢一代多有之，元明以下少見。

彈文二十三　凡按劾有罪則用之。謂之彈文者，如彈丸之加鳥也。《文選》列彈文三篇，皆有一定體製，後亦少變，與他奏事相似矣。相傳又謂之彈事。

講義二十四　人君於聽政之暇，使詞臣入侍經筵，分日進講，其所講之書，恐不能詳盡，皆預先撰擬，名曰講義。宋以來始有之。其私家所作，非以奏御者，不在此例。

狀二十五　論事之體，與奏疏同。謂之狀者，謂條其事實而上之。漢以前傳者有趙充國一篇，唐以後此等文甚多，然亦有施之書牘者，如韓退之《薦侯喜狀》是也，與上書不獨施之奏議者，可爲一例。而後世乃以爲獄詞之别稱，非其舊矣。

謨二十六　謨，謀也，臣子以其所謀舉以入告也。自《尚書》以下無所見，唐人元次山始效爲之，猶之北周人之擬《大誥》，唐人之補《逸周書》也，其詞力求古奥，以期與三代以前相類。

露布二十七　露布之名，始於漢，謂上書之不加封者，如漢李雲「露布上書」是也。本非將帥獻捷所用，至北魏時，以戰伐有功，欲天下聞之，乃書帛建於竹竿上，名曰露布，事見《通典》。傅永以此文得名。自此始惟軍中用之。唐宋文選中皆有此體，至明尚沿用不廢。

附録二十八

書牘類第四

劉彦和云：「戰國之前，君臣同書。」蓋其時上與下則謂之書，下與上亦謂之書，所謂同也。其後名分既嚴，兩不相假。其得入書牘類者，則僅僅用之尊貴，及自敵以下而已。然而主於達意

爲義，其用要未嘗不同。既以達意爲義，則凡泛而不切，雖詞采可觀，非書之上者也。史稱「陳遵占辭，百封各意」，詎不以此歟？牘即書之别名，史稱漢文帝「遺匈奴尺一牘」是也。今設爲書牘一類，變姚氏之書説爲書牘，用曾氏之例。叙書牘類第四，爲目十四：曰書，曰上書，曰簡，曰札，曰帖，曰劄子，曰奏記，曰狀，曰牋，曰啓，曰親書，曰移，曰揭，其餘爲附録。

書一　三代之上，此體少見；至春秋時，而列國大夫，相與往來，其文之傳者多矣。今不録。録自越大夫種《遺吳王書》始，蓋已近戰國之世矣。在文體中，惟此之用爲最廣，而佳篇偉製，亦以此爲最多。

上書二　與書相類，而用之尊貴者，以此爲多。今惟别其非進御者録之。

簡三　古者書簡並稱，故書籍之類，可以謂之簡；書信之類，亦得謂之簡。其與書小異：書則長短並宜，簡則零篇寸楮爲多。自魏晉以後始有之。字或作柬，義同。

札四　札與簡同，以木爲之，而作字於其上。後乃轉以爲書札之名，即漢人所稱筆札是也。至今世，則爲公牘中之一體；而朋友往來之詞，鮮有稱札者矣。

帖五　《説文》：「帖，帛書署也。」蓋書於木則謂之札，書於帛則謂之帖，各隨其字之所從，而義自見。後乃轉爲書之别名，其文亦以善於用短爲貴，魏晉間人多有之。今則學書者，取前人筆跡以供臨摹，名之曰帖，又一義也。

劄子六　古有筆劄之稱，即書劄之劄，非奏劄之劄也。然歷觀古人集中，奏劄之傳尚多，而書劄之傳蓋少矣。

奏記七　奏，進也。或稱奏記，或稱奏書，或稱奏牘，其實一也。與上書相似，同爲進御之稱，而臣下可以通用者也。惟進御之作，多祇稱曰奏，其稱奏記者罕矣。

狀八　以其有陳列之事，故謂之狀，與奏議之狀義同，特所用異耳。若尋常通候之語，不得借用。

牋九　字亦作箋，本奏記之類，上太子諸王多用之。魏有繁欽、吴質各致魏文帝牋，梁有任昉《百辟勸今上牋》，核其時代，蓋皆在未臨御之先，於體初無不合。至若晉簡文帝有《遺會稽王牋》，是上之於下亦用之，此特偶然耳，未可爲典要也。

啓十　魏晉間於啓之首尾，多云「某啓」、「某謹啓」、「某啓聞」，此乃一定之體。或又謂之啓事，史稱「山公啓事」是也。用駢儷者居多。用之奏御者，不入此類。

親書十一　凡結兩姓之好則用之，謂之親書，又謂之婚書，今俗謂之禮書。宋以來始見。

移十二　移亦檄之類。劉彦和以司馬相如《難蜀父老》文當之，取其詞意相似而已。劉子駿《移書太常博士》，此其最古者。後世爲公牘之一體，雖體稍不同，而名義尚沿其舊。

揭十三　揭，舉也，謂舉其事以示人也，又謂之揭帖，多因揭人之過失用之。其衆人共爲之

者，則謂之公揭；兩人交相舉者，則謂之互揭。亦有主於論公事者。

附録十四

贈序類第五

贈序一類，自來選古文者，皆與序跋爲一，至姚氏《古文詞類纂》始分爲二。然追原所以名序之故，蓋由臨別之頃，親故之人相與作爲詩歌，以道惓惓之意。積之成帙，則有人爲之序，以述其緣起，是固與序跋未嘗異也。惟相承既久，則有不因贈什而作，而專爲序以送人者，於是其體始分。姚氏離之，是也。曾氏又從而去之，失斯旨矣。叙贈序類第五，爲目五：曰序，曰壽序，曰引，曰説，其餘爲附録。

序一　贈序之體，貴在援引古義，以致其諷勉之旨，始合於古人臨別贈言之意。若近於喁喁兒女之私，於理謬矣。昌黎於此等文爲最工，故所選獨多。

壽序二　此體元時偶一見，至明中葉以後，乃盛行於時。惟所語多諛詞浮泛，故體稍卑。至能者爲之，獨能緯以議論，亦時有足稱者。

引三　引爲序之别名，説已具之序跋中。

説四　論辨中有此體，惟古人集中多有云「某説爲某人作」與「名某説」、「字某説」，其語氣實

與贈序無異，故列之於此。

附録五

詔令類第六

詔令者，上告下之詞，其體蓋多見於《尚書》。然《尚書》不聞有二者之稱，至秦始有之。後世則詔專屬之王言，令則上下共之。惟曾氏編《經史百家雜鈔》，如馬援《戒兄子書》、鄭玄《戒子書》皆入焉。則尊長之告卑幼，凡有規戒之詞在書牘中者，不知凡幾也，可悉改書爲令乎？似此者雖出自先正，所不敢從。叙詔令類第六，爲目三十六：曰詔，曰即位詔，曰遺詔，曰令，曰遺令，曰諭，曰書，曰璽書，曰御札，曰敕，曰德音，曰口宣，曰策問，曰誥，曰告詞，曰制，曰批答，曰教，曰册文，曰謚册，曰哀册，曰赦文，曰檄，曰牒，曰符，曰九錫文，曰鐵券文，曰判，曰參評，曰考語，曰勸農文，曰約，曰牓，曰示，曰審單，其餘爲附録。

詔一　周文王有《詔牧》、《詔太子發》二篇，詔之稱，蓋權輿於此。後世相傳秦始皇始爲詔，然其文不可得見。漢詔，則存者多矣，其文詞典雅，爲歷朝之所不及，亦其近古然也。唐以武后名曌，故避嫌名改詔爲制，然唐之中葉，亦有稱詔者，意惟不用之武后之世歟？

即位詔二　人君即位，必頒詔四方，無論開創嗣立皆有之，宋元以前文不可見。

遺詔三　蓋憑几之言，見於《顧命》者爲最古。多臣下之詞，亦有一二篇，可信其自作者。

令四　三代之時，上之告下，則謂之命，如《微子之命》、《文侯之命》，皆見《尚書》，後世始廢命不用，而以令代之。劉勰所云「降及七國，並稱曰令」是也。秦孝公下令國中，始有文字可見。而《文選》六臣注云「秦法，皇后及太子稱令」，然秦始皇有《初并天下議帝號令》，意尚在法制未定之先，故可以通用歟？自秦以下，則天子與臣下俱用之，無定制。

遺令五　乃臨歿之頃，所以教誡其後人者，上下可以通用。而文之可存者，寥寥不可多見也。

諭六　《左傳》有「周天子諭告諸侯」，是諭之稱，已見於春秋之世。漢高帝有《入關告諭》。近世則出自天子者，謂之上諭；臣下之告其屬，亦稱曰諭。

書七　漢時有詔書、策書、制書之屬，皆體制嚴重，其徑謂之書者，則天子自以意告其臣下，往往紆尊以示之，實與親朋之誼不大相遠。蓋去古未遠，其上下相親之意，猶可想見。自唐以後，則用此者希，間以施之外藩而已。

璽書八　古者臣下所用之章，皆得謂之璽，《左傳》有「璽書追而與之」之語。後世惟天子稱璽，故璽書之頒，亦惟天子得有之，蓋即詔敕之别名。漢時屢見；至唐，間有之；自五代之後，絶不復見矣。

御札九　札，即書之别名，出之天子，則爲御札。後世於公牘用之，不聞王言復有稱札者矣。

敕十　《後漢書·光武紀注》：「帝之下書有四：一曰策書，二曰制書，三曰詔書，四曰敕書。」敕之云者，有儆戒之義，故又謂之戒敕。漢時每刺史太守赴官，皆有敕書。宋人或用之於奬諭，非其義矣。明代凡差遣諸大臣，予敕行事。今則贈封用之。

德音十一　《詩》「秩秩德音」、「德音莫違」，蓋謂有德之言，用以爲相稱頌之語，不以指王言也。至唐宋之世，詔敕之外，别有此體，凡加惠寓内則用之，如後世之所稱恩詔也。

口宣十二　宣即旨之别稱，故傳旨謂之傳宣，候旨謂之候宣。口宣者，臨時使親近之臣宣布上意，故其文只數言而止，亦僅見宋人文集中。

策問十三　漢文武二帝，均策問賢良文學，此後世以策試士之始，自南北朝下至唐宋元明，以及我朝，相沿不改。其非臨軒親試，而有司主之者，亦以類及焉。

誥十四　誥之名見於《尚書》，在詔令之先。漢唐少見，如王莽、蘇綽均有《大誥》之作，然不過以意摹古，非常用之體也。宋則臣下授官多用誥，如唐代之告身。今世則誥敕並用，以官品高下爲差。按宋代之誥，其體實與前代不類，今以五代以上爲誥上，宋以後爲誥下。

告詞十五　所以授入仕者，即誥之異名，與唐代之告身，亦大略相似。

制十六　《文心雕龍》云：「秦并天下，改命曰制。」而其文不可考。《漢書》：高后臨朝稱制，

即詔也，特異其名耳。漢世詔書多冠以「制詔」二字，足以爲制詔爲一之明證。故武帝《策賢良詔》三篇，後之傳者，或謂之制。唐之初，制尚與詔無別。至武后時，以避嫌名，始稱制不稱詔。宋世，制體專爲除官之用。其代言之官，謂之掌制，又有知制誥之稱。

批答十七　唐時只謂之批，故張九齡有《批張守珪〈送安禄山詣闕奏〉》，而元微之集中亦有《批劉悟〈謝上表〉》、《批王播〈謝官表〉》。至宋世，始謂之批答。自是以後，謂之批者，臣下間得用之；而「批答」二字，則專屬之王言。

教十八　蔡邕《獨斷》云「諸侯言爲教」，謂長官之諭其下者。漢世已有之，魏晉之間猶屢見，今則統謂之諭，不復稱教矣。

册文十九　古凡受封者，皆授之以策。《左傳》「策命晉侯爲侯伯」是也。特其文不可考。漢世，封策屢見之馬班書中。然免官亦有用策者，如漢哀帝之《策免彭宣》、《策免師丹》是也。後世改策爲册，册即策字，見於《書·顧命》，非不典也。今列册文一體，而録漢策於前。其列之奏議中者，亦有此體，大抵上尊號用之，非此類也。案册文有二種：用以上尊號者，入之册文上；用以封臣下者，入之册文下。

謚册二十　此爲上謚之文，皆敍述功德，與上徽號文一例。昉於唐世，自宋以下皆用之。

哀册二十一　每帝后晏駕，將遷殯於某陵，則命文臣撰文以讚揚功德，皆以韻語爲之。

赦文二十二　書傳屢言赦，而文不可見。赦文之最古者，魏文帝有《赦遼東吏民公文》是也。唐宋以後，則凡赦必有文，不可勝舉矣。

檄二十三　周穆王命祭公謀父爲威猛之詞，以責敵人，其體想與檄相近。《戰國策》張儀《爲檄告楚相》，檄之名始見。軍中遇有急事，則以羽插之，故謂之羽檄。姚曾二氏，均以入詔令内，惟姚氏以昌黎《祭鱷魚文》入之，殊可不必。

牒二十四　牒，即今之札。《左傳》：「右師不敢對，受牒而退。」《疏》：「札也。」可證。漢以前少見，唐以後始多用之。又謂之籤，六朝時有典籤，想即司此事者。

符二十五　符，剖竹爲之，各藏其一，以爲信驗。漢世有竹使符、龍虎符之稱，與檄俱於軍中用之，故符檄並稱。

九錫文二十六　九錫之稱，出《韓詩外傳》，蓋設爲殊典，以待諸侯之有大功者。莽操之徒乃竊而居之，自是之後，迄於宋齊梁陳，凡禪位之先，必有此舉，幾成故事矣。其文體亦大略相似。

鐵券文二十七　漢氏之初，功臣受封，有泰山黄河之誓。迄唐氏中葉，藩臣驕蹇，朝廷慮其爲變，賜之鐵券，以安其心。文中明言「雖有重罪，皆赦不治」，如《周禮》「八議」之説，其券以鐵爲之，糁金屑爲字，形與覆瓦相似。

判二十八　判，始於西漢，本爲試士而設，揚雄綜判取士是也，皆爲兩造之詞，加以判斷，而

定曲直焉。唐時，身言、書判各爲一科。至宋，此典不廢，而文體與前少異。

參評二十九　告屬吏之辭，即古人所謂教也。明人偶爲之，此外亦少見。

考語三十　古者，凡長官於其屬，遇考績之期，必類其平日之政績，而定其上下，加進退焉，蓋昉於《周官》弊吏之法。每人必有考語，又謂之考詞，如《唐書·陽城傳》「撫字心勞，催科政拙」八字，即考語也。

勸農文三十一　漢世重農，文帝有《勞勸孝弟力田詔》，即勸農文之託始。作此文者，多括《豳風》、《月令》之旨爲之。唐以前無所見，宋以來始有之。

約三十二　約者，以繩束物之名，故有約束之義。任彦昇《文章緣起》，特列約之一體，想六朝人習爲之，其可見者如王褒《僮約》一篇。後世如章程、規則之類，皆其遺意。然多以俗語爲之，求如古人之典雅者希矣。凡盟約、誓約之文，別有專體，與此不類，今歸之盟文、誓文内。

牓三十三　唐世科舉盛行，凡登第者書其姓名，張之通衢，因謂之牓，故有龍虎牓之語。然實則示衆之詞，皆謂之牓，不獨爲科舉也。字又作榜。

示三十四　古者告民之詞，皆謂之諭，無稱示者，近世則二者兼而用之。其命名之意，取宣布之義，《禮》所稱「國奢則示之以儉，國儉則示之以禮」，即其旨也。

審單三十五　從古無此稱，至明偶一見，以其體求之，即今之所謂堂諭也。

傳狀類第七

傳者，傳也，所以傳其人之賢否善惡，以垂示萬世。本史家之事，後則文人學士亦往往效爲之。或謂之家傳，則以藏之私家爲名；叙次甚略者，則謂之小傳；單述軼事者，則謂之别傳，又謂之外傳：各因其體而爲之名。有謂非史家不宜爲人作傳者，不必然也。狀之名一見於論辨類，一見於書牘類，一見於奏議類，而此則專指行狀而言。或謂之事狀，今人又謂之行述。爲乞銘誄傳志而作，與傳相似。惟傳則有褒有貶，行狀出於親朋子弟之手，皆述平生之嘉言懿行，其有遺議者，則諱而不書，所以與傳異也。叙傳狀類第七，爲目十二：曰傳，曰家傳，曰小傳，曰别傳，曰外傳，曰補傳，曰行狀，曰合狀，曰述，曰事略，曰世家，曰實録。

傳一　凡名公鉅卿，其傳皆在史館，文半不足存，其事之顯於世者，每在神道碑、墓誌銘之屬，不以傳也。惟文人學士之作，其表章所及，類皆士夫潛德，閨閣幽光，其文往往俊偉足傳，故所録亦以此種爲最多。

家傳二　自秦漢以來，不爲史家而爲人作傳者極少，至家傳則絶無之。後乃見於《唐書・藝文志》。宋元以後，始多此體。國朝則仿而爲者愈衆。

小傳三　偶見於李義山文集，前此無可考。今人編輯詩文，於作者姓名之下，略述其里居官閥，亦謂之小傳。然皆寥寥數語，不復成文，故不之及。錢東澗《列朝詩小傳》，間用大篇。此外無所見。

別傳四　別傳之作，多因其人已有傳，別舉一二事以補其佚。近人文集中偶有之，古亦無見。

外傳五　外傳之體，與別傳略同。小説家多有此種文字，如《飛燕外傳》、《太真外傳》是也。更有謂之内傳者，名殊而實相似。

補傳六　古人所不及作，或有之而軼者，則後人從而補之。如東廣微之《補亡詩》，朱紫陽之《補大學格致》一篇是也。補傳之作，亦仿此意。

行狀七　漢時祇謂之狀，如胡幹作《楊原伯狀》。自六朝以後，即謂之行狀，所以述死者之行誼，及其爵里生卒年月，爲乞人撰文而作，故謂之狀。

合狀八　合狀，古無所見，當是仿合傳之義爲之。

述九　《漢書》於傳贊之外，别爲述贊。述贊者，謂述其事而贊之也。陶淵明有《讀史述》，通篇俱作韻語，與贊相似，蓋即仿《漢書》之體。後世則作行述者，或但謂之述，亦不復用韻語矣。

事略十　事略，非指一事而言，凡生平大概皆具，故與雜記中書某人事者不同。

世家十一　史家以此列於傳體之前，今亦用不收史傳之例，一概不録。其所登之一二篇，乃

見諸文集中，不出史臣之手，以示限制。

實録十二　韓昌黎始作《順宗實録》，今世有實録館之設，所書皆天子之事。獨唐人李習之有《皇祖實録》一篇，係序其先世之事，此爲刱見。

碑誌類第八

古之葬者，樹石於壙之四隅，中設轆轤以下棺；其設之祠廟者，則爲麗牲之用，二者皆本無文字，後人乃刻文於其上，而碑遂爲文體之一，大都爲紀功德而作者居多。而施之墓者，則謂之墓碑，或謂之墓表，或謂之墓碣；列於墓道之旁者，謂之神道碑；其入幽者，曰墓誌，曰墓誌銘，曰壙誌，曰壙銘。姚氏則謂凡立之墓上與埋之壙中，皆得謂之誌，然古今文家皆分碑誌爲二，似姚氏之説亦不可從也。叙碑誌類第八，爲目十六：曰碑，曰碑記，曰神道碑，曰碑陰，曰墓誌銘，曰墓誌，曰墓表，曰靈表，曰刻文，曰碣，曰銘，曰雜銘，曰雜誌，曰墓版文，曰題名，其餘爲附録。

碑一　碑之文，始於西漢之末，而盛於東漢之世，前必有序，而亦有不作序而第作銘者，本無定體。惟謂之碑者，可以不作銘，謂之碑銘者，未有不作銘者也。今擇碑後之有銘有詩有頌者列之上篇，餘爲下篇。

碑記二　凡碑後之無韻語者，即碑記也。然古無此稱，第謂之碑而已，後人始有碑記之名。

亦有名爲碑記，而後復係以詩銘者，此變體也。

神道碑三　神道二字，見《漢書・霍光傳》。其有文者，漢有《故太尉楊公神道碑》，見《集古録》。或祇稱神碑，《隸釋》有《張公神碑》，其文有「表神道」云云，是神碑即神道碑也，特異其名耳。

碑陰四　鐫文於碑之後，故名。或略叙事實，與碑記相似；或則但記立碑年月而已。

墓誌銘五　古之葬者，慮及陵谷變遷，後人不知爲誰氏之墓，故爲墓誌銘，而納之壙中，使後日有所稽考。誌文似傳，銘語似詩，其大較也。惟古之有誌者不必有銘，有銘者不必有誌，或誌銘俱備，而係二人所作者，此其與今人異也。

墓誌六　誌又作志，趙甌北《陔餘叢考》引《傳》記孔子之喪，公西赤志之；子張之喪，公明儀志之，以爲墓志之始。然未必即今之墓誌也。墓誌之興，在東漢之世，比墓銘爲後。西漢南宮殿内有《醇儒王史威告葬銘》。

墓表七　所以示表異之義，不獨墓有之，凡表宅、表閭，皆此例也，故古今相傳有華表之稱。西漢有《故謁者景君墓表》，其最古者。

靈表八　即墓表，特異其名耳，蔡伯喈集中有此作。

刻文九　刻文皆摩崖之作，史稱周穆王紀迹於弇山之石，當是刻文之製，而二字至秦時始

見，皆李斯之作。後世文集中亦少見。周宣王石鼓尚是礱石爲之，非此製也。

碣十　與碑相似，金石家謂「首之圓者爲碑，方者爲碣」，然古碣之存者，固有與碑極相似，方圓之説，亦不盡然也。晉潘尼作《潘黄門碣》，碣之最古者。

銘十一　銘之本義，是以金爲之，後乃以石代之者，亦謂之銘。若以文體而言，亦是箴銘之銘居先，碑銘之銘居後。

雜銘十二　墓誌銘之外，更有所謂壙誌銘、壙銘、權厝銘、華表銘、墓甎銘、葬銘、窆石誌銘之類，皆與墓銘相似，今合而名之曰雜銘。

雜誌十三　墓誌之外，更有所謂壙誌、葬誌、權厝誌、窆石誌之類，皆與墓誌相似，今合而名之曰雜誌。

墓版文十四　版之爲義，蓋書文於木之上，故書詔語者，則謂之詔版；書祭文者，則謂之祭版。以此求之，當是碑文之未及入石者。古人碑版並稱，以其文體相同故也。

題名十五　唐時有雁塔題名故事，乃登第之人，書姓名於上。而爲山水遊者，屐跡所至，亦往往有題名，惟僅記同遊名氏而已。茲擇有文字者録之。

附録十六

雜記第九

雜記者，所以叙見聞所及，或謂之雜志，或謂之雜識，其義一也。凡遺聞軼事，下至一名一物之細，靡所不有，而宫室之修造，山水之遊歷，其篇目爲最多。其用與碑刻相似，然碑刻無不入石，記則或不入石。今擇其目爲碑記者，入之碑誌類。碑記之不入記類，猶之碑銘之不入銘類，同一理也。叙雜記類第九，爲目十二：曰記，曰後記，曰笏記，曰書事，曰紀，曰志，曰録，曰序，曰題，曰述，曰經，其餘爲附録。

記一　《書·禹貢》、《顧命》二篇，不名爲記，實記體也。今世所傳孔子《閉房記》，恐係僞作。《周禮》之《冬官·考工記》、《儀禮》篇後必有記，記之最古者。漢有樊彦《脩西嶽廟記》，其末有銘，則碑記也，與此不類。魏晉間人始多爲記，至唐而傳者衆矣。

後記二　取前記未盡之意，而補出之，謂之後記。記之有後記，猶序之有後序也，惟後序常常有之，而後記則不多見。

笏記三　古者人臣有所建白之事，則先書之於笏，備遺忘也。《禮》所云「史進象笏，書思對命」，其來久矣，然其文不多見也。

書事四　自始至終，直書一事者，此爲書事之正體。若旁及他事，及雜以議論者，皆破體也。

其與碑誌之體似之而實不同，故入之雜記爲是。凡曰「書某事」、「書某人事」者，則入之；其曰「某人事略」，則入之傳狀類。

紀五　史之有本紀及世紀、外紀之屬，皆紀王者之事，與世家、列傳相應。此則專紀民間瑣務，其稍大者，如記寇亂之始終，書地方之沿革，以一事自爲首尾，與書事不甚相遠。

志六　史之有志，凡兵刑禮樂之類，一代之制作，皆具其中，與一切之郡縣志一方之故實無所不載者，非此類也。今取其列一事之始末，與記相似者入焉。

録七　録，以鈔寫爲義，後之著書者，因爲之録，蓋謙言祇鈔胥之役而已。然大都網羅貴富，其體與譜相似。今取其近於紀事者録之。

序八　集中已有序跋、贈序二類，然亦有名爲序，而於二類均不可入者，則入之此爲宜。如王右軍之《蘭亭序》、王子安之《滕王閣序》、李太白之《春夜宴桃李園序》之類是也。姚氏以柳子厚所作之《序棊》、《序飲》，名爲序，其實記也。所言具有至理，今從之。

題九　此與序跋類之有題後頗相似。惟題後多因讀古人著述而作，此則多題壁之語而已。

述十　凡著書之詞，或曰「某著」，或曰「某撰」，或曰「某述」。述之云者，蓋不敢居於著作之稱，姑述前言而已。其用爲文之一體者，古無是稱，亦無是作，唐以後始見。邯鄲淳有《魏受命述》，入之符命内，乃頌體，非記體也。與《九辨》之不爲辨、《典引》之不爲引，體例略同。有二種：述著作之緣起，則入之序跋

類；述事物之名迹，則入之雜記類。

經十一　古之著作家，惟屈子之《離騷》、揚子之《太玄》直名爲經，以外無所聞。唐陸魯望有《耒耜經》，宋蘇子瞻有《酒經》。當是踵陸羽《茶經》爲之。其體皆與記爲近。

附録十二

箴銘類第十

箴銘者，古之聖賢相與爲儆戒之義，其體遠在三代之前。顧箴一而已，銘則分爲二，一則入之碑誌類，其文多入石；一則入之箴銘類，其文多不入石：名同而實則相遠。自來選家，於此殊少區別，惟姚氏選本，始各以類相從，然亦有可議者。如班孟堅之《封燕然山銘》、張孟陽之《封劍閣銘》，皆摩崖之作，姚氏一則入之碑誌類，一則入之箴銘類，殆不可解。豈不以班語主於頌揚，張文則稍存規戒？然以此爲言，蓋亦不勝其瑣矣。至張横渠之《東西銘》，姚氏列之此類，允矣。而曾氏乃與論辨爲類，豈以無韻而異之歟？然二銘中，實不盡無韻。且祭文皆有韻，而韓退之《祭十二郎》獨無韻，豈亦得謂之非祭文耶？如此之類，均不敢輕附前人。序箴銘類第十，爲目八：曰箴，曰銘，曰戒，曰訓，曰規，曰令，曰誥，其餘爲附録。

箴一　與鍼同義，鍼所以治病，故有規戒之意。始於《虞箴》，漢時揚子雲、崔駰之徒，相與效

爲之。

銘二　始自黄帝，其真僞不可知，然可信非三代以後之作。湯有《盤銘》，武有《十七銘》，後人因之，凡器物皆爲之銘，施之金石者爲多。凡發揚功德及山林祠廟之作，悉入碑志類，餘列於此。

戒三　帝堯有此文，後則漢氏始見，體與箴銘相似。字又作誡。

訓四　相告勉之辭，《尚書》有《伊訓》，即此體之濫觴也。惟古爲臣告君，今則施之自敵以下而已。

規五　亦告勉之辭，謂之規者，約之使合於法度也。此體古無所師，唐人以意爲之，後人每有規條規約之目，亦是此意。

令六　亦教下之詞，與詔令内之令相似，惟用之家庭，而訓誡之意居多，故入之箴銘類。

誥七　書之有誥，本與詔敕相似，而凡尊長之教卑幼，亦謂之誥。誥者，告也，取告戒之義，故與箴銘相近。

附録八

頌贊類第十一

頌爲四詩之一，蓋揄揚功德之詞。其初本臣子施之君上，後則自敵以下，亦相與爲之。其以

稱古人以寓仰止之意者爲更多，甚至器物禽獸之微，亦藉以見意。蓋文人游戲之作，非正體也。亦有名爲頌而實非頌者，如韓退之《伯夷頌》是也。贊亦頌類。古者賓主相見，則有贊互相稱譽，以致親厚之意，故文之稱人善者，亦以贊爲名。然至史家之體，每傳必有贊，則其中賢否不一，亦時有貶詞焉，非其正體本如是也。敘頌贊類第十一，爲目五：曰頌，曰贊，曰雅，曰符命，曰樂語。

頌一　古之爲頌者，多用以刻石，如《史記·秦本紀》「刻石頌秦功德」是也。此與碑銘相近，宜入之碑誌類。西漢人所傳各頌，則多不入石。又頌必用韻，而亦有不用韻者，如王子淵《聖主得賢臣頌》是也。

贊二　自史家以外，鮮有作贊者。司馬相如作贊以美荆軻，此贊之最古者。贊有二種：有用韻者，有不用韻者。班《書》中已分爲二，《文選》因之，今以無韻者爲贊上，有韻者爲贊下。

雅三　柳子厚有《平淮夷雅》一篇，乃歌詠武功之盛，比於《江漢》、《常武》諸篇，故名曰雅。樂府有「鐃歌」，與此亦相近，但音節不同耳。

符命四　古者帝王受命，其臣作爲文字，鋪張功德之隆盛，旁及瑞應，以侈上天眷佑之意。《詩》之《玄鳥》、《生民》，即此類也。《文選》特設「符命」一體，以收此種文字，其體與頌相近，故附入焉。

樂語五　自宋以來，凡遇宫庭演劇，則命詞臣爲樂語，使伶人歌之，大都道太平之盛，故亦爲

應制之作。然民間尋常宴聚，亦間有之。先爲駢語，後媵以詩，亦有不爲詩者。又名致語。

辭賦類第十二

辭爲文體之名，猶之論也，蓋皆語言之别稱，惟論則質言之，辭則少文矣。故《左傳》稱「子産有辭」是也。而後之文體，亦由此而分。曾氏每以無韻者入之論著類，以有韻者入之辭賦類，即其義也。春秋以後，惟楚人最工此體，故謂之《楚辭》，而後之人往往摹擬而爲之。自漢魏以後，迄於南北朝，賦體盛行，唐人且以之取士。洎唐中葉，韓柳之徒出，於是文有駢體、散體之分。而今人之選古文者，往往不登詞賦一門，以示裁别。然二者用有廣狹，而其實不可偏廢也。且自古文人，亦未有於駢體全未問津而能工散體者，特人之性質不同，故於功力所至，不免有所專注焉耳。叙辭賦類第十二，爲目八：曰賦，曰辭，曰騷，曰操，曰七，曰連珠，曰偈，其餘爲附録。

賦一　賦爲詩之一體，自荀卿子始以賦名篇，楚人宋玉尤多此體，漢魏因之，大都皆屬古體。唐以來始有律賦，間以四六，試士用之。今以古賦爲賦上，律賦爲賦下。

辭二　辭之爲體與賦同，蓋皆詩之附庸，後乃自爲大國。今擇樂府歌曲之以詞名者，不以入選。惟漢武帝之《秋風辭》與詩相近，然自昭明入選時，已不與詩爲類，今仍之。《楚辭》亦辭也，今别之爲騷，自爲一體。

騷三　楚人屈原始爲此體。謂之騷者，凡以寫其憂鬱無聊之思，猶《風》、《雅》之變也，其文中多楚音。後人多效而爲之。

操四　與詩相似。孔子有《龜山》、《漪蘭》二操，其來久矣。而考其體製，實與騷不相遠，所以異於騷者，不以楚人作楚語耳。

七五　《楚辭》中有《七諫》一篇，而其體未備。漢人枚乘始作《七發》，首序，餘則設問難之辭凡七，因以爲名。後人仿而爲之甚衆。

連珠六　始於揚子雲，至後漢章帝之世，班固、賈逵、傅毅皆受詔爲之。以其文義如珠相貫，故名。踵昔人之後，而廣其義，故有演連珠、廣連珠、暢連珠之名。

偈七　本佛家梵語，晉鳩摩羅什有《贈沙門法和十偈》。唐代文人佞佛者多，故往往效而爲之。

附録八

哀祭類十三

哀爲傷逝之詞，如誄文、輓文、弔文、哀詞之屬皆是。祭則所用者廣，不盡施之死者，如告祭天地山川、社稷宗廟，凡一切祈禱酬謝詛咒之舉，莫不有祭，即莫不有文。以交於神明者，於理則

一，故選家皆合而同之。姚氏於哀祭一門，專收送死之作，非其義矣。叙哀祭類第十三，爲目二十八：曰告天文，曰告廟文，曰玉牒文，曰祭文，曰諭祭文，曰哀詞，曰弔文，曰誄，曰騷，曰祝，曰祝香文，曰上梁文，曰釋奠文，曰祈，曰謝，曰歎道文，曰齋詞，曰願文，曰醮辭，曰冠辭，曰祝嘏辭，曰賽文，曰贊饗文，曰告文，曰盟文，曰誓文，曰青詞，其餘爲附録。

告天文一　古者帝王受命，必行告天之禮，如商湯之「予小子履」數言是也。秦以上文皆不傳，傳自西漢之世。告地文附。

告廟文二　古人敬天之外，重在尊祖，故國有大事，則告於祖，其文必稱「嗣天子某」，此乃一定之體。漢以後始有文可見。

玉牒文三　本告天之文，書之於簡，鐍而封之，以玉爲飾，故名玉牒。凡帝王行封禪之禮則用之，所謂泥金檢玉是也。二字見《史記·封禪書》。

祭文四　曾氏以《黄鳥》之章爲祭文之祖，然玩其詞義，乃哀詞也。予謂祭之有文，不獨用之死者，如《武成》云「所過名山大川」以下數語，便是祭山川文之可見者。至送死之文，謂之祭文，則自晉以來有之。如陶元亮集中三篇是也。今以其用既廣，因分祭山川祠廟及異代之人者爲上篇，餘爲下篇。

諭祭文五　凡遇大僚薨逝，天子命詞臣撰擬祭文，而親近之臣，恭代行禮，於是有諭祭文。

自明至今不廢。

哀詞六　《楚辭》有《哀郢》篇，司馬相如有《哀二世賦》，皆與哀詞相近。至東漢班孟堅有《梁氏哀詞》，二字始見。魏之曹子建、晉之潘安仁集中，皆有哀詞數篇，此文前必有序，而附韻語於後，亦有一篇全爲韻語者。

弔文七　弔祭並言，然弔文實與祭文不類。祭文對死者而言，弔文則自致傷悼之意，故用之懷古爲多。漢賈太傅之《弔屈原文》、晉陸士衡之《弔魏武帝文》，稍爲近古。

誄八　《文心雕龍》稱「殷臣誄湯」，其文不可見；其可見者，如柳下季妻之誄其夫，魯哀公之誄孔子，其文爲最古。古人語質，本無一定之體。後之爲此者，前必有序，誄文則先叙家世，次及才行，次及官閥，次及死亡，大致略同。亦有從而少變之者。

騷九　屈子之《九歌》，姚氏由辭賦類分入。竊謂宋玉《招魂》、景差《大招》，體同一例。後人所作，如《送神》、《迎神》諸曲，皆此類也。

祝十　史稱帝堯時有華封人三祝，祝字始見，而非籲神之語。《金縢》有册祝，祝文權輿於此。其餘則如蒯聵之誓曰：「無絶筋，無折骨。」《禮記》祭蜡之文曰：「水歸其壑，土反其宅。」皆祝文也。自漢晉以後，此等文傳者頗多。以其書之於版者，故又謂之祝版文。

祝香文十一　古之祭者，爇蕭艾之屬以辟邪氣。今之拈香，當起於東漢之世，本佛氏之法，

後則凡有事於神明者，皆用之。祝香之有文，蓋始見於南宋之世。

上梁文十二　不知始於何時，宋以後此體屢見，楊誠齋、王介甫集中皆有之。文用駢語，皆寓頌禱之意，實《小雅・斯干》之遺。末附詩，上下東西南北凡六章，每章冠以「兒郎偉」三字；亦有不用者。

釋奠文十三　古之始入學者，必釋奠於先聖先師，由來久矣，而不見有文。釋奠之文，即祭文也。惟祭文爲總名，釋奠文則惟於學宫用之。

祈十四　古者祭而不祈，故漢詔有「增祀無祈」語。然或雨暘愆期，則爲民乞命，亦義不可廢。古文之存者，惟宋武帝有《祈雨文》一篇，餘皆爲有司之事矣。

謝十五　古之於神明，有祈必有報。謝者，報之事也，祈而有獲則謝之。

歎道文十六　此文古絶無有，唐世道教盛行，自天子以下皆供奉如不及，今其文尚在，亦足以覘當日之風氣矣。玩其詞義，似皆以女冠主之。

齋詞十七　唐人佞佛，士大夫亦相率爲之，故集中往往有此種文字。謂之齋詞，謂齋戒以致詞也。

願文十八　此亦祝辭之遺意，而施之於供佛者，謂之願文，以文中必云所願如何，冀其稱情以相予也。或以所應盡之功德，預告於佛前，故有發願之語。

醮辭十九　醮之本義，爲祭而飲酒之名。後凡僧道設壇祈禱，皆謂之醮。祈禱必有詞，因謂之醮辭。又謂之章，故詩人有「緑章夜奏通明殿」之語。

冠辭二十　古者將行冠禮，必告於祖，告必有祭，祭必有詞，因謂之冠辭。辭中必禱於鬼神，以祈多福，故嘗曰「某冠祝文」，又曰「祝辭」。

祝嘏辭二十一　即祝文也。謂之祝嘏，嘏，福也，因祝而祈福也。漢代有之，後之傳者少矣，宋劉敞偶仿爲之。

賽文二十二　《詩經》中有報賽田祖之作，蓋因年穀豐登，具酒醴以謝神明，所謂賽文，即謝文也。謂之賽者，《説文》：「賽，報也。」引申之治物以饗神，因而相與誇勝，亦曰賽。

贊饗文二十三　亦道家之事，所饗爲東皇大一之神，或北帝明堂，皆道者之所崇祀者也。其文語意，亦與齋醮等文相近。

告文二十四　天子有告廟文，士大夫之家，不敢自同於天子，因但謂之告文，而達其意於先人者，其義一也。本以告祖爲名，亦有不以告祖而泛稱之者。

盟文二十五　《左傳》：諸侯相與盟，則載其信約之詞於策，即盟文也。謂之盟者，盟者，明也，所以告於神明也。《文心雕龍》有《祝盟》一篇，二者本不相同，而其爲陳信之用者，則義固無殊也。

誓文二十六　誓之體於《尚書》屢見，所以告於神明者，亦與盟文相類。惟盟則多施之同等之國，而誓則用以約束羣下，爲稍異耳。

青詞二十七　亦於齋醮用之。唐人爲之濫觴，宋人文集中亦常常有之。至於嘉靖中道教盛行，天子一意焚修，一時詞臣爭以此迎上意。謂之青詞者，蓋以青紙書之也。

附録二十八

石遺室論文

陳衍 撰

《石遺室論文》五卷

陳衍　撰

陳衍（一八五六——一九三七），字叔伊，號石遺，福建侯官（今福州）人。光緒八年（一八八二）舉人。主張維新，爲《戊戌變法榷議》十條。後入張之洞幕，任官報局總編纂。爲學部主事、京師大學堂教習。晚年寓居蘇州，任無錫國學專修學校教授。崇尚宋詩而不墨守盛唐，爲「同光體」詩派之理論批評家。有《石遺室文集》、《詩集》、《詩話》等，并編選《近代詩鈔》、《宋詩精華録》等。

《石遺室論文》原爲作者在無錫國專授課之講義，共五卷，依次論述上古至周秦、兩漢、三國六朝、唐、宋之文章發展過程，重點在作家作品之品評與論析。以《尚書》爲「古文」之祖，後世史書之本紀、志、書，文學中之記載、告語體裁均源於此書，次即論列《左傳》、《禮記》之記載藝術，稍示内在理路。全書雖以評論個别作家爲主，間亦注意其歷史關聯，如奏議策論類，將鼂錯、董仲舒、陸贄、王安石、蘇軾等作縱向比較，於寫作手法多有發明。卷五論宋文篇幅較少，僅止歐蘇，似未完稿；然「世稱歐陽公爲『六一風神』，而莫詳其所自出」，爲較早明確記載「六一風神」重要

概念者（吕思勉於一九二九年出版之《宋代文學》亦有「所謂『六一風神』也」之語），頗堪注意。

此書作爲「無錫國學專修學校叢書之十四」，於一九三六年由無錫民生印書館出版。今即據以録入。

（王宜瑗）

石遺室論文一

陳衍 撰

上古至周秦

選古文辭者，向於各名家集中求之。如《唐文粹》、《宋文鑑》、《南宋文範》、《元文彙》等皆是。姚氏《古文辭類纂》，以六朝前無别集，其秦、漢文見於《漢志》詩賦類與儒家、法家、縱横家之等者，單行本多不傳，雜出於《史》、《漢》列傳及諸子百家中，於是采及《國語》、《國策》、《史》、《漢》各書，然未敢及經也。曾滌生（國藩）《經史百家雜鈔》出，乃選及經、子。凡各體文，皆推原其本於某經某篇，甚允當也。學文者於此求之，視姚氏選本突過之矣。

《尚書》爲中國第一部古史，亦即中國第一部古文。以史學論，後世之《天官書》、《律曆志》本於《堯典》上半篇，《職官志》本於《舜典》之命官，《輿服志》、《樂書》本於《益稷》，若《地理志》、《河渠書》之本《禹貢》，《本紀》之本二《典》，其尤顯者矣。以文學論，曾湘鄉之《雜鈔》，分記載、告語、著述、詞賦四類。竊以爲記載、告語二類，爲用最廣最要。《尚書》之《典》、《謨》則傳狀碑誌所自

昉，《禹貢》、《金縢》、《顧命》皆記事體，《召誥》、《洛誥》雖中多告語，而首尾實記事體。《顧命》惟韓昌黎曾學之，《金縢》則開後世「紀事本末」之體。奏議爲下告上之言，本於《臯陶謨》、《洪範》、《無逸》、《召》《洛》二誥，而《臯陶謨》實開《漢書》徐樂、嚴安二列傳之體，徐、嚴二傳只載上書一篇，別無他事。贈序爲同輩相告語之言，始於回、路之相贈處，而實本於《君奭》，蓋共處一地而贈言者。若鄭子家、晉叔向之與書，則隔異地而相與言，亦其類也。序跋昉於《易十翼》、《書序》、《詩序》、《射義》、《冠義》、《昏義》、《鄉飲酒義》。祭文昉於《武成》、《金縢》之祝詞。魯公之誄縣賁父，哀公之誄孔子，皆見於《檀弓》。而《周禮·大祝》作六辭，六曰「誄」，則周初已有之。

自唐虞下逮周末，《尚書》外文學分兩大宗，曰《左氏傳》，曰《小戴記》，皆各極文章之變化。《左傳》爲一人之手筆，《公》、《穀》僅足爲其附庸，古人所謂《左傳》爲大官羊，《公羊》乃賣餅家也。《小戴記》合羣策羣力爲一書，若更益以《考工記》，可謂極各種文章之能事。《公》、《穀》、《考工》皆短篇文字，《公》、《穀》多逆敍，《考工》多直敍及反言以明之。

《左傳》之文之工者，殆不可勝數；然文字之難工，不外繁簡兩種。今先舉其至繁者。邲之戰凡三千字，而有線索以貫之，則絲毫不紊矣。此戰線索之最大者在地理。晉師在河之北，楚師在河之南，故晉師救鄭，首提「及河」二字，次言彘子「以中軍佐濟」，又次言「師遂濟」，又次言楚

「聞晉師既濟」，此由河北而濟河南也；後言「先具舟於河，故敗而先濟」，又言「先濟者有賞」，又言「宵濟，亦終夜有聲」，此由河南而濟河北也。末以「祀於河」作結。此戰楚勝晉敗，故先由知莊子口中逗出「果遇必敗」四字，又由韓獻子口中逗出「事之不捷」四字，又由伍參口中逗出「若事之捷」與「戰而不捷」二句，又由伍參口中逗出「晉師必敗」句，又由皇戌口中反逗出「楚師必敗」句，又由彘子口中反逗出「敗楚服鄭」句，又由魏錡意中逗出「欲敗晉師」，又由郤獻子口中逗出「弗備必敗」，士會口中逗出「有備不敗」，以後遂預言「故上軍不敗」與「故敗而先濟」，又言「殿其卒而退，不敗」，末又言「是晉再克而楚再敗也」，又言「夫其敗也，如日月之食焉」作結，此以捷敗爲線索也。其餘以虚字爲線索者，如隨武子言「以務烈所，可也」，即緊接以彘子曰「不可」，又叠言「不可謂力」，「不可謂武」；欒武子又言「不可謂驕」，「不可謂無備」，終以「鄭不可從」；趙括、趙同又從「不可從」句折以「必從彘子」。其敍致師者，則曰「皆行其所聞」；敍挑戰者，則曰「皆命而往」。於欒伯則曰「既免」，於潘黨則曰「既逐魏錡」。前有魏錡之「求公族未得而怒」，趙旃之「怒失楚之致師者」，後則有「二子怒楚」句，又有「懼二子之怒楚師」句。前言「晉人懼二子之怒楚師」，後則言「楚人亦懼王之入晉軍」，皆措詞之以類相從者。

其次則鄢陵之戰，凡一千八百字。其線索之顯然者爲時日。首言「五月，晉師濟河」，次言「六月，晉楚遇於鄢陵」，又次言「甲午，晦，楚晨壓晉軍而陳」，又次追言甲午前一日癸巳日事，又

次以「及戰」二字，回敍到甲午日事。又次總一句曰「旦而戰，見星未已」，以「旦」字接上文「晨」字，以「見星」起下文「乃宵遁」句。中間言「詰朝，爾射死藝」，則以「詰朝」反逗甲午日也。子反之命「雞鳴而食」，苗賁皇之言「明日後戰」，則虛擬時日，以反逗到宵遁也。未戰，欒書言「三日必退」，既戰，言「三日穀」，尤顯然者。蓋他戰若城濮與邲，勝負皆決於俄頃，惟鄢陵終日苦戰，且有先期備戰，明日復戰諸議，故非處處點明時日不可，且翻來複去，點明亦正不易。如「甲午晨，楚壓晉軍而陳」一大段，既敍在前，則追敍前一日癸巳事，循例用「初」、用「先戰」似無不可。然上文敍許多事，實尚未戰，則「先戰」不可用也。若用「初」，則覺太泛，與楚子所言之「詰朝」不合。故創例特用「癸巳」，的是甲午前一日，開後人無限法門。

又戰事以將帥爲主，故左氏於諸大戰，必詳軍將。然城濮之戰，只言「郤縠卒，原軫將中軍，胥臣佐下軍」，則以「作三軍，謀元帥」，各將佐已詳敍於前也。故未戰時，有子犯、欒貞子諸人之出謀發慮；方戰時，有狐毛、欒枝、郤溱、狐偃諸人之設旆曳柴，橫擊夾攻，不嫌其無因至前也。邲之戰，則既詳三軍將佐，並詳三軍之大夫，則以趙括等六人於戰事各有關繫，不先敍之則不知其適從何來也。鄢陵之戰，下軍只言將爲韓厥，則其佐荀罃居守也，新軍只言郤至爲佐，則其將郤犨如齊、衛乞師也。

其他。邲之戰，中軍將懦弱，不能行令，故第曰「無及於鄭而勦民，焉用之」而已。鄢陵之戰，

中軍將剛斷能行其令，故首則曰「不可以當吾世而失諸侯，必伐鄭」。邲之戰，議論最動人者，「晉所以霸，師武臣力」一段，楚莊王對潘黨「止戈爲武」一段。鄢陵之戰，辨論最痛切者，「韓之戰，惠公不振旅」一段；最婉至者，「吾先君之亟戰」一段。邲之戰，有樂伯諸人之致師挑戰。鄢陵之戰，有潘尫、養由基、叔山冉、郤至、杜溷羅、茀翰胡、唐苟、石首、欒鍼、子重諸人之事，文章之波瀾同，而位置之前後反正繁簡無一同者。而最特別者，「楚子登巢車」一段，爲後世廣武、鴻門、玉璧諸紀載藍本。然廣武、鴻門等，皆實紀其事，未若此段許多事皆從對面相望、二人口中問答寫出之爲出奇制勝。蓋騁而左右以下，若事事實寫則數百言不能盡，且臃腫難看矣。此戰敍零星瑣碎，一絲不漏，又復落落大方，氣勢緊凑，所以爲能。

左氏文之最簡而工者，莫如開卷先經起例。「惠公元妃孟子」一節，論在第四卷中。其他文法之簡而能達，數字可抵人數十字者，如韓之戰。晉惠公戎馬還濘而止，慶鄭以種種怒惠公，見而不救，然不忍終不救也，故呼韓簡使救之。豈知韓簡方逐秦伯，將擒到手，被慶鄭告以公陷濘中，須急往救；於是韓簡捨却秦伯，急往救公，而公已不見了，蓋已被秦獲去矣。而傳只用「鄭以救公誤之」六字，包括許多倉皇呼救、倉皇奔救情形，自然失却秦伯也包在內，不消説了。今即加上「遂失秦伯。秦獲晉侯以歸」，通共也不過十六字，可謂簡極。

又連稱、管至父弑襄公一節，又一種特別簡法。因許多暗中謀亂情形，不得而知，不應説出，

故從事後追敍以「故謀作亂」。如何謀法，則以連稱從妹無寵作間，告作亂者以襄公出遊田，受傷而歸，使作亂者乘機動手。何由知之？由徒人費走出，忽然遇賊於門知之也。至「費請先入。伏公而出鬥，死於門中」，費已死了，又何由知之？由石之紛如禦於階下，公伏户後，孟陽代公卧於床知之也。蓋許多情形，只以「遇賊於門」、「伏公而出鬥」九字隱栝之，皆從事後悟及也。此則雖欲不簡，而不得不簡者矣。

敍事簡約可學者，邲之戰尚有二語云：「上軍下軍爭舟，舟中之指可掬也」。舟至於爭，舟中人必已滿，後至者以手强攀船舷欲上，先至者急於開駛，恐遲延追兵將至，且恐源源而來，人多舟重，故拔刀亂斫，至墜指滿於舟中，而左氏只以一語了之。此《史通》所極贊美者。

又《左傳》鞌之戰，前半有闕文，然此役斷自「孫桓子還於新築，不入」，至「以救魯、衛」，來路已甚分明也。此戰前後結構，略似韓之戰。蓋晉與楚戰，爲攘夷狄，勝敗相承，絕無構和之議；晉與秦爲婚姻，晉與齊爲王室之兄弟甥舅，故始於戰終於和，一大片文字，前詳交兵後詳議和也。魯、衛道晉伐齊，與柏舉之戰蔡侯、唐侯道吳伐楚同。請戰一段問答語，與夷吾、公孫枝問答同。齊侯「不介馬而馳」，郤克傷於矢，張侯力戰，而轉敗爲勝，與韓簡輅秦伯將止之，慶鄭以救公誤之，秦伯轉敗爲勝同。齊侯「驂絓於木而止」，與晉侯「戎馬還濘而止」尤同。秦獲晉侯，晉幾獲齊侯；晉大夫「反首拔舍」以救晉侯，逢丑父「與公易位」以救齊侯；秦大夫將殺晉

侯，郤獻子將戮丑父；秦質太子圉，晉欲質蕭同叔子；秦有穆姬，齊有辟司徒之妻，皆其相同處。至賓媚人一篇大議論，力爭晉人作難二事，與陰飴甥一番議論，力説秦伯歸君，爲兩戰最相同處。若其前後各事之不盡同，與其事雖同而安插不同者，正文章之善於變化，讀者尤宜著眼而究心者也。

作文大者爲機杼（闗通篇者），小者爲綫索（闗一段以至數段者，前已言之），此戰顯然可見者。自「高固入晉師」至「馬逸不能止」，皆寫兩軍之勇於赴戰。桀石投人，「不介馬而馳」，「折以御，左輪朱殷」，「左并轡，右援枹而鼓」皆是也。而郤克之「傷於矢」，張侯之「矢貫余手」，邴夏之「射其左，越於車下；射其右，斃於車中」，又以「矢」與「射」相映帶。至中間自「載齊侯以免」至「苟君與吾父免矣」，疊用十「免」字，又其尤顯者。後段兩用「其毋乃……也乎」，亦小結構也。附録《公羊傳》於後，以備參觀。

《春秋經》云：「秋七月，齊侯使國佐如師。己酉，及國佐盟於袁婁。」《公羊傳》云：「君不使乎大夫，此其行使乎大夫何？佚獲也。其佚獲奈何？師還（環繞也）齊侯，晉郤克投戟逡巡再拜稽首馬前。逢丑父者，頃公之車右也，面目與頃公相似，衣服與頃公相似，代頃公當左，使頃公取飲。頃公操飲而至，曰：『革取清者。』頃公用是佚而不反。逢丑父曰：『吾賴社稷之神靈，吾君以（即已字）免矣。』郤克曰：『欺三軍者，其法奈何？』曰：『法斮。』於是斮逢丑父。己酉，及齊

國佐盟於袁婁。曷爲不盟于師而盟于袁婁？前此者晉郤克與臧孫許同時而聘于齊。蕭同姪子者，齊君之母也。踊于棓而窺客，則客或跛或眇，於是使跛者迓跛者，使眇者迓眇者。二大夫出，相與踦閭而語移日，然後相去。齊人皆曰：『患之起，必自此始。』二大夫歸，相與率師爲搴之戰，齊師大敗。齊侯使國佐如師，郤克曰：『與我紀侯之甗，反魯、衛之侵地，使耕者東畝，且以蕭同姪子爲質，則吾舍子矣。』國佐曰：『與我紀侯之甗，請諾；反魯、衛之侵地，請諾；使耕者東畝，是則土齊也；蕭同姪子者，齊君之母也，齊君之母，猶晉君之母也，不可，請戰。壹戰不勝請再，再戰不勝請三，三戰不勝，則齊國盡子之有也，何必以蕭同姪子爲質？』揖而去之。郤克眣魯、衛之使，使以其辭而爲之請，然後許之，逮于袁婁而與之盟。」此即所謂迎敍也。他如「八年春，晉侯使韓穿來言：『汶陽之田，歸之於齊。』來言者何？内辭也，脅我使我歸之也。曷爲使我歸之？搴之戰，齊師大敗，齊侯歸，弔死視疾，七年不飲酒不食肉。晉侯聞之曰：『嘻！奈何使人之君七年不飲酒不食肉？請皆反其所取侵地。』」

案：均敍此一事，工拙有迥不相同者。如《左傳》只言「丑父與公易位」，及「丑父使公下，如華泉取飲」，而頃公之得免也，櫽栝三語中。而《公羊傳》必言面目相似、衣服相似云云者，蓋傳聞異辭。《左傳》言執頃公者韓厥，不識頃公者也；《公羊》言執頃公者郤克，識頃公者也，故必與頃公極相似者，方可代頃公，至自言非頃公，郤克乃知被紿。郤克，跛者也，《左傳》只言「帷婦人觀

之。郤子登，婦人笑於房」，而郤克之有可笑自見，然可笑安在？究未明言。故《公羊傳》明其或跛或眇，並敍齊侯之使跛迎跛，使眇迎眇，寫得嘲笑輕薄難堪處。《穀梁傳》並説明郤克爲跛，臧孫許爲眇，孫良夫爲秃，尚有曹公子手爲僂。並言使秃御秃，使眇御眇，使跛御跛，使僂御僂，此非《公》、《穀》之拙，乃《公》、《穀》之借弄姿態也，然而欠落落大方矣。

《左傳》敍鄭武公娶於申一大段，晉穆侯之夫人一大段，晉公子重耳之及於難一大段，皆記前後數十年事，開後世史家「紀事本末」之體，視《尚書·金縢篇》更爲詳明耳。

其一篇敍事中間，突然追敍一他事，則爲補筆。如「晉靈公不君」一大段，説到靈公伏甲攻趙盾，提彌明保護趙盾，一路且鬥且出，而明死之，足矣。忽插入「初，宣子田於首山」一段，何哉？明以一人敵不了許多伏甲，故至於死，則宣子猶未必得免，幸有翳桑餓人倒戟相助，故宣子乃得脱身，則不能不追敍首山舊事矣。其此餓人名居，問之不告，而知其爲靈輒者，則以與爲公甲，公徒共識其姓名也。其謂之補筆者，補趙盾所以得免之故也。此段記載，視鉏麑槐下之言，不可同日語矣。若後世西夏元昊使人刺韓魏公，魏公令其取首去，其人不忍云云，則學《左傳》而無語病者。《史記》鴻門之會，范增使項莊因舞劍擊殺沛公，而項伯亦起舞劍，以身翼蔽沛公，而張良因急呼樊噲入。噲似提彌明、項伯似靈輒，而項伯之感激張良，亦在平日。乃救護趙盾，敍其原因於事後；救護沛公，敍其原因於事前。雖史遷學古之能變化，亦左氏文簡便於補筆，《史記》文

繁，不能不先安頓也，此亦《史通》所謂「貌異心同」者。

文有中間忽插入一段，以爲收束地者，如《左傳》楚右尹子革將警靈王，無進言之便，適左史倚相趨過王誇其博雅，子革即反誚其不博雅，以動王之反詰。而「《祈招》之詩」乃怵王之聽，褫王之魄矣。魏絳請晉侯和戎，晉侯未聽。蓋晉侯好田，本喜動之人，其伐戎也，正視戎如禽獸，視伐戎如田獵耳。故絳既言「戎，禽獸也」，即突接以《夏訓》之言后羿。晉侯聰明人，未必不略聞后羿之事，故不待其詞之畢，即問：「后羿何如？」絳既詳述后羿之所以敗，又繼以《虞箴》，則炯戒凜然矣。若齊晏子因景公之煩於刑，而以「鬻踊」諷諫之，則適逢景公欲更其近市之宅，而詢以市價之貴賤，臨機應變，恰好進言也。

古人文字雖簡質，然有骨必有肉，無單純用骨者。《禹貢》爲地理書，如今人之水道提綱可矣。青州則曰：「海物惟錯」，曰：「鈆松怪石」。徐州則曰：「惟土五色」，曰：「羽畎夏翟，嶧陽孤桐」，曰：「泗濱浮磬，蠙珠暨魚」。揚州曰：「陽鳥攸居」，曰：「篠簜既敷」，曰：「厥包橘柚錫貢」。荆州則曰：「九江納錫大龜」。雍州則曰：「終南惇物，至於鳥鼠」。雖主貢品，然亦多不急之務，可以不寶遠物者，但以前民用以開民智，可資博物，不比僞託之《山海經》也。後世《水經注》一書，桑《經》只言水道，酈《注》則於湘水，言「帆隨湘轉，望衡九面」。於沔水，言龐士元、司馬德操所居「望衡對宇」。於河水，言過子夏石室前。皆不肯過於枯寂，亦其理也。

《攷工記》爲古今奇文，種種工作，不離乎數目字，而審曲面勢，説來但覺其造句巧妙，絶不覺數目字之多，數目字之重複。《廬人》、《匠人》，每節用「凡」字提起，有接連至於六七者。《樂記》亦然。《㡛氏》叠用「而某之、而某之」至於六七。《梓人》「爲筍簴」，先五叠「某者、某者」，後又六叠「以某鳴者、以某鳴者」。皆文理之各種結構處。最後弓人一職，尤爲精微。《經史百家雜鈔》皆已選之。

《禮記》開後世史書中各志文法與各種筆記文法，實則子書體裁也。《月令》全出《吕氏春秋》，《三年問》全出《荀子》，無論矣。《檀弓》多用複筆，然嫌其過於作態，可不必學。《禮運》節節相承，多用「故」字、「是故」字、「然後」字。《樂記》亦然。偶學則可。然鑄語之精，造句之工，《禮器》、《郊特牲》與《禮運》三篇略相等。《曲禮》、《内則》、《少儀》、《玉藻》皆所謂「曲禮三千，威儀三千」也。《經解篇》末「故昏姻之禮廢，則夫婦之道苦」；「鄉飲酒之禮廢，則長幼之序失」一段，《毛詩・小雅・六月小序》本之；但《經解》引《易緯》語，則未必全出孔子，未知與毛公孰爲先後？《緇衣》、《表記》各篇，每節引《詩》、《書》以證之，爲《韓詩外傳》等所本。《儒行篇》中，「其某某有如此者」凡十六則，唐鄭亞《一品制集序》本之。《禮記》終篇多用秃煞無虚字。

秦文，則吕不韋之《吕氏春秋》、商鞅之《商君書》，皆入子類。此外則李斯耳。泰山、琅琊諸刻石，皆尚簡質；《諫逐客書》無他妙巧，以用物譬用人，命意切當，自然動聽。

石遺室論文二

兩漢

《史記·陸賈傳》載賈説南越王趙佗説，司馬相如本之以爲《諭巴蜀檄》。檄之「北征匈奴，單于怖駭，交臂受事，屈膝請和」云云，即陸賈之「鞭笞天下，刼略諸侯」云云也。檄之「攝弓而馳，荷戈而走」，「人懷怒心，如報私讎」云云，即陸賈之「將相欲移兵」云云也。檄之「陛下患使者有司之若彼，悼不肖愚民之若此」，即陸賈之「天子憐百姓」云云也。檄之「發軍興制，驚懼子弟」云云，即陸賈之「以新造未成之越，屈彊於此」云云也。檄之「身死無名，謚爲至愚」云云，即陸賈之「掘燒先人冢，夷滅宗族」云云也。但陸説尤質直耳。

賈誼《陳政事疏》首云：「可爲痛哭者一，可爲流涕者二，可爲長太息者六。」姚姬傳云：「『長太息』六，文内闕一。」真西山引《新書》諸侯官名制度同於天子者補之。鼐謂《新書》者，未敢信其爲真賈生之文也。意此一段爲《論積貯》，即載於《食貨志》者是已。」曾滌生云：「『可流涕

者』，少一條；『可長太息者』，少一條；《漢書》所載，殆非賈子全文。」衍謂此疏漢人奏議中第一長篇文字，凡六千言，開後世萬言書之祖。長篇文必有局陳，一「痛哭」，一「流涕」（從姚氏説），六「長太息」，一開口已大綱備舉。子書之布局，無不如是。《大學》之三綱領、八條目，《中庸》之「九經」，《孔子閒居》之「五至」「三無」，皆是也。而每項之中，又各有其局陳。「痛哭」一項，先用兩「令」字，指出當日已然情勢。次用「有異」、「豈有異」兩層，指出將然情勢。復次前用兩「假説」、一「假令」、一「臣知」「臣有以知」、兩「臣又知」，以自爲問答；中用「雖名爲臣」、「雖行不軌」、「雖有悍如馮敬」三層，以爲抑揚；然後用三「莫若」，説出辦法。末又用「病非徒瘇」者再，以洗發可爲「痛哭」之故。其不肯平鋪直敍如此。「流涕」一項，用「非亶倒縣」以與首段「臣故曰」云云作一例，下乃言自己有辦法，略與首段同，虛實異耳。第三段「長太息」之一，首以三「古」字、三「令」字，相爲形容；後用三「不可得也」，明其可「太息」。第四段「長太息」之二，多用排偶句。第五段「長太息」之三，起便用三疊筆，餘尤多排偶。第六段「長太息」之四，反正承轉，亦無不用排偶，且多用長排。第七段「長太息」之五，尤多用疊筆。陸宣公奏議皆本於此。「長太息」六缺一，姚氏以爲當即《論積貯疏》，入《食貨志》者，疏亦多排偶語，姚説當可信。至「可流涕者」，並不少一條。原文「可爲流涕者此也」凡兩見，雖皆指匈奴一事，然一言歲致金繒，以奉夷狄，是首反居下；一言匈奴「不過漢一大縣」，威可加而不加，留此大患，所謂「勢既卑辱，禍乂不息」，故言

流涕者二也。

論辨一類，古今以賈誼《過秦論》稱首。其名爲「過秦」，始見於《新書》。太史公引作《秦始皇本紀論贊》。本只一篇，後人分作三篇，首篇過始皇，次篇過二世，三篇過子嬰。其實如此巨製，無他妙巧，不外開合擒縱而已。縱之愈遠，擒之愈見有力也。首言秦之數世，種種强盛；次言六國之謀臣策士合從併力，而無如秦何；又次言秦滅六國，益復種種强盛，天下益無如之何矣。皆開也，縱也；而陳涉以匹夫亡之。然僅此一合一擒，未免過於簡單，故又用「且夫」一段推開，將陳涉與六國層層比較，山之峯巒迴抱、水之港汊瀠回矣。次篇本首篇末二句發論。若謂均之不施仁義，何以始皇以興，二世以亡？則以攻時尚可不施仁義，守時斷斷不可不施仁義。所謂逆取順守之理，「馬上可得天下，不可於馬上治之」也。第三篇别論攻守異勢之理。若謂時至子嬰，必不可攻，尚可以守；而子嬰不知者，仁義不施，無人爲進謀也。三篇樞紐合在首篇末二句，則合三篇爲一篇。氣勢尤覺雄駿，血脈尤覺貫注。

稍前於賈誼者，尚有賈山，嘗給潁陰侯爲騎。在孝文時，借奏爲諭，言治亂之道，名曰《至言》。真西山云：「漢自高帝以來，未有以書疏言事者，山實始之。」是謂《至言》前於《陳政事疏》矣。惟誼多新論，山多舊見解；誼多詰屈奥衍字句，山則文從字順。故不如誼疏之動人心目，然時間以雋快之筆。如三段壘用「至於此」，壘用「使其後世曾不得」云云，多用「何也」，多用「故」與

「所以」（本《禮運》）。末用「如此」「不如此」兩層，一正一反作結。皆所以力求醒豁而已，在西漢故爲健爽文字。

文之有駢偶兆端《尚書》、《周易》，至《國語》、《左傳》而已盛。今之論文學源流者，以爲始於西漢之相如、子雲，東京之孟堅、平子，豈其然哉！李斯《諫逐客書》、賈生《陳政事疏》中既多排偶矣，而鄒陽《諫吳王書》、《獄中上梁王書》，其排偶尤多者也。通篇全引古事，以爲證據，故非以排偶出之，則嫌其孤證單弱。其布置以二人爲一偶，或以四人爲一偶，略用反正相承，極似後世演聯珠體，似即聯珠所由來。而每段收束處，多用單行，則東漢以迨六朝駢文亦皆如是也。中間「臣聞明月之珠」一段，尤筆意舒展，事理反覆詳明。全節起結兩筆，尤有力量。（起云：「臣聞『忠無不報，信不見疑』，臣常以爲然。徒虛語耳！」結云：「則士有伏死掘穴巖藪之中耳，安有盡忠信而趨闕下者哉？」）

景帝時，鼂錯號智囊。平日於兵刑、錢穀諸要務，大概無不簡練揣摩。其所讀，必不出孫吳《兵法》、《管子》、《商君》諸書，故其《言兵事》一篇文字，與《孫子》第二篇、第六篇、第七篇、第九篇，《商君》之算地、戰法、兵守、徠民、境内各篇，甚爲相似。不但立説用意之有所本已也；凡人學問，於何等書用功最深，一旦下筆，不必字摹句仿，自有不覺相似之處，似在神理也。錯尚有《募民徙塞下》議論二篇，亦多與《管子》作内政寄軍令之言相近。

其筆意與鼂家令相近者，有趙充國。充國有《陳兵利害書》，不過尋常奏議體。其《屯田奏》三首，則皆斬釘截鐵，無一躲閃語，無一支蔓語；然亦時有約束照顧，使閱者易於明白。斯爲本色文字。

文章之妙，全在繁者使簡，簡者使繁。使簡者，斬其葛藤：或簡其字，或簡其句；如短兵之相接，如作小楷之波磔攢蹙，如繪輿圖之簇山川都邑於徑寸之紙上，而又曲折精緻，標識分明。使繁者，用加倍寫法：或往復計算，仔細較量；或旁徵曲證，歧中有歧；或沿流泝源，山上有山；在詩家所謂排比鋪張，亦其一類也。如鼂家令文字，多以繁音促節、斬截無長語見長；而《論貴粟》一疏，則用加倍寫法。如云：「民貧於不農，不農則不地著」兩語足矣。乃必云：「貧生於不足，不足生於不農，不農則不地著，不地著則離鄉輕家，民如鳥獸，雖有高城深池、嚴法重刑，猶不能禁也。」云「珠玉金銀，易藏輕賫」足矣。乃必云：「珠玉金銀，飢不可食，寒不可衣，然而重貴之者，以上用之故也。其爲物輕微易藏，在於把握，可以周海内而無飢寒之患。此令臣輕背其主，而民易去其鄉，盜賊有所勸，亡逃者得輕賫也。」云「粟米布帛反是」足矣。乃必云：「粟米布帛，生於地，長於時，聚於力，非可一日成也。數石之重，中人弗勝，不爲姦邪所利，一日弗得而飢寒至。」所謂往復計算，仔細較量，以聳人之觀聽也。至中一大段云：「今農夫五口之家，其服役者不下二人，其能耕者不過百畝，百畝之收不得百石。春耕夏耘，秋穫冬藏，伐薪樵，治官府，給

徭役，春不得避風塵，夏不得避暑熱，秋不得避陰雨，冬不得避寒凍，四時之間，無日休息。又私自送往迎來，弔死問疾，養孤長幼在其中。勤苦如此，尚復被水旱之災，急政暴虐，賦斂不時，朝令而暮改。當其有者，半賈而賣，亡者取倍稱之息。於是有賣田宅、鬻子孫以償責者矣。而商賈大者積貯倍息，小者坐列販賣，操其奇贏，日遊都市，乘上之急，所賣必倍；故其男不耕耘，女不蠶織，衣必文采，食必粱肉，無農夫之苦，有阡陌之得，因其富厚，交通王侯，力過吏勢，以利相傾，千里遊敖，冠蓋相望，乘堅策肥，履絲曳縞，此商人所以兼並農人，農人所以流亡也。」加倍寫農夫之苦，粟米之不易得，商賈之與農夫大相反。重重疊疊，歧中有歧，山上有山，常爲韓、歐諸家所學。班孟堅《西都賦》中，説都市商賈之盛云：「於是既庶且富，娛樂無疆。遊士擬於公侯，列肆侈乎姬姜。鄉里豪舉，游俠之雄，連交合衆，騁騖乎其中」云云，略本於此。末段結以排偶云：「爵者，上之所擅，出於口而無窮；粟者，民之所種，生於地而不乏。」後世爲奏議者，無不學此鎖紐之法，不但陸宣公、蘇子瞻諸家然也。

告語之體，所以曉人。設譬以明之，則易曉矣。故《孟子》一書，最多設譬。僞《古文尚書》亦多。若《大禹謨》之「惠迪吉，從逆凶，惟影響」。《五子之歌》之「予臨兆民，懔乎若朽索之馭六馬」。《説命》之「若金，用汝作礪；若濟巨川，用汝作舟楫；若歲大旱，用汝作霖雨」。「若藥弗瞑眩，厥疾弗瘳；若跣弗視地，厥足用傷」。又「若作酒醴，爾維麴糵；若作和羹，爾維鹽梅」。皆

是。《盤庚》之「若火之燎於原，不可嚮邇」，則《今文尚書》也。若《孟子》，則「王知夫苗乎」、「王好戰請以戰喻」、「有復於王者曰：『吾力足以舉百鈞』」云云，「挾太山以超北海」云云，「王之臣有託其妻子於其友」云云，「爲巨室則必使工師求大木」云云，「飢者易爲食」云云，「今有受人之牛羊」云云，如此之類，未易悉數。

賈誼《陳政事疏》云：「夫抱火厝之積薪之下，而寢其上，火未及然，因謂之安，方今之勢，何以異此？」又云：「屠牛坦一朝解十二牛，而芒不頓者，所排擊剥割，皆衆理解也。至於髖髀之所，非斤則斧。夫仁義恩厚，人主之芒也；權勢法制，人主之斤斧也。今諸侯王，皆衆髖髀也，釋斧斤之用，而欲嬰以芒刃，臣以爲不缺則折。」又云：「天下之勢方病大瘇。一脛之大幾如要，一指之大幾如股，平居不可屈信，一二指搐，身慮無聊。失今不治，必爲錮疾，後雖扁鵲，不能爲已。」又云：「天下之事方倒縣。凡天子者，天下之首，何也？上也。蠻夷者，天下之足，何也？下也。今匈奴嫚侵掠，至不敬也，爲天下患，至無已也，而漢歲致金絮采繒以奉之。夷狄徵令，是主上之操也；天下共貢，是臣下之禮也。足反居上，首顧居下，倒縣如此，莫之能解。」又云：「人主之尊譬如堂，羣臣如陛，衆庶如地。故陛九級上，廉遠地，則堂高；陛亡級，廉近地，則堂卑。高者難攀，卑者易陵，理勢然也。」「今自王、侯、三公之貴，皆天子之所改容而禮之也，古天子之所謂伯父、伯舅也，而今與衆庶同黥、劓、髡、刖、笞、傌、棄市之法，然則堂不亡陛乎？被戮辱

者不泰迫乎？」

董仲舒《賢良對策》首篇設譬者六處，曰：「夫上之化下，下之從上，猶泥之在鈞，惟甄者之所爲；猶金之在鎔，惟冶者之所鑄。綏之斯徠，動之斯和，此之謂也。」曰：「陽爲德而陰爲刑，刑主殺而德主生。是故陽常居大夏，而以生育養長爲事；陰常居大冬，而積于空虛不用之處。以此見天之任德不任刑也。」曰：「夫萬民之從利也，如水之走下，不以教化隄防之，不能止也。」曰：「今漢繼秦之後，如朽木糞牆矣，雖欲善治，亡可奈何？法出而姦生，令下而詐起，如以湯止沸，抱薪救火，愈益愈甚也。」曰：「琴瑟不調，甚者必解而更張之，迺可鼓也；爲政而不行，甚者必變而更化之，迺可理也。」曰：「古人有言曰：『臨淵羨魚，不如退而結網。』今臨政而願治，七十餘歲矣，不如退而更化。」次篇設譬者二處，曰：「臣聞良玉不瑑，資質潤美，不待刻瑑，此無異達巷黨人，不學而自知也。然則常玉不瑑，不成文章；君子不學，不成其德。」曰：「夫不素養士，而欲求賢，譬猶不瑑玉而求文采也。」三篇設譬者四處，曰：「積善在身，猶長日加益，而人不知也；積惡在身，猶火之銷膏，而人不見也。」曰：「夫善惡之相從，如景嚮之應形聲也。」曰：「夫天亦有所分予，予之齒者去其角，傅其翼者兩其足。是所受大者，不得取小也。」曰：「夫皇皇求財利，常恐匱乏者，庶人之意也；皇皇求仁義，常恐不能化民者，大夫之意也。」設譬可謂多矣。

後世陸宣公奏疏，多用譬喻。蘇子瞻尤工，蓋本用功孟子、賈生，又學宣公也。陸《奉天請數對羣臣兼許令論事狀》有云：「天子之道，與天同方。天不以地有惡木而廢發生，天子不以時有小人而廢聽納。」「人有邪直賢愚，在處之各得其所而已。必不可以忠良者少，而闕於詢謀獻納之道也。昔人有因噎而廢食者，有懼溺而自沉者，其爲矯枉防患之慮，豈不過哉？」又云：「馭之以智，則人詐；示之以疑，則人偷。接不以禮，則徇義之意輕；撫不以恩，則效忠之情薄。上行之則下從之，上施之則下報之，若響應聲，若影從表，表枉則影曲，聲淫則響邪。」又云：「伏願不禦人以給，不自炫以明，不以先覺爲能，不以臆度爲智，不形好惡以招諂，不大聲色以示威。如權衡之懸，不作其輕重，故輕重自辨，無從而詐也；如水鏡之設，無意於妍媸，而妍媸自彰，莫得而怨也。」

蘇《上皇帝書》有云：「人主之所恃者，人心而已。人心之於人主也，如木之有根，如燈之有膏，如魚之有水，如農夫之有田，如商賈之有財。木無根則槁，燈無膏則滅，魚無水則死，農無田則飢，商賈無財則貧，人主失人心則亡。此理之必然，不可逭之災也。」又云：「夫人言雖未必皆然，而疑似則有以致謗。人必貪財也，而後人疑其盜；人必好色也，而後人疑其淫。何者？未置此司，則無其謗，豈去歲之人皆忠厚，而今歲之人皆虛浮？孔子曰：『工欲善其事，必先利其器。』又曰：『必也正名乎。』今陛下操其器而諱其事，有其名而辭其意，雖家置一喙以自解，市列

千金以購人，人必不信，謗亦不止。夫制置三司條例司，求利之名也；六七少年與使者四十餘輩，求利之器也。驅鷹犬而赴林藪，語人曰：『我非獵也。』不如放鷹犬而獸自馴。操網罟而入江湖，語人曰：『我非漁也。』不如捐網罟而人自信。故臣以爲消讒慝以召和氣，復人心而安國本，則莫如罷制置三司條例司。」又云：「自古役人，必用鄉户，猶食之必有五穀，衣之必用絲麻，濟川之必用舟楫，行地之必用牛馬，雖其間或有以他物充代，然終非天下所常行。今者徒聞江浙之間，數郡雇役，而欲措之天下，是猶見燕、晉之棗栗，岷、蜀之蹲鴟，而欲以廢五穀，豈不難哉？」又云：「夫商賈之事，曲折難行。其買也先期而與錢，其賣也後期而取直，多方相濟，委折相通，倍稱之息，由此而得。今官買是物，必先設官置吏，簿書廩禄，爲費已厚，非良不售，非賄不行，是以官買之價，比民必貴；及其賣也，弊復如前。商賈之利，何緣而得？朝廷不知慮此，乃捐五百萬緡以予之。此錢一出，恐不可復。縱使其間薄有所獲，而征商之額，所損必多。今有人爲其主牧牛羊，不告其主，而以一牛易五羊。一牛之失，則隱而不言；五羊之獲，則指爲勞績。陛下以爲壞常平而斂青苗之功，虧商税而取均輸之利，何以異此？」又云：「夫姦臣之始，以臺諫折之而有餘；及其既成，以干戈取之而不足。今法令嚴密，朝廷清明，所謂姦臣，萬無此理。然而養貓以捕鼠，不可以無鼠而養不捕之貓；畜狗以防姦，不可以無姦而畜不吠之狗。」以上所有設譬，皆以排偶出之，而子瞻用筆措調，尤宛轉動聽。然「驅鷹犬」一長排，實本宣公《論兩

河及淮西利害狀》。狀云：「夫投膠以變濁，不如澄其源而濁變之愈也；揚湯以止沸，不如絕其薪而沸止之速也。是以勞心於服遠者，莫若修近而其遠自來；多方以救失者，莫若改行而其失自去。」

漢代文章，世稱「賈茂董醇」。茂，盛也，即樹木枝葉暢茂之意。賈生之策論，根本盛大，枝葉扶疏，茂不難解也。董之醇在何處乎？均是此意此言，在他人言之透露，而董言之含蓄；他人言之激烈，而董言之委婉，不肯求其簡捷。三策原以災異作主，而第一篇開口曰：「以觀天人相與之際」，曰：「天盡欲扶持而安全之」，曰：「事在彊勉而已矣」，曰：「可使還至而立有效者也」，皆説得親切近情。曰：「非道亡也，幽厲不繇也」，曰：「非天降命，不可得反，其所操持誖謬，失其統也」，委婉中又説得鄭重，視「天難諶、命靡常」者較親切矣。曰：「刑罰不中，則生邪氣」云云，曰「天任德不任刑」，曰「陽不得陰之助」云云，曰「故先王莫之肯爲也」，皆頗有至理。曰「四方正，遠近莫敢不一於正，而亡有邪氣奸其間者」，則煞句頗峭，以其上「正心以正朝廷」各句已堂堂正正説之，此處正收太平，故反足一句。又足以「陰陽調風雨時」至「王道終矣」一段，以鼓舞修德之心，文氣可謂厚矣。又反足以「鳳鳥不至」至「不得致也」數句，厚之至也。曰「自古以來，未嘗有以亂濟亂、大敗天下之民如秦者也」，文氣已足矣；又重之曰「其遺毒餘烈，至今未滅，使習俗薄惡，人民嚚頑，抵冒殊扞熟爛如此之甚者也」，皆文氣至厚處。又肯説多餘話，而説來不討厭，

使人動聽。如「人君莫不欲安存而惡危亡」云云是也。第二篇首分二段，皆用「此之謂也」指出勞逸之分，皆引孔子之言以明之。中隔一小段，乃言「秦則不然」，亦引孔子之言以明之，亦用「此之謂也」作結，則照發問次第爲對也。下半篇轉到武帝處，先言「王心未加」之故，勉其設誠而致行，「則三王何異」，結以興學養士得賢才，則三王易爲，堯舜可及，以應首三段而已。第三篇又申言天人相應之道。首段言法天，曰：「以此見人之所爲，其美惡之極，乃與天地流通而往來相應。」次措詞既見鄭重，又歷舉人之所以受命於天者，故不可不知天命。宋儒多少語録，皆從此化出。次段將唐、虞「寖明寖昌」，桀、紂「寖微寖滅」，分前後發明其故，而於中間設兩譬以兩明之，乃由唐、虞轉入桀、紂，此文法之變化故常處。三段言「天不變道亦不變」，但三王損益，因時不同。所云：「道之大，原出於天」云云，「道者所由適於治之路也」云云，與次段「人有父子兄弟之親」云云，語意醇樸，皆爲韓退之《原道》所本。末二段推言政事得失、天下息耗，以不奪民利、罷黜百家爲主，則策問所不及者矣。

漢文帝時，詔有司舉賢良文學士，鼂錯在選中。上親策詔云云，錯對甚長，約二千言。首段以五帝三王五伯總冒篇中三段，而以「退託於不明以求賢良」，冒末段作結，皆就詔策中所問「明於國家之大體」、「通於人事之始終」及能「直言極諫」者各項，分別對答，開出後世對策體格。無他，求其眉目清楚而已。四段中，首段言「五帝神聖，其臣莫能及」。中國原有此「古今人不相及、

聖不可謂神」之説，所謂「一人智而天下皆愚」，「羣言淆亂，折衷於聖者」，皆此類也。其實堯以不得舜爲己憂，舜以不得禹、皋陶爲己憂。非舜則四凶不去，十六相不舉；非五臣則洪水不平，艱食鮮食不奏，五教不敷，五刑不明，天下不治矣。文帝以明大體爲問，而錯答以神靈不測之意，甚失旨矣。次段乃言「臣主俱賢，合謀相輔」，以人情明人事。即孟子「與聚勿施」之説，而以排偶之筆出之，意乃周至而不單薄。此二段長短略相同；而首段多用三字、四字短句，與次段稍有不同。三段長倍於首、次段，四段尤長。三段言「五伯不及其臣」，故一概由其臣作主。中又自分三項：一自行，二立法，三事君。立法中又分行賞、行罰二項。事君項歸到直言極諫。此文章於整齊中，又兼參互錯綜法，方不板滯也。第四段由三段之五伯，轉入「萬萬於五伯」，以反撲「朕之不德，吏之不平，政之不宣，民之不寧」，而一反一正，借秦以爲鑒戒。反處，結到不平不宣不寧之禍；正處，結到文帝如何深仁厚澤，而「民不益富，盗賊不衰，邊境未安」，在文帝之「不躬親而待羣臣」，不能如五帝。不如自躬親而不待羣臣，如五帝之於其佐也。是教帝以獨斷獨行，勿任臣下，與唐虞君臣交儆之道異矣。其立言之失，已根於首段也。後世王安石《上神宗萬言書》頗似此對。

漢武帝時，閩越復興兵擊南越，南越守天子約，不敢擅發兵，而上書以聞。上多其義，大爲發兵，遣兩將軍將兵誅閩越。淮南王安上書諫之，書約二千言。全篇殆淮南王集賓客之長所作，反

復丁寧，重重疊疊，其可學處在此，其不盡可學處亦在此，當分别觀之。可學處似層巒列嶂，高低向背，樹木泉石，各有不同；其不盡可學處，似水複山重，峯迴路轉，幾於難辨逕途。如既説：「不居之地，不牧之民，不足以煩中國」，又説：「得其地，不可郡縣也」，又説：「臣竊聞之，與中國異，限以高山，人迹所絶」，又説：「中國之人不能其水土也」，又説：「夷狄之地，何足以爲一日之間，而煩汗馬之勞乎？」既説：「篁竹之中，阻險林叢」，又説：「夾以深林叢竹。」既説：「夏月暑時，嘔泄霍亂之病相隨屬，死傷者必衆」，又説「南方暑溼，近夏癉熱。疾癘多作，病死者什二三。」既説：「林中多蝮蛇猛獸」，又説：「蝮蛇蠚生。」既説：「天下賴宗廟之靈，方内大寧，戴白之老，不見兵革，陛下之德也」云云，又説：「陛下德配天地，明象日月」云云。皆過於重疊者也，若後人爲之，必求所以删併之法。如既有「輿轎而隃嶺」一段，必須將「南方暑溼」一段删去；既有「以地圖察其山川」一段，必須將「輿轎」一段併入。其餘，首段言「不足以煩中國」；次段即言漢「未嘗舉兵入其地」以證之；三段言「以地圖察其山川要塞」，摹繪最工；四段即言不應「反以中國而勞蠻夷」；五段言「死傷必衆」；六段即引漢故事以證之；七段言軍旅之後必有災，勸其勿用兵；八段反復明越之不能爲患，雖亦言越之險阻，而由越入中國一面説過來，故不爲重複；九段言伐之則必受虧；十段言招致之策；十一段又言用兵之無益；十二段引秦事以證之；十三段言不但無益，萬一有害；十四段至末，收到用兵不如遣使。

賈捐之《罷珠厓對》，命意與淮南王安《諫伐閩越書》大致相同，而結構整飭，陳義正大，直言不欲廓地太大而已，非如淮南王書之重重疊疊，顯係采集多人議論也。中間一段云：「當此之時，寇賊並起，軍旅數發，父戰死於前，子鬥傷於後；女子乘亭鄣，孤兒號於道，老母、寡婦飲泣巷哭，遥設虚祭，想魂乎萬里之外。」説得驚心動魄。後世李華《弔古戰場文》、蘇軾《諫用兵書》等篇，屢揚其波。至清代曾滌生，猶數用「寡婦夜哭」等語而不厭。「駱越之人」一段，則既將淮南王書變化簡練，又益以珠犀、瑇瑁非獨珠厓有也一層，倍覺意義酣足。

生古人後，於古人文章佳處，不禁效法，然貴能變化，求其神似，勿徒求其形似，則善矣。楊子幼（惲）《報孫會宗書》中間一段云：「臣之得罪，已三年矣。田家作苦，歲時伏臘，烹羊炰羔，斗酒自勞。家本秦也，能爲秦聲；婦趙女也，雅善鼓瑟；奴婢歌者數人，酒後耳熱，仰天拊缶而呼烏烏。其詩曰：『田彼南山，蕪穢不治。種一頃豆，落而爲萁。人生行樂耳，須富貴何時！』是日也，拂衣而喜，奮袖低昂，頓足起舞，誠荒淫無度，不知其不可也。」可謂濃情異采，哀感頑豔矣。梁丘遲變化之以感激陳伯之，曰：「將軍松柏不翦，親戚安居，高臺未傾，愛妾尚在。悠悠爾心，亦何可言！」又曰：「暮春三月，江南草長，雜花生樹，羣鶯亂飛。見故國之旗鼓，感平生於疇日，撫絃登陴，豈不愴恨！」唐柳子厚（宗元）又變化之以答許孟容云：「今世禮重拜掃，今已缺者數年矣。每遇寒食，則北向長號，以首頓地，想田野道路，士女遍滿，皂隸傭丐，皆得上父母

丘墓，馬醫夏畦之鬼，無不受子孫追養者，然此已息望，又何以云哉！」皆《史通》所謂「貌異而心同」者也。

大凡書札中措詞，視覿面語言，多用加倍寫法，使人動聽。其層層加倍寫處，如司馬子長《報任安書》，自是滿腹悲憤，遇題（任安令薦士）勃發，故説得至沈痛。如云：「夫中材之人，事關于宦豎，莫不傷氣，況慷慨之士乎？如今朝廷雖乏人，奈何令刀鋸之餘薦天下豪儁哉？」又云：「今已虧形爲掃除之隸，在闒茸之中，乃欲昂首伸眉，論列是非，不亦輕朝廷、羞當世之士耶？」又云：「夫人臣當萬死不顧一生之計，赴公家之難，斯以奇矣。今舉事壹不當，而全軀保妻子之臣隨而媒蘖其短，僕誠私心痛之。」又云：「假令僕伏法受誅，若九牛亡一毛，與螻蟻何異？而世又不與死節者比，特以爲智窮罪極，不能自免，卒就死耳。」又云：「且勇者不必死節，怯夫慕義，何處不勉焉。僕雖怯懦欲苟活，亦頗識去就之分矣，何至自湛溺纍紲之辱哉？且夫臧獲婢妾，猶能引決，況若僕之不得已乎？所以隱忍苟活，幽於糞土之中而不辭者，恨私心有所不盡，鄙陋没世，而文采不表于後世也。」又云：「僕竊不遜，近自託於無能之辭，網羅天下放失舊聞，考之行事，稽其成敗興壞之紀，凡百三十篇。亦欲以究天人之際，通古今之變，成一家之言。草創未就，會遭此禍，惜其不成，是以就極刑而無慍色。僕誠已著此書，藏之名山，傳之其人，通都大邑，則僕償前辱之責，雖萬被戮，豈有悔哉！」又云：「僕以口語，遇遭此禍，重爲鄉黨戮笑，以汙辱先

人，亦何面目復上父母之丘墓乎？　雖累百世，垢彌甚耳！　是以腸一日而九迴，居則忽忽若有所亡，出則不知所往。每念斯恥，汗未嘗不發背霑衣也。」以爲受此奇辱乃含垢不死者，不甘與艸木同腐耳。說來皆極沈痛動人。

《漢書·李廣傳》後之《李陵傳》，即欲繼美太史公之《李廣傳》也。中敍陵苦戰一大段，直逼《史記·淮陰侯傳》、《項羽本紀》。傳末悽惋處，直兼伍子胥、屠岸賈二事情景。

千古傷心人無如伍子胥、李陵。子胥猶得報仇洩憤；李陵則長此終古，非得班孟堅奇文傳之，其事亦淹没不彰，惟于《别蘇武詩》，稍寄悲慨之一二而已。《文選》有李陵《答蘇武書》，端係六朝人贋作，即全本班書《李陵傳》翻演成者，東坡嗤爲齊梁小兒之言，不誣也。昭明選之，可謂無識矣。以中國有名人而降外國，李陵外有庾信、哥舒翰，其最著者也；然其冤慘皆不如陵。陵名家子，其將才可以大破匈奴，立功塞外，徒以自恃太過，一誤（以不願屬貳師不得騎）再誤（不聽軍吏言敗後求道徑還歸），致身敗家族，致足悲矣。孟堅《漢書》原不必爲陵特立佳傳，然難得此好題目，可與史遷競勝，又代史遷發一大牢騷，故爲特附一傳於《李廣傳》後。孟堅平日於史遷文字，自已爛熟胸中。如伍子胥之父兄被誅，倉皇亡命，百計復仇；趙氏之族滅于屠岸賈，程嬰、公孫杵臼生死存孤，皆極人世傷心之故，但事情各異，只能得其嘻嘘悲慟神情。獨有項籍，百戰百勝，而垓下被圍之後，以寡敵衆，終至敗亡。羽之力戰至死，與陵之力戰以至于降，情景極爲相

似。故陵以步兵五千人，敵單于八萬餘騎，猶羽「麾下壯士騎從者，僅八百餘人」，而「騎將灌嬰以五千騎追之」也；陵「麾下及成安侯校各八百人爲前行」，猶羽「渡淮，騎能屬者，僅百餘人」也；陵「與韓延年俱上馬，壯士從者十餘人，虜騎數千追之」，猶羽「至東城，迺有二十八騎，漢騎追者數千人」也；陵「便衣獨步出營」，猶項羽「夜起飲帳中」也；陵「太息曰：『兵敗，死矣！』」曰：「天明坐受縛矣」，猶羽「自度不得脱」也；軍吏言「將軍威振匈奴，天命不遂」，猶羽自言「身七十餘戰，所當者破，所擊者服，未嘗敗北。今卒困于此，此天之亡我」也；軍吏勸陵求道徑還歸，陵曰：「公止！吾不死，非壯士也」及「無面目報陛下」云云，猶烏江亭長勸羽渡江，羽曰：「天之亡我，我何渡爲？且籍與江東子弟八千人渡江而西，今無一人還，縱江東父兄憐而王我，我何面目見之」云云也；陵「抵大澤葭葦中」，猶羽「至陰陵，迷失道」，「陷大澤中」也。其尤似者，力戰之勇。孟堅敍陵以少擊衆，曰：擊殺千人，曰：斬首三千餘級，曰：復殺千人，曰：復傷殺虜二千餘人，皆陵五千人所手刃，猶史公敍羽曰「大呼馳下，漢軍皆披靡，遂斬漢一將」，曰「復斬漢一都尉，殺數十百人」，曰「獨籍所殺漢軍數百人」；羽「令騎下馬步行，持短兵接戰」，陵則「徒斬車輻而持之，軍吏持尺刃」；羽謂其騎曰「吾爲公取彼一將」，陵則「止左右：『毋隨我，大丈夫一取單于耳。』」羽有美人名虞，悲歌慷慨，陵則軍中有女子，鼓聲不起。其他，管敢具告陵軍無後救，射矢且盡，單于大喜，似韓信使人間視陳餘，知不用廣武君策，信大喜；陵居谷中，虜在山上一段，

似孫臏引龐涓入馬陵道時；陵縱火自救，發連弩射單于。單于遮道攻陵。四面矢如雨下。「疾呼曰：李陵、韓延年趣降。」龐涓追孫臏時，亦言舉火，言萬弩夾道而伏，言萬弩俱發，言斬樹白而書之曰「龐涓死於此樹之下」。又其不僅似《項羽本紀》者矣。

《項羽本紀》云：「項王軍壁垓下，兵少食盡，漢軍及諸侯兵圍之數重。夜聞漢軍四面皆楚歌，項王乃大驚曰：『漢皆已得楚乎？是何楚人之多也！』項王則夜起，飲帳中。有美人名虞，常幸從；駿馬名騅，常騎之。於是項王乃悲歌慷慨，自爲詩曰：『力拔山兮氣蓋世，時不利兮騅不逝，騅不逝兮可奈何，虞兮虞兮奈若何！』歌數闋，美人和之。項王泣數行下，左右皆泣，莫能仰視。於是項王乃上馬騎，麾下壯士騎從者八百餘人，直夜潰圍南出。」《趙世家》云：「晉景公之三年，大夫屠岸賈欲誅趙氏。初趙盾在時，夢見叔帶持要而哭，甚悲，已而笑，拊手且歌。盾卜之，兆絶而後好。趙史援占之曰：『此夢甚惡，非君之身，乃君之子，然亦君之咎。至孫，趙將世益衰。』屠岸賈者，始有寵於靈公，及至於景公，而賈爲司寇。將作難，乃治靈公之賊，以致趙盾，徧告諸將曰：『盾雖不知，猶爲賊首。以臣弑君，子孫在朝，何以懲辠？請誅之。』韓厥曰：『靈公遇賊，趙盾在外，吾先君以爲無罪，故不誅。今諸君將誅其後，是非先君之意，而今妄誅，妄誅謂之亂。臣有大事而君不聞，是無君也。』屠岸賈不聽。韓厥告趙朔趣亡，朔不肯，曰：『子必不絶趙祀，朔死不恨。』韓厥許諾，稱疾不出。賈不請，而擅與諸將攻趙氏於下宮，殺趙朔、趙同、趙

括、趙嬰齊，皆滅其族。趙朔妻，成公姊，有遺腹，走公宫匿。趙朔客曰公孫杵臼，杵臼謂朔友人程嬰曰：『胡不死？』程嬰曰：『朔之婦有遺腹，若幸而男，吾奉之；即女也，吾徐死耳。』居無何，而朔婦免身生男。屠岸賈聞之，索於宫中。夫人置兒絝中，祝曰：『趙宗滅乎，若號；即不滅，若無聲。』及索兒，竟無聲。已脱，程嬰謂公孫杵臼曰：『今一索不得，後必且復索之，奈何？』公孫杵臼曰：『立孤與死，孰難？』程嬰曰：『死易，立孤難耳。』公孫杵臼曰：『趙氏先君遇子厚，子彊爲其難者，吾爲其易者，請先死。』乃二人謀取他人嬰兒負之，衣以文葆，匿山中。程嬰出，謬謂諸將軍曰：『嬰不肖，不能立趙孤。誰能與我千金，吾告趙氏孤處。』諸將皆喜，許之，發師隨程嬰攻公孫杵臼。杵臼謬曰：『小人哉，程嬰！昔下宫之難不能死，與我謀匿趙氏孤兒；今又賣我。縱不能立，而忍賣之乎？』抱兒呼曰：『天乎！天乎！趙氏孤兒何罪？請活之，獨殺杵臼可也！』諸將不許，遂殺杵臼與孤兒。諸將以爲趙氏孤兒良已死，皆喜。然趙氏真孤乃反在。程嬰卒與俱匿山中，居十五年。晉景公疾，卜之，大業之後不遂者爲祟。景公問韓厥，厥知趙孤在，乃曰：『大業之後在晉絶祀者，其趙氏乎？』景公問：『趙尚有後子孫乎？』韓厥具以實告。於是景公乃與韓厥謀立趙孤兒，召而匿之宫中。諸將入問疾，景公因韓厥之衆以脅諸將而見趙孤。趙孤名曰武。諸將不得已，乃曰：『昔下宫之難，屠岸賈爲之，矯以君命，并命羣臣；非然，孰敢作難？微君之疾，羣臣固且請立趙後；今君有命，羣臣之願也。』於是召趙武、程嬰偏拜諸將。遂

反與程嬰、趙武攻屠岸賈，滅其族。復與趙武田邑如故。及趙武冠，爲成人，程嬰乃辭諸大夫，謂趙武曰：『昔下宫之難，皆能死。我非不能死，我思立趙氏之後。今趙武既立，爲成人，復故位，我將下報趙宣孟與公孫杵臼。』趙武啼泣頓首固請曰：『武願苦筋骨以報子至死，而子忍去我死乎？』程嬰曰：『不可。彼以我爲能成事，故先我死；今我不報，是以我事爲不成。』遂自殺。趙武服齊衰三年，爲之祭邑，春秋祠之，世世勿絶。」《伍子胥列傳》云：「伍子胥者，楚人也，名員。員父曰伍奢，員兄曰伍尚，其先曰伍舉，以直諫事楚莊王，有顯，故其後世有名於楚。楚平王有太子名曰建，使伍奢爲太傅，費無忌爲少傅。無忌不忠於太子建。平王使無忌爲太子取婦於秦，秦女好，無忌馳歸報平王曰：『秦女絶美，王可自取，而更爲太子取婦。』平王遂自取秦女，而絶愛幸之，生子軫。更爲太子取婦。無忌既以秦女自媚於平王，因去太子而事平王。恐一旦平王卒而太子立，殺己，乃因讒太子建。建母，蔡女也，無寵於平王。平王稍益疏建，使建守城父，備邊兵。頃之，無忌又日夜言太子短於王曰：『太子以秦女之故，不能無怨望。願王少自備也。自太子居城父，將兵外交諸侯，且欲入爲亂矣。』平王迺召其太傅伍奢考問之。伍奢知無忌讒太子於平王，因曰：『王獨奈何以讒賊小臣疏骨肉之親乎？』無忌曰：『王今不制，其事成矣！王且見禽！』於是平王怒，囚伍奢，而使城父司馬奮揚往殺太子。行未至，奮揚使人先告太子：『太子急去。不然，將誅。』太子建亡奔宋。無忌言於平王曰：『伍奢有二子，皆賢，不誅，且爲楚憂。可以其父

質而召之，不然，且爲楚患。』王使使謂伍奢曰：『能致汝二子，則生；不能，則死。』伍奢曰：『尚爲人仁，呼必來；員爲人剛戾忍詢，能成大事，彼見來之并禽，其勢必不來。』王不聽，使人召二子曰：『來，吾生汝父；不來，今殺奢也。』伍尚欲往，員曰：『楚之召我兄弟，非欲以生我父也，恐有脱者後生患，故以父爲質，詐召二子。二子去，則父子俱死，何益父之死？往而令讎不得報耳。不如奔他國，借力以雪父之恥。俱滅無爲也。』伍尚曰：『我知往終不能全父命，然恨父召我以求生而不往，後不能雪恥，終爲天下笑耳。』謂員：『可去矣，汝能報殺父之讐，我將歸死。』尚既就執，使者捕伍胥，伍胥貫弓執矢嚮使者，使者不敢進，伍胥遂亡。聞太子建之在宋，往從之。奢聞子胥之亡也，曰：『楚國君臣，且苦兵矣！』伍尚至楚，楚并殺奢與尚也。」悽愴處，全於各人語言傳之。

路温舒《尚德緩刑書》，因宣帝初即位而上，故首舉齊桓、晉文、漢文帝，皆繼亂之後而爲君者，以爲此例。宣帝既繼亂得尊位（昌邑王之亂），又其天資刻覈，察察爲明，必有爲温舒窺見者，故言之痛切如此。其首段中云：「夫繼變化之後，必有異舊之恩，此聖賢所以昭天命也。」次段首云：「秦有十失，其一尚存，治獄之吏是也。」大抵西漢論政治者，多以秦爲前車之鑒，時代相去未遠，而覆亡之速，實足引爲炯戒也。末一大段云：「夫獄者，天下之大命也。死者不可復生，繼者不可復屬。今治獄吏，以刻爲明，深者獲公名，平者多後患。故治獄之吏，皆欲人死，非憎人也，

自安之道，在人之死。是以死人之血，流離於市；被刑之徒，比肩而立；大辟之計，歲以萬數。夫人情安則樂生，痛則思死。棰楚之下，何求而不得？故囚人不勝痛，則飾辭以視之，吏治者利其然，則指道以明之。上奏畏卻，則鍛鍊而周内之。蓋奏當之成，雖咎繇聽之，猶以爲死有餘辜。何則？成練者衆，文致之罪明也。」寫酷吏之手段，窮形盡相；寫酷吏之用心，如見肺肝，自爲一篇精神團結處。

陳湯、甘延壽斬郅支單于事，持之者石顯、匡衡；爭之者，前後有劉向、谷永、耿育。劉疏略云：「郅支單于，囚殺使者吏士以百數，陛下赫然欲誅之意，未嘗有忘。西域都護延壽、副校尉湯，承聖指，倚神靈，出百死，入絶域，遂蹈康居，屠五重城，搴歙侯之旗，斬郅支之首。萬夷慴伏，莫不懼震。羣臣之勳莫大焉。昔周大夫方叔、吉甫，爲宣王誅獫狁，而百蠻從。其《詩》曰：『嘽嘽焞焞，如霆如雷。顯允方叔，征伐獫狁，蠻荆來威。』《易》曰：『有嘉折首，獲匪其醜。』言美誅首惡之人，而諸不順者皆來從也。今延壽、湯所誅震，雖《易》之『折首』、《詩》之『雷霆』，不能及也。吉甫之歸，周厚賜之，其《詩》曰：『吉甫宴喜，既多受祉。來歸自鎬，我行永久。』千里之鎬，猶以爲遠；況萬里之外，其勤至矣。昔齊桓公前有尊周之功，後有滅項之罪，君子以功覆過。貳師將軍李廣利，捐五萬之師，靡億萬之費，而僅獲駿馬三十匹。雖斬宛王毋鼓之首，猶不足以復費，其私罪惡甚多。今康居國彊於大宛，郅支之號重於宛王，殺使者罪甚於留馬，而延壽、湯不煩漢士，

不費斗糧，比於貳師，功德百之。且常惠隨欲擊之烏孫，鄭吉迎自來之日逐，猶皆裂土受爵。故言威武勤勞，則大於方叔、吉甫；列功覆過，則優於齊桓、貳師；近事之功，則高於安遠、長羅；而大功未著，小惡數布，臣竊痛之。」谷永疏略云：「臣聞楚有子玉、得臣，文公爲之仄席而坐；趙有廉頗、馬服，强秦不敢窺兵井陘；近漢有郅都、魏尚，匈奴不敢南向沙幕。由是言之，戰克之將，國之爪牙，不可不重也。竊見關内侯陳湯，前使副西域都護，威震百蠻，武暢西海，漢元以來，征伐方外之將，未嘗有也」云云，專訟陳湯，不及延壽，未詳其故。耿育疏略云：「至今奉使外蠻者，未嘗不陳郅支之誅，以揚漢國之威。夫援人之功以懼敵，棄人之身以快讒，豈不痛哉！假使異世不及陛下，尚望國家追録其功，封表其墓，以勸後進也。遠覽之士，莫不計度，以爲湯功累世不可及；而湯過，人情所有。湯尚如此，雖復破絶筋骨，暴露形骸，猶復制於脣舌，爲嫉妬之臣所係虜耳。此臣所以爲國家尤戚戚也。」三篇中，劉向援引經義，語多莊重；谷永文無多曲折，雄直不撓；耿育專於功過利害上，抑揚比較，切當事情：制勝處各有不同。案：耿文首並舉延壽，後亦單就湯言。或延壽已死。

劉向《論起昌陵疏》，首段言自古無不亡之國，厚葬無益，可謂敢言，而一唱三歎，極有風神。其警語云：「王者必通三統，明天命所授者博，非獨一姓也。」又云：「雖有堯、舜之聖，不能化丹朱之子；雖有禹、湯之德，不能訓末孫之桀、紂。自古及今，未有不亡之國也。」次段歷舉古來薄

葬之人，皆有特識，亦以淡宕之筆出之。其警語云：「夫死者無終極，而國家有廢興，故釋之之言（張釋之對漢文帝曰：「使其中有可欲，雖錮南山猶有隙；使其中無可欲，雖無石椁，又何慼焉？」）爲無窮計也。」又云：「此聖帝明王、賢君智士，遠覽獨慮無窮之計也。其賢臣孝子，亦承命順意而薄葬之，此誠奉安君父、忠孝之至也。」三段乃詳言厚葬之害，以「甚足悲也」、「豈不哀哉」，分兩次作煞筆，亦出以唱歎。末段始反復總以痛切之言。其警語云：「是故德彌厚者葬彌薄，知愈深者葬愈微；無德寡知，其葬愈厚，丘隴彌高，宮廟甚麗，發掘必速。由是觀之，明暗之效，葬之吉凶，昭然可見矣。」又云：「陛下始營初陵，其制約小，天下莫不稱賢明。及徙昌陵，增埤爲高，積土爲山，發民墳墓，積以萬數。以死者爲有知，發人之墓，其害多矣；若其無知，又焉用大？謀之賢知則不説，以示衆庶則苦之。若苟以説愚夫淫侈之人，又何爲哉！」子政文章，筆皆平實，此篇獨多姿態。

又《諫外家封事》，首段直起兀傲云：「人君莫不欲安，然而常危；莫不欲存，然而常亡：失御臣之術也。」遂歷舉古來專權之臣，終司到外戚，而略以秦太后、吕太后作陪，言之有敍。次段直入王氏之專權，痛切言之。煞筆云：「歷上古至秦漢，外戚僭貴，未有如王氏者也。雖周皇父、秦穰侯、漢武安、吕、霍、上官之屬，皆不及也。」此用筆大處，最爲可學。三段言預兆已見，劉氏、王氏勢不兩立，非太后之福。有太后在，必須説到此處，真見到奪璽不與時矣。

賈讓《治河三策》，言河防者所必知，文字直起直落，不多爲間架。首一段言「疆理土地，必遺川澤之分」，爲通篇主意，即第二段上策中，所謂不「與水爭咫尺之地」也。故川本不應防，即防，其隄亦須去河甚遠。若貪其填淤肥沃，耕田築室，漸成聚落，則隄防愈築愈近，甚至多其轉折，則必敗之道矣，故上策在棄地移民，使水自由。中策多穿漕渠，以分殺水勢。上策恐必難行，故中策言之最詳，以爲可行之地。下策則不足言矣。凡建一議論，既有一定主意，乃必分三策者，何哉？進言於人，不能强其必聽，不能用上策，能用中策，亦復佳也。以文字論，上策精神團結，中策周匝旁皇，此言事之正格也。

班孟堅《王、貢、兩龔、鮑傳》，首先歷舉古來自潔之士，次歷舉當時清名之士，以爲王吉輩發端。傳中插入邴漢、邴曼容等，傳末復旁及諸清名之士，此班書之規模《史記・孟、荀列傳》者。

唐順之謂《漢書・金日磾傳》「段段結束，用《郭解傳》體」。此知其然，當知其所以然也。郭解一閭里小人，無偉大事業，須連篇累牘而後詳者，所傳皆矯情好名，與睚眦之怨，暗中殺人諸事，故可以段段結束，不相牽連。金日磾官爵雖貴，亦無偉大事業，須連篇累牘而後詳者，所傳皆小心謹慎諸事，故亦可以段段結束，不相牽連。最有關繫者，惟莽何羅一事。茅坤以爲敍其倉卒行逆處，類《戰國策》敍荆軻入秦本末。《史》、《漢》之文極工處，固也；然亦有大小繁簡之不同。

故《日磾傳》不能十分出色，不足與《荆軻傳》並駕齊驅。然「上驚起左右拔刃」數句，與荆軻事頗相似。《日磾傳》云：「初，莽何羅與江充相善，及充敗衛太子，何羅弟通，用誅太子時力戰得封。後上知太子寃，迺夷滅充宗族黨與。何羅兄弟懼及，遂謀爲逆。日磾視其志意有非常，心疑之，陰獨察其動静，與俱上下。何羅亦覺日磾意，以故久不得發。是時上行幸林光宫，日磾小疾卧廬，何羅與通及小弟安成，矯制夜出，共殺使者發兵。明旦上未起，何羅亡何從外入，日磾奏厠心動，立入坐内户下。須臾何羅褎白刃，從東箱上，見日磾，色變，走趨卧内，欲入，行觸寶瑟，僵，日磾得抱何羅，因傳曰：『莽何羅反！』上驚起，左右拔刃欲格之，上恐并中日磾，止勿格。日磾捽胡投何羅殿下，得禽縛之。」凡作傳志，無長篇大套事情者，可以郭解、金日磾二傳爲法。

朱浮《與彭寵書》首段云：「伯通以名字典郡，有佐命之功，臨民親職，愛惜倉庫」云云，將言其惡，先言其好處；若全無好處，則何必與之言哉？第二段云：「伯通與吏民語，何以爲顔？行步拜起，何以爲容？坐卧念之，何以爲心？引鏡窺景，何以施眉目？舉厝建功，何以爲人」云云。浮與寵本有隙，極力譖寵。史言：浮性矜急自多，寵亦狠强，兼負其功，皆非善類。寵敗死，浮後亦不得善終，徒以此書傳耳。其實此書佳處並不多，以上數語，不過肆口亂駡，無甚理路；惟中一段云：「伯通自伐，以爲功高天下。往時遼東有豕，生子白頭，異而獻之。行至河東，見羣豕皆白，懷慙而還。若以子之功高論於朝廷，則爲遼東豕也。」又云：「以區區漁陽，而結怨

天子，此猶河濱之民捧土以塞孟津，多見其不知量也。」兩譬頗有趣，第一譬尤傳爲千古笑柄矣。

東漢馬第伯《封禪儀記》記光武封泰山事，爲古今雜記中奇偉之作。原書已亡，後人據《續漢志》、《水經注》、《北堂書鈔》、《藝文類聚》、《初學記》、《白孔六帖》、《太平御覽》諸書所引，采緝成篇。但以意爲先後，中必有殘闕失次處，未遑細攷，故往往難於句讀；然無礙於其文之佳也。中一大段云：「至中觀，去平地二十里，南向極望無不覩。仰望天關，如從谷底卻觀抗峯。其爲高也，如視浮雲；其峻也，石壁窅窱，如無道徑。遥望其人，端端如杆升。或以爲小白石，或以爲冰雪，久之，白者移過樹，乃知是人也。殊不可上，四布僵卧石上，有頃復蘇，亦賴齋酒脯。處處有泉水，目輒爲之明。復勉强相將行到天關，自以已至也，問道中人，言尚十餘里。其道旁山脅，大者廣八九尺，狹者五六尺。仰視巖石松樹，鬱鬱蒼蒼，若在雲中；俯視谿谷，碌碌不可見丈尺。遂至天門之下。仰視天門，窔遼如從穴中視天。直上七里，賴其羊腸逶迤，名曰環道，往往有絙索，可得而登也。兩從者扶掖，前人相牽。後人見前人履底，前人見後人頂，如畫重累人矣，所謂磨胸捍石捫天之難也。初上此道，行十餘步一休；稍疲，咽脣焦，五六步一休。蹀蹀據頓地，不避溼闇，前有燥地，目視而兩脚不隨。」皆摹寫逼肖處。

三國六朝散體文，可論者甚少。鄭康成本漢末人，至三國尚存，其《戒子書》中有云：「顯譽成於僚友，德行立於己志。若致聲稱，亦有榮於所生，可不深念邪！可不深念邪！」末云：「家

今差多於昔，勤力務時，無恤飢寒。菲飲食，薄衣服，節夫二者，尚令吾寡憾，若忽忘不識，亦已焉哉！」著墨不多，而自親切有味。康成湛深經學，故文字氣息醇茂，不務爲崢嶸氣勢，極似西漢匡、劉諸作。且此篇乃對子之言，尤貴樸實自道，毫無假飾。在東漢末，視蔡中郎、孔北海輩之膚廓，迥不相侔矣。晉陶淵明《與子儼俟佚佟疏》，筆意頗相近，以其恬退不仕，與世無競同也。兩文前半篇自敍生平，尤爲相似，自係陶之著意效鄭，而絶無一字蹈襲處。惟陶作較有詞采。中一段云：「少學琴書，偶愛閒靜，開卷有得，便欣然忘食。見樹木交蔭，時鳥變聲，亦復歡然有喜。常言五六月中，北窗下卧，遇涼風暫至，自謂是羲皇上人。意淺識罕，謂斯言可保；日月遂往，機巧遂疏。緬求在昔，渺然如何！」蓋淵明工詩，故興趣横生，而又不落纖仄，所以可貴。

石遺室論文三

三國六朝

「赤壁之戰」出色處，全在諸葛亮説孫權一篇大議論，從《國策》「魯仲連説辛垣衍」、《史記》「隨何説九江王」兩篇文章來也。亮之説權曰：「海内大亂，將軍起兵江東，劉豫州收衆漢南，與曹操共爭天下。」先將無土無民、毫無勢力之劉備，與孫、曹相提並論，蓋擡高身分，方有説話地位也。繼云：「今操芟夷大難，略已平矣，遂破荆州，威震四海。英雄無用武之地，故豫州遁逃至此。願將軍量力而處之。」此第二層，老實説到求救，且以見惟權能救矣。然歸咎於「英雄無用武之地」，猶自占身分，軟中帶硬也。繼云：「若能以吴越之衆，與中國抗衡，不如早與之絶；若不能，何不按甲束兵，北面而事之？今將軍外託服從之名，而内懷猶豫之計，事急而不斷，禍至無日矣！」此第三層，爲立説最得力處，無他，激之一法也。説人出兵相助，必有以壯其氣；然氣非空言可壯也，惟有激之使怒。「若不能」三句，激其怒也；「若能」三句，則反以正意爲陪筆，此説

話巧處也。於是權曰：「苟如君言，劉豫州何不遂事之乎？」此亮預算權之必出此言，而益中亮計矣！於是亮又繼云：「田横，齊之壯士耳，猶守義不辱，況劉豫州王室之胄，英才蓋世，衆士慕仰，若水之歸海，若事之不濟，此乃天也，安能復爲之下乎？」此第四層，再用加倍法，使孫益復難堪，不能不怒矣。何者？第三層勸以「按甲束兵，北面而事」，猶爲小事大、弱服强常態。第四層使與無土無民、毫無勢力之劉豫州比較，而豫州能爲田横壯士，守義不辱，孫權不能；豫州不能復爲之下，孫權能之：是明明豫州爲蓋世英才，孫權非英才；豫州有衆士慕仰，若水歸海，孫權無人慕仰矣。此辱而可忍，孰不可忍！故孫權果勃然大怒，決計不以「全吴之地，十萬之衆，受制於人」也。此數層大議論，非從「魯仲連責辛垣衍」、「隨何説九江王」兩篇大議論出來乎？三國之魏，猶七國之秦、楚漢時之楚也；孫權猶楚漢時之九江王、七國之趙也；蜀之弱，不啻楚漢之漢、七國之魏也；魏之示威孫權，正辛垣衍欲使趙帝秦、九江王不敢叛楚之時。但孫權本有英雄之氣，故只用仲連激之之法，而權可動；辛垣衍、黥布非英雄，故激之不動，必嚇以利害，而後可動，則魯肅「將軍迎操，將安所歸」之説也。然其進言操縱之法，則悉相同。「按甲束兵，北面而事之」，即隨何之「宜悉淮南之衆，身自將之，爲楚軍前鋒」，「宜騷淮南之兵渡淮，日夜會戰彭城下」也；「外託服從之名，而内懷猶豫之計，事急而不斷，禍至無日矣」，即隨何之「撫萬人之衆，無一人渡淮者，垂拱而觀其成」也，即隨何之「北面而事人者，固如是乎」之説也；「田横，齊之壯士

耳，猶守義不屈」，即仲連「鄒、魯之僕妾」之説也。

《鳴原堂論文》論諸葛武侯《前出師表》云：「古人絶大事業，恆以精心敬慎出之。以區區蜀漢一隅，而欲出師關中，北伐曹魏，其志願之宏大，事勢之艱危，亦古今所罕見。而此文不言其艱鉅，但言志氣宜恢弘，刑賞宜平允，君宜以親賢納言爲務，臣宜以討賊進諫爲職而已。故知不朽之文，必自襟度遠大、思慮精微始也。」又云：「前漢宮禁，尚參用士人；後漢宮中，如中常侍、小黄門之屬，則悉閹人，不復雜調他士，與府中有内外之分，大亂朝政。諸葛公鑒於桓、靈之失，痛憾閹官，故力陳宫中、府中，宜爲一體，蓋恐宦官日親，賢臣日疏，内外隔閡也。公以丞相而兼元帥，凡宫中、府中以及營中之事，無不兼綜。公舉郭、費、董三人，治宫中之事；舉向寵治營中之事：殆皆指留守成都者言之。其府中之事，則公所自治，百司庶政，皆公在軍中，親爲裁決焉。」案此評其用意，未評其文法也。姚姬傳云：「此文迺似劉子政，東漢奏議，蔑有過者。」竊謂武侯此表，前半可言似子政。「臣本布衣」以下，自述生平志事，聲情激越，與子政不同。蘇子瞻以爲《出師表》「與《伊訓》、《説命》相表裏」。《伊訓》、《説命》乃晉人僞作之書，而采摭古書名言，詞氣力求樸質，《出師表》固可與相伯仲也。

案此表中段，的是三國時文字，上變漢京之樸茂，下開六朝之雋爽，其氣韵少能辨之者，今舉似二則於後。此表云：「臣本布衣，躬耕於南陽，苟全性命於亂世，不求聞達於諸侯。先帝不以

臣卑鄙，猥自枉屈，三顧臣於草廬之中，諮臣以當世之事。由是感激，遂許先帝以驅馳。後值傾覆，受任於敗軍之際，奉命於危難之間，爾來二十有一年矣。先帝知臣謹慎，故臨崩寄臣以大事也。受命以來，夙夜憂歎，恐付託不效，以傷先帝之明。故五月渡瀘，深入不毛。今南方已定，兵甲已足，當獎率三軍，北定中原，庶竭駑鈍，攘除姦凶，興復漢室，還於舊都。此臣之所以報先帝而忠陛下之職分也。」悲壯蒼涼，所謂聲情激越矣。《三國志》注引《魏武故事》，載建安十五年曹操令云：「孤始舉孝廉，年少，欲爲一郡守，好作政教，以建立名譽。故在濟南，始除殘去穢，違迕諸常侍，以爲彊豪所忿，恐致家禍。去官之後，年紀尚少，顧視同歲中，年有五十，未名爲老。內自圖之，從此卻去二十年，待天下清，乃與同歲中始舉者等耳。故以四時歸鄉里，於譙東五十里築精舍，欲秋夏讀書，冬春射獵，求底下之地，欲以泥水自蔽，絶賓客往來之望；然不能得如意。後徵爲都尉，遷典軍校尉，意遂更欲爲國家討賊立功，欲望封侯作征西將軍，然後題墓道，言：『漢故征西將軍曹侯之墓』，此其志也。而遭值董卓之難，興舉義兵。後領兖州，破降黄巾三十萬衆。又袁術僭號於九江，後孤討擒其四將，獲其人衆，遂使術窮亡解沮，發病而死。及至袁紹據河北，兵勢彊盛。幸而破紹，梟其二子。又劉表自以爲宗室，包藏奸心，乍前乍卻，以觀世事，據有荆州。孤復定之，遂平天下。身爲宰相，人臣之貴已極，意望已過矣。設使國家無孤，不知當幾人稱帝，幾人稱王！或者人見孤彊盛，又性不信天命之事，恐私心相評，言有不遜之志。妄相忖度，

每用耿耿。齊桓、晉文所以垂稱至今日者，以其兵勢廣大，猶能奉事周室也。《論語》云：『三分天下有其二，以服事殷，周之德可謂至德矣。』夫能以大事小也。然欲使孤便爾委捐所典兵衆，以還執事，歸就武平侯國，實不可也。何者？誠恐已離兵爲人所禍也。既爲子孫計，又己敗則國家傾危，是以不得慕虚名而處實禍。」老横中又時有慷慨悲歌之意。下至孫權，其《與曹公牋》亦有「春水方生，公宜速去」，「足下不死，孤不得安」等語，見《吴曆》。可見當時文章風氣大同小異如此。

又案《三國志》注引《漢晉春秋》，載建興六年（前表爲五年事）亮復上言云：「先帝慮漢、賊不兩立，王業不偏安，故託臣以討賊也。以先帝之明，量臣之才，故知臣伐賊，才弱敵强也。然不伐賊，王業亦亡。惟坐待亡，孰與伐之？是故託臣而弗疑也。臣受命之日，寢不安席，食不甘味。思惟北征，宜先入南，故五月渡瀘，深入不毛，并日而食。臣非不自惜也，顧王業不得偏全於蜀都，故冒危難以奉先帝之遺意也，而議者謂爲非計。今賊適疲於西，又務於東，兵法乘勞，此進趨之時也。謹陳其事如左：高帝明並日月，謀臣淵深，然涉險被創，危然後安。今陛下未及高帝，謀臣不如良、平，而欲以長計取勝，坐定天下，此臣之未解一也。劉繇、王朗各據州郡。論安言計，動引聖人，羣疑滿腹，衆難塞胸，今歲不戰，明年不征，使孫策坐大，遂并江東，此臣之未解二也。曹操智計，殆絶於人，其用兵也，髣髴孫、吴。然困於南陽，險於烏巢，危於祁連，偪於黎陽，幾敗北山，殆死潼關，然後僞定一時耳。況臣才弱，而欲以不危而定之，此臣之未解三也。曹操

五攻昌霸不下，四越巢湖不成，任用李服，而李服圖之；委任夏侯，而夏侯敗亡。先帝每稱操爲能，猶有此失，況臣駑下，何能必勝？此臣之未解四也。自臣到漢中，中間期年耳，然喪趙雲、陽羣、馬玉、閻芝、丁立、白壽、劉郃、鄧銅等及曲長、屯將七十餘人，突將、無前、賨叟、青羌、散騎、武騎一千餘人，此皆數十年之内所糾合四方之精鋭，非一州之所有。若復數年，則損三分之二也，當何以圖敵？此臣之未解五也。今民窮兵疲，而事不可息，則住與行，勞費正等。而不及今圖之，欲以一州之地，與賊持久，此臣之未解六也。夫難平者，事也。昔先帝敗軍於楚，當此之時，曹操拊手，謂天下以定。然後先帝東連吴越，西取巴蜀，舉兵北征，夏侯授首。此操之失計，而漢事將成也。然後吴更違盟，關羽失敗，秭歸蹉跌，曹丕稱帝。凡事如此，難可逆料。臣鞠躬盡瘁，死而後已。至於成敗利鈍，非臣之明所能逆覩也。」後人因此篇不見亮集，遂疑假託。不知此篇與前表，筆氣似不相同，而前表乃感格君心，布置留守全局，故言之慷慨悲壯；此篇乃專籌戰事，故指陳辨駁，簡練切實，學鼂錯、趙充國一類文字，非諸葛公不能言者也。

曹子桓《典論・論文》中警語云：「蓋文章經國之大業，不朽之盛事。年壽有時而盡，榮樂止乎其身，二者必至之常期，未若文章之無窮。」末云：「貧賤則懾於飢寒，富貴則流於逸樂，遂營目前之務，而遺千載之功，日月逝於上，體貌衰於下，忽然與物遷化，斯志士之大痛也。」丕身處漢、魏之際，正散文存亡絶續之交，此篇雖不廢對偶，而氣機散朗，絶無藻飾之詞。其謂「奏議宜雅，

詩賦欲麗」，則與漢京賈、董、蘇、李、楊、馬之倫，相去已遠。蓋奏議不第宜雅，詩賦不徒欲麗也。即其所謂氣者，指清濁巧拙而言，恐亦駢儷之氣，非散文之氣。惟好名之心，至丕而極。觀於「文章經國」諸語，可謂沈痛樸至，未經人道者矣。

沈約《宋書·謝靈運傳論》，全是駢語，本不必論；惟此篇乃借《靈運列傳》爲題，統論周、秦以下文人之犖犖大者。然所謂「自漢至魏，四百餘年」者，皆注重詞賦一邊。子建、仲宣以後，尤專於論詩。故「子荆零雨，正長朔風」諸語，爲鍾嶸《詩品》所自出。讀此作，亦以知當日之風氣源流而已。劉勰《文心雕龍》全書皆屬此體。

六朝間散體文之絶無僅有者，不過王右軍、陶靖節之作數篇。而右軍《蘭亭序》，《昭明文選》及後世諸選本皆不收，論者以爲篇中連用「絲竹管絃」四字，「絲竹」即「管絃」，爲重複。然此四字實本《漢書·張禹傳》。傳云：「後堂理絲竹絃管」，前人已據而辯之。又引《莊子》「我無糧我無食」爲證矣。其實《昭明文選》多可訾議，佳篇遺漏者甚多，不足爲憑。其序《陶淵明集》，指其《閑情》一賦，以爲白璧微瑕，乃於《高唐》、《神女》、《好色》、《洛神》諸賦，則無不選入。此何説哉！且題曰「閑情」，乃言防閑情之所至也，何所用其疵點乎？後世選家不選，殆自謂所選皆有關人心世道之文，合於立德立功之旨；乃歸有光《寒花葬誌》，自寫與妻婢調笑情狀，頗不莊雅，而姚惜抱選入《古文辭類纂》，曾滌生選入《經史百家雜鈔》，謂之何哉？豈知晉代承魏何晏、王衍諸

人風尚，競務清談，大概老、莊宗旨，右軍雅志高尚，稱疾去郡，誓於父母墓前，與東土人士窮名山，泛蒼海，優游無事，弋釣爲娱，宜其所言，於老莊玄旨，變本加厲矣。而此序臨河興感「知一死生爲虚誕，齊彭殤爲妄作」，即仲尼樂行憂違，在川上而有「逝者如斯」之歎也。世人薰心富貴，顛倒得失，宜其不足以知此。昭明舍右軍而采顔延年、王元長二作，則偏重駢儷之故，與《平淮西碑》舍昌黎而取段文昌者，命意略同也。

文章之有線索者，莫密於陶淵明《桃花源記》。首言「武陵人捕魚爲業」，無名氏一人也。次言「漁人甚異之」，則稱爲「漁人」，又次言「纔通人」，此「人」即漁人。又次言「悉如外人」，此由漁人目中看出桃源中人也。又次言「見漁人乃大驚」，又次言「村中聞有此人」，一「見」一「聞」，皆由那一邊説過來。又次「率妻子邑人」。又次言「遂與外人間隔」，應上「外人」。又次言「此人一一爲具言」，又應上「此人」。又次言「餘人各復延至其家」，即上所謂「邑人」。又次言「此中人語云：『不足爲外人道也。』」以「此中人」總源以内人，又以「外人」總源以外人。又次言「太守即遣人隨其往」，則别出一人爲去路。通篇凡用十三箇人字，無一字可省者。此外「便捨船」，「便要還家」，「便扶向路」，三「便」字。「問所從來」，「咸來問訊」，「問今是何世」，三「問」字。「聞有此人」，「所聞皆歎惋」，「聞之欣然規往」，三「聞」字。「其中往來種作」，「此中人語云」，兩「中」字。「自云先世避秦時亂」，「此中人語云」，兩「云」字。皆線索之不可少者。

石遺室論文四

唐

唐承六朝之後，文皆駢儷，至韓、柳諸家出，始相率爲散體文，號稱起衰復古，然元次山（結）、杜子美（甫）已嘗爲之。次山《大唐中興頌序》最工，蓋學《左氏傳》而神似者。《左傳》中最有法度而無一長語者，莫如開卷先經起例五十餘言，云：「惠公元妃孟子。孟子卒，繼室以聲子，生隱公。宋武公生仲子，仲子生而有文在其手，曰『爲魯夫人』，故仲子歸於我，生桓公而惠公薨，是以隱公立而奉之。」首言「元妃孟子」，元妃，正夫人；孟子，子姓，宋國長女。古者諸侯嫁女於他國，以姪娣從，以備妾媵，故有孟子遂有聲子。孟子卒，故以聲子爲繼室。古者繼室非正夫人，《左傳》齊少姜爲晉侯繼室，其證也。隱公，繼室子，本非太子，無太子則立之，有太子則不得立。適宋武公又生仲子，而有「爲魯夫人」之手文，此特別異兆，宋、魯兩國君皆信之，故歸惠公而爲正夫人。（諸侯不再娶，此變禮也。）其子桓公，雖少當立，故復由仲之生敍起。婦人謂嫁曰歸，言其

「歸於我」，明其爲嫁而非媵也。桓公既生，惠公遂薨，桓公幼，隱公於是乎攝位，一如周公攝成王故事。周公居攝，鄭氏説以爲攝位，非僅攝政也。此《傳》五十餘字中，所敍之人凡七：曰惠公，曰孟子，曰聲子，曰隱公，曰宋武公，曰仲子，曰桓公；其名號凡三：曰元妃，曰繼室，曰魯夫人。子以母貴，母之名正，其子之貴賤自明。其生卒凡五：曰孟子卒，曰生隱公，曰生仲子，曰桓公生，曰惠公薨。舉魯、宋兩國數十年之夫婦、妻妾、父子、兄弟、父女、姊妹譜系，朗若列眉，可謂簡而有法矣。元次山《序》云：「天寶十四年，安禄山陷洛陽。明年，陷長安。天子幸蜀。太子即位於靈武。明年，皇帝移京鳳翔。其年復兩京。上皇還京師。」僅四十餘字，凡言年者四：曰十四年，曰明年者二，曰其年者一；言地者七：曰洛陽，曰長安，曰蜀，曰靈武，曰鳳翔，曰兩京，曰京師；其人二而名號四：曰天子，曰太子，太子即位，而稱皇帝矣，既有皇帝，而向之天子稱上皇矣。其名稱之鄭重分明，非《左傳》稱「元妃」、「繼室」、「魯夫人」之義法乎？善學者之異曲同工如此。又案《左傳》與次山此《序》，即孔子正名之義，否則「名不正而言不順」也。尚有前於《左傳》者。《儀禮》，周公所作。觀於《士昏禮》，壻在家，初稱主人；（注：主人壻也，壻爲婦主）至女氏親迎，則稱賓。至御婦車，則稱壻。乘其車，先亦稱壻；婦至，揖婦以入，則又稱主人；入於室，乃稱夫。以後乃皆稱主人。女在女氏（立於房中南面時），稱女；至奠雁時，則稱婦（由壻稱之也）。以後「壻御婦車」，「婦乘以几」，「婦至」，「揖婦以入」，「婦尊西南面」等，到底稱婦矣

（昏禮以壻家爲主也）。《公羊傳》：女在其國稱女，在塗稱婦，入國稱夫人，即此義。作文所以貴通經也。

昌黎《答李翊書》，乃自道其文字得力所在，用「蘄至於古之立言者」也，須合《進學解》參觀之，乃得韓文真相。而皇甫湜所撰《韓文公墓誌銘》，不免推崇太過。李翺所撰《行狀》，於文章第渾括數語，未詳其工力所自也。昌黎天資近鈍，而畢生致功至深，其云：「無望其速成，無誘於勢利。學之二十餘年，非三代、兩漢之書不敢觀，處若忘，行若遺，儼乎其若思，茫乎其若迷。當其取於心而注於手也，惟陳言之務去，戛戛乎其難哉！其觀於人，不知其非笑之爲非笑也。如是者有年。」皆困勉實在情形，並非故作謙言。其言「養其根而竢其實，加以膏而希其光。根之茂者其實遂，膏之沃者其光曄」。即《進學解》之「貪多務得，細大不捐。沈浸醲郁，含英咀華，作爲文章，其書滿家。上規姚、姒，渾渾無涯；周《誥》、殷《盤》，佶屈聱牙；《春秋》謹嚴，《左氏》浮夸；《易》奇而法，《詩》正而葩；下逮《莊》、《騷》，太史所録，子雲、相如，同工異曲。」皇甫湜所謂「及其酣放，豪曲快字，陵紙怪發，鯨鏗春麗，驚耀天下」，李翺所謂「深於文章，每以爲自揚雄之後，作者不出。其所爲文，未嘗效前人之言，而固與之並」者也。蓋昌黎雖倡言復古，起八代駢儷之衰，然實不欲空疎固陋，文以艱深，注意於相如、子雲，是其本旨。其云：「識古書之正僞，與雖正而不至焉者，昭昭然白黑分矣。而務去之，乃徐有得也。當其取於心，而注於手也，汩汩然來矣。其

觀於人也，笑之則以爲喜，譽之則以爲憂，如是者亦有年，然後浩乎其沛然矣。又懼其雜也，迎而距之，平心而察之，其皆醇也，然後肆焉。」又云：「氣，水也；言，浮物也。水大而物之浮者，大小畢浮；氣之與言猶是也，氣盛，則言之短長與聲之高下者皆宜。」即《進學解》所謂「記事者必提其要，纂言者必鈎其玄。張皇幽眇。尋墜緒之茫茫，獨旁搜而遠紹；障百川而東之，迴狂瀾於既倒」，皇甫湜所謂「茹古涵今，無有端涯，渾渾灝灝，不可窺校」，李翱《祭韓侍郎文》所謂「撥去其華，得其本根，開合怪駭，驅濤擁雲」者也。其「氣，水也；言，浮物也」數語，譬喻曲肖，作散文者斷莫能外。蓋多讀書，多見事，理足而識見有主，然後下筆吐辭之際，淺深反正，四通八達，百折不離其宗。如山之有脈，如水之有源，如木之有本，則峯巒之高下，港汊之短長，枝葉之疏密，無不有自然之體勢，蘇詩所謂「一一皆可尋其源」者也。昌黎專喻以水，則求其造語之妙，言氣而未言理耳，言氣而理亦在其中。此即韓文之短長高下皆宜處；必兼言理，則質實而乏語妙矣。

孫可之（樵）言玉川子（盧仝）《月蝕詩》、韓吏部《進學解》，「莫不拔地倚天，句句欲活，如赤手捕長蛇，不施控騎生馬，急不得暇，莫可捉搦」。案《進學解》，詞賦類，真造語之最工者，即「沈浸醲郁」至「同工異曲」數語。又「冬暖而兒號寒，年豐而妻啼飢。頭童齒豁，竟死何裨！」又「夫大木爲杗，細木爲桷，欂櫨侏儒，根闑扂楔，各得其宜，施以成室者，匠氏之工也；玉札丹砂，赤箭青

芝，牛溲馬勃，敗鼓之皮，俱收並蓄，待用無遺者，醫師之良也；登明選公，雜進巧拙，紆餘爲妍，卓犖爲傑，校短量長，惟器是適者，宰相之方也。」又「動而得謗，名亦隨之，投閒置散，乃分之宜。」時有名句而已。李文貞（光地）以爲此篇「與揚子《解嘲》千載稱絶。『謹嚴』、『浮夸』、『奇』、『法』、『正』、『葩』等字，並極羣經要眇，故未有不精於經術而能行文者」。案《進學解》本摹擬《解嘲》、《賓戲》而作，其詞意亦時與王子淵《聖主得賢臣頌》相近。

韓退之《答李翊書》外專於論文者，莫如柳子厚（宗元）《答韋中立論師道書》、李習之（翺）《答王載言書》。柳《書》有云：「往聞庸蜀之南，恆雨少日，日出則犬吠，余以爲過言。僕來南，二年冬，幸大雪踰嶺，被南越中數州。數州之犬，皆蒼黃吠噬，狂走者累日，至無雪乃已。今韓愈既自以爲蜀之日，而吾子又欲使吾爲越之雪。雪與日豈有過哉？顧吠者犬耳。度今天下不吠者幾人，而誰敢衒怪於羣目，以召鬧取怒乎？」又云：「始吾幼且少，爲文章以辭爲工。及長，乃知文者以明道，是固不苟爲炳炳烺烺，務采色，誇聲音，而以爲能也。故吾每爲文章，未嘗敢以輕心掉之，懼其剽而不留也；未嘗敢以怠心易之，懼其弛而不嚴也；未嘗敢以昏氣出之，懼其昧没而雜也；未嘗敢以矜氣作之，懼其偃蹇而驕也。抑之欲其奧，揚之欲其明，疏之欲其通，廉之欲其節，激而發之欲其清，固而存之欲其重。」又云：「本之《書》以求其質，本之《詩》以求其恒，本之《禮》以求其宜，本之《春秋》以求其斷，本之《易》以求其動。參之穀梁氏以厲其氣，參之《孟》、《荀》以

暢其支，參之《莊》、《老》以肆其端，參之《國語》以博其趣，參之《離騷》以致其幽，參之太史以著其潔。此吾所以旁推交通，而以爲之文也。」案子厚熟於《離騷》、《國語》，用功甚深，其自言「以辭爲工」者，信也。後乃求之於六經、太史、諸子百家，而天資高明。得罪後，勇猛精進，文有作意，「不苟爲炳炳烺烺」，遂與昌黎齊楚競霸矣。然而「務采色，誇聲音」，固其所素長也。「未敢以輕心掉之」，作文不欲過快，快則單。「未敢以怠心易之」，不欲過慢，慢則散。「未敢以昏氣出之」，不可無持擇。「不敢以矜氣作之」，不可近妝做。「奥」者，不欲其太淺顯；「明」者，不欲其太晦澁。「疏之」指接筆言，「廉之」指轉筆言，「激而發之」指開筆，「固而存之」指頓筆，此論之甚詳者也。「本之《書》」數句，未見包括的當，不如昌黎「《易》奇而法」各語，更不如李習之「讀《春秋》」、「讀《詩》」各語（見下文）。「參之穀梁」數句，亦未的當。穀梁焉得有氣？《國語》無甚趣，《孟》、《荀》豈能並論？太史非以潔見長，必從爲辭者，皆强作解事也。惟《離騷》可言幽，《老》、《莊》可言肆其端耳。

李《書》略云：「蓋行己莫如恭，自責莫如厚，接衆莫如弘，用心莫如直，進道莫如勇，受益莫如擇友，好學莫如改過。浩乎若江海，高乎若丘山，赫乎若日火，包乎若天地。掇章稱詠，津潤怪麗，六經之詞也。創意造言，皆不相師。故其讀《春秋》也，如未嘗有《詩》也；其讀《詩》也，如未嘗有《易》也；其讀《易》也，如未嘗有《書》也；其讀屈原、莊周也，如未嘗有六經也。故義深則意

遠，意遠則理辯，理辯則氣直，氣直則辭盛，辭盛則文工。如山有恒、華、嵩、衡焉，其同者高也，其草木之榮不必均也；如瀆有淮、濟、河、江焉，其同出源到海也，其曲直、淺深、黄白不必均也；如百品之雜焉，其同者飽於腸也，其味鹹酸苦辛不必均也。此因學而知者也，此創意之大歸。天下之語文章，有六説焉：其尚異者，則曰文章辭句奇險而已；其好理者，則曰文章叙意苟通而已；其溺於時者，則曰文章必當對；其病於時者，則曰文章不當對；其愛難者，則曰文章宜深不當易；其愛易者，則曰文章宜通不當難。此皆情有所偏，滯而不流，未識文章之所主也。義不深不至於理，言不信不在於教勸，而詞句怪麗者有之矣，《劇秦美新》、王褒《僮約》是也。其理往往有是者，而詞章不能工者有之矣，劉氏《人物表》、王氏《中説》、俗傳《太公家教》是也。古之人能極於工而已，不知其詞之對與否、易與難也。《詩》曰：『憂心悄悄，愠於羣小』，此非對也；又曰：『遘閔既多，受侮不少』，此非不對也。《書》曰：『朕堲讒説殄行，震驚朕師』，《詩》曰：『菀彼桑柔，其下侯甸。捋採其劉，瘼此下民』，此非易也；《書》曰：『允恭克讓，光被四表，格於上下』，《詩》曰：『十畝之間兮，桑者閑閑兮，行與子旋兮』，此非難也。學者不知其方，而稱説云云如前所陳者，非吾之敢聞也。六經之後，百家之言興，老聃、列禦寇、莊周、鶡冠、田穰苴、孫武、屈原、宋玉、孟軻、吴起、商鞅、墨翟、鬼谷子、荀况、韓非、李斯、賈誼、枚乘、司馬遷、相如、劉向、揚雄，皆足以自成一家之言，學者之所師歸也。故義雖深，理雖當，詞不工不成文，宜不能傳也。」案「創意

造言，皆不相師」一段，詞意最爲精闢。「山瀆百品」一段，説來參差有致。駁「天下語文章六説」，切實曲當。百家「各自成一家言」，遥接六經而來，文陣變化。

韓退之（愈）《畫記》云：「雜古今人物小畫共一卷：騎而立者五人，騎而被甲載兵立者十人，一人騎執大旗前立，騎而被甲載兵行且下牽者十人，騎且負者二人，騎執器者二人，騎擁田犬者一人，騎而牽者二人，騎而驅者三人，執羈靮立者二人，騎而下倚馬臂隼而立者一人，騎而驅涉者二人，徒而驅牧者二人，坐而指使者一人，甲胄手弓矢鈇鉞植者七人，甲胄執幟植者十人，負者七人，偃寢休者二人，甲胄坐睡者一人，方涉者一人，坐而脱足者一人，寒附火者一人，雜執器物役者八人，奉壺矢者一人，舍而具食者十有一人，挹且注者四人，牛牽者二人，驢驅者四人，一人杖而負者，婦人以孺子載而可見者六人，載而上下者三人，孺子戲者九人。凡人之事三十有二，爲人大小百二十有三，而莫有同者焉。馬大者九匹。於馬之中，又有上者，下者，行者，牽者，涉者，陸者，翹者，顧者，鳴者，寢者，訛者，立者，人立者，齕者，飲者，溲者，陟者，降者，痒磨樹者，嘘者，嗅者，喜相戲者，怒相踶齧者，秣者，騎者，驟者，走者，載服物者，載狐兔者。凡馬之事二十有七，爲馬大小八十有三，而莫有同者焉。牛大小十一頭，橐駝三頭，驢如橐駝之數而加其一焉，隼一，犬、羊、狐、兔、麋鹿共三十，旃車三兩，雜兵器弓矢、旌旗、刀劍、矛楯、弓服、矢房、甲胄之屬，缾、盂、簦、笠、筐、筥、錡、釜、飲食服用之器，壺矢、博弈之具，二百五十有一，皆曲極其妙。貞元甲戌

年，余在京師，甚無事，同居有獨孤生申叔者，始得此畫，而與余彈棊，余幸勝而獲焉。意甚惜之，以爲非一工人之所能運思，蓋藂集衆工人之所長耳，雖百金不顧易也。明年，出京師，至河陽，二三客論畫品格，因出而觀之。坐有趙侍御者，君子人也，見之戚然，若有感然，少而進曰：『噫！余之手摹也，亡之且二十年矣！余少時常有志乎兹事，得國本，絶人事而摹得之，遊閩中而喪焉。居閒處獨，時往來余懷也，以其始爲之勞而夙好之篤也。今雖遇之，力不能爲已，且命工人存其大都焉。』余既甚愛之，又感趙君之事，因以贈之，而記其人物之形狀與數，而時觀之，以自釋焉。」方望溪以爲「周人以後，無此種格力」。然望溪亦未言與周文何者相似也。案退之此記，直敍許多人物，從《尚書·顧命》脱化出來。《顧命》云：「二人雀弁執惠，立於畢門之內；四人綦弁，執戈上刃夾兩階戺；一人冕執劉，立於東堂；一人冕執鉞，立於西堂；一人冕執戣，立於東垂；一人冕執瞿，立於西垂；一人冕執鋭，立於側階。」中間一段，又從《考工記·梓人職》脱化出來。《梓人職》云：「天下之大獸五：脂者，膏者，臝者，羽者，鱗者。」又「外骨，内骨；卻行，仄行，連行，紆行；以脰鳴者，以注鳴者，以旁鳴者，以翼鳴者，以股鳴者，以胸鳴者，謂之小蟲之屬。」又其數於纍纍數有言，如記帳簿，不畏人議其冗長者。又從《史記·曹世家》專敍攻城下邑之功，如記帳簿，千餘言皆平鋪直敍，惟用兩三處小結束，如「盡定魏地，凡五十二城」，「定齊，凡得七十餘縣」。末云：「凡下二國，縣一百二十二；得王二人，相三人，將軍六人，大莫敖、郡守、司馬、

侯、御史各一人。」退之學而變化之，何嘗必周以前哉！《絳侯周勃世家》上半篇亦直敍攻城野戰，樊噲、酈商、夏侯嬰、灌嬰、傅寬、靳歙傳皆然。惟或爲專將，或爲騎將，或爲裨將，故敍法或言則、或言從不同。其曰攻，曰下，曰破，曰定，曰降，曰屠，曰殘，曰先登，曰卻敵，曰陷陣，曰最，曰疾戰，曰斬首，曰虜，曰得，曰生得虜，曰所將卒斬，各有書法云。文有顯然摹擬，頗見其用之恰當者。《史記・西南夷列傳》首云：「西南夷君長以什數，夜郎最大。其西靡莫之屬以什數，滇最大。自滇以北君長以什數，卭都最大。此皆魋結，耕田，有邑聚。其外西自同師以東，北至楪榆，名爲巂、昆明，皆編髮，隨畜遷徙，無常處，毋君長，地方可數千里。自巂以東北，君長以什數，徙、筰都最大。自筰以東北，君長以什數，冉駹最大。其俗或土著，或移徙，在蜀之西。自冉駹以東北，君長以什數，白馬最大，皆氐類也。此皆巴蜀西南外蠻夷地也。」傳末復總結云：「西南夷君長以百數，獨夜郎、滇受王印。滇小邑，最寵焉。」柳子厚《游黄溪記》，首段直摹擬云：「北之晉，西適豳，東極吳，南至楚越之交，其間名山水而州者以百數，永最善。環永之治百里，北至於浯溪，西至於湘之源，南至於瀧泉，東至於黄溪東屯，其間名山水而村者以百數，黄溪最善。」此雖摹擬顯然，然小變化之，各見其布置之法也。

後人謂「柳文摹擬前人處，痕迹大顯；惟昌黎則變化無方，絶無痕迹可尋」。豈其然哉！柳文固有摹擬痕迹大顯者，若昌黎《獲麟解》之摹太史公，能絶無痕迹乎？《史記・老莊申韓列傳》

云：「孔子去，謂弟子曰：『鳥，吾知其能飛；魚，吾知其能遊；獸，吾知其能走。走者可以爲罔，游者可以爲綸，飛者可以爲矰。至於龍，吾不能知其乘風雲而上天。吾今日見老子，其猶龍耶？』」《獲麟解》云：「角者，吾知其爲牛；鬣者，吾知其爲馬；犬、豕、豺狼、麋鹿，吾知其爲犬、豕、豺狼、麋鹿；惟麟也不可知。」此直是點金成鐵。「鳥能飛」云云，注意在可網、可綸、可矰。若徒說能識牛、馬、犬、豕等，則直小兒語矣。且羊、鹿亦有角，何以必牛？豕亦有鬣，何以必馬？更說不去，全篇毫無深意，不過謂罕見之物，庸人不識耳，此等文雖不作可也。其他《送區册序》，本淮南王安《諫伐閩越書》，《原道》本董仲舒《賢良策》，《曹成王碑》學《管子》，《與柳中丞書》用《莊子》，豈能盡泯痕迹哉！（詳下）

《送區册序》云：「陽山，天下之窮處也。陸有丘陵之險，虎豹之虞。江流悍急，橫波之石，廉利侔劍戟，舟上下失勢，破碎淪溺者，往往有之。縣郭無居民，官無丞尉，夾江荒茅篁竹之間，小吏十餘家，皆鳥言夷面。」此居陽山者應有之言也，而《諫伐閩越書》已言之，曰：「臣聞越非有城郭邑里也，處谿谷之間，篁竹之中，習於水鬬，便於用舟，地深昧而多水險。」又云：「輿轎而踰領，拕舟而入水，行數百千里，夾以深林叢竹。水道上下擊石，林中多蝮蛇猛獸。」又云：「領水之山峭峻，漂石破舟。」兩文詞意，大略同也，而曾子固《道山亭記》說閩灘之險尤工，乃諸選家皆不選，可異也。

《原道》篇中云：「有聖人者立，然後教之以相生養之道。爲之君，爲之師，驅其蟲蛇禽獸，而處之中土。寒然後爲之衣，飢然後爲之食。木處而顛，土處而病也，然後爲之宮室。爲之工，以贍其器用；爲之賈，以通其有無；爲之醫藥，以濟其夭死；爲之葬埋、祭祀，以長其恩愛。」又曰：「其文，《詩》、《書》、《易》、《春秋》；其法，禮、樂、刑、政；其民，士、農、工、商；其位，君臣、父子、師友、賓主、昆弟、夫婦；其服，絲、麻；其居，宮、室；其食，粟米、果蔬、魚肉。」而《賢良三策》已言之，曰：「人受命於天，固超然異於羣生。入有父子、兄弟之親；出有君臣、上下之誼；會聚相遇，則有耆老長幼之施。粲然有文以相接，驩然有恩以相愛，此人之所以貴也，生五穀以食之，桑麻以衣之，六畜以養之，服牛乘馬，圈豹檻虎，是其得天之靈，貴於物也。」詞意大同，但董歸功於天，韓歸功於聖人，其詞亦有繁簡之異耳。《曹成王碑》云：「艦步二萬人，以與賊遌，嘬鋒蔡山，踣之，剜蘄之黄梅，大鞣長平，鏺廣濟，掊其州。」望溪以爲學《管子》「剸令支斬孤竹」等語。《與柳中丞書》用《莊子・説劍》「嗔目語難」等語。

柳子厚《游黄溪記》有云：「南去又行百步，至第二潭，石皆巍然，臨峻流，若頦頷齗齶。其下大石離列，可坐飲食，有鳥赤首烏翼，大如鵠，方東嚮立。」姚鼐氏云：「朱子謂《山海經》所紀異物有云：『東西嚮者，蓋以有圖畫在前故也。』此言最當。子厚不悟，作山水記效之，蓋無謂也。後人又以此等爲工而效法者，益失之矣。」噫！此正姚氏之不悟也。姚氏據朱子説而未細心讀此

記上下文，致不知子厚之故作狡獪愚弄後人也。案《山海經》言某嚮立者亦只一處。《海内西經》云：「昆侖南淵深三百仞，開明獸身大類虎，而九首皆人面，東鄉立昆侖。開明西有鳳皇鸞鳥，皆戴蛇踐蛇，膺有赤蛇。開明北有視肉珠樹文玉樹。」此自指圖象言，朱子之言不誤也。子厚所記「有鳥赤首烏翼，大如鵠，方東嚮立」，固特仿《山海經》。然《山海經》係載此處行產之物，柳文乃記此時此處所見之物，故於「東嚮立」上，加一「方」字，移步換形矣。且上文有例在也。上文言「有魚數百尾，方來會石下」，亦加一「方」字，可見皆就當日所目擊者記之，非呆仿《山海經》，致成笑柄也。試問古樂府之《孔雀東南飛》，亦必指圖象乎？姚氏粗心，將兩「方」字忽略讀過，致有此失言。姚氏譏子厚無謂，子厚有知，能不齒冷？桐城自望溪方氏好駁柳文，姚氏亦吹毛求疵矣。

桐城人號稱能文者，皆揚韓抑柳，望溪訾之最甚，惜抱則微詞，不知柳之不易及者有數端。出筆遣詞，無絲毫俗氣，一也；結構成自己面目，二也；天資高，識見頗不猶人，三也；根據具言人所不敢言，四也；（如《封建論》之類，甚至如《河間婦人傳》則大過矣。）記誦優，用字不從抄撮塗抹來，五也。此五者頗爲昌黎所短。昌黎長處，在聚精會神，用功數十年，所讀古書，在在擷其菁華，在在效法，在在求脱化其面目。然天資不高，俗見頗重，自負見道，而於堯、舜、孔、孟之道，實模糊出入，故其自命因文見道之作，皆非其文之至者。其文之工者，第一傳狀、碑志，第二贈序，第三雜記，第四序、跋，第五乃書、説、論、辨。柳文，人皆以雜記爲第一，雖方、姚不能訾議，蓋

於古書類能採取其精鍊處也。《游黄溪記》中云：「由東屯行六百步，至黄神祠。祠之上，兩山牆立，如丹碧之華葉駢植，與山升降。其缺者爲崖，峭巖窟水之中，皆小石平布。黄神之上，揭水八十步，至初潭，最奇麗，殆不可狀，其略若剖大甕，側立千尺，溪水積焉。黛蓄膏渟，來若白虹，沈沈無聲，有魚數百尾，方來會石下。南去又行百步，至二潭，石皆巍然，臨峻流，若頦頷齗齶。其下大石離列，可坐飲食，有鳥赤首烏翼，大如鵠，方東嚮立。自是又南行數里，地皆一狀，樹益壯，石益瘦，水鳴皆鏘然，又南一里，至大冥之川。山舒水緩，有土田。」案「兩山牆立」以下，略狀得出。「黛蓄」十二字，出以研鍊，爲詞賦語，皆山水並寫。至後「樹益壯」數句，乃由遠寫至近。此章法也，凡奇麗山水，至將盡處，多筋脈舒緩。「黛蓄」四字，從金膏水碧來。永州《萬石亭記》略云：「御史中丞崔公，來莅永州。間日登城北墉，臨於荒野，藂翳之隙，見怪石特出，度其下必有殊勝。步自西門，以求其墟，伐竹披奥，欹仄以入。綿谷跨谿，皆大石旁立：涣若奔雲，錯若置碁，怒者虎鬬，企者鳥厲。抉其穴，則鼻口相呀；搜其根，則蹄股交峙。環行卒愕，疑若搏噬。於是刳闢朽壤，翦焚榛薉，决澮溝，導伏流，散爲疏林，洄爲清池，寥廓泓渟，若造物者始判清濁，效奇於兹地，非人力也。乃立游亭，以宅厥中。直亭之西，石若掖分，可以眺望。其上青壁斗絶，沈於淵源，莫究其極。自下而望，則合乎攢巒，與山無窮。」案始言萬石來路，「企者鳥厲」等效《斯干》詩，「石若掖分」以下，分左右、上下言之，以亭爲主也。

《始得西山宴遊記》佳處最軒豁呈露。記云：「自余爲僇人，居是州，恒惴慄。其隙也，則施施而行，漫漫而遊，日與其徒上高山，入深林，窮迴溪，幽泉怪石，無遠不到。到則披草而坐，傾壺而醉，醉則更相枕以卧。意有所極，夢亦同趣。覺而起，起而歸。以爲凡是州之山有異態者，皆我有也，而未始知西山之怪特。今年九月二十八日，因坐法華西亭，望西山，始指異之。遂命僕過湘江，緣染溪，斫榛莽，焚茅茷，窮山之高而止。攀援而登，箕踞而遨，則凡數州之土壤，皆在袵席之下。其高下之勢，岈然洼然，若垤若穴，尺寸千里，攢蹙累積，莫得遯隱。縈青繚白，外與天際，四望如一。」又云：「蒼然暮色，自遠而至。至無所見，而猶不欲歸。」此篇氣格不高，以必切「始」字，發揮太著迹也。又如「無遠不到，到則披草而坐，傾壺而醉，醉則更相枕以卧」，「覺而起，起而歸」，「自遠而至，至無所見」，兩「到」字、「醉」字、「起」字、「至」字卻不算著迹。中「縈青繚白」等，自是警句。

《鈷鉧潭記》云：「其始蓋冉水自南奔注，抵山石，屈折東流。其顛委勢峻，盪擊益暴，齧其涯，故旁廣而中深，畢至石乃止。流沫成輪，然後徐行。其清而平者且十畝，有樹環焉，有泉懸焉。」末云：「則崇其臺，延其檻，行其泉於高者墜之潭，有聲潨然，尤與中秋觀月爲宜，於以見天之高，氣之迥。孰使予樂居夷而忘故土者，非茲潭也歟？」案寫鈷鉧形頗肖，又極大方。鈷鉧圓而有柄者也，自「盪擊暴齧」至「有樹環焉」，言其圓也；既云「有泉懸焉」，又云「行其泉於高者墜

之潭」，言其柄也。結趺宕有神。

《鈷鉧潭西小丘記》警語云：「其石之突怒偃蹇，負土而出，爭爲奇狀者，殆不可數。其嶔然相累而下者，若牛馬之飲於溪；其衝然角列而上者，若熊羆之登於山。丘之小不能一畝，可以籠而有之。」又云：「剷刈穢草，伐去惡木，烈火而焚之。嘉木立，美竹露，奇石顯。由其中以望，則山之高，雲之浮，溪之流，鳥獸魚之遨遊，舉熙熙然迴巧獻技，以效茲丘之下。枕席而卧，則清泠之狀與目謀，瀯瀯之聲與耳謀，悠然而虚者與神謀，淵然而靜者與心謀。」末云：「噫！以茲丘之勝，致之豐、鎬、鄠、杜，則貴游之士爭買者，日增千金，而愈不可得。今棄是州也，價四百，連歲不能售。而我與深源（李）、克己（元）獨喜得之，是其果有遭乎！書於石，所以賀茲丘之遭也。」案「嶔然相累」四句，狀潭處向上向下之石，工妙絶倫，殆即從《無羊詩》「或降於阿，或飲於池」各句悟出。後「清泠之狀」四句，與此相映帶，用《考工記》「進與馬謀，退與人謀」句法，可謂食古能化。

又《小石潭記》極短篇，不過百許字，亦無特别風景可以出色，始終寫水竹凄清之景而已。而前言「心樂」，中言潭中魚「與遊者相樂」，後言「凄神寒骨」，理似相反，然樂而生悲，遊者常情，大而汾水，小而蘭亭，此物此志也。其寫魚云：「潭中魚可百許頭，皆若空遊無所依。日光下徹，影布石上，佁然不動，俶爾遠逝，往來翕忽。」工於寫魚，工於寫水之清也。

《袁家渴記》起亦《黃溪記》起法，餘則用楚騷、漢賦、六朝初盛唐詩語意寫之。記云：「由冉溪西南水行十里，山水之可取者五，莫若鈷鉧潭；由溪口而西，陸行可取者八九，莫若西山；由朝陽巖東南，水行至蕪江，可取者三，莫如袁家渴：皆永中幽麗奇處也。」又云：「其中重洲小溪，澄潭淺渚，間厠曲折，平者深黑，峻者沸白，舟行若窮，忽又無際。有小山出水中，山皆美石，石上生青叢，冬夏常蔚然。其旁多巖洞，其下多白礫。其樹多楓、柟、石楠、楩、櫧、樟、柚，草則蘭、芷，又有異卉，類合歡而蔓生，轇轕水石。每風自四山而下，振動大木，掩苒衆草，紛紅駭緑，蓊葧香氣，衝濤旋瀨，退貯谿谷，摇颺葳蕤，與時推移。」《石渠記》、《石澗記》無甚出色，《石澗記》末記地勢云：「由渴而來者，先石渠，後石澗；由百家瀨上而來者，先石澗，後石渠。澗之可窮者，皆出石城村東南，其間可樂者數焉。其上深山幽林逾峭險，道狹不可窮也。」

《小石城山記》雖短篇，跌宕可誦。略云：「有積石横當其垠，其上爲睥睨梁欐之形，其旁出堡塢，有若門焉，窺之正黑，投以小石，洞然有水聲，其響之激越，良久乃已。環之可上，望甚遠，無土壤而生嘉樹美箭，益奇而堅。其疏數偃仰，類智者所設施也。噫！吾疑造物者之有無久矣，及是，愈以爲誠有。又怪其不爲之於中州，而列是夷狄，更千百年不得一售其技，是固勞而無用，神者倘不宜如是，則其果無乎？或曰：以慰夫賢而辱於此者。或曰：其氣之靈，不爲偉人而獨爲是物，故楚之南少人而多石。是二者，余未信之。」中數語，東坡《石鐘山記》學之。後半即

《封建論》筆意。

《柳州東亭記》後半云：「乃取館之北宇，右闢之以爲夕室；取傳置之東宇，左闢之以爲朝室。又北闢之以爲陰室，作室於北牖下，以爲陽室。作斯亭於中，以爲中室。朝室以夕居之，夕室以朝居之，中室日中而居之，陰室以違温風焉，陽室以違淒風焉。」本《晏子春秋》。

柳子厚《柳州山水近治可遊者記》，全學《山海經》，而偶參以《儀禮·考工記》、《水經注》句法，此數書本作雜記者所避不過者也。惟此篇中如「常有四尺」，「倍常而上」，「西奔二十尺」，尺寸皆量度太真，不無可議，遊山水非營造比也。《零陵三亭記》篇中幾於全用四字句，所謂學詞賦也，然而讀之絶不似賦者，力避叶韻，多奇少偶，亦時出三字、五字、六字句以間之。總之造句用字，於虚實、向背中求變化而已，視昌黎《送李愿歸盤谷序》篇中全用對句，似歌似謡，大有雅俗之別。此序最俗不可耐者，爲「曲眉而豐頰，清聲而便體，秀外而惠中，飄輕裾，翳長袖，粉白而黛緑，列屋而閒居，妒寵而負恃，爭妍而取憐」一段，讀之使人肉麻難受。大略昌黎文之不佳者，以此序爲第一，俗不可醫也；《獲麟解》爲第二，淺陋無味也。

姚姬傳評柳子厚《館驛使壁記》云：「子厚在御史禮部時，文往往摹效《國語》，而蹊徑不化，辭頗蹇塞，若《饗軍堂》、《江運》二記皆然。此文較爲明淨雅飭，然尚不及永、柳以後所爲也。」案《國語》多短句，尤多四字句，即駢儷所自來也。子厚年少時，沾染唐風，必善爲駢儷，故詞藻甚

富，特其取材不限於唐人之《選》學，於經、史、百家無所不採。少於《國語》，晚於《楚詞》，變其詞藻，則已難矣；何能遽化其蹊徑哉？即言蹊徑，亦稍有别。《國語》偶句雖多，句法與《左傳》大同小異，而用單用長句處，十尚四五，豈如二記四字句之十有七八哉？嘗謂散文不宜全無偶句，然不宜多四字句，多四字句，是無韻之詩也。古詩不宜全偶句，然不宜多長短句，多長短句，是有韻之文也。至此文篇中云：「館驛之制，於千里之内尤重。自萬年至於渭南，其驛六，其蔽曰華州，其關曰潼關。自華而北，界於櫟陽，其驛七，其蔽曰同州，其關曰蒲津。自灞而南，至於藍田，其驛六，其蔽曰商州，其關曰武關。自長安至於盩厔，其驛十有一，其蔽曰洋州，其關曰華陽。自武功西至於好畤，其驛三，其蔽曰鳳翔府，其關曰隴關。自渭而北，至於華原，其驛九，其蔽曰方州。（方州蓋坊州之誤）自咸陽而西，至於奉天，其驛六，其蔽曰邠州。由四海之内，總而合之，以至於關；由關之内，束而會之，以至於王都。」變化《禹貢》及《周禮・職方氏》，自覺恰好，而惜抱未之知，故不言其摹效。若二記之多四字句，則六朝體製，《文心雕龍》其最著者矣。

韓退之雜記文字，本不如子厚，而《藍田縣丞廳壁記》殊有别趣。

退之以《諫佛骨表》得名。表中歷言佞佛之無益，而反多得禍，其意漢谷永皆已言之。《漢書・郊祀志》云：「成帝末年，頗好鬼神，亦以無繼嗣，故多上書言祭祀方術者，皆得待詔祠祭上林苑中長安城旁，費用甚多，然無大貴盛者。谷永説上，歷舉周史萇弘，欲以鬼神之術，輔尊靈

王，會朝諸侯，而周室愈微，諸侯愈叛。楚懷王隆祭祀，事鬼神，欲以獲福，助郤秦師，而兵挫地削，身辱國危。及秦始皇、漢武帝以至元帝初元中，有天淵玉女、鉅鹿神人、轑陽侯師張宗之姦，紛紛復起」云云，言亦至痛切，不讓退之，而上善其言，不之罪，故轉不著。

昌黎最工碑版文字，世以《曹成王碑》稱最，實不盡然。其中間最着力一段云：「李希烈反，遷御史大夫，授節帥江西以討希烈。命至，王出止外舍，禁毋以家事關我。裒兵，大選江州，羣能著職，王親教之搏力勾卒嬴越之法，曹誅五畀，艦步二萬人，以與賊遌。嘬鋒蔡山，踣之，剜蘄之黄梅，大鞣長平，鏺廣濟，掀蘄春，撇蘄水，掇黄岡，筴漢陽，行跐汊州，還大膊蘄水界中，披安三縣，拔其州，斬僞刺史。標光之北山，䟡隨光化，梏其州，十抽一推，救兵州東北屬鄉，還開軍受降。大小之戰，三十有二，取五州十九縣，民老幼婦女不驚，市買不變，田之果穀下無一跡。」朱子曰：「《曹成王碑》造語法子雲也。退之性不喜書，然嘗云：凡爲文詞，宜略識字。如此碑中，用『剜』、『鞣』、『鏺』、『掀』、『撇』、『掇』、『筴』等字是也。」吾友林畏盧紓，自謂平生最服膺寢饋於韓文者，於此篇中却不甚滿意，敢於批駁。林云：「曹成王臯，有功於德宗之朝，是一篇重要文字。觀他行文至嚴整有法，未嘗走奇走怪，獨中間用『剜』字、『鞣』字、『鏺』字、『掀』字、『撇』字、『掇』字、『筴』字、『跐』字、『䟡』字、『梏』字，學楊子雲，微覺刺目。實則不用此等字，但言收黄梅、廣濟等州，豈無字可用？必如此牽扯，不惟不奇，轉見喫力，爲全篇之累。」案昌黎此段，實學《管子》，非

學子雲，多用一二僻字，仍出塗抹，非從原原本本來，故不甚切當。然以嚇餘子有餘矣。此文佳處，如云：「貶潮州刺史，楊炎起道州，相德宗，還王於衡，以直前譤。王之遭誣在理，念太妃老，將驚而戚，出則囚服就辯，入則擁笏垂魚，坦坦施施。即貶於潮，以遷入賀。及是，然後跪謝告實。」語皆的當。又云：「王之在兵，天子巡於梁，希烈比取汴、鄭，東略宋圍陳，西取汝，薄東都。王坐南方，北向落其角距，賊死咋不得入寸尺，亡將卒十萬，盡輸其南州。」均之用字，「咋」字較「踏」字、「蹂」字的當多矣。「牿」字由《孟子》「牿之反覆」來，「跐」字從《西都賦》「蹂躪其十二三」來，餘多不類。

又《魏博節度觀察使沂國公先廟碑銘》首段云：「元和八年十一月壬子，上命丞相元衡、丞相吉甫、丞相絳，召太史尚書比部郎中韓愈至政事堂，傳詔曰：『田弘正始有廟京師，朕惟弘正先祖父，厥心靡不嚮帝室，訖不得施，乃以教付厥子。維弘正銜訓嗣事，朝夕不怠，以能迎天之休，顯有丕功。維父子繼忠孝，予惟寵嘉之，是以命汝愈銘。欽哉！』惟時臣愈承命悸恐。明日詣東閤門，拜疏辭謝，不報。退，伏念昔者魯僖公，能遵其祖伯禽之烈，周天子實命其史臣克作爲《駉》、《駜》、《泮》、《閟》之詩，使聲於其廟，以假魯靈。今天子嘉田侯服父訓不違，用康靖我國家，蓋寵銘之，所以休寧田氏之祖考，而臣適執筆隸太史，奉明命，其可以辭？」案弘正父廷玠，大(歷)〔曆〕中爲滄州刺史。恒州李寶臣、幽州朱滔聯兵攻擊，欲兼其土宇。廷玠固守，卒能保全，朝廷

嘉之。還洛州，改湘州。建中初，田悦領魏博節度使，志圖凶逆，召廷玠爲副，蓋悦父承嗣與廷玠爲從昆弟也。及悦姦謀敗露，廷玠曰：「爾籍伯父遺業，可守朝廷法度，坐享富貴，何苦與恒、鄆同爲叛臣？若狂志不悛，可先殺我。」乃謝病不出，三年憤鬱而卒。弘正既籍魏博六州歸朝，其後奉詔令其子布帥師三千助討吳元濟。元濟平，復討李師道，比有功，師道爲其將劉悟所殺。弘正常欲變山東承襲舊風，悉遣子姓仕朝廷，而布同時爲河陽節度使。穆宗時詔以弘正爲成德軍節度使，弘正以新與鎮人戰，有父兄怨，請魏卒二千自衛。度支崔㥄吝其廩，沮卻之。會弘正卒，軍遂亂，家屬將吏三百餘人皆遇害。時魏博節度使李愬，病不能軍，公卿議以魏人素德弘正，而弘正子布賢，可世其官。遽詔布解縗，拜魏博節度使，乘傳以行。布號泣固辭，不聽。與妻子訣曰：「吾不還矣！」會詔分布軍，合李光顔討深州，衆不肯東，遂潰，歸其牙將史憲誠，唯中軍不動。明日會諸將議事，衆譁曰：「公能行河朔故事，則生死從公；不然，不可以戰。」布度衆且亂，即爲書謝帝，授從事李石，引刀刺心，曰：「上以謝君父，下以示三軍。」言訖而絕。於戲！唐自安史之亂，河南北諸軍陽服實叛，王室僅爲守府，而弘正父子祖孫三世，皭然泥而不滓，竭其股肱之力，加之以忠貞，不濟則以死繼之，以垂光於青史，良不愧昌黎世忠孝一語也。此篇全學《禮記》衛孔悝之《鼎銘》。田氏先世，雖無戰功，然田廷玠兩次守正，其功即甚大，頗與孔悝之祖孔達相似。蓋孔達即隨難之志甚堅，其他亦無甚功也；成叔、文叔，尤無功可言。故昌黎文筆典重，

特效此銘，曰：「六月丁亥，公假于大廟。公曰：『叔舅！乃祖莊叔左右成公，成公乃命莊叔隨難于漢陽，即宮於宗周，奔走無射。啓右獻公，獻公乃命成叔纂乃祖服。乃考文叔，興舊耆欲，作率慶士，躬恤衛國，其勤公家，夙夜不解，民咸曰休哉！』公曰：『叔舅！予女銘，若纂乃考服。』悝拜稽首曰：『對揚以辟之，勤大命，施于烝彝鼎。』」

李翺、皇甫湜，皆出韓門，所謂李得其正，皇甫得其奇者。今將二人所撰《韓公行狀》、《神道碑》、《墓志銘》三篇警要者録出，得參觀而尚論焉，可以知事同文異之法矣。李《行狀》中云：「改兵部侍郎。鎮州亂，殺其帥田弘正，征之不克，遂以王庭湊爲節度使，詔公往宣撫。既行，衆皆危之。元稹奏曰：『韓愈可惜。』穆宗亦悔，有詔令至境觀勢事，無必於入。公曰：『安有受君命而滯留自顧？』遂疾驅入。庭湊嚴兵拔刀弦弓矢以逆。及館，甲士羅於庭，公與庭湊、監軍使三人就位。既坐，庭湊言曰：『所以紛紛者，乃此士卒所爲，本非庭湊心。』公大聲曰：『天子以爲尚書有將帥材，故賜之以節，實不知公共健兒語未得，乃大錯。』甲士前奮言曰：『先太史爲國打朱滔，滔遂敗走，血衣皆在，此軍何負朝廷，乃爲賊乎？』公告曰：『兒郎等且勿語，聽愈言。愈將爲兒郎已不記先太史之功與忠矣，若猶記得，乃大好。且爲逆與順、利與病，不能遠引古事，但以天寶來禍福爲兒郎等明之。安禄山、史思明、李希烈、梁崇義、朱滔、朱泚、吳元濟、李師道，復有若子若孫在乎？亦有居官者乎？』衆皆曰：『無。』又曰：『令公以魏、博六州歸朝廷，爲節度使，後至

中書令，父子皆授旌節，子與孫雖在童幼者，亦爲好官，窮極富貴，寵榮耀天下。劉悟、李祐皆居大鎮；王承元年始十七，亦仗節。此皆三軍耳所聞也。』衆乃曰：『田弘正刻此軍，故軍不安。』公曰：『然汝三軍亦害田令公身，又殘其家矣，復何道？』衆乃讙曰：『侍郎語是。』庭湊恐衆心動，遽麾衆散出，因泣謂公曰：『侍郎來，欲令庭湊何所爲？』公曰：『神策六軍之將，如牛元翼比者不少，但朝廷顧大體，不可以棄之耳，而尚書久圍之，何也？』庭湊曰：『即出之。』公曰：『若真耳，則無事矣。』因與之宴而歸，而元翼果出。乃還，於上前盡奏與庭湊言及三軍語。上大悦曰：『卿直向伊如此道。』由是有意欲大用之。王武俊贈太師，呼太史者，燕趙人語也。」又云：「深於文章，每以爲自揚雄之後，作者不出。其爲文，未嘗效前人之言，而固與之並。自貞元末以至於兹，後進之士，其有志於古文者，莫不視公以爲法。」

皇甫《神道碑》中云：「七歲屬文，意語天出。長悦古學，業孔子、孟子而侈其文。秀人偉生，多從之游，俗遂化服，炳炳烈烈，爲唐之章。」又云：「王廷湊著衣冠，圍牛元翼，人情望之，若大蚖虺。先生奉詔入賊，淵然無事行者。既至，召衆賊帥前，抗聲數責，致天子命，詞辯而鋭，悉具機情，賊衆懼伏。賊帥曰：『惟公指。』公乃約之，出元翼，歸士大夫之喪。」

《墓誌銘》云：「先生七歲好學，言出成文。及冠，恣爲書，以傳聖人之道。人始未信，既發不掩，聲震業光，衆方驚爆，而萃排之。乘危將顛，不懈益張，卒大信於天下。先生之作，無圓無方，

至是歸工。抉經之心，執聖之權，尚友作者，跋邪觝異，以扶孔氏，存皇之極。知與罪非我計，茹古涵今，無有端涯，渾渾灝灝，不可窺校。及其酣放，豪曲快字，凌紙怪發，鯨鏗春麗，驚耀天下。然而栗密窈眇，章妥句適，精能之至，入神出天。嗚呼極矣！人無以加之矣。姬氏以來，一人而已矣。」又云：「王庭湊反，圍牛元翼於深，救兵十萬，望不敢前。詔擇庭臣往諭，衆慄縮，先生勇行。元稹言於上曰：『韓愈可惜。』穆宗悔，馳詔無徑入。先生曰：『止，君之仁；死，臣之義。』遂至賊營，麾其衆責之，賊恇汗伏地，乃出元翼。」案李文純正不矜奇，而讀之時時令人動色，自不平衍；皇甫文造語簡錬，時復鉤章棘句，句法常用倒裝，而此碑、志尚無鉤輈格磔處。今於以上三文，只各摘其論王庭湊及爲古文兩事。李於庭湊一節，叙之最詳最著力。昌黎一生可傳事，無過於此，《諫佛骨表》猶其次也，而《唐書·昌黎傳》即用李文，而昌黎千古矣。即論其爲文章一段，看似淡淡，實未嘗不著力，言簡括而意鄭重也。不知當時何以碑、志兩文，均以屬皇甫？殆昌黎平日本喜相如、子雲，以皇甫之鉤章棘句，爲能似之，故均使皇甫執筆歟？皇甫於《墓志》，著力論昌黎文章，其云：「抉經之心，執聖之權，渾渾灝灝，不可窺校。精能之至，入神出天。姬氏以來，一人而已。」皆未免太過，昌黎當不起。其餘叙論庭湊處，皆言「抗聲數責，賊衆懼伏」。似非實情。果爾，昌黎將不得免爲顔真卿、孔巢父之續，故《唐書》不取也。

樊宗師文止一篇，見陶宗儀《輟耕録》，云：「唐南陽樊宗師，字紹述。所譔《絳守居園池記》，

艱深奇澁，讀之往往昧其句讀，況義乎哉！　韓文公謂其文不蹈襲前人一言一句，觀此記則誠然矣。宋王晟、劉忱嘗爲解釋，今不復有。偶得欒陽趙仁舉字伯昂箋註本，句分字析，詞理煥然。因書其記，傳其句讀，以便披覽云。有未解者，又須觀全註可也。點法：。爲句，、爲讀。記曰：『絳即東雍。雍去聲爲守去聲理所。稟參所今切實沈分。分去聲氣畜兩河潤。有陶唐冀遺風餘思。思去聲晉韓魏之相剝剖。世說總其土田士人。今無磽口交切雜擾。宜。得地形勝瀉水施法。豈新田又蕞猥不可居。州地或自有興廢。州字或屬上句人因得附爲奢儉。將爲守悅致平理與。與平聲益侈心耗物害時與。與平聲自將失敦窮華。終披夷不可知。陴緬音睥睨也，緬疑作緬孤顛。跒倔。上苦下切，下渠勿切玄武踞。守居割有北。自甲辛苞太池泓。橫硤旁。潭中癸次。木腔瀑三丈。餘。或屬上句涎玉沫珠。子午梁貫亭曰洄漣。虹蜺雄雌。穹鞠覷蠃。時忍切礙佷胡懇切島坻。音池淹淹委委。平聲莎靡緩。莫半切蘿蕃翠蔓紅刺相拂綴。南連軒井。陣中湧曰香。承守寢睟雖遂切思。西南有門曰虎豹。左書虎搏補各切立。萬力千氣。底音旨發。彘匿地。努肩腦口牙快抗。雹火雷風黑山震將合。右胡人髯。黃帣於元切累力追切珠。丹碧錦襖。身刀囊韡檛縚。上刀切白豹玄班。飫距、掌脾。意相得。東南有亭曰新。前含音頷曰槐。有槐屓虛器切護。霌鬱蔭後頤。渠決決緣池西直南折廡赴。可宴可衙。又東騫渠曰望月。騫音軒又東騫窮角池。研雲曰栢。有栢蒼青官士。擁列與槐朋友。巉鉏銜切陰洽色。北俯渠。憧憧來。刮級回西。巽隅疑作隅間。黃原玦天。汾水鉤

帶。白言謁。行旦艮間。遠罔青縈。近樓臺井閭點畫察。可四時合奇士。觀雲風霜露雨雪。所爲去聲發生收斂賦歌詩。正東曰蒼塘。遵瀕西漭望。瑶翻碧瀲。光文切鏤。梨深撓撓奴巧切收窮。正北曰風隄。乘攜左右。隄執北回股努。墆徒計切捩刀計切蹴墉。御渠歆池。南楯楹。景恠燭。蛟龍鉤牽。寶黿靈鼉薄猛切一音脾文文章章。陰欲呼合切墊都念切䰟。呼括切煙潰靄聚桃李蘭蕙。神君仙人衣裳雅冶。可會脱赤熱。西北曰龕。豗音灰原、開咍呼來切儲。虚明茫茫。嵬眼澒耳。可大客旅鐘鼓樂。提鷳挈鷺。侶音弼池豪渠。憎乖憐圍。正西曰白濱。薈烏外切深憐梨。素女雪舞百佾。水翠披。瞑瞭虚郭切千幅。迎西引東士長崖。挾横埒。埒音劣日卯酉。日或作自樵途隝徑幽委。蟲鳥聲無人。風日燈火之。晝夜漏刻詭姽魚毀切絢化。大小亭飣池渠間。走池隄上亭後前。陴乘墉。如連山羣峯擁。地高下。如原隰隄谿壑。水引古。自源三十里。鑿高、槽絶、竇墉。、爲或作其池溝沼渠瀑瀿音叢潺終出。汩汩于筆切，音骨非街衖畦町阡陌間、入汾。巨樹木。資士悍、水沮。將預切宗族盛茂。旁蔭遠映。錦繡交菓枝香。畹麗。上下可通作一句絶他郡。考其臺亭沼池之增。蓋豪王才侯襲以奇意相勝。至今過客尚往往有指可創起處。余退常吁。後其能無、果有不。音否補建者、池由於煬。及常作反者雅文安。薛雅、裴文安二人發土築臺爲拒。幾平聲附於汚宮。水本於正平軌。病井滷生物瘠。引古、沃瀞人便。幾附於河渠。嗚呼。爲附於河渠則可。爲附於汙宮其可。書以薦後君子。長慶三年五月十七日記。』又見一本亦註解者，不著姓名，所分句

讀，與前略有不同處，併附於此。。爲句，、爲讀。『絳、即東雍爲守理所。作一句世説、總其土田、士人、宜得地形勝，自將失敦窮華、陴緬孤顛、踇倔玄武、踞守居、割有北。自甲辛苞、大池泓横、硤旁、潭中。癸次木腔、作一句瀑三丈餘、作一句子午梁貫、虹蜺雄雌、穹鞠覷蠡。作一句莎靡縵蘿薔、南連軒井陣、左畫虎搏立。萬力千氣、底發。作一句彘匿地。雹、火、雷、風、右胡人鬅。黄帑纍珠。丹碧錦襖。身刀、囊、韡、檛、縚。白豹玄班。飫距掌脾、作一句有槐肩護、罰。作一句鬱蔭後頤。渠決決緣池西。直南折廡赴、擁列、與槐朋友。巽隅閒、白言謁行。旦艮閒、遠岡青縈。可四時合奇士、觀雲風霜露雨雪、所爲發生、收斂。正東曰蒼塘。蹲瀕西漭望。作一句瑶翻碧瀲。正北曰風隄。乘攜左右、作一句隄執北回股努。墆捩蹴墉、作一句南楯楹、景怪爥。蛟龍鉤牽。烟潰靄聚。開哈儲。虛明茫茫、提鵬、絜鷺。瞯瞯千幅、迎引西東。日卯酉。樵途隖徑幽委。蟲鳴聲、晝夜、大小亭、飷池渠間。走池隄上。亭後前、陴乘墉、作一句如連山羣峯、擁地高下。作一句鑿高槽。作一句絶寶墉。作一句爲此作其池溝沼渠瀑潨每字汩汩街衖、町畦千陌、每字間入汾。作句水沮宗族茂盛。作一句旁蔭遠映、錦繡交。莫枝香畹、麗絶他郡。作一句考其臺亭沼沚之增。後其能無果有不補建者。作一句池由於煬及者雅文安。作一句誅此本多比字病井滷生物瘠、引古沃瀵。作一句人便幾附於河渠。作一句』」今趙注不可得，雖經句讀，不可解尚多也。韓退之作《樊墓志銘》云：「惟古於詞必己出，降而不能乃剽賊。後皆指前公相襲，從漢迄今用一律。寥寥久哉莫覺屬，神徂聖伏道絶塞。

既極乃通發紹述，文從字順各識職，有欲求之此其躅。」謂樊文爲不剽賊則可，謂爲文從字順則不可。論韓文者，必曲爲之詞，無當也。樊好奇，韓亦好奇，震樊之奇，不能不讚美之。唐末文字好奇者共三人：樊與皇甫湜外，尚有孫樵。劉蜕雖與樵並稱，並不奇也。當並録之，以知世間有此種文字耳。古人文章，有難句讀者，皆於上下句相連處故弄狡獪，用可以屬上可以屬下之字，可作兩種讀法也。《園池記》有注者故有兩本。至皇甫文間有誤字，如「穆宗」作「穆公」，其顯然者。北齊邢子才所謂「日思誤書，是一適者」，亦好奇之過矣。

孫可之(樵)《梓潼移江記》云：「涪繚於郪，迫城如蟠。淫潦漲秋，狂瀾陸高，突堤嚙涯，包城蕩墟，歲殺州民，以爲官憂。滎陽公始至，則思所以洗民患，頗聞前觀察使欲鑿江東壖音垣地別爲新江，使東北注流五里，復匯而東，即堤墟舊江，使水道與城相遠，以薄江怒。遂命武吏，發卒三千，跡其前謀。役興三月，功不可就。有謁於滎陽公曰：『公開新江，將抉民憂。然江勢不可決，訛言不可絕，公將何以終之？』滎陽公曰：『吾欲厚其直以勸其卒，可乎？』對曰：『饑卒賴厚直，民惜其田以覬得，不可。』滎陽公曰：『吾欲戳其將以動其卒，可乎？』對曰：『代之將者，必苦吾卒，卒若叛，不可。』滎陽公曰：『奈何？』對曰：『夫民可與樂終，難與圖始。固自役興以來，彼其民曰：「夏王鞭促萬靈，以道百川，今果能改夏王跡耶？非徒無功，抑有後災。」羣疑牽綿，民心蕩摇。前時觀察使欲鑿新江，中輟議而罷，豈病此耶？公即能先隄民言，新江可度日而決也。』

滎陽公：『諾！』明日，滎陽〔公〕視政加猛，決獄加斷。又明日，杖殺左右有所貳事，鞭官吏有所阻政者。遂下令曰：『開新江非我家事，將脱鄞民於魚禍耳。民敢横議者死！』鄞民以滎陽公嘗爲京兆，既憚其猛；及是，民心大慄，羣舌如斬。未幾而新江告成。滎陽〔公〕歡出臨視，班賞罷卒，已而歎曰：『民言不隄，新江其不決耶？』新江長步一千五百，闊十分其長之二，深七分其闊之一。盤隄既隆，舊江遂墟，凡得田五百畝。其年七月，水果大至，雖踰防稽陸不能病民，其績宜何如哉！滎陽公既以上聞，有司劾其不先白，詔奪俸錢一月之半。樵嘗爲《褒城驛記》，恨所在長吏，不肯出毫力以利民。及覩滎陽公以開新江受譴，豈立事者，亦未易耶？是歲開成五年也。」《興元新路記》云：「入扶風東皋門，十舉步，折而南，平行二十里，下念濟坂，下折而西行十里，渡渭。又十里至郿。郿多美田，不爲中貴人所并，則籍東西軍，居民百一繫縣。自郿南平行二十五里，至臨溪驛。驛扼谷口，夾道居民，皆籍東西軍。出臨溪驛百步，南登黄蜂嶺，平行不能百步。又步登潗潗嶺，盤折而上，甚峻。潗潗嶺北並磵可爲閣道平出。潗潗嶺南可罷潗潗路。下潗潗嶺，嶺稍平。二嶺之間，凡行十里。自臨溪有支路，直絶澗竝山，復絶澗虵行磧上十里，合於大路。秋夏此路當絶。下黄蜂嶺，復有支路，竝澗出潗潗嶺下。行亂石中五六里，與澗西支路合。秋夏此路亦絶。由大路十里，橋無定河。河東南來觸西山下隳，號怒北去。河中多白石，磊磊如斛。又十里至松嶺驛，逆旅三户，馬始食茅。自松嶺平行三里，逾二橋，登八里坂，甚峻。下坂行十里，平如九衢。

又高低行五里，行連雲驛。自連雲西平行二十里，上五里嶺，路極盤折，凡行六七里。及嶺上，泥深滅踝，行者多苦於此，可爲棧路以易之。路旁樹往往如掛塵纓，纚纚而長，從風紛然。訊於薪者，曰：『此泥榆也。』豈此嶺常泥，而樹有此名乎？凡泥行十里，稍稍下去，又平行十里，則山谷四拓，原隰平曠，水淺草細，可耕稼，有居民，似樊川間景氣。又五里至平川驛。自平川西并澗高下行十里，復度嶺。嶺東度澗可詣，爲閣路，平行五十里出嶺西，亦古道。上下嶺凡五里，復平不能一里，復高低有閣路。行七八里，扼路爲關，關北爲臨洮關，南爲河池。自黄蜂嶺洎河池關，中間百餘里，皆故汾陽王私田，嘗用息馬，多至萬蹏，今爲飛龍租入地耳。入關行十里，皆閣路竝澗。閣絶，有人橋，蜿蜿如虹。絶澗西南去，橋盡，路如九衢，夾道植樹，步步一株，凡行六七里，至白雲驛。西竝澗皆閣道，行十里，巖上有石刻，横爲一行，曰『鄭淮造』。凡三字，不知何等人也。人以淮爲准，蓋視之誤。又一十三里，至芝田驛，皆閣道，卒高下多碎石。自芝田至仙岑，雖閣道，原本路字。皆平行，往往澗旁谷中有桑柘，民多藂居，雞犬相聞。水益清，山益奇，氣候甚和。自仙岑南行十三里，路左有崖，壁然而高，出其下殷其有聲，如風怒薄水，里人謂之『鳴崖』。豈石常鳴耶？抑俟人而鳴耶？又行十五里，至二十四孔閣。古閣名也。閣上巖甚奇，有石刻，其刻云：『褒中與閣主簿王顒、漢中郡道閣縣掾馬甫、漢中郡比部督郵迴通、都匠中郎將王胡、典知二縣匠衛績教蒲池石佐張梓等百二十人，匠張羌教褒中石（优）〔佐〕泉疆等百四十人，閣道教習常民學川石等三人。』凡七十字。

其側則曰：『太康元年正月二十九日』。案其刻乃晉武平吳時，蓋晉由此路耳。又行十五里，至青松驛。驛自仙岑而南，路旁人煙相望，澗旁地益平曠，往往墾田至一二百畝，桑柘愈多。至青松，即平田五六百畝，谷中號爲夷地，居民尤多。自青松西行一二里，夾路多松竹，稍稍深入，不復有平田。行五六里，上小雪嶺，極峻折。嶺東多泥土，疏而黑，嶺西尤峻，十里百折，上下嶺凡十八里，四望多叢竹。又高低行十里，至山輝驛，居民甚少，行旅無庇。自山輝西高低行二十里，上長松嶺，極峻，羊腸而上，十里及嶺上。復羊腸而下，十五里及嶺下。又高下行十里，至迴雪驛。自迴雪驛南行三里，上平樂坂，極盤折，上下凡十五里，至福溪。自福溪有路竝自山下，由大雪嶺平行五里，上長松嶺，北與山輝大路合，蓋古所通，乃坦途也。禆將將開此路，都將賈昭爭功，且欲折之，遂開古松嶺路。又高下行十里，至黄崖，崖南極峻折。上下黄崖六七里，至盤雲驛。西行，復竝澗行二十里，即背絶小嶺，上下凡五六里，稍平。又行十里，至雙溪驛。自盤雲驛西，有路竝澗出白城西。又平行三十里至城，又行六十里至興元，亦古所通，尤坦途也。城固之要道出其縣，遂略開路，長開天嶺路也。自雙溪南平行四里，至天苞嶺。羊腸而上，凡十五里，極峻折，往往閣路。至嶺上南望興元，煙靄中也。下嶺尤峻折，凡三十里，至文川驛。自文川南行三十五里，至靈泉驛。自靈泉平行十五里，至長柳店，夾道居民。又行十五里，至興元。西平行三十里，至褒城縣，與斜谷舊路合矣。議者多以謂此路不及褒、斜。此言不公耳。譙嘗淑中褒斜，一經文川，至於山川險易，道途迹，悉得條記。嘗用披校，蓋亦折衷耳。苟使賈昭盡心於滎陽公，如譙所條注，誠逾於褒斜路

矣。孫樵曰：古人尚謀新，仍曰何必改作。利不十，法不變，豈謀新亦未易耶？滎陽公爲漢中，以褒、斜舊路修阻，上疏開文川道以易之。觀其上勞及將，下勞及卒，其勤至矣。其始立心，誠無(意)〔異〕於古人，將濟民於艱難也。然朝庭有竊竊之議，道路有唧唧之歎，豈滎陽公始望耶？況謀肇乎賈昭，事倡乎李倈，役卒督工者，不增品秩於天子，則加班列於滎陽公。滎陽公無毫利以自與，而怨咎獨歸滎陽公，豈古所謂爲民上者難耶？」二記雖間有詰屈處，然視樊宗師則平易甚，視皇甫持正亦差易也。大略可之文，若賦、銘、碑、對各體，多用僻字；餘作記事論事者往往似杜牧之，尚有數篇傳作可觀者。

孫樵文尚有數篇甚佳者，如《書何易于》，云：「何易于嘗爲益昌令，縣距刺史治所四十里，城嘉陵。河南刺史崔朴嘗乘春自上游，多從賓客歌酒泛舟東下，直出益昌旁。至則索民挽舟，易于即腰笏，引舟上下。刺史驚，問狀，易于曰：『方春，百姓不耕即蠶，隙不可奪。易于爲屬令，當其無事，可以充役。』刺史與賓客，跳出舟，偕騎還去。益昌民多即山樹茶，利私自入。會鹽鐵官奏重榷筦，詔下所在不得爲百姓匿。易于視詔，曰：『益昌不征茶，百姓尚不可活，矧厚其賦以毒民乎？』命吏剗去，吏爭曰：『天子詔：「所在不得爲百姓匿。」今剗去，罪益重。吏止死，明府公免竄海裔耶？』易于曰：『吾寧愛一身以毒一邑民乎？亦不使罪蔓爾曹！』即自縱火焚之。觀察使聞其狀，以易于挺身爲民，卒不加劾。邑民死喪，子弱業破不能具葬者，易于輒出俸錢，使吏爲

辦。百姓入常賦，有垂白傴杖者，易于必召坐食，問政得失。庭有競民，易于皆親自與語，爲指白枉直，罪小者勸，大者杖，悉立遣之，不以付吏。治益昌三年，獄無繫民，民不知役。改綿州羅江令，其治視益昌。是時故相國裴公刺史綿州，獨能嘉易于治。嘗從觀其政，道從不過三人，其全易于廉如是。會昌五年，樵道出益昌，民有能言何易于治狀者，且曰：『天子設上下考以勉吏，而易于考止中上，何哉？』樵曰：『易于督賦如何？』曰：『止請常期，不欲緊繩百姓，使賤出粟帛。』『督役如何？』曰：『度支費不足，遂出俸錢，冀優貧民。』『饋給往來權勢如何？』曰：『傳符外一無所與。』『擒盜如何？』曰：『無盜。』樵曰：『予居長安，歲聞給事中校攷，則曰：某人爲某縣，得上下考，由考得某官。問其政，則曰：某人能督賦，先期而畢；某人能督役，省度支費；某人當道能得往來達官爲好言；某人能擒若干盜，反若干盜。縣令得上下考者如此。』邑民不對，笑去。樵以爲當世上位者，皆知求才爲切，至如緩急補吏，則曰：『吾患無以共治。』膺命舉賢，則曰：『吾患無以塞詔。』及其有之，知者何人哉！繼而言之，使何易于不有得于生，必有得於死者，有史官在。」《唐書·易于傳》全採此文，蓋不惟工於叙事，而褒貶亦至公可信也。後半設爲問答語，曲盡不學無術之大吏所以考課屬員之情狀。《書田將軍邊事》云：「背臨卭南馳，越二百里，得嚴道郡，實與沈黎、越嶲俱爲邊城，迫于羣蠻。田在賓將（車）〔軍〕刺嚴道三年，能條悉南蠻事，爲樵言曰：『巴蜀西迫於戎，南迫於蠻，宜有以制之者。當廣德建中間，西戎兩飲馬於岷江。其衆如

蟻，前鋒魁健，皆擐五屬之甲，持倍尋之戟，徐呼按步，且戰且進。蜀兵遇鬭，如植橫堵，羅戈如林，發矢如蚔，皆折刃吞鏃，不能斃一戎，而況陷其陳乎？然其戎兵踐吾地日深，而疲死者日衆，即自度不能留，亦輒引去。故蜀人爲之語曰：西戎尚可，南蠻殘我。自南康公鑿青谿道，以和羣蠻，俾由蜀而貢。又擇羣蠻子弟，叢於錦城，使習書算，業就輒去，復以他繼。如此垂五十年，不絶其來，則其學於蜀者，不啻千百。故其國人皆能習知巴蜀土風，山川要害。文皇帝三年，南蠻果大入成都，門其三門，四日而旋，其所剽掠，自成都以南，越嶲以北，八百里之間，民畜爲空。加以敗卒貧民，持兵羣聚，因緣刼殺，官不能禁，由是西蜀十六州，至今爲病。自是以來，羣蠻常有屠蜀之心，居則息畜聚粟，動則練兵講戰，而又俾其習於蜀者，伺連帥之間隙，察兵賦之虚實，或聞蜀之細民，苦於重征，且將啓之以幸非常。吾不知羣蠻此舉，大劍以南，爲國家所有乎？且每歲發卒以戍南者，皆成都頑民，飽稻飫豕，十九如瓠，雖知鉦鼓之數，不習山川之險。吾嘗伺其來，朔風正嚴，緩步坦途，日次一舍，固已呀然汗矣，而況歷重阻，即嚴程，束甲而趨，扶戟而鬭邪？加以爲將者刻薄以自入，餽運者縱吏而鼠竊。縣宜當給帛，則以苦而易良；當賑粟，則以砂而參粒。如此，則邊卒將怨望之不暇，又安能殊死而力戰乎？此巴蜀所以爲憂也。』樵曰：『誠如將軍言，苟爲國家計者，孰若詔嚴道、沈黎、越嶲三城太守，俾度其要害，按其壁壘，得自募卒以守之。且兵藉於郡，則易爲役；卒出於邊，則習其險。而又各於其部繕相美地，分卒爲屯，

春夏則耕蠶以資衣食，秋冬則嚴壁以俟寇虜。連帥即能督之，歲遣廉白吏，視其卒之有無，劾其守之不法者以聞。如此，則縣官無餽運之費，奸吏無因緣之盜，兵足食給，卒無胥怨，於將軍何如？』田將軍曰：『如此，何患？』言卒，遂書。」王應麟曰：「東坡謂：學韓退之不至，爲皇甫湜；學湜不至，爲孫樵。」朱新仲曰：「樵乃過湜。如《書何易于》、《褒城驛壁》、《田將軍邊事》、《復佛寺奏》，皆謹嚴得史法，有俾治道。」書《褒城驛壁》云：「褒城驛號天下第一。及得寓目，視其沼，則淺混而茅；視其舟，則離敗而膠；庭除甚蕪，堂廡甚殘，烏覩其所謂宏麗者？訊於驛吏，則曰：『忠穆公嘗牧梁州，以褒城控三節度治所，龍節虎旗，馳驛奔軺，以去以來，轂交蹄劘，由是崇侈其驛，以示雄大。蓋當時視他驛爲壯。且一歲賓至者，不下數百輩，苟夕得其庇，飢得其飽，皆莫至朝去，寧有顧惜心耶？至如棹舟，則必折篙破舷碎鷁而後止；魚釣，則必枯泉汨泥盡魚而後止；至有飼馬於軒，宿隼於堂，凡所以汙敗室廬，糜毀器用。官小者，其下雖氣猛可制；官大者，其下益暴横難禁。由是日益破碎，不與曩類。某曹八九輩雖以供饋之隙，一二力治之，其能補數十百人殘暴乎？』語未既，有老甿笑於旁，且曰：『舉今州縣皆驛也。吾聞開元中，天下富蕃，號爲理平，踵千里者不裹糧，長子孫者不知兵。今者，天下無金革之聲，而户口日益破；疆埸無侵削之虞，而墾田日益寡，生民日益困，財力日益竭，其故何哉？凡與天子共治天下者，刺史、縣令而已，以其耳目接於民，而政令速於行也。今朝廷命官，既已輕任刺史、縣令，而又促數於更

易。且刺史、縣令，遠者三歲一更，近者一二歲再更，故州、縣之政，苟不利於民，可以出意革去。其甚者，在刺史曰：「明日我即去，何用如此？」在縣令亦曰：「明日我即去，何用如此？」當愁醉醲，當饑飽鮮，囊帛櫝金，笑與秩終。』嗚呼！州縣真驛耶？矧更代之隙，黠吏因緣，恣爲奸欺，以賣州縣者乎？如此而欲望生民不困，財力不竭，户口不破，墾田不寡，難哉！予既揖退老甿，條其言，書於褒城驛屋壁。」前幅似主而實賓，後幅似賓而實主，此文家變化錯綜之法。

石遺室論文五

宋

文章之有姿態者，皆出於論説。《尚書》惟有《秦誓》，《禮記》則《三年問》，實《荀子》也。《檀弓》作態太甚，《左傳》則滋多矣。《莊子》之「送君者皆自崖而返，君自此遠矣」二語，風神絶世。太史公，則各傳贊皆以姿態見工，而《五帝本紀》、《項羽本紀》二贊尤有神，傳文則莫如《伯夷列傳》。世稱歐陽公文爲「六一風神」，而莫詳其所自出。世又稱歐公得殘本韓文，肆力學之。其實昌黎文，有工夫者多，有神味者少。有神味者，惟《送董邵南序》、《藍田縣丞廳壁記》。若《送李愿歸盤谷序》，則至塵下者，前已論之。《送楊少尹序》亦作態太甚，其滑調多爲八股文家所摹，切不可學。《與孟東野書》亦韓文之有風神者，然兩用「知吾心樂否也」，尚嫌作態，意無淺深，筆無輕重，句無長短也。歐公文實多學《史記》，似韓者少。

永叔文以序跋、雜記爲最長，雜記尤以《豐樂亭》爲最完美。起一小段，已簡括全亭風景，乃

橫插「滁於五代干戈之際」二語，得勢有力。然後説由亂到治，與由治回想到亂，一波三折，將實事於虚空中摩蕩盤旋，此歐公平生擅長之技，所謂風神也。「今滁介於江淮」一小段，與「修之來此」一段，歸結到太平之可樂與名亭之故，收煞皆用反繳筆爲佳。

歐公《有美堂記》與《豐樂亭》、《峴山亭》二記，爲雜記中最工者。《醉翁亭記》，則論者以爲俗調矣，其實非調之俗，乃辭意過於圓滑，與《送李愿序》氣味相似，殊不可學耳。然起云：「環滁皆山也。其西南諸峯，林壑尤美，望之蔚然而深秀者，瑯琊也。山行六七里，漸聞水聲潺潺，而瀉出兩峯之間者，釀泉也。峯回路轉，有亭翼然，臨於泉上者，醉翁亭也。」起數句頗自俊爽，學《公穀》只學此一段而止，餘另换别調，亦不討厭。若柳子厚爲之，當不全篇摹倣。《遊黄溪記》惟首段仿《史記》，其證也。

《有美堂記》中間言金陵、錢塘「皆僭竊於亂世」，而錢塘獨盛於金陵之故，才思横溢，極似漢人文字。曾子固《道山亭記》從淮南王《諫伐閩越書》脱化出來，正其類也。《峴山亭記》亦以一起特勝，中間抑揚處，正學《史記》傳贊「豈皆自喜其名之甚」二句，爲道著二子心坎，姚惜抱以爲「神韻縹緲，如所謂吸風飲露，蟬蜕塵壒者，絶世之文也」。此皆知其然而不知其所以然之語，極似鍾伯敬《詩歸》之評唐人詩妙處，至譽之太過，抑無論矣。

「蓄道德、能文章」一語，爲宋以來乞銘其祖父者循例之通詞，子固以此語推崇歐公，在既得

碑銘之後，則尤爲非諂矣。蓋乞銘於當代作者，易爲過當之推崇。子固之推崇非不至，而歐公實足以當之。且擡高歐公，正所以擡高自己祖父，而説到祖父處，須無溢美，則在下語有分寸，行文有遠勢也。感激語分作兩層云：「況其子孫也哉？況鞏也哉？」鞏非人子孫乎？見其不等尋常之子孫也。鞏之不等尋常子孫者，即在遇「蓄道德、能文章」者，而後乞銘；而「蓄道德、能文章」者，又肯爲之銘也。前半之反面盤旋，皆所以取此勢耳。

古人文字，凡屬地理者，每言四至。《禹貢》言「東漸於海，西被於流沙，朔南暨聲教，訖於四海」。《左傳》言「東至於海，西至於河，南至於穆陵，北至於無棣」。又言「薄姑、商奄，吾東土也；巴、濮、楚、鄧，吾南土也」云云，皆言其盛時也。若《崤之戰》蹇叔送其子曰：「崤有二陵焉：其南陵，夏后皋之墓也；其北陵，文王之所辟風雨也。必死是間，余收爾骨焉。」則望古灑淚之辭。東坡本之以作《凌虛臺記》，云：「嘗試與公登臺而望：其東則秦穆之祈年、槖泉，其西則漢武之長楊、五柞，其北則隋之仁壽、唐之九成也。計其一時之盛，閎極偉麗，堅固而不可動者，豈特百倍於臺而已哉？」又本之以作《超然台記》，云：「南望馬耳、常山，出没隱見，若近若遠，庶有隱君子乎？而其東之〔廬〕〔盧〕山，秦人盧敖之所從遁也。西望穆陵，隱然如城郭，師尚父、齊桓公之遺烈，猶有存者。北俯濰水，慨然太息，思淮陰之功，而弔其不終。」又本之以作《赤壁賦》，曰：「東望夏口，西望武昌。」皆撫今弔古，感慨係之，但屢用之，亦足取厭。

大略宋六家之文，歐公敍事長於層累鋪張，多學漢人鼂錯《貴粟》《重農疏》、淮南王安《諫伐閩越書》、班孟堅《漢書》各傳，而濟以太史公傳贊之抑揚動盪。曾子固專學匡、劉一路，蘇明允揣摩子書，與長公多得力於《孟子》。荆公除《萬言書》外，各雜文皆學韓，且專學其逆折拗勁處。桐城人之自命學韓，專學此類，蓋荆公詩亦學韓，間規及杜也。

曾子固《謝杜相公書》述其父病卒，受杜公之恩，自醫藥以至歸櫬，種種關切。略云：「明公雖不可起而寄天下之政，而愛育天下之人才，不忍一夫失其所之道，出於自然，而推行之，不以進退。而鞏獨幸遇明公於此時也。在喪之中，不敢以世俗淺意，越禮進謝。喪除，又維大恩之不可名，空言不足陳，徘徊迄今，一書之未進。顧其慙生於心，無須臾廢也。伏維明公終賜亮察。夫明公存天下之義，而無有所私，則鞏之所以報於明公者，亦惟天下之義而已。誓心則然，未敢謂能也。」以上可謂真性情道義之文矣。所謂「亦惟天下之義」者，自勉爲君子，稱（去聲）得受此待遇。「誓心」二語，謙而得體。「幸遇明公」一層，下語最有分寸，有身分，隱隱見得杜公與曾氏，有道義之感，非濫於恩施與偏徇私情。

歐陽永叔《江鄰幾文集序》，全寫友朋交好零落可悲之情，而層累而下，分出四五種類，歸重於死而有文章可傳者。此種結撰，最爲百餘年來講散文者所學，實本曹子桓《與吳季重書》，而層折勝之。

歐公爲惟儼、祕演兩僧作詩文集序，皆以石曼卿一人爲聯絡。蓋曼卿奇士，惟儼、祕演皆名僧，兩序易於從同，而說祕演則寫兩人同處，說惟儼則寫兩人異處，以此命意，則一切布置自迥乎不同矣。惟儼能文，祕演能詩，曼卿長於詩，不以文著，又其所以不同處。故作文必以命意爲要。

碑銘之最古者，如孔子題吳季札之子葬云：「於虖有吳延陵君子之葬」十字，後人亦稱「十字碑」。《史記・夏侯嬰傳》注引《博物志》云：「公卿送嬰葬，至東都門外，馬不行，掊地悲鳴，得石椁，有銘曰：『佳城鬱鬱，二千年見白日。吁嗟！滕公居此室。』乃葬之。」厥後東漢蔡伯喈（邕）以最長碑銘稱，遂開六朝人駢偶之體，多人人可以公用之語。其《郭有道碑》爲最著者。文中如「聰睿明哲，孝友温恭，仁篤慈惠」等字，非不仿《尚書》「允恭克讓」、「謨明弼諧」等語。然《典》、《謨》中間，皆敍述許多實事，及「都」、「俞」、「吁」、「咈」各端；伯喈文全篇無一事實，惟「辟司掾」「舉有道」二語，若掩去姓名及此二句，則移作何人碑文不可？況此二事，亦不必郭林宗有之乎。故碑傳不得不以馬、班、韓、柳、歐、蘇爲工。

蘇明允《衡論》，以第二篇《御將》爲千古不易之論。關於天下亂注意將者，至爲重大，此正老泉學《孟子》之顯證。蓋論事設譬，莫善於《孟子》。以事理有難明，借譬一事則易明也。《莊子》則離奇俶詭，尤多以寓言出之，但文理奥曲，不如《孟子》之明白，盡人可曉也。此篇主意，分賢將、才將爲二種：御賢將當以信，御才將當以智。又分大才將、小才將爲二種，故曰：「御才將尤

難。」次段以能蹄、能觸者，譬難御之才將；又以養騏驥、養鷹分譬御大才將、小才將不同之處；又歷舉古來才將以證明之。中段又歷舉漢高之御韓信、彭越、黥布，及樊噲、滕公、灌嬰以證明之，方非泛論，文勢方不平弱。

蘇子瞻《志林》，有論魯隱公、晉李克、秦李斯、鄭小同、王允之五人云云，姚惜抱以爲此篇與論周東遷皆雜引古事，錯綜成篇。竊以爲非也，實合論五人，並非專論魯隱公而雜引古事以爲證佐，此篇末「吾讀史得魯隱公」云云可見。至論東遷一篇，則通篇以論周爲主，觀起結兩段點明自見。中間雜引盤庚、古公、衛文公、東晉之王導，以及董卓、李景，反覆證佐，以明東遷之不可。立説乃不近無稽，此作論之常法也。

論之有冒頭者，其冒頭主意，率與所論之人、之事相反。蓋凡人凡事，必有其可議處，論之所由作也。若其人其事已毫無遺憾，則何論之有？故《荀卿》、《韓非》、《賈誼》、《鼂錯》、《留侯》諸冒頭，皆對題目反起，以諸人皆有可議也。惟《伊尹》一篇，冒頭對伊尹正起，則以伊尹無可議之人也。無可議而論之者，將其生平本領，人所見不到處，闡明出來。如《論語》中，孔子論太伯，論文王事殷，論禹吾無間；《孟子》之論舜居深山，舜飯粗茹草，伊尹之一介不與、一介不取，放太甲於桐、太甲賢又反之，皆專論其特別好處，人所未見到者。退之之《伯夷頌》亦是也。若論臧文仲之竊位，臧文仲之居蔡，臧武仲之要君，則《荀卿》、《韓非》、《鼂錯》等篇之例也。永叔《縱囚論》首段亦反起。

東坡《論始皇漢宣》，爲坡公諸論之最工者。然要知其所以工，由始皇搭入漢宣處，先説「世主皆甘心而不悔」，其口氣已是不專論一人；再指出漢桓、靈，唐肅、代，以爲撇筆；然後轉出始皇、漢宣，又重之曰：「皆英主」，所謂包一切矣。極似司馬德操訪龐公時，德操先到，龐公上冢方歸，幾不知誰是主也。不然，於「以徼必亡之禍」句下，驟接「始皇、漢宣皆英主」云云，直鶻突不成文理矣。此段由始皇搭入漢宣，後段因始皇搭入漢武，一極信閹尹，一果於殺，皆連類而及者，而文法特奇肆。蓋題係論始皇，殺扶蘇一事，而信閹尹與果於殺，始皇以一身兼之。漢宣、漢武，特各肖其一端。始皇爲主，通篇只詳述始皇事；漢宣、漢武本事，並不詳及，惟於段末一點出，可謂文成法立，悟得此法而變化之，作論可脱不少窠臼。末段由始皇搭入漢武處，工夫亦同前段，將言漢武與始皇，皆「果於殺」，先言「以法毒天下者，未有不反中其身及其子孫」云云，則接入便不突。下説扶蘇、戾太子事，視説漢宣、恭、顯稍詳。合論漢武、始皇，結筆則拈出「果於殺」三字，以爲後世人主戒。合論始皇、漢宣，結筆則只云：「戒後世人主如始皇、漢宣者」，不更云當戒在何處，此作文之善於趨避也。趨避者何？避其拙者而已。拙語有時不必避，稚語則必避。如亦拈出數字以括始皇、漢宣不好處，則必云「以戒後世人主之好用宦官者」，何等稚拙！故先將信用宦官揭出，結筆只云「如始皇、漢宣者」，則稚拙語避過矣。然結漢武、始皇處，亦只云「以戒後世人主如漢武、始皇者」，又呆板少變换矣。

晦堂文鑰

陳澹然 撰

《晦堂文鑰》一卷

陳澹然 撰

陳澹然（一八六〇—一九二三年後），安徽桐城人，字劍潭，一字劍人，號晦堂，又號淮南漁隱。師事方宗誠，不盡守桐城義法。光緒十九年（一八九三）舉人。官候補道尹。著《原學三編》、《寤言》、《權制》等。民國后散著見《孔教會雜志》等刊物。

此書爲《原學三編》之一。其論文大旨主於讀書植品、行事作文合爲一體而貫通之。尊崇孔孟，以爲孔孟之道「必合兵、農、商、説（游説也）而后可成」。注重實學，反對空談文法。「吾嘗謂天下皆文章，惟文章中無文章。」當國是日非，列强環視之際，主張擺脱書生局限，别求大用，確爲有識之論。其説不泥於古，而重己才。認爲才即爲己之真氣，真氣所由，自各人之實驗（即生活經歷）始。有聖賢之才，則有聖賢之氣，必有聖賢之文。有豪傑之氣，則有豪傑之文。至於文章風格，則以雅潔爲高，以雄健爲上品，要求「身在學堂」，而「目營四海」。要之，其人論文以事功實學爲源，以文章正人心爲途，以挽救國難爲目的，將論文、論人、論世三者合而爲一，一洗前人空談文章、不論事功之陋習，頗能新人耳目。而其能注重中西結合，亦爲有識

之論。

本篇成於宣統二年(一九一〇),時教授京師大學預科。一九一六年其子曾合《文憲例言》、《古棠塾教》爲《原學三編》印行。一九二三年其門人王漢超刊入《晦堂叢著》。今據王漢超本録入。

(羅立剛)

《原學三編》緒言

吾幼苦艱讀，近百字則背誦涕泣，不克畢其詞，而時通其義。十五喜古文辭，則益舍誦言，專冥索。遇古人書輒瀏覽，不求誦其詞，卒亦未有能舉其詞者。久之，一書畢，輒掩卷遐思，氣象精神，森然自立於吾側。蓋所求至簡，一書真趣，不過三數語鐫入吾心，用力不勞，而冶融特異。惟中外輿圖，古今法制，幾微曲折，治忽繫焉，故研索獨勞，收穫亦多倍蓰。此中甘苦，固非豎儒所及知也。獨數奇運蹇，始生，術者推吾命，不利家居。自甲申出遊，偶歸輒困，耗財忍詬，不獲自安。故區區術業，及凡所著書，大都得諸江海風塵之外。惟客遊鮮暇，每恨不獲宅高山，臨巨海，一廓吾天。乙酉、丙申、己亥、甲辰、甲寅間，五次杜門，凡十載，屏棄羣書，差得故里湖山之樂，蕩心滌慮，轉覺從前術業囿諸迹，不克遇以神。迹化神留，浩然自得於山水蕭寥之域。迨丙午而《原人》之作出焉，然後歎道之實者運諸虛，功之勞者獲諸逸，其理固皎然也。今所刊《原學三

編》，乃取曩昔教人陳説而訂次之。曰《晦堂文鑰》，宣統庚戌京師大學授文科之作也。曰《文憲例言》，光緒戊戌，初制論策時，取經史百家經世文精者删節之，爲世法。久之復慮焚書之禍，而益嚴之者也。曰《古棠塾教》，則光緒辛丑定制試政治藝學，按科法授徒，而因及中外圖籍者也。《文鑰》著時後二書數載，而獨先之，何也？爲其簡而易明，得此而後二書可致力也。《文憲》爲書八十卷，而獨刊《例言》，何也？卷多(己)〔已〕蠹，姑以此餉學人也。書非一體，而合之，何也？吾之所學，義主讀書植品，治事爲文，鑄爲一體而貫通之。將使天下學者爲豪傑，不爲文人。要之以倫常操守爲本，是三者無二致也。故署之曰《原學》，而述其甘苦如此。是書丙辰春亡兒印行皖上，贈索無存。今門人王漢超贈欵刊行，復修訂以貽來者，庶有擇焉。癸亥春三月書於金陵味泉山館。時年六十有四。

《原學三編》序述

《原學三編》，吾師劍譚先生爲學教人之宗旨也。先生少英特，喜談兵。八歲，侍太公讀書古寺，他塾二十人皆逾冠，憚其驁桀，心惡之。一日，師俱出，他塾與里少年隙而鬭。羣起操杖伏莽間，使先生詬駡，引敵入寺旁而羣截厥後。先生狂喜，大呼，詬駡出。里少年十數，羣執杖山上訶之。及半途而寺門輒閉，其意固以陷之也。先生聞其閉，大驚。返則敵環攻且殆，輒植立，指寺大呼，曰：「吾門已閉，來者惟我一人，敢鬭者速來前，吾不汝迫也。」諸少年瞪眙不敢近，陰使人遶道瞰寺門，果閉，則益疑其詐，不敢前。先生乃脱履踞草間，駡不止。薄暮，鬭輒解，乃狂嘯以歸，其奇警如此。逾冠，讀太史公《李廣傳》，見廣遇匈奴解鞍卧地上，與己童幼時輒合，則益自負爲大將才，而恥爲文士。九歲成文章，輒驚長老。十歲，大書「門聚三千客，胸藏十萬兵」於座上。太公狂喜，大奇之。顧家無半畝，非求舉業，習時文詩賦，工楷法，隸學官，無以供饘粥，則日課舉業，束之嚴。先生心苦之，無如何也。年十五，太公以姻戚事，盛暑累縣治，久不歸。先生搜敝簏，得古文殘帙。觀之，則大喜，誦之不倦。謂天地間固應有是文也。太公歸以告，請事之。太

公慮不合有司，持不可。是年，太公病咳血，罷館歸，貧益甚。年十六，至無棉服禦冬，及赴縣試，吏役妻以穢行殺其媳，縣令惑近習，袒之。士人怒，集千人於堂，環訐甚。令益怒，索主名，於是千人皆默。先生獨奮出案前，抗爭益烈，時固未識其人也。令憚其詞直，慰解之，而陰持厥事。先生察其微。亟出，於是千人大噪，火縣庭。令怒，牒上官，幾成大獄。鬨者咸遠遁。先生獨脱然以歸，其奇俠如此。年十七，輒爲童子師。歲俸纔八緡，而攻苦益至。年十八，太公没而窮益甚。重慈弱弟，歲館不及七緡。或請爲布販，先生笑曰：「吾生若窮餮，抵死不嫁。旦暮乞食養孤兒，兒長大必養我。今書，即吾兒也。吾何患哉？」或曰：「桐俗售田，雖子孫且索什一之值。子先人售田值逾萬，索此爲生，千數百緡可立致，何憚不爲？」先生笑曰：「士窮見節。吾先人老窮以死，曾不屑爲，吾敢以此辱先人哉？」其志節如此。初年十一，試省府縣，十年不售。及冠試於縣，五戰輒屈三千人，始得隸學官，名乃著。少承庭教，詩歌、詞賦靡不工妍。是歲讀《通鑑》，見揚子雲謂「雕蟲刻篆，壯夫不爲」，則一絶詞章不屑道，而毅然求經世之書。當是時，海内士大夫靡不奔馳科舉，舍時文楷法，靡或一知。高者乃競求性理、攷據、詞章之屬。而桐人尤侈談性理，務標榜爲名高。先生獨深矉太息，謂國勢寖衰，外憂日棘，舉天下英才，羣起而求無用之學，國事將不可爲！年三十，滯皖江，尚思舍諸生入軍旅。以此桐邑諸名士恒畏而嫉之。蓋其學，非涉内政、兵事、外交，輒屏棄，而尤致力於中外輿圖，略沿革而精形勢。嘗謂内政、兵

事、外交三者，皆若奕棋，泥焉輒敗，而地輿則棋枰也。不習棋枰而漫言兵政、外交之術，庸有當乎？年二十四，輒仿老泉《權書》、《衡論》，著《静觀》、《一得》凡五篇，鋭言變法。餘篇十，輒假古以論當世鉅公，其成敗乃無不驗。嘗謂：「學非經世，不足言文。言而不文，終難永世。著書條理，即辦事規模，文筆雄奇，即用兵方略。剽人則盗，媚世則倡，不盗不倡，乃可嬌然特立。」又謂：「天下萬變，皆起人心。不肅人心，法無不敝。」故著書三四百卷，非談兵政，即挽人心。大抵主於王霸兼施，中西一貫，尤津津焉以倫常操守爲成己成物之大原，即此而先生之學可知矣。獨其性過剛，恥闒然媚世，命之所造，天且限之。所交王公貴人遍天下，莫不詫其才，而莫行其説。故晚歲摧剛爲柔，著書終老，不獲一達其馳騁八荒之志，奠國家於泰山磐石之安，坐令爭殺横流，罔知所届。嗚乎！豈非天哉，豈非天哉？先生篤倫常，嚴操守，言行翕然。在鄉，爭洲業以廣學堂，謀隄閘以興民利。弱肉强食，必白長吏懲其謀，以此尤爲諸强族所忌。壯游海内三十年，所規畫天下大計，多見其所著書，後世必有行其説以安天下者。秉簡與先生同里閈，聞長老道其逸事，恒歎慕之。今王君楚薌，擬刊先生《晦堂叢著》，而首以是編，故道其逸事，而爲之叙。庶知人論世者，有所攷焉。民國十二年夏正秋九月門人同里方秉簡敬書。

《原學三編》序

吾師陳劍譚先生，當同光科舉之世，生桐城文學之邦，崛起孤寒，毅然求經世大業，一時性理、詞章、科舉之士，先生恒睨笑之，以此輒爲所忌。初，以太夫人久病，謀食皖中，不敢遊江海。久之，困益甚。光緒辛卯，始以諸生客金陵。北帥李文忠慕其才，召之，以母病不敢往。南帥劉忠誠方莅鎮，而鄂、皖、贛、蘇、浙、閩，爭殺教士，毀教堂，勢洶洶且亂。列强爭請以兵艦入長江。先生獨請任保教，操重典，伏亂民，事輒定。忠誠偉其才，聘修《兩江忠義傳》。癸巳書成，膺鄉薦。甲午入都，試禮部。而中東戰作，上言不用。軍敗將亡，則浩然以歸，不復與春官之試。戊戌康梁變法，諸名士上書，輒大用。時經濟特科詔下，先生初擬北行，及覩王照事，罷禮部六堂官，則歎曰：「操切過情，黨禍作矣。」康與先生同歲舉，夙相聞，康師御史余壽平促之行，不往。老友方倫叔復促之，先生謝曰：「張璁、桂萼，吾不能爲。范滂、李膺，亦非所樂。自古處亂世，惟郭林宗、陳太邱、田子泰、王仲淹爲最高。但願後世求我於四君子間，斯已耳。」未幾黨禍興，亂益棘。聞者始服其言。壬寅，太夫人棄養。癸卯，乃赴贛江司章奏，府主忌才甚，未幾輒謝歸。黔

閩諸帥重其名，聘之，輒不赴。不入都下十四年，其難進易退如此。丙午，朝廷始頒立憲詔。先生歎曰：「不正人心，憲無當也。」乃毅然著《原人》、《憲本》二書，凡八卷。丁未，乃挾入都。過津，袁項城方爲北帥。門人王仁鐸以其書上達。越日，項城使召入津門，未至而皖帥難作。內召項城任外部，入樞廷，事輒罷。當是時，英、俄、法、日四國聯盟，方以保中國爲徽幟。先生乃併二書，上言都察院，請貸美金贖青島膠濟路，開商埠，借德屯兵，連二國以杜併吞之禍。書呈，兩宮韙其策，以授項城，謀厥事。（書呈於八月二十七。翌日，詔稱：「現在預籌立憲，凡著書立説，通達治體，議論純正，許中外大臣保奏。」先生終不求一薦也。）當時，聯德、美之謀實以此。逾年，謀既成而兩宮崩，迺罷。使早行其策，何至外族憑陵若此哉？此則先生所尤太息痛恨者也。於時，方以揀選知縣分江蘇，而陸軍部修書，維縶甚，以此客都下四年。而資政院以作，侍郎以下十五人，公舉碩學通儒。詔入院而武昌變作，乃高卧皖江。初，項城之見逐也，黨人陰嫉甚，屢思以謠謗殺之。先生詫其才，一再破其謀，禍乃已。時固與項城未一見也，項城聞狀，乃令長公子冠服謁之。經歲往還，不一求厥事。辛亥，聞其去，則令長公子禮之彰德，痛談凡五日，乃歸。請挈家居彰，不可。徐東海方居樞府，長公子復薦之。一見，察其人，乃去之皖上。武昌事作，先生客游儀棧。皖帥方誓死，以高校監督召歸，籌戰守。先生以君輕民重勸止之。黎黄陂之都督武昌也，聞項城來，知不敵，懼甚。李國鏞謀於孫發緒，專使乞先生入鄂請和。先生大喜，將行，而漢臯敗報至，則草書道武昌五不可

滅狀，急遣門下徐方平馳孝感，止項城。及聞鄂軍潰，北軍益殘殺漢臯，則憤甚，復草書二千言，斥項城益烈。項城大悟，乃使劉承恩、蔡廷幹請和武昌，實開南北議和之始。書載《共和尺牘》及丙辰夏李國鏞《致黄陂書》，天下所共見者也。民國既定，項城任爲大總統，召入都，請居公府，辭，而規畫輒秘。見其受制黨人也，乃爲《民國鑑》，引美、法往事動之。又懼其爲拿破倫而禍中國也，則爲《拿紀》以諷之，而不任厥事。及趙智庵爲總理，請任秘書長，辭，項城則自書先生及前新疆布政使王樹枏名，交國院，使循例以西服覲，且授官。則笑曰：「項城知我，何待覲？吾非石隱，實不能官，但得能保中國者視爲賓客，用吾言足矣。且吾生中國，安能爲西服哉？」卒不往。未幾齊隴二帥聘之，亦不赴。南方再定，復陳《制亂保邊策》。項城交四部議行，而格於商部。天壇草憲，他教輩巨金，爭國教。先生復上書申孔教，誓死抗爭。項城僅頒《尊孔令》示國人，而不敢尊爲國教。先生歎曰：「依違若此，安能大有爲哉？」則浩然以去。里居逾年，不復談國事。皖帥以史官薦，明令交國院存記，亦不行。乙卯，帝制事起，先生歎曰：「大亂作矣。」則上書切諫。項城不能用，而陰使皖帥合三省，再舉碩學通儒爲代表，選議員，入都定憲法。先生峻拒之，而將軍巡按使慇勤獨摯。卒以貧故，不克挈眷避申江。乃作《四美哀》以見志，恒切痛之。歲暮，敦迫甚，則避之金陵，以病免，而西南之變棘矣。丙辰春，以皖帥故交游蚌上。皖帥以全皖水利局任之，帥請南征，則切諫，不納。至三月盡遣大軍二萬，集漢臯，尅期待發。黨人乘間謀淮

上，濱淮十數縣輒被兵。亂且劇，先生復集諸幕賓切諫，乃止不行。顧已薦張定武督皖軍，而已無官守。先生復電巡按使，合羣吏，自率皖紳數十人電政府，切留之，乃改巡按鎮皖疆。亂定而淮災大作，請急籌賑濟，不行。於時，項城薨。黄陂繼位。先生乃撰《導淮策》謁黄陂，請以兵導淮，不獲。則辭皖事，返金陵。未幾國會除孔教益急。先生復上言定武，合十七省抗電急爭，始定「尊崇孔子，信教自由」之憲法。蘇省長齊公重其賢，延入幕。戊午春，皖蘇戰急，寧人懼，避滬三千人，銀行幾竭。總統電長江副使王子明兩赴蚌謀和，不納。齊公懼，急請先生往，半日解之，而蘇皖俱定。蓋其生平深徹兵事、外交之術，高談雄辨，聽者莫不動容，故其效如此。獨天性奇俠，恥營厥私，故落拓一生，翛然若無所事。既老，客金陵，稠人廣座，恒默不言。盲者輒目爲文人，歎其無用。嗚乎！是豈知真儒之用，固非尋常梯榮逐利者爲哉？先生著書四百卷，無一非經世之言。是編乃先生爲學教人之宗旨，故急謀剞劂，以餉方來，而略述其生平如此。民國十有二年夏曆癸亥秋九月門人王漢超撰。

晦堂文鑰

宣統二年京師著

晦堂文鑰

陳澹然 撰
門人 王漢超 刊
次姪 端亮
長孫 師節 同校

明義章第一

近世滅人之國，必先滅其語言文字，强以己國語文代之，則一國風俗人心，歸於見滅之人而不覺。俄滅波蘭，日滅高麗，皆此術也。故今之教育家，必先保其語言文字，使人心風俗自成己國之民，然後可以自立。環球教育，莫不於此爲斷斷。然東西製造，遠勝吾華，非求外國語文，或不能通其學，兼營並騖，雖聖哲不克致其精。於是新者謂外國語文合一，必棄中文。舊者謂國粹所關，一字皆宜珍寶。二者交病，安所折衷？竊謂欲求製造，自不能不求外國語文。欲保人心，仍求中國。況中國文字，創垂已數千年，締搆簡嚴，實高列國。前清奏《定學章》，亦存此議。鄙人不識東西文字，然詢之久習東西文者，皆以此爲言，固知非一人私言也。即大行歐化，終不能起四百兆人盡習東西語文，

得政治民，必求行乎中國，此尤中文之不能不亟講者也。

國文辨第二

天下事，簡則易從，繁則難久，此定理也。外國之文，不特東西各異，國自爲書，即英人一國，倫敦與蘇格蘭、愛爾蘭，彼與此不學其文，即不能通其語，他可知已。竊意大陸平原、山川險阻，雖聖人不能强其言語相同，即不能不假文字爲相通之具。言文合一，乃人類進化之初階，久之，既苦繁難，不得不判言文爲二事。欲求御繁，必先執簡。文字者，執簡之道也。語不能合，則字以合之，尚何隔閡之有？中文至《康熙字典》，劇矣。然其字不過十數萬。外文數十百倍，且日新無窮。中文通字三千，足可著書名世。苟從吾説，雖三尺童子，用華人學西文之法，日解認十字，教之三歲，斷無不能解三千字以成説帖淺文。西文非苦究十餘年，不克成文法。即如算學，授以中文，一二語即能通曉，西文則非數十語不明。孰劣孰優，明者無難自辨。有王者作，合環球萬國，定於一尊，必以中國之教，行外國之政，以中國之文，行外國之法，此可斷言者也。

國粹辨第三

今之保中學者曰「國粹」，兢兢焉舉昔人所謂性理、考据、辭章，下逮詞賦，皆必拳拳焉惟恐失

之。其心可謂苦矣。不知「粹」之一字，於文爲「米卒」。一米之出，必先春簸，而後磨礲，屢去粃糠，而後乃存米卒，何也？謂其至精，足以養人也。孔子删書，斷自唐虞。若如今說，唐虞以前國粹，孔子固已亡之矣。孔子取百二十國寶書以作《春秋》，其書何止汗牛充棟！而《春秋》成立，不過二萬言。是百二十國國粹，孔子又已亡之矣。紀文達《筆記》載清初時，大兵入境，其族有兩諸生，爭「神荼」、「鬱壘」之名，索書攷証。爭未決而白刃已洞其胸。今外憂日迫，内患日深，學者不求有用之書，紛然取空虛之性理，瑣碎之攷据，浮靡之詞章，津津焉以爲國粹而力求之，何以異此？且日本所云「國粹」者，合神學、漢文、武士道三者而名。神學雖虚，而其教乃在一死生，趨國難，重以武士道專專俠烈，故能一變而强。豈若吾國所云「國粹」，猶是二十年前名士習哉？故必先辨國粹是非，乃可言學。

讀書辨第四

或曰：「然則性理、攷据、詞章三者皆不足爲乎？」曰：「否！此其中要自有辨。人之所以爲人，異於禽獸者，倫常操守而已。此二者，事歸實踐，非可空言。何必高談性命？新政新物，日新無窮，無一不當攷證，何必遠索古初？記言論事，無一不寓經綸，何必濫誇浮藻？此三者，即吾所謂性理、攷据、詞章也。孟子曰：『人有不爲也，而後可以有爲。』武侯有言：『但觀大略。』

靖節有言：『不求甚解。』此二公者，使學近時性理、攷据、詞章，當必遠過今之名士，然而不爲者，何也？生逢亂世，救死不暇。不得不擺脱書生，别求大用也。吾儕苟生雍乾之世，即雍容俯仰，取三者而一成之，皆足自名一世。今則非其時矣。人生讀書歲月，不過三十以前。三十後，達則出身任事，窮亦當研求政教，著書以詔方來。精力幾何？豈可空勞文字！故必先辨讀書門徑，乃可言文。」

作文辨第五

古人所以爲文者何哉？大則明内政、兵事、外交，以治天下。小則明尋常日用，以結人羣而已。然其事無不貫之以理。理者何？若木之有細紋，肌膚之有理腠。大匠斵木，斧至則開；庖丁解牛，迎刃而解。皆以中其理也。故凡有一事，必有一理。即事求理，理積則文自生，乃不至空言無用，豈若宋儒，日言性理，令人無可尋求。此求文之始也。即以文論，皆有至理貫乎其中，觀其變化、屈伸、陰陽、開闔，極之音響、節奏，何一非理之自然？文之未精，即理之未至，此求文之終也。求之之法，始於尋常日用，逐事研求，由一身之政，推之一家。由一家之政，推之一國。内政明而識見定矣。一身之禦外侮，一家之禦强鄰，推之即一國，兵事也。兵事明而志氣雄矣。一身之結納，一家之往來。推之即列國外交也，外交明，而規模遠矣。僕濫竊文名，時以文人自

恥，實則平生所學，乃在内政、兵事、外交。自少至今，於古人之文，未嘗一讀。偶有所作，即以内政、兵事、外交之法行之，久之而變化自出。故平生著述，此三者外，未嘗一託之文。將來課士，要不外此。竊意文與事合爲一途，其人乃爲有用。孔子有言：「是亦爲政。」明乎此，則文即事矣，文云乎哉。

祛俗章第六

古人論文，必先雅潔。所謂雅者，非塗飾爲工、彫刻爲古之謂也，去俗而已。所謂潔者，非枯冷爲高，疏淡爲真之謂也，去其無用而已。無用即俗也。夫一題有一題之理，即一題有一題之文。論一事，而此文妙語移之彼題，則精而不實，即無用矣。記一事，而前之所陳移之後幅，則重者反輕，即無用矣，無用即俗矣。故凡爲文之法，古人所稱禁理學語，禁時文語，禁詞賦語，禁説帖語，禁公牘語，即學部定章，禁新名詞，皆易也。惟此二者，戛戛其難。而初學必從易者始，然後難者可歷階而升。無他，切題而已。題何以切？認理而已。周秦之間，百家競出，曾無兩人規模議論如出一家。後世教人，必使議論規模歸於一律，此即俗也。欲求免俗，必自鍊氣始，氣剛則上下千古，縱横五洲，何所施而不可？夫鍊氣非以爲文，將以任天下大事。區區之文，尚且弱而不振，況敢出死生，祛禍福，任天下大事哉？孔子之對哀公也，曰明，曰强，此非爲文發也。

得此而即文即事，思過半矣，尚何不雅不潔之有？觀吾所删《國策》、《史記》，即知雅潔之法。

真氣章第七

鍊氣者何？氣者，文之所由生也。孟子曰：「我善養吾浩然之氣。」語其至，可塞天地之間。蘇子由稱太史公「周覽名山大川，故其文疏宕有奇氣」。夫孟子之學，主於集義，故其氣至剛，此聖賢之氣也。史公之學，得自曠遊，則其氣自遠，此豪傑之氣也，皆真氣也。後世文人不知葆其真氣，乃思讀古人之文，借古人之氣，以換我之氣。夫以人換我，皆客氣矣。使無古人，尚能自立天地間哉？夫氣之重，莫過《尚書》。氣之靈，莫如《左傳》。氣之神，莫如《莊子》。氣之靜，莫如《四書》。不知此數書之始得誰人之氣而換之也？夫文之極至，非聖賢豪傑不能爲，其才皆由天授。天地生我，即有我之氣挾以俱來。吾才可爲聖賢，吾氣即聖賢之氣，吾文即聖賢之文。吾才可爲豪傑，吾氣即豪傑之氣，吾文即豪傑之文。何待古人爲吾换氣？依傍古人，則有人無我，我安在耶？僕自少時，即以爲古人之文，可看而不可讀，看則取其規模，讀則落其窠臼。師友均斥其狂，僕獨堅持不變。夫落人窠臼，出語皆依人墻壁矣。天下何貴此奴隸之文哉？

鍊氣章第八

氣而苟真，無待於鍊。岳忠武少苦兵間，身經百戰，豈暇文字詩詞？而文字詩詞獨雄千古，何也？真氣爲之也。然天才至寡，豈可苛求？其次則非鍊氣不可。史載：金正希少臨峭壁，俯視懸崖，同行戰色。正希獨出半足，試其危。曰：「鍊吾胆也。」鍊氣之法，何獨不然？自外患紛乘，内憂日迫，見聞所及，真有瞻烏誰屋之傷。孟子曰：「生於憂患，死於安樂。」夫憂患何以生？借憂患以鍊吾氣，乃生機也。史公得名山大川長其奇氣。彼當承平無事，内難不生，故可借山川險阻，以激其懷抱。今則俯仰身世，無一不在憂患之中。以憂患爲山川，其氣必較史公爲更壯。此鍊氣至精之術，特非豎儒所及知耳。顧鍊氣之方，要自有辨，沈潛剛克，高明柔克，必各視其天質以爲轉移。豪邁則鍊以深沈，激烈則鍊之坦易，此其上也。中材以下，質多優柔，則必鍊之以歸雄健。雖在學堂，目營四海，則其心自遠，其量自宏，其氣自有不可一世之概。今日爲文，可以縱横八表；異時任事，必能雄視五洲。即不幸百折千磨，亦可著書，自成千古，不傍前人，而其事必自立志始。天下未有志不立而氣能振者，即未有氣不振而能成一事者。況乃文章不朽之盛業哉？

錬識章第九

識生於内而根於外，一在論事，一在讀書。泰西哲家，有實驗、懷疑二派。實驗莫捷於論事，懷疑莫切於讀書。一事見端，吾先決其成敗，不必問流俗之褒譏，究之或成或敗，與先時之見何如，或有無窮之變化，一實驗而吾識精矣。一書至目，吾獨決其是非，不必問前人之論説，究之或是或非，與古人之言何若，自有不易之定憑，一懷疑而吾識愈精矣。久之，論事一如讀書，讀書一如論事。實驗、懷疑，交資互用，而吾識愈精矣。儲備於未文之先，然後執筆爲文，自有無窮妙趣。吾嘗謂天下皆文章，惟文章中無文章，即此義也。後世不知此義，日拘拘焉步趨韓、柳，繩墨歐、王，即稍有所成，亦不過如近世所稱桐城派、陽湖派而已。自來豪傑爲文，皆在不得志時，聊爲寄託。其著書條理，即辦事規模，文字精神，即用兵方略，識之所至，文即至焉。陽明知行合一，不外是矣。何暇與庸鄙書生論家法哉？

錬意章第十

文生於意，意生於心，必錬心乃能錬意。錬心之法，先使喜怒哀樂勿令過情，然後動而能靜。吾生平不談道學，然艱苦數十年，無一息不錬心於患難。此中甘苦，可質鬼神，非若禪家空寂也。

夫錬心之道，必在平時，一至爲文，則如臨大敵，輕視其題者妄，重視其題者卑，勿妄勿卑，乃可超然獨出。此錬心之實驗，非可强爲，而其事必自倫常操守始，未有篤於倫常，而心不厚；嚴於操守，而心不剛。既厚且剛，必能不侮鰥寡，不畏强禦，出入生死而不摇，尚何區區文字之有？此錬心之説也。錬意奈何？此非實驗、懷疑不得矣。夫一題有一題之理，意則萬變而無窮。譬之屠牛，或以斧，或以斤，或以電氣，此則人之自爲，非題之所能限也。叔向賀貧。柳子厚賀人失火。夫貧與火，朋友所宜弔也，而獨賀之何哉？此則古人錬意之精，有非後世所能夢想者。大抵一題之出，驟思一意，必與衆同，同何由勝？作文如戰鬭，老子有言：「以正治國，以奇用兵。」天下安有正兵而能戰者？嘗笑秦謀六國，與六國拒秦，皆由函谷。劉、項戰守，不出滎陽。袁、曹交攻，不離官渡，皆不可謂知兵。即此而文之錬意可知已。今環球尚武，吾國獨儒，曷由自保？豪傑之才，大之必定天下，小之必保一鄉，皆非知兵不可。有志者，盍先於文之錬意求之。

錬局章第十一

作文如戰鬭。戰鬭之法，等於外交，非縱横之才，莫克通其意。以文譬之，一篇之局，即兵事、外交之大局也。作文必就題審局，亦若兵家審地勢以定兵謀，外交家審列邦以爲操縱，此定

理也。一篇主意,譬之兵事,則爲主帥。譬之外交,則爲主國。主帥既定,必得偏裨,前後左右以擁衛之。主國雖强,必得友邦,内外聯絡以保持之。此即爲文,正意之外,必得上下旁側以輔助之之義也。《易·繫(言)〔辭〕》曰:「陰陽不測之謂神。」文之爲法,不外陰陽,故欲正先反,欲抑先揚,幾反幾正,幾抑幾揚,即老氏「欲取姑予,欲翕故張」之義。神妙不測,而陰陽之道盡矣。陰陽之道盡,而兵事、外交,不外是矣。奈何拘守一意,有主帥而無裨將,有主國而無友邦,有不望風敗潰者哉? 夫天下無無法之文,亦無一定之法。鍊局苟精,則文成而法立,亦若兵事、外交,虚實進退,不可捉摸,自成一局。知此者可與論天下矣,文何有焉?

鍊句章第十二

文成於字,字積而句乃成。以兵事言,字則兵卒也,句則隊官也。以外交言,字則商人也,句則領事也。一字不强,一句之神已挫。一句苟弱,一段之氣已衰。拿破倫善戰,必無弱兵。卑士麥善交,决無庸領。此可斷言者也。以音韻言,仄聲强,平聲弱。以義意言,實字强,虚字弱。然集字成句,必令平仄相間,虚實相融,起落堅凝,其鋒乃不可犯。鍊之之術,則雖古人精語,無一不加鑄造,而後可入吾文。《尚書》、《左》、《策》,精矣。太史公必更易其字句,然後成一家言。《孟子·好辨章》「率獸食人,人將相食」。精矣,韓昌黎《原道》,以「弱肉强食」易之,則精神立

變。此皆不襲古人之實證也。至若古書之存，或多乖誤。古《論語》「未若貧而樂道，富而好禮」，今本一遺「道」字，則「樂」字成空。《孟子》「夫志氣之帥也，氣體之元也」，元者，頭首也。今本誤「元」爲「充」，則精神頓減。「必有事焉而勿止」，今本誤「止」爲「正」，則解釋難通。其顛倒章句者，「孔子曰：殷有三仁焉」，置之「微子去之」三句下，則文氣既突，「之」字、「而」字，皆苦無根。「高子曰禹之聲」一章，置之「山徑」一章之下，則孟之斥高，尤爲唐突。甚至《大學》、《中庸》，篇章淩亂，後人沿襲，莫辨其非。此皆不知章句之過也。明此，而後可與讀書，可與言文矣。

鍊格章第十三

文格者何？如人之體格是。古之稱格者，曰品格、曰風格、曰骨格，而無氣格，何也？氣主動，而格主静，義固殊也。譬之於人，言談豪邁，舉動發揚，則氣也。而格則如人獨立，不動不言，自有泰山喬嶽之概。長篇巨製，如人之體幹雄奇，固自有真格矣。即短篇數語，百折千回，譬之於人，短小精悍，聲采逼人，自赫然不可干犯。太史公之《贊》，韓昌黎之《龍説》與《送董邵南序》，柳子厚之辨諸子，王荆公之《論孟嘗君》，蘇老泉之《名二子説》，皆此類也。古人有言：「骨重神寒天廟器。」杜工部之《題畫馬》曰：「獨立閶闔生長風。」自非體格精嚴，安能致此？故凡文之風

發泉湧者，氣也。文之嶽峙淵渟者，格也。孔子之論學也，曰「可與立，未可與權」。立者靜而常，權則動而變。天下未有不能靜而能動，不能立而能權，不能鍊格，而能善用其氣者。此其道，始於不輕言動，自嚴其身，而無洩其氣。孟子有言：「富貴不淫，貧賤不移，威武不屈。」皆此義也。能此者，雖任天下不難，於文何有？

鍊調章第十四

調起於聲，聲起於字。字者，人心之所寄也。字有平仄，調平聲其輕重緩急，而善用之，則調去聲在是矣。故夫調去聲者，調平聲也。未有不調平聲而能爲聲，即安有不調平聲而能爲調去聲者？此其道，深之則通於樂律，貫乎陰陽。淺之則文從字順而已。姚惜抱之論文也，極其精，則曰神、曰味。夫神味至無形者也，故曾文正以「聲調」二字易之。其法則曾淺而姚深，實則聲調之精，無神味何由而出？與其深而莫由考驗，莫若淺之猶可尋求。故寧舍姚取曾，舍深取淺。欲求聲調，則自出辭氣，遠鄙倍始。孔子之論樂也，曰「翕如純如，皦如繹如」。孟子之論聖也，曰「金聲玉振」，按之於文，即調也。《戴記》有言：「大禮與天地同節，大樂與天地同和。」調而苟精，即天地節和在是矣。吾年十七與人書，即謂三代以上禮樂興，天下治亂，繫乎禮樂。三代以下禮樂廢，天下治亂，繫乎文章。六經四子之於文，至矣。默而求之，無不各成聲調，從容諷詠，皆有

天地節和之義貫乎其中，特非文人所及知耳。今道雜言龐，文字久成譙殺去聲。翰林愚陋，乃欲以承平雅頌飾之，而文氣益激。不有豪傑，安能振一國囂亂隳頹之氣，導之廣大深沈之域哉？

正心章第十五

國於天地，必有與立。立者何？人心是也。孟子有言：「欲正人心。」夫孟子，一戰國窮書生耳，齊梁不用，退著七篇。手無政權，人何由正？不知七國政權，各分疆域，七篇既出，政有私而文字乃公，自可流行天下，而莫之敢禦。儒生之力，遠過帝王者此也。觀《孟子》一書，首明義利，天下安有好義而國不興，好利而國不滅？所謂義者，非無利也。盡吾之義以求之，則義即利也。戰國君臣，交相征利，安得不亡？故《孟子》開宗明義，即詞而闢之。其他因勢利導，極之好色、好勇、好貨，但以不忍人之心，行不忍人之政，皆可不害其王，其哀矜至矣，而卒不悟，七國之亡，烏足怪哉？然彼雖不能救七國之亡，後世苟蹈其言，其國必能自立。今環球一大戰國，競起而爲私利之謀，而吾欲以上下征利當之，其禍且將立見。士夫賢者，齗齗以正人心爲急務。義利之辨，乃獨茫如。夫文者，一國人心所視爲轉移者也。孔子如天，其境不可企矣。孟子之文，乃如日月，其道尚可尋求。故鄙意欲救今世，必得一環球孟子，合中外哲學政教而折中之，人類乃

可自保。惜乎未見其人也。僕近著《原人》一書，慨焉有志於是。自恨不通西語，無能譯證環球。諸生並業中西，但能本此立言，天下必將有濟，勉之勉之。

廣術章第十六

莊子有言：「夫子之門何其雜。」後世非之，以爲孔子之門，殫精道德，雜於何由？不知此正所以爲孔子也。以其門人言之，子路之勇，冉有之用矛，則兵也。子貢之貨殖，則商也。齊將滅魯，孔子使子貢説吳、説越、説晉，使爲齊敝，而魯以存，即遊説也。況孔子一生，自言「我戰則克」，非兵乎？會夾谷而制齊侯，干七十二君而不用，非遊説乎？而儒者必曰：「此妄也。」抑知孔子曰：「我爲東周。」此豈收召門徒，空談道德，遂可爲此者哉？故嘗謂孔孟荀行其道，必合兵、農、商、説遊説也，而後可成。子貢之論孔子，曰：「文章可聞，性道不可聞。」夫文章，目見者也，何以獨謂之聞？其非後世之文章，固較然矣。自性道成風，聖學乃成虛器，此豈孔孟之過哉？孔子之論堯也，曰「焕乎文章」。夫堯未嘗爲文也。《堯典》一書，首稱「稽古」，出自後史可知。此豈可謂堯之文章耶？故鄙意孔子稱堯之「文章」，與子貢稱孔之「文章」，斷非區區文字，類皆實事可尋，特堯居帝位，權力可行，孔則聚徒講説耳。顔習齋之設學科，曰兵、農、錢、穀、水、火、工、虞，似即堯、孔文章之實跡。淺者是丹非素，局守空文，國將奚立？願賢者各因其材以廣之，則

文無空言矣。

論文之説，以歸、方、劉、姚爲獨精。然此四子者，惟方差明治術，餘皆文人。其説雖精，終爲文人之説而已。僕於前賢，無能爲役，然平生志事，獨恥文人。此稿乃宣統二年，教授京師大學預科國文時示諸生者。大旨主於讀書植品、辨事作文合爲一體。本其甘苦以示生徒，使之爲豪傑，不爲文人而已。以云「論文」，則吾豈敢？澹然記。

文憲例言

陳澹然 撰

《文憲例言》一卷

陳澹然　撰

《文憲例言》爲作者《原學三編》之二。作者編選《文憲》八十卷，取經史百家經世之文以示學文門徑，以卷多且蠹未能刊行；此《例言》則論述讀書要領與方法。其所論基於人、文、理三者合一，認爲「古人學深而道得，則爲論説以明天下，非好言也」。故其所選，以上古經書及諸子百家之言爲經世之本，以孟子、司馬光、蘇軾、顧炎武等人之説振其綱。實則以儒學爲正統，博採兵、法諸家之説以爲羽翼，出入於王、霸之間，以經世合用爲目的。較他人所選，其特色有三：其一，摒棄文采，而注重内容，義歸經世，文必雅訓。以至詞賦一門，盡爲其所棄。其二，選文範圍廣，經、史、子、集，咸所涉獵，説明他對「文」的理解，已突破文辭優美這一狹隘範疇。其三，推重西漢賈誼，以其所論，多關世要。當清季國是日非，而桐城末流猶津津於性命、訓詁、詞章之際，陳氏關心世事民瘼，不以文人自局，足見其良苦用心。

本編初版於光緒二十五年（一八九九），一九一六年其子曾合《晦堂文鑰》、《古棠塾教》爲《原學三編》刊行。一九二三年其門人王漢超刊入《晦堂叢著》。今據王漢超本録入。

（羅立剛）

光緒二十四年金陵著舊名文鑑例言

文憲例言

文憲例言

陳澹然　撰
門人　王漢超　刊
次姪　端亮
長孫　師節　同校

審世章第一

自古帝王，拔賢才以共天下，靡不先察其言，故敷納以言，已傳虞夏。蓋士起田間，賢愚奚決？惟言爲心聲，靡不載其精神以俱出，即有僞託，明者不難洞其淵微。伊古以來，未有平居不考典章圖籍，達古今中外之源流，立言能中其利害，措諸天下而無乖裂者。虞夏尚已，商周之制，邈矣無徵。然王制書升，匪言曷恃？晚周之亂，斯制蕩然。戰國紛爭，人才鬱塞。蘇、張之屬，挾其縱横捭闔，遍干諸侯，大亂遂遍天下。蓋天下惟有道之儒，窮可蕭然自守。若畸俊之士，質異恒人，必不能甘寥寞。上之人瞑焉弗察，其氣益將鬱勃而枉其才。其桀者，鬱之愈深，發之愈激。黄巢、牛金星，不獲鄉舉進士，乃甘寇盜而不辭。人才顯晦，繫國存亡，甚可懼也。

秦皇帝既滅羣雄，見人才之亂天下，不知收卹其心，務爲焚坑以塞其氣。勝、廣之禍，遂乃倔發於巖澤之間而秦亡矣。漢承秦敝，慨焉思復三代成模，進賢才而策諸巖陛，一時鼂、董諸賢，蔚然千古，治乃炳焉與三代同風。東漢末造，文氣鬱湮，黨錮迭興，人才益塞，卓、操之亂，遂蔓中原。魏晉南北朝之變，文藻益繁，士氣益弱。士大夫不復知君臣上下之大節，中國淪於夷狄者數百年。隋文帝混一中原，不知用王通以收賢士。煬帝篡立，益務挾文藻以絶真才，故人才益閟。太宗崛起，攬豪傑以一中原。然太宗之學，不足副其材，文襲六朝之敝，取才詩賦，流毒千秋。雖昌黎傑出，毅然起八代之衰，所應進士、鴻博諸篇，乃與俳優等。劉蕡强直，策高天下，主試莫敢相收，故太宗再傳，武、韋禍作，玄宗淫侈，西狩傾危。憲宗剗削彊藩，易世而方鎮益熾。五代迭更，斯文益喪。中原蕩析，更五十年。何則？詞章習盛，士大夫徒工浮藻，不知古帝王大經大法之原。昌黎之徒，又不獲大用以持風氣，雖有豪傑，大都取濟一時，此古今治亂之大關也。

宋興，乘五代之衰。歐陽公慨然振文教，闢異端，宗法昌黎，上窺經旨。一時尹、曾、蘇、王諸子，飈舉雲興。逮及仁宗，治稱極盛，顧其時，試皆論策，未能盡屏詩賦之遺。賢如子瞻，論科法且不能驅流俗。王氏矜言復古，而經義龐沓，睅然詔天下以詭異之端。雖程明道追宗三代，科制遠絶漢唐，卒閼下僚而不用，故人心刓敝，徽、欽之禍作焉。伊川、横渠、紫陽、象山，歸然以正學

召天下，然科制既雜，人心終異古初。性理精微，轉啓空談之漸。矯迂之士，且冥焉屏萬事，而自局於斗室之間，鄙事功爲不屑，而宋亡矣。元起朔漠，蒞中原。雖試羣經，獨尊詞曲，故人才益敝，不數傳遂乃北歸。明高皇帝，起布衣，一方夏，廓然以經義取人才。其始道一風同，文字一歸正的。建文之變，士氣乃越漢唐。然士大夫往往沿宋儒之敝，空談性命，不求經世遠謨，故殊勳亦寡。逮及末造，文風伉戾，俚雜無倫，故黨禍紛拏，而明亡矣。

故嘗綜覽唐虞已降四千年，迭治迭亂，未有士大夫不本道德以求經世，其國得以治安。即未有上之人，欲求經世之才，不以道德嚴其心志，其國不亂且亡者。雖然，道德者，無形之物，於何見之？文字而已。古者文語未分，聖賢所言，皆成文字，故孟子集義，終以知言，而決以生心害政。嗚呼！三代以上，禮樂興，治亂繫乎禮樂。三代以下，禮樂廢，治亂繫乎文章。此豈天下小故哉？

有清雄武開基，文氣郁乎漢、宋，故人才蔚起，政教幾越唐、明。嘉、道已還，大臣不知體要，務取詩賦、楷法、腐陋時文當上第。其高者不過津津性命、訓詁、詞章。叩以經世之書，茫焉不能道其名字，故人才日敝。髮捻、回、苗之亂，環迭且二十年。中興而後，故習猶存，而外禍益烈，朝廷赫然罷科舉，厲學堂，斷斷焉研求實用，宜乎道一風同矣。乃不數年而風俗人心乖漓益甚，此何故哉？其本喪也。夫國於天地，必有與立，故環球萬國，靡不尊其文字，以求

自葆其人心。今學堂之興，輒本東西文爲教育，甚乃請罷六經四子，專事東西。嗜古之儒，又或別啓一堂，毅然取昔時訓詁、性命、詞章，尊爲國粹。新舊殊絶，靡所折中。吾道既衰，焚坑之禍且作。澮然不肖，且滋懼焉。夫所謂國粹者，謂其至精之術，至實之言。故孔子删書，獨存體要，未有繁靡無實，而可號爲粹者。故文非經世，不足言文。言而不文，終難永世。《漢記》載子貢憂文字之繁，後世將有焚書之禍，喟焉取宣聖存者秘之。故壁簡、冢書，尚流千載。愚不自度，謬取經史以降經世文精者，勒爲成書。非此者不録，或經世而文未至，則按而删節之。或事鉅而文不足存，則別著以存其大。書成，爲卷八十，將秘藏之，以待後世知言君子。此章末段請罷經書時補入。

辨行章第二

古文自蕭氏梁昭明太子，名統。始成選部，然蕭《選》大率魏晉六朝浮靡之篇。文教之衰，實昉於此。後世治文術者，每篤好之。鄭衛易淫，雅頌易倦，人心湛溺，君子盡焉。韓名愈，字退之，封昌黎伯。柳宗元並作，毅然振蕭《選》之衰，而酬應過紛，浮詞終累。經世大略，或且未遑。人生精力，不過三二十年，羸於此則絀於彼，勢固然也。然此二子，天才卓越，斯文之起，實深賴之。韓氏博大深雄，細行或遺，大節終昭天壤。柳矜巉削，故驟起終隳，文行一原，良爲永鑑。自時厥後，治古

文者，一宗昌黎，求其自樹一家，而明經世之略者蓋寡。宋世歐歐陽，名修。曾鞏。蘇洵、軾、轍。王安石。張耒。陳亮代起，慨然志經世之謨。王氏經術湛深，力追韓氏，然文多强倔，寬裕者稀，故堅泥古人，而所爲多戾。子瞻軾字、同父亮字明達古今，然駿爽之氣多，而深沈之意尠。其言可以經世變，而自任或疏。曾則論古維精，或難治變。子由轍字明練而氣弱，可與任平治，而不足任艱危。惟程明道灝曰(先)〔光〕玉潔，高挹羣賢，蔚乎王佐。歐氏明道術，恥文人，深達典章治亂，雖體氣未雄，而意量淵涵，卓乎名相。明允洵字縱横雄固，伯仲商鞅韓非，霸佐之才，於斯爲盛。張耒言法，窺見大原，其氣亦高，靜而無雜，然皆不獲大用，以實其言。元、明已降，正學方孝孺靈皐方苞穆堂李祓皆求經世，氣象深嚴，同符君實司馬光字而堅執或乃類之。其大者，當時亦未能盡行其説，歸有光、戴名世、姚鼐、張裕釗於文爲正，而非經世之才。清初王夫之、魏禧、顧炎武、黄宗羲苦貞不字，經世大略，徒寄空言。故世輒以文人爲詬病，惟曾滌生國藩沈毅雄博，洞徹古今治亂，肫肫以《通鑑》、《通攷》垂教後生，故所樹立，超然自拔於千載文人之上。蓋嘗深觀古經世之才，大都質貴渾堅，氣多沈毅。清樸深和，以嚴一身之本。寬容歛抑，以廣天下之才。然後可時常變，達經權，通神明，以爲變化。毋矜高遠，毋務新奇，發諸文章，即可措諸事業，即窮無表見，氣象自流於光輝意度之間。若徒事諸文，雖矯作僞爲，真精終難自掩。今世變方殷，非得豪傑之才，不足以持世變。竊願有志之士，一洗訓詁、性命、詞章之學，以博通實務爲兢兢。《莊子》有言：「用志不紛，乃凝

於神。」要諸專一之涂，乃可致諸廣大之域，此則區區之微義也。

選例章第三

近世古文所宗，惟《古文淵鑑》，及姚選《古文詞類纂》，曾選《經史百家雜鈔》三者而已，然《淵鑒》義歸經世，而文或未精。《類纂》一主於文，而義或未廣。分途既衆，究其所極，亦不過爲文人。《雜鈔》(迸)〔併〕姚書爲八類，獨創「典志」、「叙紀」二端，義使治文者，講求典章治亂，其識可謂卓矣。然獨尊詞賦，居全編四一之繁，極其所歸，則亦文人而已。今所選義歸經世，文必雅馴，屏詞賦一門，盡刊浮藻，約其目，曰紀述，曰典制，曰策論，曰書疏，而以詔、令、箴、歌廣其術。蓋經世之文，首推論策，若空文摹擬，流弊亦等時文。故必先明其體，而後可求其用。紀述者，古今治亂大原。典制，則典章所在。斯二者其體也。論策者，推闡古今治亂典章，以明其義，使人達古而措諸今。書疏爲論策所推，各即其事以爲之説。必精論策，而後可爲。詔、令原出書疏，而制益簡。箴、歌義兼書、令，而法益嚴。斯四者，其用也。

古之爲文，不外紀事、論事。先通記事之法，論事方有持循。紀述、典制，皆記事也。論策、書疏，皆論事也。詔、令、箴、歌，則出入四者之間，體殊而用則一，大旨歸諸經世而已。然經世之本，則存乎人，爲人之方，不踰乎學。故經世而外，苟關學行，間附一二於各類之後，以明士君子

讀書厲節之大防。蓋學問駁，則必爲介甫之泥周官，不知變通，以禍天下。人品隳，則必爲王伾、叔文、張璁、桂萼之圖倖進，不知自守，以害人心。近世異學紛歧，人心囂競。士君子欲求經世，不能自守，安能治天下國家？不明中國大原，安能通五洲萬國？惟所取皆菽帛之言，一切空談性命、訓詁、詞章不録，此選例之大略也。

近世文家，齗齗文體，議、辨、解、説、傳、誌、碑、銘、敘、記諸體，剖及毫芒，體愈多則文愈劇，文教所由衰也。實則傳、誌、碑、銘、敘、記，不踰紀述，議、辨、解、説，不出論策之中。故此數者，各取以從其類，而不敢紛。即此，而經世之道得矣。持此爲編，治文術者，仍可從其類以求其體。爲類既簡，使知經世外，皆可無事疲勞，而冗文或寡。《易・繫(言)〔辭〕》曰：「易則易知，簡則易(能)〔從〕」、「易簡而天下之理得。」多云乎哉，此編次之大略也。

紀述章第四

古之學者無他，學爲帝王將相而已。其次則一官一邑，隨所職以澤吾民。下之亦足善其身，而後能自立。絶未有學爲文人者也。自漢唐以來，詞章日劇，奇俊之士，往往疲耗日力，詡詡焉以文士自尊，茫焉不復知天下之大，更有何人何事。此經世之才日絶，世變所由日深也。故先使知古今經世之人，而後可與言經世之道，則其心不敢自狹，乃可出其才力，以求當於天下國家。

首《堯典》、《舜典》、《禹謨》，下逮漢高、光、唐太宗、宋太祖、元世祖、明高皇諸《本紀》，以明古今升降，暨列朝開國規模，即可以知一朝治亂存亡之本。而以始皇、項羽、魏武、後唐莊宗四《紀》，見王霸之殊，此帝王之業也。漢蕭何之守關中，周勃之平吕氏，霍光之廢昌邑，耿弇之佐光武，諸葛亮之佐蜀，荀彧之佐魏，李泌、陸贄之佐肅、德，劉晏之理財，宋寇準、王旦、韓琦、范仲淹之佐真、仁，李綱之處欽、高，明楊廷和、于謙之處英、景，張居正之輔神宗，皆相業也。趙廉頗、趙奢、李牧，漢韓信、周亞夫、李廣、趙充國、寇恂，唐李靖、韓弘，宋韓、岳，元擴廓，明徐達、王守仁之定內安邊，皆將業也。各取其《傳》、《誌》，以爲法焉。推之於《書》「湯之伐桀」、「伊尹之放太甲」、「武之伐紂」，「周公之輔成王」。《左氏》「管仲之創霸」，「鄭莊之克段」，「楚武之伐隨」，「衛石碏之討州吁」，「秦、齊、晉、楚諸大戰」，「宋向戌之弭兵」，「晉驪姬之亂」，「重耳之出亡」，「悼公之和戎復霸」，「鄭人之致兵」，「子産之治鄭」，「齊崔抒之亂」，「楚靈、吴夫差之亡」，「楚昭之復興」，「白公之作亂」，「魯昭之失國」。《史記》「蘇張之縱横」，「魏公子之愛士」，「匈奴大宛之變異」，「刺客之恢奇」。《通鑑》「吴赤壁之戰」，「晉淝水之戰」，「梁鍾離之戰」，「東西魏沙苑、北邙之戰」，「唐李愬淮西之戰」。《三國》「曹爽、諸葛恪之亡」。《唐》「陸贄之馭將」。《南山集》之「揚州」、「桐城」、「黨禍」三篇，皆當世國家存亡之所繫也。其他瑰異篤行高逸之士，見諸《左》、《國》、《史》、《漢》、《三國志》及唐、宋、明人之傳、狀、誌、表，可爲法戒者附焉。此紀述大略，所以明

經世之人也。

典制章第五

古之帝王，禮樂不相沿襲，而典章制度，則貴時其升降，以爲變通。未有不明乎古，而可措諸今者。是故典章制度，大者莫若《書》之《禹貢》、《顧命》，《周禮》之《六官》，《戴記》之《王制》、《月令》，《孟子》之論貢賦、學校、爵禄，賈誼《新書》之《王度》、《傅輔》，所以明三代之原也。《史記》之《朝儀》、《河渠》、《平準》、《貨殖》。《漢書》之《地理》、《食貨》、《刑法》。《唐書》之《兵志》。《五代史》之《職方》。《通考》之諸《序》。《方輿紀要》之論古今形勢。《考古類編》之《輿地》、《學校》、《官制》、《貢舉》、《銓選》、《賦役》、《漕運》、《鹽法》、《錢法》、《荒政》、《兵制》、《屯田》、《馬政》、《弭盗》、《刑制》、《海防》、《治河》諸篇。近世《湘軍志》之《軍制》、《籌餉》，所以明後世之變也，而以漢、唐、宋人，叙紀之有關典制者附焉。惟古制不能行於今者，不敢博采以炫多聞。故後制特詳，而古制從略。至若天官、五行，義殊奥博。天遠人邇，匪可遽言，但求人事無乖，天事亦將自理，求之不當，轉啓讖緯妖異之階，未敢據爲典要。深於大略者，當必辨之。此典制大略，所以明經世之法也。

論策章第六

論議之文，理與事二者而已。論多主理，策多主事。顧事非理不立，理非事不明。體用雖殊，實則無體非用，無用非體。惟言性命者，或泥理而遺事。言事功者，或泥事而遺理。皆非經世之道也。古之人學深而道得，則爲論説以明天下，非好言也。論之精者，莫過《論》、《孟》、《大學》、《中庸》、《管》、《老》、《商》、《韓》，故取以明經世之本，而以《孟子》之論王道、好辨、并耕論法度。韓愈之《原道》，歐陽修之《本論》定其趨。取《管》、《老》、《商》、《韓》、《莊》、《墨》論治之精者通其蔽。以《孟子》之論天命，蘇轍之論商周、隋唐、六國，杜詔之《讀史論略》，蘇軾、司馬光、方孝孺之論正統，論深慮，方宗誠之論繼統，《史記》、《漢書》、柳宗元、顧炎武之論封建、郡縣，晏嬰、叔向之論齊晉，賈誼之《過秦》，陸機之《辨亡》，江統之《徙戎》，蘇洵之論六國，蘇軾之論平王，申鑒之論治，薛福成之變法振其綱。三代禮樂寖亡，存者多不行於後世。故取左氏、劉子、季札、《戴記・禮運》、《史記・樂書》、《新唐書・禮樂志》之論禮樂，存其意而略其詳。以賈子之論士民、陰符，孫武、荀卿之論兵，蘇軾之論刑賞，曾、王之論學校、人才，程顥之論科制，歐陽修之論朋黨、縱囚，蘇洵之論高帝、御將、論諫臣，韓琦之論諫，蘇軾之論始皇、論大臣、論任俠，韓愈之論諍臣，王安石之論孟嘗，曾國藩之原才，柳宗元之議復仇、論封建、論守原。

《五代史》之論伶官明其目。以《孟子》之論養氣、論道統，（稽）〔嵇〕康之論命運，蘇軾之論伊尹、留侯、賈誼守其常。以其論隱公、商鞅、韓非，蘇洵之辨姦明其變。以子産、秦醫論疾治其身。以歐、蘇論世系、春秋、四史，曾國藩之聖哲贊通其學。而以《易·繫辭》、《史》、《漢》、韓、歐、曾、王諸序、紀關政教大者附焉。策莫精於《戰國》，而董仲舒之《對天人》，蘇洵之《審勢》、《審敵》，杜牧之《戰守》、《罪言》，陳亮之《策中興》，皆其大者也。蘇軾之諸策略，蘇轍之策臣、民，皆其細者也。劉蕡之論宦寺，蘇軾之論直言，皆其敢言者也。一切空言無實用者擯焉，此論策大略，所以明經世之謨也。

書疏章第七

古人無書疏。所爲書者，問答而已。所爲疏者，奏對而已。然攷之《尚書》，《君奭》、《召誥》，則固書之始也。《皋謨》、《益稷》、《伊訓》、《無逸》，則固疏之始也。後世僚友之義漓，而書繁矣；君臣之分闋，而疏繁矣。然斯二者，固出好興戎所繫，戞乎艱哉。《尚書》，贈、告、論、奏之言尚已，獨其文詞義過深，而不適於後世。爰取《論語》「曾皙之侍坐」、「季氏之伐顓臾」，《左》、《國》問對游説之詞，及其書盛者爲的。近時萬邦互市，專對游説，實干戈玉帛之機，故詞令尤亟。漢文帝與趙佗、清攝政王與史可法往來書，漢鄒陽《上吳王》，馬援《諫隗囂》，晉會稽王《與桓温》，王羲

之與殷浩、謝安，漢關東人奏記鄧禹，相如之《難蜀父老》，蘇洵《上韓太尉》、《昭文相公》，皆軍國存亡之大者也。司馬遷《報任安》，楊惲《報孫會宗》，鄒陽《上梁王》，李陵《答蘇武》，阮籍《勸司馬昭》，王生《諫蓋寬饒》，王羲之《與謝萬》，丘遲《説陳伯之》，皆人臣安危之大者也。韓愈答孟尚書、李翺、崔立之，柳宗元《寄許京兆》、《答韋中立》，蘇洵《上歐陽公》，蘇轍《上韓太尉》，王安石與司馬君實、張殿丞，皆君子立身爲學之大者也。魏文帝《與吴質論諸賢》，悽愴哀感，肫然愛士之誠，而其詞獨弱，此魏晉六朝，君臣之所由衰也。併以附焉。古者，君臣相對，皆有家人父子之歡。「伊」名「訓」，而「説」名「命」，名乃告君，不啻父兄之教子弟，足見古公、孤坐論之尊嚴，非若後世人主自尊，臣甘僕隸。返此二者，而後天下乃可有爲，而其詞已見於叙記。春秋以下，世降德衰，《左》、《國》奏對、説諫之詞，或則往復從容，或乃恢奇譎異。爲人臣者，必兼此乃可達其忠愛之誠。而孟軻之諫齊梁，尤爲經而能變。若秦漢以來，賈誼之陳政事，王安石之論人才，方苞之論貢舉，鼂錯之論兵，歐陽修、尹師魯之謀西夏，揚雄之諫納單于，蘇軾之言治盗。經綸大略，百世可宗。而賈生尤跨百代。賈山之至言，相如之諫獵，匡衡之論經學、威儀、妃匹，諸葛亮之論君子、小人，劉向之論朋黨，路温舒之論刑，程頤之對經筵，王安石之論近習，孫嘉淦之三習一弊，皆爲君德所關。而曾鞏之過闕上書，博厚於斯爲盛。至若嚴安、淮南王、賈捐之、蘇軾之諫用兵，軾兄弟之諫新法，類皆深識遠謨。它若陸贄之諫德宗，曹冏之論封建，歐陽修之論皇子、論諫臣，

韓愈、王守仁之諫佛，尤爲言人所難。清醇賢親王之杜尊崇，度越千古，實與韓疏同入西京。若夫李密之陳養，韓愈之謝潮州，蘇轍之乞兄死，則尤哀怛之詞也，因以附焉。明此則開明堂以號令天下，垂拱安坐而無勞矣。此書疏大略，所以明經世之用也。

詔令章第八

詔令之始，二《典》爲昭，《咨岳》、《命官》遂成典要。王者經綸萬國，惟詔書數語，足以鼓天下而動其精誠。高帝約法關中，發喪討楚，遂令區區漢蜀，海内歸心。光武除莽苛政，復漢官儀，遂致河北臣民，聞風感泣。唐德宗奉天奔走，得陸贄爲詔，而悍將歸誠。宋元祐幹蠱熙寧，得蘇軾爲詔，而羣賢鼓舞。晉隋之際，詔令膚纖，天下竟歸大亂。明季大學士不知何況名詞，調旨詰難，宗社遂致丘墟。嗚呼，一言善則天下應，一言不善則天下違。此豈尋常文具云爾哉？爲此者必有怛摯淵懿之誠，乃可當喉舌絲綸之任。守文既久，詔令皆成故事，振厲尤難。首唐虞《咨岳》、《命官》與《胤征》、《甘誓》、《湯誓》、《牧誓》、《文侯之命》、《費誓》、《秦誓》，《左傳》「襄王之辭請隧」、與「王子朝之告諸侯」，明其原也。秦併天下，詔令明肅，冠絕古今，而温和意少，故二世輒亡，明其變也。漢高約法、發喪、求賢，寬簡中別具温和之度，所以定天下也。文帝繼之，除誹謗、袪肉刑、求嘉言、禁祈福、策賢良、賜南越、遺匈奴，氣象不逮高皇，而慈祥獨至，所以貞漢業也。

武帝求異才、使絶域、罪不舉孝廉、報李廣、封諸王、策文學，所以廣漢業也。昭帝賜燕王，宣帝察官屬，元帝封甘延壽，皆有操縱一世之謨，而氣衰矣。光武賜竇融、報臧宫、馬武、耿弇諸臣，不修大司徒之怨，遂答匈奴，所以致中興也。明帝詔即位、祀明堂、行養老、問東平王，章帝舉直言、明禘祭、問三公，馬后之禁外家，所以守中興也。漢後主之策丞相，魏明帝之賜彭城，宋文帝之戒江夏，所以明重相御藩之義也。陸贄之擬改元、馭叛將，文未古而義則精，所以明持危處變之道也。歐陽修、曾鞏擬制，雖未若漢詔深嚴，然後世及之者寡矣。凡此皆帝王之語，所謂詔也。曹植之令國中，王尊之敕功曹，諸葛亮之教羣下，所以明守藩任帥之義也。司馬相如之諭巴蜀，陳琳之檄豫州、諭吴將，鍾會之檄蜀漢，石苞之與吴王，傅亮之修張良廟，所以處敵國也。韓愈之策進士、祭鱷魚，所以謀内安也。凡此皆臣下之語，所謂令也。馬援、鄭玄、諸葛亮、王羲之、舒元輿、司馬光之戒子弟，尤爲治生涉世之大關，亦令也。舉其大，而以類此者附之，蓋經世之道成矣。

箴歌章第九

箴歌者，始於唐虞之世。君臣相規，《南薰》、《月華》、《擊壤》諸篇，遂開後世風謡之祖，而《九歌》、《勿壞》，尤爲久安長治之原。後世君臣互答，有頌無規，遂至諛諂萬端，君益驕而臣益媚，治

乃不忍言矣。嗟乎，禮繁則敝，樂靡則亡。揖讓之節愈明，而禮愈昧；律吕之文愈辨，而樂愈淆。不返其元，其奚能治？三代愈遠，禮樂無徵，通其義而毋泥其文，其惟箴歌乎？夫箴者，禮之遺。歌者，樂之遺也。《詩》三百篇尚已，其原則虞廷元首，五子陳歌。逮《三百篇》，則《魚藻》、《卷阿》、《敬之》、《小毖》、《抑戒》、《賓筵》，凡切於規諷者録之。《左傳》之《虞箴》、《金人銘》，揚雄之《十二州箴》、《酒箴》，高彪之《御史箴》，崔琦之《外戚箴》，張華、裴子野之《女史箴》，嵇康之《太師箴》，潘尼之《乘輿箴》，摯虞之《尚書箴》，王褒之《太子箴》，崔駰之《官箴》，韓愈之《五箴》，程子之《四箴》，范浚之《心箴》，曾國藩之《自訟箴》，皆君臣上下，政治身心之大關也。歌之大，莫若清廟明堂。而房中樂歌，實爲根本。首取商、周、魯雅、頌之廣大精融若《玄鳥》、《生民》、《文王》、《清廟》者録之，所以厲人君也，而以周宣諸《雅》，及秦《小戎》、《駟鐵》與秦皇刻石諸文，唐中興頌，及韓碑柳雅，與魏武短歌，振天下衰靡之風。《鴟鴞》、《東山》、《缺斨》、《狼跋》、《小弁》、《雉飛》、《黍離》、《下泉》、《北風》、《衡門》諸篇，見古人憂危之節。《崧高》、《蒸民》、《芃黍》及《漢書》「叙」、「傳」，陸機《高祖功臣頌》，楊雄《趙充國頌》，袁宏《三國名臣贊》，夏侯湛《東方贊》，陶潛《讀史》，韓愈《〔後〕漢三賢贊》，柳宗元《伊尹贊》，朱子《六先生贊》與漢、唐、宋、清諸名臣碑銘附之，所以厲人臣也。《詩·皇矣》、《高山》、《公劉》、《七月》、《楚茨》、《南山》，所以明植國之本也。《關雎》、《葛覃》、《卷耳》、《汝濆》、《麟趾》，所以明豳國之基也。餘則取國政民風之大

者録之。西漢房中諸歌，亦《關雎》意也，然而其實微矣。晉束晳《南陔》、《白華》諸作，及韓愈《琴操》，皆忠孝之思也，而以四言爲斷。餘則取屈原《九歌》附之。忠臣義士，不幸而處衰危，不得已遁於山水鬼神，自攄其意，亦逃世之一端也。明乎此，則以經世之術，審量於身世之間，而忖其所處。天下可治，不難自盡其才；不可治，亦將陶寫山林，不至猝投禍亂。蓋至是而經世之術至焉已。

删併章第十

昔者嘗怪《左》、《國》、《史》、《漢》諸書，其間詔令、論議、書疏，類皆各從其體，瞀然不解當時千百人之文詞，何以各效撰著之人若是？及觀太史公自道其著書之義，以爲成一家言。然後歎古人紀載，必取其意精，而詞未馴雅者，删潤以入吾書。故其詞校然若出於一，所謂一家言也。以此溯之，唐虞三代之史，豈皆吐詞爲經？觀虞夏之書，皆稱「稽古」。孔子之存古史，斷自唐虞，可知唐虞已上，本多荒渺之詞。太史公論五帝之文，且有不雅馴之歎。當時之史，不能盡歸體要可知。孔子懼其不文，不足以爲世法也，毅然起而删之，故凡《詩》、《書》之詞，皆嚴峻不可幾及。所謂「述而不作」者也。夫孔子豈與古人爭文字之長，硜硜然校其言詞，爲之删録？不如是，不能使萬世樂觀其義，而循守之也。蓋嘗博觀古今載籍，三代而後，帝王將相言行大者，豈無

一二可躋六經？ 而六經之中，豈皆能法後世？ 所以巋然獨尊者，詞爲之也。 豈惟六經，後世人才，豈皆不若《左》、《國》、《史》、《漢》，而必推此四書，人才獨絶，樂爲誦道者？ 亦詞爲之也。 子史百家之繁，雖上聖不能窮其業。 有聖人出，必將取其精者，舉孔子删詩之法，訂爲一書，而屏其餘，以歸一炬，然後吾道可昭天壤之間。 即宋儒語録，誠得聖人删潤，何嘗自後六經，所爲塵封閣束，而人不樂者？ 詞累之也。 故凡所述造，必使人人豁然自喜，莊誦往復而不能忘，而後乃可明吾道以濟天下。 此可意斷者也。 是編義歸經世，豈能盡獲雅馴？ 如所録《通鑑》諸篇，詞多凡猥。 當時搜羅既廣，不克如《左》、《國》、《史》、《漢》，刻意磨礱，如《赤壁之戰》，問對俊偉，而詞氣膚庸，至有巨是凡人之語。《北邙》篇，有「舉刃欲砍，齵齗良久」之文。《鍾離》篇，有「不暇答語，叫曰『更生』」之説。《淮西》篇，有「但聞其在帳中，時作感泣」之言。 凡若此類，更僕難終，詞氣直等盲詞劇説，豈足登大雅之堂？ 而其事則可爲世法，藐兹後生，烏敢謬爲增易，而不得不删節以擷其精華。 重以漢、唐、宋、明文詞日繁，即賈、董、韓、柳、歐、曾、蘇、王諸家，亦多冗累，而不能不删節以歸簡嚴。 賈生《過秦論》，末篇責備子嬰，殊爲過當，則盡削其語，取末段以附中篇。 鼂錯《論塞下書》，則削其二篇首尾，而併諸一。 韓、柳傳狀，叙人家世輒詳，在當時不能不爾。 入此，則删削以省同辭，而存其精者，以明概略。 柳矜譬古，俗調尤多。 歐、曾、二蘇，其冗彌甚。 王爲明簡，而上皇帝書，亦多往復之詞。 故柳《論師道》，但取其論文之精。 曾、王《宜黄》、《臨川》諸學

記，但取論古人才之美，而易其名爲《論學校》。至於《左》、《國》、《史》、《漢》，實爲文宗，而繁累亦甚，則舉無當者削之。《史記》「項羽」、「刺客」諸篇，尤宜刊潔，以成其美。《三國志》義多簡要，而詞氣多膚。《諸葛傳》，征南只一二言，義重北伐，得其要矣。而所載劉琦、徐庶問答，於荆州大難之中，尤爲冗累。其後表陳書目，比之訓、誥諸篇，可云曠識，而詞旨則敷。刊而存之，乃歸整潔。甚至荀子論兵，删削至八百餘字。唐、宋、明諸紀、傳，刊削多者乃逾千言，尤難枚舉。蓋文求體要，事取勸懲。蕪冗過多，精華終閟。高明之士，朝報棄之，詞不樂觀，遑云慕效。義多湮晦，法戒終虚。即其詞爲之刊削，使相灌輸，鐫刻於一言一字之微，精采且將焕發。惟不敢增改隻字於其間，區區之愚，欲存古人之精，不得不妄爲責備，非敢自矜愚陋，菲薄古人。耿耿孤懷，鬼神明察。僭越之罪，所不敢辭。知言君子，亮之而已。至於論策、書疏，往往略叙其原，以明梗概。紀述、典制，亦多附陳得失，使人知所持循。句讀圈點，大雅所譏，舍是不圖，精華仍秘，幸並鑒諸。

古人成書，往往割裂併參，以求完美。《月令》割諸《吕氏》。《樂記》取自荀卿。《史》、《漢》紀、傳、志、書，尤多參合。此著書不得已之苦心也。唐虞颺拜一堂，治隆萬古，故取《益稷》以合《臯謨》。三代已還，湯、武、伊、周，君臣曠絶，故合《湯誓》、《虺誥》爲《湯之伐桀》，合《武成》、《牧誓》爲《武之伐紂》，合《伊訓》、《太甲》爲《伊放太甲》，合《金縢》、《無逸》爲《周輔成王》。王德既

衰，必求霸主。齊桓霸烈，遠邁晉文，而《左氏》諸篇，規模未備。今霸才尤極，而管氏軌里、連鄉之法，《國語》爲詳。不得不取《國語》之言，合《左氏》諸篇，以明大略。申生之就死，重耳之對秦，尤爲死生之大。不得不取《檀弓》以益《左》篇。唐莊復仇，單騎百戰，立唐四廟，以續其宗，可謂英主。而成功之後，獨以優色而亡。《新五代史》謂帝王本紀，起事宜詳。即位逡，概宜嚴簡，似矣。不知史公諸紀，所謂嚴簡者，以帝王發號施令，詳則書不勝書。凡可見諸世家、志、傳者，概從大略。若存亡所繫，不得不詳述以竟其微。若始皇、項羽之所由亡，高祖、文帝之所由興，何一不詳其義？歐則一法《春秋》，雖莊宗淫佚而亡，亦與聖帝明王考終無異，而別存其說於優人、皇后之中。使無此篇，後世何由考見？不可謂非賢者之偏，則不得不割取二傳，以詳其說。且以文論，前過詳而後過略，下輕上重，亦多震壓之嫌。惟《明史》高皇即位後，按實録以備其文，不若《史記》獨明其大，而言詞號令，往往經緯其間。其規模猶可想見，而末述當時用兵之略，尤爲洞見大原。至於《唐太宗》、《宋太祖》、《元世祖》三篇，一則後文過簡，二則通體過蕪，不得不采《通鑑》輯覽之精，補其不逮。

古書紊亂，尤宜深考而復其真。賈書蕪雜，前皆疏策，後《對梁懷王》、《度》、《傅》、《輔》、《士民》諸篇，實根三代，故取以還其朔。賈之陳言，至爲極軌，氣象才力，籠罩古今。即其所陳，亦霸王大略。而《太息》、《流涕》，闕遺皆在《新書》，且《流涕》、《太息》原文，灼然具在。蓋當時盲者取

叢稿爲書，篇多遺亂。所論淮南、梁、代，實在《封建》之中。修史者，因此事删削而别存之。觀其開宗之詞，殊多未協，以歸《封建》，文義乃完。而《積儲》實爲《流涕》之一，《盜鑄》實居《太息》之先，《禁奢僭》實當《太息》之次，《侯度》實居《太息》之三。蓋「封建」爲治亂大綱，故居其首，匈奴外患次之。然其術不詳，而《表餌原疏》，實在《新書》之内。無積儲可致内亂，則又次之，故曰《流涕》也。治天下必富而後强，而禁鑄乃國富之原，禮教非可空言，禁奢乃保富之本。易與而不爲，故《太息》焉。以下論商、周、秦國祚短長，歸重於教太子、敬大臣，皆禮教之大者也。故以《禮教》一篇，承《禁奢》爲綱領，而以商、周、秦以下，諸篇足之。《商君》一篇，則明禮教之不可一日亡也，故承《禮教》焉。篇首第二段，「安危之機」，至「無以易此」，則皆終篇語也，故以爲殿焉。古未有事理未明，而先言效者，既明之後，乃舉其效而鼓舞之。故曰「樂與今同」，加之「諸侯軌道，匈奴賓服，百姓素樸，獄訟衰息」，所以包《封建》、《匈奴》、《積貯》、《禮教》諸篇。大數既得，則所謂教太子、敬大臣也，而後乃以長治久安，至孝仁明決其效，此一定之體也。

老子論道論治，尤爲深遠。大變而後，非此不足靜萬國之紛。而篇第乖陵，真義乃蔽，故删訂以明太古之原。《大學》者，古今治學之大綱。古本既乖，二程、張、朱，各殊其義。夫古今文氣之别者，厚薄而已，其本末之序，先後之宜，如首足之爲定位，則固窮天地亘萬古，而不能變者。今世所宗，厥惟朱本。然「知」、「止」二節，乃格致、節序之詳，未有大綱未明，先言節序。帝典三

章，引《詩》、《書》爲詠歎，而乃置「知」、「止」二節於首節之後，置「帝典」三章以次首章，遂致顛倒紛綸，莫明其序。不得已，補「格致」章以達其言，不知「知」、「止」二節，層勘入微，末復申明本末終始之義。首言「知」而終言「物」，其言格致，固已精覈無垠，復何所補？今略爲八章，不分經傳，首「《大學》之道」一節，即以「古之欲明德於天下」二節承之，而以「自天子至庶人，皆以修身爲本」，以明大略，此首章也。「知止」二節，乃修身之原，即以「此謂物格，此謂知本，此謂知之至也。」足之，此二章也。如是而誠意之功可致矣，故以「誠意」章次之。是書蓋皆孔子自作，朱子見「子曰」、「曾子曰」五字，遂分經、傳之名，不知「子曰」衍文，「曾子曰」二節，乃曾子平居教弟子，而弟子補之，則宜低格以明區畫。此三章也，如是而正心之實不虛矣，故以「正心」章次之，此四章也。如是，而修身之道可言矣，故以「修身」章次之，而以首章「所厚者薄」三語，居「子惡苗碩」之後，此五章也。如是，而齊家之事可詳矣，故以「齊家」章次之，此六章也。如是，而治國平天下之法可行矣，故以「治國」章次之，而以「聽訟知本」一章，申民之父母之義，以「慎德」二節，申不可不慎之文。以《詩》之「殷未喪師」，《書》之「命不于常」，申民財聚散之說。以貨悖出入，申生財大道之言。餘悉仍其詞，以成其理，此七章也。古人之文，收結處必沈醲蔚郁，使人流連往復，而不能忘，所以鼓天下人心，使之自至，非好文也。即以文論，篇末必有金聲玉振之意，如古樂之成，而聆之繹如。故《中庸》取宗《大學》，末乃引《詩》篇，咏歎於無窮。豈惟《中庸》，古書之深者靡不如

是。堯、舜、禹、皋《典》、《謨》之後，必以伯夔論樂，皋陶賡歌，以忻樂之。《坊記》、《孝經》，既多引《詩》以神其韻味。《儀禮》冠燕，亦多致《頌》以動其歡欣。《春秋》、《左氏》燕賓，近世外夷聘饗，尤多頌歌以通其意，皆以鼓舞之也。夫人情易倦，非有可樂，往往中道而隳，故《夏書》有《九歌》「勿壞」之旨。《學記》有《宵雅》、《官始》之文，夫文亦猶是也。古之教人，誘人歡舞之不暇，而《大學》卒章，乃以亡國之詞束之，豈古聖賢誘掖天下之意哉？故取「帝典」三章，以明鼓舞盡神之義，而感之以《黃鳥》、《緜》、《蠻》，動之以《淇奥》「菉竹」，終之「君子」、「小人」，同歸樂利，民不能忘。倒捲三綱，無一字不歸完美，所爲鼓舞天下者神矣。

攝心章第十一

蓋嘗深味古作者文章之原，實與政事相表裏。政事大端，必先農、商，以凝其氣。次學校以暢其機。繼兵、刑以肅其志。終禮樂以鼓其神。其理與春夏秋冬相感召，而文乃如之。始焉宜深穆端厚，嚴植其根。次焉宜光輝發越，疏達其趣。繼焉宜威嚴森肅，鎮塞其精。終焉宜深重高遠，以神其變化。自然之音響節奏，必有大禮與天地同節，大樂與天地同和之致，乃可以通神明。始終以真氣鼓盪其間，乃可深雄高簡，而無浮僞，非好文也。匪是則義理不明，措施必亂，人之至深，出之自峻，不覺其然而自然也。天下安有不明政，而可與言文？即安有不解文，而可與言政

者？顧非先定爲人之方，則體無由立。深厚以堅其本，而廣大繼之。廣大而懼其流，則必矯之以嚴肅。嚴肅過，則人不敢親。教世治人之方終隘，則必以樂易成之，而後四時之氣備。文且載其气以俱流，措諸事功，乃可馴任自然，而無流弊。反是未有能成其人，即未有能成其文者，而況事業乎哉？但令先立其誠，毋輕言動，務爲淡定沈默，以養其源。堅忍刻厲，以嚴其理腠，乃可循序以成。僞而託焉，雖偶以誑天下，終不能自欺其文。此古人爲人、爲文、措事業之大原。觀其文，即可知其人、決其事業，絶未有能矯飾其間者。獨惜後世君子，知有文不知有人，即安能知文之中固有經世之業？競言事業者，又往往知其末，不知其原。己焉不立，文於何明？文焉不明，理於何得？理焉不得，事於何治？故文與人日離，人與事日背，古治所以消亡也。有志者深觀世變無窮，吾身誰託？即吾説而力求之，博觀中外之書，以通其變，其於即人、即文、即事之道，思過半矣。往者阿衡，一介必嚴，然後能成太甲。公旦爲兄代死，然後能輔成王。若乃不嚴操守，不篤倫常，漫圖轉移天下，才愈高，而術愈悖，其人其言，終且禍天下而殺其身。世變之深，蓋有未知所極者。聖人復起，不易吾言矣。此節義有所指，不一月而其言果驗。

是編義取文與事，皆爲法戒而後存之，故曰《憲》，前論詳矣。編訂後，每類別爲《總論》，其間各爲細目，則又別爲論説以明之。使讀者知編第之後先，即爲讀書治事之本末，並著此類而外，仍宜讀何者以廣其涂，使人自循軌轍。其他中外掌故，及異國政治大者，皆經世所需，當別爲删

訂，以待君子。故是編意主簡嚴，所存不能不隘。然即此求之，達可出身加民，窮亦可依人佐治。至不得已，亦可退居教授，傳諸其徒。蒙行年四十，弱冠即深慨文人極弊，舉日用飲食而不知，以爲天下必將有變，即貿然舉訓詁、詞章、性命、科舉之學，舉世賢豪所津津自詡者，屏絶以求經世之原。親老家貧，假文謀養，偶有述造，意取媚時。返諸初衷，輒深慙沮。惟此研求經世之愚誠，二十年來，無日不形寤寐。早衰多病，實有至死不變之血忱。邇來世變紛乘，大懼淪爲左衽，以爲非合吾國英才，羣起而求斯業，將世變所極，微論國家天下，即身家之細，且將不知所終。熊鍾陵有言：「井田、學校，不可驟復，當盡心於飲食教誨之間；中國蠻荒，不可驟通，當實措於鄉里骨肉之際。」竊嘗誦此，以爲名言。當此世運否駁，實當開闢未有之奇，斯言尤爲切至。竊願海内豪傑，各忖其才，各程其力，日肫肫以維世變，全性命爲憂，大可挽世運之艱危，小亦可保身家於禍亂。此區區之微意也。

哀世章第十二

自師道衰，人才日敝，大亂於以日滋。欲鍊其才，必自正心始。心正則志堅，志堅則氣達，氣達則理明，理明則智廣，智廣則義深，義深則師道立，師道立，則天子庶人，各得其職，而天下治矣。即令世運險陂，未能猝挽，誠得豪傑之徒，陰相撑柱於貞元之會，則吾言不泯，終可維風俗而

繫人心。孔孟不能救晚周七國之衰，其説既存，漢武帝猶得尊六經而重儒術，漢治且四百年。三國六朝之亂，極於隋。王通不能保隋之衰，猶得教其徒以開唐室，唐治且三百年。韓昌黎不能救唐末藩鎮之亂，其説傳諸宋世，歐陽公猶得明聖道，以緜吾統，宋治亦三百年。周、程、張、朱、吴、許，不能救宋元之衰。方正學猶得本之以開明治，至於今且五百年。明季顧、黄、王、魏，不能救明之衰。有清文治武功，人才幾乎漢宋，不可謂非四君子講明道德經濟之功。豪傑者勗之而已。是篇出版於光緒二十五年，見者恒多怪詫。不料辛亥革命，清帝遜權，而吾言果驗。

此書乃光緒戊戌夏秋變法時，首更科制，余客金陵總釐局，朋輩爭叩讀書之法，乃取經史百家，删節參併，以成此編。當時曉夜疲勞，溽暑未遑張扇。書成，鈔録八十卷。當道方舉經濟特科，頗思一赴。不數日，王照上書禮部，抑而未達。特詔罷禮部尚書侍郎凡六人，天下大震。余見報，歎曰：「紀綱未定，用法過嚴。黨禍自此始矣。」當時老友余壽平中丞方爲御史，促吾入都。吾獨堅持不赴。乃未幾黨禍以成。甲辰，江西聶壽田許醵五百番刊此，吾以已無資本緩之。戊申，携眷入都。三年，此書竟歸蟻蠹。今年過六十，精力日頹，不敢更勞巨製。後有健者，本吾意以成之，庶幾中學之幸也夫。民國十二年癸亥春陳澹然自記。

文學研究法

姚永樸 撰

《文學研究法》四卷

姚永樸　撰

姚永樸（一八六二——一九三九），字仲實，號素園，晚號蜕私老人，安徽桐城人。光緒二十年（一八九四）中順天鄉試。歷任廣東起鳳書院、山東高等學堂、京師法政學堂、京師大學堂教職。民國初，繼任北京大學教授，清史館纂修。治經三十餘年，以宋儒爲宗，兼及諸家，不主門户，著述頗豐。有《尚書誼略》、《蜕私軒易説》、《論語解注合編》、《十三經舉要》、《史學研究法》等。

桐城姚氏，家學淵深。作者爲姚範（薑塢）五世孫、姚鼐（惜抱）四世侄孫、姚瑩（石甫）之孫。其「論文大旨，本之薑塢、惜抱兩先哲」（張瑋《序》），於文之根本，强調「明道」、「經世」；文之範圍，不外經史子集四類，而其要尤在子、史，而説理、述情、叙事三者，「經」均兼備，是乃子、史之源；文之綱領，則在「義法」，以義爲經，以法爲緯；文之門類，本之姚鼐《古文辭類纂》、曾國藩《經史百家雜鈔》之主張，予以推闡，損益補充，眉目朗然；文之要素，亦宗姚鼐之説，定爲神理、氣味、格律、聲色四端，分節詳予論説。最後强調學文之道爲「熟讀」、「精思」、「久爲之」，亦源自姚鼐之見。全書體例仿之《文心雕龍》，頗具系統性、理論性。因恪守姚氏家法，創新開拓稍遜；

然對文章寫作藝術之具體探求，却不以桐城自域，仍有獨立見解，當爲桐城後期文論代表性著作之一。

此書原爲作者在北京大學授課之講義，寫成於民國三年（一九一四年）。有民國五年（一九一六）十一月商務印書館再版本。又有黄山書社一九八九年標點本。今據商務印書館本録入。

（王宜瑗）

文學研究法總目

右《文學研究法》二十五篇，桐城姚仲實先生撰。先生論文大旨，本之薑塢、惜抱兩先哲。然自周秦以迄近代，通人之論，莫不考其全而擷其精。故雖謹守家法，而無門户之見存。往歲主講國立法政學校，著有《國文學》四卷，翔贍而簡易，典顯而精鑿，學者便之。瑋適以是時亦濫竽講席，獲讀其書，亟率諸弟執贄往受學焉。今年先生復應文科大學之聘，編訂講義，較《國文學》尤詳。每成一篇，輒爲瑋等誦説，危坐移時，神采奕奕，恒至日昃忘餐。僕御皆環聽户外，若有會心

者。不數月全書成，顏曰《文學研究法》。其發凡起例，仿之《文心雕龍》。自上古有書契以來，論文要旨，略備於是，後有作者，蔑以尚之矣。今或謂西文藝學可質言之，無取於文，一切品藻義法之談，有相與厭棄而不屑道者，吾不知其於西文果有心得否耶？言之無文，行之不遠。一日欲發攄其胸中之所得，而或不能達，將必復有取乎此，庶有以知瑋言之非阿好也。門人固始張瑋謹識，共和三年五月一日。

文學研究法卷一

姚永樸　撰

起　原

昔《尚書》帝典云：「詩言志，歌永言，聲依永，律和聲。」《詩・關雎序》云：「詩者，志之所之也。在心爲志，發言爲詩。情動於中，而形於言；言之不足，故嗟嘆之；嗟嘆之不足，故永歌之；永歌之不足，不知手之舞之、足之蹈之也。情發於聲，聲成文謂之音。治世之音安以樂，其政和；亂世之音怨以怒，其政乖；亡國之音哀以思，其民困。故正得失、動天地、感鬼神，莫近於詩。」朱子熹《詩集傳序》云：「人生而靜，天之性也；感於物而動，性之欲也。夫既有欲矣，則不能無思；既有思矣，則不能無言；既有言矣，則言之所不能盡而發於諮嗟詠嘆之餘者，必有自然之音響節奏，而不能已焉，此詩之所爲作也。」然則文字之原，其基於言語乎？言語其發於聲音乎？聲音其根於知覺乎？大凡盈天地間者，皆物也。物之號有萬，其由氣而凝爲質者爲礦物，有生意者爲植物，有知覺者爲動物。動物之中，惟人也得五行之秀氣而最靈。故鳥獸雖有知覺，

而狹而不廣，偏而不全；人則既廣且全，廣故大，全故周。自墮地以來，即呱呱而泣，蓋已有所欲矣；繼而解笑，又繼而解言；至能言而思無不達、求無不遂矣。故不惟一己之欲可以表示；且人與人之欲，亦可以相爲感通。然而能宣之於覿面者，究不能推之於萬里，是行於近而隔於遠也；能著之於一旦者，究不能求之於百年，是通於暫而滯於久也。使終古如斯，將思之達者仍有所不達，求之遂者仍有所不遂。有聰明睿智者出焉，於是作書契以易結繩之治，百官以理，萬民以察。蓋至是而人類之作用乃益宏，文字之功效，乃不可勝數矣。昔揚子雲雄《法言·問神》篇云：「言，心聲也；書，心畫也。」徐偉長幹《中論·貴驗篇》引子思云：「事，自名也；聲，自呼也。」孔冲遠穎達《尚書疏序》云：「言者，意之聲；書者，言之記。」韓退之愈《送孟東野郊序》云：「人聲之精者爲言。文辭之於言，又其精也。」程子頤《語録》云：「凡物之名字，自與音義氣理相通。天未名時，本亦無名，只是蒼蒼然也。何以便有此名？蓋出自然之理，聲音發於其氣，遂有此名此字。」然則天地之元音發於人聲，人聲之形象寄於點畫，點畫之聯屬而字成，字之聯屬而句成，句之聯屬而篇成。文學起原，其在斯乎？其在斯乎？

粤稽「庖犧氏之王天下也，仰觀象於天，俯觀法於地，觀鳥獸之文與地之宜，近取諸身，遠取諸物，於是始作八卦」（《易·説卦·傳》），又「因而重之」（《繫辭傳》），爲六十四卦。蓋天地萬物之情狀，已隱然括於其中矣。及黄帝時，史臣倉頡見鳥獸蹏迒之迹，知分理之可相别異，乃造書

契。其初但依類象形，故謂之文；其後形聲相益，而謂之字；著於竹帛，則謂之書。《周禮·地官·保氏》教國子有六書，所謂指事、象形、形聲、會意、轉注、假借是也。許叔重慎《説文解字序》云：「指事者，視而可識，察而見意，二二是也(二二即上下)。」「象形者，畫成其物，隨體詰詘，日月是也。」「形聲者，以事爲名，取譬相成，江河是也。」「會意者，比類合誼，以見指撝，武信是也。」「轉注者，建類一首，同意相受，考老是也。」「假借者，本無其字，依聲託事，令長是也。」《漢書·藝文志》又云：「六書謂象形、象事、象意、象聲、轉注、假借，造字之本也。」大抵文字之義，總歸六書，故同爲造字之本，然序不可紊。其最先者爲指事、象形；有指事、象形而後有形聲、會意；有四者爲體，而後有轉注、假借爲用。故《漢·志》於四者皆曰「象」，而二者綴於後，與許君小異而大同。但世運變遷，而文字隨之。據《説文解字序》云：周宣王太史籀著大篆十五篇，已與古文或異。七國時以天下分裂，字尤異形。秦始皇時李斯乃奏同之，罷其不與秦文合者。斯作《倉頡篇》，中車府令趙高作《爰歷篇》，太史令胡毋敬作《博學篇》，皆取大篆，或頗省改，所謂小篆者也。時大發吏卒興戍役，官獄職務繁，初有隸書，以趨約易，古文由此絶。自爾秦書有八體：曰大篆，曰小篆，曰刻符，曰蟲書，曰摹印，曰署書，曰殳書，曰隸書。漢興，有草書。孝平皇帝時，徵沛人爰禮等百餘人，令説文字未央廷中，黄門侍郎揚雄采以作《訓纂篇》。及新莽居攝，復改定古文，時凡六體，所謂古文、奇字、篆書、左書、繆篆、鳥蟲者也。《隋書·經籍志》亦云：「自倉頡訖於漢

初，書經五變：一曰古文，倉頡所作；二曰大篆，史籀所作；三曰小篆，李斯所作；四曰隸書，程邈所作；五曰草書，漢初作。」秦廢古文用八體；漢用六體，並稿書、楷書、懸針、垂露、飛白等二十餘種之勢，因事生變也。魏世復有八分書。然自晉以後，楷書獨盛行，其後遂爲世所循用。此字數逐代增加（古少而今多）與其體變易（古繁而今省）之大略也。自古書契，多編以竹簡；其用縑帛者謂之紙。縑貴而簡重，並不便於人。東漢元興中（和帝年號）宦者蔡倫乃造意用樹膚、麻頭及敝布、魚網以爲紙。和帝善其能，自是莫不從用焉，謂之「蔡侯紙」（《後漢書・宦者列傳》）。及唐末益州有墨版；蜀相毋昭裔請用以刻九經；宋景德中（真宗年號）又及於諸史（詳見焦竑《筆乘》）。由是印刷之業興而版本出。明中葉復有活字版。此文籍流布、其術古拙而今巧之大略也。

若是，則今日宜文學發達，遠邁古初矣。而考其實乃有大謬不然者，何哉？間嘗推尋其故，然後知今之字數孳乳而寖多，其體又視古日歧，迨至楷書通行，而去之也益遠。凡古之渾渾灝灝噩噩之文，在當日不難家喻户曉者，今則雖老師宿儒，欲求其融洽貫通，非竭畢生之力，不能得其涯涘。故古者以同而易，今以歧而難。此其一也。今之繕寫印刷，視古爲便。凡古人之著於竹帛者，類皆衆所宗仰之書；匪是，則殺青無日。職是之故，雖漢之賈、晁、董、劉，其所纂述多者百餘篇，少乃五六十篇，或十數篇，或數篇；今則村塾學究，坊市賈客，亦皆著書鏤版，自命通才，雖

撏撦餖飣，率爾成章，然以當於庸俗之心，遂致不脛而走，汗牛充棟，涉覽殊艱。故古者以少而專，今以多而紛。又其一也。然則如之何而可？曰：欲由今溯古，以通其訓詁，必自識字始。夫古者大篆且群以爲異於古文，今雖小篆尚覺近古，故《說文》一書，自當與《爾雅》同資研究，庶幾可知古人造字根原，若者爲本義，若者爲引申義，若者爲假借義，而經典之奇字奧句，可以漸通矣。試觀古今文家，如李斯有《倉頡》七章，司馬長卿相如有《凡將篇》，揚子雲有《訓纂篇》八十九章，班孟堅固復續十三章，而段氏玉裁《說文注》引其中所載孔子以下數十家之說，皆深於文事者。唐韓退之尤兢兢於此，故其言曰：「凡爲文辭，宜略識字。」（《蝌斗書後記》）又曰：「文從字順各識職。」（《樊紹述墓誌銘》）近世湘鄉曾文正公國藩論文，亦以「訓詁精確」爲貴（《日記》）。可見欲文章之工，未有可不用力於小學者。曩時巴縣潘季約清蔭爲永樸述南皮張文襄公之洞督學四川日，每諄諄以此訓後進，以爲小學乃經史詞章之本。及任滿旋京，成都門人武抑齋孝廉謙問：「治《說文》如何致力？」公告以入門之法曰：「試取許君五百四十字部首，記其形體，審其音讀，究其訓解，殫數十日之力，往復熟習，必期一睹其字，即能讀爲何音，辨爲何義，並閉卷而能默寫其字體，一一無訛，再與言第二事。」其論至爲切實，可備學者之取資。若夫欲從數百千萬卷中，撮其英華，去其糠秕，非知所決擇不可；欲知所決擇，非有真識不可；欲有真識，非有師承不可。蓋有師承而後有家法，有家法而後不致如遊騎之無歸。昔吾家惜抱先生鼐嘗謂己才弱，

而《上劉海峰先生大櫆書》，則言「所賴者，在於聞見親切，師法差真」，意正如此。夫古今集部，浩如煙海，究之足以名世者，每朝不過數人。六經、周秦諸子、《楚辭》、《文選》姑勿論；近世古文選本，莫善於姚氏《古文詞類纂》、曾氏《經史百家雜鈔》。二書自六朝以前人外，其以爲圭臬者，惟唐荆川順之、茅鹿門坤所定「唐宋八大家」。姚氏益以元次山結、李習之翺、張橫渠載、晁無咎補之、歸震川有光、方望溪苞、劉海峰數人；曾氏益以元次山、陸敬輿贄、李習之、范希文仲淹、司馬君實光、周敦頤、程灝、頤、張載、朱四子、范茂名浚、馬貴與端臨、歸震川、姚惜抱十餘人。駢體文選本莫善於李申耆（兆洛）《駢體文鈔》。其所録者，自秦以迄於隋而已。古今體詩選本，莫善於王阮亭士禛《古詩選》、《唐人萬首絶句選》、姚氏《五七言今體詩鈔》、曾氏《十八家詩鈔》。王、姚所列入者較多。曾氏所謂「十八家」，曰曹子建植，曰阮嗣宗籍，曰陶淵明潛，曰謝康樂靈運，曰鮑明遠照，曰謝玄暉朓，曰王右丞（維，官終尚書右丞），曰孟襄陽浩然（襄陽人），曰李太白白，曰杜工部甫（晚依嚴武於蜀，表爲工部員外郎），曰韓昌黎愈（南陽人，先儒謂在脩武，然文集每自稱昌黎，蓋祖居之地），曰白香山居易（居東都履道里，構石樓香山，自稱香山居士），曰李義山商隱，曰杜牧之牧，曰蘇東坡軾（在黄州築室於東坡，自稱東坡居士），曰黄山谷庭堅（嘗遊皖灊山山谷寺石牛洞，樂其林泉之勝，因自號山谷道人），曰陸放翁游（爲參議官於蜀，以與蜀帥范成大文字交，不拘禮法，人譏其疏放，因自號放翁），曰元遺山好問。蓋鑒別皆極精審。吾人從事茲學，自當先

取派正而詞雅者師之，餘則歸諸涉獵之中。又其次者，雖不觀可也。果如是，必不致損日力而墮入歧途矣。

或曰：文章特一藝耳，沾沾自喜何爲？曰：否，不然。凡以文學爲一藝者，不過本孔子「文莫，吾猶人也；躬行君子，則吾未之有得」（《論語·述而》）與「行有餘力，則以學文」（《學而》）諸語耳。然孔子之意，蓋以行爲文之本，非謂有行即可無文也。使其如此，何爲「四教」以文爲首（《述而》），而畏於匡，且曰「文王既没，文不在兹乎」（《子罕》）？昔李習之《寄從弟正辭書》云：「汝勿信人號文章爲一藝。夫所謂一藝者，乃時世所好之文，或有盛名於近代者是也。其能到古人者，則仁義之辭也，惡得以一藝名之哉？」斯言可謂諦當。然則，北齊顔黄門之推謂「自古文人多陷輕薄」（《顔氏家訓·文章》）、宋陳忠肅公瓘謂「一爲文人便無足觀」者，皆所謂時世所好之文耳；夫豈可漫無區别，而舉古人所藉以繼往聖、開來學者，一概輕視之耶？或又曰：當今時事孔亟，所應討論者至多，奚暇及此？曰：否，不然。子獨不聞「國於天地必有與立」之説乎？夫國之所藉以立，豈有過於文學者？匪惟吾國，凡在五大洲諸國，誰弗然？蓋文字之於國，上可以溯諸古昔而知建立所由來，中可以合大群而激發其愛國之念，下可以貽萬世而宣其德化政治於無窮。關係之重如此，是以英吉利人因其國語言文字之力，能及全球，時以自詡；吾國人反舉國文蔑視之，殊不可解。夫武衛者，保國之形式也；文教者，保國之精神也。故不知方者，不可

與言有勇。且語言發於天籟；文字根於語言，則亦天籟也。既爲中國人，舉凡各種科學，非得有中國文字闡明之，烏能遍行於二十二行省？是故欲教育普及，必以文學爲先；欲教育之有精神，尤必以文學爲要。此理之必不可易者也。如曰「精深高古之文，勢不能盡人皆知之、皆爲之」，此則别有辦法，蓋分爲普通學、專門學是也。何謂普通學？但求其明白曉暢，足以作書疏應社會之用可矣。何謂專門學？則韓退之《答李翊書》所謂「將蘄至於古之立言者」是也。大抵中小學校與夫習他種專科，能有普通文學，已爲至善。若以中國文學爲專科，豈可自畫？昔王介甫安石《答孫長倩書》云：「古之道廢踣久矣。大賢間起廢踣之中，率常位卑澤狹，萬不救一二，天下日更薄惡，宦學者不謀道、主利禄而已。嘗記一人焉，甚貴且有名，自言少時迷，喜學古文；後乃大悟，棄不學，學治今時文章。夫古文何傷？直與世少合耳，尚不肯學，而謂學者迷；若行古之道於今世，則往往困矣，其又肯行耶？」惜抱先生《復魯絜非書》亦謂古今才士苟有爲古文者，必傑士。今當斯文絶續之交，諸君負笈而來，有志兹學，是不以爲迷也，使猶不以傑士相期，則吾豈敢？

根　本

《左傳》云：「言以足志，文以足言。不言，誰知其志？言之無文，行而不遠。」（襄公二十五

年）此孔子尚文之説也。然《論語》又云：「質勝文則野，文勝質則史。文質彬彬，然後君子。」（《雍也》）夫質者，文之本也。《禮記》云：「無本不立，無文不行。」（《禮器》）是文與本固相須爲用也。而本尤爲要。故《孟子》云：「原泉混混，不舍晝夜，盈科而後進，放乎四海。有本者如是。」（《離婁》）嗚呼！是豈獨爲立身行己言之哉！苟欲文之工，亦非此不辦耳。此韓退之所以云：「本深者末茂。」（《答尉遲生書》）又云：「根之茂者其實遂，膏之沃者其光曄。仁義之人，其言藹如也。」（《答李翊書》）昔荀子況云：「君子之學也，入乎耳，著乎心，布乎四體，形乎動靜。端而言（端讀爲喘），蝡而動，一可以爲法則。小人之學也，入乎耳，出乎口，口耳之間，則四寸耳，曷足以美七尺之軀哉！古人之學者爲己，今之學者爲人。君子之學也，以美其身；小人之學也，以爲禽犢。」（《勸學》）揚子雲《法言》云：「古者之學，耕且養，三年通一；今之學也，非獨爲之華藻，又從而繡其鞶帨。」（《寡見》）王仲任充《論衡》云：「有根株於下，有榮葉於上；有實核於内，有皮殼於外。文墨辭説，士之榮葉皮殼也。實誠在胸臆，文墨著竹帛，外内表裏，自相副稱。意奮而筆縱，故文見而實露。」（《超奇》）徐偉長幹《中論》云：「聖人因智以造藝，因藝以立事。藝者，德之枝葉；德者，人之根幹也。二者不偏行，不獨立。木無枝葉，則不能豐其根幹，謂之瘣；人無藝，則不能成其德，故謂之野。若欲爲君子，必兼之乎？」（《藝紀》）顔氏之推《家訓》云：「夫學者，猶種樹也，春玩其華，秋登其實。講論文章，春華也；修身利行，秋實也。」（《勉學》）凡此諸説，皆發

明孔子文質相須之旨者也。要之此意，《易·賁卦》已詳言之。案《賁》之「九三」曰：「賁如濡如，永貞吉。」夫「賁者，飾也」（《序卦傳》）。曰「濡如」，則飾之甚也。然而曰「永貞吉」，則懼其滅質也。故「上九」又曰：「白賁無咎。」白者，無色之謂（《雜卦傳》）。所以勉其敦本務實也。苟敦本務實，而文乃不爲空言矣。古今鴻篇鉅製，永垂不朽，端在乎此。夫豈有徒騁其詞藻，而可以立誠居業者乎？

是故爲文章者，苟欲根本盛大，枝葉扶疏，首在於明道。夫明道之旨，見於《中庸》，孔子所云「道之不明也，我知之矣」是也。其後董子仲舒亦有「明道不計功」之語（《漢書·董仲舒傳》）。蓋自成周大司徒「以鄉三物教萬民，而賓興之」，一曰六德，二曰六行，三曰六藝。而鄉大夫、州長、黨正以下，書而考之者，皆不外於德、行、道、藝四者（並《周禮·地官》）。德者，有諸身之謂；行者，著於事之謂；道爲之本；而藝其末也。孔子講授，一遵成周之舊，故曰：「志於道，據於德，依於仁，遊於藝。」（《述而》）降及周末，此風已微，然諸子中最醇者孟氏，次則荀卿，韓退之《送孟東野序》所謂「以道鳴」者也。他若楊朱、墨翟、管夷吾、晏嬰、老聃、莊周、申不害、韓非、慎到、田駢、鄒衍、尸佼、孫武、蘇秦、張儀之屬，退之謂爲「以其術鳴」，是誠精確。然就其術之長者，要未嘗不包於道之中，猶不致華而不實也。兩漢以後，醇儒雖少，然亦各有所明，至魏晉乃彌衰矣。是以退之云：就其善鳴者，「其聲輕以浮，其節數以急，其詞淫以哀，其志弛以肆，其爲言也亂雜

而無章。」隋初遂有以華艷之詞入章奏者，文帝以付有司治罪。而治書侍御史李諤上書曰：魏之三祖（魏武帝爲太祖，文帝爲高祖，明帝爲烈祖）崇尚文詞，遂成風俗。「江左齊梁，其弊彌甚，競一韻之奇，爭一字之巧。連篇累牘，不出月露之形；積案盈箱，唯是風雲之狀。世俗以之相高，朝廷以茲擢士。以儒素爲古拙，以詞賦爲君子。故其文日繁，其政日亂。良由棄大聖之軌模，構無用以爲用也。」

王仲淹通告門人亦云：「學者博誦云乎哉，必也貫乎道；文者苟作云乎哉，必也濟乎義。」（《中說・天地》）蓋皆灼見當時之弊。幸韓昌黎出，乃作《原道》、《原性》等篇，而八代之衰以起。其《答李翊書》云：「能如是誰不樂告生以其道？道德之歸也有日矣，況其外之文乎？」《答尉遲生書》云：「愈所能言者，皆古之道。」《答李秀才書》云：「愈之所志於古者，不惟其辭之好，好其道焉爾。讀吾子之辭，而其得所用心，將復有深於是者，與吾子樂之，況其外之文乎？」《題歐陽生哀辭後》云：「愈之爲古文，豈獨取其句讀不類於今者耶？思古人而不得見，學古道則欲兼通其辭。通其辭者，本志乎古之道也。古之道不苟毁譽於人。」由是其門人李南紀漢作《昌黎集序》，遂有「文者貫道之器」之說。此外如柳子厚宗元《答韋中立論師道書》云：「文者以明道，是固不苟爲炳炳烺烺、務采色、誇聲音而以爲能也。」《報崔黯秀才書》云：「聖人之言，期以明道；學者務求諸道而遺其辭；辭之傳於世者，必由於書。道假辭而明，辭假書而傳。」《報

袁君陳秀才避師名書》云：「秀才志於道。道苟成則勃然爾，久則蔚然爾。」宋柳仲塗開《應責》云：「天生德於人，聖賢異代而同出，豈以汲汲於富貴，私豐於己之身也？將以區區於仁義，公行於古之道也。己身之不足，道之足，何患乎不足？道之不足，身之足，則孰與足？」穆伯長修《答喬適書》云：「夫學乎古者所以爲道，學乎今者所以爲名。道者，仁義之謂也；名者，爵禄之謂也。然則，行道者有以兼乎名；守名者無以兼乎道。有其道而無其名，則窮不失爲君子；有其名而無其道，則達不失爲小人。與其爲名達之小人，孰若爲道窮之君子！矧窮達又各繫其時遇，豈古之道有負於人耶？」歐陽永叔修《答吳充秀才書》云：「聖人之文雖不可及，然大抵道勝者，文不難而自至也。」又蘇子瞻《祭歐陽公夫人文》述公語云：「我所爲文，必與道俱；見利而遷，則非我徒。」曾子固鞏《贈黎安二生序》云：「有以合乎世，必違乎古；有以同乎俗，必離乎道。」又《答李沿書》云：「夫道之大歸非他，惟欲其得諸心，充諸身，擴而被之國家天下而已，非汲汲乎辭也。」司馬君實《迂書》云：「君子有文以明道，小人有文以發身。」周子《通書》云：「文所以載道也。輪轅飾而人弗庸，徒飾也，況虚車乎？文辭，藝也；道德，實也。篤其實而藝者書之，美則愛，愛則傳焉。賢者得以學而至之，是爲教。然不賢者雖父兄臨之，師保勉之，不學也；强之，不從也。不知務道德而第以文辭爲能者，藝焉而已。」是皆以道爲文之本之説也。

其次在於經世。自《易・屯卦》言「君子以經綸」，《莊子・齊物論》因有「《春秋》經世先王之志」之語。然「《詩》以道志，《書》以道事，《禮》以道行，《樂》以道和，《易》以道陰陽，《春秋》以道名分」。六經大義，何一不以經世爲歸？即其後九流十家，蠭出並作，各引一端，馳説於世。而據《莊子・天下》篇，論六藝云：「其數散於天下而設於中國者，百家之學時或稱而道之。」則亦聖人之道之支與流裔。是以《漢書・藝文志》謂儒家出於司徒之官，道家出於史官，名家出於禮官，陰陽家出於羲和之官，法家出於理官，墨家出於清廟之守，從横家出於行人之官，雜家出於議官，農家出於農稷之官，小説家出於稗官，而總論之曰：「使其人遭明王聖主，得所折中，皆股肱之材已。」然則，學雖有純有駁，要之大旨皆主於經世可知。兩漢人才，無如賈、鼂、董、劉、諸葛，其奏議固在於指陳時政，即相如之詞賦，太史公以爲「雖多虚辭濫説，然其要歸，引之節儉，此與《詩》之諷諫何異？」則《子虚》、《上林》，實與《諫獵書》相表裏，即《封禪文》亦然。先董塢府君（諱範）所以謂「設意措辭，皆翔躡虚無，非誕妄貢諛者比也」，又何得謂無裨於世？唐宋之間，陸宣公固當首屈一指；他若韓退之、歐陽永叔、曾子固、蘇子瞻、王介甫之文，李太白、杜子美甫、白樂天居易、黄山谷、陸務觀游之詩，亦無一不以國利民福爲兢兢。延及近代，如歸、方、姚、曾輩，非有數篇關繫天下萬世文字，何以稱作者？昔《論衡・自紀》篇云：「爲世用者，百篇何害？不爲用者，一章無補。」王介甫《上人書》云：「所謂文者，務爲有補於世而已矣；所謂辭者，猶器之有刻

鏤繪畫也。誠使巧且華，不必適用；誠使適用，亦不必巧且華。要之，以適用爲本，以刻鏤繪畫爲之容而已。」又《上邵學士書》云：「某嘗患近世之文，辭弗顧於理，理弗顧於事；以襞積故實爲有學，以雕繪語句爲精新。譬之擷奇花之英，積而玩之，雖光華馨采，鮮縟可愛；求其根柢濟用，則蔑如也。」程子《答朱長文書》云：「聖賢之言，不得已也。蓋有是言則是理明，無是言則天下之理有缺焉。如彼耒耜陶冶之器，一不制，則生人之道有不足矣。聖賢之言，雖欲已，得乎？然其包涵盡天下之理，亦甚約也。後之人平生所爲，動多於聖人，然有之無所補，無之無所缺，乃無用之贅言也。不止贅而已；既不得其要，則離真失正，反害於道必矣。」崑山顧亭林炎武《日知録》云：「文之不可絶於天地間者，曰明道也，紀政事也，察民隱也，樂道人善也。若此者，有益於天下，有益於將來，多一篇多一篇之益矣。若夫怪力亂神之事，無稽之言，剿襲之説，諛佞之文，若此者，有損於己，無益於人，多一篇多一篇之損矣。」又云：「張子有言：『民吾同胞。』今日之民，吾與達而在上位者之所共也。救民以事，此達而在上者之責也；救民以言，此窮而在下者之責也。」又《與友人書》云：「昔人謂『載之空言，不如見之行事』。夫《春秋》之作，言焉而已，而謂之行事者；天下後世用以治人之書，將欲謂之空言而不可也。愚有見於此，故凡文之不關於六經之旨、當世之務者，一切不爲。」如以上數條所言，庶幾得文章之要領也歟！

要而言之，吾輩苟從事茲學，必先涵養胸趣。蓋胸趣果異乎流俗，然後其心靜；心靜則識明而氣自生，然後可以商量修、齊、治、平之學，以見諸文字，措諸事業。否則，雖告以文章爲「經國之大業，不朽之盛事」，彼烏從而知之？即知之，烏能允蹈之？然欲涵養純粹，非用力於退之《答李翊書》「無望其速成，無誘於勢利」二語不可。考黄山谷《答秦少章書》云：「二十年來，學士大夫有功於翰墨者爲不少，卓爾名家者則未多。蓋深思其故，病在欲速成耳。夫四時之運，天德也，不能即冬而爲春，斷可識矣。」竊謂此可作「無望其速成」句注脚。蘇東坡《與李方叔書》云：「私意冀足下積學不倦，落其葉而成其實。深願足下爲禮義君子，不願足下豐於才而廉於德也。若進退之際，不甚靜慎，則於定命不能有毫髮之益，而於名節有丘山之損矣。」此可作「無誘於勢利」句注脚。若夫惜抱先生《答魯賓之書》云：「《易》曰：『吉人之辭寡。』夫内充而後發者，其言理得而情當；理得而情當，千萬言不可厭，猶之其寡矣。氣充而靜者，其聲閎而不蕩；志章以檢者，其色耀而不浮。邃以通者，義理也；雜以辨者，典章名物。凡天地間之所有也，閔閔乎聚之於錙銖，夷懌以善虚，志若嬰兒之柔，若鷄伏卵，其專以一，内候其節而時發焉。夫天地之間莫非文也。故文之至者通乎造化之自然，然而驟以幾乎合之則愈離。今足下爲學，在於涵養而已。聲華榮利之事，曾不得以奸乎其中，而寬以期乎歲月之久，其必有以異乎今而達乎古也。」此則更融會韓、柳之旨而總論之，開示後人，尤爲周密。又歙縣吴殿麟定《與友人論文書》云：「爲文章

者，若不於六經諸史根本是求，而惟末之務，乃欲無一言一字見疵於人，自古及今，蓋未之見也。」嘉興錢衎石儀吉《與弟警石泰吉書》云：「凡爲文章者必先有『知言』、『養氣』工夫。若制行動輒乖謬，而談理欲其切實，出言不免雜亂，而操筆欲其簡淨，豈不大難？」曾文正公《日記》云：「杜詩、韓文所以能百世不朽者，彼自有『知言』、『養氣』工夫。惟其知言，故常有一二見道語，談及時事，亦甚識當世要務；惟其養氣，故無纖薄之響。」語皆親切有味，彙録於此，以爲好學深思者之一助焉。

範　圍

文學之範圍，有廣義焉，有狹義焉。自義之廣者言之，如《論語》言：「夫子之文章，可得而聞也。」（《公冶》）又曰：「焕乎其有文章。」（《泰伯》）先儒謂凡言語、威儀、事業之著於外者皆是，蓋所包括者衆矣。即專以文字之成爲書者而論，如《漢書・藝文志》之「七略」：曰輯略，曰六藝，曰諸子，曰詩賦，曰兵書，曰術數，曰方伎，何一不在文學之中？但古人文教盛行，雖野人女子，猶且詞條豐蔚，映照古今；而況居士大夫之列？是以七者之文，莫不炳然可觀，垂聲千載，雖尤著者莫如詩賦，然未嘗獨擅其名。他如《太史公書》第附見「六藝略・春秋」中；賈、董諸篇，第附見「諸子略・儒家」中；晁錯則附見「法家」中。及西漢之末，迄於東京，乃有專集，然猶出後人追

録。觀漢武帝命所忠求司馬長卿遺書；魏文帝亦詔天下上孔北海融文章，而《與吴質書》太息徐、陳、應、劉之逝，復言撰其遺文，都爲一集；陳承祚壽嘗晉世又奏上《諸葛忠武侯集》：此其尤彰明較著者也。其自製名者，始於張融《玉海集》。其區分部帙，則江淹有「前集」，有「後集」；梁武帝有「詩賦集」，有「文集」，有「別集」；梁元帝有「集」，有「小集」；謝朓有「集」，有「逸集」；與王筠之一官一集；沈約之「正集」百卷，又別選「集略」三十卷。此等體例，大抵始於齊梁，蓋集之盛自此始。至總集莫古於《楚辭》，蓋劉子政向嘗裒集屈、宋以降諸篇，至己所作《九嘆》而止；王叔師逸爲章句，更以己之《九思》益之。及梁昭明太子蕭統之《文選》出而漸盛。隋唐之際，其流益繁。是以開元總所藏之書，分爲經、史、子、集四類，而集部遂專爲歷代文章之總匯。然而珠礫同傳，妍媸各別，欲工兹事，非正其塗轍，何由有登堂嚌胾之時！然則於猥濫之中，而擇義精詞卓者，以爲後人程式，其義之由廣而狹，寧非勢使之然歟！

今綜群書論之，文學家之別出於諸家者有四焉。

一異於性理家。何以言之？性理家所講求者，微之在性命身心，顯之在倫常日用，其學以德行爲主，而不甚措意於詞章。考其最善者，莫如周子《通書》、張子《正蒙》，曾文正公《答劉孟容書》嘗以爲「醇厚正大，邈焉寡儔」。《西銘》篇，惜抱先生《古文詞類纂序目》亦謂「豈獨其意之美耶？其文固未易幾也」。他若程子《四箴》，朱子《六先生畫像讚》，曾氏皆録於《經史百家雜鈔》

中。而朱子《語類》論文之語，先薑塢府君《援鶉堂筆記》且嘆其深得古人秘鑰。無如宗旨與文學家異，而流風漸被，其文既域於語録之中而不能振，詩亦但以《擊壤集》爲宗。夫邵子雍之詩，非無佳者也，然而無意爲詩，即偶與風雅之旨合，不過出於性靈，故妙者極妙，而俗者極俗。奉爲圭臬，流弊實多，而況語録之俚乎？故楊用修慎云：「文，道也；詩，言也。語録出而文與道判矣，詩話出而詩與言離矣。」惜抱先生《復曹雲路書》云：「言之無文，行而不遠。出詞氣不能遠鄙，曾子戒之；況於説聖經以教學者、遺後世，而雜以鄙言乎？當唐之世，僧徒不通於文，乃書其師語，以俚俗謂之『語録』。宋世儒者弟子，蓋過而效之。然以弟子記先師，懼失其真，猶有取爾也。明世自著書者，乃亦效其辭，此何取哉？」又同治中劉孟容蓉爲文喜談性道，曾氏遺之書云：「欲發明義理，則當法經説理窟，及語録、劄記；欲學爲文，則當掃去一副舊習，赤地新立，將前此所業，蕩然若喪其所有，乃始別有一番文境。未宜兩下兼顧。」其《致吴南屏書》且云：「僕嘗謂古文之道，無施不可，但不宜説理耳。夫孔子高穿理勝於辭，公孫龍辭勝於理。而平原君趙公子勝以爲辭勝於理，終必受絀。蘇子美舜欽亦謂『李文公文不逮韓，而理過於柳』。黄山谷《與王觀復書》云：『好作奇語，自是文章病。』但當以理爲主。理得而辭順，自然出類拔萃。焉有文章必不可談理者？」曾氏此論，得無慮陳義之入於腐、措辭之流於俗耶？使果如退之《原道》、永叔《本論》、子固《學記》，固彬彬然足繼六經諸子；即東坡《赤壁賦》與平生書札、詩歌，亦時時有見道語。蓋

由胸襟高曠，而文章又足以潤色之，故信手拈來，皆有仙氣，其境遂爲所獨有。吾但見推陳出新耳，何嘗墮入理障也？

二異於考據家。大抵考據家宗旨，主於訓詁名物。其派有二：在經學者爲注疏家，如輔嗣王弼注《易》，毛公（大毛公亨、小毛公萇）傳《詩》，子國孔安國解《書》，康成鄭玄説《禮》，詞皆簡約。然觀《漢書·藝文志》云：「後世經傳既已乖離，博學者又不思『多聞缺疑』之義，而務碎義逃難，便辭巧説，破壞形體，説五字之文，至於二三萬言（注引桓譚《新論》云：「秦近君能説《堯典》，『篇目』兩字至十餘萬言，但説『曰若稽古』三萬言」），後進彌以馳逐。」徐偉長《中論》亦云：「鄙儒博學，務於物名，詳於器械，考於訓詁，摘其章句，而不能統其大義之所極，以獲先王之心。此無異乎女史誦詩、内豎傳命也。」（《治學》）漢魏儒者，解經繁碎，即此可知。至於疏家，尤爲冗蔓，且入主出奴，不如是則以爲落葉不歸根、狐死不正丘首，亦一病矣。在史學者爲典制家，如杜君卿佑《通典》、馬貴與《文獻通考》，各門總序，元元本本，殫見洽聞，誠不可謂非經世之作；然綜其大體，多採掇群書，加以論斷，與文學家實分道揚鑣。而況鄭漁仲樵《通志》之近於叢雜乎！而況《唐會要》、《五代會要》之紛紛乎！昔福州梁茝林章鉅《退庵隨筆》云：「余嘗考古官制，檢搜群書，不過兩月之久，偶作一詩，覺神思滯塞，亦欲與故紙堆中求之，方悟著作與考訂兩家鴻溝界限，非親歷不知。」又云：「著作始於三代，考據起於漢唐注疏，

考其先後，知所優劣矣。著作如水，自爲江海；考據如火，必附柴薪。作者之謂聖，詞章是也；述者之謂明，考據是也。」吾邑吳摯甫先生汝綸與永樸書云：「説道説經，不易成佳文。道貴正而文者必以奇勝，經則經疏之流暢，訓詁之繁瑣，皆與文體有妨。」兩家并深有所見。但文學家讀書議禮，亦未嘗不用考證，是以惜抱先生與新城陳碩士用光書云：「以考證累其文，則是弊耳；以助文之境，正有佳處，夫何病哉！」又碩士《太乙舟集》述先生之言云：「《史記·周本紀贊》所謂『周公葬我畢，畢在鎬東南杜中。』此太史公之考證也，何其高古，豈似後人之（刺刺）〔刺刺〕不休乎？」

三異於政治家。夫政治家宗旨，主於事功。惟唐、虞、三代之《典》、《謨》、《誥》、《誓》、《命》，春秋、戰國士大夫之詞令，最爲古雅；秦漢以迄魏晉，猶有遺意；南北朝乃傷綺靡，然不可謂言之無文也；唐宋之際，粲然可觀者，已可屈指而數；南宋陳同甫亮、葉水心適兩家，則條達有餘，簡練不足。曰是而後，名臣之奏議，循吏之公牘，遂與文學家判若兩途。所以然者，固由後世入官之人，不必皆精文事；亦以聆其言者，程度至爲不齊，非明白淺顯，難期共喻。是以明天啓中禮科給事中王志道請：凡奏疏中艱深要渺之句，隱語猜謎之習，悉行禁止。且引先正韓文之論曰：「諫草毋太文；文，上弗省也。毋太多；多，上弗竟也。」（《熹宗實録》）而近世蕭山汪龍莊輝祖《學治臆説》云：「申上之文，必須措詞委曲，敘事顯明，上官閲之，自然依允。」又云：「告示諭

紳士者少，諭百姓者多。百姓類不省文義，必意簡詞明，方可入目。或用四言五六言韻語，繕寫既便，觀覽亦易，庶幾令行禁止。」然則其意固在適用也。但文學家未嘗無此等文字，而一出名手，於軒豁呈露之中，自有雅人深致。觀惜抱先生《與陳碩士書》云：「西漢人文傳者，大抵官文書耳，而何其雄駿高古之甚！昌黎官中文字，止用當時文體，而即得漢人雄古之意。歐、曾、荆公官文字，雄古者鮮矣；然詞雅而氣暢，語簡而事盡，固不失爲文家好處矣。熙甫於此體，乃時有傷雅不能簡當之病。」古今文家官文字，此條可括其略。惟蘇東坡於此種尤雅暢，不獨奏疏而已也。

四異於小説家。據《漢書・藝文志》，小説家蓋擯於九流之外，以爲「街談巷語，道聽塗説者之所造」。然就其善者言之：或述見聞，智者得之，可以集思廣益；或談禍福，愚者得之，可以振聵發聾。故子夏雖曰「小道」，「致遠恐泥」，而未嘗不以爲「必有可觀」（《論語・子張》）。然及其蔽也，情鍾兒女，入於邪淫；事託鬼狐，鄰於誕妄。又其甚者，以恩怨愛憎之故，而以忠爲奸，以佞爲聖，諛之則頌功德，詆之則發陰私，傷風敗俗，爲害甚大。且其辭縱新穎可喜，而終不免纖佻。是以曾文正公宗仰昌黎，而獨於《試大理評事王君墓誌銘》評之云：「此等已失古意。能者遊戲，無所不可；末流效之，乃墮惡趣。」案此文末幅，叙王君取他人告身以誑侯處士而得妻。其事本無關勸懲，幸昌黎文氣高古，猶足自立；使後人爲之，與小説家紀述，何以異哉！吾弟叔節

永概亦評《藍田縣丞廳壁題名記》云：「此文用意詭譎，下字生創，造句矜峭。有韓公雄古之筆運之，故無匠氣，無俗韻；不然，未有不落小説家派者也。其後孫可之輩爲之，便覺不大方矣。」夫《史記・蕭相國世家》載高祖繇咸陽，「吏皆送奉錢三，何獨以五」。及後益封二千户，復云：「以帝嘗繇咸陽時，何送我獨贏奉錢二也。」《外戚世家》載管夫人、趙子兒笑薄姬及竇廣國上書自陳小時常與姊採桑墮等事。《漢書・東方朔傳》載朔恐侏儒射覆、拔劍割肉等事。《朱買臣傳》載買臣妻求去，及拜會稽太守，衣故衣、懷印綬，步歸郡邸等事。班、馬爲史家宗祖，亦何嘗不叙瑣事以助文瀾？而與小説家不同者，則以其意存言外，非第盡於言中也。蓋《蕭相國世家》所以著其爲高帝故人，而猶岌岌不免，此帝之所以爲雄猜也；《外戚世家》則著漢家妃后所出皆微，大抵由於色升愛選，不可與周之任姒比；《東方傳》著賢者之不得志，有《邶風・簡兮》篇之意；《買臣傳》又著世態之炎凉。筆雖靈妙，而義歸正大，故不嫌於纖巧。後來歸太僕用以叙家庭間事，亦得斯秘。此其異同之際，差之毫釐，謬以千里，欲精文事，烏得不明辨之？

吾嘗論古今著作，不外經、史、子、集四類。約而言之，其體裁惟子與史二者而已。蓋諸子中，《管》、《晏》、《老》、《墨》、《列》、《莊》、《揚》、《韓非》、《吕覽》、《淮南》，皆説理者也；屈、宋則述情者也；《左》、《國》、馬、班以下諸史，則叙事者也。經於理、情、事三者，無不備焉，蓋子、史之源也。如子之説理者本於《易》，述情者本於《詩》；史之叙事者，本於《尚書》、《春秋》、三《禮》。此

其大凡也。集於理、情、事三者，亦無不備焉，則子、史之委也。自鄙夫小生，以膚辭淺説，附諸大雅之林，於是四部之書，惟此一類爲雜。苟欲翦刈巵言，别裁僞體，使不明其範圍所在，何由振雅而祛邪哉？大抵集中，如論辨、序跋、詔令、奏議、書説、贈序、箴銘，皆毗於説理者；詞賦、詩歌、哀祭，則毗於述情者；傳狀、碑誌、典志、叙記、雜記、贊頌，則毗於叙事者。必也質而不俚，詳而不蕪，深而不晦，瑣而不褻，庶幾盡子史之長，而爲六經羽翼。驟觀之，其義若狹；實按之，乃所以爲廣耳。

綱領

文學之綱領，以義法爲首。此二字出於《史記・十二諸侯年表序》，所謂「孔子明王道，干七十餘君，莫能用，故西觀周室，論史記舊聞，興於魯，而次《春秋》，上記隱，下至哀公之獲麟，約其文辭，治其煩重，以制義法，王道備，人事浹」是也。夫「王道備、人事浹」，有義以主之也；若「約其文辭、治其煩重」，則有法以裁之也。故孔子曰：「其義則丘竊取之矣。」（《孟子・離婁》）而范武子寧論《春秋》云：「一字之褒，榮於華衮之贈；片言之貶，辱過市朝之撻。」（《穀梁傳序》）韓退之亦云：「《春秋》嚴謹。」（《進學解》）夫褒貶嚴謹，非所謂法歟？《孔子世家》所以云「筆則筆，削則削」，而游夏「不能贊一辭」也。其後方望溪用力於《春秋》者深，故獨喻此旨。其論文遂揭此二

字以示人。且評司馬氏此篇云：「《春秋》之制義法，自太史公發之，而後之深於文者亦具焉。必義以爲經，而法緯之，然後爲成體之文。」其論精且切矣。吾友行唐尚節之秉和《古文講授談》云：「近世古文，自方望溪始講義法，而此二字出於太史公《十二諸侯年表序》。此篇說《春秋》，實即說《史記》也。《春秋》之刺、譏、褒、諱、挹、損，不可以書見，故制義法，約其文辭，治其繁重，口授其傳指於七十子之徒。而《史記》之忌諱尤甚。忌諱甚而又不能不有所刺譏，刺譏不可以書見也，故義愈微而詞常隱。自後人不明此旨，而淮陰、淮南諸人遂真同叛逆矣。他若語褒而意譏、責備而心痛其人者，更微妙而難識。太史公蓋預傷之，故說《春秋》以寓《史記》義法也。」觀此又可見古人文章，其爲義有隱顯之不同；而其法亦極變化難測，特終歸於有條不紊耳。要之，此意諸經已言之，如《易·家人卦》大象曰「言有物」，《艮》六五又曰「言有序」。「物」即義也，「序」即法也。《書·畢命》曰：「辭尚體要。」「要」即義也，「體」即法也。《詩·正月》篇曰：「有倫有脊。」「脊」即義也，「倫」即法也。《禮記·表記》曰：「情欲信，辭欲巧。」「信」即義也，「巧」即法也。左氏襄二十五年《傳》曰：「言以足志，文以足言。」「志」即義也，「文」即法也。夫「離婁之明，公輸子之巧，不以規矩，不能成方圓；師曠之聰，不以六律，不能正五音」。使爲文而不講義法，則雖千言立就，而散漫無紀，曷足貴哉！

顧世之爲文章者，固不能必其義之精當，然而未敢倡言排之；獨於所謂法者，或逞其才氣，

或詡爲性靈，輒思叛而去之以爲快。就其中持之有故、言之成理者，莫如寧都魏氏禧，其《答計甫草書》云：「今之文士，奉古人之法度，猶賢有司奉朝廷律令，循循縮縮，守之而不敢違。今夫石所以量物，衡所以稱物；天下有日（觸）〔蝕〕星變，山崩水湧，衡之所不能稱，石之所不能量者矣。是故春生、夏長、秋殺、冬藏者，天地之法度也；哀、樂、喜、怒中其節，聖人之法度也。然且春夏之間，草木有忽枯槁，秋冬有忽萌芽。子之武城，聞弦歌之聲，笑曰：『割鷄焉用牛刀？』遇舊館人之喪而出涕。是有過乎喜與哀者矣。蓋天地之生殺，聖人之哀樂，當其元氣所鼓動，性情所發，亦間有其不能自主之時；然世不以病天地、聖人，而益以見其大。文章亦然。古人法度，猶工師規矩不可叛也；而興會所至，感慨、悲憤、愉樂之激發，得意疾書，浩然自快其志，此一時也，雖勸以爵禄不肯移，懼以斧鉞不肯止，又安有左氏、司馬遷、班固、韓、柳、歐陽、蘇在其意中哉！至傳志之文，則非法度必不工，此猶兵家之律，御衆分數之法，不可分寸恣意而出之；生動變化，則存乎其人之神明，蓋亦法中之肆焉者出也。」此論不可謂無見，然所謂得意疾書者，正神來氣來之候，此種酣嬉淋灕境況，古人恒有之，雖未嘗兢兢然求合於法，而卒未有與法背馳者。且彼謂傳誌之非有法不能工，固矣；曾亦思議論之文，亦非有命意，有布局，不可以成篇。況後生入門，多不能爲傳誌，所能爲者論説而已。若遽導之以自快其意，豈必喻立論之精微？勢將簡者失之晦，而不能條暢以伸所見；繁者失之冗，而不能的當以明所宗。其爲弊有不

可勝言者。

夫文之有法，猶室之有户也。誰能出不由户，而爲文顧可無法哉？昔者揚子雲有言：「女惡丹青之亂窈窕也，書惡淫辭之淈法度也。」(《法言・吾子》)韓退之作《柳子厚墓誌銘》云：「衡湘以南爲進士者，皆以子厚爲師，其經承子厚口講指畫爲文辭者，皆有法度可觀。」《唐書・文藝傳》云：「韓愈、柳宗元、李翱、皇甫湜等，法度森嚴。」《宋史・歐陽修傳》云：「修之爲文，豐約中度。」唐荆川《董中峰侍郎文集序》云：「漢以前之文未嘗無法，而未嘗有法，法寓於無法之中，故其爲法也，密而不可窺。唐與近代之文，不能無法，而能毫釐不失乎法，以有法爲法，故其爲法也，嚴而不可犯。密則疑於無所謂法，嚴則疑於有法而可窺。然而文之必有法，出乎自然而不可易者，則不異也。且夫不能有法，而何以議於無法？有人焉，見夫漢以前之文，疑於無法，而以爲果無法也，於是率然而出之，决裂以爲體，餖飣以爲詞，盡去自古以來開闔、首尾、經緯、錯綜之法，而别爲一種臃腫、佶澀、浮蕩之文，以爲秦與漢之文如是，然乎？否也。」長洲汪堯峰琬《答陳靄公書》云：「大家之有法，猶弈師之有譜，曲工之有節，匠氏之有繩度，不可不講求而自得者也。後之作者，唯其知字而不知句，知句而不知篇，於是有開而無闔，有呼而無應，有前後而無操縱頓挫，不散則亂，譬如驅烏合之市人，而思制勝於天下，其不立敗者幾希。古人之於文也，揚之欲其高，斂之欲其深，推而遠之欲其雄且駿。其高也如垂天之雲，其深也如行地之泉，其雄且駿也，如

波濤之汹湧，如萬騎千乘之奔馳；而及其變化離合，一歸於自然也，又如神龍之蜿蜒而不露其首尾，蓋凡開闔、呼應、操縱、頓挫之法，無不備焉。則今之所傳唐宋諸大家，舉如此也。前明二百七十餘年，其文嘗屢變矣，而中間最卓卓知名者，亦無不學於古人而得之。」惜抱先生《與張阮林書》云：「文章之事，能運其法者才也，而極其才者法也。古人文有一定之法，有無定之法。有定者，所以爲嚴整也；無定者，所以爲縱横變化也。二者相濟而不相妨。故善用法者，非以窘吾才，乃所以達吾才也。夫思之深、功之至者，必其能見古人縱横變化所以爲嚴整之理。思深功至而見之矣；而操筆而使吾手與吾所見之相副，尚非一日事也。」凡此諸說，皆發明法不可廢之理。大抵古人之文，愈奇變不可測，愈有法以經緯其間。試觀《莊子》内七篇，其詞至俶詭，太史公所謂「洸洋自恣以適己」者也(《老莊申韓列傳》)。而黄山谷乃稱其「法度甚嚴」，意正如此。

雖然，不善用法，或反爲所拘。拘則迫，迫則葸，葸則氣餒，氣餒則筆呆蹇而不活，其病亦鉅。是以歸震川評《史記》云：「他人文字亦好，但如一個人面目具完，只無生氣。」劉海峰《論文偶記》云：「古人文章可告人者惟法耳。然不得其神，徒守其法，則死法而已。」惜抱先生《答翁學士書》云：「鼐聞今天下之善射者，其法曰『平肩臂，正脰，腰以上直，腰以下反句磬折，支左詘右。其釋矢也，身如槁木。苟非是，不可以射。』師弟子相授受，皆若此而已。及至索倫蒙古人之射，遠貫

深而命中，世之射者常不逮也。然則，射非有定法亦明矣。夫道有是非，而技有美惡。詩文皆技也。技之精者必近道。故詩文美者，命意必善。文字者，猶人之言語也。有氣以充之，則觀其文也，雖百世而後，如立其人而與言於此；無氣則積字焉而已。意與氣相御而爲辭，然後有聲音、節奏、高下、抗墜之度，反復、進退之態，采色之華。故聲色之美，因乎意與氣而時變者也，是安得有定法哉！」凡此諸説，則又所以防不善用法而反以窘其才者之弊，正可與魏説參觀。昔太史公言：「非好學深思，心知其意，固難爲淺見寡聞道也。」（《史記·五帝本紀贊》）苟心知其意，則魏説未始不足取。非然者即導以方氏之説，而彼亦汲汲焉以法度爲急，終不過形存而君形者亡，與木偶無異。是故善學者聞古人之説，必相悦以解；若不善學，雖師友窮日夜之力，旁徵曲喻，而只如扶醉人，持左則傾右，持右則傾左，如此而欲相與賞奇析疑，其可得乎？

且夫義法雖文學家所最重，而實不足以盡文章之妙。是以惜抱先生《與陳碩士書》云：「得其書謂震川論文深處，望溪尚未見，此論甚是。望溪所得，在國朝諸賢爲最深，較之古人則淺。其閲太史公書，似精神不能包括其大處、遠處、疏澹處及華麗非常處。止以義法論文，則得其一端而已。」而作《古文辭類纂序》，遂云：「凡文之體類十三，而所以爲文者八，曰神、理、氣、味、格、律、聲、色。神、理、氣、味者，文之精也；格、律、聲、色者，文之粗也。然苟舍其粗，則精者亦胡以寓焉？學者之於古人，必始而遇其粗，中而遇其精，終則御其精者而遺其粗者。」又《與陳碩士

書》云：「夫文章之事，所以爲美之道非一端，命意、立格、行氣、遣辭，理充於中，聲振於外，數者一有不足，則文病矣。作者每意專於所求，而遺於所忽，故雖有志於學，而卒無以大過乎凡衆。故必用功勤而用心精密，兼收古人之具美，融合於胸中，無所凝滯，則下筆時自無得此遺彼之病也。」方植之東樹《昭昧詹言》云：「詩文以氣脈爲上。氣，所以行也；脈，絹章法而隱焉者也。章法，形骸也，脈所以細束形骸者也。章法在外可見，脈不可見。氣脈之精妙是爲神。」曾文正公《答許仙屏書》云：「來示詢及古文之法，僕本無所解，近更荒淺，不復厝意。古文者，韓退之氏厭棄魏晉六朝駢驪之文，而反之於六經兩漢，從而名焉者也。名號雖殊，而其積字而爲句，積句而爲段，而爲篇，則天下之凡名爲文者一也。國藩以爲欲著字之古，宜研究《爾雅》、《説文》小學訓詁之書，故嘗好觀近人王氏、段氏之説；欲造句之古，宜仿效《漢書》、《文選》，而後可砭俗而裁僞；欲分段之古，宜熟讀班、馬、韓、歐之作，審其行氣之短長、自然之節奏；欲謀篇之古，則群經諸子以至近世名家，莫不各有匠心，以成章法，如人之有股體，室之有結構，衣之有要領。大抵以力去陳言、戛戛獨造爲始事，以聲調鏗鏘、包藴不盡爲終事。僕學無師承，冥行臆斷，所辛苦而僅得之者，如是而已。」武昌張廉卿裕釗《答吴摯甫書》云：「古之論文者，曰：文以意爲主，而辭欲能副其意，氣欲能舉其辭，譬之車然，意爲之御，辭爲之載，而氣則所以行也。欲學古人之文，其始在因聲以求氣，得其氣，則意與辭往往因之而並顯，而法不外是矣。是故契其一而其餘可以緒

引也。蓋曰意、曰辭、曰氣、曰法，之數者，非判然自爲一事；常乘乎其機，而緄同以凝於一，惟其妙之一出於自然而已。自然者，無意於是，而莫不備至，動皆中乎其節，而莫或知其然，日星之布列、山川之流峙是也。寧惟日星山川？凡天地之間之物之生而成文者，皆未嘗有見其營度而位置之者也，而莫不蔚然以炳，而秩然以從。夫文之至者，亦若是焉而已。觀者因其既成而求之，而後有某者某者之可言耳。夫作者之亡也久矣，而吾欲求至乎其域，則務通乎其微。以其無意爲之，而莫不至也，故必諷誦之深且久，使吾必與古人訢合於無間，然後能深契自然之妙，而究極其能事。若夫專以沉思力索爲事者，固時亦可以得意；然與夫心凝形釋、冥合於言議之表者，則或有間矣。」故姚氏暨諸家「因聲求氣」之説，爲不可易也。學者合觀之，庶幾於文學綱領，十得八九矣。

門　類

欲學文章，必先辨門類。門者，其綱也；類者，其目也。總集古以《文選》爲美備。故王厚齋應麟《困學紀聞》云：「李善精於《文選》，爲注解因以講授，謂之『文選學』。少陵有詩云：『續兒誦《文選》。』又訓其子云：『熟精《文選》理。』蓋『選學』自成家。」陸放翁《老學庵筆記》亦云：「宋初此書盛行，士爲之語曰：『《文選》爛，秀才半。』然其中録文既繁，分類復瑣。」蘇子瞻題之云：

「恨其編次無法，去取失當。」亦不可謂盡誣。蓋文有名異而實同者，此種只當括而歸之一類中，如騷、七、難、對、問、設論、辭之類，皆詞賦也；表、上書、彈事，皆奏議也；箋、啓、奏記、書，皆書牘也；詔、册、令、教、檄、移，皆詔令也；序及諸史論贊，皆序跋也；頌、贊、符命，同出褒揚；誄、哀、祭、弔，并歸傷悼。此等昭明皆一一分之，徒亂學者之耳目。自是以後，或有以時代分者，或有以家數分者，或有以作用分者，或有以文法分者，衆説紛紜，莫衷一是。自惜抱先生《古文辭類纂》出，辨别體裁，視前人乃更精審。其分類凡十有三：曰論辨，曰序跋，曰奏議，曰書説，曰贈序，曰詔令，曰傳狀，曰碑誌，曰雜記，曰箴銘，曰贊頌，曰詞賦，曰哀祭。舉凡名異實同與名同實異者，罔不考而論之。分合而入之際，獨釐然當於人心。乾隆、嘉慶以來，號稱善本，良有以也。上元梅伯言曾亮約之，有《古文辭略》之選，而增詩歌類。曾文正公又選《經史百家雜鈔》，其分門有三。著述門凡三類：曰著述，曰詞賦，曰序跋；告語門凡四類：曰詔令，曰奏議，曰書牘，曰哀祭；記載門凡四類：曰傳誌，曰叙記，曰典志，曰雜記。其異於姚氏三端：如分類外更揭出三門，此所以示學者最爲明白；至於雜記類外更益以典志、叙記兩類，此則姚氏非不知之，第以其例既不選經史，則其他著作能合於此兩類者寥寥，故括之於雜記類，而不别出兩類之目耳；若夫併贈序於序跋，附箴、銘、贊、頌於詞賦，此則姚氏之意，特以贈序與序跋，箴、銘、贊、頌與詞賦，其用本不同而然，但文正或併或附，亦猶姚氏之以對策合於奏議，檄、移之合於詔令，夫亦何爲不

可！惟梅氏以詩歌入古文辭中，意在得文學之大全，然止録古體而無今體，與其合之而仍不備，誠不若别選之爲愈矣。今就姚氏所分十三類，詳論於後。

論辨類者，劉彦和勰《文心雕龍·論説》篇云：「聖哲彝訓曰經，述經叙理曰論。論者，倫也。倫理無爽，則聖意不墜。昔仲尼微言，門人追記，故仰其經目，稱爲《論語》。蓋群論立名，始於兹矣。」又云：「論也者，彌綸群言，而研精一理者也。是以莊周《齊物》，以論爲名；不韋《春秋》，六論昭列。」姚氏亦云：「蓋原於古之諸子，各以所學著書詔後世。孔、孟之道與文至矣。自老、莊以降，道有是非，文有工拙。」綜兹兩説，可以知所由來。其曰辨者，字本作辯，《説文》：「辯，治也，從言，在辡之間。」故他傳注或曰「明也」，或曰「分也」，或曰「别也」。曾氏云：「諸子曰篇、曰訓、曰覽，古文家曰論、曰辨、曰議、曰説、曰解、曰原，皆是。」惟《伯夷頌》姚氏亦入此類，蓋以其名異實同，且未用韻，與諸家之頌不同也。

序跋類者，《經典釋文》云：「序，次也。又與叙通。叙，亦次也。蓋次作者之指而道之也。」姚氏云：「昔前聖作《易》，孔子爲作《繫辭》、《説卦》、《文言》、《序卦》、《雜卦》之《傳》，以推論本原，廣大其義。《詩》、《書》皆有序，而《儀禮》篇後有記，皆儒者所爲。其餘諸子，或自序其意，或弟子作之，《莊子·天下》篇、《荀子》末篇是也。」據此則古人之序，多綴於末。《詩》、《書》序舊别爲一卷，附本書以行；其冠之每篇首，特後所移耳。太史公自序、《漢書叙傳》亦綴於末，惟諸表

序冠於首。班氏作《兩都賦》，前爲之序，左太冲《三都賦》因之，而鄭氏《詩譜》亦以序居前，此其濫觴歟？至乞人作序，起於太冲爲賦成，自以名不甚著，求序於皇甫謐，由是後人文集莫不皆然；甚有兩序或三四序者，顧亭林《日知録》深譏其非體。自有前序，乃謂綴末者爲後序，亦謂之跋尾，或謂之書後。跋，《説文》：「蹎，跋也。從足，犮聲。」《爾雅·釋言》：「躐也。」《漢書》注：「躡也。」蓋本從足取義，引申之，凡處後皆曰跋。此類之原，曾氏廣以《禮記》之《冠義》、《昏義》，而謂「後世曰序、曰跋、曰引、曰題、曰讀、曰傳、曰注、曰箋、曰疏、曰説、曰解，皆是」。

奏議類者，其異名尤多。姚氏云：「唐、虞、三代聖賢陳説其君之辭，《尚書》具之矣。周衰，列國臣子爲國謀者，誼忠而辭美，皆本《謨》、《誥》之遺。漢以來有表、奏、疏、議、上書、封事之異名，其實一類，惟對策體少别。」曾氏亦云：「凡後世曰書、曰疏、曰議、曰奏、曰表、曰劄子、曰封事、曰彈章、曰牋、曰對策，皆是。」而《文心雕龍》言之尤詳。《章表》篇云：七國言事，「皆稱上書。秦初定制，改書曰奏。漢定四品：一曰章，二曰奏，三曰表，四曰議。章以謝恩，奏以按劾，表以陳請，議以執異。章者，明也。表者，標也。」《奏啓》篇云：「奏者，進也。言敷於下，情進於上也。自漢以來，奏事者或稱上疏。」「啓者，開也。孝景諱啓，故兩漢無稱。至魏國箋記，始云『啓聞』。奏事之末，或云『謹啓』。自晉盛啓，用兼表奏，陳政言事，既奏之異條；讓爵謝恩，亦表之别幹。自漢置八儀，密奏陰陽，皁囊封板，故曰封事。晁錯受書，還上便宜」，「多附封事，慎機密也。」《議

對》篇云：「議之言宜，審事宜也。昔管仲稱軒轅有明臺之議，其來遠矣。」漢立駁議。「駁者，雜也。雜議不純，故云駁也。」「又對策者，應詔而陳政也；射策者，探事而獻説也。言中理準，譬射侯中的。二名雖殊，即議之別體也。」案唐以後有狀，宋以後有劄子，近世有題本，有奏本，有附片。其名之異，亦以義各有主焉耳。

書説類者，姚氏云：「昔周公之告召公，有《君奭》之篇。春秋之世，列國士大夫或面相告語，或爲書相遺，其義一也。」曾氏謂「凡後世曰書、曰啓、曰移、曰牘、曰簡、曰刀筆、曰帖，皆是」。《文心雕龍·書記》篇云：「書者，舒也。舒布其言，陳之簡牘。戰國以前，君臣同書。秦漢始有表奏，王公國内，亦稱奏書。迄至後漢，稍有名品：公府奏記，而郡將奏牋。記之言志，進己志也；牋者，表也，表識其情也。」曾氏名此類曰書牘，而姚氏則曰：「書，説也。」蓋因其中多載戰國游士説異國之君之辭而然。至説之爲言，《文心雕龍·論説》篇云：「説者，悦也。兑爲口舌，故言資悦懌；過悦心僞，故舜驚讒説。」得其旨矣。

贈序類者，姚氏云：「《老子》曰：『君子贈人以言。』顔淵、子路之相違，則以言相贈處；梁王觴諸侯於范臺，魯君擇言而進，所以致忠愛、陳忠告之誼也。唐初贈人始以序名，作者亦衆。至於昌黎乃得古人之意，其文冠絶前後作者。蘇明允之考名序，故蘇氏諱序，或曰引，或曰説。」而遷安鄭東甫杲語永樸云：「《詩·崧高》『吉甫作頌，其詩孔碩，其風肆好，以贈申伯。』即贈序之權

興。」富陽夏伯定震武亦云：「《燕燕序》『莊姜送歸妾』，《謂陽》『我送舅氏』，皆有贈言之義。」據此可知其來遠矣。至歐陽《鄭荀改名序》，明允《仲兄文甫説》、《名二子説》，歸震川《張雄字説》、《二子字説》，此則因《儀禮・士冠禮》有字辭，且既冠而字之，以見於鄉大夫、鄉先生，又各有訓戒，觀《國語・晉語》載欒武子、范文子、韓獻子之告趙文子即其證，亦不可謂無本。惟明時壽序盛行，其弊或入於諂諛，有道君子多恥爲之。方望溪及曾氏咸有斯論，而兩家集中終不能免。然則，擇人而作，且所稱無溢於實，庶乎可也。

詔令類者，姚氏云：「原於《尚書》之《誓》、《誥》。而檄、令皆諭下之辭，亦當附入。」曾氏謂「凡後世曰誥、曰詔、曰諭、曰令、曰教、曰敕、曰璽書、曰檄、曰策命，皆是」。而《文心雕龍》言之尤詳。《詔策》篇云：「昔軒轅、唐、虞，同稱曰命。其在三代，事兼誥、誓，誓以訓戒，誥以敷政，命喻自天，故授官錫胤。降及七國，並稱曰令。令者，使也。秦并天下，改命曰制。」漢初「命有四品：一曰策書，二曰制書，三曰詔書，四曰戒敕。敕戒州部，詔誥百官，制施赦命，策封王侯。策者，簡也；制者，裁也；詔者，告也；敕者，正也」。又云：「戒者，慎也。君父至尊，在三罔極。漢高祖之敕太子，東方朔之戒子，亦顧命之作也。教者，效也，言出而民效也。故王侯稱教。」《檄移》篇云：檄之稱自七國始。「檄者，皦也。皦然明白也。或稱露布，播諸視聽也。」「移者，易也。移風易俗，令往而民隨者也。」蓋劉氏判詔策、檄移爲二，而以教、戒附於詔策；姚氏則合檄、令於詔

中；至曾氏悉貫爲一條，尤完密矣。

傳狀類者，劉子玄知幾《史通・六家》篇云：「傳者，傳也，所以傳示來世。」《補注》篇云：「傳者，轉也，轉授於無窮。」此傳之意也。《文心雕龍・書記》篇云：「狀者，貌也。體貌本原，取其事實。」此狀之義也。曾氏云：「經則《堯典》、《舜典》，史則本紀、世家、列傳，皆紀載之公者也。後世記人之私者，曰家傳、曰行狀，曰事略，曰年譜，皆是。」但彼合傳、誌爲一，故更數及墓表、墓誌銘、神道碑。姚氏分而出之，引劉海峰之言曰：「古之爲達官、名人傳者，史官職之；文士作傳，凡爲圬者、種樹之流而已。其人既稍顯，即不當爲之傳；爲之行狀，上史氏而已。」案《日知録》云：「列傳始於太史公，蓋史體也。不當作史之職，無爲人立傳者。梁任昉《文章緣起》言傳始於東方朔作《非有先生傳》，是以寓言而謂之傳。《韓文公集》傳三篇，《柳子厚集》傳六篇，皆微者與遊戲之作，比於稗官；若段太尉則曰逸事狀，而不曰傳。」方望溪《答喬介夫書》亦云：「家傳非古也，必阨窮隱約，國史所不列，文章之士，乃私録而傳之。獨宋范文正公、范蜀公（鎮）有家傳，而爲之者，張唐英、司馬温公耳。此兩人故非文家，於文律或未審；若八家則無爲達官私立傳者。」此兩説實海峰所本。至傳末評語，其名諸家不同。據《史通・論贊》篇云：「《左傳》發論，假君子以稱之，二《傳》云公羊子、穀梁子，《史記》云太史公，班固曰贊，荀悦曰論，《東觀》曰序，謝承曰詮，陳壽曰評，王隱曰議，何法盛曰述，揚雄曰譔，劉昺曰奏，袁宏、裴子野自顯姓名，皇甫謐、葛洪

列其所號，而史官通稱史臣。其名萬殊，其歸一揆，必取便於時者，則總歸論贊焉。」此雖論史，其可以資文家之取裁乎。

碑誌類者，《文心雕龍·誄碑》篇云：「碑者，埤也。上古帝皇紀號封禪，樹石埤岳，故曰碑也。又宗廟有碑，樹之兩楹，事止麗牲，未勒勳績。而庸器漸缺，故後代用碑，以石代金，同乎不朽。自廟徂墳，猶封墓也。」姚氏云：「其體本於《詩》，歌頌功德，其用施於金石。周之時有石鼓刻文；秦刻石於巡狩所經過；漢人作碑文，又加以序。序之體蓋秦刻瑯琊具之矣。茅順甫（坤字）譏韓文公碑序異史遷，此非知言。金石之文，自與史家異體，如文公作文，豈必以效司馬氏爲工耶？誌者，識也，或立石墓上，或埋之壙中，古人皆曰誌。爲之銘者，所以識之之辭也。然恐人觀之不詳，故又爲序。世或以石立墓上曰碑、曰表，埋乃曰誌，及分誌、銘二之，獨呼前序曰誌者，皆失其義，蓋自歐陽公不能辨矣。」又《與陳碩士書》云：「墓表自與神道碑同類，與埋銘異類。神道碑有銘，似墓表用銘亦可通，然非體之正也。吾謂文章體制，當準理決之；不得以前賢有此，便執爲是，如贈序中用『不具某頓首』，與書同，此顔魯公真卿《送蔡明遠序》體也，直當斷以爲不是耳，安可法之耶？」又評韓公《殿中少監馬君墓誌銘》云：「古者書旌柩前，即謂之銘，故不必有韻之文始可稱銘。」案：《禮記·檀弓》云：「銘，明旌也。以死者爲不可别已，故以其旗識之，愛之斯録之矣，敬之斯盡道焉耳。」《祭統》云：「夫鼎有銘。銘者，自名也。自名以稱揚其先祖之

美，而明著之後世者也。」又云：「銘者，論撰其先祖之有德善、功烈、勳勞、慶賞、聲名，列於天下，而酌之祭器，自成其名焉，以祀其先祖者也。」左氏襄二十九年《傳》云：「夫銘，天子令德，諸侯言時計功，大夫稱伐。」據此則銘之義至廣，凡樹之山岳，勒之宗廟，無論爲金爲石，有韻無韻，皆可稱之，不獨揭之墓道與埋諸幽室也。姚說固非無稽。餘姚黄太冲（宗羲）《金石要例》云：「墓誌而無銘者，蓋叙事即銘也。所謂誌銘者，道一篇而言之，非以叙事屬誌，韻語屬銘。猶作賦者末有『重曰』『亂曰』，總之是賦，不可謂重是重、亂是亂也。」又云：「柳州《葬令》曰：『凡五品以上爲碑，龜趺螭首；降五品爲碣，方趺圓首。』此碑碣之分。凡言碑者，即神道碑也。後世則碣亦謂之碑矣。」又云：「今制：三品以上神道碑，四品以下墓表。銘藏於幽室，碑、表施於墓上。雖名不同，其實一也。故墓表之書子姓與有銘，不可謂非。」先薑塢府君《援鶉堂筆記》云：「誌止是立石爲辭以誌之，銘即誌耳。故或稱誌銘，或稱銘誌。劉顯卒，友人劉之遴啓皇太子爲之銘誌，今《梁書》載其詞。觀前人石刻，有『有序』二字，以目其散文，《文選》謝朓《和伏武昌詩》，善注引徐冕《伏曼容墓誌序》云云是也。若後無韻語，則即散文亦可謂之誌，唐宋諸公集皆有之。歐公論《尹師魯墓誌銘》云：『誌言云云，銘言云云』，是以誌銘分爲二，以序獨爲誌，蓋是誤也。」兩家之論，皆惜翁所本。

雜記類者，姚氏云：「亦碑文之屬。碑主於稱頌功德，記則所紀大小事殊，取義各異，故有作

記序與銘詩全用碑文體者，又有爲紀事而不以刻石者。」曾氏云：「如《禮記・投壺》、《深衣》、《内則》、《少儀》，《周禮》之《考工記》皆是。」後世修造宫室有記，遊覽山水有記，以及記器物、記瑣事皆是。

箴銘類者，姚氏云：「三代以來有其體矣。聖賢所以自戒警之義，其辭尤質而意尤深。」案：箴如軒轅《輿》、《几》之箴（《皇王大紀》），辛甲之「命百官官箴王闕」（左氏襄四年傳）。銘如湯之《盤銘》（《禮記・大學》），武王《户》、《席》諸銘（《大戴禮・武王踐阼》），皆其原也。

頌贊類者，姚氏云：「亦《詩・頌》之流，而不必施之金石者也。」《文心雕龍・頌讚》篇云：「頌者，容也，所以美盛德而述形容也。」「讚者，明也，助也。昔虞舜之祀，樂正重讚，（《大傳尚書》）蓋唱發之辭。及益讚於禹（《書・大禹謨》）、伊陟贊於巫咸（《史記・封禪書》），並颺言以明事，嗟嘆以助辭也。」

詞賦類者，《漢書・藝文志》云：「《傳》曰：『不歌而誦謂之賦。登高能賦，可以爲大夫。』言感物造耑（注：耑，古端字），材知深美，可與圖事，故可以爲列大夫也。古者諸侯卿大夫交接鄰國，以微言相感，當揖讓之時，必稱詩以諭其志，蓋以别賢不肖而觀盛衰焉。故孔子曰：『不學《詩》，無以言』也。春秋之後，周道寖壞，聘問歌詠，不行於列國，學詩之士，逸在布衣，而賢人失志之賦作矣。」《兩都賦序》云：「賦者，古詩之流也。」《文心雕龍・詮賦》篇云：「詩有六義，其二

曰賦，賦者，鋪也。鋪采摛文，體物寫志也。」賦與詩體雖異，「總其歸塗，實相枝幹。賦也者，受命於詩人，拓宇於楚辭也。」姚氏云：「賦者，風雅之變體也，楚人最工爲之，蓋非獨屈子而已。余嘗謂《漁父》及楚人以弋説襄王、宋玉對王問遺行，皆設辭無事實，皆詞賦類耳。太史公、劉子政不辨，而以事載之，蓋非是。詞賦固當有韻，然古人亦有無韻者，以義在託諷，亦謂之賦耳。」綜諸説觀之，然則賦之發源在於詩，無可疑者。至其異名，曾氏云：「後世曰賦、曰辭、曰騷、曰七、曰設論、曰符命、曰歌，皆是。」蓋得其實。

哀祭類者，姚氏云：「《詩》有《頌》，《風》有《黄鳥》、《二子乘舟》，皆其原也。」曾氏更廣以《書》之《武成》、《金縢》祝辭，《左傳》荀偃、趙簡子祝辭，而謂「後世曰祭文、曰弔文、曰哀辭、曰誄、曰告祭、曰祝文、曰願文、曰招魂，皆是」。《文心雕龍·誄碑》篇云：周時「大夫之材，臨喪能誄。誄者，累也，累其德行，旌之不朽也」。《哀弔》篇云：「哀者，依也。悲實依心」，「以辭遣哀，蓋不泪之悼。」「弔者，至也。君子令終定謚，事極理哀。故賓之慰主，以至到爲言也。」觀其所論，可知三者當歸一類。劉氏以誄合碑，又别出哀弔，豈非矛盾耶？

若夫典志之名，《爾雅·釋詁》、《書·傳》并云：「典，常也。」《儀禮》注：「典，常也，法也。」《説文》：「典，五帝之書也。從册在丌上，尊閣之也。」莊都説：「典，大册也。」志與識通，記也。詩歌之名，《詩》孔《疏》云：「詩有三訓：承也，志也，持也，作者承君政之善惡，述己志而作詩，所

以持人之行，使不失墜也。」《禮記・樂記》：「歌，詠其聲也。」《詩・傳》：「曲合樂曰歌。」合而觀之，亦可以知兩類發生之所由。

至記叙類，其義易明，兹不贅釋。

功效

昔陸士衡（機）《文賦》云：「伊兹文之爲用，固衆理之所因。恢萬里而無閡，通億載而爲津。俯貽則於來葉，仰觀象乎古人。濟文武於將墜，宣風聲於不泯。塗無遠而不彌，理無微而弗綸。配霑潤於雲雨，象變化乎鬼神。被金石而德廣，流管弦而日新。」此總論其功效也。使爲文而無功效可言，雖雕琢其辭，與《禮記・曲禮》所謂「鸚鵡能言，不離飛鳥；猩猩能言，不離禽獸」者何以異？與歐陽子《送徐無黨南歸序》所謂「草木榮華之飄風，禽獸好音之過耳」者又何以異？兹更即其彰明較著者分而論之，蓋大端有六：

一曰論學。學也者，本己之所得，以救之世所失者也。韓退之《進學解》云：「觝排異端，攘斥佛老。補苴罅漏，張皇幽渺。尋墜緒之茫茫，獨旁搜而遠紹。障百川而東之，回狂瀾於既倒。」張子《語録》云：「爲天地立心，爲生民立命，爲往聖繼絶學，爲萬世開太平。」意正指此。但文章不工，雖有此志此學，何由宣其所見，以覺當世而詔來兹？故程子讀張子《西銘》，以爲「無子厚

筆力發不出」。黄東發震《日鈔》云：「朱子爲文，其天才卓絶，學力宏肆，落筆成章，殆於天造。其剖析性理之精微，則日精月明；其窮詰邪説之隱遁，則神搜霆擊；其感慨忠義，發明《離騷》，則苦雨淒風之變態；其泛應人事，遊戲翰墨，則行雲流水之自然。」太倉陸桴亭世儀《思辨録》云：「古文須少年時及早爲之。王陽明守仁未遇湛甘泉若水講道時，先與同輩學作詩文。故講道之後，其往來論學書及奏疏，皆明白透快，吐言成章，動合古文體格，雖識見之高，學力之到，然其得力，未始不在平日一番簡鍊揣摩也。」據此可見文章發揮道妙，其功效之見於論學者，固當首及之矣。

二曰匡時。古人以《禹貢》行河；以《洪範》察變；以《春秋》斷獄，或以之出使；以《甫刑》校律令條法；以《三百五篇》當諫書；以《周官》致太平；以《禮》爲服制，以興教化。聖賢經典，無不與政治有關。是以爲文章者，必有陳古風今之思，本其心之沉鬱，而達以筆之委婉，乃可以動人，可以救世。顧亭林《日知録》云：「舜曰：『詩言志。』此詩之本也。《王制》：『命太師陳詩以觀民風。』此詩之用也。《荀子》論《小雅》曰：『疾今之政以思往者，其言有文焉，其聲有哀焉。』此詩之情也。故詩者，王者之迹也。」唐白居易《與元微之書》曰：「年齒漸長，閲事漸多，每與人言，多詢時務；每讀書史，多求理道。始知文章合爲時而著，歌詩合爲事而作。」又自叙其詩關於美刺者謂之諷諭詩，自比於梁鴻《五噫》之作。而謂好其詩者鄧魴、唐衢俱死，「吾與足下又困躓。

豈六義、四始之風，天將破壞不可支持耶？ 又不知天意不欲使下人病苦聞於上耶？」嗟乎，可謂知立言之旨者矣。 案《杜工部集》中，如《北征》、《自京赴奉先詠懷》、「三吏」、「三别」、前後《出塞》、《兵車行》、《悲陳陶》、《悲青坂》、《哀江頭》、《哀王孫》諸篇，其閔時憤俗之懷，沈鬱悲壯，往往足以繼變風變雅，故當時號爲「詩史」。 蘇東坡亦評其詩云：「古今詩人衆矣，而杜子美爲首。豈非以其流落饑寒，終身不用，而一飯未嘗忘君也歟？」然則，因所遭之時，或頌其美，或刺其失；當王澤寖衰，猶思匡而正之，追而復之，近救一時，遠垂萬世，斯又文章之功效也。

三曰紀事。 夫立乎千百世之後，而追溯千百世以前，其爲時也遠矣。 乃舉凡賢君相之豐功駿業，名儒之至德要道，莫不可以窮源竟委，歷歷言之，非有高文爲之叙述，何以臻此？ 昔韓退之《答崔立之斯立書》，自言「將耕於寬閑之野，釣於寂寞之濱，求國家之遺事，考賢人哲士之所終始，作唐之一經，垂之於無窮，誅奸諛於既死，發潛德之幽光」。 雖《答劉秀才論史書》有「僕雖騃，亦粗知自愛，實不敢率爾爲之」之語，而柳子厚遺之書云：「若退之如此，則唐之史述，卒無可託。明天子、賢宰相得史才如此，而又不果，甚可痛哉！」此可見其文不高，不能爲史；即爲之，亦必不能令人傳習而膾炙之也。 是以退之進《撰平淮西碑文表》，歷陳二《典》、《禹貢》、《盤庚》、五《誥》、《玄鳥》、《長發》、《清廟》、《臣工》、大小二《雅》，以爲「皆由辭事相稱，善並美具，乃號以爲經，從始至今，莫敢指斥；向使撰次不得其人，文字曖昧，雖有美實，其誰觀之？」李習之《答皇甫

緹書》云：「僕以爲西漢十一帝，高祖起布衣，定天下，豁達大度，東漢所不及；其餘惟文、宣二帝爲優。自惠、景以下，亦不皆明於東漢明、章二帝；而前漢事迹灼然傳在人口者，以司馬遷、班固叙述高簡之功，故學者悦而習焉，其讀之詳也。足下讀范曄《漢書》、陳壽《三國誌》、王隱《晉書》生熟，何如左丘明、司馬遷、班固之温習哉？故温習者事迹彰，而罕讀者事迹晦。讀之疏數，在詞之高下，理必然也。」歐陽永叔跋《唐田布碑》云：「今有道史漢時事，其人偉然甚著，而市兒俚嫗，猶能道之；自魏晉以下，不爲無人，而其顯赫不及於前者，無左丘明、司馬遷之筆以起其文也。」曾子固《寄歐陽舍人書》，又謂「非畜道德而能文章者，不可以作銘」，且申之云：「人之行，有情善而迹非，有意奸而外淑，有善惡相懸而不可以實指，有實大於名，有名侈於實，猶之用人，非畜道德者惡能辨之不惑、議之不狥？不惑不狥，則公且是矣。而其辭之不工，則世猶不傳，於是又在其文章兼勝焉。故曰：『非畜道德而能文章者，無以爲也』，豈非然哉！」虞道園集《跋張方先生傳後》云（案：方字未詳）：「史臣書事，惟戰功、文學、治術則易書，隱君子之爲德則難言也。太史公書《伯夷傳》，載許由之冢；《東漢書・黄叔度傳》，其文雖不及於司馬氏，而能使後世擬叔度爲顔子，而人信而不疑，亦文章之難事乎！」嗚呼！歐陽公有言：盛衰生死之際不足道，「惟爲善者能有後，而託於文字者可以無窮。」（《河南府司録張君墓表》）然則使古今事業磊磊軒天地者不致沉没，斯又文章之功效也。

四曰達情。昔人云：未免有情，誰能遣此？情之在人，正所以靈於萬物者也。《詩·七月·毛傳》云：「春女悲，秋士悲，感其物化也。」《文心雕龍·物色》篇云：「春秋代序，陰陽慘舒，物色之動，心亦搖焉。蓋陽氣萌而元駒步，陰律凝而丹鳥羞。（元駒、丹鳥，並見《夏小正》。元駒，蟻也；丹鳥，螢也。）微蟲猶或入感，四時之動物深矣。若夫珪璋挺其惠心，英華秀其清氣，物色相召，人誰獲安！是以獻歲發春，悅豫之情暢；滔滔孟夏，鬱陶之心凝；天高氣清，陰沈之志遠；霰雪無垠，矜肅之慮深。歲有其物，物有其容；情以物遷，辭以情發。一葉猶且迎意，蟲聲有足引心，況清風與明月同夜，白日與春林共朝哉！」鍾仲偉（嶸）《詩品》云：「春風春鳥，秋月秋蟬，夏雲暑雨，冬日祁寒，斯四候之感諸詠者也。嘉會寄詩以親，離群託詩以怨。至於楚臣去境，漢妾辭宮。或骨横朔野，魂逐飛蓬；或負戈從戎，殺氣雄邊。塞客衣單，孀閨淚盡。或士有解佩出朝，一去忘返；女有揚娥入寵，再盼傾國。凡斯種種，感蕩心靈，非陳詩何以展其義，非長歌何以騁其情？故曰：《詩》『可以群，可以怨』。」由此觀之，古人性情，未有不見於文字者，故《文賦》云：「思涉樂其必笑，方言哀而已嘆。」退之《送孟東野序》云：「其歌也有思，其哭也有懷。」然此猶言情之在一己者耳。若夫由己及人，而使彼此之間，洞然無閡，如漢文帝之《與南越王趙佗書》、光武之《與竇融書》，皆以一紙定邊陲，力量視十萬勁兵，有過之無不及。唐德宗《興元大赦詔》，感人之捷亦然。而歷代詞令施於鄰國者，可類推矣。然則情之所及，無論近遠，放之皆準，

感而遂通，斯又文章之功效也。

五曰觀人。《禮記·樂記》云：「寬而静、柔而正者，宜歌《頌》；廣大而静、疏達而信者，宜歌《大雅》；恭儉而好禮者，宜歌《小雅》；正直而静、廉而謙者，宜歌《風》；肆直而慈愛者，宜歌《商》；温良而能斷者，宜歌《齊》。」魏文帝《典論》云：「夫人善於自見；而文非一體，鮮能備善。」惜抱先生《與陳碩士書》云：「作詩者，苟天才與其體性不近，不必强之。大抵其才馳騁而炫耀者，宜七言；深婉而澹遠者，宜五言。雖不可盡以此論拘，而大概似之矣。」據此，則人之性情、才氣、志操、學業，固各有所宜。惟然，故觀其文可以知其人也。昔孔子言：「始吾與人也，聽其言而信其行；今吾與人也，聽其言而觀其行。」（《公冶》）又曰：「論篤是與，君子者乎？色莊者乎？」（《先進》）又曰：「不以言舉人。」（《衛靈》）此特就苟以欺人於一時者言之耳。若其平生所著，則心術隱微，必有流露於字裏行間而不能掩者。試觀子厚謂「慷慨自爲正直，行行如退之」（《與韓愈論史書》），故退之之文，莫不奇崛；而如《祭鄭夫人文》、《祭十二郎文》、《韓滂墓誌銘》、《女挐壙銘》，乃至性纏綿，讀之令人涕下，故李習之又謂其「孝友慈祥」（《外姑韋夫人墓誌》）。蘇子由轍謂歐陽公「議論宏辨，容貌秀偉」（《上樞密韓太尉書》），故永叔之文，莫不深婉；而如與范司諫仲淹、高司諫若訥兩書，乃凛然有不可犯之色，故王介甫又謂其「果敢之氣，剛正之節，至晚而不衰」（《祭歐陽文忠公文》）。虞道園《跋歐曾二公帖》云：「歐陽公著書，所以資僚友之考訂

者，謙至而周悉；曾公家書，所以告語其嫂者，忠愛而敦篤。所謂盛代之德人、文學之師表也。學者因翰墨而想象其詞氣，因詞氣而涵泳其德業，所得不既多乎？」此正見文章可以得人之真相與其全量也。不然，何以《書》言「敷奏以言」（《堯典》）、《禮》言「或以言揚」（《文王世子》）哉？是以《日知録》云：「末世人情彌巧，文而不慚，固有朝賦《采薇》之篇，而夕有捧檄之喜者，苟以其言取之，則車載魯連、斗量王蠋矣。曰：是不然，世有知言者出焉，則其人之真僞，即以其言辨之，而卒莫能逃。《黍離》之大夫，始而『摇摇』，中而『如噎』，既而『如醉』，無可奈何而付之蒼天者，真也。汨羅之宗臣，言之重，詞之複，心煩意亂，而其詞不能以次者，真也。栗里之徵士，澹然若忘於世，而感憤之懷，有時不能自止，而微見其情者，真也。其汲汲然自表暴而爲言者，僞也。」方望溪《與劉言潔書》云：「道之不聞，而其言傳，自古及今，未有一得者也。身則無是，而强爲聞道之言，則其出也，不能如其心；而其傳也，人能知其僞。」夫人藏其心，不可測度也；然而觀其所言，即可以知其所藴，斯又文章之功效也。

六曰博物。夫博物之書，莫如《爾雅》。今觀所述，不外《詩》、《書》、《禮》、《樂》四端，蓋皆宇宙之大文也。自兹而降，莫如屈、宋、揚、馬之詞賦。是以《文心雕龍·物色》篇云：「詩人感物，聯類不窮；流連萬象之際，沈吟視聽之區。寫氣圖貌，既隨物以宛轉；屬采附聲，亦與心而徘徊。故『灼灼』狀桃花之鮮，『依依』盡楊柳之貌，『杲杲』爲出日之容，『瀌瀌』擬雨雪之狀，『喈喈』

逐黄鳥之聲，『喓喓』學草蟲之韻。『皎日』『嘒星』，一言窮理；『參差』『沃若』，兩字窮形。並以少總多，情貌無遺矣。雖復思經千載，將何易奪？及《離騷》代興，觸類而長，物貌難盡，故重沓舒狀，於是『嵯峨』之類聚，『葳蕤』之群積矣。及長卿之徒，詭勢瓌聲，模山範水，字必魚貫，所謂詩人麗則而約言，辭人麗淫而繁句也。」又云：「山林皋壤，實文思之奥府。屈平所以能洞鑒風騷之情者，抑亦江山之助乎！」及韓退之出，乃更以詩賦所長，入於散體文中，是以《上兵部李侍郎書》云：「凡自唐、虞以來，編簡所存，大之爲河海，高之爲山嶽，明之爲日月，幽之爲鬼神，纖之爲珠璣華實，變之爲雷霆風雨，奇辭奥旨，靡不通曉。」至《送高閑上人序》云：「往時張旭善草書，不治他伎，喜怒、窘窮、憂悲、愉快、怨恨、思慕、酣醉、無聊、不平，有動於心，必於草書焉發之；觀於物，見山水、崖谷、鳥獸、蟲魚、草木之花實、日月、列星、風雨、水火、雷霆、霹靂、歌舞、戰斗，天地事物之變，可喜可愕，一寓於書。」此雖論草書，而行文之妙，亦猶是矣。柳子厚《愚溪詩序》云：「余雖不合於俗，亦頗以文墨自慰。漱滌萬物，牢籠百態，而無所避之。」歐陽公《六一詩話》載梅聖俞論詩云：「必狀難寫之景，如在目前；含不盡之意，見於言外。」因引嚴維詩「柳塘春意漫，花塢夕陽遲」，以爲「天容時態，融和駘蕩，豈不如在目前乎？又若温庭筠『鷄聲茅店月，人迹板橋霜』，賈島『怪禽啼曠野，落日恐行人』，則道路辛苦，羈愁旅思，豈不見於言外乎？」蘇子瞻評詩人寫物云：「『桑之未落，其葉沃若』，他木殆不可以當此。林逋《梅花》詩云：『疏影横斜水輕淺，暗

香浮動月黄昏。』決非桃李詩。皮日休《白蓮花》詩云：『無情有恨何人見，月曉風清欲墮時。』決非紅蓮詩。此乃寫物之工。若石曼卿（延年）《紅梅》詩云：『認桃無緑葉，辨杏有青枝。』至陋語，蓋村學中體也。」又書參寥（僧道潛）論杜詩云：「老杜詩『楚江巫峽半雲雨，清簟疏簾看奕棋』，此句可畫。但恐畫不就爾。」葉少藴（夢得）《石林詩話》云：「老杜『細雨魚兒出，微風燕子斜』，此十字殆無一字虚設。細雨著水面爲漚，魚常上浮而淰；若大雨則伏而不出。燕體輕弱，風猛則不能勝；惟微風乃受以爲勢。至『穿花蛺蝶深深見，點水蜻蜓款款飛』，『深深』字若無『穿』字，『款款』字若無『點』字，皆無以見，其精微如此。」自文學家有此境，於是賦物之工，誠如《文賦》所謂「籠天地於形内，挫萬物於筆端」者，斯又文章之功效也。

以上所陳六者，皆彰明較著之大端。自今以往，世局日新，人事日多，而所以助文章而生其波瀾意態者日廣，則其功效必日著，是在有志兹學者擴而充之、神而明之耳。

文學研究法卷二

運會

《文心雕龍·時序》篇云：「昔在陶唐，德盛化鈞，野老吐『何力』之談，郊童含『不識』之歌。有虞繼作，政阜民暇，『薰風』詩於元後，『爛雲』歌於列臣。盡其美者何？乃心樂而聲泰也。至大禹敷土，『九序』詠功；成湯聖敬，『猗歟』作頌。逮姬文之德盛，《周南》勤而不怨；太王之化淳，《豳風》樂而不淫。幽、厲昏而《板》《蕩》怒，平王微而《黍離》哀。故知歌謠文理，與世推移，風動於上，而波震於下也。春秋以後，角戰英雄，六經泥蟠，百家飇駭。方是時也，韓、魏力政，燕、趙任權；五蠹六蝨，嚴於秦令；唯齊、楚兩國，頗有文學，齊開莊衢之地，楚廣蘭臺之宮，孟軻賓館，荀卿宰邑；故稷下扇其清風，蘭陵郁其茂俗，鄒子衍以談天飛譽，騶奭以雕龍馳響，屈平聯藻於日月，宋玉交彩於風雲。觀其艷說，則籠罩雅頌，故知煒燁之奇意，出乎縱橫之詭俗也。爰至有漢，運接燔書，高祖尚武，戲儒簡學。雖禮律草創，《詩》《書》未遑；然《大風》、《鴻鵠》之歌，亦

天縱之英作也。施及孝惠，迄於文、景，經術頗興，而辭人勿用，賈誼抑而鄒、枚沉鄒陽、枚乘，亦可知已。逮孝武崇儒，潤色鴻業，禮樂爭輝，辭藻競鶩：柏梁展朝讌之詩，金堤制恤民之詠，徵枚乘以蒲輪，申主父偃以鼎食，擢公孫弘之對策，嘆倪寬之擬奏，買臣朱氏負薪而衣錦，相如滌器而被繡；於是史遷、壽王吾丘氏之徒，嚴安、終軍、枚皋乘子之屬，應對固無方，篇章亦不匱，遺風餘采，莫與比盛。越昭及宣，實繼武績，馳騁石渠，暇豫文會，集雕篆之逸材，發綺縠之高喻，於是王褒之倫，底禄待詔。自元暨成，降意圖籍，美玉屑之譚，清金馬之路，子云銳思於千首，子政讎校於六藝，亦已美矣。爰自漢室，迄至成、哀，雖世漸百齡，辭人九變，而大抵所歸，祖述《楚辭》，靈均《離騷》：「名余曰正則兮，字余曰靈均。」餘影，於是乎在。自哀、平陵替，光武中興，深懷圖讖，頗略文華。然杜篤獻誄以免刑，班彪參奏以補令，雖非旁求，亦不遐棄。及明、章疊耀，崇愛儒術，肄禮璧堂，講文虎觀。孟堅珥筆於國史，賈逵給札於瑞頌，東平憲王蒼擅其懿文，沛王獻王輔振其通論，帝則藩儀，輝光相照矣。自安、和已下，迄至順、桓，則有班固、傅毅、三崔駰、瑗、實、王延壽、馬融、張衡、蔡邕，磊落鴻儒，才不時乏，而文章之選，存而不論。然中興之後，群才稍改前轍，華實所附，斟酌經辭，蓋歷政講聚，故漸靡儒風者也。降及靈帝，時好辭制，造皇羲之書，開鴻都之賦；而樂松之徒，招集淺陋，故楊賜號爲驩兜，蔡邕比之俳優，其餘風遺文，蓋蔑如也。自獻帝播遷，文學蓬轉，建安之末，區宇方輯。魏武以相王之尊，雅愛詩章；文帝以副君之重，妙善辭賦；陳思以公子之豪，

下筆琳琅。並體貌英逸，故俊士雲蒸。仲宣（王粲字）質於漢南，孔璋（陳琳字）歸命於河北，偉長從宦於青土，公幹（劉楨字）徇質於海隅，德璉（應瑒字）綜其斐然之思，元瑜（阮瑀字）展其翩翩之樂，文蔚（路粹字）、休伯（繁欽字）之儔，于叔（邯鄲淳字）、德祖（楊修字）之侶，傲雅觴豆之前，雍容衽席之上，灑筆以成酣歌，和墨以資談笑。觀其時文，雅好慷慨，良由世積亂離，風衰俗怨，並志深而筆長，故梗概而多氣也。至明帝纂戎，制詩度曲，徵篇章之士，置崇文之觀，何（晏）、劉（劭）群才，迭相照耀。少主相仍，唯高貴（高貴鄉公髦）英雅，顧盼含章，動言成論。於時正始（魏主芳年號）餘風，篇體輕澹，而嵇（康）、阮（籍）、應（璩）、繆（襲），並馳文路矣。逮晉宣始基，景、文克構，並跡沈儒雅，而務深方術。至武帝維新，承平受命，而膠序篇章，弗簡皇慮。降及懷、愍，綴旒而已。然晉雖不文，人才實盛，茂先（張華字）搖筆而散珠，太沖（左思字）動墨而橫錦，岳（潘氏）、湛（夏侯氏）曜聯璧之華，機、雲（並陸氏）標二俊之采，應（貞）、傅（咸）、三張（載、協、亢）之徒，孫（綽）、摯（虞）、成公（綏）之屬，並結藻清英，流韻綺靡。前史以爲運涉季世，人未盡才，誠哉斯談，可爲嘆息。元皇中興，披文建學，劉（隗）、刁（協）禮吏而寵榮，景純（郭璞字）文敏而優擢。逮明帝秉哲，雅好文會，升儲御極，孳孳講藝，練情於誥策，振采於辭賦；庾（亮）以筆才逾親，温（嶠）以文思益厚，揄揚風流，亦彼時之漢武也。及成、康促齡，穆哀短祚，簡文勃興，淵乎清峻，微言精理，函滿元席，澹思濃采，時灑文囿。至孝武不嗣，安、恭已矣；其文史則有袁（宏）、殷（仲文）之曹，孫（盛）干（寶）之輩，雖才或淺深，珪璋足用。自中朝貴玄，江左稱盛，因談餘氣，流成文體。是以世極迍邅，而辭意夷泰，詩必柱下

《法輪經》：老子在周武王時爲柱下史。之旨歸，賦乃漆園《史記·莊子傳》：「周嘗爲蒙漆園吏。」之義疏。故知文變染乎世情，廢興繫乎時序，原始以要終，雖百世可知也。自宋武愛文，文帝彬雅，秉文之德；孝武多才，英采雲構。自明帝以下，文理替矣。爾其縉紳之林，霞蔚而飆起；王僧達、袁淑聯宗以龍章，顏延之、謝靈運重葉以鳳采；何遜、范雲、張邵、沈約之徒，亦不可勝數也。」案所論於晉宋以前文學興廢，已得其概；惟末於齊語焉不詳，豈有所諱而然歟！兹故弗録，而撮鈔諸史續之。

蓋《文苑傳》起於《後漢書》而無序。《三國誌》無文苑傳。《晉書·文苑》、《南史·文學》兩傳序亦略。據《北史·文苑傳序》云：「永明南齊武帝年號、天監梁武帝年號之際，太和魏孝武帝年號、天保北齊文宣帝年號之間，洛陽江左，文雅尤盛。江左宮商發越，貴於清綺；河朔詞義貞剛，重乎氣質。氣質則理勝其詞，清綺則文過其意。理深者便於時用，文華者宜於詠歌。此南北詞人得失之大較也。梁自大同武帝年號之後，雅道淪缺，漸乖典則，爭馳新巧。簡文、湘東，啓其淫放，徐陵、庾信，分路揚鑣。其意淺而繁，其文匿而彩，詞尚輕險，情多哀思，格以延陵之聽，蓋亦亡國之音也。隋文初統萬幾，每念斵雕爲樸，發號施令，咸去浮華。然時俗詞藻，猶多淫麗，故憲臺執法，屢飛霜簡。煬帝初習藝文，有非輕側；暨乎即位，一變其體。《與越公書》、《建東都詔》、《冬至受朝》詩及《擬飲馬長城窟》，並存雅體，歸於典則，雖意在驕淫，而詞無浮蕩，故當時綴文之士，遂得依而

取正焉，所謂能言者未必能行，蓋亦君子不以人廢言也。」《唐書・文藝傳序》云：「唐有天下三百年，文章無慮三變：高祖、太祖，大難初夷，沿江左餘風，絺章繪句，揣合低昂，故王勃、楊炯爲之伯。玄宗好經術，群臣稍厭雕琢，索理致，崇雅黜浮，氣益雄渾，則燕張説、許蘇頲擅其宗。是時唐興已百年，諸儒爭自名家，大曆代宗年號、貞元德宗年號間，美才輩出，擩嚌道真，涵泳聖涯，於是韓愈倡之，柳宗元、李翺、皇甫湜等和之，排逐百家，法度森嚴，抵轢晉、魏，上軋漢、周，唐之文章，完然爲一王法，此其極也。若侍從酬奉，則李嶠、宋之問、沈佺期、王維；制册則常袞、楊炎、陸贄、權德輿、王仲舒、李德裕；言詩則杜甫、李白、元稹、白居易、劉禹錫；譎怪則李賀、杜牧、李商隱，皆卓然以所長爲一世冠，其可尚矣。」《五代史》無文苑傳。《宋史・文苑傳序》云：「藝祖革命，首用文吏，而奪武臣之權，宋之尚文，端本乎此。太宗、真宗在藩邸，已有好學之名；及其即位，彌文日增，自時厥後，子孫相承，上之爲人君者，無不典學；下之爲人臣者，自宰相以至令録，無不擢科，海內文士，彬彬輩出焉。國初楊億、劉筠，猶襲唐人聲律之體；柳開、穆修，志欲變古而力弗逮；廬陵歐陽修出，以古文倡，臨川王安石、眉山蘇軾、南豐曾鞏起而和之，宋文日趨於古矣。南渡文氣不及東都，豈不足以觀世變歟！」《遼史・文學傳序》云：「遼起松漠，太祖以兵經略方內，禮文之事，固所未遑。及太宗入汴，取晉圖書禮器而北，然後制度漸以修舉。至景、聖景宗賢，聖宗隆緒間，則科目聿興，士有由下僚擢陞侍從，駸駸崇儒之美；但其風氣剛勁，三面鄰敵，歲時以蒐

獮爲務，而典章文物，視古猶闕。」《金史·文藝傳序》云：「金初未有文字。世祖以來漸立條教。太祖既興，得遼舊人用之，使介往復，其言已文。太宗繼統，乃行選舉之法；及伐宋，取汴經籍圖書，宋士多歸之。熙宗款謁先聖，北面如弟子禮。世宗、章宗之世，儒風丕變，庠序日盛，士由科第位至宰輔者接踵。當時儒者雖無專門名家之學，然而朝廷典策，鄰國書命，粲然可觀。金用武得國，無以異於遼；而一代制作，能自樹立唐宋之間，非遼世所及。」《元史》無文苑傳，特附於《儒學傳》中。大抵自南宋而文學已衰，其時，文惟朱子及吕成公祖謙，詩則陳簡齋與義、曾茶山幾、陸放翁、楊誠齋萬里爲之最。其後，金則元遺山，元則劉靜修因、虞文靖集、揭文安傒斯、楊仲弘載、范德機梈、吴立夫萊、黄文獻溍、柳道傳貫，皆有名於時，而開明初風氣。故《明史·文苑傳序》云：「明初文學之士，承元季虞、柳、黄、吴之後，師友講貫，學有本原，宋濂、王禕、方孝孺以文雄，高啓、楊維楨、張以寧、徐一夔、劉基、袁凱以詩著。其他勝代遺逸，風流標映，不可指數，蓋蔚然稱盛。永、宣永樂，太宗年號；宣德，宣宗年號以還，作者遞興，皆冲融演迤，不事鉤棘，而氣體漸弱。弘、正弘治，孝宗年號；正德，武宗年號之間，李東陽出入宋元，溯流唐代，擅聲館閣；而李夢陽、何景明倡言復古，文自西京、詩自中唐而下，一切吐棄，操觚談藝之士，翕然宗之，明之詩文，於斯一變。迨嘉靖世宗年號時，王慎中、唐順之輩，文宗歐、曾，詩倣初唐；李攀龍、王世貞輩，文主秦漢，詩規盛唐。王、李之持論，大率與夢陽、景明相倡和也。歸有光頗後出，以司馬、歐陽自命，力排李、何、王、

李；而徐渭、湯顯祖、袁宏道、鍾惺之屬，亦各爭鳴一時，於是宗李、何、王、李者稍衰。至啓、禎天啓，熹宗年號；崇禎，懷宗年號時，錢謙益、艾南英準北宋之矩矱，張溥、陳子龍擷東漢之芳華，又一變矣。」此皆前史所載之可考而知者。至於清室二百七十餘年之間，人才亦不少。古文則有侯方域、魏禧、汪琬、姜宸英、方苞、劉大櫆、姚鼐、管同、梅曾亮、惲敬、張惠言、曾國藩、張裕釗、吳汝綸；駢文則有胡天游、邵齊燾、孔廣森、洪亮吉；詩則有龔鼎孳、吳偉業、王士禛、施閏章、宋琬、朱彝尊、趙執信、查慎行，而大櫆及鼐之詩亦最勝，其末造有莫友芝、鄭珍。此其大略也。

今綜而觀之，雖歷代英才，應運而出，然元、明、清文學遜於宋，宋遜於唐，唐遜於周、秦、兩漢，豈不能不爲時代所限歟！昔朱子讀《唐志》，謂「自孟子没，天下之士，不求知道養德以充其内，而文章遂無實。東京以後，訖於隋、唐，愈下愈衰。韓愈氏出，始追六藝而作《原道》諸篇。然讀其書，出於諂諛戲豫放浪者自不少。若夫所原之道，則徒能言其大體，而未見有探討服行之效。故其論古人，直以屈原、孟軻、馬遷、相如、揚雄爲一等，而不及董、賈；其論當世之弊，但以『詞不已出』，遂有神徂聖伏之嘆。則師生傳受，未免裂道與文以爲兩物。自是以來，又數百年，而後有歐陽子，其病亦同。」唐荆川《與茅鹿門書》亦謂「作文必洗滌心源，然後有真精神。即以詩論：陶彭澤未嘗較聲律、雕句文，但信手寫出，便是宇宙間第一等好詩，何則？其本色高也。自有詩以來，其較聲律、雕句文、用心最苦而立説最嚴者，無如沈約，苦却一生精力，使人讀其詩，祗

見其綑縛齷齪滿卷累牘，竟不曾道出一兩句好話，何則？ 其本色卑也。本色卑，文不能工也，而況非其本色者哉！」兩家所論，實洞於古今文章升降之由，非率爾操觚者所能窺見。

雖然，荆川謂休文不及淵明是矣； 而朱子之譏韓、歐，則未免已甚。何以言之？ 昌黎遊戲之文本不多，其有之，亦別寓深意，固與道術無妨。蘇子瞻《答楊康功》詩云：「退之仙人也，遊戲於斯文。」可謂深知文章之趣。至干乞乃少年事，觀《上賈滑州書》云：「愈年二十有三。」《上崔虞部書》云：「愈今二十有六矣。」《上宰相書》云：「今有人生二十有八年矣。」即其明證。其後德成行尊，則不屑爲之。故《答李習之書》云：「僕在京城八九年，無所取資，日求於人，以度時月。當時行之不覺也，今而思之，如痛定之人，思當痛之時，不知何能自處也。今年已加長矣，復驅之使就其故地，是亦難矣。」若夫《答崔立之書》以孟子與諸家併言，特即文章一端論之耳。其於道術，《原道》固云：「軻之死，不得其傳焉。」《讀荀子》又云：「孟氏醇乎醇者也。荀與揚，大醇而小疵。」未嘗以爲一等。董、賈雖《集》中未言及，而李南紀作《昌黎集序》云：「秦漢以前其氣渾然。迨乎司馬遷、相如、董生、揚雄、劉向之徒，尤所謂傑然者也。」柳子厚《與楊京兆憑書》又有「明如賈誼」之語，是師友講論之際，必及二子可知。況「辭必己出」本《禮記・曲禮》「毋剿說，毋雷同」而來，尤足爲文家鍼砭，而何譏焉？ 是以程子嘗推韓公爲豪傑之士。黃東發《日鈔》云：「臨川王氏爲詩譏昌黎曰：『紛紛易盡百年身，舉世無人識道真。力去陳言誇末俗，可憐

無補費精神。』夫世更八代，異端肆行，昌黎始出而正之，以六經之文爲諸儒倡，論者謂功不在孟子下，今譏其『無補』，不足服昌黎也。且王氏亦不過費精神以從事文墨，正欲學昌黎而未至者，奈何身自爲之，而反以譏人耶！晦庵先生校昌黎文，乃取此詩附於後，殊所未曉。」曾文正公《答劉孟容書》：「朱子譏韓、歐裂道與文爲二物，而歐公《送徐無黨序》，亦以修之於身、施之於事、見之於言分爲三等，其意深慕立德之徒，而以功與言爲不足貴。朱子豈忘此說，奚病之若是哉？」

案蘇子由《歐陽公神道碑》云：「自魏晉以來，歷南北，文弊極矣，雖唐貞觀、開元之盛，卒不能振。惟韓退之一變復古，闕其頹波。東注之海，遂復西漢之舊。其後五代相承，天下不知所以爲文，及公之文出，乃復無愧於古。嗚呼！千數百年，文章廢而復興，惟得二人焉，夫豈偶然哉？」方望溪《贈方文輈序》云：「文章之傳，代降而卑，以爲古必不可復者，惑也。百物伎巧，至後世而益精，竭心焉以求其善耳。然則道德文術之所以衰者，其故可知矣。周時人無不達於文，見於傳者，隸卒厮輿，亦能雍容辭令。蘇秦既遂，代、厲始脱市籍，馳説諸侯，而文辭之雄，後世之宿學不能逮也。蓋三代盛時，無人而不知學，雖農工商賈，其少也固嘗與於塾師里門之教矣。至秀民之能爲士者，則聚之庠序學校，授以《詩》、《書》六藝，使究切於三才萬物之理，而漸摩於師友者，常數十年，故深者能自得其性命，而飈流餘焰之發於文辭者亦充實光輝，而非後世所能及也。

漢之文，終武帝之世而衰，雖有能者，氣象薾然，蓋周人遺學老師宿儒之所傳，至是而掃地盡矣。自是以降，古文之學，每數百年而一興，唐宋所傳諸家是也。漢之東，宋之南，其學者專爲訓詁，故義理明而文章則不能兼勝焉。而其尤衰則在有明之世。蓋唐宋之學者，雖逐於詩賦論策之末，然所取尚博，故一旦去爲古文，而力猶可藉也；明之世一於五經、四子之書，其號則正矣，而人占一經，自少而壯，英華果鋭之氣，皆蔽於時文，而後用其餘以涉於古，則其不能自樹立也宜矣。由是觀之，文章之盛衰，一視乎上之所以教，下之所以學，各有由然，而非以時代爲升降也。夫自周之衰以至唐，學蕪而道塞，近千歲矣。及昌黎韓子出，遂以掩迹秦漢，而繼武於周人，其務學屬文之方，具於其書者，可按驗也。然則今之人苟能學韓子之學，安在不能爲韓子之文哉？」竊謂兩家所論較爲持平。

派　別

唐、虞、三代，人居一官，世修其業，譬如宫商之相應，水火之相資，初無彼此怨怒不相通曉之事。道術之裂，其在東周以後乎？然其時雖諸子各自標異，而文章猶未嘗以流派名也。文學之裂，其在東漢以後乎？魏文帝《典論》云：「文人相輕，自古已然。傅毅之於班固，伯仲之間耳；而固小之，與弟超書曰：『武仲以能屬文爲蘭臺令史，下筆不能自休。』」蓋門户之爭，由此起矣。

自後駢儷之文日盛。及唐韓昌黎出，乃復於古，而古文辭之名立。又唐多詩人，能文者較少，於是詩與文爲二派。文之中，古文與駢文復爲二派。考當時諸派中巨子，猶未有判若鴻溝之意，故洪景盧邁《容齋隨筆》云：「王勃等四子之文，皆精切有本原，其用駢儷作記、序、碑、碣，蓋一時體格如此，而後來頗議之。杜詩云：『王楊盧駱當時體，輕薄爲文哂未休。爾曹身與名俱滅，不廢江河萬古流。』正謂此耳。『身名俱滅』以責輕薄子；『江河萬古』指四子也。」韓公《滕王閣記》云：「江南多游觀之美，而滕王閣獨爲第一，及得三王所爲《序》、《賦》、《記》等，壯其文詞。」又云：「中丞命爲《記》，竊喜載名其上，詞列三王之次，有榮耀焉。」（三王者，勃作《序》，緒作《賦》，仲舒前爲從事，作《記》，今爲中丞。）則韓之所以推勃者，亦爲不淺矣。今案白樂天詩與退之有難易之不同，而作《老戒》詩云：「我有白頭戒，聞於韓侍郎。」李義山於文第長於駢體，而稱韓公《平淮西碑》，乃以二《典》與《清廟》、《生民》詩爲比。古人不以己之所能，愧人之不能；以己之不能，忌人之能，其宅心寬厚，爲何如哉！派之别由末流而生，實根於黨同伐異之見。夫人之精力有限，勢不能兼衆美。故杜子美之文掩於詩，曾子固之詩掩於文。昔宋邵博《聞見後録》云：「李習之與韓退之、孟東野善。習之於文，退之所敬也；退之與東野唱酬傾一時，習之獨無詩，退之不議也。尹師魯洙與歐陽永叔、梅聖俞善。師魯於文，永叔所敬也；永叔與聖俞唱酬傾一時，師魯獨無詩，永叔不議也。」葉少藴《石林詩話》云：「李翱、皇甫湜，皆退之高弟，而不傳其詩。不應散

亡無存者，計或非所長，故不作耳。以非所長而不作，賢於世之不能而强爲之者也。」顧亭林《日知録》云：「古人之會君臣朋友，不必人人作詩。人各有能有不能，不作詩，何害？」惜抱先生與先大父石甫府君諱瑩書云：「大抵古文深入難於詩，故古今作者少於詩人。然亦有能文不能詩者，此亦自由天分耳。」諸家所言，蓋有見於此。然不兼爲之，可也；或主之，或奴之，則不可也。

吾嘗論有韻之文與無韻之文之發生，必有韻之文居乎先。觀堯之戒、舜之歌可見。若《典》、《謨》不盡用韻，乃出夏之史臣，蓋在其後。《日知録》云：「古人之文，化工也，自然而合於音，則雖無韻之文，而往往有韻。苟不其然，則雖有韻之文，而時亦不用韻，終不以韻害意也。《三百篇》之詩，有韻之文也，乃一章之中，有二三句不用韻者，如『瞻彼洛矣，維水泱泱』之類是矣；一篇之中有全章不用韻者，如《思齊》之四章、五章，《召旻》之四章是矣；又有全篇無韻者，《周頌》《清廟》、《維天之命》、《昊天有成命》、《時邁》、《武》諸篇是矣。說者以爲當有餘聲。然以餘聲相協，而不入正文，此則所謂『不以韻而害意』者也。孔子贊《易》十篇，其《彖》、《象》傳、《雜卦》五篇用韻，然其中無韻者，亦十之一；《文言》、《繫辭》、《說卦》、《序卦》五篇不用韻，然亦間有一二，如『鼓之以雷霆，潤之以風雨；日月運行，一寒一暑；乾道成男，坤道成女。』『君子知微知彰，知柔知剛，萬夫之望。』此所謂『化工之文，自然而合』者，固未嘗有心於用韻也。《尚書》之體本不用韻，而《大禹謨》『帝德廣運，乃聖乃神，乃武乃文』以下，《伊訓》『聖謨洋洋，嘉言孔彰』以下，《太

誓》『我武惟揚，侵于之疆』之下，《洪範》『無偏無陂，遵王之義』以下，諸語皆用韻。又如《曲禮》『行前朱鳥而後玄武，左青龍而右白虎』以下，《禮運》『玄酒在室，醴醆在户，粢醍在堂，澄酒在下』以下，《樂記》『夫古者天地順而四時當，民有德而五穀昌』以下，《中庸》『故君子不可以不修身，思修身不可以不事親』以下，《孟子》『師行而糧食，飢者弗食，勞者弗息』以下，諸語亦然。此類秦漢諸子書並有之。太史公作贊亦時一用韻，而漢人樂府詩反有不用韻者。」據此則文之有韻無韻，皆順乎自然，詩固有韻，而文亦未必不用韻。東漢以降，乃以無韻屬之文，有韻屬之詩，判而二之，文章日衰，未始不因乎此。而況詩之造句隸事雖與文異，然如李、杜之五七言古詩，與杜公之五言長律，其中章法筆法，何嘗不與文相通？至韓、歐、蘇、王諸家本長於古文，其詩即以古文法爲之經緯。必謂詩與文兩道，何啻癡人説夢哉！

若夫偏於用奇之文與偏於用偶之文之發生，則用奇者必居乎先，觀伏羲畫卦、先《乾》後《坤》可見。但有奇即當有偶，此亦順乎自然而不可以已者。昔李申耆《駢體文鈔序論》云：「天地之道，陰陽而已，奇偶也，方圓也，皆是也。陰陽相並俱生，故奇偶不能相離，方圓必相爲用，道奇而物偶，氣奇而形偶，神奇而識偶。孔子曰：『道有變動故曰爻，爻有等故曰物，物相雜故曰文。』又曰：『分陰分陽，迭用柔剛。』故《易》六位而成章，相雜而迭用。文章之用，其盡於此乎！六經之文，班班具在。自秦迄隋，其體遞變，而文無異名。自唐以來，始有古文之目，而目六朝之文爲駢

儷，而爲其學者，亦自以爲與古文殊路。既歧奇與偶爲二，而於偶之中，又歧六朝與唐與宋爲三。夫苟第較其字句，獵其影響而已，則豈徒二焉三焉而已，以爲萬有，不同可也。夫氣有厚薄，天爲之也；學有純駁，人爲之也；體格有遷變，人與天參焉者也；義理無殊途，天與人合焉者也。得其厚薄純雜之故，則於其體格之變，可以知世焉，於其義理之無殊，可以知文焉。文之體至六代而其變盡矣，沿其流極，而泝之以至乎其源，則其所出者一也。吾甚惜夫歧奇偶而二之者之毗於陰陽也。毗陽則躁剽，毗陰則沉膇，理所必至也，於相雜迭用之旨，均無當也。」曾滌生《送周荇農序》云：「天地之數，以奇而生，以偶而成。一則生兩，兩則還歸於一，一奇一偶，互爲其用，是以無息焉。物無獨必有對。太極生兩儀，倍之爲四象，重之爲八卦，此一生兩之説也。兩之所該，分而爲三，殺而爲萬，萬則幾於息矣，物不可以終息，故還歸於一。天地絪緼，萬物化醇，男女構精，萬物化生，此兩而致於一之説也。一者陽之變，兩者陰之化，故曰一奇一偶者，天地之用也。文字之道何獨不然？六籍尚已。自漢以來，爲文者莫善於司馬遷。遷之文其積句也奇，而義必相轉，氣不孤伸，彼有偶焉者存焉。其他善者，班固則毗於用偶，韓愈則毗於用奇。蔡邕、范蔚宗以下，如潘、陸、沈、任等比者，皆師班氏者也；茅坤所稱八家，皆師韓氏者也。轉相祖述，源遠而流益分，判然若黑白之不類，於是刺議互興，尊丹者非素。而六朝隋唐以來，駢偶之文，亦已久王而將厭，宋代諸子乃承其敝，而倡爲韓氏之文，而蘇軾遂稱曰『文起八代之衰』。非直其才之足以

相勝，物窮則變，理固然也。豪傑之士，所見類不甚遠。韓氏有言：『孔子必用墨子，墨子必用孔子，不相用不足爲孔、墨。』由是言之，彼其於班氏相師而不相非，明矣。耳食者不察，遂附此而抹摋一切。又其言多根六經，頗爲知道者所取，故古文之名獨尊，而駢偶之文乃屏而不得於其列。夫適王都者，或道晉，或道齊，要於達而已。司馬遷，文家之王都也。爲駢偶之文者，進而不已，則且達於班氏而不爲韓氏所非，又不已，則王都矣。」據此，則用奇與用偶，其流異，其源同，彼此訾謷，亦屬寡味。

至於近世張文襄公《書目答問》，於古文中又析之曰「桐城派古文家」、「陽湖派古文家」、「不立宗派古文家」，尤不足據。韓退之《答劉正夫書》云：「文無難易，惟其是爾。」惜抱先生《古文辭類纂序》云：「夫文無所謂古今也，惟其當而已。」苟知其是與當，尚何派別之可言？考「桐城派」之名所由生，曾文正《歐陽生文集序》嘗言之云：「乾隆之末，桐城姚姬傳先生鼐善爲古文辭，慕效其鄉先輩方望溪侍郎之所爲，而受法於劉君大櫆及其世父編修君範。三子既通儒碩望，姚先生治其術益精，歷城周永年書昌爲之語曰：『天下之文章，其在桐城乎？』由是學者多歸向『桐城』，號『桐城派』，猶前世所稱『江西詩派』者也。」夫「江西詩派」，由唐末温飛卿庭筠、李義山，以縟麗之體，爲後進倡，迨宋楊大年億、劉子儀筠輩沿其餘波，作《西昆酬唱集》，詩家遂有「西昆體」，致伶官有「撏撦」之譏。元祐諸人矯之，蓋起於歐陽公，而盛於黄山谷。山谷弟子最著者爲

陳後山師道。及吕居仁本中作《江西詩派圖》列後山以下二十五人，以己殿於末(二十五人，據王厚齋《小學紺珠》所定，乃陳師道、饒節、汪革、江經本、潘大觀、潘大臨、祖可、李錞、楊符、王直方、謝逸、徐俯、韓駒、謝邁、善權、洪朋、林敏修、李彭、夏倪、高荷、洪芻、洪炎、晁冲之、林敏功、吕本中)，名由是起。雖末流學之者或至生硬，然山谷要不得不謂之大家，且其傳頗久，南宋陳簡齋、曾吉甫、楊誠齋皆其後勁，而茶山授陸劍南，遂爲南渡後大宗。桐城之文，末流亦失之單弱；然自方氏以來，氣體清潔，與龐雜者自不同，故《四庫全書總目》於《望溪集》稱之云：「源流極正。」大抵方、姚諸家論文諸語，無非本之前賢，固未嘗標幟以自異也，與居仁之作《圖》殊不類。當是時陽湖亦多爲古文者。據陸祁孫繼輅《七家文鈔序》云：「我朝自望溪方氏別裁諸僞體，一傳爲劉海峰，再傳爲姚惜抱。桐城一大縣耳，而有三君子接踵輝映其間，可謂盛矣。吾常謂自荆川没，此道中絶。乾隆間錢伯坰魯斯親受業於海峰之門，時時誦其師説於其友惲子居敬、張皋文惠言，二子者始盡棄其考據駢儷之學，專志以治古文。」而皋文《送魯斯序》亦云：「余學爲古辭賦，乾隆戊申示魯斯，魯斯大喜，顧而謂余：『吾嘗受古文法於桐城劉海峰先生，顧未暇以爲，子倘爲之乎？』余愧謝未能。已而余遊京師，思魯斯言，乃盡屏置曩時所習詩賦不爲，而爲古文，三年乃稍稍得之。」又《文(稾)〔稾〕自序》云：「余友王悔生灼見余《黄山賦》而善之，勸余爲古文，語余以所受於其師劉海峰者，爲之一二年，稍稍得規矩。」然則「陽湖」之古文，其源實出「桐城」，諸先輩亦

未嘗有角立門户之見也。故惜抱先生《與陳碩士書》亦稱子居爲作手。兩派合而不分，即此可見。善乎長沙王益吾先謙《續古文辭類纂序》云：「立言之道，義各有當而已。愚柔者仰企而不及，賢智者則務爲浩侈，不肯自抑其才。姚氏見之真，守之嚴，其撰述有以入乎人人之心，如規矩準繩不可逾越，乃古今天下之公言，非姚氏私言也。」宗派之説，起於鄉曲競名者之私，播於流俗之口，而淺學者據以自便，有所作弗協於軌，乃謂吾文派别焉耳。近人論文，或以「桐城」、「陽湖」離爲二派，疑誤後來，吾爲此懼。更有所謂「不立宗派之古文家」，殆不然歟！

著述

著述門之文，就姚、曾二家所定合觀之，有四類：其無韻者曰論辯；而有韻者曰詞賦，曰箴銘；至自述著作之意，或述他人所作者，曰序跋。大抵論辨、箴銘，毗於説理與事者爲多；詞賦則毗於述情者爲多；序跋兼而有之。試評於後。

論辨類莫古於《論語》、《孟子》。程子《語録》云：「孔子之言如玉然，自是温潤含蓄氣象；孟子如冰與水精，有許多光耀。」此論誠然。但《論語》中長篇，如論正名，論兵食民信，論伐顓臾，詞氣剛勁，已開《孟子》先聲。且《孟子》光明俊偉中，自有簡嚴易直者存，韓退之《進學解》稱其「吐辭爲經」，柳子厚《報袁君陳秀才避師名書》，亦與《論語》並云「皆經言」，正以此。先輩塢府君《援

鶉堂筆記》云：「莊周之文，如飛天仙人，絶世聰明語，不容第二人道得。《列子》較之便平。」又云：「《列子·周穆王》篇前路絶世之文，《列》之逸，於此篇可見。」又云：「《楊子》須得其章法簡古、句字生新處；《荀子》當得其一段洋洋灑灑、暢所欲言之致。」吳摯甫先生嘗據《史記·韓非列傳》之録《説難》一篇，謂「韓公子文當以此爲第一」。愚觀此傳又載秦王見《孤憤》、《五蠹》之書，曰：「嗟乎，寡人得見此人與之遊，死不恨矣。」《太史公自序》亦云：「韓非囚秦，《説難》、《孤憤》。」然則此數篇皆司馬氏所心折可知。唐宋八家惟退之約六經之旨以爲文，而神似《孟子》，然方望溪評《原毁》云：「管、荀、韓非之文，俳比而益古，惟退之可與抗行。自宋以後，有對語則酷似時文，以所師法者自漢唐而止也。」惜抱先生評《爭臣論》云：「其風格出於《左》、《國》，是諸子之長，實兼而有之。子厚廉悍似韓非，歐、曾曉暢似荀子，三蘇得力《戰國策》爲多。」惜翁《古文辭類纂序目》謂「子瞻間亦取之《莊子》」。又評諸策云：「筆勢多學《莊子》外篇。」而曾文公《日記》則謂「蘇公雖學《莊子》，實則恢詭處不逮遠甚」。《援鶉堂筆記》亦云：「凡文字輕利快便，多不入古，纔説仙才，便有此病。李太白詩，蘇東坡文，皆有此患。莊周亦間有之。」方植之《昭昧詹言》云：宋人流易，不及漢唐人厚重；東坡尤甚，「如所云『筆所未到氣已吞』，『高屋建瓴』，『懸河泄海』，皆其所擅場；但嫌太盡，一往無餘，故當濟以頓挫之法。頓挫之説，如所云『有往必收，無垂不縮』，『將軍欲以巧勝人，盤馬彎弓惜不發』，此惟杜詩、韓文最絶，太史公書亦如此，六經、周、秦

諸子亦如此。」蓋文章欲求深入，最忌剽滑。雖以退之之深古，而《諱辨》一篇，稍近馳騁，曾文正已謂其太快利，非韓公上乘文字，而況三蘇之文，明爽俊快。老泉尤踔厲風發，其筆力堅勁，雖能傾倒一時，然專以此種爲法，去古人渾穆高古之境，豈不遼絶哉！是以東坡晚年亦知之，《與張嘉父書》云：「凡人爲文，至老多有所悔，僕嘗悔其少作矣。」又《與王庠書》云：「僕少時好議論古人，既老涉世更變，往往悔其言之過。」而作《子由新修汝州龍興寺吴畫壁詩》亦云：「始知真放本精微，不比狂花生客慧。」然則在南海所爲《志林》十三首，雖筆勢卓犖，而意之謹慎，詞之嚴重，與平生不同，宜矣。茅鹿門云：「公於時經歷世途已久，故上下古今處，所見尤别。」方望溪評《魯隱公》篇云：「事核而理當，直達所見，不用反覆以爲波瀾，於子瞻諸論中，更覺嶢然而出其類。」又評《始皇扶蘇》篇云：「鉤深索隱，實人情物理之自然，是以可貴。」惜翁亦評《魯隱公》篇云：「此與論周東遷，皆雜引古事，錯綜成篇。而此篇尤爲奇肆飄忽，其神氣蓋近《孟子》。是不可以貌論也。」讀蘇氏論者，宜分别觀之。雖然，曾氏《經史百家雜鈔》於蘇論抉擇頗慎，而策則未録；惜翁録之乃極多者，蓋爲初學計耳。昔東坡《與姪帖》云：「凡文字，少小時須令氣象崢嶸，采色絢爛；漸老漸熟，乃造平澹。其實不是平澹，乃絢爛之極也。汝只見我而今平澹，何不取舊日應舉時文字看，高下抑揚，如龍蛇捉不住，且當學此。」據此則初入門者，於此等文固不得不加一番揣摩也。

詞賦類以屈原爲鼻祖。蓋周衰《詩》熄，屈氏因崛起於楚。自淮南子稱之云：「《國風》好色

而不淫，《小雅》怨誹而不亂，若《離騷》者可謂兼之。」太史公取此語入屈氏傳，由是藻麗之士咸師之，厥制益繁。近世張臯文《七十家賦鈔序》云：「譎而不觚，盡而不觳，肆而不衍，比物而不醜，其志潔，其物芳，其道杳冥而有常，此屈平之爲也。與《風》《雅》爲節，涣乎若翔風之運輕赮，灑乎若元泉之出乎蓬萊而往渤澥。及其徒宋玉、景差爲之，其質也華然，其文也縱而後反。雖然，其與物椎拍，宛轉泠汰，其義轂轢于物，芴芴乎古之徒也，剛志决理，輐斷以爲紀，内而不汙，表而不著，則荀卿之爲也。其原出于《禮》經，樸而飾，不斷而節。及孔臧、司馬遷爲之，章約句制，奡不可理，其辭深而旨文，確乎其不頗者也。其趣不兩，其於物無㝼，若枝葉之附其根本，則賈誼之爲也。其原出於屈平，斷以正誼，不由其曼，其氣則引費而不可執。循有樞，執有盧，頡滑而不可居，開決宦突，而與萬物都，其終也芴莫，而神明爲之橐，則司馬相如之爲也。其原出于宋玉。揚雄恢之，脅入竅出，緣督以及節，其超軼絶塵而莫之控也，其波駭石㽁，而没乎其無垠也。張衡盱盱，塊若有餘，上與造物爲友，而下不遺埃壒。雖然，其神也充，其精也苶。及王延壽、張融爲之，傑格桔撥，鈎孑菆牾，而俶佹可睹，其於宗也無蜕也。平敞通洞，博厚而中，大而無瓠，孫而無弧，指事類情，必偶其徒，則班固之爲也。其原出于相如，而要之使夷，昌之使明。及左思爲之，博而不沉，（瞻）〔贍〕而不華，連犿焉而不可止。言無端厓，傲倪以爲質，以天下爲郛廓，入其中者，眩震而謬悠之，則阮籍之爲也。其原出於莊周。雖然，其辭也悲，其韻也迫，憂患之詞也。塗澤律

切，荂蔌紛悦，則曹植之爲也。其端自宋玉，而枘其角，摧其牙，離其本，而抑其末。浮華之學者相與尸之，率以變古，曹植則可謂才士矣。揖揖乎改繩墨，易規矩，則佞之徒也。不揖於同，不獨於異，其來也首首，其往也曳曳，動静與適，而不爲固植，則陸機、潘岳之爲也。其原出於張衡、曹植，矯矯乎振時之儁也。以情爲裏，以物爲襮，鑱雕風雲，琢削支鄂，其懷永而不可忘也；坌乎其氣，煊乎其華，則謝莊、鮑照之爲也。江淹爲最賢，其原出于屈平《九歌》。其掩抑沈怨，泠泠輕輕，其縱脱浮宕，而歸太常，鮑照、江淹，其體則非也，其意則是也。逐物而不反，駘蕩而駁舛，俗者之囿而古是抗。其言滑滑，而不背乎塗奥，則庾信之爲也。其規步矱騬，則揚雄、班固之所引銜而控轡，惜乎拘于時而不能騁，然而其志達，其思哀，其體之變則窮矣。」此條於六朝前爲兹體者之得失，言之詳備。但其體之變既窮，勢不能不歸於清真古樸，是以劉彦和《文心雕龍·辨騷》篇，以屈宋爲「驚采絶艷」，而嘆「《九懷》以下，莫之能追」。洪景盧《容齋隨筆》云：「枚乘作《七發》，創意造端，麗旨腴詞，上薄騷些，蓋文章領袖，故爲可喜。其後繼之者，如傅毅《七激》、張衡《七辨》、崔駰《七依》、馬融《七廣》、曹植《七啓》、王粲《七釋》、張協《七命》之類，規倣太切，了無新意。傅玄又集之以爲《七林》，使人讀未終篇，往往棄諸幾格。柳子厚《晉問》，乃用其體，而超然别立新機杼，漢晉文士之弊，於是一洗矣。東方朔《答客難》，自是文中傑出。揚雄擬之爲《解嘲》，尚有馳騁自得之妙。至於崔駰《達旨》，班固《賓戲》，張衡《應間》，皆屋下架屋，與《七林》同。

及韓退之《進學解》出，於是一洗矣。」由是説推之，韓、柳外如歐陽子《秋聲賦》，雖曰小品，而情致未嘗不纏綿。至東坡《赤壁》兩賦，清曠夷猶，方望溪評之云：「所見無絶殊者，而文境邈不可攀。良由身閑地曠，胸無雜物，觸處流露，斟酌飽滿，不知其所以然而然。豈惟他人不能摹倣，即使子瞻更爲之，亦不能如此調適而鬯遂也。」學者參觀，庶於兹體正變，可以綜括靡遺乎！

箴銘類據曾文正《家訓》云：「凡箴以《虞箴》爲最古，乃官箴也。如韓公《五箴》，程子《四箴》，朱子各箴，范浚《心箴》之屬，皆失本義。」愚謂《詩・庭燎序》「美宣王也，因以箴之」，《國語・周語》載邵穆公言，亦有「師箴瞍賦」之語，是不特官箴，而下亦得箴其上也。至《賓之初筵》、《抑戒》二詩，雖曰「刺時」，亦兼「自警」，則箴之義廣矣。韓公以下諸箴於本義未必不合。

序跋類莫古於《易》之《十翼》，其辭至爲古茂。自《彖》、《象》兩傳外，大率孔門諸弟子所爲，觀《繫辭》稱「子曰」凡二十有四、《文言》稱「子曰」凡六可見。他若《詩・關睢序》、鄭康成《詩譜序》，氣味淵雅，亦足嗣之。後世此類分數種。有曰「讀」者，以韓、柳爲最。故曾文正評韓公讀《儀禮》、《荀子》、《墨子》、《鶡冠子》四首云：「矜慎之至，一字不苟。」方望溪評《讀荀子》云：「止如槁木。自周以後，惟太史公、韓退之有此，以所讀皆周人之書也。」又《書柳文後》云：「柳子厚文，惟讀魯論辨諸子、記柳州近治山水諸篇，縱心獨往，一無所依藉，乃信可肩隨退之，而嶢然於北宋諸家之上。退之稱子厚文必傳無疑，以其久斥後爲斷，正謂諸篇。」又評《魯論辨》云：「此二

篇意緒風規，退之所未嘗有。乃苦心深造，忽然而至此境。」又云：「標然若秋雲之遠，使人可望而不可即。如出自宋以後人，即所見到此，文境亦不能如此清深曠邈。」有爲史序者，自太史公諸年表外，惟歐陽公《唐書》、《五代史記》諸序爲最。故茅鹿門評《五代史・職方考序》云：「數十年之間，易世者五，其所當州郡分割畫次如掌。」方望溪評《唐書・藝文志序》云：「求其承接變換渾然無迹處，始知其筆妙而法精。」有爲校書所上之序者，自劉子政《戰國策序》外，莫如曾子固。故望溪云：「南豐之文長於道古，故序古書尤佳，而《戰國策》、《列女傳》、《新序》諸目録序爲之最，純古潔淨，所以與歐、王並驅，而爭先於蘇氏也。」有上其自撰之書而爲之序者，莫如王介甫《三經義序》。故望溪稱其文「清深高雅」。又云：「指意雖未能盡於義理，而詞氣芳潔，風味邈然，於歐、曾、蘇氏諸家外，別開户牖。」有爲他人文集作序者，莫如歐陽公，而《二釋序》尤勝。故望溪云：「古之能文事者，必絶依傍。韓子《贈浮屠文暢序》，以儒者之道開之；《贈高閑上人序》，以草書起之，而亦微寓箴石之意。若更襲之，覽者惟恐卧矣。故歐公別出義意，而以交情離合纓絡其間，所謂各據勝地也。」若夫退之《張中丞傳後序》，夾叙夾議，望溪謂其「生氣奮動處，不學《史記》而自與之相近」。然於諸序中，蓋又爲一格云。

大抵諸類之體雖殊，然必命意、布局、行氣、遣詞則一。是故忌平鋪直叙，須有反正，有開合，有賓主。凡題之正面，不宜絮衍，蓋所謂反與開與賓，無非托出正面也。又有恐意不明而用譬喻

者，《戰國策》及《孟》、《莊》、《韓非》諸子最工，其短者一兩句，不嫌於簡；而長者數行或十數行，亦不覺煩。此莫貴於新穎親切。惟新穎乃有趣；惟親切乃能使讀者當下豁然。故《論語》曰：「能近取譬。」（《泰伯》）《禮記》曰：「罕譬而喻。」（《學記》）若但用習見語爲之，豈復有味？洪景盧《容齋三筆》云：「韓、蘇兩公爲文章，用譬喻處，重疊有至七八者，韓公《送石洪序》云：『論人高下、事後當成敗，若河决下流東注；若駟馬駕輕車就熟路，而王良、造父爲之先後也；若燭照數計而龜卜也。』《盛山詩序》云：『儒者之於患難，其拒而不受於懷也，若築河堤以障屋霤；其容而消之也，若水之於海，冰之於夏日；其玩而忘之以文辭也，若奏金石以破蟀蟋之鳴、蟲飛之聲。』蘇公《百步洪》詩云：『長洪斗落生跳波。輕舟南下如投梭。水師絶叫鳧雁起，亂石一綫爭磋磨。有如兔走鷹隼落，駿馬下注千丈坡。斷弦離柱箭脱手，飛電過隙珠翻荷』之類是也。」愚謂韓公《原道》引夏葛、冬裘、渴飲、饑食以詰老氏，茅鹿門謂「正譬雜遝，各無數語，筆力天縱」。他若《爭臣論》云：「聖賢者，時人之耳目也；時人者，聖賢之身也。」《守戒》既引猛獸穿窬爲强藩之喻，末又云：「賁育之不戒，童子之不抗，魯鷄之不期，蜀鷄之不支。」下復接之以鹿之於豹一喻。《進學解》以匠氏、醫師陪出宰相之用才。《送窮文》云：「攜持琬琰，易一羊皮，飫于肥甘，慕彼糠糜。」語皆奇警。蘇氏父子造句不及韓公之古，而構想亦妙，或更引古語古事爲證。蓋經營慘澹，各具匠心，非熟讀深思，烏能窮其變化哉！

告語

告語門之文，就姚、曾二家所定合觀之，有五類：其上告下者曰詔令；下告上者曰奏議；同輩相告者曰書牘，曰贈序；人告於鬼神者曰哀祭。前四類毗於説理説事者爲多，而述情亦存乎其中；後一類毗於述情者爲多，而理與事亦存乎其中。試評於後。

詔令類莫古於《尚書》誓、命、誥三體。今觀《甘誓》、《湯誓》、《文侯之命》等篇，何其簡而明也！《吕刑》之哀矜惻怛，《盤庚》、《大誥》、《多士》、《多方》之委曲詳盡，亦極其勝。《費誓》可以見周公家學。《秦誓》意沈痛而語亦駿邁。後世帝王，惟漢初詔爲之冠。故惜抱先生云：「秦最無道而辭則偉。漢至文、景，意與辭俱美矣，後世無及焉。光武以降，人主雖有善意，何其衰薄也！」然愚觀《光武賜竇融書》，猶可與文帝《賜南越王書》媲美；章帝《詔三公》，亦不減文帝《除肉刑》、宣帝《令二千石察官屬》諸詔。特晉以後尤遜耳，就中惟陸敬輿《擬奉天改元大赦制》與歐、曾所擬諸制，能存典則而協機宜。若夫檄文，未有善於司馬長卿《諭巴蜀檄》、韓退之《祭鰐魚文》者，蓋一則雄深，一則矯健也。至陳孔璋爲袁檄曹、爲曹檄孫，文非不妙，而醜詆之辭，或至失實；以鍾士季會《伐蜀檄》較之，似彼尚持平。若家教，則馬伏波援、鄭康成、諸葛武侯亮爲最優矣。

奏議類莫古於《尚書·皋陶謨》。此篇自當從《今文尚書》與《益稷》合爲一篇。蓋皋陶言「思日贊贊」與禹言「思日孜孜」正相銜接，禹所陳即申皋陶之旨。末載賡歌，君臣交儆，千載下如聞其聲。厥後召公作《召誥》，周公作《無逸》、《立政》，詞意亦同。三代下，惟路長君温舒《尚德緩刑》、匡稚圭衡《戒妃匹勸經學威儀之則》兩疏、諸葛公《出師表》，足以嗣之。但此等非醖釀深純不能爲，故學者所當法者惟三家，曾文正公言之矣。其評賈長沙《陳政事疏》云：「奏疏以漢人爲極軌，而氣勢最盛、事理最顯者，尤莫善於《治安策》，故千古推爲絶唱。賈生爲此疏，當在文帝七年，年僅三十歲耳，於三代及秦治術，無不貫澈，漢家中外政事，無不通曉，蓋有天授。奏疏以明白顯豁、人人易曉爲要。後世讀此文者，疑其稱名甚古，其用字甚雅，若倉卒不能解者。不知在漢時乃人人共稱之名，人人慣用之字，即人人所能解也。然則居今日而講求奏章，亦用今日通稱之名、通用之字，可矣。」其評《陸宣公集》云：「駢體文爲大雅所羞稱，以其不能發揮精義，並恐以蕪累而傷氣也。陸公文則無一句不對，無一字不諧平仄，無一聯不調馬蹏。而義理之精，足以比隆濂、洛；氣勢之盛，亦堪方駕韓、蘇。退之本爲宣公所取士；子瞻奏議，終身效法陸公。而公之剖晰事理精當，則非韓、蘇所能及。」其評蘇子瞻《代張方平諫用兵書》云：「東坡之文，其長處在徵引史事，切實精當；又善設譬喻，凡難顯之情，他人所不能達者，坡公輒以譬喻明之。此文以屠殺膳羞，喻輕視民命；以箠楚奴婢，喻上忤天心，皆巧於構想，他人所百思不

到者，既讀之而適爲人人意中所有。古今奏議，推賈長沙、陸宣公、蘇文忠三人爲超前絶後。余謂長沙明於利害，宣公明於義理，文忠明於人情。陳言之道，縱不能兼明此三者，亦須有一二端明達，庶無格格不吐之態。」又評《上皇帝書》云：「奏疏總以明顯爲要。時文家有典、顯、淺三字訣；奏疏能備此三字，則盡善矣。典字最難，必熟於前史之事蹟，並本朝掌故，乃可言典。至顯、淺二字，則多本於天授，雖有博學多聞之士，而下筆不能顯豁者，多矣。淺字與雅字相背。白香山詩務令老嫗皆解，而細求之，皆雅飭而不失之率。吾嘗謂奏疏能如白詩之淺，則君上易感動。此文雖不甚淺，而典、顯二字則千古所罕見也。」又黄東發《日鈔》於長沙云：「賈生論漢事，如分王諸侯等，後卒如其説，真洞識天下之大勢者也。」於東坡云：「蘇氏之文，尤長於指陳世事；述叙民生疾苦，發越懇到，能使巖廊崇高之地，如親見閭閻哀痛之情。」所見亦同。

書説類自《尚書・君奭》外，莫古於《左傳・鄭子家與趙宣子書》、《子産告范宣子書》、《叔向貽子産書》。其後樂毅《報燕惠王書》、太史公《報任安書》、劉子駿（歆）《移讓太常博士書》，皆大文也。而孔文舉《論盛孝章》、魏文帝《與吴質》、曹子建《與楊德祖》、丘希範遲《與陳伯之》諸篇，氣韻亦美。曩閲曾文正《日記》有云：「古文中唯書牘一門，竟鮮佳者。八家中韓公差勝，然亦非書簡正宗。唯諸葛武侯、王右軍羲之書翰，風神高遠，最愜吾意，然患太少，且乏大篇。」頗不喻其

旨。後取其所評韓公諸篇繹之，蓋於《與孟尚書書》云：「此爲韓公第一等文字。」於《與鄂州柳中丞書》云：「文氣絶勁。」於第二書云：「論事之文，不遜賈、晁。」於《答崔立之書》云：「前半述己隱忍就試之由，中間鳴其悲憤，後幅寫其懷抱，視世絶卑，自負絶大，極用意之作。」於《與崔群書》云：「『自古賢者少不肖者多』節，悲感交集。『人固有薄卿相之官』節，憤極出奇想，沉痛至矣。『僕無以自全活』節，絶沉痛。」於《答吕毉山人書》云：「絶兀傲自負。」於《答李秀才書》云：「義深而文淡永。」於《與孟東野書》云：「真氣足以動千歲下之人。韓公書札不甚矜意者，其文尤至。」於《答尉遲生》云：「傲兀自喜。」《與李翺書》云：「『今而思之，如痛定之人思當痛之時』數句，能達難白之情。」於《與馮宿論文書》云：「自負語絶沉著。」此皆其所推服者也。於《上襄陽于相公書》云：「諛辭累牘，固不能工。」於《上宰相書》云：「連用三『抑又聞』，義層出不窮。然究是少年才思横溢欠裁鍊處，故文氣不遒也。」於後二書云：「皆可不作。」於《重答李翊書》云：「韓公文如主人坐於堂上，而與堂下奴子言是非。然不善學之，恐長客氣。」於《與少室李拾遺書》云：「敦諭隱士之文，以六朝駢文爲雅；若散文則三四行已足，如兩漢中諸小簡可也。」此則其所不甚滿意者。由此推之，歐、曾、蘇、王四家，可誦者多不過三四篇，少止一二篇，而蘇氏或過馳騁而少餘味，曾説未可謂誣。

贈序類之在古人者言多簡，故僅存記事文中。及退之爲之乃多，或深微屈曲，如《送董邵南》

之屬；或生動飛揚，如《送楊少尹》之屬；或奇奥，如《送鄭尚書》之屬；或滑稽，如送温、石二處士之屬。先薑塢公《援鶉堂筆記》云：「宋人作序，前多有冒頭，序其原由。惟昌黎不然，辟頭湧來，是其雄才獨出處。」又云：「昌黎於作序原由，每能簡潔，而文法硬札高古。歐、曾以下無之。」而曾文正評《送温處士赴河陽軍序》首「伯樂一過冀北之野而馬群遂空」句，乃云：「此種起法，創自韓公。然不善爲之，譬若唐人爲官韻賦，往往起四句峭健壁立，施之於文家，則於立言之體大乖。漢文無起筆峭立者，按之固自有序也。」按曾氏之旨，蓋恐人學之而成空套，與彼評《朝散大夫贈司勳員外郎孔君墓誌銘》首「昭義節度使盧從史有賢佐曰孔君」句云：「此等起法，惟韓公筆力警聳矯變，無所不可；若他手爲之，恐僨張而長客氣。」同一用意。

哀祭類自《詩》之《頌》、《楚辭》之《九歌》《招魂》外，莫如韓公。故《祭河南張員外》文，茅鹿門謂「奇崛，戰鬥鬼神處，令人神眩」。先薑塢府君亦云：「凄麗處獨以健倔出之，層見疊聳，而筆力堅浄。」《祭柳子厚文》曾文正云：「峻潔直上，語經百鍊，此種宋惟介甫與之近，歐、曾、蘇皆不能爲，其用四言少，用長短句多以此。」

大抵告語之文，體裁自與論著異；而所同者，則開合、呼應、操縱、頓挫之法也。試觀短者如司馬長卿《諫獵書》，《援鶉堂筆記》云：「此篇真聖於文者！下面方似有説話，忽然止却，插入他説，忽然而接，變怪百出，而神氣渾涵不露，雖以昌黎《師説》較之，且多圭角矣。」長者如司馬子長

《報任安書》，方望溪評之云：「如山之出雲，如水之赴壑，千態萬狀，變化於自然，由其氣之盛也。」李申耆亦云：「厚集其陣，鬱怒奮勢，成此奇觀。」而譬喻之妙，曾氏於蘇公奏議詳評之。引證處吾最愛蘇代《約燕昭王書》，通篇皆引秦往事，筆力奇肆，只末句説明事秦之爲大患，以爲結穴。劉子政《論甘延壽》等疏，亦歷引古事漢事，而於末比較之曰：「故言威武勤勞，則大于方叔、吉甫；列功覆過，則優於齊桓、貳師；近事之功，則高於安遠、長羅。而大功未著，小惡數布，臣竊痛之。」洪景盧《容齋隨筆》云：「當時匡衡、石顯出力沮害，非此一疏援據明白，豈能與之亢哉！」若夫哀祭間有用詞賦體者，賈誼《弔屈原》，漢武帝《悼李夫人》，是其例也。

記載

文章必有義法，而記載門尤重。無論所録者，或關一代，或繫一人，而事必有首尾，人必有精神。儻不知所剪裁，何由首尾昭融、精神發越乎？兹就姚、曾二家所定合觀之，凡六類：一曰典志，二曰叙記，三曰雜記，四曰紀傳，五曰碑誌，六曰贊頌。試評於後。

典志類莫古於《尚書》之《禹貢》。其發端「禹敷土」三句，總冒全篇，繼分叙九州，繼合論大山大水，末及五服與境之四至。以蓋世奇功，不過寥寥數紙，何其約也！其中於地理、水道、物產、貢賦、封建，略無缺漏，而復及於土色之黄、白、黑、赤、青、黎，質之壤、墳、壚、埴、泥、塗，草木之

繇、條、夭、喬、漸、包，與「桑土既蠶，篠簜既敷，陽鳥攸居」，蓋趣之逸如此。自「導河積石」以下至「九州攸同」，才二百餘字，而用「南至」、「東至」、「北至」等凡數十，連屬重疊，讀之不覺其煩，又何其奇也！《周禮》五官，《儀禮》十七篇，文、武、周公致太平之迹具於是，其文之精密，亦無以加。太史公八《書》，以感時憤俗之懷，運於縱橫變化之中，氣之雄奇，非班固十《志》所能及；而固之詳贍過之。是後惟歐陽子《唐書》諸《志》、《五代史》諸《考》，差可頡頏。若文家，則自曾子固《越州趙公救菑記》、《序越州鑒湖圖》二篇外，無聞焉。

敘記類莫古於《尚書・金縢》、《顧命》兩篇。《金縢》自「既克商二年」至「王翼日乃瘳」爲一大段，敘周公禱神事，以爲後半張本。自「武王既喪」至末，又敘周公遭流言事。及「啓金縢」乃回繳前半，筆力何等斬截！《顧命》自當從《今文尚書》，合《康王之誥》爲一篇，前幅乃其起原，中段則傳成王之命也，後幅則受命後見諸侯之事也。其間敘陳設之物與儀節，何等詳細，又何等簡質！初不知行事在何地，至「出廟門」句，始知其在廟中，此倒點法。末言「王釋冕，反喪服」，又回繳前「王麻冕黼裳」句。通篇渾穆莊重，豈後人所能及？《左傳》一書，舊依經以行。自章茂深沖就事聯屬之，爲《春秋左氏傳事類本末》。近世鄒平馬宛斯驌有《左傳事緯》。吾友吳辟疆闓生復有《左傳文法讀本》。辟疆與李右周書云：「《左傳》記事，最長在總挈列國時勢，縱橫出入，無所不舉。故局勢雄遠，包羅閎麗，二百餘年，天子諸侯盛衰得失，具見其中。」其體格與《尚書》同。至

文法之奇，約有數端：一曰逆攝。吉凶未至，輒先見敗徵。此猶其易識者矣。至城濮之役，猶未戰也，而蔿賈質責子文，以痛子玉之敗。三郤之難，猶未兆也，而范文子怒逐其子，以憂晉國之亡。此皆憑空特起，無所附著，蕩駭心目，莫此爲尤。故重耳之奔走流離，一亡公子耳，而所如皆有得國之氣象。楚靈、夫差，方其極盛，踔厲中原，而勢已不能終日。若此者，皆其逆攝之勝也。一曰橫接。必然之勢，無可避免，而語意所趨，未嘗徑落。惠公之擒也，先之以小駟；齊侯之敗也，先之以鞹蛇；共王之傷也，先之以射月；督戎之死也，先之以焚丹書。必有所藉而後入，必有所附而後伸。若此者，皆其橫接之勝也。一曰旁溢。蹇叔哭師，知其敗之必於崤耳；而二陵風雨、后皋之墓，罣然有憑高弔古之思焉。徐關之入，勉保者以慎守耳；而子女之辟、鋭司徒之問，殷然有家人父子之誼焉。推之華元「皤腹」之謳，以著其雅量；叔展「麥麴」之問，以極其艱窮；叔儀「佩蕊」之歌，以彰其匱竭，皆假軼事小文，肆爲異采，則其橫溢而四出者也。一曰反射。莊公之不子，則以潁考叔之孝彰之；齊豹之不臣，則以公孫青之謹形之；季孟之怯耎縱敵，則以冉有之義、公叔務人、林不狃之節形之；臧孫之無罪，則以東門遂、叔孫僑如之盟首形之；推之崔、慶、欒、高之亂齊，而以晏子正君臣之義；昭公之亡國，而以子家子主反正之策。言出於此，義涉於彼，如湯沃雪，如鏡鑒幽。若此者，皆以相反而益著者也。先蕫塢府君《援鶉堂筆記》亦云：「左氏之文，須看其摹畫點綴，千古情事如睹，而天然葩艷，照映古今。」此外如《國

策》叙次亦工。《援鶉堂筆記》謂其文凡有數種，如蘇秦之辨，則形容炫耀；《齊宣王見顔斶》、《觸讋説趙太后》等，則淡遠高妙。大抵此數書後世罕有逮者，惟《通鑑》剪截舊史，猶有法度可觀耳。

雜記類莫古於《禮記・檀弓》、《深衣》、《投壺》三篇。《檀弓》記雜事；二篇則存古之遺制。《周禮・考工記》亦然。後世惟韓退之《畫記》體與近之，故方望溪評之云：「周人以後無此種格力。歐公自謂不能爲，所謂曉其深處；而東坡以所傳爲妄，於此見知言之難。」後鼂無咎《捕魚圖記》又學《畫記》，《援鶉堂筆記》評之云：「雖錯綜變化，一齊讀去，較之昌黎體勢似緩，然自工。」柳子厚山水記，又一變詞賦家富麗，而以華妙之筆，納之古澹之中。故惜抱先生評之云：「子厚間用《水經注》興象，然豈酈道元所能逮？」黄東發《日抄》云：「《柳集》惟晚年紀志人物，寄其嘲罵，模寫山水，抒其抑鬱，皆峻潔精奇，如明珠夜光，見輒奪目。」曾文正公《與吴南屏書》云：「陶公及韋、白、蘇、陸閑適之詩，雕刻物態，逸趣横生，讀之栩栩焉神愉而體輕，惜古文家少此種。獨柳子厚山水記，破空而遊，並物我納諸大適之域，非他家所有。若歐、蘇、曾、王，以議論入之，或就情韻爲文，於兹類蓋爲變調。」

紀傳類於古惟《尚書》帝典爲本紀發原；《中庸》昭明聖祖之德，爲傳狀發原。《堯典》自當從《今文尚書》，合《舜典》爲一，而南齊姚方興後得之二十八字不足信。蓋《堯典》末言帝以二女妻

舜，文氣未終，與「慎徽五典」相接，「序」所謂「歷試諸艱」也。堯以「曰若稽古」起，以「殂落」終。舜以「有鰥在下」起，以「陟方」終，前後相承，如天衣之無縫，豈可從中截斷？若夫《中庸》篇首自「性」、「道」、「教」説來，以千古率性、修道、立教，莫孔子若也。其後歷引孔子論舜之大知，顔子之擇乎中庸，子路之强，及舜之大孝，武王、周公之達孝，皆爲仲尼作賓。至篇末「至誠至聖」，乃贊孔子，爲一篇之歸宿。及司馬子長撰《史記》，而《紀》以年分，《傳》以人分，遂爲史家二體，其文章尤高妙。故歸震川《史記總評》云：「《史記》起頭處，往往來得勇猛。」又云：「事迹錯綜處，太史公叙得來如大塘上打縴，千船萬船不相防礙。」又云：「《史記》只實實裏説去，要緊處多跌宕，跌宕處多要緊。」又云：「雖跌宕又不是放肆。」又云：「跌宕如在峽中行，忽然躍起。」又云：「《史記》叙事時有捱幾句似閑的説話，最妙！」又云：「叙事或追前説，或帶後説，此是周到。」又云：「《史記》重疊處正不見重疊。」又云：「《史記》多旁支。凡旁支處只點景説，不是這等死煞説。」又云：「旁支如江水一直去，又有旁支，不是正論。」又云：「《史記》如人説話，本説他事，又帶别樣説。」又云：「太史公但至熱鬧處，就露出精神來了。如今人説平話者然，一拍手又説起，只管任意説去。」又云：「如説平話者，有興頭處，就歌唱起來。」又云：「《史記》如水平平流去，忽遇石激起來。」又云：「《史記》如兩人説話堂上，忽撞出一人來，即挽入在内。」又云：「《史記》如平地忽見高山。」又云：「《史記》如畫然，連山斷嶺，峰巒參差。」又云：「《史記》如地高高下下相因，乃去

得長。」又云：「《史記》如作遊山記然，本是説本處景致，乃云前有某山、後有某水等，乃爲大家文字。他人文是一條鞭的。」又云：「他人之文，如臨小畫，非不工緻；子長之文，如畫《長江萬里圖》。」顧亭林《日知録》云：「秦楚之際，兵所出入之途，曲折變化，惟太史公序之如指掌。以山川郡國不易明，故曰東、曰西、曰南、曰北。一言之下，而形勢瞭然。以關塞江河爲一方界限，故於項氏則曰『梁乃以八千人渡江而西』，曰『羽乃悉引兵渡河』，曰『羽將諸侯兵三十餘萬行略地至河南』，曰『羽渡淮』，曰『羽遂引東欲渡烏江』。於高帝則曰『出成皋玉門北渡河』，曰『引兵渡河復取成皋』。蓋自古史書兵事地形之詳，未有過此者。太史公胸中固有一天下大勢，非後代書生之所能幾也。」《援鶉堂筆記》云：「太史公至處，班固不能到。即如《蕭相國世家》『以帝嘗繇咸陽時，何送我獨贏奉錢二也』一句，太史公自語未了，忽入高帝口氣，摹畫玲瓏，而文法奇絶。又如《平準書》叙文、景後，方入『至今上即位數歲』，忽説『漢興』云云，皆奇絶。且於文、景亦不説其盛處，至此方摹畫之。如此乃可謂之涵蓄深遠。」又云：「文字精神，至太史公方入神妙，班史但可謂旺相耳。」方望溪評《絳侯周勃世家》云：「絳侯安劉之功，具吕后、孝文《本紀》，故首叙戰功，承以可屬大事。其後獨載懼禍遭誣事。條侯亦首叙將略，後獨載爭栗太子、抑王信二事。其父子久任將相，豈他無可言者乎？蓋所紀之事，必與其人規橅相稱，乃得體要。子厚以『潔』稱太史，非獨辭無蕪累也；明於義法，而所稱之事不雜，故氣體爲最潔也。」曾文正評《老莊韓非列傳》云：「太

史公傳莊子曰：『大率皆寓言也。』余謂《史記》亦然。列傳首《伯夷》，一以寓天道福善之不足據，一以寓不得依聖人以爲師，非自著書，則將無所託以垂於不朽。次《管晏傳》，傷己不得鮑叔者爲之知己，又不得知晏子者爲之薦達。此外如子胥之憤，屈、賈之枉，皆藉以自鳴其鬱耳，非以此爲古來偉人計功簿也。」又評《李將軍列傳》云：「『初，廣之從弟李蔡』至『此乃將軍所以不得侯者也』十餘行中，專叙廣之數奇，已令人讀之短氣；此下接叙從衛青出擊匈奴徙東道迷失道事，愈覺悲壯淋漓。若將從衛青出塞事叙於前，而以廣之從弟李蔡一段議論叙於後，則無此沈雄矣。故知位置之先後，剪裁之繁簡，爲文家第一要義也。」凡此諸條，皆得要領。至《漢書》，則惜抱先生《與陳碩士書》所謂「佳篇皆在昭、宣以後」者，亦足盡所長。後代文家大抵書微者，或骨肉親舊，少有大篇；然各有鎔裁，未可忽也。

碑誌類之可誦者，自李斯《泰山》、《琅邪》、《之罘》、《碣石》、《會稽》諸刻文始，厥後惟班孟堅《封燕然山銘》、元次山《大唐中興頌》，庶足繼之。而韓退之《平淮西碑》，尤爲傑作。其廟碑、墓碑，在東漢者，大抵以高簡之筆，行於儷語中。魏晉以降，乃漸輕靡。及退之變偶爲奇，而謀篇變化，造句奇崛，遂爲第一大手筆。宋諸家惟歐公有其情韻不匱處，故《援鶡堂筆記》云：「歐文黄夢升、張子野墓誌最工。而黄志尤風神發越，興會淋漓。然皆從昌黎《馬少監》出。而瑰奇綺麗，歐未之及也。」王有其法度謹嚴、筆力簡峻處，故惜抱先生評退之《太原王君墓誌銘》云：「此文已

開荆公誌銘文法。」曾氏亦云：「此篇先將官階叙畢，然後申叙居某官，爲某事，此等蹊徑，介甫多學之。」要之兩家各得一節，而未能盡其全量，況餘子乎？

贊頌類自《魯頌》外，如《漢書》所載《房中》、《郊祀》等歌，寓規於頌；其叙傳則評隲古人，詞皆深雅。他若揚子雲、蔡伯喈邕、陸士衡、袁伯彦宏諸篇，亦稱傑作。唐以後可誦者惟韓退之《子産不毁鄉校頌》、柳子厚《伊尹五就桀贊》《平淮西雅》而已。

由斯以觀，記載之文，全以義法爲主。所謂義者，有歸宿之謂；所謂法者，有起、有結、有呼、有應、有提掇、有過脉、有頓挫、有鉤勒之謂。歸氏《史記總評》云：「曉得文章掇頭，千緒萬端文字，便可做了。」又云：「作文如畫，全要界畫。」《援鶉堂筆記》云：「文字須有『入不言兮出不辭』之意。」惜抱先生云：「作文如小兒放紙鳶，愈放愈高，止在手中綫牢耳。」（《吴先生點勘史記讀本引》）方植之《昭昧詹言》云：凡作文，「於題面題緒及作旨歸宿，必交代清楚」，「譬名手作畫，無不交代谿徑道路明白者」；然「又忌太分明」。又云：「古人文法之妙，一言以蔽之曰：語不接而意接。俗人接則平順騃蹇，不接則直是不通。韓公曰：『口前截斷第二句。』太白云：『雲臺閣道連窈冥。』須於此會之。」興化劉（庸）〔融〕齋熙載《藝概》云：章法「不難於續，而難於斷。先秦文善斷，所以高不易攀。然拋鍼擲綫，全靠眼光不走；注坡驀澗，全仗繮轡在手。明斷正取暗續也」。此等語宜深味之。

詩歌

詩歌亦著述門之一類。但古今作者既衆，而境之變化又多，大抵文中或論道，或叙事，或狀物態，或抒性情，詩皆有之，茲不得不别爲一篇，以評歷代作者之得失，而備商榷焉。

昔王阮亭《古詩選》於五言云：「樂府别是聲調體裁，與古詩迥别。然漢人《廬江小吏》、《羽林郎》、《陌上桑》之類，叙事措語之妙，愛不能割。班姬《怨歌行》，卓氏《白頭吟》，被之樂府，何非詩耶？至曹氏父子兄弟，往往以樂府題叙漢末事，雖謂之古詩亦可。」又云：「齊梁以後，短句已是唐律、唐絶。」又云：「《十九首》之妙，如無縫天衣。後之作者，顧求之鍼縷襞績之間，非愚則妄。」又云：「當塗之世，思王爲宗。應、劉以下群附和之，惟阮公别爲一派。司馬氏之初，茂先、休奕傅玄字、二陸、三張之屬，概乏風骨。太冲挺拔，崛起臨菑。越石劉琨字清剛，景純豪儁，不減於左。三公鼎足，此典午之盛也。過江而後，篤生淵明，卓絶後先，不可以時代拘墟矣。」又云：「宋代詞人，康樂爲冠，諸謝混、瞻、惠連、莊奕奕，迭相映蔚。明遠篇體驚奇，在延年之上。謝之與鮑，可謂分路揚鑣。」又云：「齊有玄暉獨步一代，元長王融字輔之。自茲以外，未見其人。梁代右文，作者尤衆。繩以風雅，略其名位，則江淹、何遜，足爲兩雄；沈約、范雲、吴均、柳惲，差堪羽翼。固知此道真賞，論定不誣。非可以東陽、零陵南齊時，約官東陽太守，雲官零陵内史身爲佐命，遂堪劫持一代

文柄也。」又云：「陳朝寥寥，孝穆徐陵字稱首。總持江總字流品，視徐未宜並論。然華實兼美，殆欲過之。子堅陰鏗字蕪累，愧其名矣。」又云：「北朝魏、齊之間，顔介之推最爲高唱。高敖曹昂短章，不減斛律金。二君可敵南朝沈慶之、曹景宗。昂與金，北齊名將。昂有《征行》詩，王選已録。《敕勒歌》王題無名氏，據王闓運《八代詩選》即金作。慶之，宋將；景宗，梁將；並長於詩。至於邢邵、魏收之流，未强人意；劉昶、蕭慤，逾淮不化，亦未易才。北周寥寥，僅得子淵王褒字、子山庾信字，二人之才，一時瑜、亮。而鍾儀之悲，開府庾信入周後，官驃騎大將軍開府儀同三司爲至矣。」又云：「隋混一南北，煬帝之才，實高群下，《長城》、《白馬》二篇，殊不類陳、隋間人。楊處道素沈雄華贍，風骨甚遒，已闢唐人陳子昂、杜審言、沈佺期、宋之問之軌，餘子莫及。」又云：「唐五言古詩凡數變。約而舉之：奪魏晉之風骨，變梁陳之俳優，陳伯玉子昂字之力最大，曲江公張九齡繼之，太白又繼之。《感遇》、《古風》諸篇，可追嗣宗《詠懷》、景陽張協字《雜詩》。貞元、元和間，韋蘇州應物官蘇州刺史古澹，柳柳州宗元官柳州刺史峻潔。」又云：「明五言詩極爲總雜，西涯李東陽號之流，原本宋賢；李、何以來，具體漢魏。平心論之，互有得失，未造古人。獨高季迪啓、皇甫子安兄弟冲字子浚，涍字子安，汸字子循，濂字子約、薛君采蕙、高子業叔嗣、徐昌國禎卿、華子潛察寥寥數公，窺見六代三唐作者之意。」於七言云：「謝太傅（安）問王子猷（徽之）曰：『云何七言詩？』對曰：『「昂昂若千里之駒，泛泛若水中之鳧」，此命名所自也。』」又云：「七言始於《擊壤歌》。《雅》、《頌》之『維昔之富不如時』、『予其懲而毖後患』、『學有緝熙於光

明』，至《臨河》歌、《南山》歌以下，其辭匪一，皆七言之權輿也。」又云：「《大風》、《垓下》，肇自漢音；至武帝《秋風》、《柏梁》，其體大具。曹子桓《燕歌行》，陳孔璋《飲馬長城窟行》，皆唐作者之所本也。六朝惟鮑明遠最爲遒宕，七言法備矣。梁、陳、隋長篇頗多，而氣不足以舉其辭。沿及唐初，益崇繁縟。」又云：「明何大復景明《明月篇序》謂『初唐四子之作，往往可歌，反在少陵之上。』長安城東有漢文帝霸陵，其南五里即樂遊原，宣帝杜陵在焉。其東南又有陵，差小，許后所葬，曰少陵，即杜曲，杜甫《哀江頭》詩云：「少陵野老吞聲哭。」又《曲江》詩云：「杜曲幸有桑麻田。」説者以爲有功於風雅，躗矣。然遂以此概七言之正變則非也。二十年來，學詩者束書不觀，但取王勃、楊炯、盧照鄰、駱賓王數篇，轉相仿效，膚詞剩語，一唱百和，豈何氏之旨哉：」又云：「開元、大曆諸作者，七言始盛，王維、李頎、高適、岑參四家，篇什尤多。李太白馳騁筆力，自成一家。大抵嘉州岑參官嘉州刺史之奇峭，供奉李白官翰林供奉之豪放，更爲創獲。」又云：「詩至工部，集古今之大成，百代而下，無異詞者。七言大篇，尤爲前所未有，後所莫及，蓋天地元氣之奥，至杜而始發之。」又云：「杜七言千古標準，自錢起、劉長卿、元稹、白居易以來，無能步趨者。貞元、元和間學杜者，惟韓文公一人耳。」又云：「宋承唐季衰陋之後，至歐陽文忠公，始拔流俗，七言長句，高處直追昌黎，自王介甫輩，皆不及也。《廬山高》一篇，公所自負，然殊非其至者。」又云：「究公之後，學杜、韓者，王文公爲巨擘，七言長句，蓋歐陽公後勁，蘇、黄前茅，特其妙處，微不逮數公耳。」又云：「歐陽公見蘇文忠公，自謂『老夫當放此人出一

頭地』，蓋非獨古文也，唯詩亦然。文忠公七言長句之妙，自子美、退之後，一人而已。文定子由諡視文忠，邾、莒矣。」又云：「蘇文忠公凌踔千古，獨心折山谷之詩，數效其體，前人之虛懷如此。後世腐儒乃謂山谷與東坡爭名，何其陋耶？山谷雖脱胎於杜，顧其天姿之高，筆力之雄，自闢庭户。宋人作《江西宗派圖》，極尊之，配食子美，要亦非山谷意也。」又云：「元祐文章之盛，推『蘇門六君子』山谷、張耒、秦觀、晁補之、陳師道、李廌。黄嘗自負其詩在晁、張之上。顧無咎七言佳處，頗得文忠之逸。叔用（晁冲之字）《具茨集》，寥寥無多；一鱗片甲，殆高出無咎之上。議者以爲惟陸務觀能髣髴之，非過論也。」又云：「南渡氣格，下東都遠甚，惟陸務觀爲大宗。七言逐杜、韓、蘇、黄諸大家，正坐『沈鬱頓挫』少耳。要非餘人所及。」又云：「南渡以後，程學盛於南，蘇學盛於北。金元之間，元裕之好問字其職志也。七言妙處，或追東坡而軼放翁。」又云：「元詩稱虞、楊、范、揭。道園虞集號自負如漢庭老史。愚數觀《學古録》，其詩誠非三家所及，恨篇什稍寡耳。劉靜修刻畫山水，間有可采。」又云：「元詩靡弱，自虞伯生虞集字而外，唯吳立夫長句，瑰瑋有奇氣。雖疏宕或遜前人，視楊廉夫（維楨）之學飛卿、長吉（李賀字），區以别矣。」又云：「有明一代，作者衆多。七言長句，在明初則高季迪、張志道以寧、劉子高嵩爲最，後則李賓之東陽。至何、李學杜，厭諸家之坦迤，獨於沈鬱頓挫處用意，雖一變前人，號稱復古，而同源異派，實皆以杜氏爲崑崙墟。」

阮亭又嘗因洪文敏景盧謚《唐人萬首絶句》，惟務取盈，頗嫌蕪雜，因約選八百九十五首。於五言云：「五言初唐王勃獨爲擅場。盛唐王維、裴迪輞川唱和，工力悉敵，劉須溪辰翁有意抑裴，謬論也。李白氣體高妙。崔國輔源本齊梁。韋應物本出右丞，加以古澹。後之爲五言者，於此數家求之，有餘師矣。」於七言云：「七言初唐風調未諧。開元、天寶諸名家，無美不備，李白、王昌齡尤爲擅場。昔李滄溟（攀龍）推『秦時明月漢時關』一首壓卷，余以爲未允。必求壓卷，則王維之『渭城』、李白之『白帝』、王昌齡之『奉帚平明』、王之渙之『黄河遠上』，其庶幾乎？而終唐之世絶句，亦無出四章之右者矣。中唐之李益、劉禹錫，晚唐之杜牧、李商隱，四家亦不減盛唐作者云。」又云：「王弇州世貞云：『七言絶句，少伯王昌齡字與太白爭勝毫釐，俱是神品。』」又云：「七言絶，盛唐主氣，氣完而意不甚工；中晚唐主意，意工而氣不甚完。然各有至者，未可以時代優劣也。」此論甚確。

以上所録阮亭論詩之語，亦綦詳矣。惟所選五古，不及杜公。惜抱先生《與管異之（同）書》云：「阮亭詩法，五古只以謝宣城爲宗（朓嘗官宣城太守），七古只以東坡爲宗。」又《與陳碩士書》云：「阮亭於五古不選杜詩，此是自度才力不堪以爲大家，而天下士之堪學杜者亦罕見，故不以之教人。」然果如此，則七古又何爲選杜公耶？若謂五古止當以漢魏六朝爲宗，又何爲漁洋集中擬杜者復不少耶？竊謂此自是欠闕處。又未選律體，惜翁補之，而有《五七言今體詩鈔》。其於

五言云：「聲病之學，肇於齊梁。以是相沿，遂成律體。南北朝迄隋諸詩人警句，率以儷偶調諧，正可謂之律耳。」又云：「唐人陳拾遺子昂官右拾遺、杜修文審言官修文館直學士、沈、宋、曲江，爲開元以前之傑。」又云：「盛唐人詩，固無體不妙，而尤以五言律爲最；此體中又當以王、孟爲最。以禪家妙悟論詩者，正在此耳。」又云：「盛唐人禪也，太白則仙也，於律體中，以飛動票姚之勢，運曠遠奇逸之思，此獨成一境者。」又云：「杜公今體四十字中，包涵萬象，不可謂少。數十韻、百韻中，運掉變化如龍蛇，穿貫往復如一綫，不覺其多。讀五言至此，始無餘憾。」又云：「中唐大曆諸賢，尤刻意於五律，其體實宗王、孟，氣則弱矣，而韻猶存。貞元以下，又失其韻，其有警拔，蓋亦希矣。」又云：「晚唐之才固愈衰，然五律有望見前人妙境者，轉賢於長慶諸公，此不可以時代限也。元微之首推子美長律，然與香山皆以多爲貴，精警闕焉。惟玉谿生李商隱號乃略有杜公遺響耳。」於七言云：「夫文以氣爲主。七言今體句引字賒，尤貴氣健。如齊梁人古色古韻，夫豈不貴，然氣則躓矣。楊升庵專取爲極則，此其所以病也。初唐諸君，正以能變六朝爲佳，至『盧家少婦』一章，高振唐音，遠包古韻，此是神到之作，當取冠一朝矣。」又云：「右丞七律能備三十二相，而意興超遠，有『雖對榮觀燕處超然』之意，宜獨冠盛唐諸公。于鱗李攀龍字以東川李頎號配之，此一人私好，非公論也。」又云：「杜公七律，含天地之元氣，包古今之正變，不可以律縛，亦不可以盛唐限者。」又云：「大曆十子，以隨州劉長卿官隨州刺史爲最。其餘諸賢，亦各有氣調。至於長慶，香

山以流易之體，極富贍之思，非獨俗士奪魄，亦使勝流傾心。然滑俗之病，遂至濫惡，後皆以白傅居易以太子少傅進馮翊縣侯爲藉口矣。非慎取之，何以維雅正哉！」又云：「玉谿生雖晚出，而才力實爲卓絶，七律佳者，直欲遠追拾遺杜甫於至德中拜右拾遺；其次者猶足近掩劉禹錫、白居易。第以矯敝滑易，用思太過，而僻晦之敝又生。要不可不謂之詩中豪傑士矣。温庭筠詩於玉谿爲陪臺，非可與並立也。」又云：「唐末詩人，才力既異於前，而習俗所移，又難振拔，故傑出益少；然亦未嘗無佳句也。」又云：「『西崑』諸公之擬玉谿，但學其隸事耳，殊滯於句下，都成死語。其餘宋初諸賢，亦皆域於許渾、韋莊輩境内。歐公詩學昌黎，故於七律不甚留意。荆公則頗留意矣，然亦未造殊妙。」又云：「東坡天才有不可思議處，其七律只用夢得劉禹錫字、香山格調，其妙處，豈劉、白所能望哉！山谷刻意少陵，雖不能到，然其兀傲磊落之氣，足與古今作俗詩者澡濯胸胃，導啓性靈。」又云：「放翁激發忠憤，横極才力，上法子美，下攬子瞻，裁制既富，變境亦多，其七律固爲南渡後一人。其餘如簡齋、茶山、誠齋諸賢，雖有盛名，實無超詣。」

以上所録惜翁論詩語與阮亭參觀，各體略備。阮亭未選明詩，惜翁則止於南宋。然《與陳碩士書》則教之從李、何、王、李入手。先薑塢府君《援鶉堂筆記》云：「《古詩十九首》，渾然天成，豈可摹倣！然觀李、何諸公詩，轉復讀之，其妙愈出，譬諸學書者只見石刻，後觀真迹，益見神骨之不易幾也。」

自來評詩，莫古於鍾仲偉《詩品》。及宋而説益繁。茲以王、姚二家爲先導。此外如蘇子瞻評司空表聖圖詩「棋聲花院閉，幢影石壇高」，以爲「雖工而寒儉有僧態」。「杜子美『暗飛螢自照，水宿鳥相呼。四更山吐月，殘照水明樓。』則才力富健，去之遠矣。」葉少蘊《石林詩話》云：「老杜變化開闔，出奇無窮，殆不可以形迹捕詰。如『江山有巴蜀，棟宇自齊梁』，遠近數千里，上下數百年，只在『有』與『自』字間。而吐吞山水之氣，俯仰古今之懷，皆見於言外。」《援鶉堂筆記》云：「魏武帝蒼健而朴，子桓藻艷，子建渾邁，得文質之中。公幹氣較緊而狹。仲宣局面闊大。嗣宗高邁。」又云：「杜、陶相對，而李不及。」又云：「韋自在處過於柳，然病弱；柳體健，以能文故也。」又云「老杜自稱其詩『沈鬱頓挫』（《唐書》載甫《上玄宗疏》）。所謂『頓挫』者，欲出而不遽出，字字句句，持重不流」。張文端公英《聰訓齋語》云：「唐詩如緞如錦，質厚而體重，文麗而絲密，温醇爾雅。宋詩如紗如葛，輕疏纖朗，便娟適體。中年作詩，斷當宗唐；若老年闌入於宋，勢所必至。五律斷無勝於唐人者，如王、孟五言，兩句便成一幅畫。」方植之《昭昧詹言》云：七律起句「忌用宋人輕側之筆」，須「以唐人『高館張燈酒復清』、『風急天高猿嘯哀』、『玉露凋傷楓樹林』爲法」。「又有一起四句將題緒叙盡，後半換筆、換意、換勢」者。但五六句轉勢，「不如仍挺起作揚勢」。「結句大約別出一層，補完題藴，須有不盡遠想」，然「不可執著」。又云：「七言長篇，不外叙、寫、議三法。」又云：「五古宜先學鮑、謝，七律宜從摩詰王維字、東川、義山、山谷入門，七古宜

從昌黎入。」學者合觀之，於詩學思過半矣。

若夫詞曲，據《四庫全書總目》云：「此二體在文章技藝之間，厥品頗卑。然《三百篇》變而古詩，古詩變而近體，近體變而詞，詞變而曲。層累而降，莫知其然。究厥淵源，實亦樂府之餘音，風人之末派也。」又張臯文《詞選序》云：「自唐之詞人，李白爲首。其後韋應物、王建、白居易、劉禹錫之徒，各有述造，而温庭筠最高。五代之際，孟氏、李氏君臣爲謔，競變新調，詞之雜流由是作矣。至其工者，往往絶倫。亦如齊梁五言，依託魏晉，近古然也。宋之詞家，號爲極盛。然張先、蘇軾、秦觀、周邦彦、辛棄疾、姜夔、王沂孫、張炎，淵淵乎文有其質焉。若柳永、黄庭堅、劉過、吴文英，亦各引一端，以取重於當世。而後進彌以馳逐，破碎奔析，壞亂不可紀。故自宋之亡而正聲絶，元之末而規矩隳。」此兩條附録於後，以見梗概。

文學研究法卷三

性　情

《左傳》載魯叔孫豹之言云：「太上立德，其次立功，其次立言。」（襄二十四年）韓退之《答劉正夫書》云：「若聖人之道，不用文則已；用，則必尚其能者。能者非他，能自樹立、不因循者是也。」夫曰「立言」，曰「能自樹立」，皆不肯依傍他人之辭也。故《史記·太史公自序》云：「成一家之言。」魏文帝《典論》稱徐偉長：「唯幹著論，成一家言。」《與吳質書》云：「偉長著《中論》二十餘篇，成一家之言」，「足傳於後」。陳思王《與楊德祖書》云：將「成一家之言」。黄山谷《以右軍書贈丘十四》詩云：「隨人作計終後人，自成一家始逼真。」蓋自成一家，而後謂之「立言」，謂之「能自樹立」，其性情乃可著之天下後世。何謂性情？《白虎通·性情》篇云：「性者陽之施，情者陰之化也。人稟陰陽氣而生，故内懷五性六情。情者，靜也；性者，生也。此人所稟六氣以生者也。」又云：「五性者，仁、義、禮、智、信也。六情者，喜、怒、哀、樂、愛、惡，所以扶成六性。夫人性

内函，而外著爲情。其同焉者，性也；其不同焉者，情也。惟情有不同，斯感物而動。性亦不能不各有所偏。」故剛柔緩急，胥於文章見之。苟不能見其性情，雖有文章，僞焉而已，奚望不朽哉！《文心雕龍·情采》篇云：「夫鉛黛所以飾容，而盼倩生於淑姿；文采所以飾言，而辨麗本於情性。故情者文之經，辭者理之緯；經正而後緯成，理定而後辭暢：此立文之本源也。昔詩人什篇，爲情而造文；辭人賦頌，爲文而造情。何以明其然？蓋《風雅》之興，志思蓄憤，而吟咏情性，以諷其上，此爲情而造文也。諸子之徒，心非鬱陶，苟馳夸飾，鬻聲釣世，此爲文而造情也。故爲情者要約而寫真，爲文者淫麗而煩濫。而後之作者，採濫忽真，遠棄《風》《雅》，近師辭賦，故體情之制日疏，逐文之篇愈盛。故有志深軒冕，而泛咏臯壤；心纏幾務，而虚述人外。真宰弗存，翩其反矣。夫桃李不言而成蹊，有實存也；男子樹蘭而不芳，無其情也。夫以草木之微，依情待實；況乎文章，述志爲本。言與志反，文豈足徵？」斯言也，真搔著癢處矣。近世益都趙秋谷執信《談龍録》云：「文中宜有人在。」吾邑方植之《昭昧詹言》云：「詩中須有我。」意正相同。

蓋既爲文學家，必獨有資禀，獨有遭際，獨有時世，著之於辭，彼此必不能相似。《文心雕龍·體性》篇論文有八體，而云：「功以學成，才力居中，肇自血氣。氣以實志，志以定言。吐納英華，莫非情性。是以賈生俊發，故文潔而體清；長卿傲誕，故理侈而辭溢；子雲沈寂，故志隱

而味深；子政簡易，故趣昭而事博；孟堅雅懿，故裁密而思靡；平子淹通，故慮周而藻密；仲宣躁鋭，故穎出而才果；公幹氣褊，故言壯而情駭；嗣宗俶儻，故響逸而調遠；叔夜儁俠，故興高而采烈；安仁輕敏，故鋒發而韻流；士衡矜重，故情繁而辭隱。觸類以推，表裏必符。豈非自然之恒資，才氣之大略哉！」此言各有其資稟也。若夫韓退之《送孟東野序》，謂東野與李翺、張籍之鳴信善，「抑不知天將和其聲，而使鳴國家之盛耶？抑將窮餓其身，思愁其心腸，而使自鳴其不幸耶？」此言人生遭際，或窮或達；而文章之體，因之而分。是故達而在上，則有如班孟堅所謂「抒下情而通諷諭，宣上德而盡忠孝，雍容揄揚，著於後嗣者」（《兩都賦序》）。窮而在下，則有如歐陽永叔所謂「凡士之藴其所有，而不得施於世者，多喜自放於山巔水涯，外見蟲魚草木風雲鳥獸之狀類，往往探奇怪；内有憂思感憤之鬱積，其興於怨刺，以道羈臣寡婦之所嘆，而寫人情之難言者」（《梅聖俞詩集序》）。尹師魯《答鄧州通判韓宗彦寺丞書》云：「閣下方以才名爲士林推重，當世名卿鉅儒，凡與游者，其作爲文章，莫不道聖功，揚德音，如觀樂於宗廟，和平嘽緩，無不得其宜。若夫廢放之人，其心思以深，故其言或窘或迂，或激或哀，異此則非本於情，矯爲之也。譬諸急弦促軫，烏足留大雅之聽哉！」此言憂樂之不能强同，尤爲親切。至於時世所值，與文章更有莫大之關繫。凡切於時世者，其文乃爲不可少之文；若不切者，雖工亦可不作。昔惜抱先生《賈生明申商論》云：「冬必裘而夏必絺者，時也。齊甘苦酸辛鹹而御之者，和也。諸葛武

侯當先主之時，寬法孝直，救李邈、張裕，其用意一出於慈仁；乃以申、韓之書教後主，知其所不能也。賈生告文帝以髖髀之所，非斤則斧，意亦猶是；然使述此於景、武之時，則與處烈火而進翌者何以異？蓋景帝之天資固薄矣，提殺吴太子於嬉戲，疏張釋之而誅周亞夫，其資如此，而晁錯又以申、商進之，何怪有吴楚之難！」此言立論之必當乎其時也。又梅伯言《答朱丹木書》云：「文章之事，莫大乎因時立言。吾言於此，雖其事之至微，物之甚小，而一時朝野之風俗好尚，皆可因吾言而見之。使爲文於唐貞元、元和時，讀者不知爲貞元、元和人，不可也；爲文於嘉祐、元祐時，讀者不知爲嘉祐、元祐人，不可也。韓子曰：『惟陳言之務去。』豈獨其詞之不可襲哉？夫古今之理勢，固有大同者矣；其爲運會所移，人事所推演，而變异日新者，不可窮極也。執古今之同，而概其異，雖於詞無所假者，其言亦已陳矣。」吴摯甫先生亦告永樸云：「凡儒、釋之辨，朱、陸、漢、宋之爭，在始言之者，因其時説之方熾，故爲卓識正論；若今日取而覆衍之，雖欲不謂之腐，得乎？」綜觀諸條，庶可以知文章必根乎性情之故矣。

是故有志學文者，其始必力求與古人相似，而不能不從事於摹倣。觀惜抱先生《跋劉海峰詩》云：「海峰先生詩，初猶有摹古之痕。入黟以後所作，如鯤化爲鵬，超然九萬里矣。夫古今睽絶，以今追昔，非擬學何由得近？才高者取其精華，才卑者獲其糟粕；功深者化其痕迹，功淺者滯於形模。此在昔人集中，亦多利病互見耳，不得以長覆短，亦不得以短覆長。世之陋

才，力不能追希古哲，苟爾成篇，義猥詞鄙，反以脱化自矜，遺哲匠之巨材，訾一端之小失，欺誣後生，蕩滅型矩，此文運之所以衰也。」《與管異之書》云：「今人詩文，不能追企古人，亦是天資遜之，亦是塗轍誤而用功不深也。若塗轍既正，於古人最上一等文字，諒不可到；其中下之作，非不可到也。昌黎不云『其用功深者其收名遠』乎？近世人習聞錢受之謙益偏論，輕譏明人摹倣。文不經摹倣，亦安能脱化？觀古人之學前古，摹倣而渾妙者自可法，摹倣鈍滯者自可棄，雖揚子雲亦當以此義裁之，豈但明賢哉？」《與伯昂從姪孫元之書》云：「近人每云作詩不可摹擬，此似高而實欺人之言也。學詩文不摹擬，何由得入？須專摹擬一家，已得似後，再擬一家。如是數番之後，自能熔鑄古人，自成一體。若初學未能逼似，先求脱化，必全無成就。譬如學字而不臨帖，可乎？」曾文正公《家訓》云：「作文宜摹倣古人間架。《詩經》造句之法，無一句無所本。《左傳》之文，多現成句調。揚子雲爲漢代文宗，而其《太玄》摹《易》，《法言》摹《論語》，《方言》摹《爾雅》，十二箴摹《虞箴》，《長楊賦》摹《難蜀父老》，《解嘲》摹《客難》，《甘泉賦》摹《大人賦》，《劇秦美新》摹《封禪文》，《諫不許單于朝書》摹國策《信陵君諫伐韓》，幾於無篇不摹。即韓、歐、曾、蘇諸巨公之文，亦皆有所摹擬，以成體段。作文作詩賦，均宜心有摹倣，而後間架可立，其收效較速，其取徑較便。」此皆言摹擬古人而求與之似，乃初學不可不歷之階級也。其繼又必求與古人不相似，而不可但以摹擬爲工。觀顧亭林《日知録》云：「近代文章之

病，全在摹倣。即使逼肖古人，已非極詣，況遺其神理，而得其皮毛者乎？且古人之文，時有利鈍，若棄其所長而師其所短，爲害尤甚。」又云：「詩文之所以代變，有不得不然者。一代之文，沿襲已久，不容人人皆道此語。今且千數百年矣，而猶取古人之陳言，一一而摹倣之，以是爲詩，可乎？故不似則失其所以爲詩，似則失其所以爲我。李、杜之詩，所以獨高於唐人者，以其未嘗不似而亦未嘗似也。」惜抱先生《古文辭類纂序》云：「文士之效法古人，莫善於退之。盡變古人之形貌，雖有摹擬，不可得而尋其迹也。其他雖工於學古，而迹不能忘。揚子雲、柳子厚於斯蓋尤甚焉。以其形貌之過似古人也，而遽擯之，謂不足與於文章之事，則過矣；然遂謂非學者之一病，則不可也。」又《題懷寧江七峰爾維詩卷》云：「學古人在得其神理，不可襲其面目。李、杜詩不得其神理，殊成粗率。今亦無他法，但熟讀之，必求得其解而已。又須觀後賢所以學前賢之法。如學杜者莫善於昌黎，昌黎豈遂偷杜一字一句乎？學李者莫善於東坡，東坡豈遂肯用『噫吁嚱』等調乎？學杜但貴得其雄渾處，沈著處，兀傲不測處；學李但貴得其豪縱處，灑脱自在處，飄逸處。又須將我之性情、識解、學問運入，當其下筆，若不知有李、杜然，兹乃妙矣。」此又言摹擬而與古人太相似，究不可謂非文章之病，故不能不求其脱化也。昔董文敏公其昌論書法云：「其始必與古人合，其後必與古人離。」詩文書畫，蓋同一理。是以惜翁《與方植之書》又嘗總論之云：「大抵學古人必始而迷悶，苦毫無似處；久而能似之；又久而自得，不復似之。若初不知有迷悶

難似之境，則其人必終身無望矣。」而管異之《答侯念勤書》云：「後人爲文不能不師古，上者神合之，次者貌肖之，最下者販其辭。今足下作文一篇耳，而疊用陳壽《進諸葛集表》、《漢書·王莽傳贊》、賈生《過秦論》、《穀梁·隱公元年傳》諸調，則似集古人之文，而其中不見己作矣。」梅伯言《書異之文集後》，亦述其平生切磋之語曰：「子之文病雜。一篇之中，數體互見，武其冠，儒其衣，非全人也。」

夫摹擬者，所以求古人之法度也；脱化者，所以見一己之性情也。周永年論文章「有所法而後能，有所變而後大」，蓋由化而變，乃成家數。子産有言：「人心之不同，如其面焉。吾豈敢謂子面如吾面乎？」（《左傳》襄三十一年）文章亦若是矣。故欲見性情，必存面目。《昭昧詹言》云：「古人皆於本領上用工夫，故文字有氣骨；今人只於枝葉上粉飾，下稍又並枝葉亦没了。文字成，不見作者面目，則其文可有可無。詩亦然。」又云：「屈子之詞與意，已爲昔人用熟，至今日皆成陳言。故選體詩不可再學。」淺者專事盗竊，不見自己面目，人人可用，處處可移，安得不令人憎厭？又云：「欲成面目，全在字句音節，尤在性情，使人千載下如相接對。」數條義皆精。試觀韓文公自言「欲觀聖人之道必自孟子始」（《送王秀才塤序》），其心之宗仰孟子可知。然考其文，於孟子果步亦步、趨亦趨否？歐陽公自言「予之始得於韓也，當其沈没廢棄之餘，予固知其不足以追時好而取勢利，於是就而學之。則予之所爲者，豈所以急名譽而干勢利之用哉！亦志

乎久而已矣」（《記舊本韓文後》）。其心之宗仰韓子又可知。然考其文，於韓子果步亦步、趨亦趨否？是以曾子固《與王介甫書》云：「歐公更欲足下少開廓其文，勿用造語及模擬前人。孟、韓文雖高，不必似之也，取其自然耳。」蘇明允《上歐陽内翰書》，亦論孟、韓及歐公文章之所長，既云「皆斷然自爲一家之文」，又總結之曰：「執事之才，又自有過人者；蓋執事之文，非孟子、韓子之文，而歐陽子之文也。」

雖然，古人學古之文，雖以化其痕迹爲妙，而精神要未始不與古人訢合無間。故班孟堅《兩都賦序》云：「大漢之文章炳焉，與三代同風。」而歸震川《五嶽山人前集序》云：「夫西子病心而矉其里，其里之醜人亦捧心而矉其里。其里之富人見之，堅閉門而不出；貧人見之，挈妻子去之而走。故曰知美矉而不知矉之所以美。夫知《史記》之所以爲《史記》，則能《史記》矣。荆楚自昔多文人，左氏之《傳》，荀子之《論》，屈子之《騷》，莊周之篇，試讀之，未有不《史記》若也。」方望溪《古文約選序例》云：「序事之文，義法備於《左》、《史》。退之變《左》、《史》之格調，而陰用其義法；永叔摹《史記》之格調，而曲得其風神；介甫變退之之壁壘，而陰用其步伐。學者果能探《左》、《史》之精藴，則於三家誌銘，無事規橅，而自與之並矣。」吾輩苟有志於成一家言，而即古人之法度，以寫一己之性情，其所當用力者，不大可知哉！

狀　態

文章之狀態，非可一言盡也，昔人每因之品藻古今鴻篇鉅製。蘇明允《仲兄文甫説》嘗以風行水上之「無意乎相求、不期而相遭」，喻文之所由生，其語至爲微妙。然既生之後，變態百出，亦有可得而詳言者。

蓋韓退之《答尉遲生書》云：「行峻而言厲，心醇而氣和，昭晰者無疑，優游者有餘。」古人文境之妙，不出此數語矣。蘇子瞻《與謝民師推官書》，又專論「達」字。其説云：「孔子曰：『言之不文，行之不遠。』又曰：『辭達而已矣。』夫言止於達意，即疑若不文，是大不然。求物之妙，如繫風捕影，能使是物了然於心者，蓋千萬人而不一遇也，而況能使了然於口與手者乎？是之謂辭達。辭至於能達，則文不可勝用矣。」楊用修《譚苑醍醐》亦云：「達非淺陋之謂也。夫意有淺言之而不達，深言之乃達者；詳言之而不達，略言之乃達者；正言之而不達，旁言之乃達者；俚言之而不達，雅言之乃達者。故周、漢之文最古，而其能道人意中事最徹。今以淺陋爲達，是烏知達哉？」近世張文端公《聰訓齋語・論圓字》云：「天體至圓，故生其中者無一不肖其體。懸象之大者莫如日月，以至人之耳目手足，物之毛羽，樹之花實，土得雨而成丸，水得雨而成泡，凡天地自然而生皆圓。其方者皆人力所爲。蓋稟天地之性者，無一不具天之體。萬事做到極精妙處，

無有不圓者。聖人之德，古今之至文、法帖，以至一藝一術，必極圓而後登峰造極。即飲食做到精美處，到口也是圓底。」曾文正《家訓》亦云：「無論古今何等文人，其下筆造句，總以『珠圓玉潤』四字爲主。無論何等書家，其落筆結體，亦以『珠圓玉潤』四字爲主。世人論文家之語圓而藻麗者，莫如徐陵、庾信，而不知江淹、鮑照則更圓，進之沈約、任昉則亦圓，進之潘岳、陸機則亦圓，又進而溯之東漢之班固、張衡、崔駰、蔡邕則亦圓，又進而溯之西漢之賈誼、晁錯、匡衡、劉向則亦圓。至於馬遷、相如、子雲三人，可謂力趨險奥，不求圓適矣；而細讀之，亦未始不圓。至於昌黎，其志意直欲陵駕子長、卿、雲三人，戛戛獨造，力避圓熟矣；而久讀之，實無一字不圓，無一句不圓。」先端恪公（諱文然）《答方甥受斯書》論「緊」字云：「來文筆致明爽，而失於率易。落筆便成，思不能精深，句不能警鍊，此由所看之文太恕之過也。閑中熟讀《孫子》十三篇，便見古人運筆如刀，下句如石。無他，要一個『緊』字而已。古人論織曰『緊滿』，論地曰『緊要』。緊則滿，滿則不鬆，美錦是也；緊則要，要則不涣，關隘是也。」方植之《昭昧詹言》又標「精深華妙」四字，以爲文字精深在法與意，華妙在興象與辭。此數説皆有心得。然未若劉海峰《論文偶記》之完備。其論「文貴奇」云：「有奇在字句者，有奇在意思者，有奇在筆者，有奇在丘壑者，有奇在氣者，有奇在神者。字句之奇，不足爲奇；氣奇則真奇矣。」又云：「次第雖如此，然字句亦不可不奇，自是文家能事。揚子雲《太玄》、《法言》，昌黎甚好之，故昌黎文奇。」又云：「氣奇最難識，大約忽起

忽落，其來無端，其去無迹。」又云：「讀古人文，於起滅轉接之間，覺有不可測識處，便是奇氣。」又云：「奇與平正相對。氣雖盛大，一片行去，不可謂奇。奇者，於一氣行走之中，時時提起。」又云：「太史公《伯夷傳》，可謂神奇。」其論「文貴高」云：「窮理則識高，立志則骨高，好古則調高。」又云：「文到高處，只是樸淡意多。譬如不事紛華，翛然世味之外，謂之高人。昔人謂子長文字峻，震川謂此言難曉，要當於極真、極樸、極淺處求之。」其論「文貴大」云：「道理博大，氣脈洪大，丘壑遠大，丘壑中必峰巒高大，波瀾闊大，乃可謂之遠大。」其論「文貴遠」云：「遠必含蓄，或句上有句，或句下有句，或句中有句，或句外有句，說出者少，不說出者多，乃可謂遠。昔人論畫曰：『遠山無皴，遠水無波，遠樹無枝，遠人無目。』此之謂也。遠則味永。文至味永，則無以加。昔人謂子長文字微情妙旨，寄之筆墨蹊徑之外；又謂如郭忠恕畫天外數峰，略有筆墨、而無筆墨之迹。故太史公文，並非孟堅所知。」又云：「昔人謂意盡而言止者，天下之至言也。然言止而意不盡者尤佳。意到處言不到，言盡處意不盡，自太史公後，惟韓、歐得其一二。」其論「文貴簡」云：「凡文，筆老則簡，意真則簡，辭切則簡，理當則簡，味淡則簡，氣蘊則簡，品貴則簡，神遠而含藏不盡則簡。故簡爲文章盡境。」又云：「程子云：『立言貴含蓄意思，勿使無德者眩，知德者厭。』此語最有味。」其論「文貴疏」云：「宋畫密，元畫疏；顔、柳字密，鍾、王字疏；孟堅文密，子長文疏。凡文，力大則疏，氣疏則縱，密則拘；神疏則逸，密則勞；疏則生，密則死。」又云：「子長拿捏大

意，行文不妨脱略。」其論「文貴變」云：「《易》曰：『虎變文炳，豹變文蔚。』又曰：『物相雜故曰文。』故文者，變之謂也。一集之中，篇篇變；一篇之中，段段變；一段之中，句句變。神變，氣變，境變，音節變，句字變，惟昌黎能之。」又云：「文法有平有奇，須是兼備，乃盡文人之能事。上古文字初開，實字多，虚字少。《典》、《謨》、《訓》、《誥》，何等簡奥！然文法自是未備。至孔子之時，虚字詳備，作者神態畢出。左氏情韵並美，文彩照耀。至先秦戰國，更加疏縱。漢人斂之，稍歸勁質。惟子長集其大成。唐人宗漢，多峭硬；宋人宗秦，得其疏縱，而失其厚懋，氣味亦稍薄矣。文必虚字備而後神態出，何可節損？然枝蔓軟弱，少古人厚重之氣，自是後人文漸薄處。」又云：「馬遷句法似贅拙，而實古厚可愛。」其論「文貴瘦」云：「須從瘦出，而不宜以瘦名。蓋文至瘦則筆能屈曲盡意，而言無不達。然以瘦名，則文必狹隘。」又云：「《公》、《穀》、韓非、王半山之文江寧半山亭，王安石故宅，由縣東門至蔣山，此爲半道，故名。極高峻難識，學之有得，便當舍去。」其論「文貴華」云：「華正與樸相表裏。以其華美故可貴。所惡於華者，恐其近俗耳；所取於樸者，謂其不著脂粉耳。昔人謂不著脂粉而清真刻峭者，梅聖俞之詩也；不著脂粉而精彩濃麗，自《左傳》、《莊子》、《史記》而外，其妙不傳。此知文之言。」又云：「天下之勢日趨於文，而不能自已。上古文字簡質。周尚文，而周公、孔子之文最盛。其後傳爲左氏，爲屈原、宋玉，爲司馬相如，盛極矣。盛極則蘖衰，流弊遂爲六朝。六朝之靡弱，屈、宋之盛肇之也。昌黎氏矯之以質，本六經爲文，後

人因之爲清疏爽直，而古人華美之風，亦略盡矣。平奇華樸，流激使然，末流皆不可處。」又云：「唐人之體，較之漢人微露圭角，少渾噩之象。然陸離璀璨，猶似夏商鼎彝。宋人文雖佳，而萬怪惶惑處少矣。荆川云：『唐之韓，猶漢之班、馬；宋之歐、曾、三蘇，猶唐之韓。』此自其同者言之耳。然氣味有厚薄，力量有大小，時代使然，不可强也。但學者先求其同，而後別其異；不宜伐其異，而不知其同耳。」其論「文貴參差」云：「天之生物，無一不偶，而無一齊者。故雖排比之文，亦以隨勢曲注爲佳。」又云：「好文字與俗下文字相反，如行道者，一東一西，愈遠則愈善。一欲巧，一欲拙；一欲利，一欲鈍；一欲柔，一欲硬；一欲肥，一欲瘦；一欲濃，一欲淡；一欲艷，一欲樸；一欲鬆，一欲緊；一欲輕，一欲重；一欲秀令，一欲蒼莽；一欲偶儷，一欲參差。夫拙者巧之至，非真拙也；鈍者利之至，非真鈍也。」其論「文貴去陳言」云：「昌黎論文以去陳言爲第一義。後人見爲昌黎好奇，故云耳。不知作古文無不去陳言者。試觀歐、蘇諸公，曾直用前人一言否？」又云：「昌黎既云去陳言，又極言去之之難。蓋經史諸子百家之文，雖讀之甚熟，却不許用他一句。另作一番言語，豈不甚難！樊宗師墓誌云：『必出於己，不蹈襲前人一言一句，又何其難也！』正與『戛戛乎其難哉』互相發明。」又云：「樊誌銘云：『惟古於詞必己出，降而不能乃剽賊，後皆指前公相襲，自漢迄今用一律。』今人行文反以用古人成語自謂有出處，自矜典雅，不知其爲襲也，剽賊也。」又云：「昔人謂杜詩、韓文無一字無來歷。來歷者，凡用一字二字

必有所本也，非直用其語也。況詩與古文不同。詩可用成語，古文則必不可用。故杜詩多用古人句，而韓於經史諸子之文，止用一字，或至兩字而止。若直用四字，知爲後人之文矣。」又云：「大約文字是日新之物，若陳陳相因，安得不目爲臭腐？原本古人意義，到行文時卻須重加鑄造一樣言語，不可便直用古人，此謂去陳言。未嘗不换字，卻不是换字法。」又云：「王元美世貞論東坡云：『觀其詩有學矣，似無才者；觀其文有才矣，似無學者。』此元美不知文，而以陳言爲學也。東坡詩，於前人事詞無所不用，以詩可用陳言也；東坡文，於前人事詞一毫不用，以文不可用陳言也。正可於此悟古人行文之法，與詩迥異，而元美見以爲有學無學。夫一人之詩文，何以忽有學忽無學哉？由不知文，故其言如此。」又云：「元美所謂學者，正古人之文所唾棄而不屑用、畏避而不敢用者也。東坡之文，如太空浩氣，何處可著一前言，以貌爲學問哉？」又云：「昔人謂經對經、子對子者，皆詩賦偶儷八比之時文耳。若散體古文，則六經皆陳言也。」其論「行文最貴者品藻」云：「無品藻便不成文字，如曰渾、曰灝、曰雄、曰奇、曰頓挫、曰跌宕之類，不可勝數。然有神上事，有氣上事，有體上事，有色上事，有聲上事，有味上事，有識上事，有情上事，有才上事，有格上事，有境上事，須辨之甚明。」又云：「文章品藻最貴者，曰雄，曰逸。歐陽子逸而未雄；昌黎雄處多，逸處少；太史公雄過昌黎，而逸處更多於雄處，所以爲至。」

此外就諸家文境而比較言之者，如揚子雲《法言·問神》篇云：「《虞》、《夏》之書渾渾爾，《商書》灝灝爾，《周書》噩噩爾。」班孟堅《司馬遷傳贊》云：「自劉向、揚雄博極群書，皆稱遷有良史之才，服其善序事理，辨而不華，質而不俚。其文直，其事覈，不虛美，不隱惡，故謂之實録。」范蔚宗《班固傳論》云：「遷文直而事覈，固文贍而事詳。若固之叙事不激詭，不抑抗，贍而不穢，詳而有體，使讀者亹亹而不厭，信哉其能成名也。」韓退之《進學解》云：「沈浸醲郁，含英咀華，作爲文章，其書滿家。上規姚姒，渾渾無涯；周《誥》殷《盤》，佶屈聱牙，《春秋》謹嚴，《左氏》浮夸，《易》奇而法，《詩》正而葩；下逮《莊》、《騷》，太史所録，子雲、相如，同工異曲。先生之於文，可謂宏其中而肆其外矣。」柳子厚《與楊京兆憑書》云：「博如莊周，哀如屈原，奥如孟軻，壯如李斯，峻如馬遷，富如相如，明如賈誼，專如揚雄。」歐陽永叔《唐書·藝文志序》云：「六經之道，簡嚴易直而天人備。其餘作者，質之聖人，或離或合；然精深閎博，各盡其術，而怪奇偉麗，往往振發於其間。」蘇明允《上歐陽内翰書》云：「孟子之文，語約而意盡，不爲巉刻斬絶之言，而其鋒不可犯。韓子之文，如長江大河，渾浩流轉，魚黿蛟龍，萬怪惶惑，而遏抑蔽掩，不使自露，而人望見其淵然之光，蒼然之色，亦自畏避不敢迫視。執事之文，紆餘委備，往復百折，而條達疏暢，無所間斷，氣盡語極，急言切論，而容與閑易，無艱難勞苦之態。此三者皆斷然爲一家之文也。」又云：「李翱之文，其味黯然而長，其光油然而幽。陸贄之文，遣言措意，切近的當。」先薑塢府君《援鶉堂筆記》

云：「文字筆瘦多奇，然自是小。如太史公不須如此。」又云：「昌黎雄處，每於一起一接，忽來忽止，不可端倪。宋六家及震川，俱犯駴蹇之病。」又云：「歐公文字玩其轉調處，如美人轉眼。」又云：「歐公每於將説未説處，吞吐抑揚作態，令人欲絶。」又云：「震川希心於歐、曾，如《見村樓記》中段烟波生色處最佳。然『予能無感乎』句，音韵輕促，不逮歐公。」永福吕月滄（璜）輯宜興吴仲倫德旋《古文緒論》云：「古文善用疏，莫如《史記》；善學者莫如昌黎。看韓濃郁處皆能疏。柳州則有不能疏者。」又云：「《史記》諸表序筆筆唱嘆，筆筆是竪的；歐陽文有唱嘆者，多是横闊的。」劉（庸）〔融〕齋《藝概》云：「太史公文，韓得其雄，歐得其逸。雄者善用直捷，故發端便見出奇；逸者善用紆徐，故引緒乃覘入妙。」又云：「昌黎之文如水，柳州之文如山。浩乎沛乎，曠如奥如，二公殆各有會心。」又云：「介甫之文長於掃，東坡之文長於生。掃故高，生故贍。」又云：「昌黎文意思來得硬直，歐、曾來得柔婉。硬直見本領，柔婉正復見涵養也。」曾文正公《日記》云：「偶思古文古詩最可學者，占八句云：《詩》之節，《書》之括，《孟》之烈，韓之越，馬之咽，《莊》之跌，陶之潔，杜之拙。」凡此所論，又皆精審堅確，非老於文學者不能言也。

神　理

《易・説卦傳》云：「神也者，妙萬物而爲言者也。」《孟子・盡心》篇云：「夫君子所過者化，

所存者神。」又云：「大而化之之謂聖，聖而不可知之之謂神。」此神妙、神化之説所由來也。文章亦有此境，必神足，辭乃無不達。此《説文》所以於「神」字云：「天神引出萬物者也。」杜工部詩云：「文章有神交有道。」（《蘇端薛復筵簡薛華醉歌》）又云：「書貴瘦硬方通神。」（《李潮八分小篆歌》）其知之矣。《説文》於「理」字云：「治玉也。」蓋玉既治，其文理始昭著。故引申之，凡事物之有條不紊者，皆謂之理。其在音樂，則《孟子·萬章》篇所謂「始條理」、「終條理」者是也。其在文章，則《荀子·非十二子》篇所謂「持之有故」、「言之成理」者也。夫神必俟功候之足、興會之到，而後臻焉，非可以著力爲之。故《易·繫辭傳》云：「神無方而易無體。」又云：「陰陽不測之謂神。」若理則可以著力，故《説卦傳》云：「窮理盡性以至於命。」此二者之分也。

大抵神妙神化之境，非可一蹴幾是，有本原焉，有工力焉。考《易·繫辭傳》云：「尺蠖之屈，以求伸也；龍蛇之蟄，以存身也；精義入神，以致用也；利用安身，以崇德也。過此以往，未之或知也。窮神知化，德之盛也。」《禮記·孔子閑居》云：「清明在躬，志氣如神；嗜欲將至，有開必先。天降時雨，山川出雲。」此雖不專就文章言，而文章本原所在，固如是矣。《莊子·養生主》篇云：「庖丁爲文惠君解牛，手之所觸，肩之所倚，足之所履，膝之所踦，砉然嚮然，奏刀騞然，莫不中音，合於《桑林》之舞，乃中《經首》之會。（司馬彪曰：「《桑林》，湯樂名；《經首》，咸池樂章也。」）文惠君曰：『譆，善哉！技蓋至此乎？』庖丁釋刀對曰：『臣之所好者，道也；進乎技矣。

始臣之解牛之時，所見無非牛者；三年之後，未嘗見全牛也。方今之時，臣以神遇而不以目視，官知止而神欲行。依乎天理，批大郤，導大窾，（崔譔曰：「郤，間也。」司馬彪曰：「窾，空也。」）因其固然，技經肯綮之未嘗（陸德明曰：「肯，《説文》作肎，著骨肉也。」案：嘗，試也。）而況大軱乎？（向秀曰：「軱，戾大骨也。」）良庖歲更刀，割也；族庖月更刀，折也。（崔譔曰：「族，衆也。」）今臣之刀十九年矣，所解數千牛矣，而刀刃若新發於硎。（郭象曰：「硎，砥石也。」）彼節者有間，而刀刃者無厚；以無厚入有間，恢恢乎其於游刃必有餘地矣。是以十九年而刀刃若新發於硎。雖然，每至於族，吾見其難爲，（郭象曰：「交錯聚結爲族。」）怵然爲戒，視爲止，行爲遲，動刀甚微。謋然已解，如土委地。提刀而立，爲之四顧，爲之躊躇滿志。善刀而藏之。』文惠君曰：『善哉！吾聞庖丁之言，得養生焉。』」《達生》篇云：「仲尼適楚，出於林中，見痀僂者承蜩，猶掇之也。仲尼曰：『子巧乎！有道邪？』曰：『我有道也。五六月，累丸二而不墜，則失者錙銖；（郭象曰：「累二丸於竿頭，是用手之停審也。」）累三而不墜，則失者十一；累五而不墜，猶掇之也。吾處身也，若厥株拘；（案：《説文》：「株，木根也。」《山海經》郭注：「枸，根盤錯也。」拘通枸。厥者，斷木爲杙也。）吾執臂也，若槁木之枝；雖天地之大，萬物之多，而惟蜩翼之知。吾不反不側，不以萬物易蜩之翼，何爲而不得？』孔子顧謂弟子曰：『用志不分，乃凝於神。其痀僂丈人之謂乎？』」此雖不專就文章言，而文章工力所施，固如是矣。

此外如韓退之《送高閑上人序》云：「苟可以寓其巧智，使機應於心，不挫於氣，則神完而守固，雖外物至，不膠於心。」惜抱先生《古文詞類纂》評之云：「機應於心，故物不膠於心；不挫於氣，故神完守固。韓公此言，本自狀所得於文事者；然以之論道亦然。」曾文正公《日記》云：「機應於心，熟極之候也，《莊子・養生主》之説也；不挫於物，自慊之候也，《孟子・養氣》章之説也。不挫於物者，體也，道也，本也；機應於心者，用也，技也，末也。韓子之於文，技也，進乎道矣。」又云：「機者，無心遇之，偶然觸之，姚惜抱謂『文王、周公繫《易》彖辭、爻辭，其取象亦偶觸於其機。假令《易》一日而爲之，其機之所觸少變，則其辭之取象亦少異矣。』余嘗嘆爲知言。神者，人功與天機相湊泊，如卜筮之有繇辭，如《左傳》諸史之有童謡，如佛書之有偈語，其義在可解不可解之間。古人有所托諷，如阮嗣宗之類，故作神語以亂其辭。唐人如太白之豪，少陵之雄，龍標王昌齡官龍標尉之逸，昌谷李賀家於昌谷，今宜陽縣地之奇，及元、白、張籍、王建之樂府，亦往往多神到機到之語。即宋世名家之詩，亦皆人巧極而天工錯，徑路絶而風雲通。蓋必可與言機，可與言神，而後極詩之能事。」此數條發揮韓氏之意至透。而文正於神之外，更及於機，蓋水到而渠乃成，機熟而神乃王也。又劉海峰《論文偶記》云：「行文之道，神爲主，氣輔之，氣隨神轉。神渾則氣灝，神遠則氣逸，神偉則氣高，神變則氣奇，神深則氣静。故神爲氣之主。」又云：「文章最要氣盛；然無神以主之，則氣無附，蕩乎不知其所歸矣。」又云：「神者氣之主，氣者神之用。」又云：「神只是氣

之精處。」諸條亦可參觀。

是以古人精神興會之到，往往意在筆先。如周公作《無逸》，凡七更端，皆以「嗚呼」發之。其後歐陽公作《五代史贊》，每篇亦如此。是皆有無窮之意，在於筆先，有不期然而然者。《史記・管晏列傳》「管仲曰吾始困時」以下數行，《屈原賈生列傳》「屈平疾王聽之不聰也」以下數行，其噴薄而出亦然。又有意在筆外者，如《史記・伯夷列傳》末，言「悲夫！閭巷之人，欲砥行立名者，非附青雲之士，惡能施於後世哉？」正所以見己著《史記》之爲功大也。《平原君虞卿列傳贊》，既叙虞卿始智終困，忽作轉語云：「然虞卿非窮愁，亦不能著書以自見於後世」云，又所以寓己之感憤也。《平準書》末云：「烹弘羊天乃雨」，《魏其武安侯列傳》末云：「上自魏其時不直武安，特爲太后故耳。及聞淮南王金事，上曰：『使武安侯在者，族矣。』」如此截然竟止，而餘意無窮。若此者，皆神爲之也。是以《文心雕龍・神思》篇云：「古人云：『形在江海之上，心存魏闕之下。』神思之謂也。文之思也，其神遠矣。故寂然凝慮，思接千載；悄焉動容，視通萬里。吟咏之間，吐納珠玉之聲；眉睫之前，卷舒風雲之色，其思理之致乎？故思理爲妙，神與物遊。神居胸臆，而志氣統其關鍵；物沿耳目，而辭令管其樞機。樞機方通，則物無隱貌；關鍵將塞，則神有遯心。是以陶鈞文思，貴在虚靜，疏瀹五藏，澡雪精神。積學以儲寶，酌理以富才，研閱以窮照，馴致以懌懷，然後使玄解之宰，尋聲律而定墨；獨照之匠，窺意象而運斤。」又云：「臨篇綴慮，必有二

患：理鬱者苦貧，辭溺者傷亂。然則博見爲饋貧之糧，貫一爲拯亂之藥，博而能一，亦有助乎心力矣。若情數詭雜，體變遷貿，拙辭或孕於巧義，庸事或萌於新意，視布於麻，雖云未費，杼軸獻功，煥然乃珍。至於思表纖旨，文外曲致，言所不追，筆固知止。至精而後闡其妙，至變而後通其數，伊摯不能言鼎，輪扁不能語斤，其微矣乎！」

若夫理之在天下，無論見於事，寓於物，皆賴文以明之。昔《宋史·文苑傳》載張文潛耒嘗著論云：「自六經以下，至於諸子、百氏、騷人、辨士論述，大抵皆將以爲寓理之具也。故學文之端，急於明理。如知文而不務理，求文之工，未嘗有也。夫決水於江、河、淮、海也，順道而行，滔滔汩汩，日夜不止，衝砥柱，絶吕梁，放於江湖而納之海，其舒爲淪漣，鼓爲波濤，激之爲風飆，怒之爲雷霆，蛟龍魚鱉，噴薄出没，是水之奇變也。水之初豈若是哉？順道而決之，因其所遇而變生焉。溝瀆東決而西竭，下滿而上虚，日夜激之，欲見其奇，彼其所至者，蛙蛭之玩耳。江、河、淮、海之水，理達之文也，不求奇而奇至矣。激溝瀆而求水之奇，此無見於理，而欲以言語句讀爲奇，反復咀嚼，卒亦無有，文之陋也。」蘇子瞻《與張嘉父書》云：「若著成一家之言，當且博觀而約取，如富人之築大第，儲其材用，既足而後成之，然後爲得也。」魏叔子《宗子發文集序》云：「今天下治古文者衆矣。好古者株守古人之法，而中一無所有，其弊爲優孟之衣冠；天資卓犖者師心自用，其弊爲野戰無紀之師，動而取敗。蹈是二者，而主以自滿假之心，輔以流俗諛言，天資學力所

至，適足助其背馳，乃欲卓然并立於古人，嗚呼難哉！雖然，師心自用，其失易明；好古而中無所有，其故非一二言盡也。吾則以爲養氣之功，在於集義；文章之能事，在於積理。今夫文章，六經四書而下，周秦諸子兩漢百家之書，於體無所不備。後之作者，不至此則至彼。而唐、宋大家，則又取其書之精者，參和雜糅，鎔鑄古人以自成，其勢必不可以更加。故自諸大家後，數百年間，未有一人獨創格調，出古人之外者。然文章格調有盡，天下事理日出而不窮。識不高於庸衆，事理不足關繫天下國家之故，則雖有奇文，與《左》、《史》、韓、歐陽并立無二，亦可無作。古人具在，而吾徒似之，不過古人之再見，顧必多其篇牘，以勞苦後世耳目，何爲也？且夫理固非取辦臨文之頃，窮思力索，以求其必得。鐘太傅繇學書法曰，每見萬彙皆畫象之。韓退之稱張旭書變動猶鬼神，不可端倪，天地事物之變，可喜可愕，一寓於書。人生平耳目所見聞，身所經歷，莫不有其所以然之理。雖市儈、優倡、大猾、逆賊之情狀，竈婢、丐夫、米鹽凌雜鄙褻之故，必皆深思而謹識之，醞釀蓄積，沈浸而不輕發；及其有故臨文，則大小深淺，各以類觸，沛乎若決陂池之不可禦。譬之富人積財，金玉、布帛、竹頭、木屑、糞土之屬，無不豫貯，初不必有所用之；而當其必需，則糞土之用，有時與金玉同功。」曾文正《日記》云：「凡作詩文，有情極真摯，不得不一傾吐之時。然亦須平日積理既富，不假思索，左右逢原，其所言之理，足以達胸中至真至正之情。作文時無鐫刻字句之苦，文成后無鬱塞不吐之情，皆平日讀書積理之功也。若平日醞釀不深，則雖

有真情欲吐，而理不足以達之，不得不臨時尋思義理；義理非一時所可取辦，則不得不求工於字句。至於雕飾字句，則巧言取悦，作僞日拙。所謂『修辭立誠』者，蕩然失其本旨矣。」所論皆極透切。

雖然積理固文學家要務，但觀洪景盧《容齋四筆》載：「江陰葛延之，元符間省蘇公於儋耳，請作文之法。公誨之曰：『儋州雖數百家之聚，而州人之所須，取之市而足。然不可徒得也，必有一物以攝之，然後爲己用。所謂一物者，錢是也。作文亦然。天下之事，散在經子史中，不可徒使，必得一物以攝之，然後爲己用。所謂一物者，意是也。不得錢不可以取物，不得意不可以用事。此作文之要也。』葛拜其言而書諸紳。」然則理雖積之於書，而意則攝之於我。既有意矣，又必有術以行之，然後能執簡御繁，化腐爲奇。是以《論文偶記》云：「作文專以理爲主，則未盡其妙。蓋人不窮理讀書，則出辭鄙倍空疏；人無經濟，則其言累牘不適於用。故義理、書卷、經濟者，行文之實。若行文自是另一事，譬大匠操斤，無土木材料，縱有成風盡堊手段，何處施設？然有土木材料不善施設者甚多，終不可爲大匠。故文人者，大匠也；神氣音節者，匠人之能事也；義理、書卷、經濟者，匠人之材料也。」又云：「作文本以明義理、適世用，而明義理、適世用，必有待於文人之能事。」又云：「唐、虞紀載，必待史臣；孔門賢傑甚衆，而文學獨稱子游、子夏。可見自古文事相傳，必有個能事在。」惜抱先生《與陳碩士書》云：「所作《南池文集序》，論學太涉

門面氣。凡言理不能改舊，而出語必要翻新。佛氏之教，六朝人所説，皆陳陳耳；達摩一出，翻盡窠臼，然理豈有二哉！但能搬陳語，便了無意味。移此意以作文，便亦是妙文矣。」方植之《昭昧詹言》云：「屈子、杜公，時出見道語」，「然惟於旁見側出」處露之，故佳。「若實用於正面，則似傳注語録而腐矣。或即古人指點，或即事指點，或即物指點，愈不倫不類，愈妙遠不測」。此則又皆論所以談理之方法云。

氣　味

《説文》云：「气，雲气也。」蓋陰陽二氣交感，莫著於雲。人身之呼吸，猶雲之卷舒。《孟子》曰：「氣，體之充也。」（《公孫丑》）《管子》曰：「氣，身之充也。」（《心術》）《淮南子》曰：「氣，生之充也。」（《原道》）皆即人身言之。夫人之氣，言語其著焉者也。文章又言語之精也，故以氣爲重。《説文》又云：「味，滋味也。」而於「滋」云：「益也。」蓋有味乃含咀靡盡。文章無氣無以行之，無味無以永之。此二者之分也。

自孟子有養氣之語，而王充《論衡・自紀》篇亦言之。然以氣論文，實始於魏文帝《典論》，其説曰：「文以氣爲主。氣之清濁有體，不可力强而致，譬諸音樂，曲度雖均，節奏同檢，（《文選》注引《蒼頡》篇：「檢，法度也。」）至於引氣不齊，巧拙有素，雖在父兄，不能以移子弟。」又云「徐幹時

有齊氣」，孔融「體氣高妙」。其《與吳質書》云：「公幹有逸氣，但未遒耳。」自是以後，劉彥和《文心雕龍·風骨篇》云：「怊悵述情，必始乎風；沉吟鋪辭，莫先於骨。故辭之待骨，如體之樹骸；情之含風，猶形之包氣。結言端直，則文骨成焉；意氣駿爽，則文風清焉。若豐藻克贍，風骨不飛，則振采失鮮，負聲無力。是以綴慮裁篇，務盈守氣，剛健既實，輝光乃新。其爲文用，譬征鳥之使翼也。故鍊於骨者，析辭必精；深乎風者，述情必顯。捶字堅而難移，結響凝而不滯，此風骨之力也。若瘠義肥辭，繁雜失統，則無骨之徵也；思不環周，索莫乏氣，則無風之驗也。」又云：「夫翬翟備色，而翾翥百步，肌豐而力沉也；鷹隼乏采，而翰飛戾天，骨勁而氣猛也。文章才力，有似於此。若風骨乏采，則鷙集翰林；采乏風骨，則雉竄文囿。唯藻耀而高翔，固文筆之鳴鳳也。」《養氣》篇云：「夫學業在勤，功庸弗怠，故有錐股自厲、和熊以苦之人。志於文也，則申寫鬱滯，故宜從容率情，優柔適會；若銷鑠精膽，蹙迫和氣，秉牘以驅齡，灑翰以伐性，豈聖賢之素心，會文之直理哉！且夫思有利鈍，時有通塞，沐則心覆，且或反常，神之方昏，再三愈黷。是以吐納文藝，務在節宣，清和其心，調暢其氣，煩而即捨，勿使壅滯。意得則舒懷以命筆，理伏則投筆以卷懷。逍遥以針勞，談笑以藥倦，常弄閑於才鋒，賈餘於文勇，使力發如新，湊理無滯，雖非胎息之邁術，斯亦衛氣之方也。」此論氣之有關於文與所以無耗損之者，皆得要領。若《顏氏家訓·文章》篇云：「凡爲文章，猶人乘騏驥，雖有逸氣，當以銜勒制之，勿使流亂軌躅，放意填坑塹

也。」此則欲人斂才就範。蓋文有逸氣，本不易得，若以銜勒制之，則遒矣。及韓退之論文，復同此旨，其《答李翊書》云：「氣，水也；言，浮物也。水大而物之浮者大小畢浮。氣之與言猶是也，氣盛則言之長短與聲之高下皆宜。」蘇子瞻因王定國未契退之《孟郊墓銘》「以昌其詩」之語，答之以詩云：「昌身如飽腹，飽盡還當饑；昌詩如膏面，爲人作容姿。不如昌其氣，鬱鬱老不衰。雖云老不衰，劫壞安所之？不如昌其志，志壹氣自隨。養之塞天地，孟軻不吾欺。」又作《潮州韓文公廟碑》，亦引孟子養氣之言，以爲「是氣也，寓於尋常之中，而塞乎天地之間。韓文公起布衣，談笑而麾之，天下靡然從公，復歸於正。蓋三百年於此矣。豈非參天地，關盛衰，浩然而獨存者乎？」蘇子由《上樞密韓太尉書》云：「轍生好爲文，思之至深，以爲文者氣之所形。然文不可以學而能，氣可以養而致。孟子曰：『我善養吾浩然之氣。』今觀其文章，寬厚宏博，充乎天地之間，稱其氣之大小。太史公行天下，周覽四海名山大川，與燕趙間豪俊交遊，故其文疏宕，頗有奇氣。此二子者，豈嘗執筆學爲如此之文哉？其氣充乎其中而溢乎其貌，動乎其言而見乎其文，而不自知也。」劉海峰《論文偶記》云：「今粗示學者：古人行文至不可阻處，便是他氣盛。非獨一篇爲然，即一句有之。古人下一語，如山崩，如峽流，覺攔擋不住，其妙只是個直的。」又云：「氣最要重。予向謂文須筆輕氣重，善矣，而未至也。要得氣重，須是字句下得重。此最上乘，非初學拙筆之謂也。」又云：「文法至鈍拙處，乃爲極高古之能事。非真拙鈍也，乃古之至耳。古來能此

者，史遷尤爲獨步。」又云：「古人云：『文以氣爲主，氣不可以不貫；鼓氣以勢壯爲美，而氣不可以不息。』此語甚好。」又云：「論氣不論勢，不備。」惜抱先生《與陳碩士書》云：「欲得筆勢痛快，一在力學古人，一在涵養胸趣。夫心静則氣自生矣。」曾文正公《日記》云：「古文之法，全在氣字上用工夫。」又云：「夜温《長楊賦》，於古人行文之氣，似有所得。」又云：「温韓文數篇，若有所得。古人之不可及，全在行氣，如列子之御風；不在義理字句間也。」又云：「爲文全在氣盛。欲氣盛，全在段落清。每段分束之際，似斷不斷，似咽非咽，似吞非吞，似吐非吐，古人無限妙境，難於領取。每段張起之際，似承非承，似提非提，似突非突，似紓非紓，古人無限妙用，亦難領取。」又云：「奇辭大句，須得瑰瑋飛騰之氣驅之以行。凡堆重處皆化爲空虛，乃能爲大篇，所謂氣力有餘於文之外也。否則，氣不能舉其體矣。」方植之《昭昧詹言》云：器物中或「有形無氣」，「亦供世用，而不可以例詩文」。「詩文者，生氣也。若紙滿如剪彩雕刻，無生氣，乃應試館閣體耳，於作家無分。」據此可知無論詩文，未有氣不盛而能工者也。

雖然，氣之最上者曰元氣。歸震川《項思堯文集序》所謂「文章天地之元氣，得之者其氣直與天地同流」是也。六經尚矣。後世文家據王厚齋《困學紀聞》云：「李義山謂昌黎文若元氣。王荆公謂少陵詩與元氣侔。惟杜、韓足以當之。其他或爲敦厚之氣，或爲嚴凝之氣，雖不能無偏，要皆真氣也，生氣也。所忌者爲客氣，蓋客氣非僞即滑。」先薑塢府君《援鶉堂筆記》謂：「柳州

《論鐘乳書》，從李斯《諫逐客書》來。然如中段設采奇麗處，李則隨意揮斥，不露圭角，而葩艷陸離；柳則似有意搜用奇怪，費氣力模擬，而筋骨呈露。」此懼其僞也。惜抱先生《與先石甫府君書》云：「大抵文章之妙，在馳驟中有頓挫，頓挫中有馳驟。若但有馳驟，即成剽滑，非真馳驟。」此懼其滑也。

至於文章之有味，其本原有二：一在積理，一在閱事。苟積理富，閱事多，自然醰醰有味。而輔助亦在聲色。《昭昧詹言》云：王厚齋謂蘇子由評文輒云「不帶聲色」。「何義門焯曰：『不帶聲色，則有得於經矣。』」「此二說有得有失，須善參之」。「如《唐書》論韓休之文，『如太羹玄酒，有典則而薄滋味』。竊謂經者道之腴也，其味無窮，何止『但有典則』！矧經亦自有極其聲色者在也」。予因是思東坡嘗評韓、柳詩云：「子厚詩在陶淵明下，韋蘇州上。退之豪放奇險則過之，而温麗清深不及也。所貴乎枯澹者，謂其外枯而中膏，似澹而實美，淵明、子厚之流是也。若中邊皆枯，澹亦何足道？佛云『如人食蜜，中邊皆甜，人食五味，知其甘苦』者皆是。能分别其中邊者，百無一二也。」據此，則陶、柳之詩，其平澹處，且非真枯，而況六經哉？

且夫味之爲説，亦非一二言所能盡矣。孔子曰：「人莫不飲食也，鮮能知味也。」（《中庸》）正以其難領會耳。是故古人有曰「厚味」者，以其腴也。斯之謂有「意味」，亦曰有「義味」，如《孟子》「舜往於田」以下數章之論孝，「富歲子弟多賴」、「牛山之木」、「魚我所欲」各章之論心，《荀子・勸

學》篇之論學，《韓非子・孤憤》、《五蠹》各篇之論事，沈摯痛快，此其一也。又有曰「深味」者，以其永也。斯之謂有「風味」，亦曰有「韵味」。此其妙惟《詩》之《風》、《雅》得之爲多。昔人論《芣苢》詩：「凡三章，章四句，總之爲四十八字，内用『采采』字凡十三，『芣苢』字凡十二，『薄言』字凡十二，除爲語助者，纔餘五字耳。而叙情委曲，從事始終，與夫經行道途，招徽儔侣，以相容與之意，藹然可掬。天下之至文也。」（陸氏深説）又論《靈臺》篇云：「『庶民子來』，民之太和；『麀鹿攸伏』、『於牣魚躍』，物之太和；『於論鼓鐘』、『於樂辟廱』，君臣之太和。所謂太和在成周宇宙間也。」（王氏志長説）其揄揚盛美，可謂至矣。又有抒懷舊之蓄念，發思古之幽情者，如《風》、《雅》中所謂「陳古風今」者皆是。後世如諸家樂府，亦有斯意。而唐末韋端己《長安清明》詩云：「早是傷春夢雨天，可堪芳草正芊芊。内官初賜清明火，上相間分白打錢。（案：《春明退朝録》：「唐時清明取榆柳火以賜近臣戚里。」《蹴踘譜》：「曳開大踢名白打。」）紫陌亂嘶紅叱撥，緑楊高映畫秋千。遊人記得昇平事，暗喜風光似昔年。」惜抱先生《五七言今體詩鈔》評之曰：「傷亂而作此，故佳。若正序承平，而爲是語，則無味矣。」若此者，亦其一也。又有曰「異味」者，以其奇也。斯之謂有「興味」，亦曰有「趣味」。如《莊子》之謬悠荒唐，屈子托雲龍，説迂怪，豐隆求宓妃，鴆鳥媒娀女，皆詭異之辭；康回傾地，夷羿彃日，木夫九首，土伯三目，亦譎怪之談；士女雜坐，亂而不分，指以爲樂，娛酒不廢，沉湎日夜，舉以爲歡，更荒淫之意。凡此皆所以抒其感憤。楊、

馬之詞賦，太史公之紀、傳、表、志、世家言，曹、阮之詩，韓、柳之文，亦往往如此。曾文正《家訓》論退之五古云：「其中有怪奇可駭處，如咏落葉則曰：『謂是夜氣滅，望舒霣其圓。』咏作文則曰：『蛟龍弄角牙，造次欲手攬。』有詼諧可笑處，如咏登科則曰：『儕輩妒且熱，喘如竹筒吹。』咏苦寒則曰：『羲和送日出，恇怯頻窺覘。』必從此等處用心，乃可以長才力，添風趣。」其在近體，如子厚咏黄柑云：「若教坐待城林日，滋味還堪養老夫。」子瞻咏荔枝云：「日啖荔支三百顆，不妨長作嶺南人。」皆因遷謫而故作詼諧之語，亦其類也。昔《文心雕龍·隱秀》篇云：「深文隱蔚，風味曲包。」司空表聖自論其詩，以爲「得味外味」。又《與李秀才書》云：梅「止於酸」，鹽「止於鹹」，而其美常在「酸鹹之外」。學者苟知此意，庶幾言近指遠，而不致遺後人以覆瓿之譏也夫。

格律

《說文》：「格，木長皃。」曾文正公《筆記》云：「凡木之兩枝相交而午錯者，謂之格。以其枝條交互，故有相交之義焉；以其兩枝禁架，故有相拒之義焉；以其長條直暢疏密成理，故又有規制整齊之義焉。是三者皆從本義引伸之者也。凡經史中訓『格』爲『至』爲『來』者，皆相交之義；其曰『格鬬』，曰『扞格』，曰『廢格』，曰『沮格』之類，皆相拒之義。至於枝格相交，長短合度，疏密

停匀，儼然若有規矩，木工爲窗格，即取象於此。曰『體格』，曰『風格』，曰『格律』，曰『格式』，皆從此而引伸之。故《家語》、《禮記注》并訓『格』爲『法』。」案此條論格字至詳。《説文》又曰：「律，均布也。」今由「均布」二字思之，如曰「音律」，曰「紀律」，曰「刑律」，總之皆「均布」也，皆「法」也。故《爾雅·釋詁》亦訓「律」爲「法」。但「格」「律」二者雖同訓，但「格」者導之如此，「律」者戒之不得如彼，此其分也。

大抵文章一類有一類之格。魏文帝《典論》云：「奏議宜雅，書論宜理，銘誄尚實，詩賦欲麗。」陸士衡《文賦》云：「詩緣情而綺靡，賦體物而瀏亮，碑披文以相質，誄纏綿而淒愴，銘博約而温潤，箴頓挫而清壯，頌優游以彬蔚，論精微而朗暢，奏平徹以閑雅，説煒燁而譎誑。」劉彦和《文心雕龍·定勢》篇云：「章表奏議，准的乎典雅；賦頌歌詩，則儀乎清麗；符檄書移，楷式乎明斷；史論序注，師範乎覈要；箴銘碑誄，體制乎宏深；連珠七辭，從事乎巧艷。」《昭明文選序》云，詩有六義，其二曰「賦」。「今之作者，異乎古昔，古詩之體，今則全取賦名。」詩「自炎漢中葉，四言五言，區以别矣。又少則三字，多則九言。頌者，所以游揚德業，褒讚成功。箴興於補闕，戒出於弼匡，論則析理精微，銘則序事清潤，美終則誄發，圖像則讚興」。又：「詔誥教令之流，表奏牋記之列，書誓符檄之品，弔祭悲哀之作，答客指事之制，三言八字之文，篇辭引序，碑碣誌狀，衆制鋒起，源流間出。譬陶匏異器，並爲入耳之娱；黼黻不同，俱爲悦目之玩。」此皆總論各類者

也。若舉各類而分論之者，如《文心雕龍・詮賦》篇云：「原夫登高之旨，蓋睹物興情。情以物興，故義必明雅；物以情觀，故詞必巧麗。麗詞雅義，符采相勝，如組織之品朱紫，畫繪之著玄黄，文雖新而有質，色雖糅而有本。此立賦之大體也。然逐末之儔，蔑棄其本，雖讀千賦，愈惑體要；遂使繁華損枝，膏腴害骨，無貴風軌，莫益勸戒，此揚子所以追悔於雕蟲，貽誚於霧縠者也。」《頌讚》篇云：「原夫頌惟典雅，辭必清鑠，敷寫似賦，而不入華侈之區；敬慎如銘，而異乎規戒之域；揄揚以發藻，汪洋以樹義。唯纖曲巧致，與情而變。其大體所底，如斯而已。」又云：本讚之爲義，「事生奬嘆。所以古來篇體，促而不廣，必結言於四字之句，盤桓乎數韻之辭；約舉以盡情，昭灼以送文，此其體也。發源雖遠，而致用蓋寡，大抵所歸，其頌家之細條乎？」《銘箴》篇云：「夫箴誦於官，銘題於器，名目雖異，而警戒實同。箴全御過，故文資确切；銘兼褒讚，故體貴弘潤。其取事也，必覈以辨；其摛文也，必簡而深。此其大要也。」《誄碑》篇云：「詳夫誄之爲制，蓋選言録行，傳體而頌文，榮始而哀終。論其人也，曖乎若可覿；道其哀也，凄焉如可傷。此其旨也。』又云：「夫屬碑之體，資乎史才。其序則傳，其文則銘。標序盛德，必見清風之華；昭紀鴻懿，必見俊偉之烈。此碑之制也。」《哀弔》篇云：「原夫哀辭大體，情主乎痛傷，而辭窮乎愛惜。幼未成德，故譽止於察惠；弱不勝務，故悼加乎膚色。隱心而結文則事愜，觀文而屬心則體奢。奢體爲辭，則雖麗不哀；必使情往會悲，文來引泣，乃其貴耳。」又云：「夫弔雖古義，而華辭

未造；華過韻緩，則化而爲賦。固宜正義以繩理，昭德而塞違，剖析褒貶，哀而有正，則無奪倫矣。」《論說》篇云：「原夫論之爲體，所以辨正然否。窮於有數，追於無形，迹堅求通，鈎深取極，乃百慮之筌蹄，萬事之權衡也。故其義貴圓通，辭忌枝碎，必使心與理合，彌綸莫見其隙；辭共心密，敵人不知所乘。斯其要也。是以論如析薪，貴能破理。斤利者，越理而横斷；辭辨者，反義而取通。覽文雖巧，而檢迹如妄。唯君子能通天下之志，安可以曲論哉？」又云：「凡說之樞要，必使時利而義貞；進有契於成務，退無阻於榮身。自非譎敵，則唯忠與信。披肝膽以獻主，飛文敏以濟辭，此說之本也。」《詔策》篇云：「夫王言崇秘，大觀在上，所以百辟其刑，萬邦作孚。故授官選賢，則義炳重離之輝；優文封策，則氣含風雨之潤；刺戒恒誥，則筆吐星漢之華；治戎燮伐，則聲有洊雷之威；眚灾肆赦，則文有春露之滋；明罰敕法，則辭有秋霜之烈。此詔策之大略也。」《檄移》篇云：「凡檄之大體，或叙此休明，或叙彼苛虐，皆指天時，審人事，算彊弱，角權勢，標蓍龜於前驗，懸鞶鑑於已然，雖本國信，實參兵謀。譎詭以馳旨，煒燁以騰說。凡此衆條，莫或違之者也。故其植義颺辭，務在剛健。插羽以示迅，不可使辭緩；露版以宣衆，不可使義隱，必事昭而理辨，氣盛而辭斷，此其要也。」「故檄移爲用，事兼文武。其在金革，則逆黨用檄，順命資移，所以洗濯民心，堅回符契，意用小異，而體義大同。」《章表》篇云：「原夫表章之爲用也，所以對揚王庭，昭明心曲。既其身文，且亦國華。章以造闕，風矩應明；表以致禁，骨采宜耀。

循名課實，以章爲本者也。是以章式炳賁，志在《典》、《謨》，使要而非略，明而不淺。表體多包，情僞屢遷。必雅義以扇其風，清文以馳其麗。然懇惻者辭爲心使，浮侈者情爲文移。繁約得正，華實相勝，唇吻不滯，則中律矣。」《奏啓》篇云：「夫奏之爲筆，固以明允篤誠爲本，辨析疏通爲首，强志足以成務，博見足以窮理，酌古御今，治繁總要，此其體也。若乃按劾之奏，所以明憲清國，術在糾惡，勢必深峭。」啓者「用兼表奏。陳政言事，既奏之異條；讓爵謝恩，亦表之別幹。必斂飭入規，促其音節，辨要輕清，文而不侈，亦啓之大略也。」《議對》篇云：「夫動先擬議，明用稽疑，所以敬慎群務，馳張治術。故其大體所資，必樞紐經典。採故實於先代，觀通變於當今；理不謬搖其枝，字不妄舒其藻。又郊祀必洞於禮，戎事必練於兵，田穀先曉於農，斷訟務精於律。然後標以顯義，約以正辭。文以辨潔爲能，不以繁縟爲巧；事以明覈爲美，不以深隱爲奇。此綱領之大要也。」又云：「夫駁議偏辨，各執異見；對策揄揚，大明治道。使事深於政術，理密於時務。酌三、五以鎔世，而非迂緩之高談；馭權變以拯俗，而非刻薄之僞論；風恢恢而能遠，流洋洋而不溢，王庭之美對也。」《書記》篇云：「詳總書體，本在盡言。言以散鬱陶、托風采，故宜條暢以任氣，優柔以懌懷。文明從容，亦心聲之獻酬也。」又云：「原牋記之爲式，既上窺乎表，亦下睨乎書，使敬而不懾，簡而無傲。清美以惠其才，彪蔚以文其響，蓋牋記之分也。」此外，如曾文正評昌黎《殿中少監馬君墓誌銘》云：「凡誌墓之文，懼千百年後谷遷陵改，見者不知誰氏之墓，故刻

石以文告之，語氣須是對不知誰何之人説話。此文少乖。」又評《虢州司户韓府君墓誌銘》云：「凡墓誌之文，以告後世不知誰何之人，其先人有可稱則稱之，無可稱則不著一語，可也。此文合法。」學者合觀之，可以知門類之宜辨矣。

又一篇有一篇之格。蓋欲謀篇，必製局；欲製局，必立格。故劉彦和《文心雕龍·附會》篇云：「凡大體文章，類多枝派。整派者依源，理枝者循幹。是以附辭會義，務總綱領，驅萬塗於同歸，貞百慮於一致。使衆理雖繁，而無倒置之乖；羣言雖多，而無棼絲之亂。扶陽而出條，順陰而藏迹，首尾周密，表裏一體，此附會之術也。夫畫者謹髮而易貌，射者儀毫而失墻，鋭精細巧，必疏體統。故宜詘寸以信尺，枉尺以直尋，棄偏善之巧，學具美之績。此命篇之經略也。」曾文正《日記》亦云：「古文之道，謀篇布勢，是一段最大工夫。《書經》、《左傳》每一篇空處較多，實處較少；旁面較多，正面較少。精神注於眉宇、目光；不可周身皆眉，到處皆目也。綫索要如珠絲馬迹；絲不可過粗，迹不可太密也。」又云：「古文之道，布局須有千巖萬壑重巒複嶂之觀。不可一覽而盡，又不可雜亂無紀。」又《筆記》云：「友人錢塘戴醇士熙嘗謂余言：『李伯時畫七十二賢像，全在鼻端一筆。面目精神，四肢百體，衣褶鞾紋，皆與其鼻端相準相肖。或端拱而凝思，或欹斜以取勢，或若列仙古佛之殊形，或若麟身蛇軀之詭趣，皆自其鼻端一筆以生變化，而卒不離其宗。』國藩以謂斯言也，可通於古文之道。夫古文亦自有氣焉，有體焉。今使有人於此，足反居

上，首顧居下，一脛之大幾如腰，一指之大幾如股，則見者謂之不成人。又或頤隱於齊，肩高於頂，五〈管〉〔官〕在上，兩髀爲脅，則見者亦必反而卻走。爲文者或無所專注，無所歸宿，漫衍而不知所裁，氣不能舉其體，則謂之不成文。故雖長篇鉅製，其精神意氣之所在，必有所謂鼻端之一筆者，譬若水之有幹流，山之有主峰，畫龍者之有睛。物不能兩大，人不能兩首，文之主意亦不能兩重。專重一處，而四體停匀，乃始成章耳。」學者合觀之，亦可以知章法之宜求矣。

若夫古今文學家之戒律，則尤有可臚陳者。《易・繫辭傳》云：「將叛者其辭慚，中心疑者其辭枝，吉人之辭寡，躁人之辭多，誣善之人其辭游，失其守者其辭屈。」此孔子之戒律也。《論語・泰伯》篇云：「出辭氣，斯遠鄙倍矣。」此曾子之戒律也。《孟子・公孫丑》篇云：「詖辭知其所蔽，淫辭知其所陷，邪辭知其所離，遁辭知其所窮。」此孟子之戒律也。《史記・五帝本紀贊》云：「百家言黄帝，其辭不雅馴，薦紳先生難言之。」此太史公之戒律也。《法言・吾子》篇云：「詩人之賦麗以則，辭人之賦麗以淫。」此揚子雲之戒律也。《典論》云：「常人貴遠賤近，向聲背實，又患闇於自見，謂己爲賢。」此曹子桓之戒律也。《文賦》云：「每自屬文，尤見其情。恒患意不稱物，文不逮意。」又云：「雖杼軸於予懷，怵他人之我先。苟傷廉而愆義，亦雖愛而必捐。」此陸士衡之戒律也。他若韓退之《答李翊書》云：「無望其速成，無誘於勢利。」又云：「惟陳言之務去。」柳子厚《報袁君陳秀才避師名書》云：「秀才志於道，慎勿怪，勿雜，勿務速顯。」歐陽永叔《答吳充秀才

書》云：「蓋文之爲言，難工而可喜，易悦而自足。世之學者，往往溺之，一有工焉，則曰：『吾學足矣。』甚者至棄百事不關於心，曰：『吾文士也，職於文而已。』此其所以至之鮮也。」朱子《語類》論文：忌意凡思緩，忌輭弱，忌没緊要，忌不仔細，忌辭意一直無餘，忌浮淺，忌不穩，忌絮，忌巧，忌昧晦，忌不足，忌輕，忌薄，忌冗。方望溪評沈椒園廷芳文云：「南宋、元、明以來，古文義法不講久矣，吴越間遺老尤放恣，或雜小説，或沿翰林舊體，無一雅潔者。古文中不可入語録中語，魏晉六朝人藻麗俳語，漢賦中板重字法，詩歌中雋語，南北史佻巧語。」又《答程夔州書》云：「凡爲學佛者傳記，用佛氏語則不雅，子厚、子瞻皆以兹自瑕。至明錢受之則直如涕唾之令人㪍矣。」吕月滄輯吴仲倫《古文緒論》云：「國初如汪堯峰文，詩話、尺牘氣尚未去浄，方望溪乃盡浄矣。詩賦字雖不可有，但如漢賦字句，用亦何妨？惟六朝綺靡，乃不可也。正史字句亦自可用；如《世説新語》太雋者則近乎小説矣。公牘字句亦不可闌入，此等處須詳辨之。」惜抱先生與先石甫府君書云：「凡作古文，須知古人用意冲澹處，忌濃重，譬如舉萬鈞之鼎，如一鴻毛，乃文之佳境；有竭力之狀，則入俗矣。」曾文正《復陳右銘太守書》云：「僕昔好觀古人文章，私立禁約，以爲有必不可犯者，而後其法嚴，而道始尊。大抵剽竊前言，句摹字擬，是爲戒律之首。稱人之善，依於庸德，不宜褒揚溢量，動稱奇行異徵，鄰於小説誕妄者之所爲；貶人之惡，又加慎焉。一篇之内，端緒不宜繁多，譬如萬山旁薄，必有主峰；龍衮九章，但挈一領。否則首尾衡决，陳義蕪雜，滋

足戒也。識度曾不異人，或乃競爲僻字澀句，以駭庸衆，斲自然之元氣，斯又才士之所同蔽，戒律之所必嚴。」又《茗柯文編序》云：「蓋文章之變多矣。高才者好異不已，往往造爲瑰瑋奇麗之辭，倣效漢人賦頌，繁聲僻字，號爲復古，曾無才力氣勢以驅使之，有若附贅懸疣，施膠漆於深衣之上，但覺其不類耳。叙述朋舊，狀其事蹟，動稱卓絶，若合古來名德至行，備於一身，譬之畫師寫真，衆美畢具，偉則偉矣，而於其所圖之人，固不肖也。」以上所論，皆談戒律所不可不知者。

至於文之當作與否，古人亦極不苟。如黄山谷《與人書》云：「往年歐陽文忠公作《五代史》，或作序記其前，王荆公見之曰：『佛頭上豈可著糞？』竊深嘆息以爲名言。」顧亭林《日知録》云：「唐杜牧《答莊充書》曰：『自古序其文者，皆後世宗師其人而爲之。今吾與足下竝生今世，欲序足下未已之文，固不可也。』」讀此言，今之好爲人序者，可以止矣。婁堅《重刻長慶集序》曰：「凡刻本傳既久，或漫漶不可讀，有繕寫而重刻之者，則人復序之，是宜叙所以刻之意，可也。而今之述者，非追論昔賢，妄爲優劣之辨；即過稱好事，多設游揚之辭。皆我所不取。」讀此言，今之好爲古人文集序者，可以止矣。又《與友人書》云：「中孚李容爲其先妣求傳再三，終已辭之。蓋止一人一家之事，而無關於經術政理之大，則不作也。韓文公文起八代之衰，若但作《原道》、《原毁》、《爭臣論》、《平淮西碑》、《張中丞傳後序》諸篇，而一切銘狀，概爲謝絶，則誠近代之泰山北斗

矣；今猶未敢許也。」汾陽侯仲輅七乘論文章不可苟作云：「艾東鄉南英謂陳大士際泰許人一文，當如許人一女，不可草率。其識高於世人遠甚。昔朱晦庵嘗言：『陸放翁能太高，迹太近，恐爲有力者牽去，不得全其晚節。』及後放翁再出，果爲韓侂胄作南園、閱古泉記，見譏清議。《元史》：姚燧嘗以所作就正許衡，衡賞其辭而戒之曰：『文章先有一世之名，何以應人之見役？非其人而與之，與非其人而拒之，皆罪也。』」蓋語言文字，人品攸關，斯言之玷，駟馬難追。如陶穀悔作禪詔，孔文仲悔作伊川彈文，朱文公悔作紫巖張浚墓碑，姚雪坡悔作《秋壑記》，李西涯悔作《依明宫記》。與其悔之於後，何如慎之於先？韓、柳、歐公於誌傳皆不輕作。子瞻生平銘墓止五人，皆盛德，若富鄭公弼、司馬温公、趙清獻公抃、范蜀公温、張文定公方平也。此外，趙康靖公概、滕元發甫二銘，亦代文定所爲者。在翰林，詔撰趙瞻神道碑，亦辭不作。李治曰：「文章有不當爲者五：苟作，一也；徇物，二也；欺心，三也；蠱俗，四也；不可示子孫，五也。噫！是道也，自蔡伯喈以來，已不免有慚德矣。」鄞縣全謝山祖望《文説》云：「揚子云《美新》，貽笑千古。餘如退之《上宰相書》、《潮州謝上表》、《祭裴中丞文》、《京兆尹李實墓銘》，放翁閱古泉、南園記、《西山建醮青詞》，皆爲白圭之玷。放翁二記，雖有微辭，然不如不作之爲愈。儒者之爲文也，其養之當如嬰兒，其衛之當如處女。」太原閻百詩若璩《潛丘札記》云：「竟陵鍾伯敬惺有《武夷山記》，考其時乃丁憂去職，枉道而爲此。昔二蘇居喪，禁斷詩文，再期之内，不著一字，陸文安九淵

稱爲知禮。夫登山何事？聞訃何時？而竟優遊爲之耶？」諸家所論，尤文學家座右銘也。

聲色

《詩·大雅·皇矣》篇云：「不大聲以色。」《中庸》申之曰：「聲色之於以化民，末也。」夫聲色爲末，則道爲本矣。然道舍聲色亦無由昭著，故惜抱先生與先石甫府君書云：「夫道德之精微，而觀聖人者不出動容周旋中禮之事；文章之精妙，不出字句聲色之間。舍此便無可窺尋矣。」考《説文》云：「聲，音也。」又云：「色，顏色也。」然則，所謂聲者，就大小、短長、疾徐、剛柔、高下言之；所謂色者，就清奇、濃淡言之。此其分也。

蓋聲之有關文章，其説遠矣。如《書》帝典云：「詩言志，歌永言。聲依永，律和聲。八音克諧，無相奪倫。」左氏襄二十九年《傳》載季札觀樂而云：「美哉淵乎！」「泱泱乎！」「蕩乎！」「渢渢乎！」「思深哉！」「廣哉！熙熙乎！」「至矣哉！」《禮記·樂記》載子貢問樂於師乙。而乙之言云：「上如抗，下如隊，曲如折，止如槁木，倨中矩，句中鉤，累累乎端如貫珠。」使非精於聲律，固不能爲是言。故《樂記》又云：「凡音者，生人心者也。情動於中，故形於聲；聲成文，謂之音。」《荀子·勸學》篇云：「詩者，中聲之所止也。」《大略》篇云：「其誠可以比金石，其聲可内於宗廟。」又云：「其言有文焉，其聲有哀焉。」韓退之《送孟東野序》云：「周之衰，孔子之徒鳴之，其

聲大而遠。《傳》曰：『天將以夫子爲木鐸。』其弗信矣乎！」其《上襄陽于相公書》，既以「正聲諧韶濩，勁氣沮金石」並言；《答尉遲生書》又以「本深而末茂，形大而聲宏」並言。《荆譚唱和詩序》且推及於「和平之音淡薄，而愁思之聲要眇；歡愉之辭難工，而窮苦之言易好」。李習之作退之祭文，遂謂「其聲殫天地」。歐陽永叔《送楊寘序》云：「夫琴之爲技小矣。及其至也，大者爲宫，細者爲羽，操絃驟作，忽然變之，急者凄然以促，緩者舒然以和，如崩崖裂石，高山出泉，而風雨夜至也，如怨夫寡婦之嘆息，雌雄雍雍之相鳴也。其憂深思遠，則舜與文王、孔子之遺音也；悲愁感憤，則伯奇、孤子、屈原忠臣之所嘆也。喜怒哀樂，動人深心，而純古淡泊，與夫堯舜三代之言語、孔子之文章、《易》之憂患、《詩》之怨刺無以異。其能聽之以耳，應之以手，取其和者，道其堙鬱，寫其憂思，則感人之際，亦有至者焉。」此雖論琴，而文章準諸此矣。故王介甫作永叔祭文，遂評其文云：「其清音幽韻，凄如飄風急雨之驟至；其雄辭偉辯，快如輕車駿馬之奔馳。」先薑塢府君《援鶉堂筆記》云：「朱子謂『韓昌黎、蘇明允作文，敝一生之精力，皆從古人聲響處學。』此真知文之深者。」劉海峰《論文偶記》云：「文章最要有節奏。譬之管絃繁奏中，必有希聲窈渺處。」惜抱先生《與陳碩士書》云：「詩古文要從聲音證入。不知聲音，總爲門外漢耳。」梅伯言《閑存詩草跋》云：「今世之聞樂者，肅然穆然，其聲動人心，非皆能辨其詞也。取《清廟》、《生民》之詞，而佶屈誦之，未有不聽而思卧者。故詩之道，聲而已矣。」曾文正《日記》云：「樂律不可不通，以其與

兵事、文章相表裏。」又云：「漢魏人作賦，一貴訓詁精確，一貴聲調鏗鏘。」又云：「讀韓文《柳州羅池廟碑》，覺情韻不匱，聲調鏗鏘，乃文章中第一妙境。情以生文，文亦以生情；文以引聲，聲亦以引文。循環互發，油然不能自已，庶漸漸可入佳境。」又云：「温蘇詩朗誦頗久，有聲出金石之樂。因思古人文章，所以與天地不敝者，實賴氣以昌之，聲以永之。故讀書不能求之聲氣二者之間，徒糟粕耳。」又云：「作文以聲調爲本。」又《家訓》云：「凡作詩最宜講究聲調。須熟讀古人佳篇，先之以高聲朗誦，以昌其氣；繼之以密詠恬吟，以玩其味。二者並進，使古人之聲調，拂拂然若與我喉舌相習，則下筆時必有句調奔赴腕下。詩成自讀之，亦自覺琅琅可誦，引出一種興會來。」張廉卿《復朱菉香書》云：「聲調一事，世俗人以爲至淺，不知文之精微要眇，悉寓於其中。」凡此皆論聲調之有關於文章者也。

但古人之所謂聲調者，與齊梁人之説不同。古人本乎天籟，齊梁則出於人爲。説莫詳於沈休文《宋書·謝靈運傳論》，其略云：「夫五色相宣，八音協暢，由乎玄黄律吕，各適物宜。欲使宫羽相變，低昂舛節。若前有浮聲，則後須切響。一簡之内，音韻盡殊；兩句之中，輕重悉異。妙達此旨，始可言文。自靈均以來，多歷年代，雖文體稍精，而此秘未睹。至於高言妙句，音韻天成，皆暗與理合，匪由思至。張、蔡、曹、王，曾無先覺；潘、陸、顔、謝，去之彌遠。」《南史·陸厥傳》云：「王融、謝朓、沈約等文，將平上去入四聲制韻，有平頭、上尾、蜂腰、鶴膝，世呼爲『永明

（南齊武帝年號）體』。」厥與約書云：「尚書云：『自靈均以來，此秘未睹。』但觀歷代衆賢，似不都闇此處。自魏文屬論，深以清濁爲言；劉楨奏書，大明體勢之致。齟齬妥貼之談，操末續顛之説，興玄黄於律吕，比五色之相宜。苟此秘未睹，兹論爲何所指耶？故愚謂前英已早識宫徵，但未屈曲指的若今論所申。乃可言未窮其致，不得言『曾無先覺』也。」沈答書又云：「宫商之聲有五，文字之别累萬。以累萬之繁，配五聲之約，高下低昂，非思力所學。又非止若斯而已。十字之文，顛倒相配；字不過十，巧歷已不能盡，何況復過於此者乎？靈均以來，未經用之於懷抱，固無從得其髣髴矣。若斯之妙，而聖人不尚，何耶？此蓋曲折聲韻之巧，無當於訓義，非聖哲玄言之所急也。是以子雲譬之『雕蟲篆刻』，云『壯夫不爲』。自古辭人，豈不知宫羽之殊，商徵之别？雖知五音之異，而其中參差變動，所昧實多。故鄙意所謂『此秘未睹』者也。」其後劉彦和從而申之，於《文心雕龍·聲律》篇云：「凡聲有飛沈，響有雙疊。雙聲隔字而每舛，疊韻雜句而必睽；沈則響發而斷，飛則聲颺不還；並轆轤交往，逆鱗相比，迂其際會，則往蹇來連，其爲疾病，亦文家之吃也。夫吃文爲患，生於好詭，逐新趣異，故喉脣糺紛；將欲解結，務在剛斷。左礙而尋右，末滯而討前，則聲轉於吻，玲玲如振玉；辭靡於耳，累累如貫珠矣。是以聲畫妍媸，寄在吟詠；吟詠滋味，流於字句；字句氣力，窮於和韻。異音相從謂之和，同聲相應謂之韻。韻氣一定，故餘聲易遣；和體抑揚，故遺響難契。屬筆易巧，選和至難；綴文難精，而作韻甚易。雖纖

意曲變，非可縷言；然振其大綱，不出斯論。」由諸言出，而聲病之説以起。及唐近體詩盛行，於是文學家又增一體製矣。

自休文創聲律之學，當時鐘仲偉已深詆之，故《詩品序》云：「昔曹、劉殆文章之聖，陸、謝爲體貳之才，鋭精研思，千百年中，而不聞宫商之辨，四聲之論。」自「王元長創其首，謝朓、沈約揚其波，於是士流景慕，務爲精密，襞積細微，專相凌架，故使文多拘忌，傷其真美。余謂文製本須諷誦，不可蹇礙，但令清濁流通，口吻調利，斯爲足矣。至平上去入，則余病未能；蜂腰鶴膝，閭里已具。」大抵八病曰平頭，曰上尾，曰蜂腰，曰鶴膝，曰大韻，曰小韻，曰正紐，曰旁紐。據鄞縣仇滄柱兆鰲《杜詩詳注》云：「所謂平頭者，前句上二字與後句上二字同聲，如古詩『今日良宴會，歡樂難具陳』，『今』、『歡』同聲，『日』、『樂』同聲，是平頭也。又如『朝雲晦初景，丹池晚飛雪，飄披聚還散，吹揚凝其威』四句，上二字皆平聲，是平頭也。又如周王褒詩『高箱照雲母，壯馬飾當顱。單衣火浣布，利劍水精珠』四句，疊用四物，而每物各用一虚一實字面，亦平頭也。又如杜摯詩『伊摯爲媵臣，吕望身操竿，夷吾困商販，寧戚對牛嘆，食其處監門，淮陰飢不粲』，疊引古人，皆在句首，是亦平頭也。所謂上尾者，上句尾字與下句尾字俱用平聲，雖韻異而聲則同，是犯上尾。如古詩『西北有高樓，上與浮雲齊』，『樓』與『齊』皆平聲。又如『庭陬有古榴，緑葉含丹榮』，『榴』與『榮』亦平聲也。又如一句尾字與三句尾字連用同聲，是亦上尾。如古詩『客從遠方來，遺我一書

札，上言長相思，下言久離别』，『來』、『思』皆平聲。又如『新製齊紈素，皎潔如霜雪，裁爲合歡扇，團圓似秋月』，『素』、『扇』皆去聲，亦犯上尾矣。其在七律，如杜詩『春酒杯濃琥珀薄』與『誤疑茅堂入江麓』，同係入聲。王維詩『新豐樹裏行人度』與『聞道甘泉能獻賦』，同聲同韻，皆犯上尾也。又如杜《秋興》詩『西望瑶池降王母，東來紫氣滿函關，雲移雉尾開宫扇，日繞龍鱗識聖顔』，『王母』、『函關』、『宫扇』、『聖顔』，俱在句尾，未免疊足，亦犯上尾。若『林花著雨胭脂落，水荇牽風翠帶長，龍虎新軍深駐輦，芙蓉别殿漫焚香』，前聯拈『落』、『長』二字於字尾，後聯移『深』、『漫』二字於上面，便不犯同矣。」蔡寬夫《詩話》云：「蜂腰、鶴膝，蓋出於雙聲之變。若五字首尾皆濁音，中一字獨清，則兩頭大而中間小，即爲蜂腰。若五字首尾皆清音，中一字獨濁，則兩頭細而中間粗，即爲鶴膝矣。今案張衡詩『邂逅承際會』，是以濁夾清，爲蜂腰也。如傅玄詩『徽音冠青雲』，是以清夾濁，爲鶴膝也。所謂大韻者，如『微』、『暉』同韻，上句第一字不得與下句第五字相犯。阮籍詩『微風照羅袂，明月耀清輝』是也。所謂小韻者，如『清』、『明』同韻，上句第四字不得與下句第一字相犯。詩云『薄帷鑒明月，清風吹我襟』是也。所謂正紐者，如『溪』、『起』、『憩』三字爲一紐，上句有『溪』字，下句再用『憩』字，庾闡詩『朝濟清溪岸，夕憩五龍泉』是正紐也。所謂旁紐者，如『長』、『梁』同韻，『長』上聲爲『丈』，上句首用『丈』字，下句首用『梁』字，是亦相犯。詩云『丈夫且安坐，梁塵將欲起』，此旁紐也。在七律如杜詩『遠開山嶽散江湖』，『山』、『散』爲正紐；如『丈人

才力猶强健」，『丈』、『强』爲旁紐矣。」此外又有雙聲、疊韻之法。《南史》王元謨問謝莊曰：「何者爲雙聲？何者爲疊韻？答曰：『互』、『護』爲雙聲，『磝』『碻』爲疊韻。」《學林新編》曰：「雙聲者，同音而不同韻；疊韻者，同音而又同韻也。如李群玉詩『方穿詰曲崎嶇路，又聽鉤輈格磔聲』，『詰曲』、『崎嶇』乃雙聲，『鉤輈』、『格磔』乃疊韻也。」此條所考至爲詳明。唐時日本僧空海撰《文筆眼心鈔》云：「十字中一、六相犯名水渾，二、七相犯名火滅，是謂平頭。十字中上句末與下句末相犯名土崩，是謂上尾。五字中二、五相犯又二、四相犯，是謂蜂腰。二十字中第一句末字與第三句末字相犯，是謂鶴膝。所云相犯，統四聲言之。五字中二、五用同韻字，名觸絶病，是謂大韻。五字中一、三用同韻字，名傷音病，是謂小韻。五字中用雙聲而隔字，名爽切病，是謂旁紐，亦曰大紐。五字、十字中用同紐而疊字，亦名爽切病，是謂正紐，亦曰小紐。」此與仇説又小異。沈氏《四聲譜》久佚，今可考者，惟《謝靈運傳論》及《答陸韓卿厥字書》。諸家以意推測，其不同宜耳。何義門《讀書記》云：「浮聲、切響，即是輕、重。今曲家猶講陰陽清濁。」楊用修亦云：「《文心雕龍》論『和』、『韻』之殊，宋詞、元曲皆於仄韻用和音以叶韻。蓋以平聲爲一類，而上、去、入三聲附之。如『東』『董』『凍』是和，『東』、『中』、『風』是韻也。」如所言，可見沈説不特爲近體詩所出來，勢非流爲詞曲不止。實則大家何嘗沾沾於此！是以唐僧皎然《詩評》云：「沈氏酷裁八病，碎用四聲，風雅殆盡。」《援鶉堂筆記》云：「齊梁以四聲殊音韻，别輕重，沈，宋之研順聲勢，但

取平仄調協。於彼說亦不能盡避。旁紐雙聲，一詩中固時時見之；若疊韻則杜公『卑枝低結子，接葉暗巢鶯』，且故爲之，何嘗不調協乎？」然則近體且不盡如其說，何論古詩？更何論古文？善乎韓退之《答李翊書》云：「氣盛則言之短長與聲之高下皆宜。」吴摯甫先生《答張廉卿書》云「聲音之道，嘗以意求之，才無論剛柔，苟其氣之既昌，則所爲抗墜、曲直、斷續、斂侈、緩急、長短、伸縮、抑揚、頓挫之節，一皆循乎機勢之自然，非必有意於其間，而故無之而不合，其不合者必氣之未充者也。」是真破的之論矣！若夫下手之方，則在於諷誦。故惜抱先生《與陳碩士書》云：「大抵學古文者，必要放聲疾讀，又緩讀，祇久之自悟。若但能默看，即終身作外行也。」又云：「寄來詩文皆有可觀；但說到中間，忽有滯鈍處，此乃是讀古人文不熟。必急讀以求其體勢，緩讀以求其神味，得彼之長，悟吾之短，自有進也。」梅伯言《與孫芝房書》云：「夫古文與他體異者，以首尾氣不可斷耳。有二首尾焉，則斷矣。退之謂六朝文雜亂無章，人以爲過論。夫上衣下裳，相成而不複也，故成章。若衣上加衣，裳下有裳，此所謂無章矣。其能成章者，一氣者也。欲得其氣，必求之於古人。周、秦、漢及唐、宋人文，其佳者皆成誦乃可。夫觀書者，用目之一官而已；誦之而入於耳，益一官矣；且出於口，成於聲，而暢於氣。夫氣者，吾身之至精者也。以吾身之至精，御古人之至精，是故渾合而無有間也。張廉卿《答吴摯甫書》云：「閣下謂苦中氣弱，諷誦久則氣不足載其辭。往在江寧，聞方存之宗誠云：長老所傳，劉海峰絶豐偉，日取古人之文，

縱聲讀之。姚惜抱則患氣羸，然亦不廢哦誦，但抑其聲使之下耳。」是或一道乎？

但古文固無一定之平仄；而聲調既有高下，則二音要有不容不相濟者，況古詩限於五言七言乎？況近體乎？《四庫全書總目》於趙秋谷《聲調譜》云：「執信嘗問聲調於王士禎，士禎靳不肯言。執信乃發唐人諸集，排比鉤稽，竟得其法，因著此書。其例：古體詩五言重第三字，七言重第五字，而以上下二字消息之。大抵以三平爲正格，其四平切脚，如李商隱之『詠神聖功書之碑』；兩平切脚，如蘇軾之『白魚紫蟹不論錢』者，謂之落調。『柏梁體』及四句轉韻之體，則不在此限焉。律詩以本句平仄相救爲單拗，出句如杜甫之『清新庾開府』，對句如王維之『暮禽相與還』是也。兩句平仄相救爲雙拗，如許渾之『溪雲初起日沈閣，山雨欲來風滿樓』是也。其他變例數條，皆本此而推之。而起句結句不相對偶者，則不在此限焉。」此說亦學詩所不可不知者。

色也者，所以助文之光采，而與聲相輔而行者也。其要有三：一曰鍊字，二曰造句，三曰隸事。《文心雕龍・鍊字》篇，有避詭異、省聯邊、權重出、調單複四法，而論重出尤精。其說云：「重出者，同字相犯者也。《詩》、《騷》適會，而近世忌同。若兩字俱要，則寧在相犯。故善爲文者，富於萬篇，貧於一字。一字非少，相避爲難也。」方植之《昭昧詹言》云：「好用虛字承遞」，「最易輭弱。須横空盤硬，中間擺落剪斷多少輭弱，詞意自然高古。」吴摯甫先生嘗爲永樸誦歐陽永叔《石曼卿墓表》末段「嗚呼曼卿」以下數行，以爲字字若有凸凹，因嘆文章之難，第一用虛字，蓋

淺深雅俗，於此焉分。曾文正公《復李眉生書》云：「來函詢虛實、譬喻、異詁三門。虛實者，實字而虛用，虛字而實用也。至用字有譬喻之法，後世須數句而喻意始明，古人止一字而喻意已明。異詁云者，無論何書，處處有之，大抵人所共知，則爲常語；人所罕聞，則爲異詁。古人用字，不主故常，初無定例，要之各有精意運乎其間。閣下現讀《通鑑》，即就《通鑑》異詁之字，偶一鈔記，他人視爲常語，而己心以爲異，則且鈔之；或明日視爲常語，而今日以爲異，亦姑鈔之。久之多識雅訓，不特譬喻、虛實二門可通，即其他各門，亦可觸類而貫徹矣。」又《復鄧寅階書》云：「《文選》以多讀爲妙。蓋京都、田獵、江海諸賦，雖難於成誦，而造字、形聲，訓詁之學，即已不待他求。」又《家訓》云：「文章雄奇，以行氣爲上，造句次之，選字又次之。然未有字不古雅、而句能古雅，句不古雅、而氣能古雅者；亦未有字不雄奇、而句能雄奇，句不雄奇、而氣能雄奇者。是文章之雄奇，其精處在行氣，其粗處全在造句、選字也。余好古人雄奇之文，以昌黎爲第一，楊子雲次之。二公之行氣，本之天授。至於人事之精能，昌黎則造句之工夫居多，子雲則選字之工夫居多。」《援鶉堂筆記》云：「字句章法，文之淺者也；然神氣體勢，皆階之而見。古今文字高下，莫不由此。」又云：「字句之奇，宋以後大家多不講此，亦是其病處。」《論文偶記》云：「神氣者，文之最精處也；音節者，文之稍粗處也；字句者，文之最粗處也。然予謂論文而至於字句，則文之能事盡矣。蓋音節者，神氣之迹也；字句者，音節之矩也。神氣不可見，於音節見之；音節無可

準，以字句準之。」又云：「音節高則神氣必高，音節下則神氣必下，故音節爲神氣之迹。一句之中，或多一字，或少一字；一字之中，或用平聲，或用仄聲；同一平字、仄字，或用陰平陽平，上聲、去聲、入聲，則音節迥異。故字句爲音節之矩。」又云：「積字成句，積句成章，積章成篇，合而讀之，音節見矣；歌而詠之，神氣出矣。」又云：「近人論文，不知有所謂音節者；至語以字句，則必笑以爲末事。此論似高實謬。作文若字句安頓不妙，豈復有文字乎？但所謂字句、音節，須從古人文字中實實講貫過始得，非如世俗所云也。」吕月滄輯吳仲倫《古文緒論》云：「作文豈可廢雕琢？但須清氣運乎其中。功夫成就之後，信筆寫出，無一字一句喫力，卻無一字一句率易，清氣澄澈中，自然古雅有風神，乃是一家數也。」又云：「文字有作一句不甚分明，必三兩句而古雅者；亦有練數句爲一句，乃覺古簡者。總之，氣不可不疏。」至於隸事，《文心雕龍·麗辭》篇，嘗戒不均與孤立二病，以爲「若兩事相配，而優劣不均，是驥在左驂，駑爲右服也。若夫事或孤立，莫與相偶，是夔之一足，踔踔而行也」。蘇子瞻《題柳子厚詩》云：「用事當以故爲新，以俗爲雅。好奇務新，乃詩之病。」焦弱侯《筆乘》云：「韋莊詩『西園公子名無忌』，觀《選》詩：『公子敬愛客，終宴不知疲，清夜游西園，飛蓋相追隨』，乃子建事，不可加之無忌。」《援鶉堂筆記》云：「大凡文字援據，雖有詳略，然必具見端末。」又云：「何大復《聞武昌邊報》詩：『請纓誰爲繫樓蘭？』賈誼請繫單于頸，終軍請以長纓繫南越，無繫樓蘭事。且當時邊報，又無與西域。」惜抱先生《復

劉明東開書》云：「見贈五言排律，所用故事，都不精切，止是隨手填入。姑摘其一聯：『誌公謂徐陵，天上石麒麟，』豈可易『石』爲『玉』？　又陵官非學士，學士唐乃有此官耳。公孫宏與陵，於鄙人絶不似，止十字中而病痛已四五矣。」《五七言今體詩鈔》評陸放翁《江樓醉中作》：「天上但聞星主酒，人間寧有地埋憂？　生希李廣名飛將，死慕劉伶贈醉侯。」以爲「前聯用孔北海『天垂酒星之耀』、仲長統『寄愁天上、埋憂地下』，並漢人語，相稱。後聯用唐人詩『若使劉伶爲酒帝，亦須封我醉鄉侯』，取材較猥，對上句不過。」又《昭昧詹言》引先生之言云：「王阮亭四法，一『典』字中，有古體之典，有近體絶句之典。近體絶句之典，必不可入古詩。其『遠』、『諧』、『則』三字亦然。」據此可見運用故實，無論詩文，皆不可苟。或因周秦諸子及詞賦家多假設之辭，以爲藉口，不知寓言與莊語未可同科。觀《退庵隨筆》載：「蘇子容頌每聞人言故事，必檢出處。」又云：「蘇文忠公每有撰著，雖目前事，率令少章秦觀弟覯、叔黨公少子過諸人檢視而後出。」古人審慎何如！　若夫文忠《刑賞忠厚之至論》，引「臯陶曰殺之三，堯曰宥之三」，特少年應試之作，理想成文，可以將無作有，故曰「想當然爾」。文士狡獪，要當别論。昔黄山谷《與王觀復書》云：「老杜作詩，退之作文，無一字無來處。蓋後人讀書少，故謂韓、杜自作此語耳。」《顔氏家訓・勉學》篇亦云：「談説製文，援引古音，必須眼學，勿信耳受。」長洲朱仲武孔彰又以臨川李小湖先生聯琇之言告永樸云：「作文引事，斷宜檢查原文，不可但恃記憶之力。蓋自以爲不誤，其誤必多。」學者所當服膺，

正在此等語也。

雖然，文章色澤，猶不盡於此。廣而言之，如《易》之象，《詩》之比、興，《孟》、《莊》之譬喻，揚、馬之鋪張，皆是。又詩家於篇中往往插入描寫之語，文家亦或凌空布景，如《秦誓》「若有一个臣」一段。《孟子·莊暴》章「今王鼓樂於此」一段，韓退之《原毁》「嘗試語於衆曰」一段，與李斯《諫逐客書》中間，即色、樂、珠、玉爲喻，皆設色處也。至紀事之文，因此人而牽及彼人，因此事而牽及他事，迷離變化，古人譬之「雲煙」，亦曰「煙波」。昔張廉卿先生告永樸云：「古人論文，要情韻不匱。夫所謂『不匱』者，以旁支多也。如花開，必枝葉掩映，風韻乃可人；若去枝葉惟存花，亦不足觀矣。考《説文》於『文』字云：『錯畫也，象交文。』然則文固以交錯爲義，惟交錯斯采色生焉。夫詞藻之於采色，特一端耳，何足以盡其妙？」歸震川《與沈敬甫書》云：「近來俗子論文，頗好剪紙染采之花，遂不知復有樹上天生花也。」斯言真有味哉！

文學研究法卷四

剛　柔

自《易・賁》卦《彖傳》言：「柔來而文剛」，「分剛上而文柔」。剛、柔交錯，「天文也。文明以止，人文也。觀乎天文，以察時變；觀乎人文，以化成天下。」《説卦傳》又言：「分陰分陽，迭用柔剛，故易六位而成章。」文章之體之本於陰陽、剛柔，其來遠矣，顧後世文學家未有論及此者，惟《宋書・謝靈運傳論》言「志動於中，歌詠外發」，嘗推本於「民稟天地之靈，含五常之德，剛柔迭用，喜愠分情」。劉彦和《文心雕龍・鎔裁》篇云：「剛柔以立本，變通以趨時。立本有體，意或偏長；趨時無方，辭或繁雜。蹊要所司，職在鎔裁。」皆以此爲言，而未暢厥旨。及惜抱先生《答魯絜非書》，言之乃詳。其説曰：「鼐聞天地之道，陰陽、剛柔而已。文者，天地之精英，而陰陽、剛柔之發也。惟聖人之言，統二氣之會而弗偏。然而《易》、《詩》、《書》、《論語》所載，亦間有可以剛、柔分矣，值其人其時，告語之體各有宜也。自諸子而降，其爲文無弗有偏者。其得於陽與剛

之美者，則其文如霆，如電，如長風之出谷，如崇山峻巖，如決大川，如奔騏驥；其光也如杲日，如火，如金鏐鐵；其於人也，如馮高視遠，如君而朝萬衆，如鼓萬勇士而戰之。其得於陰與柔之美者，則其文如升初日，如清風，如雲，如霞，如煙，如幽林曲澗，如淪，如漾，如珠玉之輝，如鴻鵠之鳴而入寥廓；其於人也，漻乎其如嘆，邈乎其如有思，暖乎其如喜，愀乎其如悲。觀其文，諷其音，則爲文者之性情、形狀，舉以殊焉。且夫陽剛、陰柔，其本一端，造物者糅，而氣有多寡進絀，則品次億萬，以至於不可窮，萬物生焉。故曰一陰一陽之謂道。夫文之多變，亦若是已。糅而偏勝可也；偏勝之極，一有一絶無，與夫剛不足爲剛，柔不足爲柔者，皆不可以言文。今夫野人孺子聞樂，以爲笙歌弦管之會爾；苟善樂者聞之，則五音十二律必有一當，接於耳而分矣。夫論文者豈異於是乎？宋朝歐陽、曾公之文，其才皆偏於陰與柔之美者也。歐公能取異己者之長而時濟之；曾公能避所短而不犯。抑人之學文，其功力所能至者，陳義理必明當，布置、取舍、繁簡、廉肉不失法度，辭雅馴不蕪而已。古今至此者，蓋不數數得，而非文之至；文之至者，通於神明，人力不及施也。」篇中言「剛不足爲剛、柔不足爲柔」者，恐世之淺者藉口，以獷悍爲陽剛，以靡弱不振爲陰柔也。其言「一有一絶無」、「不可言文」者，蓋陰陽剛柔之分，亦言其大概而已。必剛柔相錯而後爲文，故陽剛之文，亦具陰柔之美，特不勝其陽剛之致而已；陰柔亦然。止可偏勝，而不可以絶無。《禮記・樂記》云：「剛氣不怒，柔氣不懾。」正以此。

是後，曾文正公演之，析而爲太陽、太陰、少陽、少陰四象。以氣勢爲太陽之類，趣味爲少陽之類，識度爲太陰之類，情韻爲少陰之類。其分古近體詩，亦欲爲四屬，而別增機神一類。然所鈔十八家五言古詩，乃刻四類字朱印本詩下，曰「氣勢」、「識度」、「情韻」，與文同；曰「工律」，與文異；而無「機神」之説，蓋仍用四類也（見吴摯甫《記古文四象後》）。至論各類所宜，謂「陽剛者，氣勢浩瀚；陰柔者，韻味深美。浩瀚者，噴薄而出之；深美者，吞吐而出之。」「論著、詞賦、奏議、哀祭、傳誌、叙記宜噴薄，序跋、詔令、書牘、典志、雜記宜吞吐。其一類中微有區別者，如哀祭雖宜噴薄，而祭郊社、祖宗則宜吞吐；詔令雖宜吞吐，而檄文則宜噴薄；書牘雖宜吞吐，而論事則宜噴薄。」論文境之妙，謂「陽剛之美，莫要於『雄』、『直』、『怪』、『麗』四字；陰柔之美，莫要於『茹』、『遠』、『潔』、『適』四字。」而各爲之贊。於「雄」字曰：「劃然軒昂，盡棄故常；跌宕頓挫，捫之有芒。」於「直」字曰：「黄河千里，其體仍直；山勢如龍，轉换無迹。」於「怪」字曰：「奇趣横生，人駭鬼眩，《易》、《玄》、《山經》，張、韓互見。」於「麗」字曰：「青春大澤，萬卉初葩，《詩》、《騷》之韻，班、揚之華。」於「茹」字曰：「衆義輻湊，吞多吐少，幽獨咀含，不求共曉。」於「遠」字曰：「九天俯視，下界聚蚊，寤寐周、孔，落落寡羣。」於「潔」字曰：「冗意陳言，類字盡芟，慎爾褒貶，神人所監。」於「適」字曰：「心境兩閑，無營無待，柳記、歐跋，得大自在。」（並《日記》）論古今文家得陽剛之美者，曰莊子，曰揚雄，曰韓愈，曰柳宗元；得陰柔之美者，曰司馬遷，曰劉向，曰歐陽修，曰曾

犖（尺牘）。又嘗言：「文章以氣象光明俊偉爲最難能而可貴，如久雨初晴，登高山而望曠野；如樓伏大江，坐明窗淨几之下，而可以遠眺；如英雄俠士裼裘而來，絶無齷齪卑鄙之態。此三者，皆光明俊偉之象。文中有此氣象者，大抵得於天授，不關乎學術。自孟子、韓子而外，惟賈生及陸敬輿、蘇子瞻得此象爲多。」（《鳴原堂論文》）據此，則光明俊偉，乃陽剛之勝境。孟、賈、韓固得陽剛之美，而陸、蘇殆其亞也。又言：「知道者，時時有憂危之意。其臨文亦然。仲尼稱『《易》之興也，其於中古乎？作《易》者，其有憂患乎？』又曰：『於稽其類，其衰世之意耶？』蓋深有見於前聖之危心遠慮，而揭其不得已而有言之故。即夫子之釋《中孚》二、《同人》五等七爻，《咸》四、《困》三、《解》上等十一爻之辭，抑何其惕厲而深至也。蓋飽經乎世變之多端，則常有跋前疐後之懼；博識乎義理之無盡，則不敢爲臆斷專決之辭。自孟子好爲直截俊拔之語，已不能如仲尼之謙謹，而況其下焉者乎？後世如諸葛武侯之書牘，紓徐簡遠，差明此義。而曾子固亦有宛轉思深之處。此外則詞與義俱盡，尚何謙謹之有哉？或詞之所至，而此心初未嘗置慮於其間，又烏知所謂憂危者哉？」（《筆記》）據此，則憂危謙謹，乃陰柔之勝境。南豐固全得陰柔之美，而諸葛公蓋亦其類也。案文正既以四象申惜抱之意，嘗選文以實之，而授其目於吴摯甫先生。其後摯翁刊示後進，並述張廉卿之言，又以二十字分配陰陽，謂神、氣、勢、骨、機、理、意、識、脈、聲，陽也；味、韻、格、態、情、法、詞、度、界、色，陰也。則充其類而盡之矣。至於惜抱先生《復陳東浦方

伯書》云「當者立碎」，此境似亦當屬陽剛。曾文正《與吳南屏書》云：「字字若履危石而下，落紙乃遲重絶綸」，此境似亦當屬陰柔。

夫陽剛、陰柔二者，各擅所長如此。而世顧重視陽剛，輕視陰柔者。管異之《與友人論文書》云：「僕聞文之大原出於天，得其備者，渾然如太和之元氣。偏焉而入於陽，與偏焉而入於陰，皆不可以爲文章之至境。然而自周以來，雖善文者亦不能無偏。僕謂與其偏於陰也，則無寧偏於陽。何也？貴陽而賤陰、伸剛而絀柔者，天地之道，而人之所以爲德者也。孔子曰：『吾未見剛者。』曾子曰：『士不可以不弘毅，任重而道遠。』聖賢論人，重剛而不重柔，取弘毅而不取巽順。夫爲文之道，豈異於此乎？古來文人陳義吐辭徐婉不失態度，歷代多有；至若駿桀廉悍稱雄才而足號爲剛者，千百年而後一遇焉耳。甚矣，陽之足貴也。然僕以爲是有天焉，有人焉。得天之剛，世亦無幾，其餘必進之以學。進之以學者，孟子所云『以直養而無害』是也。日蓄吾浩然之氣，絶其卑靡，遏其鄙吝，使夫爲體也常弘，而其爲用也常毅，則一旦隨其所發，而至大至剛之概，可以塞乎天地之間矣。如此則學問成，而其文亦隨之以至矣。取道之原，六經其至極也；而論其從入之途，則《公羊》、《國策》、賈誼、太史公，皆深得乎陽剛之美者。誠熟復之，當必更有所進耳。」此篇頗足與姚、曾之説相參。但管氏以太史公爲陽剛，與文正異，豈因其氣之雄奇、趣之詼詭而云然歟？若曾氏則又以其多頓挫之筆、跌宕之姿、嗚咽之聲、吞吐之致，皆得陰柔之勝境

也。夫文正固嘗以太史公爲文家之王都矣。然則縱不能如孔子之渾然元氣，其於陰陽二類，亦庶幾備之。是以吕月滄輯吴仲倫《古文緒論》云：「文章之道，剛柔相濟。《史記》及韓文，其兩三句一頓，似斷不斷極多。要有灝氣潛行，雖陡峻亦寓綿邈。且自然恰好，所以爲風神絶世。」文正《日記》又云：「造句約有二端：一曰雄奇，一曰愜適。雄奇者，瓌瑋俊邁，以揚、馬爲最；恢詭恣肆，以莊生爲最；兼擅瓌瑋、恢詭之勝者，則莫盛於韓子。愜適者，漢之匡、劉，宋之歐、曾，均能細意熨貼，樸屬微至。雄奇者，得之天事，非人力所可強企；愜適者，詩書醞釀，歲月磨鍊，皆可日起而有功。愜適未必能兼雄奇之長，雄奇則未有不愜適者。學者之識，當仰窺於瓌瑋俊邁、恢詭恣肆之域，以期日進於高明。若施手之處，則端從平實愜適始。」又云：「凡爲文，用意宜斂多而侈少，行氣宜縮多而伸少。推之孟子不如孔子處，亦不過辭昌語快，用意稍侈耳。後人爲文，但求其氣之伸；古人爲文，但求其氣之縮。氣恒縮則詞句多澀。然深於文者，固當從這裏過。」惲子居《與紉之論文書》云：「古文從入之途有要焉：曰其氣澄而無滓也，積之則無滓而能厚也；其質整而無裂也，馴之則無裂而能變也。」觀此數説，則陽剛之文，固難能而可貴；而學者從事於此，不能不先求平實愜適及夫「茹」與「潔」者，是陰柔之文必當研究，又可知矣。

且惜抱先生即「歐公取異己者之長而時濟之，曾公避所短而不犯」並舉以告絜非，可知有此

兩種辦法。所謂「取異己者之長以自濟」者，管氏「進之以學」一語，已得其旨。而曾文正《與張廉卿書》云：「足下爲古文，筆力稍患其弱。昔姚氏論文，有陽剛、陰柔之分，二者畫然不相謀；然柔和淵懿之中，必有堅勁之質、雄直之氣運乎其中，乃有以自立。足下氣體近柔，望熟讀揚、韓各文，而參以兩漢古賦，以救其短，何如？」亦「取異己者之長以自濟」之意也。然而人各有能有不能，若必難進於陽剛，惟有用「避所短而不犯」之法，此亦非「進之以學」不可。是故惜抱先生評劉子政《戰國策序》云：「此文固不若《過秦論》之雄駿，然沖溶渾厚，無意爲文，而自能盡意，若《莊子》所謂『木鷄』者，此境亦賈生所無也。」又《與陳碩士書》云：「所寄古文，大抵正有餘而奇不足。此不必勉爲奇，但益求其醇厚，即自貴耳。古人不云『善用其短』乎？」

奇　正

昔莊周自稱「其書雖瓌瑋而連犿無傷也，其辭雖參差而俶詭可觀」。其後揚子《法言・君子》篇遂有「子長愛奇」之語。韓退之《送窮文》亦自稱其文「不專一能，怪怪奇奇，不可時施，只以自嬉」。柳子厚《答韋珩示韓愈相推以文墨事書》，謂「退之所敬者，司馬遷、揚雄。遷於退之，固相上下；若雄者，如《太玄》、《法言》及『四愁賦』，退之獨未作耳，決作之，加恢奇，至他文過揚雄遠甚。雄之遺言措意，頗短局滯澀，不若退之猖狂恣睢，肆意有所作。若然者，使雄來尚不宜推避，

而況僕耶？」又《讀韓愈所著毛穎傳後題》，謂「退之爲《毛穎傳》，讀之若捕龍蛇，搏虎豹，急與之角而不敢暇，信韓子之怪於文也」。蘇子瞻《書子由超然臺賦後》，謂「子由之文，詞理精確不及吾，而氣體高妙，吾所不及。雖各欲以此自勉，而天資所短，終莫能脱。至於此文，則精確高妙，殆兩得之」。而子由則曰：「子瞻之文奇，吾文但穩而已。」由是觀之，古來文家，未有不以奇爲尚者，其故何哉？劉彦和嘗言之矣，《文心雕龍·神思》篇云：「夫神思方運，萬途競萌，規矩虚位，刻鏤無形，登山則情滿於山，觀海則意溢於海，我才之多少，將與風雲而並驅矣。方其搦翰，氣倍辭前；暨乎成篇，半折心始。何則？意翻空而易奇，言徵實而難巧也。」退之亦言之矣，《答劉正夫書》云：「夫百物朝夕所見者，人皆不注視也；及觀其異者，則共觀而言之。夫文豈異於是乎！是故爲文章者，説平實之理，載庸常之行，最難制勝。必力去陳言，標新領異，然後爲佳。」古今文人好奇，其原因蓋在於此。

雖然，此種文字雖極可喜，然非根本深，魄力厚，而以鷙悍之氣，噴薄之勢，詼詭之趣，崛强之筆，濃郁之辭，鏗鏘之調行之，必不能窺其奥窔。使初學而驟希乎此，其流弊可勝言乎？故《文心雕龍·定勢》篇云：「舊練之才，執正以馭奇；新學之士，逐奇而失正。」蘇子瞻《答黄魯直書》亦云：「晁君騷詞細看甚奇麗，信其家多異材耶！然有少意，欲魯直以己意微箴之。凡人文字，當務使平和至足之餘，溢爲怪奇，蓋出於不得已也。晁文奇麗似差早。」東坡言「不得已」三字形

容最妙。此先生《南行前集序》所以云：「自少聞家君之論文，以爲古之聖人，有所不能自已而作者。」而《與謝民師推官書》所以云：「文章之境，如行雲流水，初無定質。但常行於所當行，止於不可不止，文理自然姿態横生也。」莊子言己之書「充實不可以已」（《天下》）。孟子曰：「予豈好辨哉？予不得已也。」（《滕文公》）《漢書・藝文志》謂「齊、韓《詩傳》取《春秋》，采雜説，咸非其本義與不得已。」皆深知此意者也。八家之文，惟韓公最奇。然李習之爲之祭文，既曰「開闔怪駭，驅濤涌雲」，又必曰「撥去其華，得其本根」。皇甫持正爲之墓誌銘，既曰「茹古涵今，無有端涯；渾渾灝灝，不可窺校。及其酣放，毫曲快字，淩紙怪發，鯨鏗春麗，驚耀天下」；又必曰「栗密窈眇，章妥句適，精能之至，入神出天」。李南紀作《昌黎集序》，既曰「汗瀾卓踔，奫泫澄深，詭然而蛟龍翔，蔚然而虎鳳躍，鏘然而韶鈞鳴」；又必曰：「日光玉潔，周情孔思，千態萬貌，卒澤於道德仁義，炳如也。」嗚呼！此公之所以承八代之後，而振其衰，以返之於三代兩漢歟？考唐自貞觀以後，文士皆沿舊體。經開元、天寶，詩格大變，而文格猶然。迨元結、獨孤及出，乃有意滴除，蕭穎士、李華左右之。蓋復古之功，其來有漸。其後韓公繼起，乃臻極盛。然同時之士，惟子厚一人，足以肩隨，餘子往往不能無弊。是以《新唐書・韓愈傳》云：「惟愈爲之，沛然若有餘。其徒李翱、李漢、皇甫湜從而效之，遽不及遠甚。」蘇子瞻《謝歐陽内翰書》云：「唐之古文自韓愈始，其後學韓而不至者爲皇甫湜，學皇甫湜而不至者爲孫樵。自樵以降，無足觀矣。」《四庫全書總目》

於《李元賓集》云：觀爲李華從子，以古文與韓愈相砥礪。「其後愈文雄視百世」，而觀文「雕琢艱深，或格格不能自達」。於《歐陽行周集》云：「詹與李觀、韓愈同年舉進士，皆出陸贄之門。今觀詹之文，與觀相上下，去愈甚遠。」於《絳守居園池記注》云：「長慶三年，樊宗師官絳州刺史，即守居構園池，自爲之記，文僻澀不可句讀，好奇者多爲之注。然其字句多不師古，不可訓詁考證，諸家第推測以求通。一篇之文，僅七百七十七字，而衆説糾紛，終無定論。別有《越王樓詩序》，僻澀與此文相類。」於《皇甫持正集》云：湜「與李翺同出韓愈，翺得愈之醇，而湜得愈之奇崛」。「鄭玉《師山遺文》有《與洪君實書》」，謂其「言語敘次」，「著力鋪排，往往反傷工巧，終無自然氣象」。於《孫可之集》云：「樵《與王霖秀才書》云：『某嘗得爲文真訣於來無擇，來無擇得之皇甫持正，皇甫持正得之韓吏部退之。』其《與友人論文書》又復云然。今觀三家之文，韓愈包孕羣言，自然高古；而皇甫湜稍有意爲奇；樵則視湜益有努力爲奇之態，其彌有意於奇，是其所以不及歟！」合而觀之，韓門諸子，不可謂非耿介拔俗；然奇崛之境之不易到，亦即諸子而可知。是以洪景盧《容齋隨筆》云：「《毛穎傳》成，世人多笑其怪，雖裴晉公度亦不以爲可，惟柳子獨愛之。韓子以文爲戲，本一篇耳，妄人既附以《革華傳》。至於近時《羅文》、《江瑶》、《葉嘉》、《陸吉》諸傳，紛紜雜沓，皆託以爲東坡，大可笑也。」方望溪評韓公《進學解》亦云：「退之爲此與《毛穎傳》，同以示其才無所不可，蓋別調也。而茅鹿門以爲『正正之旂，堂堂之陣』，是

謂不知而强言。」

且夫諸子以有意爲奇之故，文章日流險僻，而不能造於自然，勢將授人以口實。唐末繁縟之文，因復鳴於時，歷五季以至宋初而不可革。但繁縟必詞勝於理，甚者或流媟黷，或入輕靡，弊視險僻爲更甚。故宋之君子多非之，柳開、穆修之徒是也。開之學及身而止；修傳於尹洙，洙與歐陽永叔爲友，永叔始亦工駢儷之體，由洙乃爲古文。其《記舊本韓文後》云：「予少家漢東，得舊本《唐昌黎先生集》於州南李堯輔家，因乞以歸，讀之，覺其言深厚而雄博。然予少未能悉究其義，徒見其浩然無涯，若可愛。是時天下學者，揚、劉之作，號爲時文，能者取科第、擅名聲，以誇榮當世，未嘗有道韓文者。予亦方舉進士，以禮部詩賦爲事，年十有七試於州，爲有司所黜，因取韓氏之文復閱之，則喟然嘆曰：『學者當至於是而止爾！』因怪時人之不道，而顧己亦未暇學，時獨念於予心。後七年舉進士及第，官於洛陽，而尹師魯之徒皆在，遂相與作爲古文。其後天下學者亦漸趨於古，而韓文遂行於世，至於今蓋三十餘年，學者非韓不學也。」大抵仲塗、伯長始爲於風氣初開，明而未融，與元次山、獨孤至之及同，其先導之功不可没亦同。及廬陵出，而宋之文章又極盛，雖云「再復於古」，然永叔與南豐曾氏、眉山三蘇氏皆變退之之奇崛而爲平易。惟臨川王氏差近退之，要亦不過峭折而已，未能雄渾也。先萱塢府君《援鶉堂筆記》謂「荆公堅瘦，又昌黎一節之奇，蓋得其深處」。但介甫學韓，究不可謂非有得者。即永叔以深婉勝，未嘗不縣遠；子

雅俗

孔子曰：「惡鄭聲之亂雅樂也。」(《陽貨》)又曰：「鄭聲淫。」(《衛靈》)《詩序》曰：「雅者，正也。」《書傳》曰：「淫，過也。」大抵文之過於生者，爲怪僻，爲直率，爲粗硬；過於熟者，爲滑易，爲輕靡，爲纖弱，皆淫也，即皆俗也。顧俗者衆而風行一時，反以雅者爲澹泊無味。昔《莊子・天地》篇云：「大聲不入於里耳；《折楊》、《皇荂》(一作「華」)，則嗑然而笑。是故高言不止於衆人之心，至言不出，俗言勝也。」韓退之《與馮宿論文書》云：「僕爲文久，每自測，意中以爲好，則人必以爲惡矣。小稱意人亦小怪之，大稱意即人必大怪之也。時時應事，作俗下文字，下筆令人慚，及示人，則人以爲好矣。小慚者亦蒙謂之小好，大慚者即必以爲大好矣。」然則雅俗之不相容，雖冰炭異性，薰蕕異氣，不足以喻。顧不欲文章之工則已；如欲其工，就雅去俗，實爲首務。是以歸震川《與沈敬甫書》云：「僅有一篇好者，卻安排幾句俗語在前，便觸忤人，如好眉目又著些瘡疻，可惡！」惜抱先生《與陳碩士書》云：「大抵作詩、古文，皆急須先辨雅俗。俗氣不除盡，則無由入門，況求妙絶之境乎？」方植之《昭昧詹言》云：「古人論文，必曰『一語不落凡近』，小家不能自立，只是不解此義。」「以凡近之心胸，凡近之才識，未嘗深造篤嗜，不知古人艱阻怪變險阻難到可畏之處，而又無志自欲獨出古今，故不能割捨凡近也。」「但脱凡近，便是古人。」又

云：「學古而真有得，即有敗筆，必不倍於大雅，其本不二也。嘗見後世詩文家，亦頗有似古人處，而其他篇或一篇中，忽又入以極凡近卑陋語，則其人心中，於古人必無真知真好，故不能了然於雅俗之辨。譬如王、謝子弟，雖遭造次顛沛，決不作市井乞兒相。」又云：「讀古人詩，須觀其氣韻。氣者，氣味也；韻者，態度風致也。如對名花，其可愛處，必在形色之外。氣韻分雅俗，意象分大小高下，筆勢分強弱，而古人妙處，十得六七矣。」張廉卿《答劉生書》云：「夫文章之道，莫要於雅健。欲爲健而厲之已甚，則或近俗；求免於俗，而務爲自然，又或弱而不能振。古之爲文者，若左丘明、莊周、荀卿、司馬遷、韓愈之徒，沛然出之，言厲而氣雄，然無有一言一字之強附而致之者也。措焉而皆得其所安，文惟此爲最難。知其難也，而以意默參於二者之交，有機焉以寓其間，此固非朝暮所能企，而亦非口所能道。治之久，而一旦悠然自得於其心，是則其至焉耳。至之之道無他，廣積而精導，熟諷而湛思。舍此則未有可以速化而襲取之者也。」

觀以上諸家之説，可恍然於雅俗之不能不急辨矣。雖然，欲求其雅而不致於俗，有本原焉，則績學其要也。故諸葛武侯《誡子書》云：「夫學須靜也，才須學也。非學無以廣才，非靜無以成學。」劉彦和《文心雕龍·事類》篇亦云：「夫薑桂同地，辛在本性；文章由學，能在天資。才自内發，學以外成。有學飽而才餒，有才富而學貧。學貧者迍邅於事義，才餒者劬勞於辭情。此内外

之殊方也。是以屬意立文，心與筆謀，才爲盟主，學爲輔佐。主佐合德，文采必霸；才學褊狹，雖美少功。」雖然，績學固文章之要事，而尤有本原焉，則洗心之謂也。昔黄山谷《書繒卷後》云：「余嘗爲少年言：士大夫處世可以百爲，惟不可俗，俗便不可醫也。或問不俗之狀，老夫曰：難言也。視其平居無以異於俗人，臨大節而不可奪，此不俗人也；平日終日如含瓦石，臨事一籌不畫，此俗人也。雖使郭林宗、山巨源復生，不易吾言也。」又《與聲叔六姪書》云：「日月易失，官職自有命，但使腹中有數百卷書，略識古人義味，便不爲俗士矣。」觀此可見雅俗全在人品上分別，人品全在心源上分別。故山谷《與人書》又云：「要須心地收汗馬之功，讀書乃有味。」蘇子瞻嘗誦杜子美「王侯與螻蟻，同盡隨丘墟，願聞第一義，回向心地初」之句，以爲此老詩外尚有事在，是以自爲之詩亦云：「世事浮雲改，此心孤月明。」王厚齋《困學紀聞》因引以驗其晚年所造之深。其後陸放翁示子詩云：「汝果欲學詩，工夫在詩外。」與東坡如一鼻孔出氣。歸震川《史記總評》云：「我喜怒哀樂一樣不好，不敢讀史。必讀得我與史爲一，乃敢下筆。」夫讀史且然，作文可知。故《與沈敬甫書》又云：「昨文殊未佳，想是爲外面慕羶蟻聚之徒動其心，卻使清明之氣擾亂而不能自發也。」建寧朱梅崖仕琇《答李璠玉書》云：「讀書在先高其志，潔其心，不以外之聞見動吾耳目，然後有以自置。自置者，世慮屏而心漸同乎古人也。同乎古人，則吾心古人之心也，以觀古人之言，猶吾言也；其於文也，將有不期高而自高者。」山陽潘彦輔德輿《養一齋

詩話》云：「夫所謂雅者，非第詞之雅馴而已；其作詩之由，必脱棄勢利，而後謂之雅也。今種種鬭靡騁妍之詩，皆趨勢弋利之心所流露也。詞縱雅而心不雅矣，心不雅則詞亦不能掩矣。」先考慕庭府君諱浚昌《叩瓴瑣語》云：「人若有一毫名利心未淨，則文字間必有一分俗。」其皆此旨歟？

然而修詞之功，亦不可少，故退之汲汲於去陳言。李習之《答王載言書》申之云：「列天地，立君臣，親父子，別夫婦，明長幼，浹朋友，六經之旨也；浩乎若江海，高乎若丘山，赫乎若日火，包乎若天地，掇章稱詠，津潤怪麗，六經之詞也。創意造言，皆不相師。故其讀《春秋》也，如未嘗有《詩》也；其讀《詩》也，如未嘗有《易》；其讀《易》也，如未嘗有《書》也；其讀屈原、莊周也，如未嘗有六經也。故義深則意遠，意遠則理辨，理辨則氣直，氣直則辭盛，辭盛則文工。如山有恒、華、嵩、衡焉，其同者高也，其草木之榮不必均也；如瀆有淮、濟、河、江焉，其同者出源到海也，其曲直、淺深、色黄白不必均也；如百品之雜焉，其同者飽於腸也，其味鹹、酸、苦、辛不必均也。此因學而知者也。此創意之大歸。天下之語文章，有六説焉。其尚異者，則曰：文章辭句奇險而已；其好理者，則曰：文章叙意苟通而已；其溺於時者，則曰：文章必當對；其病於時者，則曰：文章不當對；其愛難者，則曰：文章宜深不當易；其愛易者，則曰：文章宜通不當難。此皆情有所偏滯而不流，未識文章之所主也。義不深不至於理，言不信不在於教勸，而詞句怪麗者

有之矣，《劇秦美新》、王褒《僮約》是也。其理往往有是者，而詞章不能工者有之矣，劉氏《人物表》、王氏《中説》、俗傳《太公家教》是也。古之人能極於工而已，不知其詞之對與否、易與難也。《詩》曰：『憂心悄悄，愠於羣小。』此非對也。又曰：『遘閔既多，受侮不少。』此非不對也。《書》曰：『朕堲讒説殄行，震驚朕師。』《詩》曰：『菀彼桑柔，其下侯荀，捋采其劉，瘼此下人。』此非易也。《書》曰：『允恭克讓，光被四表，格於上下。』《詩》曰：『十畝之間兮，桑者閑閑兮，行與子旋兮。』此非難也。學者不知其方，而稱説云云，如前所陳者，非吾之敢聞也。六經之後，百家之言興，老聃、列御寇、莊周、鶡冠、田穰苴、孫武、屈原、宋玉、孟軻、吴起、商鞅、墨翟、鬼谷子、荀況、韓非、李斯、賈誼、枚乘、司馬遷、相如、劉向、揚雄，皆足以自成一家之文，學者之所師歸也。故義雖深，理雖當，詞不工者不成文，宜不能傳也。文、理、義三者兼并，乃能獨立於一時，而不泯滅於後代，能必傳也。仲尼曰：『言之無文，行之不遠。』子貢曰：『文猶質也，質猶文也，虎豹之鞟，猶犬羊之鞟。』此之謂也。陸機曰：『怵他人之我先。』韓退之曰：『唯陳言之務去。』假令述笑哂之狀，曰『莞爾』，則《論語》言之矣；曰『啞啞』，則《易》言之矣；曰『粲然』，則穀梁子言之矣；曰『攸爾』，則班固言之矣；曰『輾然』，則左思言之矣。吾復言之，與前文何以異也？此造言之大歸。」黄太沖《論文管見》云：「所謂陳言者，每一題必有庸人思路共集之處，纏繞筆端，剥去一層，方有至理可言。如玉在璞中，鑿開頑璞，方始見玉。不可認璞爲玉也。」吾邑徐椒存先生宗亮亦告永

樸云：「文之不潔，非但在字句也。陳義太盡，無含蓄之致；造句雖新，多習見之意，皆不潔也。無意於摹倣，而不覺舉筆輒見者是矣。」

夫既洗其心，又能績學，而加以修詞，其就雅去俗何難？但欲爲佳文，又必待有好題目而後可。觀歸震川《與王子敬書》云：「平生足迹不及天下，又不得當世奇功偉烈書之，增嘆耳！」又《與沈敬甫書》云：「可惡俗吏、俗師、俗題，見之令人不樂。」又云：「子遇連來求兩文去，皆俗者。作俗文亦是命。」惜抱先生《與陳碩士書》云：「大抵好文字亦須待好題目然後發。積學用功，以俟一旦興會精神之至，雖古名家亦不過如此而已。」又云：「碩士意不滿所作文是也。然文亦要好題發之。今只是壽序等題耳，固亦難得好文字矣。」二家所見略同。

綜而觀之，然後知昔人於文學家之易流於俗者，必兢兢焉辨之。《明史・文苑傳》載：王弇洲（世貞）主盟文壇數十年，歸震川獨目爲妄庸巨子。弇洲大憾，久乃心折，題其遺像曰：「風行水上，渙爲文章。風定波息，與水相忘。千載有公，繼韓、歐陽。余豈異趨，久而自傷。」方望溪於錢受之謙益文章，亦詆爲「穢惡」。惜抱先生《與何硯農書》云：「今日詩家，大爲榛塞，雖通人不能具正見。吾斷謂樊榭厲鶚、簡齋袁枚，皆詩家之惡派。此論出必大爲世怨怒，然理不可易。」吳摯甫先生與日本人論詩云：「白香山自是一大家，能自開境界，前無此體，不可厚非。但其詩不易學，學則得其病痛。蘇公獨能學而勝之，所以爲大才。蘇亦謂『元輕白俗』，其所以勝白者，

以其不輕不俗也。」又云：「近世張船山問陶之詩，入於輕俗。吾國論詩學者，皆以袁子才枚、蔣心餘士銓、趙甌北翼、張船山爲戒。」如此等語，非故爲苛論，正欲爲去俗計耳。若夫文學家之近於正者，則崇尚之。如惜翁《與人書》云：「夫唐宋以後爲文者多矣，何以獨推歸熙甫？以熙甫能於北宋諸賢外，自開境路故也。」又云：「熙甫之才氣筆力，不能及唐宋韓、歐諸賢，而以與之配者，得文家之真脈，不襲其貌，而神理上通周秦。故才不必大，而可貴。」曾滌生《答南屏書》云：「《與歐陽小岑書》中，論及桐城文派，不右劉、姚；至比姚氏於吕居仁，譏評得無少過？劉氏誠非有過絶輩流之詣，姚氏則深造自得，詞旨淵雅，其文爲世所稱頌者，如《莊子章義序》、《禮箋序》、《復張君書》、《復蔣松如書》、《與孔撝約論禘祭書》、《贈撝約假歸序》、《贈錢獻之序》、《朱竹君傳》、《儀鄭堂記》、《南園詩存序》、《綿莊文集序》等篇，皆義精而詞俊，敻絶塵表。其不厭人意者，惜少雄直之氣，驅邁之勢。姚氏固有偏於陰柔之説，又嘗自謝爲才弱矣。其論文亦多詣極之語，國史稱其『有古人所未嘗言，鼐獨抉其微，而發其藴』。惟亟稱海峰，不免阿於私好。要之方氏以後，惜抱固當爲百年正宗，未可與海峰同類而並薄之也。」如此等語，亦非爲恕辭，正欲爲就雅計耳。

不特此也。凡古今文章，若就一篇兩篇論，則可録者多；然以全體觀之，則有不能不從嚴者。是以惜抱先生《與陳碩士書》云：「聞松江姚春木椿選國朝文，此不過如《唐粹》、《宋鑒》之類，

備一朝之人才典章，不可以爲論文之極致。如鐵夫謂『宋、元人文各有可學』，此只是門面話。如云『體例有可采處』，則凡有遇皆可采，不獨宋、元也。如直求可當古文家數者，則南宋雖朱子不爲是，況元及明初諸賢乎？」方密之《通雅》云：「《史》、《漢》、韓、蘇、騷、雅、李、杜，此詩文之公談也。但曰『吾有意在』，則執樵販而問訊，呼市井而詬誶，亦各有其意在，其如不中節奏、不堪入耳何？」先大父石甫府君《復方彦聞書》云：「唐、宋諸賢修辭之工，或不逮六朝以前；特其取義甚正，立體尤嚴，譬諸樂然，雖非清明廣大之奏，已絶煩數淫濫之音。」先正論文所以必主八家者，非謂文章極於八家，謂八家乃斯文之塗軌也。

繁簡

古人之爲文章，無分於繁簡也，惟得其宜而已。觀劉彦和《文心雕龍・鎔裁》篇，其總論鎔裁曰：「規範本體謂之鎔，剪截浮辭謂之裁。裁則蕪穢不生，鎔則綱領昭暢，譬繩墨之審分，斧斤之斲削矣。」其論鎔曰：「凡思緒初發，辭采苦雜，心非權衡，勢必輕重。是以草創鴻筆，先標三準：履端於始，則設情以位體；舉正於中，則酌事以取類；歸餘於終，則撮辭以舉要。然後舒華布實，獻替節文。繩墨以外，美材既斲，故能首尾圓合，條貫統序。若術不素定，而委心逐辭，異端叢至，駢贅必多。」其論裁曰：「三準既定，次討字句。句有可削，足見其疏；字不得減，乃知其

密。精論要語，極略之體；遊心竄句，極煩之體。謂繁與略，隨分所好。引而伸之，則兩句敷爲一章；約而貫之，則一章删成兩句。思贍者善敷，才覈者善删。善删者字去而意留，善敷者辭殊而意顯。字删而意闕，則短乏而非覈；辭敷而言重，則蕪穢而非贍。昔謝艾、王濟，西河文士，張駿以爲艾繁而不可删，濟略而不可益，若二子者，可謂鍊鎔裁而曉繁略矣。」然則繁與簡豈有定鵠乎？

自世之不善於文者，或義失之贅，或辭失之蕪，於是尚簡之説興焉。此杜元凱《左傳序》所以云：「言高則旨遠，辭約則義微。」陸士衡《文賦》所以云：「要辭達而理舉，故無取乎冗長」也。厥後，柳子厚《報袁君陳秀才避師名書》稱「穀梁子、太史公甚峻潔」。孫可之《與高錫望書》云：「在樵宜千百言，足下能數十字輒盡情狀，及意窮事際，反若有千百言在筆下。」歐陽永叔作《尹師魯墓誌銘》，謂其「文章簡而有法」。先輩塢府君《援鶉堂筆記》云：「王介甫文可謂惜墨如金。」惜抱先生《與陳碩士書》云：「大抵簡峻之氣，昌黎爲最。更當於此著力。」又云：「作文須見古人簡質、惜墨如金處。」又云：「文已閱過，但加删削爾，然似意足而味長矣。陳無己以曾子固删其文，得古文法，不知𥨸差可比子固乎？花木之英，雜於蕪草穢葉中，則其光不耀。夫文亦猶是耳。」又云：「必欲簡峻，莫若更議荆公所爲，則筆間自有裁制矣。叙事之文，爲繁冗所累，則氣不能流行自在，不可不知。」吕月滄輯吳仲倫《古文緒論》云：「上等之資從韓入，中等資從柳、王二家入，

庶幾文品可以峻，文筆可以古。」又云：「古來博洽而不爲積書所累者，莫如王介甫。渠作文不屑用前人一字，此所以高。」劉（庸）〔融〕齋《藝概》云：「南人文字，失之冗弱者，十常八九，非如荆公筆力之簡健，殆不足以矯且振之。」凡此皆尚簡之説也。

顧亦有過簡而文反不暢者。故歐陽公《與徐無黨書》云：「著撰苟多，他日更自精擇，少去其繁，則峻潔矣。然不必勉強。勉強簡節之，則不流暢。須待自然之至。」又云：「作文之體，先欲奔馳，久當收節，使簡重嚴正，或時自放以自舒。勿爲一體，則盡善矣。」顧亭林《日知録》云：「辭主乎達，不論其繁與簡也。繁簡之論興而文亡矣。《史記》之繁處，必勝於《漢書》之簡處。《新唐書》之簡也，不簡於事而簡於文，其所以病也。當日書成進表云：『其事則增於前，其文則省於舊。』《新唐書》所以不及古人者，正在此兩句。」曾文正公《復陳右銘太守書》云：「既明於戒律，持守勿失，然後下筆，造次皆有法度。乃可專精以理吾之氣，深求韓公所謂『相如、子雲同工』者，熟讀而強探，長吟而反覆，使其氣若翔翥於虛無之表，其辭跌宕俊邁而不可方物。」蓋論其本則循戒律之説，詞愈簡而道愈進；論其末則抗吾氣以與古人之氣相翕，有欲求太簡而不得者。兼營乎本末，斟酌乎繁簡，此自昔志士之所爲畢生矻矻，而吾輩所當勉焉者也。」又《日記》云：「李申甫在此暢談，言渠文筆所以不甚暢者，爲在己之禁令太多，難於下筆耳。余勸其破除禁令，一以條暢爲主，凡辦事者先貴敷陳條暢。」凡此又不全以尚簡爲然也。

然則，如之何而可？《日知録》云：「《詩》云：『巧言如簧，顔之厚矣。』而孔子亦曰：『巧言令色，鮮矣仁。』又曰：『巧言亂德。』夫『巧言』不但言語，凡今人所作詩賦碑狀足以悦人之文，皆巧言之類也。不能不足以爲通人；夫惟能之而不爲，乃天下之至勇也。故夫子以『剛毅木訥』爲『近仁』。」又云：「天下不仁之途有二：一爲好犯上作亂之人，一爲巧言令色之人。二者常相因：有王莽之篡弒，則必有揚雄之《美新》；有曹操之禪代，則必有潘勗之《九錫》。是故亂之所由生也，犯上者爲之魁，巧言者爲之輔。故大禹謂之『巧言令色孔壬』，而與驩兜、有苗同爲一類。甚哉，其可畏也！」又云：「《詩》言『莠言』，『莠言』者，穢言也。若鄭享趙孟，而伯有賦《鶉奔》之詩；衛侯在郲，而臧孫譏糞土之言是也。君子在官言官，在府言府，在庫言庫，在朝言朝。狎侮之態，不及於小人；謔浪之辭，不加於妃妾。自世尚通方，人安媟慢，宋玉登墻之見，淳于滅燭之歡，遂乃告之君王，傳之文字，忘其穢論，叙爲美談。以至執女手之言，發自臨喪之際；翟妃脣之詠，宣於侍宴之餘。於是摇頭而舞八風，連袂而歌萬歲，去人倫，無君子，而國命隨之矣。吾輩若此等語不見於篇牘，則將有不期簡而自簡者。」顧氏又云：「古人之文，不獨一篇中無冗複也，一集之中亦無冗複。且如稱人之善，見於祭文則不復見於誌，見於誌則不復見於他文。後之人讀其全集，可互見也。又有互見於他人之文而遂不重出者。古人之重愛其言，而不必出於己，大抵如是。吾輩若知此義，則更將有不期簡而自簡者。」

大抵文章無論爲議論，爲叙事，必有歸宿之處。既有歸宿，則首尾一綫，豈容支離之義、冗贅之辭措於其間？昔歐公爲范文正公作神道碑、尹師魯作墓誌銘，兩家子孫頗有異言。歐公《與杜訢論祁公墓誌書》云：先相公「誌文不若且用韓公行狀添改爲之，緣修文字簡略，止記大節，期於久遠，恐難滿孝子之意。范公家神刻，爲其子擅自增損，不免更作文字發明，欲後世以家集爲信，尹氏子卒請韓太尉别爲墓表，以此見朋友、門生、故吏與孝子用心常異。修豈負知己者，范、尹二家亦可爲鑒。更思之，然能有意於傳久，則須紀大而略小。此可與通識之士語，足下必深曉此」。又第二書云：「《誌》文今已撰了，所紀事皆録實，有稽據，皆大節與人之所難者。其他常人所能者，在他人更無巨美，不可不書；於公爲可略者，皆不暇書。」其論《尹師魯墓誌》云：「修見韓退之與孟郊聯句，便似孟郊詩；與樊宗師作《誌》，便似樊文，慕其如此，故師魯之《誌》，用意特深而語簡，蓋爲師魯文簡而意深。又思平生作文，惟師魯一見，展卷疾讀，五行俱下，便曉人深處。因謂死者有知，必受此文。所以慰吾亡友爾，豈恤小子輩哉！」王介甫《答錢公輔學士書》云：「比蒙以《銘》文見屬，似其意非苟然，故輒爲之而不辭，不圖乃猶未副所欲。鄙文自有意義，不可改也。如『得甲科爲通判；通判之署，有池臺竹木之勝』，此何足以爲太夫人之榮，而必欲書之乎？一甲科通判，苟粗知爲辭賦，皆可以得之，何足道哉？至於諸孫亦不足列。孰有五子而無七孫者乎？七孫業之有可道，固不宜略，若皆兒童，賢不肖未可知，列之於義何當也？」蘇子

瞻爲張文定公作《墓誌銘》，與其子厚之書云：「《誌》文計十日半月可畢。然書大事，略小節，已有六千餘字；若纖悉盡書，萬字不了，古無此例也。」方望溪《答喬介夫書》云：「蒙諭爲賢尊侍講公作表誌或家傳。以鄙意裁之，第可記開海口始末。而以侍講公奏對車邏河事及『四不可』之議附焉，傳誌非所宜也。蓋諸體之文，各有義法。表誌尺幅甚狹，而詳載本議，則擁腫而不中繩墨；若約略剪截，俾情事不詳，則後之人無所取鑒，而當日忘身家以排廷議之義，亦不得而見矣。」又《答孫以寧書》云：「承命爲孫徵君作家傳。古之晰於文律者，所載之事，必與其人之規模相稱。太史傳陸、賈，其分奴婢裝資瑣瑣者皆載焉；若蕭曹世家，而條舉其治績，則文字雖增十倍，不可得而備。故嘗見義於《留侯世家》曰：留侯『所從容與上言天下事甚衆，非天下所以存亡，故不著。』此明示後世綴文之士以虛實詳略之權度也。徵君義俠，舍楊、左之事，皆鄉曲自好者所能勉；其門墻廣大，乃度時揣己，不敢如孔孟之拒孺悲夷之，非得已也；至論學，則爲書甚具。故並弗採著於《傳》上。僕此《傳》出，必有病其太略者，不知往者羣賢所述，惟務徵實，故事愈詳而義愈陋。今詳者略，實者虛，而徵君所藴蓄，轉似可得之意言之外。」又《與程若韓書》云：「來示欲於《誌》有所增，此未達於文之義法也。夫文未有繁而能工者，如煎金錫，粗礦去，然後黑濁之氣竭而光潤生。《史記》、《漢書》長篇，乃事之體本大，非按節而分寸之不遺也。」以上諸家所論，雖專主叙事言之，然觀其所以營度之者，即議論之文，亦可隅反矣。

但文章既因事體之大小，而有詳略之分；則篇幅或長或短，自不能不分求之。《援鶉堂筆記》云：「凡作文須令丘壑萬狀，若小文自須高古，故昌黎云『雍容乎大篇，寂寥乎短章』也。」曾文正《家訓》答其子「叙事之文，難於行氣」之問，以爲不然：「如昌黎《曹成王碑》、《韓許公碑》，固屬千奇萬變；即盧夫人之《銘》、女挐之《誌》，寥寥短篇，亦復雄奇崛強。試將此四篇熟看，則知二大二小，各極其妙。」文正又喜取古人文章兩兩比較，故《日記》云：「韓文誌傳中，有兩篇相配偶者，如曹成王、韓許公兩篇爲偶，柳子厚、鄭羣兩篇爲偶，張署、張徹兩篇爲偶。推此而全集中可爲偶者甚多。」如此紬索，最易得力，附録於此，以爲後學之法。

疵瑕

《易》云：「其稱名也，雜而不越。」（《繫辭傳》）《詩》云：「出言有章。」（《都人士》）夫欲「不越」而「有章」，則凡文章中之疵瑕，非盡滌而去之不可。雖古來名篇，亦或不免。然未可以古人蹈此，而遂不思矯而正之也。

昔左太沖《三都賦序》云：「相如賦上林，引『盧橘夏熟』；揚雄賦甘泉，陳『玉樹青葱』；班固賦西都，嘆以『出比目』；張衡賦西京，述以『遊海若』。考之草木，則生非其壤；校之神物，則出非其所。於辭則易爲藻飾，於義則虚而無徵。」劉彦和《文心雕龍·事類》篇云：陳思「《報孔璋

書》言：『葛天氏之樂，千人唱，萬人和，聽者因以蔑韶夏矣。』此引事實之謬也。案葛天氏之歌，唱和三人而已。相如《上林》云：『奏陶唐之舞，聽葛天之歌，千人唱，萬人和。』唱和千萬人，乃相如推之（原作「接人」，從黄氏叔琳校改），然而濫侈葛天，推『三』成『萬』者，信賦妄書，致斯謬也。陸機《園葵》詩云：『庇足同一智，生理合異端。』夫『葵能衛足』，事譏鮑莊；『葛藟庇根』，辭自樂豫。若譬『葛』爲『葵』，則引事爲謬；若謂『庇』勝『衛』，則改事失真。」又《指瑕》篇云：陳思「《武帝誄》云：『尊靈永蟄。』《明帝頌》云：『聖體浮輕。』『浮輕』有似於胡蝶，『永蟄』頗疑於昆蟲，施之尊極，豈其當乎？左思《七諷》，說孝而不從，反道若斯，餘不足觀矣。潘岳爲才，善於哀文，然悲內兄則云『感口澤』，傷弱子則云『心如疑』。《禮》文在尊極，而施之下流，辭雖足哀，義斯替矣。若夫君子擬人，必於其倫，而崔瑗之誄李公，比行於黄虞；向秀之賦嵇生，方罪於李斯。與其失也，雖寧僭無濫；然高厚之詩，不類甚矣。」《顔氏家訓・文章》篇云：「北面事親，別舅摛《渭陽》之詠；堂上養老，送兄賦《柏山》之悲，皆大失也。」李習之《答王載言書》云：「古之人相接有等，輕重有儀，列於經傳，皆可詳引。如師之於門人則名之；於朋友則字而不名；稱之於師，則雖朋友亦名之。子曰：『吾與回也。』又曰：『參乎，吾道一以貫之。』又曰：『若由也，不得其死然。』是師之名門人驗也。夫子於鄭兄事子產，於齊兄事晏平仲，《傳》曰：『子謂子產，有君子之道四焉。』又曰：『晏平仲善與人交。』子夏曰：『言游過矣。』子張曰：『子夏云何？』曾子曰：『堂堂乎

張也。」是朋友字而不名驗也。子貢曰：『賜也何敢望回？』又曰：『師與商也孰賢？』子游曰：『有澹臺滅明者，行不由徑。』是稱於師朋友亦名驗也。孟子曰：天下之達尊三，曰：德、爵、年。惡得有其一以慢其二哉！足下之書，曰『韋君詞』、『楊君潛』。足下之德，與二君未知先後也；而足下齒幼而位卑，而皆名之。《傳》曰：『吾見其與先生並行，非求益者，欲速成。』竊懼足下不思乃陷於此。」柳子厚《答杜溫夫書》，亦謂其不當稱己爲周、孔。黄山谷《與王元直帖》又謂「稱人『鈞候』、『鈞旨』、『臺候』、『臺旨』，必須名位相稱，不可妄施」。餘若劉子玄《史通·敘事》篇，論以古詞代今語之非，又云：「姓氏本複，不可簡省從單。」孫可之《與高錫望書》云：「史家職官、山川、地理、禮樂、衣服，宜直書一時制度，不當用前代名品。」嘉定錢竹汀大昕《跋方望溪文》載臨川李巨來紱譏望溪省桐城之名而但曰「桐」，以爲「縣以『桐』名者有五：桐鄉、桐廬、桐柏、桐梓，不獨桐城」。竹汀《與友人書》，又謂「其人自題『太僕少卿』，沿唐宋之稱省『寺』字。若題銜以意更易如此，則學士大夫之著述，轉不若吏胥文移之可信」。由此推之，古人於歷代帝王年號，未有不書兩字者；今人或連用兩朝年號，遂減省書之，如曰「順康」，曰「雍乾」，曰「嘉道」，曰「咸同」之類，古人於高祖之父稱「五世祖」，以上依此推之；今人乃自始祖順數而下。古人以「伯叔」稱兄弟，《詩》所謂「伯兮叔兮」也（《蘀兮》）；今人乃施之於伯父、叔父。古人女子稱其兄弟之子曰「姪」，《左傳》所謂「姪其從姑」也（僖十五年）；今人雖男子亦稱兄弟之子爲姪，皆甚不合。

至《四庫全書總目》論《李文公集》云：「集中《皇祖實録》一篇，立名頗爲僭越。夫『皇祖』、『皇考』文見《禮經》。至明英宗時，始著爲禁令。翱在其前，稱之猶有説也；若『實録』之名，則六代已來，已定爲帝制，《隋志》所載，班班可稽，唐、宋以來，臣庶無敢稱者。翱乃以題其祖之行狀，殊爲不經。」此説亦是，考古於「皇」字本有「君也」、「大也」、「美也」諸訓，故《儀禮・士虞禮》、《特牲饋食禮》、《少牢饋食禮》，祝辭皆稱「皇祖」、「皇祖妣」。《禮記・曲禮》：「王父曰『皇祖考』，王母曰『皇祖妣』，父曰『皇考』，母曰『皇妣』。」《離騷》：「皇覽揆余于初度兮。」注：「皇，皇考也。」宋歐陽永叔《瀧岡阡表》亦云：「皇曾祖府君」，「皇祖府君」、「皇考崇公」、「皇妣」。然韓魏公琦已嘗易「皇」爲「顯」，蓋寧謹無僭。其禁令雖始於明，而士大夫之不敢同於帝制，固非一日矣。顧亭林《日知録》云：「古人非『三公』不稱『公』。此外稱之者，必其父、祖，司馬遷稱父『太史公』是也。不然則尊老之辭，如『馮公』、『南公』、『東平嬴公』、『元城建公』是也。又不然則失其名者，如『新城三老董公』、『太倉令淳于公』、『膠西蓋公』、『東園公』、『夏黄公』、『河南守吴公』之屬是也。」黄太沖《金石要例》云：「名位著者稱『公』；名位雖著，同輩以下稱『君』；耆舊則稱『府君』。《昌黎集》中有『董府君』、『獨孤府君』、『張府君』、『衛府君』、『盧府君』、『韓府君』。有文名者稱『先生』，如昌黎之稱『施先生』、『貞曜先生』，皇甫湜之稱『昌黎韓先生』。友人則稱字，如昌黎之於李元賓、樊紹述。」惲子居《大雲山房文稿通例》，於監

司以上書「公」，以下書「君」，餘與《金石要例》略同。此皆文章援引故實，及名稱之間，所不可不致慎者也。

若夫立言所尚，尤在得體。如歐陽永叔《與尹師魯書》云：「嘗與安道言，每見前世有名人，當論事時，感激不避誅死，真若知義者。及到貶所，則戚戚怨嗟，有不堪之窮愁，形於文字，其心歡戚無異庸人，雖韓文公不免此累。」用此戒安道勿作戚戚之文。蘇子由論詩病云：「唐人工於爲詩，而陋於聞道。孟郊嘗有詩云：『食薺腸亦苦，强歌聲無歡。出門如有礙，誰謂天地寬？』郊耿介之士，雖天地之大，無以安其身。起居飲食，有戚戚之憂，亦異乎顏子之在陋巷矣。」平湖陸清獻公隴其《三魚堂日記》評唐人詩「一日看除目，十年損道心」，以爲「何至如此，可見胸無主張」。惜抱先生《五七言今體詩鈔》評唐人「要路眼看知己在，不應窮巷久低眉」，以爲「干乞之辭，唐人多有之，而此等語尤猥陋」。又《古文辭類纂》評蘇明允《送石昌言爲北使引》，述「昌言官兩制，爲天子出使萬里之外，建大旆，從騎數百，送車千乘，自思爲兒時，見昌言先府君旁，安知其至此」。以爲「此明允胸襟陋處，昌黎必不然」。方植之《昭昧詹言》云：詩中苦語，「不宜自己正述，恐失之卑儉寒乞；若説則索興説之，須是悲壯蒼涼沉痛，今人感動心脾」。愚謂此種當以東方曼倩朔《答客難》、揚子雲《解嘲》、韓文公《進學解》《送窮文》爲法。其在詩則當如杜子美醉時歌所云「但覺高歌有鬼神，焉知餓死填溝壑」。退之《八月十五夜贈張功曹》所云「一年明月今宵

多，人生由命非由他，有酒不飲奈明何」爲法，自然遣詞措意，不至衰颯。凡此皆述遭遇所不可不知者也。鄭東甫嘗言：「鄭康成注經，於先輩之説異己者，必陳於前，而載己説於後，以待後人採擇，從不肯加一詆毁語。至同時人乃施攻詰焉，發墨守，箴膏肓，起廢疾，是也。」蓋敬禮先輩，自當如此。永樸妹夫范肯堂當世亦言：「文章所尤難者，在乎駡譏王侯將相，而敬慎不渝，與下輩稍解文字、縱情牢騷者，判若天壤。文章雖極詼嘲，而定有一種淵穆氣象，望而知爲儒人之盛業，與雜家小説不同。」此兩説又可爲議論先輩與時事之法。前説即《禮記》「儒行博學以知服」之義，後説即《詩序》「主文而譎諫，言之者無罪，聞之者足以戒」之義。至於稱述先世，措詞亦宜矜慎。昔孔、孟叙列古仁聖賢人備矣，而罕及先德；惟《中庸》贊孔子，獨淋灕盡致。此因孔子爲萬世所宗，無誇飾之嫌而然。他若太史公、班孟堅叙祖考語皆約。歐陽公《瀧岡阡表》述其父事於母訓之中。曾子固《先大夫集後序》又即其祖平生不得志處，見其大節。歸熙甫《先妣事略》亦真樸。昔人所以皆謂爲得體。梁茝林《退庵隨筆》云：「朱子作《韋齋先生松行述》，只平平叙次。伊川爲大中珦作文，亦無一語褒揚。惟其如此，是以可信。」永樸姊夫馬通伯（其昶）嘗云：「莊周有言：『孝子不諛其親，忠臣不諂其君。』夫所謂諛諂者，豈必無其實而虚稱以誣之哉！侍言尊者之側，語貴質而不敢盡也；而或飾之，君子曰，是相疏外之道也。其於爲文，亦若是焉而已。據事直書，使覽者自得其情，而於言若有所不敢出者，敬之至也。」兩説並得之。

又黄山谷《答洪駒父書》云：「東坡文章妙天下，其短處在好罵。慎勿襲其軌也。」吕月滄輯吴仲倫《古文緒論》云：「《史記》未嘗不罵世，卻無一字纖刻。柳文如《宋清》、《蝜蝂》等傳，未免小説氣。故姚惜抱於諸傳中，只選《郭橐駝》一篇。所謂小説氣，不專在字句；有字句古雅，而用意纖刻，則亦近小説。看昌黎《毛穎傳》直是大文章。」洪景盧《容齋三筆》云：「東漢碑銘載人先代，多只書官，唐宋人又往往只書其人曰『諱某』、『字某』，不存其名，殊乖孝子慈孫欲顯揚先祖之意。」《五筆》云：「歐陽公文自稱『予』，雖説君上處亦然。而韓公無論施於尊卑皆曰『愈』，謙以下人，此可爲法。」會稽章實齋學誠《文史通義》論古文十弊，其一云：「有投其母行述，請大興朱先生筠作誌，叙其母節孝，謂乃祖衰年病廢，卧床溲便無時，家無次丁，乃母不避穢褻，躬親薰濯。其事美矣。又述乃祖於時不安，乃母對曰：『婦年五十，今事八十老翁，何嫌何疑！』嗚呼！母行可嘉，而子言不肖甚矣。本無介帶，何有嫌疑？節母既明大義，必不爲是言也。何必斡旋，反如冰雪肌膚剜成瘡痏。」其二云：「江南舊家修宗譜，有羣從先世爲子聘某氏女，後以道遠家貧，力不能婚，恐失時，僞報子殤，俾女别聘。其女遂不食死，是於守貞、殉烈兩無所處，而女實不愧貞烈。據事直書，翁誠不能無歉然，然究不足爲大惡。乃匿其辭曰：『書報幼子之殤，女家誤以爲婿。』夫千萬里無故報幼子殤，又不道及男女婚期，明者皆知其無是理，則因求圓而反病矣。」其三云：「嘗見有爲人撰誌者，末叙喪費出於貴人，及内親竭勞其事，詢之，皆子虚烏有。且其子長

成，非必待人經理者也。詰其何以失實至此，則曰：『倣韓文誌柳州墓。終篇有歸葬「費出觀察使裴君行立」，又舅弟盧遵「既葬子厚，又將經紀其家」。文情深厚，欲似之耳。』削趾適屨，莫此爲甚。」其四云：「有名士爲人作傳，自云：『吾鄉學者鮮知根本，惟余及某甲爲功於經術耳。』所謂某甲，固有時名，亦未見必長經術，作者乃援附爲名，恧矣！又有江湖遊士，以詩著名，實亦未副。然有名實出其下者，爲人作詩集序，述請者之言曰：『君與某甲齊名，某甲既已弁言，君烏得無題品？』夫齊名本無其説，則請者必無是言，而藉人炫己，顔頰豈復知忸怩哉！」其五云：「雍正間詔裁陋規，懲治貪墨，彼時居官，大法小廉，殆成風俗，時勢然也。今觀傳誌碑狀之文，亦盛稱其時府州縣官，杜絶餽遺，清苦自守。不知逼於功令，萬人所同，不足爲盛節。此之謂不達時勢。」其六云：「朱先生嘗爲故編修蔣君撰誌，中叙國家前後平定準回要略，則以蔣君總修方略，獨力勤勞，書成身死，而不得叙功故也。後見某中書舍人死，有爲作家傳者，全襲蔣誌原文。蓋其人嘗任分纂數月，於例得列銜名者耳，其實於書未寓目也。而文人喜於摭事，幾等軍吏攘功，何可訓也！」其七云：「近來學者每見殘碑斷石，餘文剩字，不關於正義者，往往藉以考古制度，補史缺遺，因之行文貪多務得，明知非要，不憚辭費。夫傳人者文如其人，述事者文如其事，足矣。其或有關考證，要必本質所具；即或閑情逸出，正爲阿堵傳神。不此之務，但知市菜求增，豈非畫蛇添足耶？」其八云：「貞烈婦女，明詩習禮，固有之矣；其有未嘗學問，或出

鄉里委巷，甚至傭嫗鬻婢，特出天性之優，難期儒雅。每見此等傳記，述其言辭，原本《論語》、《孝經》，出入《毛詩》、《内則》，劉向之《傳》，曹昭之《誡》，不啻自其口出，可謂文矣！抑思善相夫者，何必盡識鹿車、鴻案？善教子者，豈皆熟記畫荻、丸熊？自文人胸有成竹，遂致閨修皆如版印。與其文而失實，何如質以傳真？由是推之，名將起於卒伍，義俠或奮閭閻，言辭不必經生，記述貴於宛肖。世有作者，於此多不致思，是以文爲戲也。」餘二條謂不可以時文眼孔作文論文，兹弗備録。

工　夫

魏文帝《典論》云：「蓋文章，經國之大業，不朽之盛事，年壽有時而盡，榮樂止乎其身，二者必至之常期，未若文章之無窮。是以古之作者，寄身於翰墨，見意於篇籍，不假良史之辭，不托飛馳之勢，而聲名自傳於後。故西伯幽而演《易》，周旦顯而制《禮》，不以隱約而弗務，不以康樂而加思。夫然，則古人賤尺璧而重寸陰，懼乎時之過已。而人多不强力，貧賤則懾於饑寒，富貴則流於佚樂，遂營目前之務，而遺千載之功，日月逝於上，體貌衰於下，忽然與萬物遷化，斯志士之大痛也。」王仲任《論衡·謝短》篇云：「知古不知今，謂之陸沉；知今不知古，謂之盲瞽。」《顔氏家訓·勉學》篇云：「士大夫子弟，數歲以上，莫不被教，多者或至《禮》、《傳》，少者不失《詩》、

《論》。及至冠婚，體性稍定，因此天機，倍須訓誘。有志尚者，遂能磨礪以就素業；無履立者，自兹惰慢，便爲凡人。人生在世，會當有業。農民則計量耕稼，商賈則討論貨賄，工巧則致精器用，伎藝則深思法術，武夫則慣習弓馬，文字則講議經書。多見士大夫，耻涉農商，羞務工伎，射既不能穿札，筆則纔記姓名，飽食醉酒，忽忽無事，以此銷日，以此終年，或因家世餘緒，得一階半級，便謂爲足，安能自苦！及有吉凶大事，議論得失，蒙然張口，如坐雲霧；公私宴集，談古賦詩，塞默低頭，欠伸而已。有識旁觀，代其入地。何惜數年勤學，長受一生愧辱哉！」韓退之《符讀書城南詩》云（退之子名昶，符或其小字）：「文章豈不貴？經訓乃菑畬。潢潦無根源，朝滿夕已除。人不通古今，馬牛而襟裾。行身陷不義，況望多名譽！」凡此皆勉人用力文學之語也。

大抵人果有志於文學，而後有甘苦可言。如陸士衡《文賦》云：「方天機之駿利，夫何紛而不理。思風發於胸臆，言泉流於脣齒。紛葳蕤以馺遝，唯豪素之所擬。文徽徽以溢目，音泠泠而盈耳。及其六情底滯，志往神留。兀若枯木，豁若涸流，攬營魂以探賾，頓清爽於自求。理翳翳而愈伏，思乙乙其若抽。」韓退之《答李翊書》云：「愈之所爲，不自知其至猶未也。雖然，學之二十餘年矣。始者，非三代兩漢之書不敢觀，非聖人之志不敢存，處若忘，行若遺，儼乎其若思，茫乎其若迷。當其取於心而注於手也，惟陳言之務去，戛戛乎其難哉！其觀於人，不知其非笑之爲

非笑也。如是者亦有年，猶不改，然後識古書之正僞，與雖正而不至焉者，昭昭然黑白分矣。而務去之，乃徐有得也。當其取於心而注於手也，汩汩然來矣。其觀於人也。笑之則以爲喜，譽之則以爲憂，以其猶有人之説者存也。如是者亦有年，然後浩乎其沛然矣。吾又懼其雜也，迎而距之，平心而察之，其皆醇也，然後肆焉。雖然，不可以不養也。行之乎仁義之途，遊之乎《詩》、《書》之源，無迷其途，無絶其源，終吾身而已矣。」又《上兵部李侍郎書》云：「性本好文學，因困厄悲愁，無所告語，遂得究窮於經、傳、史記、百家之説。沉潛乎訓義，反復乎句讀，礱磨乎事業，而奮發乎文章。」又《進學解》云：「先生口不絶吟於六藝之文，手不停披於百家之編，紀事者必提其要，纂言者必鉤其玄，貪多務得，細大不捐，焚膏油以繼晷，恒兀兀以窮年。先生之業，可謂勤矣。」柳子厚《答韋中立論師道書》云：「吾故每爲文章，未嘗敢以輕心掉之，懼其剽而不留也；未嘗敢以怠心易之，懼其弛而不嚴也；未嘗敢以昏氣出之，懼其昧没而雜也；未嘗敢以矜氣作之，懼其偃蹇而驕也。抑之欲其奥，揚之欲其明，疏之欲其通，廉之欲其節，激而發之欲其清，固而存之欲其重。此吾所以羽翼夫道也。本之《書》以求其質，本之《詩》以求其恒，本之《禮》以求其宜，本之《春秋》以求其斷，本之《易》以求其動。此吾所以取道之原也。參之穀梁氏以厲其氣，參之《孟》、《荀》以暢其支，參之《莊》、《老》以肆其端，參之《國語》以博其趣，參之《離騷》以致其幽，參之太史〔公〕以著其潔。此吾所以旁推交通而以爲之文也。」蘇明允《上歐陽内翰書》云：「洵少年

不學，生二十五歲，始知讀書，從士君子遊。年既已晚，而又不遂，刻意厲行，以古人自期，而視與己同列者，皆不勝(已)〔己〕，則遂以爲可矣。其後困益甚，然後取古人之文而讀之，始覺其出言用意與己大異；時復内顧，自思其才，則又似夫不遂止於是而已者。由是盡燒其曩時所爲文數百篇，取《論語》、《孟子》、韓子及其他聖人賢人之文，而兀然端坐終日以讀之者七八年矣。方其始也，入其中而惶然，博觀於其外，而駭然以驚。及其久也，讀之益精，而其胸中豁然以明，若人之言，固當然者，然猶未敢自出其言也。時既久，胸中之言日益多，不能自制，試出而書之，已而再三讀之，渾渾乎覺其來之易矣。」子瞻自評文云：「吾文如萬斛泉源，不擇地皆可出。在平地滔滔汩汩，雖一日千里無難；及其與山石曲折，隨物(赴)〔賦〕形，而不可知也。所可知者，常行於所當行，常止於不可不止。如是而已矣。其他雖吾亦不能知也。」陸放翁《壬子九月夜讀歌詩稿有感》云：「我昔學詩未有得，殘餘未免從人乞，力孱氣餒心自知，妄取虚名有慚色。四十從戎駐南鄭，酣宴軍中夜連日，打毬築場一千步，閲馬列厩三百匹。華燈縱博聲滿樓，寶釵夜舞光照席，琵琶弦急冰雹飛，羯鼓手匀风雨疾。詩家三昧忽見前，屈、宋在眼原歷歷，天機雲錦爲我用，剪裁妙處非刀尺。世間才傑固不乏，秋毫未合天地隔。放翁老死何足論，《廣陵散》絶還堪惜。」蓋諸家自道其平生之所經歷者如此。

若夫因甘苦而知各體之難易，如方望溪《答程夔州書》云：「散體惟記難撰結。論、辨、書、

疏，有所言之事，誌、傳、表、狀，則行誼顯然；惟記無質幹可立，徒具工築興作之程期，殿觀樓臺之位置，雷同鋪叙，使覽者厭倦，甚無謂也。故昌黎作記，多緣情事爲波瀾；永叔、介甫則别求義理以寓襟抱；柳子厚惟記山水，刻雕衆形，能移人之情；至《監察四門助教》、《武功縣丞廳壁》諸記，則皆世俗人語言意思。」曾文正公《筆記》云：「古今文字，惟辭賦敷陳之類，大政典禮之類，非博學通識，殆庶之才，不足以涉其藩籬。」而張廉卿先生又告永樸以論説之不易爲，其意以爲「自諸子後，其足自立者惟《過秦論》、《原道》、《原性》、《原毁》、《本論》、《志林》十餘篇耳。其他皆無甚補於世，或且有損。故不可不慎」。吾弟叔節亦言：「每見海内才傑，年少氣壯，議論之文，多可觀者。至於叙述，則凌雜蔓衍，多無法則；或謹於法矣，又索漠少生氣，及已得塗徑，乃覺紀事之文尚易，而議論轉難。蓋議論必發古人所未得，又其説非關擊乎宇宙，能自成一家言，不爲工也。以才筆自雄，徒辭費耳。」此皆論古文中諸體者。但先蕓塢府君《援鶉堂筆記》引安溪李文貞公光地嘗語人云：「某友看古文，不從議論文字入手，先讀碑版文字，亦是一病。故爲文亦長於碑版，若議論文字，便不出色。」此條亦不可不與張廉卿之説合觀。至於詩中諸體，洪景盧《容齋三筆》云：「予編唐人絶句，得七言七千五百首，五言二千五百首，合爲萬首。而六言不滿四十，信乎其難工也。」曾文正公《家訓》云：「四言詩最難有聲響，有光芒，後世爲此體而光如皎日、響若春霆者，惟韓公耳。」惜抱先生《五七言今體詩鈔》云：「五言排律，古今止杜公有千門萬户、開

闔陰陽之意。自來學杜者，他體猶能近似，長律則愈邈矣。」方植之《昭昧詹言》云：「詩莫難於七古。七古以才氣爲主，縱横變化，雄奇渾灝，亦由天授，不可强能。杜公、太白，天地元氣，直與《史記》相埒，二千年來，止此二人。其次，則須解古文者，而後能爲之。觀韓、歐、蘇三家，章法剪裁，純以古文之法行之，所以獨步千古。南宋以後，古文之傳絶，七言古詩，遂無大宗。」又云：「世之文士，無人不作詩，無詩不七律。不知詩之諸體，七律最難，尚在七古之上。何也？七古以才氣爲主，而馳驟、疾徐、短長、高下，任我之意以爲起訖；七律束於八句之中，以短篇須縱横奇恣」，而又「章法井然，所以難也」。

然則學者用功宜如何？竊觀古人雖博覽群籍，而其所得力者，莫不可屈指而數。除韓、柳已見前所引外，他如王厚齋《困學紀聞》云：「東坡得文法於《檀弓》，後山得文法於《伯夷傳》。」黄山谷《與王觀復書》云：「往年嘗請問東坡先生作文章之法，東坡云：『但熟讀《禮記·檀弓》當得之。』既而取讀數百過，然後知後世作文章不及古人之病，如觀日月也。」又《與蘇大通書》云：「凡讀書法，要以經術爲主。經術深邃，則觀史易知人之賢不肖，遇事得失易以明矣。又讀書先務精而不務博，有餘力乃能縱横爾。」又《與斌老書》云：「《左傳》、《前漢書》讀得徹否？書不用求多，但要涓涓不廢。江出岷山，源若甕口；及其至於楚國，横絶千里，非方舟不可濟。惟其有源而不息、受下流多故也。」又《與敦禮秘校帖》云：「班固《漢書》最好讀。然

須依卷帙先後，字字讀過，久之，使一代事參錯在胸中，便爲不負班固耳。」又《與朱聖弼書》云：「能逐日輟一兩時，讀《漢書》一卷，積一歲之力，所得多矣。遇事繁暫闕，明日輒續，則意味自相接。」蘇子由作《歐陽公神道碑》云：「公於六經長於《易》、《詩》、《春秋》。」又《亡兄子瞻墓志銘》云：「公少與轍皆師先君，初好賈誼、陸贄書，論古今治亂，不爲空言。既而讀《莊子》，喟然嘆息曰：『吾昔有見於中，口未能言；今見《莊子》，得吾心矣。』」陸放翁《老學庵筆記》云：「王荆公有《詩正義》一部，朝夕不離手，字大半不可辨。」又云：「東坡在嶺海間，最喜誦陶詩、柳文，謂之『南遷二友』。」朱子平生於經史外，最服膺南豐曾氏，而《語類》又云：「讀韓文熟，便能做得韓公文字；讀蘇文熟，便能做得蘇公文字。」據此可見欲爲兹學，未有不專心致志讀幾部緊要書，而能有成者。

其下手方法，則《困學紀聞》載沈亞之《送韓靜略序》云：「文之病煩久矣。聞之韓祭酒之言曰：『譬如善藝樹者，必壅以美壤，以時沃灌。』」祭酒即韓公也。歐陽公《歸田録》云：「余生平所作文章，多在三上：乃馬上、枕上、厠上也。蓋惟此尤可以屬思爾。」《東坡集》載孫莘老覺嘗乘間問歐陽公以文章，答云：「無他術，惟勤讀書而多爲之，自工。世人患作文字少，又懶讀書，每一篇出，即求過人，如此少有至者。疵病不必待人指摘，多作自能見之。」黄山谷《與洪駒父書》云：「諸文皆好，但少古人繩墨。凡作文須有宗有趣，終始關鍵，有開有闔，如四瀆雖納百川，或匯而

爲廣澤，汪洋千里，要自發源注海耳。」又《與王立之帖》云：「欲追配古人，須觀古人用意曲折處，講學之，然後下筆。譬如巧女，文綉妙一世，若欲作錦，必得錦機，乃能成錦爾。」劉海峰《論文偶記》云：「凡行文多寡、短長、抑揚、高下，無一定之律，而有一定之妙，可以意會，而不可以言傳。學者求神氣而得之於音節，求音節而得之於字句，則思過半矣。其要只在讀古人文字時，便設以此身代古人説話，一吞一吐，皆由彼而不由我。爛熟後，我之神氣，即古人之神氣；古人之音節，都在我喉吻間；合我之喉吻者，便是與古人神氣、音節相似處。久之，自然鏗鏘發金石。」又云：「記得多便可生悟。譬如弈棋，記得譜多，也須有過人之著。」又云：「文章到極妙處，便一字不可移易，所謂『無一定之律，而有一定之妙』。」惜抱先生《與魯賓之書》云：「夫學文者，利病、短長，下筆時必自知之。更取以與所讀古人文較量得失，使無不明了。充其得而救其失，可入古人之室矣，豈必同時人言其優劣哉！言之者未必當，不若精心自知之明也。」《與陳碩士書》云：「學文之法無他，多讀多爲，以待其一日之成就，非可以人力速之也。士苟非有天啓，必不能盡其神妙；然苟人輟其力，則天亦何自而啓之哉！」又云：「大抵文字須熟乃妙。熟則利病自明，手之所至，隨意生態，常語滯義，不遺而自去矣。」又云：「亦只是熟讀多作，固無他法。」又云：「文家有意佳處，可以著力；無意佳處，不可著力。功深聽其自至可也。」又云：「凡學詩文之事，觀覽不可不泛博；若其熟讀精思效法者，則欲其少，不欲其多。」梁茝林《退庵隨筆》云：「讀書貴熟，

作文亦然。昔有問歐陽公作文法者，公曰：『吾於賢豈有吝惜？只是要熟耳。變化姿態，皆從熟出也。』」又引毛稚黃之言云：「或疑文有生而佳者，此必熟後之生也。熟後之生必佳；若未熟之生，則生疏而已，焉得佳乎？」曾文正《復鄧寅皆書》云：「吾意學者於看、讀、寫、作四者，缺一不可。看者，涉獵，宜多宜速；讀者，諷詠，宜熟宜專。看者，『日知其所亡』；讀者，『月無忘其所能』。看者，如商賈趨利，聞風即往，但求其多；讀者，如富人積錢，日夜摩挲，但求其久。看者，如攻城拓地；讀者，如守土防隘。二者截然，不可闕，亦不可混。至寫字，不多則不熟，不熟則不速，無論何事，均不能敏以圖功。至作文，則所以瀹此心之靈機也。心常用則活，不用則窒。如泉在地，不鑿汲則不得甘醴；如玉在璞，不切磋則不成令器。自古名人，雖韓、歐之文章，范、韓之事業，程、朱之道術，斷無久不作文之理。故張子云：『心有所開，即便札記，不思則還塞之矣。』」諸家所言，其開示後人，皆極親切。

大抵讀文看文，有用選本與專集兩法。選本《四庫全書總目》所謂總集類也，專集則別集類也。選本之佳者，既分撮其英華，又合論其同異，故於初學爲便。然不閱專集，終不能窺全豹，譬如嘗鼎一臠，安得自詡知味？且彼操選政者，亦自閱專集而來。若吾人但知選本，而不求諸專集，究恐難浹洽貫串。《朱子語類》云：「作詩先須看李、杜，如士人治本經，本既立，次第方可看蘇、黄以次諸家詩。」此教人看詩集法，文集可依此推之。自周、秦、兩漢文章外，當以唐、宋八大

家爲先，而後及其餘。先薑塢府君嘗論明人流覽多愛浸淫於後代文集，而不自振。吳摯甫先生亦告永樸多讀秦、漢人書，少作宋、元人語。此意學者不可不知。此外猶有三法：一曰分段落。蓋不先將段落分清，何由尋古人綫索，而得其精神？惜抱先生於文之深古者，每注明各段大意，曾文正讀書尤詳於分段，皆以此。番禺陳蘭甫澧亦言《小雅》「有倫有脊」之語，即作文之法。作文必先讀文。凡讀古人之文，每篇必求其主意而標識之，尋其倫次而分畫之，明乎古人之「有倫有脊」，而後我之作文能「有倫有脊」也。二曰觀古人評點。惜抱先生《答徐季雅書》云：「夫文章之事，有可言喻者，有不可言喻者。不可言喻者，要必自可言喻者而入之。韓昌黎、柳子厚、歐、蘇所言論文之旨，彼固無欺人語；後之論文者，豈能更有以逾之哉！若夫其不可言喻者，則在乎久爲之自得而已。震川閱本《史記》，於學文最爲有益，圈點啓發人意，有愈於解說者矣。可借一部臨之，熟讀必覺有大勝處。」昔永樸先考慕庭府君嘗言：吾鄉戴存莊孝廉鈞衡入都，曾文正詢古文法，存莊以《惜抱軒尺牘》告之。文正由是益肆力文章，故作《聖哲畫像記》云：「國藩之粗解文字，由姚先生啓之也。」《歐陽生文集序》亦及存莊，謂「精力過絶人，自以爲守其邑先正之法，襢之後進，義無所讓」。觀此可見爲文必有導師。特古今評點極多，苟非善者，或反害初學而亂人意，亦宜知所擇耳。三曰觀古人注釋。夫注釋之爲益有三：一在知年月。張文端公《聰訓齋語》云：「予於白、陸詩，皆細注年月，知彼於何年引退，其衰健之迹皆可指。」古文亦然，必如此乃

可知才力早晚强弱、淺深之不同。二在知典故。蓋古人無一字無本，況其中多有稽古事、述舊章之處，能考其根據，則曉然於運用及援引之法。三在知命意。古人立言，每因時而發，非詳辨之，不能知人論世。但不可穿鑿爲説。《四庫全書總目》論《楚辭》云：「詞賦之體與叙事不同，寄托之言與莊語不同，往往恍惚汗漫，翕張反覆，迥出於蹊徑之外，而曲終乃歸於本意。疏以訓詁，核以事實，則刻舟而求劍矣。如《離騷》大旨全在篇末，以前皆文章之波瀾。不觀其通，而句句字字必求其人以實之，反詆古人之疏舛，是亦蘇軾所謂『作詩必此詩』也。」又論杜詩云：「自宋人倡『詩史』之説，而箋杜詩者，遂以劉昫、宋祁二書據爲稿本，一字一句，務使與紀傳相符。夫忠君愛國，君子之心；感事憂時，風人之旨。杜詩所以高出於諸家者，固在於是，然集中根本不過數十首耳。《詠日》而以爲比肅宗，《詠螢》而以爲比李輔國，則詩家無景物矣。謂『紈袴』下服比小人，謂『儒冠』上服比君子，則詩家無字句矣。」《援鶉堂筆記》云：「何義門於阮嗣宗《詠懷》詩，多援魏、晉易代之事釋之。夫阮旨淵放，歸趣難求，昔人之所怯言。而必一一舉其事以實之，豈悉合哉？」侯官嚴幾道復亦告永樸云：「此古詩耳。八十餘首，不必作於一時。謂身仕亂朝，語憂情鬱，則聞命矣；若謂皆緣一事而發，非譏曹爽，即刺典午，殆不其然。」然則此等必有左證乃可信，否則與其憑臆以斷，又不若闕如之爲愈矣。若作文之法，以勤於改削爲要。觀吕居仁《紫微詩話》云：「老杜云：『新詩改罷自長吟。』文字頻改，功夫自進。歐公作文時加竄定，有終篇不留一

字者。山谷長年多定前作。」《朱子語類》云：「嘗見歐公《醉翁亭記》原稿，發端凡三四行，後悉塗去，而易以『環滁皆山也』五字。」洪景盧《容齋續筆》云：「王荆公絶句『春風又緑江南岸』，原稿『緑』作『到』，圈去。注曰：『不好』，改『過』字，復圈去，改爲『入』，旋改『滿』。凡如是十許字，始定爲『緑』。黄魯直詩『高蟬正用一枝鳴』，『用』字初用『抱』，又改曰『占』，曰『在』，曰『帶』，曰『要』，至『用』字始定。」可見古人無不如是。是以涇縣包慎伯（世臣）《樂山堂文鈔序》云：「自唐以來，世所盛稱者八家。是八家者，則既千載如生已；而并世儕輩，亦托以不朽。文字之力，吹枯嘘生，有同造物。然吾聞歐陽子爲文，脱稿即糊牆壁間，出入塗乙，至不存原文一字。夫歐陽之初稿，其超越尋常，豈顧問哉！而必塗乙至不存一字乃自愜，則知韓、柳、王、蘇、曾之造詣，亦必爾也。」昌黎之頌李、杜曰：「流落人間者，泰山一毫芒。」則知古人皆作之多而存之寡也。李、杜集中有兩三稿并存者，則知古人雖再三改竄，而猶有未定也。亦有求助於師友者。曹子建《與楊德祖書》云：「僕嘗好人譏彈其文，有不善者，應時改定。昔丁敬禮儀嘗作小文，使僕潤飾之。僕自以才不過若人，辭不爲也。敬禮謂僕：『卿何所疑難？文之佳惡，吾自得之，後世誰相知定吾文者耶？』吾嘗嘆此以爲美談。」《容齋續筆》引任昉爲王儉主簿，儉出自作文，令昉點正，昉因定數字。儉嘆曰：「後世誰知子定吾文？」以爲正用子建此書。《五筆》又載：「范文正公《嚴先生祠堂記》歌詞『雲山蒼蒼，江水泱泱，先生之德，山高水長。』以示南豐李泰伯觏，李讀之，起而言

曰：『公之文出，必將名世，妄意易一字以成盛美。』公叩之，答曰：『「雲山」、「江水」之語，於義甚大，於詞甚溥，而「德」字承之，乃似趚趚，擬換作「風」字如何？』公凝坐頷首，殆欲下拜。」《顔氏家訓·文章》篇亦云：「學爲文章，先謀親友，得其評論者，然後出手。慎勿師心自任，取笑旁人也。」如此數條，求人改削，是或一道；但不可倩人代作，如此則永無長進之望矣。至於膡寫亦不可草率。《聰訓齋語》云：「使人代寫，最是大家子弟陋習。寫文要工緻，不可錯落塗抹，所關於色澤不小。」斯言亦宜念之。

又《顔氏家訓》言：「學問有利鈍，文章有巧拙。鈍學累功，不妨精熟；拙文研思，終歸蚩鄙。但成學士，自足爲人；必乏天才，勿强操筆。吾見世人，至於無才思，自謂清華，流佈醜拙，亦已衆矣，江南號爲『詅癡符』。」（《文章》）此自即不足與於大雅之林者言之。吾人倘自度才力可以研精此學，亦宜以專精爲貴。昔方望溪嘗作詩，海寧查他山慎行見之曰：「子詩不能工，徒奪爲文力。」望溪自是不爲詩。惜抱先生嘗作詞，嘉寧王鳳喈鳴盛語休寧戴東原震曰：「吾昔畏姬傳，今不畏之矣。」東原曰：「何耶？」曰：「彼好多能，見人一長，輒思並之。夫專力則精，雜學則粗，故不足畏也。」東原以告，惜抱自是不爲詞。此二事相類，因足爲後生龜鑒，附録於此。

結論

永樸爲諸君撰《文學研究法》二十四篇，於文章奧窔，言之亦略具矣。雖然，猶有一説焉。大抵昔人論文，皆本其所閱歷者告人，欲人目前依之用力，則將來得力較爲直捷耳。若但襲其語以爲談助，遂居之不疑，謂「真訣吾已得之」，是道聽塗説也。夫天下豈有道聽塗説而可以收實效者？是故欲工兹學，非有真悟不可。昔惜抱先生《與陳碩士書》云：「文家之事，大似禪悟，觀人評論圈點，皆是借徑。一旦豁然有得，呵佛罵祖，無不可者。此中自有真實境地，必不疑於狂肆妄言，未證爲證也。」而與先大父石甫君書又云：「凡詩文事與禪家相似，須由悟入，非語言所能傳。然悟之後，則返觀昔人所論文章之事，極是明了也。欲悟亦無他法，熟讀精思而已。」又云：「此不可急求，深讀久爲，自有悟入。」是則真悟必出於真知，真知必出於真學也。而明道語王介甫云：「公之談道，正如説十三級塔上相輪，對望之曰『如此如此』，極是分明。某則不然，必直入尋之，辛苦登攀，邐迤而上，直至十二級時，雖猶未見，然卻實在塔中，去之漸近，要之須可以至也。至相輪中坐時，依舊見公對塔説『如此如此』。」此雖説道，而文事亦猶是矣。是故始必有人指示塗轍，然後知所以用力；終必自己依所指示者而實行之，然後有得力處。不然，非眼高

手生，即轉爲深細之律所束縛而格格不吐。欲免此二病而獲益，要惟有從事於惜翁所謂「熟讀」、「精思」及「久爲之」者。何也？「熟讀」、「精思」，則能即古人之文，印之於心；「久爲」又能以所得於古人者，驗之於手。工夫果足，何患不與諸大家並駕齊驅？有志之士，尚其勉之！